SV

Alexei Salnikow

PETROW
HAT FIEBER

Gripperoman

Aus dem Russischen
von Bettina Kaibach

Suhrkamp

Die russische Originalausgabe erschien 2016
unter dem Titel *Petrovy v grippe i vokrug nego* bei
AST / Redakcija Elena Šubina.

Die Übersetzung dieses Buches wurde mit Mitteln des
Ministeriums für Wissenschaft, Forschung und Kunst
Baden-Württemberg gefördert.

Klimaneutral
Druckprodukt
ClimatePartner.com/14438-2110-1001

Erste Auflage 2022
Deutsche Erstausgabe
© der deutschsprachigen Ausgabe
Suhrkamp Verlag AG, Berlin, 2022
© Alexei Salnikov, 2017
Alle Rechte vorbehalten. Wir behalten uns auch
eine Nutzung des Werks für Text und Data Mining
im Sinne von § 44b UrhG vor.
Umschlaggestaltung: Rothfos & Gabler, Hamburg
Umschlagabbildung: Filmstill aus *Petrov's Flu*,
Regie: Kirill Serebrennikow, 2021, © Razor Film / Hype Film
Satz: Dörlemann Satz, Lemförde
Druck: CPI books GmbH, Leck
Printed in Germany
ISBN 978-3-518-43086-6

www.suhrkamp.de

PETROW
HAT FIEBER

KAPITEL 1
Artjuchin, Igor Dmitrijewitsch

Petrow brauchte bloß in den Trolleybus zu steigen, und schon erschienen die Wahnsinnigen, um ihn, Petrow, zu piesacken. Der Einzige, der ihn nicht piesackte, war ein glattrasierter Greis, still und rundlich, der einem gekränkten Kind glich. Doch sobald Petrow diesen Greis sah, kam ihn selbst die Lust an, sich von seinem Platz zu erheben und den Alten noch mehr zu kränken. Ein Gefühl war das, wild und durch nichts zu erklären, und es packte ihn jedes Mal wie ein Sturm, ein geballtes Etwas aus zottigen darwinschen Trieben mit einer Dosis Dostojewski. Der Greis bemerkte Petrows interessierten Blick und drehte sich schüchtern weg.

Nun war selbiger Opa sozusagen der Stammgast unter den Verrückten, ihm begegnete Petrow praktisch seit seiner Kindheit ständig, und zwar nicht nur in den öffentlichen Verkehrsmitteln. Von den übrigen Verrückten drang hingegen jeder exakt einmal in Petrows Leben, als hätte er sich zum ersten Mal in dreißig Jahren aus der städtischen Anstalt bei Kilometer acht des sibirischen Traktes losgerissen und wäre zum Trolleybus Nummer drei geeilt, um Petrow ein paar Nettigkeiten an den Kopf zu werfen und für immer zu entschwinden.

Da gab es die Alte, die ihm ihren Platz mit der Begründung überließ, Petrow sei ein Invalide und habe Holzbeine und Holzarme und Krebs (ohne Holz, einfach Krebs). Dann war da dieser Typ wie ein Schmied aus den sowjetischen Filmen, so ein Riesenkerl, der mit seiner Stimme das Blech des gesamten Trolleybusses ins Vibrieren zu bringen schien. Wie eine offene, halbleere Flasche vibriert, wenn ein Laster vorbeifährt. Während der Typ mit seiner Flanke Petrow an die Wand drückte, trug er der nicht mehr jungen Schaffnerin Gedichte vor, denn offenbar verbarg sich unter der wattierten Jacke, die nach Eisenspänen, Benzin und Dieselöl roch, ein zartes Poetenherz.

»Und fliegen vorbei, unsre Jahre, sie fliegen wie Vögel vorbei«, deklamierte der Typ mit zärtlicher Intonation der »Jahre« und »Vögel«.

Die Schaffnerin lauschte mit sanftem Lächeln.

Oftmals waren die Leute, die sich zu Petrow setzten, gar nicht so hochbetagt, dass man sie der Reihe nach zumindest der Demenz verdächtigen konnte; sie sprachen ihn an und verzapften irgendwelchen Stuss über das Gold der Partei, den kostenlosen Sanatoriumsgutschein, den es anno dazumal jedes Jahr gegeben hatte, und dass man alle, die jetzt an der Macht waren, an die Wand stellen müsse. Wann immer einer der Wahnsinnigen die berüchtigte Wand erwähnte, sah Petrow aus irgendeinem Grund Putin und Rossel vor sich, wie sie dastanden und auf ihre Erschießung warteten. Seine Fantasie malte sie sich exakt so aus, wie sie auf dem Fernsehbildschirm erschienen: Rossel lächelte fröhlich, Putin war ernst, aber mit dieser gewissen Ironie im Blick.

Einmal kam es vor Petrows Augen zwischen zwei Rentnern fast zu einem Handgemenge. Sie stritten für dieselbe Sache, ihre politischen Positionen waren ebenfalls kaum zu unterscheiden, und dennoch beharkten sie sich, Petrow schwante schon Übles, denn die Pensionäre stimmten auch darin überein, dass es Beresowski gewesen sei, der Jelzin beseitigt habe, und dass es zu viele Tadschiken gab, und früher, da herrschte noch echte Völkerfreundschaft, aber jetzt sind überall Juden, und wenn sie Jewtuschenko für den Nobelpreis nominieren, dann nur, weil er den Holocaust anprangert. Dieser Blick auf das Geschehen brachte Petrows Vorstellung von jedweder Logik ins Wanken, und er spürte, dass er selbst im Begriff war, den Verstand zu verlieren wie die beiden Alten, während er zu ergründen suchte, wieso sie einander anschrien. Das Ganze hätte womöglich böse enden können, aber dann kam auch schon die Endstation, die alten Herren stiegen aus und gingen in verschiedene Richtungen gemächlich ihrer Wege, ruhig und von allem losgelöst, wie vor dem Streit, ohne jemals zu klären, unter wem denn nun alles Zucker war: unter Breschnew oder unter Breschnew.

Und jetzt, wo er die Grippe hatte und selbst eine gewisse Bewusstseinsveränderung verspürte, stand Petrow also schwankend hinten im Trolleybus und hielt sich an der oberen Stange fest. Im Bus waren nicht viele Leute, aber Sitzplätze gab es keine, und der Fahrer riss bei jedem Halt denselben Witz:

»Vorsicht, Türen schließen nicht.«

An der Haltestelle »Architekturakademie« stieg ein adretter Opa im sauberen, grauen Mäntelchen in den Bus, mit akkurat gebügelter Hose und Aktenköfferchen. Der Opa trug ein Lenin-Bärtchen, vielleicht war es auch ein Dzierżyński- oder Limonow-Bärtchen. Seine Brille war weiß bereift, und der Opa machte sich daran, sie mit dem Ende seines schwarz-rot karierten Schals abzuwischen, als ihm ein etwa achtjähriges Mädchen seinen Platz anbot.

Der Alte dankte und setzte sich.

»Wie alt bist denn du?«, erkundigte er sich nach einer Anstandspause bei dem Mädchen.

»Neun«, sagte das Mädchen und klapperte nervös mit dem Schulranzen auf dem Rücken.

»Und weißt du auch, dass in Indien und Afghanistan die Mädchen schon mit sieben Jahren heiraten können?«

Petrow beschloss, dass er delirierte oder sich verhört haben musste – er blickte den Alten an, der weiter die Lippen bewegte und Töne von sich gab.

»Stell dir mal vor, da wärst du jetzt also schon seit zwei Jahren verheiratet«, sagte der Alte mit verschmitztem Zwinkern. »Seit zwei Jahren würdest du mit deinem Mann ficken, was das Zeug hält, und womöglich auch noch fremdgehen. Ihr Schlampen seid doch alle gleich«, und er streichelte dem Mädchen mit gleichblei-

9

bend gütigem Lächeln und verschmitztem Zwinkern über den Schulranzen.

»Gorki«, verkündete der Busfahrer und öffnete die Türen. Der Alte wollte fortfahren, doch im selben Moment erwachte sein Sitznachbar, ein blasses, schmächtiges, vielleicht siebzehnjähriges Bürschchen, das bis dahin durch den zerkratzten Raureif auf dem Fenster die Umgebung betrachtet hatte, quasi aus seiner Versenkung, drehte sich zu dem Alten, nahm ihm die Brille ab und knallte ihm eine rein, aus heiterem Himmel, aber irgendwie beiläufig und gar nicht mal heftig. Das künstliche Gebiss des Alten schlitterte Petrow vor die Füße wie ein Puck.

»Na hör mal …«, empörte sich der Alte, »und für solche wie dich hab ich fünfzehn Jahre in Angola …«

»Achtung, Türen schließen nicht«, warnte der Busfahrer.

Das Bürschchen packte den Alten beim Schal und zerrte ihn wie einen widerspenstigen Hund eilig nach draußen. Petrow beugte sich vor, nahm das Gebiss vom nassen, gummierten Riffelboden und warf es auf die Straße hinaus, wo die Exekution ihren Lauf nahm. Die Türen gingen zu, und der Trolleybus fuhr weiter. Das Mädchen setzte sich, als wäre nichts gewesen, auf den frei gewordenen Fensterplatz. Petrow scheute irgendwie davor zurück, sich neben sie zu setzen, er ging zur Heckscheibe, die nahezu sauber, fast eisfrei war. Durch die Scheibe sah man eine Reklame der »Rosgosstrach«-Versicherung, die an der Rückseite des Fensters festgeklebt und daher spiegelverkehrt war, so dass man logischerweise »chartssogsoR« las, aus irgendeinem Grund zeigte die Reklame auch noch eine Bulldogge, die von außen deutlich zu sehen war, im Inneren des Busses aber seltsam fahl wirkte, wie ein in Nebel getauchter Hund von Baskerville. Ferner konnte Petrow durch die Heckscheibe sehen, wie die Miliz das Bürschchen und den Opa festnahm, wobei sich der Opa zur Wehr setzte, indem er mit der Aktentasche behende auf die Milizionäre einhieb, während diese ihn mit Fäusten und Schlagstöcken bearbeiteten. »Vielleicht stimmt das ja mit Angola«, dachte Petrow gleichgültig mit dem Teil seines Gehirns, der vom Grippefieber besonders betroffen war.

Während das Schlachtfeld allmählich aus Petrows Perspektive entschwand, betrachtete er erneut die Reklame der »Rosgosstrach« und grübelte darüber nach, ob zum Beispiel die Chinesen ebenfalls Abkürzungen hatten, oder ob ihnen die Schriftzeichen genügten. Bei jedem Ausatmen spürte er, wie es in seinem Rachen heißer, leerer, weiter wurde. Er bekam Lust auf kalten Sprudel und eine rauchen und Aspirin und noch mehr kalten Sprudel und schlafen.

»Früher hat man solche Leute als Heilige angesehen«, sagte belehrend die Stimme einer alten Frau in Petrows Rücken, »geschätzt hat man sie, mit Besuchen beehrt, und jetzt das.«

».........«, schoss es Petrow gleichgültig durch den Kopf.

»Die Rente«, fuhr die Stimme fort, »und im Fernsehen zeigen sie jetzt all so 'n Zeugs, aber man darf ja nichts mehr sagen.«

Petrow dachte mit heimlichem Vergnügen, wie lustig es wäre, wenn er sich jetzt umdrehte und in seinem Rücken einen vollkommen leeren Bus erblickte, während die Stimmen immerzu weitertönten – aber er drehte sich dann doch nicht um. Petrow heftete den Blick auf die Fahrbahn, und davon, wie sie unter dem Heck des Busses hervorglitt, wurde ihm flau. Er hob den Blick zu den Autos, die dem Bus folgten, und sah, dass direkt hinter ihnen ein Leichenwagen fuhr – eine himbeerrote GAZelle mit zwei senkrechten schwarzen Streifen über die gesamte Front. Der Mann auf dem Beifahrersitz der GAZelle winkte freudig mit den Armen. Petrows Augen oder vielmehr sein ganzer heißer Kopf fokussierte langsam auf den winkenden Mann, um schließlich zu begreifen: Das da vor ihm ist sein alter Kumpel, der Kumpel signalisiert ihm – komm rüber. Petrow hätte sich besser neben das Mädchen gesetzt, denn das letzte Mal, als er diesen Kumpel, Igor hieß er, getroffen hatte, wäre das Ganze um ein Haar so ausgegangen, dass sie beide, Igor und Petrow, dass sie beide also im Vollsuff um ein Haar einfach so nach Irbit gefahren wären. Zum

Glück begann Igor noch auf dem Weg zum Bahnhof Passanten anzupöbeln, und da die Abreise auf den Tag der Luftlandetruppen fiel, endete der Ausflug, noch ehe er angefangen hatte, mit Prügeln, einem Besäufnis auf der Verkehrsinsel neben der Staatlichen Landwirtschaftsakademie des Urals und Liedern über die Jungs im Blaubarett, in Gesellschaft irgendwelcher braungebrannter, muskelbepackter Typen voller Tattoos, die wirkten, als wären sie im Pulk direkt aus der Blue Oyster Bar auf die Straßen der Stadt getreten.

Petrow begann seinerseits Igor mit Winken zu bedeuten, dass er ihn allein auf Abenteuertour gehen ließ. Dabei gab Petrow mit jeder Faser zu verstehen: Nein und nochmals nein, er hat keine Zeit, ihm geht's schlecht, umso mehr als es Petrow tatsächlich schlecht ging, und seit er Igor erblickt hatte, ging es ihm gleich noch viel schlechter, doch Igor schien Petrow nicht recht zu verstehen, aber vielleicht deutete er seine verzweifelten Gesten auch nur als eine Art Koketterie, weil er seltsamerweise Petrow für das Herz jeder Party hielt. Petrow winkte im Übrigen ab, wohl wissend, dass es zwecklos war, bislang hatte noch keiner herausgefunden, wie man Igor wegwedeln konnte, wenn es ihn nach Verständnis und Gesellschaft verlangte, das war wie eine Art Zauber. Was sollte man da noch sagen, wenn dieser Magier es fertigbrachte, mit seinem Charme ganz nebenbei eine komplette Kolonne des Streifen- und Postendienstes, die ihn und Petrow angehalten hatte, stockbesoffen zu machen, und auf seinen Toast: »Na dass ihr für alles 'nen Freischein kriegt, wie die Jungs vom FSB«, wollte ein besonders empfindsamer Polizist Igor partout seine Dienstwaffe schenken. Klar, dass schon in der nächsten Minute Petrow mitsamt seinem Bus angehalten und der widerspenstige Petrow unter verlegenem Lächeln und ebenso verlegenem Protestgeblöke in den Leichenwagen verfrachtet war; und nach weiteren sieben Minuten stießen Igor und er bereits mit Plastikbechern über dem Sargdeckel an und verschütteten Wodka auf den Sarg, wenn die GAZelle eine Bremsung hinlegte oder einen Satz nach vorn machte, und der Fahrer fragte jedes Mal besorgt: »Ihr habt doch da hinten nichts verschüttet? Passt mal ein bisschen auf da hinten. Das fehlt grade noch«, dem Fahrer tat es schon sichtlich leid, dass außer Igor nun auch Petrow im Wagen saß, ohne den Igor nicht ganz so hemmungslos soff, und Petrow tat schon gar nichts mehr leid, seine Bedingung: »Einen, und dann ist gut, dann könnt ihr mich absetzen, liegt ja am Weg« war irgendwie gleich überholt. Igor begann den Chauffeur zu überreden, ein halbes Gläschen mit ihnen zu kippen, und der Fahrer sträubte sich weiterhin, gab den Seriösen und Verantwortungsvollen.

»Erst tüten wir den Kadaver ein, und dann – mit Vergnügen.«
Igor wendete ein:
»Weil der sonst stiften geht, oder was? Und wer wird dich schon anhalten mit deinem Leichenkarren?«

Im Endeffekt nahm der Fahrer trotzdem einen zur Brust, weil ihm die Kraft fehlte, gleichzeitig einem Stau und Igors Beschwörungen standzuhalten. Dann genehmigte sich der Fahrer noch einen, diesmal schon auf eigene Initiative, und begann zu erzählen, wie er zur Sowjetzeit die Marineschule besucht und für die Estnische Sowjetrepublik die Silbermedaille im Boxen geholt hatte. Die Schilderung des verschlungenen Wegs vom künftigen Matrosen und künftigen Champion zum heutigen Fahrer eines Leichenwagens traf Petrows trunkenes, schmerzendes Gehirn mit der Wucht eines großen, weichen Vorschlaghammers und ließ seine Gedanken prompt in zwei Richtungen fließen – einerseits war da stille Traurigkeit um den Chauffeur, Entzücken über dessen Bericht, und andererseits Ruhe im Hinblick auf sich selbst, denn Petrow hatte nie besondere Ambitionen gehabt, nicht einmal in der Vergangenheit, und so konnte er im Leben auch keinerlei Enttäuschung erfahren. Natürlich hatte es auch bei ihm kleinere Verwerfungen gegeben, aber das war noch lange kein Grund, einen Schlussstrich unter sein Leben zu ziehen, wie es etwa zu Jugendzeiten seinem Freund Sergei widerfahren war. Man konnte schwere Verluste erleiden, dem Sohn konnte etwas zustoßen: Aus der Parallelklasse des Sohnes war dieser Junge verschwunden, zog mit den Schlittschuhen los – und seither fehlte von ihm jede Spur. Seine Frau konnte sich jemanden zulegen, was nur logisch wäre, weil die Petrows in Scheidung lebten. Was konnte sonst noch passieren? Während Petrow sich sein Lebensumfeld betrachtete, übersah er, was auf der Hand lag: dass er nämlich gerade an der Entführung sterblicher Überreste mitwirkte, vielleicht noch eine Art Leichenschändung begehen würde und man ihn dafür gemeinsam mit Igor und dem Chauffeur als Komplizen zur Rechenschaft ziehen konnte.

Der Chauffeur redete unterdessen ohne Punkt und Komma. Er erzählte, in seinem Begräbnisinstitut gebe es lauter solche wie ihn. Zum Beispiel diesen einstigen Sänger, der Musik machte, seit er sechs war, dann aber kraft seiner Blödheit, wie man so sagt, total auf den Hund gekommen war, und zwar weniger aus Blödheit als durch einen steten Wechsel von Glück und Unglück, kraft der Tatsache, dass ihm offenbar viele seiner Verwandten außer allerlei Hoffnungen auch eine gewisse ungesunde Veranlagung mit auf den Weg gegeben hatten. Der Sänger kam aus einer einfachen Arbeiterfamilie, der Musiklehrer hatte schon im Kindergarten sein Talent entdeckt, in der Pubertät verlor der Sänger nicht die Stimme, in der Schule wurde er von den Lehrern hofiert, aber im Konservatorium hielt es diesen Sänger keine sechs Monate. Im Musikkorps der Armee, in das er hineingerasselt war, machte er es auch nicht lange, er wurde beim Suff erwischt und landete bei einem Bau-Bataillon. Es folgten im fliegenden Wechsel allerhand Arbeiten und Amateurkunstzirkel, abgelegte Ehefrauen, Alimente – und keine zwanzig Jahre später grub sich der Sänger auch schon durch den Lehmboden des Urals.

»Na, das ist ja mal ein Epos«, kommentierte Igor die Erzählung des Chauffeurs in solch gleichgültigem Ton, dass Petrow ihm am liebsten eine reingehauen hätte. »Und wen habt ihr da sonst noch im Aufgebot? Schriftsteller, Künstler vielleicht …«

Petrow zuckte bei der Frage innerlich zusammen und warf einen wachsamen Blick auf Igor, doch der hob nicht mal die Augen vom Grunde seines Bechers. Tatsächlich gab es, wie sich erwies, im Begräbnisinstitut sowohl einen Schriftsteller als auch einen Künstler. Der Schriftsteller, genauer gesagt der Poet, besuchte seit ewigen Zeiten die Schreibwerkstatt »Die Zeile« in der Bibliothek des Uralmasch oder so.

»Das ist bestimmt da, wo meine Frau arbeitet«, sagte Petrow. »Sie sagt immer, dass ihr die Leute alle so leidtun, die treffen sich jede Woche dort, am liebsten würde sie den Konferenzsaal von außen verbarrikadieren und die Bibliothek mitsamt den Leuten abfackeln, damit sie sich nicht so quälen müssen.«

»Und der Künstler, was ist mit dem?«, fragte Igor.

Der Künstler war nach den Worten des Fahrers gar nicht mal schlecht, nur konnte er nichts anderes malen als den Wald des Urals, jeder andere Wald täte es doch genauso gut, aber nein, der Künstler malte immer dieselben herbstlichen Waldszenen des Urals, mit seltenen Seitensprüngen ins Stillleben zum Thema »Gaben der Natur«. Die Gaben der Natur entstammten wenig überraschend ebenfalls dem Ural und seinen Wäldern: Pilze, Vogelbeeren. Der Künstler sagte, das Thema Herbst im Ural sei einfach unerschöpflich. Der Ausbildung nach war der Künstler eigentlich Zimmermann, er hämmerte die Särge zusammen. Als der Fahrer das erwähnte, beschlich Petrow der Verdacht, dieser Zimmermann könnte seinerzeit die Bezirkskantine gestaltet haben, wo Petrow als Schüler mit den Gutscheinen aus der Fabrik seiner Mutter zu Mittag gegessen hatte. Die Wände dieser Kantine waren mit schmalen, im Eichenlook lackierten Latten getäfelt, dort hingen Herbstlandschaften und Darstellungen von Körben voller Pilze mit Vogelbeerzweigen obendrauf. Aus alldem stach nur die neben den Eingang gepinnte, riesenhafte Kopie des Gemäldes »Die drei Recken« ein wenig heraus und ein Transparent, dessen Inhalt Petrow nicht mehr wörtlich zitieren konnte, doch er erinnerte sich, dass es um Nüchternheit ging. In seiner Kindheit waren das Transparent und die drei Recken zu einem einzigen Bild verschmolzen, er glaubte, die drei Recken seien eine Illustration des Transparents, der im Sattel leicht zusammengesackte Aljoscha Popowitsch sei betrunken und die »Drei Recken« eine Art Satire mit dem Appell, es Aljoscha Popowitsch nicht gleichzutun. Ohne sich dessen bewusst zu sein, ähnelte Petrow mit seiner Pose, die nach jedem geleerten Becher zunehmend schlaffer wurde, selbst schon Aljoscha Popowitsch.

Igor bat, kurz anzuhalten, weil ihm der Stoff ausgegangen sei. Der Fahrer, so schien es Petrow, pustete erleichtert durch und machte sich auf die Suche nach einem geeigneten Parkplatz.

»Haben wir denn schon die ganze Flasche gekippt?«, erkundigte sich Petrow mit einer Stimme, laut und staunend vor Trunkenheit.

»Nein«, sagte Igor, »den größten Teil hab ich getrunken, du bist ja erst zum Schluss dazugekommen, aber ich schlag vor, dass wir weitermachen.«

Als Igor die Seitentür der GAZelle aufschlug und Petrow die frische Luft entgegenwehte, spürte er, wie stickig es im Wagen war und wie süßlich es nach Leiche roch; Petrow hatte offenbar unbewusst die gefütterte Jacke aufgeknöpft, weil ihm am ganzen Körper heißer Schweiß herablief, so als wäre es kein Schweiß, als hätte Petrow gerade erst die Dusche abgedreht und nach dem Handtuch gegriffen, und das Wasser liefe noch an ihm herab.

»Ich komme mit«, sagte Petrow zu Igor.

»Klar, Leute, macht euch bisschen Bewegung«, bekräftigte hastig der Fahrer.

»Na denn los«, stimmte Igor eifrig zu.

Petrow wusste, dass Igor nicht gut alleine sein konnte, selbst wenn er alleine loszöge, würde er doch wieder in Gesellschaft oder gar nicht zurückkommen, falls sich woanders eine spannendere Gesellschaft auftäte, und Petrow gab Igors Gesellschaft den Vorzug vor der des Fahrers, auch wenn er diesen nun schon in-

und auswendig kannte und über Igor kaum etwas wusste. Außer seinem Namen wusste er im Grunde gar nichts über Igor.

Petrow kletterte aus der GAZelle und holte genussvoll Luft.

Igor bedachte Petrows Äußeres mit anerkennendem Blick.

»Du hast richtig rote Backen wie Väterchen Frost«, sagte er.

»Es ist ja auch bald Neujahr.« Petrow kam es vor, als könnten diese Worte seinen Zustand irgendwie erklären. »Plus ich hab die Grippe. Und am Freitag muss ich mit meinem Sohn zur Jolka-Feier oder ihn mit dem Auto hinbringen, mal schauen, wie ich bis dahin dran bin.«

Sie knirschten einträchtig mit dem Schnee unter ihren Füßen, während sie übers Trottoir zu dem kleinen Laden auf der anderen Straßenseite gingen, Igor trug versonnen die leere Flasche, hielt sie mit zwei Fingern am Hals, so dass sie bedenklich in der Luft baumelte.

»Stell sie doch irgendwo ab«, wollte Petrow schon sagen, aber Igor ging brav zum nächsten Abfalleimer, der komplett leer war, obwohl ringsum so viele Kippen lagen, als hätte der Eimer auf ein Rendezvous gewartet und dabei heftig geraucht. Igor warf die Flasche hinein, und das Poltern im Innern des Eimers hallte lange nach, als fiele die Flasche durch den Müllschacht eines neunstöckigen Hauses.

»Du arbeitest also im Begräbnisinstitut?«, fragte Petrow.

»Woher denn, das ist doch nur so 'n Zufallskumpel von unterwegs«, sagte Igor sorglos und schien sogar Luft zu holen, um zu sagen, wo er tatsächlich arbeitete, behielt es aber für sich.

Da er beim Warten an der Fußgängerampel nichts Besseres zu tun hatte, gab sich Petrow einen Ruck und fragte:

»Habt ihr da wirklich eine Leiche im Wagen oder habt ihr das nur so gesagt, um mir einen Schreck einzujagen?«

»Schau halt nach, wenn du wieder zurück bist«, griente Igor, »klar ist da 'ne Leiche drin, im schicken Anzügchen. Irgend so ein Typ. Mir an seiner Stelle wär's ja recht, dass man mich noch bisschen dabehält. Würdest du dich etwa weigern?«

»Ich weiß nicht«, sagte Petrow zweifelnd. »Mir wär's ja dann schon egal, aber die Verwandten, die müssen sich Riesensorgen machen wegen seinem Verschwinden. Denen geht's bestimmt nicht so gut, ist doch alles genau geplant.«

»Wenn's nach mir ginge«, gestand Igor, »würde ich seine sterblichen Überreste bis Silvester irgendwo bunkern und zuschauen, wie sie ihn am Einunddreißigsten verscharren, und dann ab zum Feiern.«

Plötzlich bemerkten sie, dass eine Frau mit einem etwa sechsjährigen Jungen an der Hand, die wie sie an der roten Ampel wartete, mit aufgerissenem Mund ihrer Unterhaltung folgte.

»Frau, was stehen Sie hier rum«, sagte Igor leicht indigniert. »Gehen Sie, halten Sie den Betrieb nicht auf. Sie sehen doch, es ist grün.«

In der Mitte des Zebrastreifens holte Igor mit Petrow im Schlepptau die Frau mit dem Kind ein, die sich hastig von ihnen entfernen wollte. »Nein«, legte Igor quasi mitten im Satz los, so dass der Eindruck entstand, als wäre er mit der Frau in ein Gespräch verwickelt gewesen und sie hätten es kurz unterbrochen und nahmen nun den Faden wieder auf, »wenn Sie keinen haben, der mit Ihnen Silvester feiert, ist das was anderes, ich mach natürlich nur Spaß.«

Die Frau zerrte das Kind in den Laden, suchte unverkennbar die Nähe der Menschenmengen und des Wachpersonals, aber Petrow und Igor strebten ja ebenfalls in diesen Laden, erst beim Gemüse blieben sie hinter der Frau zurück, als sie in die Spirituosenabteilung schlurften, wo unberührte Flaschen einladend funkelten und der Blick des gelangweilten Typen von der privaten Security-Firma besonders argwöhnisch auf ihnen haftete.

»Gibt keinen Grund, mich so anzustarren«, belehrte Igor den Wachmann.

»Jetzt geht's ab«, dachte Petrow voll unsäglicher Wehmut, schlimmer noch als in dem Moment, wo man ihn aus dem Bus gezerrt und in den Leichenwagen verfrachtet hatte.

»Aha, wieso denn?«, fragte der Wachmann.

»Reine Statistik«, erläuterte Igor, »am meisten klauen in den Läden nämlich die Angestellten, und Sie geben hier den Zerberus, obwohl – vielleicht stehen Sie ja auch den ganzen Tag rum und überlegen, was Sie wieder als Trocken- und Schüttverlust für sich abzweigen können.«

Statt einer Antwort schnaubte der Wachmann heftig, drehte sich aber weg.

Es war ein erstaunlicher Laden, mit Musik – der immerselbe Frank Sinatra sang sein immerselbes »Let it snow«, in jedem Winkel hingen Tannenzweige wie zum Gedenken an eine Horde verblichener Zwerge, allerlei Neujahrsbaumschmuck hing von der Decke, lag zwischen Wodkaflaschen und auf den Regalen mit den sonstigen Spirituosen, in einer großen Kiste waren Flaschen mit »Sowjet-Sekt« für achtzig Rubel das Stück aufgestapelt, Lichtgirlanden blinkten, oder eher huschten an den Girlanden pausenlos Leuchtameisen entlang, und all das hätte eine vollendete Silvesterstimmung erzeugt, wenn es nicht überall, sogar in der Spirituosenabteilung, nach Zwiebel gestunken hätte.

»Bei denen ist wohl Cipollino krepiert«, bekundete Igor seinen Unmut.

Überhaupt hatte sich Igors Heiterkeit im Laden komplett verflüchtigt: Sowohl in der Spirituosenabteilung als auch bei den Fleischwaren inspizierte er die Artikel, ehe er sich für etwas entschied, rührte sie nicht an, lehnte sich sogar leicht zurück und kniff auch noch die Augen zusammen, wie der Trainer eines Produktteams, das jeden Moment auf die Konkurrenz treffen konnte, wobei die Verantwortung für die Motivationsrede ganz allein bei Igor lag, und diese Rede reifte nun in ihm heran, während sie mit dem Einkaufskorb die Regale entlangschlurften, so dass Petrow wieder heiß wurde, und wieder war ihm, als hätte er eben die Dusche abgedreht, nur dass es sich diesmal anfühlte, als hätte er das Wasser nach dem Einseifen abgestellt, ohne die Haut vom Schaum zu befreien. Igors Worte erblickten erst an der Kasse das

Licht der Welt, unter den Augen der Kassiererin in ihrer Schürzenuniform von der Farbe geronnenen Bluts.

Tatsächlich verteilte Igor seine Aufmerksamkeit gleichmäßig auf eine Frau mit Kind, es war die von der Fußgängerampel, die sich nur deshalb hinter ihnen eingereiht hatte, weil sonst keine der vier Kassen geöffnet war, und eben die Kassiererin. Er schien die beiden Frauen fusionieren zu wollen.

»Frohes Neujahr«, sagte Igor zur Kassiererin, während der Einkaufskorb mit Alkohol und Würsten über das Laufband glitt.

»Gleichfalls«, gab die Kassiererin förmlich zur Antwort.

»Man könnte meinen, in Ihrem Laden beginnt nicht das Jahr der Gelben Ratte, sondern das Jahr von weiß der Geier was«, sagte Igor. »Kriegen Sie kein Kopfweh von dem Geruch?«

»Kopfweh krieg ich von den Kunden«, sagte die Verkäuferin. »Von solchen wie Ihnen. Lenken Sie mich bitte nicht ab.«

Diese Antwort genügte, um Igor für kurze Zeit von der Angestellten abzulenken, indem er unter den Überraschungseiern im Regal neben der Kasse eines auszusuchen begann. Igor erkundigte sich bei dem Kind, aus welcher Serie das Ei sein sollte, während die Frau, zu der das Kind gehörte, einen schweren Blick auf Igor richtete, von dem freilich nur Petrow noch schwerer zumute wurde.

»Welche sind denn am beliebtesten?«, fragte Igor die Verkäuferin.

»Jetzt sind alle beliebt«, entgegnete sie und piepte mit dem Strichcodescanner.

»Und welches willst du haben?«, fragte Igor das Kind.

»Gar keins«, sagte die Frau und mutmaßliche Mutter (oder Schwester oder Tante – was auch immer).

»Nein, ich will aber dieses Auto haben«, sagte das Kind eifrig, und die Frau zupfte es am Arm.

Das Ganze wiederholte sich mehrmals, ohne dass die Verkäuferin ihren Ton auch nur eine Spur änderte, obwohl nach Petrows Einschätzung jede neue Runde ihre Gereiztheit steigern müsste.

»Er will sich bloß aufspielen, lassen Sie ihn machen, dann hört er von selber wieder auf«, versicherte Petrow seinerseits ein ums andere Mal, ohne echte Überzeugung.

Petrow hatte richtig gelegen: Nachdem sich Igor mit Lebensmitteln eingedeckt hatte, erstand er für das Kind eine Packung Überraschungseier und ein paar Schokoladenmünzen in Goldfolie und tauchte in einen geheimnisvollen Nebel, verlor mit anderen Worten schlagartig jedes Interesse an beiden Frauen, der an der Kasse und der mit Kind; die Frau mit dem Kind packte ihre Waren in die benachbarte Plastiktüte und wollte den Jungen zwingen, »danke« zu sagen, doch der Junge schwieg, sei es aus Trotz oder weil ihm vor Freude die Luft wegblieb. Petrow kehrte ihnen allen den Rücken zu, aus Angst, er könne jemanden anstecken, indem er der Person seinen Grippeatem ins Gesicht blies und ihr damit das Fest total versägte wie eine Neujahrstanne.

Als lieferte er sich mit der Frau einen Wettkampf, warf Igor noch rasanter als sie sämtliche Einkäufe in seine Tüte, die weiß war außer der Aufschrift in der Farbe geronnenen Bluts, und ging schweigend in die Straßendämmerung hinaus, die bereits durch die Glastüren fiel. Petrow holte ihn ein, als er zur Ampel zurückstrebte, und fragte einigermaßen verärgert:

»Was war das denn für eine Nummer?«

Igor schaute von oben herab auf Petrow wie ein Himmelsbewohner, schwer zu sagen, ob er vom Suff benebelt oder völlig nüchtern war (Petrow war selbst schon angetrunken), der rote Schein der Ampel lag auf Igors kurzgeschorenem, dichtem, dunklem Haar und den Schultern seines dunklen Mantels, und seine Miene wirkte, als wollte er fragen: »Wer bist du überhaupt?« Stattdessen sagte Igor:

»Ich denk mir nur grade, während wir im Laden herumgeschlappt sind, ist Wassili vielleicht schon weggefahren.«

»Von wegen vielleicht«, bestärkte ihn Petrow, »ich an seiner Stelle hätte, sobald wir raus waren, Gas gegeben und mich verdrückt.«

Sie überquerten die Straße in umgekehrter Richtung; Igor schien der von Petrow bekundete Gedanke zu beschäftigen, und er konnte ihn nicht gleich verdauen und Gegenargumente finden, umso mehr als die Trauer-GAZelle nicht mehr an dem Fleck war, wo Igor und Petrow sie verlassen hatten.

»So ein Schwachkopf«, sagte Igor niedergeschlagen, »wo will er denn jetzt hin? Der kommt doch ohne mich aus dem Schlamassel nicht wieder raus.«

Mit einem Seitenblick auf Petrow fügte Igor hinzu:

»Knöpf dir mal die Jacke zu, das ist ja abartig. Was schwitzt du denn so?«

»Das ist die Grippe«, erinnerte ihn Petrow, während er die dicken Knöpfe an der Jacke schloss, »vielleicht sollte ich eh mal langsam nach Hause. Wir können zu mir gehen, ist nicht weit von hier.«

Igor verzog das Gesicht. Man hätte meinen können, er sei mindestens einmal bei Petrow gewesen und Petrows Zuhause ein einziges Gruselkabinett.

»Dann halt nicht«, sagte Petrow, »ich geh jetzt jedenfalls.«

»Du lässt mich im Stich«, sagte Igor, und in seiner Stimme schwang die unerträgliche Pein eines Genossen mit gebrochenem Rückgrat in der verschneiten Taiga.

»Was dann?«, fragte Petrow schon weniger überzeugt.

»Wir können zum Elmasch fahren«, entgegnete Igor, »wir halten zum Beispiel ein Auto an und ab geht's.«

»Na toll«, sagte Petrow. »Ich bin also ewig lange vom Elmasch hierhergefahren, nur weil ich jetzt wieder zurück will? Und was machen wir dort?«

»Und zu Hause, was machen wir da?«, fragte Igor. »In Einsamkeit sterben?«

»Kann sein, dass mein Sohn kommt oder meine Frau«, sagte Petrow und war plötzlich wieder ganz klar im Kopf. »Ich leg mich jetzt ins Bett, nach den Feiertagen muss ich ackern wie blöd, weißt du.«

»Weißt du, nach den Feiertagen müssen alle ackern wie blöd«, warf Igor ein. »Jedenfalls wohnt dort ein Bekannter von mir, schreibt 'ne Doktorarbeit in Philosophie; wenn du den abfüllst, vorausgesetzt, er ist noch in einem Zustand, dass er sich unterhalten kann, will sagen, er hat sich nicht schon mit den lokalen Typen die Kante gegeben, dann kriegst du vom Gespräch mit ihm 'nen besseren Kick als vom Gras. Und später kannst du dann woanders im Gespräch immer mal wieder auf ihn zurückgreifen. Was gibt's dort eigentlich zu sehen in deiner Grube, unter all den Autos?«

»Nee, lass mal«, wollte Petrow einwenden, aber Igor stand schon am Straßenrand und streckte die Hand mit der Plastiktüte zum Trampen aus.

»Also, was gibt's dort Interessantes in deiner Grube?«, fragte Igor schon im Innern des warmen Wolga, wo Petrow vorsorglich gleich die Knöpfe zu öffnen begann, damit ihn nicht eine neue Hitzewelle überkam. Igor hielt die auf seinen Knien thronende Plastiktüte mit beiden Armen umfangen, die Tüte raschelte und zugleich klackten die Flaschen darin wie Holzscheiter im Frost, klirrten zart, als wären es Sektgläser. Im Auto roch es nach der Kälte, die sie von draußen hereingebracht hatten, doch allmählich überwog der Geruch nach Autopolstern, der Dufttanne am Rückspiegel und Zigaretten. Petrow fiel ein, dass er lange nicht geraucht hatte und schon im Bus eine rauchen wollte, sobald er an der Endstation ausstieg.

Der Fahrer, der von der Bewegung des Autos leicht hin- und herschwankte, musterte Petrow aufmerksam im Rückspiegel. Von der Seite konnte Petrow sehen, dass er glattrasiert oder einfach noch sehr jung war, aber die Augen im Spiegelbild waren die eines alten, schnauzbärtigen Lastwagenfahrers. Im Auto war es dunkel, doch im Licht der Straßenlampen und der voranfahrenden Autos war der Unmut des Fahrers deutlich zu sehen. »Schau lieber nach vorne auf die Straße«, dachte Petrow und fragte:

»Kann ich eine rauchen? Darf man das bei Ihnen?«

Der Fahrer würdigte Petrow nicht einmal ansatzweise des Klanges der eigenen Stimme, schüttelte stattdessen verneinend den Kopf und stellte das Radio an, das sogleich, als hätte es nur darauf gewartet, ein Lied von Neujahrsschmuck, Kerzen und Knallfröschen spielte.

»Also, was gibt's in deiner Grube zu sehen?«, insistierte Igor.

»Wissen die dort überhaupt Bescheid, dass wir kommen?«, fragte Petrow zurück, weil er zu träge war, um von der Werkstatt zu erzählen, und ihm auf Anhieb keine gute Geschichte einfiel, die wirklich interessant wäre. »Oder rennen wir weiter durch die Eiseskälte?«

»Macht dich das nervös?«, fragte Igor, haspelte herum und kramte, während er die Plastiktüte nur mit einer Hand festhielt, in seinem schwarzen Mantel, als wollte er Flöhe fangen, bis er ein seifenrestförmiges Mobiltelefon zutage förderte. »Hast du eigentlich ein Handy?«, erkundigte er sich beiläufig, während er mit dem Daumennagel die Tasten drückte.

»Nö«, log Petrow.

»So, so«, sagte Igor gar nicht beleidigt und stellte fest: »Du willst nur nicht, dass ich dich auch noch auf dem Handy nerve.«

»Ja, irgendwie so«, gestand Petrow. »Sich mal zufällig treffen ist eine Sache, aber permanent im Kontakt mit dir ist was anderes.«

»Dabei bin ich eigentlich gar kein aufdringlicher Typ«, entgegnete Igor abwesend, weil er mit dem Telefon am Ohr schon das Freizeichen hörte. »Hallo, Witja, bist du's?«, fragte Igor, und kaum hatte er die Stimme des anderen vernommen, als er sich auch schon aus dem Innenraum des Autos entfernte und in jene für Petrow unzugängliche Sphäre begab, wo die Seelen aller Telefonquassler weilen.

»Igor hier«, sagte Igor in einem Ton, als wäre er der einzige Igor im Universum. »Also, ich würde gerne mit 'nem Kumpel bei dir vorbeikommen, wegen deiner Dissertation«, fuhr Igor fort, ließ kurz die Plastiktüte sinken und zeigte Petrow einen Daumen hoch. »Schon die Habilitation?«, fragte Igor hörbar unbeeindruckt. »So wie Rehabilitation? Ein Grund mehr, vorbeizukommen und sie mit frischem Blick zu betrachten. Sozusagen in neuem Licht erscheinen lassen. In himmlischem, genau. – Was treibst du eigentlich grade?«, fragte Igor dreist, nachdem er eine Weile zugehört hatte. »Bei der Arbeit? Also, Witja, das ist jetzt wirklich lächerlich. Was denn für Arbeit? Ein Kranker macht sich auf den Weg, um mit dir zu plaudern, und du bist bei der Arbeit. Ist sie wenigstens hübsch, diese Arbeit? Ich lass aber nicht locker, bis du's mir sagst. Nee, ich lass nicht locker. Leck dich selber. Nein, du. Nein, du sollst dich selber lecken. Nee, im Ernst, ist sie hübsch? Wirklich? Dann kommen wir also vorbei, sehen selbst und geben unser Urteil ab, ja? Also, gleich sind wir da.«

Von solchen Gesprächen kam Petrow selbst mit aufgeknöpfter Jacke ins Schwitzen, ihm wurde angst und bange, wenn er sich an die Stelle des Menschen versetzte, den Igor da bedrängte, denn eigentlich bedrängte Igor die Leute gar nicht, er stellte sie geruhsam vor die Tatsache seines Erscheinens, und als nächste Tatsache verkündete er die Eröffnung nächtlicher Sitzungen mit Sprit in hohen Dosen, was nicht jeden entzückte.

»Witja, ich glaube, du flunkerst«, sagte Igor mit gnadenloser Zärtlichkeit, »du hast gar niemanden bei dir. Normale Frauen verschreckst du, sobald du den Mund aufmachst, und die Studentinnen schreckt der weite Weg zu dir in den Elmasch. Gebe Gott, dass du über deiner philosophischen Selbstflagellation oder dem Stoizismus oder welche Periode du sonst grade durchläufst, wenn nicht die alkoholische, dass du also nicht in die Tiefen der griechischen Ontologie gesunken bist und jemanden ins Gymnasion gelockt hast. Das örtliche Proletariat wird das nicht hinnehmen.«

Nach den Worten über die Habilitationsschrift und die Studentinnen wurde Petrow schlagartig klar, dass Igor zehn, wenn nicht fünfzehn Jahre älter war als er, und ihn befiel ein Gefühl von Fremdheit. Schon vorher war ihm schleierhaft gewesen, warum Igor sich mit ihm abgab, doch nun war es dreifach schleierhaft.

Schleierhaft war ferner, warum Witja nach all den Beleidigungen, den direkten wie den verhüllten, nicht einfach auflegte, sondern das Gespräch fortführte, aber schleierhaft blieb es nur so lange, bis Igor verkündete:

»Ich leg aber nicht auf und basta, du kannst ja eh nicht mit dem Streiten aufhören, solange der Streit dauert, und Geld hab ich 'nen ganzen Arsch voll auf dem Handy, ich kann jetzt auf dem Weg zu dir einmal bis nach Tagil und zurück fahren, und selbst wenn ich dabei die ganze Zeit mit dir rede, wirst du weiter schön brav neben deinem Nachtschränkchen stehen und Speichel versprühen.«

Mit tiefem Kopfnicken, wie ein Zirkuspferd, hörte sich Igor Wiktors Einwände an und seufzte:

»Na gut, dann halt nicht. Wir fahren jetzt zu dir und schauen, ob du's dir doch noch anders überlegst, und wenn nicht, dann bleiben wir auf der Schwelle stehen wie die Mädchen mit den Schwefelhölzern, pressen uns an deine Fensterscheibe, hauchen ein Guckloch drauf und weiden uns an deinem Glück … Nein, die dritte Etage schreckt mich nicht, du kennst mich doch. Hauptsache, dich schreckt's.«

Als das Gespräch beendet war, versenkte Igor das Handy wieder in sein tiefstes Inneres, umfasste die Plastiktüte und kehrte Petrow eine zufriedene Miene zu. »Nee, der ist garantiert schon um die vierzig«, dachte Petrow, der selbst achtundzwanzig war.

»Er ist natürlich dagegen, aber wen interessiert schon seine Meinung«, meldete Igor.

»Dann macht er halt nicht auf«, gab Petrow zu bedenken.

»Dann klopfen wir halt so lang, bis er aufmacht«, erwiderte Igor.

»Dann macht er sich halt aus dem Staub, solange wir noch auf dem Weg sind«, sagte Petrow.

»Dann kann er halt nirgends hin«, sagte Igor. »Es ist sein Schicksal, dass er sich heute besäuft, die Parzen haben bereits ihren Faden gesponnen und so.«

»Und wieso rufst du ihn dann überhaupt an?«, fragte Petrow.

»Man muss ihn vorher bisschen aufstacheln«, antwortete Igor, »damit er rasend wird, weißt du, wie der Minotaurus im Labyrinth.«

Igor ließ erneut die Tüte sinken und machte mit einer Hand und wilder Grimasse den rasenden Minotaurus vor.

Über dem fremden Gespräch war es Petrow entgangen, dass der Fahrer sie in irgendwelche Ecken der Stadt gebracht hatte, die man bei Tageslicht erkannt hätte, doch nun entwich ihre Topologie in die anrückende Dunkelheit und verlor sich in dem in die Augen stechenden Licht der Scheinwerfer, wobei auch die Scheinwerfer bald verschwanden – der Wolga rollte auf eine bogenförmige Straße, die nicht enden wollte. Kleine, gestreifte Pfosten ragten am Wegrand auf, und hinter den Pfosten standen Nadelbäume mit schneebeschwerten Zweigen. Dann tauchte ein vertrautes Verkehrsschild auf mit einer Rostbeule in der unteren rechten Ecke. Ein Schild, das eine Tankstelle ankündigte, und hundert Meter weiter eines, das vor Rollsplit warnte, rückten die Verkehrspläne des schweigsamen Fahrers schlagartig zurecht. Tatsächlich tauchte eine Tankstelle auf, in deren Nähe ein mit Luftschlangen und Lichtgirlanden geschmücktes Neujahrsbäumchen in die Erde gerammt war; es war unklar, ob man die Tanne extra hergeschleppt hatte oder ob sie vorsorglich gleich an Ort und Stelle gewachsen war. Ein paar Minuten nach der Tankstelle wich der Wald allmählich zurück, und die Straße war zunehmend umgeben von den Elementen städtischer Peripherie: Eisenbahngleise unter einer Autobrücke, Lagerhallen ohne Fenster und Türen, ferne Hochhäuser, zu Herden geballt und doch einsam anzusehen. Petrow, der sein ganzes Leben in dieser Stadt verbracht hatte, war noch nie hier gewesen und hatte noch nie aus einer solchen Perspektive auf die Stadt geblickt, weshalb er nicht begriff, wo sie sich befanden. Dann verschwand auch diese Umgebung aus dem Blickfeld, weil der Fahrer des Wolga in eine Durchfahrt einbog und das Auto vorsichtig zwischen zwei sich einander schief zuneigenden Betonzäunen hindurchlavierte, auf denen Stacheldraht prangte. Hinter den Zäunen blickten Gebäude aus dunklem Klinker hervor, mit staubigen schmalen Fenstern, doch ließ sich durch den Staub und die schmale Öffnung im Innern ein Raum erahnen und in diesem Raum allerlei Teile und Ecken massiger, schwerer Geräte. Weil sie langsam fuhren, glitt ebenso langsam, wie auf einer Drehbühne, ein Mann vorbei, der mit seinem Schäferhund in einer Schneewehe stand. Der Mann pinkelte in den Schnee und schien das Auto nicht zu bemerken, und der Hund sah dem Mann beim Pinkeln zu. Dann ragte ein Fabrikschlot auf wie ein Fernsehturm, aus dem Schlot quoll weißer Rauch, der selbst im Dunklen zu sehen war auf dunklem Himmelsgrund.

Hinter dem Industriegebiet tauchten erste Häuschen auf, zweistöckige gelbe Häuschen und schwarze aus Holz. Der Fahrer nahm den Weg durch die Hinterhöfe, und der ganze Zauber dieser Höfe mit ihren geheimen, nur den Anwohnern bekannten Läden, einer irgendwo im ersten Stock verborgenen Kinderpoliklinik oder Kinderkrippe (drinnen brannte Licht und ließ die mit lustigen Tieren bemalten Wände sehen), all das erschien in gekipptem Winkel vor Petrows Blick, tanzte auf und nieder von den hinterhöfischen Schlaglöchern. Einen kurzen Moment lang schienen sie auf eine Straße oder eine Kreuzung zu stoßen, aber es war dunkel, und Petrow konnte nicht sicher sein, ob es eine vollwertige Straße oder Kreuzung war oder einfach nur die Laune eines Landschaftsgärtners. Das Auto kroch einen Hang hinauf, präsentierte oben einen Kirowski-Supermarkt, schlug erneut seine Haken zwischen Büschen, nahen Toreinfahrten und Betonblöcken hindurch, die ihm den Weg versperrten. Von all dem Gekreise schien es Petrow, als seien sie schon wieder auf dem Heimweg.

»Ja, genau hier«, sagte Igor, und das Auto hielt.

Anstatt auf seiner Seite auszusteigen, schubste Igor Petrow sanft nach draußen, schubste sich selbst hinterher und geleitete Petrow einen niedrigen Holzzaun entlang, hinter dem ein schneebedeckter Grill stand.

Der von ihnen verlassene Wolga machte allerlei Rückstoß-manöver, um zu wenden und den Rückweg anzutreten; er hatte Mühe damit, weil die Straße nicht geräumt war. Fast schon ge-waltsam geleitete Igor Petrow zu einer Tür, die mit braunem Kunstleder dick gepolstert und an den Rändern mit schwarzem Filz beschlagen war, postierte ihn unter der Lampe der Veranda, drückte ihm die Plastiktüte in die Hand und klopfte. Auf sein ebenso lautes wie weiches Klopfen antwortete einzig der Wind mit einem eigentümlich feinen Pfeifen in den Latten des Gar-tenzauns.

»Na toll«, sagte Petrow und knöpfte die Jacke zu.

Doch da ertönte im Innern des Hauses scheinbar an meh-reren Stellen zugleich ein hölzernes Knirschen, die Tür öffnete sich nach innen. Auf der Schwelle stand Wiktor Michajlowitsch, Kunde der Autowerkstatt, wo Petrow arbeitete. Obwohl es drei Jahre her war, dass Wiktor Michajlowitsch das letzte Mal in der Werkstatt erschienen war, erinnerte sich Petrow nur zu gut, wie sie bei seinem UAZ-Geländewagen das Fahrwerk repariert und die Gangschaltung ausgetauscht hatten und wie man Wiktor Michajlowitsch bei jedem Ersatzteil buchstäblich nötigen musste, es zu erwerben, obwohl es sein eigenes Auto war, und dann musste man ihm noch das Geld für die Arbeit aus den Rippen leiern, worauf quasi als Strafe für seinen Geiz nur wenige Stun-den, nachdem sie das Auto aus der Werkstatt entlassen hatten, das Getriebe den Geist aufgab. Wiktor Michajlowitsch flehte sie inbrünstig an, das Auto zurückzunehmen, und versprach das Blaue vom Himmel, aber in sämtlichen Werkstätten ringsum kannte man ihn bereits und fiel nicht auf seine Versprechungen herein, so dass Wiktor Michajlowitsch den Rückzug antreten und anderswo nach irgendwelchen Trotteln Ausschau halten musste, denen sein Porträt noch nicht untergekommen war.

Petrow hatte Wiktor Michajlowitsch als korpulenten Mann in

Erinnerung, und nun, nachdem er ihn ein paar Jahre lang nicht gesehen hatte, kam er Petrow noch massiger vor. Es war direkt erstaunlich, dass Wiktor Michajlowitsch durch das enge und niedrige Eingangstürchen überhaupt noch in sein Haus gelangen konnte. Außer einer wattierten Hose hatte Wiktor Michajlowitsch einen senffarbenen Pullover an, wie man ihn nur noch bei kaltem Wetter in den Schrebergärten trug, den Bauch des Pullovers zierte die Aufschrift »Team Boys«, von innen fest unterstützt durch die Leibesfülle des Hausherrn. Wiktor Michajlowitsch schniefte seltsam trunken, als wollte er jeden Moment losreihern. Er schwankte leise.

»Dann kommt halt rein, wo ihr schon da seid«, sagte Wiktor Michajlowitsch, machte nicht ohne Mühe in der engen Diele kehrt und kletterte auf der viel zu schmalen Stiege nach oben.

Igor knöpfte Petrow die Tüte ab und schlüpfte ins Haus. Petrow folgte ihm auf dem Fuß, schloss hinter sich die Tür, deren Sicherheitsschloss ein markantes Klicken von sich gab. In der Diele war es kalt, wie in den Dielen auf dem Dorf, neben der Tür standen an die Wand gelehnt ein paar Schaufeln, eine Schneeschippe und ein Besen, daneben lag ein hingeworfener Spaten, an dem vermutlich noch vom letzten Herbst ein Erdklumpen haftete. Dann gab es an der Wand noch einen Stromzähler, der summte wie ein elektrischer Stuhl während der Hinrichtung.

»Macht das Licht aus da unten«, brüllte Wiktor Michajlowitsch von irgendwo weiter oben.

Petrow fand mit Mühe den seltsam erdig wirkenden Lichtschalter an der Wand, einen Schalter, so alt, dass Petrow ein ähnliches Modell zum letzten Mal in der Kommunalka gesehen hatte, wo seine Großmutter mütterlicherseits gelebt hatte, und auch das war schon zwanzig Jahre her. Vom Schalter führte eine Schnur nach oben, die einer gewöhnlichen Wäscheleine glich. Petrow knipste das Hebelchen des Schalters um, und es wurde schlagartig stockfinster, erst nach ein paar Sekunden quietschte oben eine Tür, und von dort erschien an der Wand eine Art gelber

Widerschein. Petrow orientierte sich am Rascheln von Igors Tüte und Mantel, er genierte sich, die Hand vor sich hinzustrecken, um nicht unversehens mit dem Kopf gegen ein zufällig aufgegabeltes Antikstück zu prallen, doch weil er partout kein Treppengeländer finden konnte, kletterte er weiter hinter Igor her.

Auf dem Treppenabsatz zwischen Erdgeschoss und erstem Stock hing eine Schüssel, die jedoch im Licht, das durch den Spalt einer angelehnten Tür fiel, schon gut zu sehen war. Hinter der Tür folgte eine weitere Diele, hier war es zur Abwechslung warm. Petrow hatte erwartet, eine schaurige Junggesellenhöhle zu sehen, und war leicht erstaunt, als er an der Wand links von der Tür einen verspiegelten Einbauschrank entdeckte, dann Laminatboden, himbeerfarbene, mit Bommeln geschmückte Vorhänge vor den beiden für Petrow sichtbaren Türen, von denen eine offenbar in die Küche, die andere ins Wohnzimmer führte. Während Wiktor Michajlowitsch die Gäste mit einem bösen Blick seiner riesigen (von Geburt an) und hellen (vom Alkoholismus) Augen durchbohrte, nahm er ihnen Oberbekleidung und Mützen ab, hängte alles auf Bügel, entriss Igor die Tüte und entschwand hinter einem der himbeerfarbenen Vorhänge, dem gegenüber vom Eingang. Unter Igors Mantel kam ein Anzug zum Vorschein, der einem Traueranzug ähnelte, als hätte Igor ihn noch rasch dem Verstorbenen in der GAZelle gemopst, dagegen hatte Petrow in seinen mickrigen Jeans und dem mickrigen Pullover voller Benzingestank das Gefühl, er ähnle Wiktor Michajlowitsch, und das behagte ihm gar nicht, er wollte nicht mit den Jahren immer korpulenter werden, und schon gar nicht in diesem Ausmaß.

»Hausschlappen hast du immer noch keine?«, fragte Igor, während er die Schuhe auszog und aufs Schuhregal stellte.

»Sekunde, ich rufe meinen dressierten Dackel, dass er sie apportiert«, erwiderte Wiktor Michajlowitsch mit einem Sarkasmus, der Igor begreifen ließ, dass er die Pantoffeln vergessen konnte.

»Manometer«, sagte Igor, »du bist immer noch sauer wegen der Sache vom letzten Mal, was?«

»Und wegen der vom vorletzten Mal«, sagte Wiktor Michajlowitsch, dabei hörte man, wie er den Schraubverschluss einer Flasche öffnete und Wodka in Schnapsgläser goss.

Igor wartete, bis Petrow die Schuhe ausgezogen hatte, und ließ sich Zeit, in die Küche zu kommen, obwohl er ungeduldig auf Petrows vergripptes Genestel mit den Schnürsenkeln schielte.

»Meinen Neffen habe ich übrigens auch ohne deine Hilfe untergebracht«, sagte Igor. »Bei den Medis.«

»Wie, bei den Medis?«, wunderte sich Wiktor Michajlowitsch. »Der ist doch debil, ich erinnere mich genau.«

»Debil oder nicht«, sagte Igor, »er ist jedenfalls schon im dritten Studienjahr.«

»Und das da ist auch ein Neffe von dir?«, fragte Wiktor Michajlowitsch argwöhnisch und steckte sein Gesicht halb hinter dem Vorhang hervor.

»Fast«, sagte Igor. »Ein guter Bekannter und Nachbar auf der Datscha. Uns haben mal beim ›Theater für den jungen Zuschauer‹ die Luftlandetypen abwichsen wollen.«

»Wollen ist gut«, brachte Petrow seine bescheidene Meinung zum Ausdruck, nachdem er endlich mit den Schuhen fertig war und sich aufgerichtet hatte, wovon er fast eine Hustenattacke bekam, »wollen ist gut, die haben uns schon bisschen abgewichst.«

Igor kehrte Petrow sein Gesicht zu, auf dem sich leichter Zweifel malte.

»Ist ja gut«, sagte Igor. »Klar, wir haben uns kurz gekloppt, zusammen einen gehoben. Solange keiner zu Boden ging, war's auch keine Schlägerei. So seh ich's jedenfalls.«

Petrow, den sie trotz allem vermöbelt hatten, gab unwillkürlich einen Laut der Missbilligung von sich.

»Was denn, Igorchen?«, fragte Wiktor Michajlowitsch. »Du hast dich nicht rausreden können?«

»Na so halt«, zuckte Igor mit den Schultern. »Zu meiner

Rechtfertigung sei gesagt, dass die uns trotz allem nicht richtig verprügelt haben. Die Einzigen, denen ich das erlauben würde, sind diese Grubenarbeiter oder Bergleute. Und das auch nur, wenn ich im Unrecht wäre. Aber ich bin ja immer im Recht.«

Nachdem sich Igor und Petrow nacheinander im Bad die Hände gewaschen hatten, begaben sie sich in die Küche, setzten sich an den kleinen, quadratischen Tisch, der mit einem derart starren Plastiktischtuch bedeckt war, dass Petrow, als er den Rand des Tuchs betastete, plötzlich einen Anginakloß im Hals spürte, in seiner Starrheit erinnerte ihn das Tischtuch an die dunkelblauen Schallplatten, die zwischen den Seiten der Kinderzeitschrift »Kolobok« eingeheftet waren. Petrow blickte auf die blaue Flamme unter dem altersgilben, halbkugelförmigen Teekessel und spürte, dass er in der häuslichen Wärme selbst aufzuheizen begann wie ein Teekessel, obwohl – nein, die Hitze im Innern Petrows war nicht feucht wie die im Kessel, sondern eher wie die Hitze von Ofenkacheln – trocken, schwer, anhaltend. Petrow blieb nichts übrig, als zu leiden und sich zu betrinken, denn kaum saßen Igor und Wiktor Michajlowitsch am Tisch, waren sie wie schon zuvor sofort miteinander zugange, verströmten ihr beiderseitiges Gift. Und während die beiden ihre Sticheleien tauschten, appellierten sie seltsamerweise an Petrow als Richter, aber er konnte sich nur räuspern, weil sich ihm der wahre Boden dieser Spitzen in den meisten Fällen nur teilweise erschloss. So wusste Petrow zwar schon, dass Wiktor Michajlowitsch Philosophie lehrte, aber wo, das wusste er nicht, und er konnte zwar halbwegs verstehen, wieso Igor fragte, wie das zusammenpasste, das Bildungssystem und damit Teile des Staatswesens zerschlagen zu wollen und zugleich ein Bodentümler zu sein. Doch war ihm völlig schleierhaft, weshalb Wiktor Michajlowitsch im Gegenzug behauptete, wer wenn nicht Igor müsse doch Bescheid wissen über Zerfall, Grundlagen, Staatswesen und Boden, wobei Igor, als er diese Worte vernahm, dreckig grinste und von Olescha und Neid zu sprechen begann. Wiktor Michajlowitsch sagte, nein, kein Neid, sondern ganz gesetzmäßige Verwunderung über Igors Benehmen.

Nach etwa zwanzig Minuten war Wiktor Michajlowitsch so weit, dass er mit vor Anspannung rotem Gesicht Igor regelrecht anbrüllte und zum Nachdruck mechanisch den Zeigefinger zwischen die Schnapsgläser bohrte.

»Die Zivilisation wurde im Nahen Osten geboren, und dort ist sie auch geblieben! Man hätte diese Barbaren aus dem Norden nicht mal auf Schussweite rankommen lassen dürfen. Dort ist auch ohne die Europäer ein Hexenkessel, wozu da noch Öl ins Feuer gießen! Alles, was nördlicher liegt, ist Müll, Müll, sag ich dir! Im Nahen Osten ist alles entstanden, was die Barbaren dann an ihre eigenen Bedürfnisse angepasst und versaubeutelt haben! Jede noch so rudimentäre Äußerung von Kultur! Aber ihr seid auch gut! Was habt ihr um euren Monotheismus für einen Heidenzirkus gemacht! Und vor wem habt ihr sie ausgebreitet, wem habt ihr sie auf dem Silbertablett serviert – die Frucht von ein paar Jahrtausenden religiösen Denkens? Und schau, selbst die Araber, die jetzt weltweit gehetzt werden – selbst die haben das mit dem einen Gott auf die Reihe gekriegt! Die Araber! Vielleicht weil in dem ganzen Sand dort wirklich was Heiliges ist! Sobald sich das Denken Richtung Norden bewegt hat, war Sense. Woran glauben wir denn jetzt? Richtig! An den Vater, den Sohn, den Heiligen Geist, das heißt so viel wie Jupiter, Herkules und Merkur in einer Gestalt! Und wenn man noch tiefer gräbt, Zeus, Herakles und Hermes! Klar wird man mir entgegenhalten: Nein, nein, das theologische Denken ist längst über diese Konvention hinweg. Von wegen! Für Otto Normalverbraucher sind das realiter Zeus, Herakles, Hermes. Du hast doch mitgekriegt, wie die sich dort nach ihrem Ebenbild 'nen schwarzen Jesus zurechtbasteln? Genauso ist es hier, haben einfach alles adaptiert, wie's grade passt, einen Teil der Mythen über Bord geworfen, und schon waren sie quasi keine Heiden mehr, auch wenn sie faktisch immer noch welche sind. Das theologische Denken windet sich auf allerlei Weise um diese Analogie herum, aber so ist es nun mal, all die heiligen Schutzpatrone für dies und das sind ganz klar ein Sprung ins Heidentum. Das Brimborium hätte man sich sparen können. Sollen sie doch beten zu ihrem griechisch-römischen Pantheon. Mit den Arabern muss man Frieden machen und leben nach seiner Façon!«

»Du stehst nicht etwa kurz vor 'nem Schlaganfall von wegen religiöser Ekstase?«, fragte Igor halb spöttisch, halb beunruhigt.

»Wenigstens untereinander hätte man sich nicht bekriegen dürfen!«, legte Wiktor Michajlowitsch nach, ohne auf ihn zu hören, und warf sich mit dem Bauch über den Tischrand. »Wenigstens das hätte man bleibenlassen sollen! Kapierst du?! Kapierst du das? Ojojoj, wir haben einen Tempel und ihr habt keinen! Ojojoj, ihr habt einen Tempel, dafür sind wir kein Gesockse! Ist das normal, oder was? Zack rotten sich die Nachbarn zusammen und jagen die ganze Mischpoche für zweitausend Jahre in alle Winde!«

Igor lachte auf.

»Schade, dass du jetzt nicht mit meinem Onkel am Tisch sitzt!«, sagte Igor immer noch kichernd. »Der würde dir das Dumpfmaul stopfen mit deinem eigenen Großmachtchauvinismus, wenn ihn nicht vorher der Schlag träfe von dieser Instant-Version der biblischen Geschichte.«

»Dann hättest du mal besser deinen Onkel angeschleppt statt diesem«, Wiktor Michajlowitsch warf einen Blick auf Petrow und runzelte beim Versuch, dessen Wesen auf den Punkt zu bringen, die Stirn, als hätte er Verstopfung, »statt diesem Schweiger da. Was macht der überhaupt? Ist das dein Sekretär, oder was?«

»Ich hab doch gesagt – ein Bekannter«, sagte Igor, »ich weiß nicht, wo er arbeitet.«

Petrow sagte geistesgegenwärtig, er sei Installateur, aber Wiktor Michajlowitsch taxierte ihn trotzdem, schwankend und mit zusammengekniffenen Augen.

»Und in einer Autowerkstatt hast du nie gearbeitet?«, fragte Wiktor Michajlowitsch.

»Nö«, erwiderte Petrow.

»Pass bloß auf, du«, sagte Wiktor Michajlowitsch und drohte ihm mit dem Finger.

Tatsächlich war die Chance minimal, dass Wiktor Michajlowitsch in ihm den Automechaniker wiedererkannte, hier sprach alles für Petrow: die andere Kleidung, die erkältungsbedingt veränderte Stimme und die Zeit, die verstrichen war, seit Petrow in dem leidgeprüften UAZ herumgestochert hatte. Petrow erinnerte sich noch heute, wie der UAZ vorne links abgesackt war, als Wiktor Michajlowitsch sich hineinsetzte. Für alle Fälle senkte Petrow den Blick unter den wachsamen Glubschern von Wiktor Michajlowitsch, in dessen Seele die Automechaniker offenbar eine besonders tiefe Wunde hinterlassen hatten, womöglich wirbelten ihm die Bilder seiner Peiniger immer noch durchs Gedächtnis, aber um sich mit einem solchen Fettkloß anzulegen, fehlte Petrow die Lust, die Gesundheit, der Raum.

»Meine Nachbarn sind Arschlöcher«, fuhr Wiktor Michajlowitsch mit einem Gedankensprung fort, nachdem er sich an Petrows unglücklicher Visage geweidet hatte. »Weißt du, es wäre ja o.k., wenn man ihnen beim Rausgehen immer mal begegnen würde, aber so läuft das hier nicht. Der dritte Stock ist meiner und der Zugang zur Haustür auch, und auf der anderen Seite wohnen die Leute im zweiten Stock und haben da ihren eigenen Ausgang. Ich seh nicht ein, wieso ich nur auf einen Schwatz mit denen einmal rund ums Haus laufen soll. Na, und der Nachbar links von mir ist auch nicht ohne, schippt seinen Schnee einfach zu mir rüber – und ab mit dem Auto, bin ja selbst gerade nicht motorisiert, da werd ich doch mal über Schneewehen klettern können. Und der Hund von denen – total beknackt, wuff-wuff-wuff, wuff-wuff-wuff. Und gegen wen das ganze ›Wuff-wuff-wuff‹? Gegen Menschen, Hunde, Katzen, und scheint der Mond, heult der Köter. Scheint er nicht, läuft er hin und her und rasselt mit der Kette. Wachhund nennt sich das. Und die Kette, keine Ahnung, ob die da 'ne Spezialanfertigung geordert haben oder was, dass sie so rasselt. Weiß der Henker.«

Nach dem Kettenhund machten Wiktors Gedanken einen deutlichen assoziativen Sprung. Wobei auch der vorige Sprung, als Wiktor Michajlowitsch sich nach einem Blick auf Petrow darüber verbreitet hatte, was für Hurensöhne seine Nachbarn waren, assoziativ gewesen war, doch das wollte sich Petrow nicht eingestehen.

»Leute«, legte Wiktor Michajlowitsch los, »wir sind an die Materie gekettet. Man kann sagen, was man will, aber selbst die Information ist komplett materiell und eben nicht frei von den Fesseln der Materie. Zum Beispiel dieses Buch hier. Von seinen Seiten prallen Photonen ab und beeinflussen auf spezifische Weise die Neuronen des Gehirns. Ein Lehrer versetzt seine Umgebung mittels der Stimmbänder in Schwingung und wirkt über das Trommelfell auf die Neuronen seiner Schüler ein. Andererseits enthält dasselbe Buch ganz ohne Benzin und Strom, indem es einfach nur auf dem Tisch liegt, nahezu unerschöpfliche Ressourcen an Information. Generation um Generation schöpft Wissen daraus, bis das Buch auseinanderfällt. Das gesprochene Wort kann sich in der menschlichen Sphäre vermehren, als wäre es lebendig, im Grunde ist das Wort wie ein Lichtquant, hat mehrere Naturen auf einmal, nur kann das Licht gleichzeitig eine korpuskulare und eine Wellennatur besitzen, dagegen ist der Gedanke – die konkrete Molekülverbindung in den Neuronen genauso wie wenn du deinen Gedanken laut aussprichst – eine völlig konkrete, messbare Schwingung der Luft, und der zu Papier gebrachte Gedanke ist generell eine unvorstellbare Verbindung aus dem Mechanismus der Mustererkennung, den Mustern selbst und dem ewigen Pingpong der Photonen zwischen dem Mechanismus der Mustererkennung und den Mustern selbst. Überhaupt ist es interessant, dass sich auf der Ebene der Quanten, grob gesagt, der Kopf nicht vom Arsch unterscheidet, die Umgebung, in der wir existieren, unterscheidet sich nicht von uns selbst, die Luft, die wir atmen, das Essen, das wir verzehren, verwandelt sich alles in uns selbst, wo ist denn da die Grenze zwischen uns und unserer Umgebung? Wieso können wir, im Grunde eine Wolke von Elementarteilchen, diese Elementarteilchenwolke fortbewegen, aber Berge können wir nicht auf dieselbe Weise versetzen? Klar versetzen wir mit Hilfe von Instrumenten auch Berge, aber wieso können wir nicht unseren Willen auf den Berg übertragen und ihn dergestalt versetzen? Wo doch keine Grenze existiert.«

»Hör mal, darf man bei dir rauchen oder ist es immer noch verboten?«, unterbrach ihn Igor und sprach damit aus, was Petrow schon länger umtrieb.

»Ausgeschlossen«, verkündete Wiktor Michajlowitsch kategorisch, »ihr pestet hier alles voll.«

»Na komm schon«, sagte Igor, »bis morgen hat sich das wieder verzogen.«

»Geht raus«, befahl Wiktor Michajlowitsch, »aber werft die Kippen nicht in den Garten. Werft sie zu den Nachbarn rüber, zum Hund.«

Igor und Petrow wiederholten den Prozess des Auskleidens in umgekehrter Richtung und gingen auf die Straße hinunter. Mit dem Lärm, den der Nachbarshund produzierte, hatte Wiktor Michajlowitsch offenkundig übertrieben, denn wieder war außer dem Wind in den Zaunlatten nichts zu hören. Bald kam Wiktor Michajlowitsch selbst auf die Veranda hinaus, trotz seiner demonstrativen Abneigung gegen das Rauchen, und beobachtete mit leiser Verachtung die rauchenden Gäste. Er selbst hielt eine Flasche in der Hand und nahm hin und wieder kleine Schlucke daraus, als wollte er nur mal probieren.

Nachdem sie eine geraucht hatten, beschlossen sie, noch ein paar zu rauchen – auf Vorrat. Petrow hatte sich im Haus und in seinem eigenen Innern spürbar aufgeheizt, während sie dort in der Küche saßen und Wiktor Michajlowitsch permanent die

Flamme unter dem Teekessel auf- und abdrehte (übrigens völlig unmotiviert, weil ihnen weder Tee noch Kaffee angeboten wurde), und er sog mit Genuss aus vollen Zügen die Luft ein, die ihm kühl erschien, nur manchmal bekam er sie in den falschen Hals, und dann hustete sich Petrow die Seele aus dem Leib.

»Hör mit dem Rauchen auf«, sagte Wiktor Michajlowitsch während eines solchen Hustenanfalls.

»Irgendwie lässt sich dein berühmter Hund so gar nicht hören«, sprach Igor aus, was Petrow sofort aufgefallen war.

Anstatt von dem Hund zu erzählen, stürzte sich Wiktor Michajlowitsch, gleichsam erleuchtet vom Anblick Igors mit dem über die Schulter geworfenen Mantel und seinem schwarzen Anzug, in die Abgründe der Innenpolitik.

»Im Grunde bringt das alles nichts«, sagte Wiktor Michajlowitsch und bohrte den Finger in Igors dunkelgraue Krawatte. »Das Wahlsystem hat sich längst diskreditiert. Keiner kann garantieren, dass der Mensch, der gewählt wird, seine Versprechen einlöst. Da muss man anders ran. Wir brauchen eine Lotterie. Eine zufällige Auswahl von Bürgern. Es gibt eh keine Garantie, dass der Mensch nicht nur deshalb gewählt wird, weil seine PR-Leutchen gut gearbeitet haben. Und letztlich wählt man nicht diejenigen, die das Land regieren können, sondern die es regieren wollen. Und das sind zwei Paar Stiefel. Im Grunde wird das Regieren zum Absolut erhoben, alles dreht sich nur darum. Mit der Einführung der Lotterie wird es sinnlos, die Massenmedien zu kontrollieren, Stimmen zu kaufen, Kompromat auszugraben, der ganze Kokolores. Und die Abstimmung sollte man aufs Ende der Regierungszeit verlegen; hat der Präsident seinen Job gut gemacht, ab in den Ruhestand, und wenn nicht – ab in den Knast. Na gut – in den Knast ist vielleicht überzogen, aber irgendeine Rechenschaftspflicht braucht es schon. Man müsste die Präsidentschaft zur heiligen Pflicht der Vaterlandsverteidigung machen, damit jeder schon von der Schulbank an weiß, dass er auf dem Präsidentenstuhl landen kann.«

»Und was wird mit dem Parlament, woher will man das dann nehmen?«, fragte Igor. »Entweder stellt man das ganze System auf diese Lotterie um, oder ich weiß nicht was.«

»Da wird man sich auch was einfallen lassen«, sagte Wiktor Michajlowitsch, »auch so 'ne Rechenschaftspflicht, damit klar wird, dass das ganze kein Urlaub ist.«

Igor und Wiktor Michajlowitsch begannen zu streiten, Igor ein wenig spöttisch und von der Höhe seiner unbekannten Position herab und Wiktor Michajlowitsch mit der Inbrunst eines Teenagers, wobei er seine ohnehin nicht kleinen Glubschaugen hervortreten ließ und spitze, hohe Schreie ausstieß. Und während Petrow die Schneemassen ringsum und das fünfstöckige Haus gegenüber betrachtete, kam ihm plötzlich die Erinnerung, wie ihn beim Jolka-Fest in seiner frühen Kindheit die Frau oder das Mädchen, das die Snegurotschka spielte, an der Hand gefasst hatte, und ihre Hand war vollkommen eisig, und der kleine Petrow dachte: »Die ist echt.« Während sich der Streit von Wiktor Michajlowitschs Seite zunehmend aufheizte, heizte auch Petrow auf, doch es war nicht die Art von Hitze, die prekär auf der Grenze zum Schüttelfrost balanciert, sondern so, als steckte die Snegurotschka aus den Kindertagen ihre Hand nicht in seine Hand, sondern in seinen Kragen oder auch nicht in den Kragen, stattdessen fuhr sie ihm sogar vom Bauch her unters Hemd und berührte seine Rippen. Damals hatte Petrow im Übrigen beschlossen, dass die Snegurotschka nicht nur wegen ihrer kalten Hand echt sein musste, sondern auch weil ihr Gesicht, als er die Snegurotschka ansah, kalkweiß gewesen war. Jetzt verstand Petrow natürlich, dass das alles nur Schminke war, aber damals, in der Kindheit, hatte ihn diese Blässe zutiefst beeindruckt.

»Aha? Aber davon ausgehen, dass die Mehrheit nicht irren kann – das ist keine Utopie? Die heutige Institution der Demokratie gründet darauf, dass die Wahrheit im arithmetischen Mittel liegt, aber dem ist nicht so. Die heutige Institution der Demokratie glaubt doch ganz genauso an diesen Sphärenwähler im Vakuum«, schrie Wiktor Michajlowitsch verzweifelt. »Zum Beispiel meine Schwester. Die ist keine Wählerin, sondern ein Horror – ein komplett wahnsinniger Mensch. Fängt sich ein Kind ein, wird von den alten Weibern bei uns in Newjansk gemobbt, unsere Mutter ist gelähmt vom Suff, dann stirbt die Mutter, und das alles, während ich bei der Armee bin, meine Schwester schafft es nebenher, die Fernuni abzuschließen, stell dir das vor, in dieser Atmosphäre mit Mobbing, gelähmter Mutter, Kind, Windeln, den ganzen Kinder-Wehwehchen. Und mitten in der Perestroika haut sie ab nach Australien, mitsamt ihrem Sohn, ich weiß bis heute nicht wie, und jetzt schreiben wir uns E-Mails, sie behauptet, Australien sei Newjansk als ganzer Kontinent, will sagen, dort ist alles ein einziges Newjansk, und nun brennt sie für die Birken der Heimat. An so einem Menschen soll man sich also deiner Meinung nach orientieren; die weiß doch selber nicht mal, wo sie morgen sein wird. Und wo ist sie denn, diese Mehrheit? Gehen die auch ohne Ausnahme brav wählen? Nein, tun sie nicht! Das heutige Wahlsystem ist nur die Illusion von der Teilhabe am Leben des Landes, und viele wollen nicht mal an dieser Illusion teilhaben. Scheiß drauf, wählen geht ja doch nur ein Teil der Bevölkerung, von diesem Teil wählt wieder nur ein Teil den betreffenden Kandidaten, wo ist da die Mehrheit? Das Hervorgehen der Macht aus den illusorischen Eliten – ist das keine Illusion? Die Sakralisierung der Macht – ist das nicht komplette Augenwischerei? Die Umverteilung der Staatseinnahmen in die Sphäre göttlichen Wissens zu erheben – das ist doch schon völlig jenseits. Was ist das denn, ein Parlament? Eine Diskussionsplattform von in ihren jeweiligen Gebieten gewählten Leuten, die sich idealerweise um das Wohlergehen ihrer Region sorgen. Idealerweise, aber in der Realität sorgen sie sich gewöhnlich um die Lobbyarbeit für irgendwelchen Blödsinn, den Kampf um die Moral und den Populismus. Wir brauchen keine Regionalgliederung, sondern den statistischen Durchschnitt bestimmter Bevölkerungsschichten, es ist sowieso längst an der Zeit, dieses Scheißhaus zu reformieren bis zur Unkenntlichkeit, sonst weiß Gott, wo wir noch enden.«

Nach diesem Monolog von Wiktor Michajlowitsch verzogen sie sich wieder ins Haus, wieder wurde der Teekessel mit nutzlosem Wasser gefüllt und unter dem Kessel ein nutzloses Feuer entfacht, während Gastgeber und Gäste je zwei Gläser Wodka kippten.

»Aber klar ist dieses Gespräch vollkommen zwecklos«, resümierte Wiktor Michajlowitsch müde. »Man bräuchte wieder eine Revolution, so wie 1917, aber irgendwie hat man keine Lust. Obwohl, ein bisschen schon, in den Tiefen der Seele juckt es einen zu sehen, wie das alles vor die Hunde geht.«

Petrow ging ins Bad, um sich unter dem kalten Wasserstrahl den Kopf zu kühlen, aber davon stieg ihm die Hitze nur noch mehr ins Gesicht, dann bat er, das Feuer unter dem Teekessel abzudrehen, und als das nichts half, fragte er, ob es im Haus Aspirin oder Paracetamol gebe, es gab nur Aspirin, von dem vollen Pappblister riss Wiktor Michajlowitsch für Petrow ein Stückchen mit zwei Tabletten ab, Petrow riss ein Stückchen vom Abriss ab, drückte die Tablette heraus und ging erneut ins Bad, um sie zu schlucken; irgendwie kam es Petrow unanständig vor, in der Küche vor aller Augen eine Tablette zu schlucken. Das restliche, unversehrte Eckchen mit dem Aspirin steckte Petrow in die Hosentasche. Als er sich in die Küche zurückschleppte, brannte unter dem Teekessel wieder das Feuer, Wiktor Michajlowitsch schenkte den nächsten Wodka ein, und Igor studierte mit zusammengekniffenen Augen die Aspirin-Packung, die nach der Teilung übrig war, quasi die Mutterpackung. Petrow hatte das Gefühl, als zappelten die beiden Aspirine, das in seiner Tasche und besonders das im Magen, herum, um zu den ihren zurückzugelangen.

»Witja, du hast 'nen Knall«, konstatierte Igor, »das Aspirin ist von 1979, wie soll denn das noch wirken?«

»Das werden wir gleich sehen«, entgegnete Wiktor Michajlowitsch. »Wer bist du überhaupt, dass du mich kritisierst? Bist du vielleicht Arzt? Das Aspirin hab ich von zu Hause, aus Newjansk mitgebracht, ich hab einen ganzen Vorrat davon, mir hilft es immer, mein Leben lang. Du bist also Arzt, dass du so fragst? Obwohl ich auch für 'nen Arzt die passende Antwort hätte.«

»Ich bin der Geist dieser Stätte«, sagte Igor ernst, ohne den Blick zum Gastgeber zu heben. »Oder wie heißt es gleich in ›Tausendundeiner Nacht‹?«

»Jedenfalls nicht so«, sagte Wiktor Michajlowitsch. »Eher sowas wie ›Ich bin der Genius dieser Stätte‹. Von welcher Stätte überhaupt? Deinem Hocker?«

»Ich bin der Schutzgeist von Swerdlowsk«, antwortete Igor, »und vom ganzen Swerdlowsker Gebiet.«

»Also dem Schutzgeist wird jetzt nicht mehr nachgeschenkt«, verkündete Wiktor Michajlowitsch bestimmt, während er die Flasche zu sich heranrückte, die ohnehin so dicht vor ihm stand, wie es nur ging.

»Ich meine es ernst«, sagte Igor.

»Kommst du jetzt wieder mit diesem Kokolores wegen deinem Namen-Vornamen-Vatersnamen?«, vermutete Wiktor Michajlowitsch. »Na gut, dein Name-Vorname-Vatersname ergibt also die russische Version von ›Hades‹: A.I.D. Na und, ist doch total egal.«

Petrow hob den Blick zu Igor und begriff, dass die Sache äußerst schlecht stand. Selbst für den mit medizinischer Bildung gänzlich unbelasteten Petrow war es ersichtlich, dass Igor sich offenbar wirklich für den antiken Gott der Unterwelt hielt. Solche Marotten hatte Petrow früher außerhalb des Trolleybusses bei niemandem beobachtet, weshalb sich ihm angesichts dessen, was weiter drohte, Wehmut ums Herz legte; eine ähnliche Wehmut wie damals, als er Angina hatte und an einem Rad unendlich viele Bolzen spannte und glaubte, er würde jeden Moment krepieren.

»Du hast genug getrunken«, sagte Wiktor Michajlowitsch zu Igor.

Diese Worte klangen schon deshalb beleidigend arrogant, weil Wiktor Michajlowitsch viel betrunkener wirkte als Igor, was nicht weiter verwunderlich war, weil nämlich Igor wirkte, als hätte er an diesem Abend keinen Tropfen getrunken. Man weiß ja, gewöhnlich platzt bei solchen Worten irgendwem der Kragen; wenn in der Werkstatt jemand sowas von sich gab, kam es zur Schlägerei. Petrow schielte umher, hielt in der Nähe Ausschau nach schweren Objekten, mit denen Igor und Wiktor Michajlowitsch einander Schaden zufügen könnten, um sich im Notfall als Erster draufzustürzen und ein Blutvergießen zu verhindern. Nur eines beunruhigte ihn: Angenommen, der Hausherr würde sich auf den Teekessel stürzen, um einer belagerten Festung gleich den Sturmangriff abzuwehren, indem er sich mit heißen Güssen gegen Igor verteidigte, dann wäre es schwierig, ihm den Kessel zu entreißen, ohne sich selbst zu verbrühen. Die Lage erforderte Entschlossenheit und äußerste Maßnahmen.

»Aber mir kann man doch nachschenken?«, bat Petrow, kippte das Glas hinunter, um Mut zu schöpfen, und begann mit seiner Erzählung. »Bei mir in der Werkstatt arbeitet ein Freund«, sagte Petrow, wie ihm schien, weit ausholend. »Dort gibt es auch einen Geist. Nur keinen Geist von Swerdlowsk und dem Swerdlowsker Gebiet, sondern den Geist der Montagegrube, Dimon heißt er. Weil er jedes Mal, wenn er sich besäuft, in die Grube fällt, und immer mit dem Rücken voraus, und wie sehr man ihn auch bewacht, ihm nicht von der Seite weicht, er schafft es immer wieder. Das ist fast schon so eine Marotte. Man braucht buchstäblich nur eine Sekunde wegzuschauen – und schon ist er unten. Gut, dass auf dem Boden wenigstens Sägespäne liegen. Einerseits ist es gut, andererseits federn die Sägespäne das auch nicht wirklich ab, es ist mir ein Rätsel, wie er bis heute am Leben geblieben ist.«

Während Petrow erzählte, drehte er das Glas in den Händen und blickte auf den durchsichtigen Boden, der an die Lupe erinnerte, mit der er sich in der Kindheit, nachdem er »Kalle Blomquist – Meisterdetektiv« gesehen hatte, selbst als Detektiv versuchte. Nach einer Pause wollte Petrow weiter berichten, wie Dimon, als er wieder einmal unter ein Auto gefallen war, ohne jeden Grund den Stöpsel aus dem Boden des Benzintanks gezogen hatte, ihn weit von sich warf und sich unter den ausströmenden Benzinstrahl stellte, und als sie ihn aus der Grube jagten und verprügeln wollten, lief er allen davon und ließ drohend das Feuerzeug klicken.

Ein Blick auf sein Publikum ließ Petrow jedoch gleich mehrere Dinge begreifen: Nicht zufällig hatte ihn Igor zu Wiktor Michajlowitsch mitgeschleppt, er war wohl wirklich der Geist der Stadt und des Gebiets, der von jedem alles wusste; Igor war neugierig, wie sich die Sache zwischen Petrow und Wiktor Michajlowitsch weiter entwickeln würde, Wiktor Michajlowitsch hatte Petrow erkannt und hegte, seit ihm Petrow das Gesicht zugekehrt hatte, keinerlei Zweifel mehr an seiner Verbindung mit der verteufelten Werkstatt.

»Schluss jetzt, du Dreckhund«, verkündete Wiktor Michajlowitsch, während er sich langsam erhob. »Wie du mir, so ich dir, sprach die Maus zur Katze.«

Petrow kam es komisch vor, dass ein Mann von dieser Statur sich mit einer Maus verglich, weshalb er perplex auflachte. Wiktor Michajlowitsch fasste dieses Lachen auf seine Weise auf und entrang seiner Kehle einen jähen Laut, ähnlich dem Trompetenstoß eines erzürnten Elefanten. Igor konnte gerade noch dazwischengehen, als Petrow und Wiktor Michajlowitsch, so als hätten sie in unterbewusster Voraussicht beschlossen, nicht mit bloßen Händen in die Schlacht zu ziehen, bereits an der Flasche zerrten, um sie vom Tisch auf ihre jeweilige Seite zu holen.

Umso erstaunlicher war es, dass sie schon fünf Minuten später wieder ruhig dasaßen und sich unterhielten, Petrow versuchte, die Geschichte von Dimon zu Ende zu bringen, aber Igor wünschte eine ganz andere Erzählung, und Petrow begriff nicht, welche er meinte. Igor sagte, Petrow sei ein undankbarer Mensch, schließlich habe Igor ihm quasi aus den Tiefen des Tartaros eine

Ehefrau besorgt, und da ließ Petrow sich noch bitten. Auch versicherte er, Petrow habe einst Igors Sohn durch bloße Berührung gerettet wie Jesus, weshalb Igor die seines persönlichen Wunders teilhaftig Gewordenen extra an einem Ort versammelt habe, er sei ihnen unendlich dankbar, und nun könnten auch sie ihm wenigstens ein klein wenig dankbar sein. Es brauchte nicht mehr viel, und Petrow wäre drauf und dran gewesen, sich mit Igor anlegen zu wollen – so sehr begann ihn dieser mit allerlei dunklen Anspielungen zu reizen. Doch da drehte Wiktor Michajlowitsch, der plötzlich den Radiorekorder aus dem Wohnzimmer angeschleppt hatte, McCartney bis zum Anschlag auf und stimmte wieder die alte Leier von neuer Staatspolitik und Nachbarhund an. Und Petrow trank die ganze Musik hindurch, bis ihn die Finsternis verschlang, mitsamt den Klängen von »Hope of Deliverance«.

KAPITEL 2
Petrows Träume

Es war noch hell, als Petrow zu sich kam, zunächst glaubte er, die Stille habe ihn geweckt. Sein Bewusstsein schaltete sich in großen Segmenten ein, als legte es ein primitives Puzzle aus neun Teilen zusammen. Zunächst glaubte Petrow also, die Stille habe ihn geweckt, er dachte, er sei erwacht, weil Wiktor Michajlowitsch endlich den Radiorekorder ausgeschaltet hatte. Dann beschloss Petrow, dass ihn die furchtbare Kälte geweckt haben musste, die ihn von allen Seiten umfing, bis er schließlich feststellte, dass er mit dem Sicherheitsgurt an einen Autositz festgeschnallt war, und vorne, durch die Windschutzscheibe, war eine reglose Straße zu sehen, voll blauen Morgenschnees, zerfahren von Reifenspuren. Rechts der Straße zog sich ein niedriger schwarzer Zaun hin, als hätte man den Buchstaben »H« vielfach kopiert und aneinandergereiht. Was Igor am Vorabend gegenüber von Wiktor Michajlowitschs Bruchbude für ein einziges fünfstöckiges Gebäude gehalten hatte, erwies sich als lose verstreute Ansammlung zweistöckiger Häuser, ein weiteres, tatsächlich fünfstöckiges Haus stand abseits der Straße auf einer Anhöhe. Weiter vorne, in einiger Entfernung, begann das gepflügte Feld einer Bauernsiedlung, deren Hütten hinter einem hohen Zaun zusammengepfercht waren, wo sie bis zum bewaldeten Horizont in buntem Durcheinander aufragten. Zwischen der Siedlung und dem Auto, in dem Petrow saß, standen ein paar Leute herum, in zwei von ihnen erkannte Petrow Igor und Wiktor Michajlowitsch, die beiden anderen waren Fremde, aber ihre Milizuniformen machten auch so deutlich, um wen es sich handelte.

Die Szenerie hätte Petrow einen kalten Schauer über den Rücken jagen müssen bei der Erinnerung daran, was Igor und er gestern getrieben hatten und in welchem Transportmittel sie unterwegs gewesen waren, Petrow verspürte regelrecht ein Verlangen nach diesem kalten Schauer, als er sich umsah und feststellte, dass er in besagtem gestrigen Leichenwagen saß, selbst der gestrige Sarg war an Ort und Stelle, der Leichnam war also noch immer nicht zu den Verwandten zurückgebracht, all das hätte Petrow einen kalten Schauer über den Rücken jagen müssen, und vielleicht tat es das sogar, nur konnte Petrow es nicht spüren, weil er selbst kalt wie ein Eskimo war, nachdem er im Schlaf offenbar mehrere Erfrierungsstadien durchlaufen hatte. Selbst in Rachen und Lunge schien kein Quäntchen Wärme mehr übrig. Mit tauben Fingern drückte Petrow den Knopf am Sicherheitsgurt, die Fesseln, die ihn gehalten hatten, glitten nach rechts beiseite.

Die Leute auf der Straße schenkten Petrows Regungen keinerlei Beachtung. »Ihr könnt mich mal«, dachte Petrow, öffnete behutsam die Tür zur Freiheit, kletterte hinaus, ohne zu wissen, wie er auf den nahezu gefühllosen Füßen stehen sollte, schloss die Tür hinter sich und ging mucksmäuschenstill an der Seitenwand des Autos entlang in die Richtung, die ihn, Petrow, von dem auf Abenteuer erpichten Igor möglichst weit entfernte. Petrow steckte die Hände in die eisigen Jackentaschen und stahl sich im Schatten des Autos fort, humpelte langsam voran auf der Suche nach einem Transportmittel. Er fragte sich, in welchen Stadtteil ihn Igor gestern gelockt haben mochte, aber das himmelblaue Straßenschild am nächstgelegenen Haus sagte Petrow nichts. »Ist das der Samjatin, der ›Wir‹ geschrieben hat, oder irgendein Revolutionär?«, überlegte Petrow. Die verschneiten Fahrspuren, die den Weg markierten, schwenkten nach rechts, in Umgehung eines weiteren fünfstöckigen Hauses, Petrow stapfte sie gefügig entlang und kam schließlich auf eine normale, von Pappeln gesäumte Straße, die bergab führte. Die Straße war menschenleer, nicht einmal Hunde gab es. Petrow wanderte an den Pappeln vorbei, hielt ringsum Ausschau nach einer größeren Straße, bis er schließlich ganz unten erneut auf die Zäune der Bauernsiedlung und ein paar Garagen stieß, weiter vorne und rechts von den Garagen und Wohnhäuschen war wieder Wald, aber links fuhr auf einer für den halb erfrorenen Petrow sehr fernen Straße ein blauer Trolleybus.

Petrow marschierte in Richtung des Busses. Auf dem Bänkchen an der Haltestelle saßen ein paar Penner, nicht zu unterscheiden von den lokalen Anwohnern, oder lokale Anwohner, kaum zu unterscheiden von Pennern, irgendwelche Randfiguren mit Visagen, die rot waren vor Kälte oder vom Alkohol. Verblüffenderweise tranken sie ihren 777er Portwein und das Baltika-9er-Bier in völliger Stille, als wollten sie den Grad ihrer Alkoholisierung im Frost steigern. Petrow horchte in sich hinein und begriff, dass er nicht das leiseste Anzeichen eines Rausches spürte, außer vielleicht dem Gefühl einer gewissen Losgelöstheit seines Bewusstseins vom Körper, keine völlige Losgelöstheit, das nicht, aber eine gewisse, kaum merkliche Distanz zwischen Körper und Geist, gesteigert durch den üblichen elenden Brechreiz, der sich nicht entladen konnte, und Kopfschmerzen. »Dieser Igor hat's raus«, dachte Petrow. Das ganze Geschehen, vom ersten Beginn des Besäufnisses, dem Umstieg in den Leichenwagen bis zum Erwachen in selbigem hatte sich für Petrow bereits mit einem Schleier von Nostalgie überzogen, der nur das im Gedächtnis behielt, was lustig und gut war, und der dem ringsum herrschenden Frostschleier ähnelte.

Neben den Trinkern auf ihrem Bänkchen stand direkt an der Fahrbahn ein junger Typ mit schwarzem Rucksäckchen, ohne Mütze, die im Wind rotglühenden Öhrchen wirkten durch ihre Farbe zart wie die Pölsterchen an Katzenpfötchen, der untere Teil des Gesichts war mit einem bereiften schwarzen Schal umwickelt. Petrow war es peinlich, sich dem jungen Mann zu nähern und ihn mit seiner Fahne einzunebeln, umso mehr, als der Mann sich erkennbar von allen fernhielt, von der Suffbande ebenso wie von Petrow. Um es mit den Worten von Pascha zu sagen, der bei Petrow in der Werkstatt arbeitete: Das Bürschlein »hat's drauf

angelegt, paar reingeballert zu kriegen«. Hätte er einfach nur da-
gestanden, wäre der Eindruck des Drauf-Anlegens nicht entstanden, aber er fixierte die Suffköppe ständig, um sich dann wieder
verächtlich abzuwenden, warf schräge Blicke auf Petrow, der sich
vorkam wie ein Assi, obwohl er gar keiner war.

Petrow erinnerte sich unwillkürlich, wie derselbe Pascha – vom
Gebaren her ein Kleinkrimineller, wie er im Buche steht – gerne
erklärte, warum er seine Kinder nicht anschrie und ihnen auch
noch nie eine geschmiert hatte. Erstens war natürlich Paschas
Frau diejenige von beiden, welche die elterlichen Pflichten im
Alleingang managte, und zweitens, so sagte Pascha, erwächst aus
dem ganzen Anschreien und Verprügeln der Kinder später, im
Erwachsenenalter, dieses Schuldgefühl dafür, dass sie dich im
Toreingang zusammenschlagen, weil du zu den Oberbabos das
Falsche gesagt hast, und überhaupt ist das Gefühl, dass du als
Gewaltopfer die Gewalt selbst provoziert hast, quasi dieses Ge-
fühl aus der Kindheit, wo du Hiebe und Geschrei immer dann
kassierst, wenn du was ausgefressen hast. Eine Art Dressur. Klas-
sische Konditionierung, die das ganze Leben erhalten bleibt.

»Also ich«, sagte Pascha (und er sagte es oft, praktisch zu jedem neuen Bekannten, als wollte er das Licht seiner Lehre unter
den Massen verbreiten), »ich hab irgendwann kapiert: Diese ganzen Oberbabos mit den obercoolen Sprüchen, die gibt's gar nicht,
du kannst noch so ein Oberbabo mit noch so harten Sprüchen
sein, und genau das bin ich ja gewesen, aber wenn mich diese zwei
Männekens zusammengeschlagen hätten, dann hätten alle gedacht, hätt er mal besser nicht geraucht und gesoffen, wär er mal
besser schon als Kind zum Boxen gegangen, und wenn ich 'ne
Tusse wäre, dann hätt's geheißen, soll sich halt nicht im Minirock
in irgendwelchen dunklen Hintergassen rumtreiben.«

Dann erzählte Pascha, wie er die Assis im Toreingang durch-
gewichst hatte und dabei keinerlei Freude empfand, sondern nur
Bitterkeit und Enttäuschung über die triste Realität, und Petrow stellte sich unwillkürlich vor, wie im selben Moment aus

himmlischer Höhe eine grelle Lichtsäule auf Pascha niederfuhr, durchwirkt von Schneeflocken oder Staub, je nachdem, zu welcher Jahreszeit Pascha mal wieder in seine übliche Leier verfiel.

Zwischen Petrow und dem jungen Mann auf der einen und der Bank mit den Trinkern auf der anderen Seite kamen auf kältesteifen Stiefelsohlen, die im harten Schneebrei knirschten, ein paar Schüler vorbei, Sechstklässler vielleicht. Von den Leuten an der Haltestelle unterschieden sie sich auffallend durch die grellbunten Farben ihrer Kleidung und Rucksäcke: rot, blau, grün, gelb, violett, hellblau – die ganze Palette. Die Schüler schwiegen ebenfalls, gaben sich ernst, aber als vor ihnen auf dem Trottoir ein glattgetretener Streifen mit schwarzem Eis erschien, bildeten sie eine Schlange, und ehe sie weitergingen, schlitterte jeder von ihnen über diesen Streifen. Der junge Mann, die Trinker, Petrow verfolgten den Weg der Schüler, weil sie nichts Besseres zu tun hatten.

Kaum begann Petrow erneut nach einem öffentlichen Verkehrsmittel auszuspähen, erblickte er einen kleinen gelben Bus, der an der Kreuzung hielt. Der Wind wehte in Petrows Richtung, und auf der rechten Seite des Busses wanden sich die weißen Auspuffschwaden um die Räder wie ein Katzenschwanz. Die Nummer des Busses war nicht zu erkennen, aber als er näherkam, erwies er sich als das Linientaxi 08, und schlagartig begriff Petrow, wo er sich befand, begriff, dass er die Straße, wo er gerade herumstand, täglich vor Augen hatte, wenn er auf eine Zigarette aus der Werkstatt trat, sogar die Bushaltestelle, die aus der Distanz mitsamt den Menschenknäueln nur als ferner blauer Fleck erschien, hatte er dort vor Augen. Schlagartig begriff Petrow die ganze Geographie der gestrigen Fahrt, indem er sich selbst quasi aus der Vogelperspektive inmitten dieser Geographie erblickte, nicht ohne dabei zu verfolgen, wie der Bus zunächst vorbeizufahren schien, dann aber beim Anblick möglicher Passagiere doch noch hielt, und vom Luftzug wurde die Rauchwolke aus dem Auspuff zusammengeballt wie ein Hasenpuschel, um sich dann, mit abnehmender Geschwindigkeit des Busses, rechts entlang der Räder umso stärker zu einem nach Benzin stinkenden Schweif zu entfalten.

Durch die frostweißen Fensterscheiben war nicht zu erkennen, wie viele Leute drinnen hockten, und vom Sitz im Innern des Busses war nicht zu erkennen, wo er entlangfuhr. Petrow setzte sich auf den Platz neben der Heizung, so dass ihm die Hitze zunächst die Fußknöchel wärmte und dann nach oben kroch. In dem Maß, wie sich Petrow aufwärmte, erschienen die ersten Grippeempfindungen, in der Lunge begann es zu rasseln, der Rachen taute zwar auf, blieb aber nach wie vor trocken, während sich direkt in der Nase, nahe der Nüstern, ein Schniefen regte. Kaum war der Bus ein paar Haltestellen weiter, hing Petrow schon wie benebelt in seinem Sitz und atmete nur noch durch den Mund, und zwar so, dass sich die Frau vor ihm in einen anderen Teil des Busses umsetzte. Man konnte es ihr nicht verübeln, Petrow hatte ja selbst erst vor kurzem, nämlich am neunten März, zwei netten Tantchen gegenübergesessen, zwei Schullehrerinnen, Philologinnen, wie aus ihrem Gespräch hervorging, und die beiden hatten eine solche Fahne, als hätten sie am Abend zuvor unvorstellbare Mengen eines selbstgebrannten, thermonuklearen Dorffusels von epischer Stärke gekippt.

»Wir bezahlen unser Ticket«, sagte abstrakt die Schaffnerin, die mit ihrer verdrossenen Stimme und überhaupt der ganzen Erscheinung an eine Verkäuferin im sowjetischen Lebensmittelladen erinnerte.

Offenbar hatte sie sich schon gerüstet, dass der nach Fusel riechende Petrow herumpöbeln oder in einer Charmeoffensive dumme Witze reißen würde, um eine Freifahrt herauszuschinden. An dem grimmigen fünfzigjährigen Gesicht, der Körperhaltung, der eng am flachen Leib sitzenden Daunenjacke, den dicken Hosen und schweren Stiefeln war außerdem etwas Armeehaftes, das unwillkürlich an Filme wie »Platoon« und »Full Metal Jacket« denken ließ. Petrow durchlief bereits ein Schrecken beim Gedanken, dass sein Portemonnaie weder kleine Scheine noch Münzgeld enthielt, so dass er wie einer jener Passagiere wirken musste, die statt einer Mehrfahrtenkarte einen Tausend-Rubel-Schein bei sich hatten. Im Verbund mit den Alkoholdämpfen, die er unwillentlich verströmte, und seiner Pose auf dem Sitz musste das Ganze noch unschöner wirken, nämlich so, als machte er mit dem Kleingeld für die Schaffnerin in irgendwelchen Wodka-Bars einen drauf, um sich dann in den Bus zu fläzen und die Angestellten des öffentlichen Nahverkehrs vorzuführen, indem er ihnen mit Absicht Geld hinstreckte, das sie nicht wechseln konnten. Ein weiteres Problem bestand darin, dass Petrow sein Portemonnaie nicht auf Anhieb finden konnte, sondern in seinen Taschen zu wühlen begann, von denen er plötzlich überraschend viele besaß, und je länger er wühlte, desto schwerer wurde der Blick der Schaffnerin.

»Wenn Sie nicht zahlen können, steigen Sie eben an der nächsten Haltestelle aus und basta.«

Während Petrow zuvor nicht besonders darauf geachtet hatte, wie viele Leute im Bus saßen, bemerkte er nun schlagartig, dass es fünf waren, einschließlich des Bürschleins mit Rucksack und Schal und der Frau, die sich von ihm weggesetzt hatte. Es gab noch eine ältere Frau mit Einkaufstrolley und einen jungen Kerl, aber älter als der, mit dem Petrow an der Haltestelle gewartet hatte, und von ganz anderem Typ – dieser hier war eher ein Sportler, breit und stämmig wie ein Gewichtheber, einer von diesen Robin Hoods, die auf der ganzen Welt wieder Gerechtigkeit schaffen wollen, die durchsetzen, dass man in der Metro einer alten Frau den Sitzplatz überlässt, die Musik in den Kopfhörern herunterdreht und dass alle ihr Ticket bezahlen; am schlimmsten war, dass neben diesem Sportlertypen ein weiterer saß, vom selben Schlag, offenbar sein Freund, und die beiden warfen Petrow bereits missbilligende, ja sogar provozierende Blicke zu. Und damit nicht genug – die Frau, die sich weggesetzt hatte, und die Alte mit dem Trolley fixierten ihn ebenso unverwandt wie die jungen, vitalen Sportler. Von ihren Blicken wurde Petrow heißer als von Heizung und Grippe zusammen. So hatte er sich das letzte Mal bei der Schulfeier für die Aufnahme in die Jungen Pioniere gefühlt, als die Kandidaten einzeln aufgerufen wurden und es Petrow schon im Voraus peinlich war, dass er gleich an die Reihe kommen und sich alle an seiner Kandidatur festbeißen und sie von allen Seiten begutachten würden.

Das Portemonnaie fand sich an einem Ort, wo Petrow es normalerweise nicht verwahrte – in der Hemdenbrusttasche unter dem Pullover. Petrow staunte selbst nicht schlecht, was für ein Zaubertrick sich da vollzog, während er sich abtastete: Von außen ließ sich das Portemonnaie erfühlen, aber in der Jackentasche, wo Petrow es normalerweise hinsteckte, blieb es unauffindbar. Mit zitternden Fingern zog Petrow ein Fünfzigkopekenstück hervor und reichte es der Schaffnerin.

»Saufbrüder«, sagte die Schaffnerin in den Durchgang hinein, nachdem sie Petrow das Wechselgeld hingezählt und ihm angewidert eine Tickethälfte abgerissen hatte.

Überhaupt schien sie auf Krawall gebürstet, denn zusätzlich zu der Beschimpfung, mit der sie eine Retourfrechheit riskierte, steckte sie Petrow das Ticket mit unverhohlenem Missmut in die Hand. Ebenso verfuhr sie mit einem Ehepaar, das an der nächsten Haltestelle einstieg, und in diesem Fall konnte das Familienoberhaupt nicht an sich halten und fragte, warum die Schaffnerin beim Aushändigen der Tickets so unverschämt sei. Als Antwort warf ihm die Schaffnerin das Kleingeld ins Gesicht. Sie gehörte einer aussterbenden Art von Schaffnern an, diese Schaffner hatten Schonung verdient, Petrow waren schon lange keine mehr untergekommen. Während sich unter den Fahrgästen der Trolleybusse allerhand Durchgeknallte fanden, waren die Schaffner ausnahmslos freundlich, es gab sogar eine Schaffnerin mit fotografischem Gedächtnis, die fragte, warum Petrow nicht mehr mit ihrem Bus fuhr. »Wieso denn, jetzt bin ich doch hier«, entgegnete Petrow. Von den groben Schaffnern waren also kaum noch welche übrig, hegen musste man sie, den Touristen vorführen, doch der mit Kleingeld beworfene Passagier sah das anders. In blumigen Worten äußerte er mit einer Stimme, zitternd vor unterdrücktem Zorn, den Verdacht, dass die Schaffnerin wohl schon lange keine intimen Beziehungen mehr unterhalten habe, weder mit dem entgegengesetzten noch mit dem eigenen Geschlecht, ferner schien er darauf anzuspielen, dass die Schaffnerin überhaupt noch nie intime Beziehungen unterhalten habe, und falls doch, dann müsse der Partner der Schaffnerin ziemlich unvoreingenommen sein.

»Wa-a-a-a-s?«, stieß die Schaffnerin gedehnt und mit überraschend dünner Stimme hervor, noch bestand die Chance, dass sie vor Kränkung in Tränen ausbrechen und der Mann sich entschuldigen würde, ungefähr so hätte es sich idealerweise abspielen müssen, aber nach ihrem langgezogenen »was« tat die Schaffnerin eine Äußerung, in deren Folge Petrow unwillkürlich nach der Notbremse oder dem Hebel eines Schleudersitzes Ausschau hielt, um möglichst rasch aus dem Innern des Busses herauszukommen.

»Schau dir doch deine eigene Schlampe an«, sagte die Schaffnerin.

Das Unangenehmste an der ganzen Sache war, dass Petrows Mutter gewisse Charakterzüge dieser Schaffnerin teilte: Ohne sich für die Ausdrücke zu genieren, die sie in ihrer Fabrik aufgeschnappt und sich zu eigen gemacht hatte, konnte sie direkt aus dem Stand in aller Öffentlichkeit für Gerechtigkeit streiten, mit dem Stimmvolumen eines Redners und einer gewissen sirenenartigen Note, ähnlich einer Panik, wegen der Petrow als Kind in der Warteschlange oder im öffentlichen Verkehr, im Laden oder in der Schule im Erdboden versinken wollte. Sämtliche Lehrer wurden von Petrows Mutter seelenruhig geduzt, das war noch schlimmer als die Skandale in der Öffentlichkeit. Wenn im Fernsehen eines dieser Interviews kam, wo der befragte Passant, verschreckt vom Mikrophon, das man ihm ins Gesicht steckte, irgendetwas zu nuscheln begann, pflegte seine Mutter zu sagen: »Ha, die sollten mal mich ranlassen, denen würde ich's zeigen.« Bei solchen Verlautbarungen lief es Petrow kalt den Rücken hinunter. Er bezweifelte nicht im Geringsten, dass seine Mutter es denen »zeigen« würde, aber ob er sich danach jemals wieder auf die Straße trauen könnte, das bezweifelte Petrow heftig. Klar war er selber auch kein Lamm: Er sagte den Kunden, sie sollten sich f…n, wenn es ein Problem mit dem Preis für die Reparatur gab, er sagte, sie sollten sich f…n, wenn sie seine Kompetenz bezweifelten, er ging in seiner ölverschmierten Kluft in den nächsten Supermarkt und sagte den Wachleuten, sie sollten sich f…n, wenn ihnen sein Äußeres nicht passte, zusammen mit den anderen machte er den linkischen Schlosser aus der nahegelegenen Werkstatt des Ministeriums für Katastrophenschutz zur Schnecke, wenn er zu ihnen in die Garage angelaufen kam, um sie um Rat zu fragen – all das gab es, aber all diese F-Wort-Botschaften hatten etwas Traditionelles. Von einem Autoschlosser konnte man kaum erwarten, dass er sich in gepflegtem Latein ausdrückte. Petrow würde auch gar nicht verstanden, wenn er nicht beim Öffnen der Motorhaube mit einem traurigen Seufzer sagte: »Tjaaa, verf… noch mal.« Die meisten Kunden hätten es sogar für ein Zeichen von Schwäche gehalten, wenn er beim Streit um die Rechnung zu Wendungen gegriffen hätte wie: »Na hören Sie mal, sind Sie noch bei Trost, das ist doch offenkundig nicht genug Geld.« Dennoch gab es im Verhalten Petrows und der anderen Schlosser eine gewisse Grenze, die nicht überschritten werden durfte, nie hätte man sich zum Beispiel im Streit mit einem Kunden dessen Verwandtschaft vorgeknöpft oder die Begleitung des Kunden, weiter als bis zum F… dich doch und dem Hinausrollen des Autos aus der Werkstatt ging die Sache nicht, und niemals hatte jemand einem Kunden Kleingeld ins Gesicht geschleudert. Hätte sich die Schaffnerin auf das kurze F… dich beschränkt, wäre es beim verbalen Schlagabtausch zwischen ihr und dem Fahrgast geblieben, mit den in solchen Fällen üblichen

Floskeln, dich selber, nein, du sollst dich, und weiter in diesem Geist, aber es sollte nicht sein.

Die Frau des Fahrgastes setzte sich ihrerseits zur Wehr, und Petrow, der mit dem Fingernagel die Fensterscheibe freigekratzt hatte und aus dem Bus auf die Straße blickte, stellte betrübt fest, dass ihm bis zur Metro noch vier Haltestellen blieben. »Dein Macker hat wohl nicht genug Geld fürs Taxi?«, fragte die Schaffnerin. »Hat's wenigstens für Präser gereicht? Sonst fahrt ihr hier demnächst noch mit euren Missgeburten rum.«

Petrow bemerkte, dass nicht nur er selbst, sondern auch der Typ mit dem Rucksack unruhig auf seinem Sitz herumrutschte.

»Kolja, halt den Bus an!«, befahl die Schaffnerin, aber Kolja dachte gar nicht daran; das böse Pärchen brach in höhnisches Gelächter aus.

»Mensch, Kolja, vielleicht hältst du ja wirklich besser an?«, dachte Petrow voll unsagbarer Melancholie, während er überlegte: Aussteigen oder doch lieber ausharren bis zur richtigen Haltestelle.

»Kolja, halt den Bus an!«, schrie die Schaffnerin mit zunehmend gellender Stimme, und ihr Gesicht nahm die Farbe roter Rüben an.

»Hier ist Halteverbot!«, brüllte Kolja zurück.

»Wir steigen eh nicht aus«, sagte der Mann. »Wir haben für die Fahrt bezahlt, mit welchem Recht schmeißen Sie uns raus?«

»Na dann helfen euch eben diese jungen Leute raus«, wandte sich die Schaffnerin mit einem kurzentschlossenen Appell an die beiden Sportler.

Worauf die Sportler ebenso auf ihren Plätzen herumzurutschen begannen wie Petrow und der Typ mit dem Rucksäckchen.

»Wieso grade wir?«, wunderte sich einer der Typen.

Worauf sich die Schaffnerin nun schon ein simultanes Wortgefecht mit vier Personen lieferte, ähnlich wie Shredder von den Ninja Turtles. Während des Streits waren auch der Fahrgast und seine Frau beide vor Zorn rot angelaufen, diese Röte übertrug sich auf die Sportler, als sie auf die Schmähungen der Schaffnerin brummelnd etwas zu erwidern versuchten. Selbst im Leichenwagen mitsamt Leichnam war es gemütlicher gewesen als in diesem Bus.

Kolja erbarmte sich, hielt an und öffnete schwungvoll beide Türen, als wollte er auf einen Schlag den aufgestauten Druck über die Sicherheitsventile ablassen. Petrow flüchtete durch die nähergelegene Hintertür, der Typ mit dem Rucksäckchen durch die Vordertür, nacheinander gefolgt von den beiden Sportlern. Beide japsten nach Luft, als kämen sie vom Joggen, die Gesichter rosig wie frisch aus der Banja, unter den schwarzen Einheitswollmützen traten dicke Schweißtropfen hervor. Der Typ mit dem Rucksäckchen war hingegen kreidebleich.

»Voll die Kacke«, sagte einer der Sportler und wischte sich das Gesicht mit der Mütze ab.

Wie frisch aus der Banja sahen die Sportler doch nicht aus, eher wie Kaufleute, die sich gerade mit heißem Tee vollgepumpt hatten.

»Aus-stei-gen!«, schallte aus dem Bus die laute Stimme der Schaffnerin. »Weiter fährt der Bus nicht!«

»Mit welchem Recht?«, schrie der Mann. »Geben Sie uns erst das Geld zurück, und dann werfen Sie uns raus!«

»Erstick dran«, sagte die Schaffnerin überdeutlich, und Petrow glaubte zu hören, wie Münzen auf den gummierten Boden prasselten.

»Machen Sie wenigstens die Türen zu!«, ließ sich die Stimme der Alten mit dem Einkaufstrolley vernehmen. »Wir haben ja draußen nicht Juni.«

Die Bustüren schlossen sich, aber irgendwie zögerlich, wie sich ein Theatervorhang schließt, wenn auf die Pause ein zweiter Akt folgt. Die Ex-Fahrgäste des Busses stürzten jeder in seine Richtung davon: Die Sportler überquerten die Straße, das Bürschlein mit dem Rucksack schritt zum Kiosk, Petrow folgte der Busstrecke und steckte sich eine Zigarette an. Da sich über Nacht in der

Kehle allerlei Erkältungsdreck angesammelt hatte, schmeckte der erste Zug irgendwie faulig, mit einem Hauch von angegammeltem Fleisch. Petrow blickte umher, um sich zu vergewissern, dass er mit seiner elenden Erscheinung niemanden belästigte, und rotzte angewidert in die Schneewehe neben dem Trottoir.

Der Weg zur Metro führte noch direkter zum Ziel als sonst, weil Petrow wusste, wohin und wie weit er in etwa zu gehen hatte. Er wartete die ganze Zeit darauf, dass ihn der unselige Bus einholen würde, aber der Bus wollte nicht kommen, wahrscheinlich hatte Petrow ihn schlicht verpasst, als er einen Abstecher in die Apotheke machte, die in einer Straßenbucht lag, neben einem verschneiten Objekt, das einem Brunnen ähnelte. Petrow hatte versucht, den Blick nicht von der Straße zu lassen, aber die aus zwei alten Frauen bestehende Schlange im Innern der Apotheke hatte ihn unwillkürlich abgelenkt.

Die beiden Alten waren bemerkenswert: Die eine erstand zahlreiche Medikamente und glich sie ausgiebig mit einer handgekritzelten Preisliste auf einem abgegriffenen Papierfetzen ab, den sie irgendwann aus einem karierten Heft herausgerissen hatte, die andere vollzog den Preisabgleich im Kopf, und das war noch schlimmer, als wenn sie einen Zettel gehabt hätte. Als die Alten eine nach der anderen gegangen waren, roch die Apotheke nicht mehr nach Apotheke, sondern wie ein gewöhnlicher Laden, ein Haushaltswarengeschäft oder etwas in der Art, die Alten hatten also auf die Apotheke denselben Effekt wie die Dufttännchen in den Autos.

Als die Apothekerin durch ihre Kassenluke Petrow erblickte, sagte sie prompt, ohne Rezept bekäme er bei ihr weder Spritzen noch »Codelac«.

Petrow erstarrte und versuchte, irgendeinen interessanten Witz zu formulieren darüber, wie eine Apothekerin mit der Miene einer strengen, aber gerechten sowjetischen Grundschullehrerin ihn für einen Junkie hielt. Zugleich begriff Petrow, dass er überhaupt häufig für einen Junkie gehalten wurde; anscheinend spiegelte sich seine ungesunde Lebensweise, dieses Herumstochern unter den Autos, irgendwie in seinem Äußeren wider. Auf all das sollte der Witz anspielen. Petrow schnitt sogar eine witzige Grimasse, um mit dem Witz in die Gänge zu kommen, bis ihm bewusst wurde, dass er schon ein paar Sekunden mit dieser Grimasse herumstand, als würde er sein bitteres Junkieschicksal überdenken, einen Grund ersinnen, weshalb die Apothekerin ihm sowohl Spritzen geben musste als auch das codeinhaltige Präparat, von dem sie noch nichts ahnte (wieso eigentlich nicht, wo sie doch Apothekerin war). Außerdem war Petrow verstört. Sooft er für einen Junkie gehalten wurde, kam es doch jedes Mal wieder überraschend, und jedes Mal sagten ihm die Leute erschreckend direkt auf den Kopf zu, dass er ein Junkie sei, einmal hatte sogar seine Tante behauptet, er verpulvere sein Gehalt für Heroin, und Petrow war genau wie jetzt in eine Art Stupor verfallen und wusste nicht, was er darauf erwidern sollte. In seiner Kindheit hatte ihn sein Vater einmal gebeten, Lösungsmittel zu kaufen, und Petrow ging das Lösungsmittel besorgen, und um es nicht in der Hand tragen zu müssen, erstand er zusätzlich eine Plastiktüte, und die Kassiererin fing an ihn bloßzustellen wie einen echten minderjährigen Toxikomanen, sie sagte, gleich werde sie zu ihm nach Hause gehen und den Eltern alles erzählen, und Petrow stand da mit rotem Kopf und Tränen in den Augen.

Paracetamol hatte er also erstanden und ging nun zur Metro, kaufte am Kiosk Sprudelwasser, schluckte das Paracetamol und stieg zur Metro hinunter, kam an ein paar Putzfrauen in orangen Westen vorbei, die den verkrusteten Schnee von den Steinstufen kratzten, und an einem Milizionär, der Petrow offenbar ebenfalls für einen Junkie hielt und ihn sich schon greifen wollte, dann aber von einem noch eindeutiger als Petrow ins Auge stechenden Asiaten abgelenkt wurde; in der Schlange zur Kasse mit den Jetons stand sich Petrow die Beine ab und war immer noch gekränkt wegen der Apothekerin, als wäre es ihre Schuld, dass ihm nichts Schlagfertiges eingefallen war. Und erst beim Anblick der

Metro-Kassiererin hinter ihrer Scheibe, beim Anblick ihrer rot-gefärbten, zu einem straffen Pferdeschwänzchen zusammenge-bundenen Haare, kam Petrow die Erleuchtung.

»Statt unschlüssig rumzustehen, hätte ich dreimal Weißdorn-tinktur und Hämatogen verlangen sollen«, dachte Petrow und stöhnte innerlich auf beim Gedanken, dass ihm dieser Witz nicht im rechten Moment eingefallen war. Schade, dass er nicht mehr zurückgehen und alles noch einmal von vorne wiederholen konnte.

So war es immer mit Petrow. Erst jetzt in der Metro kamen ihm all die interessanten Geschichten aus der Werkstatt in den Sinn, nach denen Igor gestern Abend im Auto des Taxi-Schwarzfah-rers verlangt hatte. Die Geschichten waren vielleicht nicht unbe-dingt der Brüller, und wie Igor sie bewertet hätte, war ungewiss. Aber da gab es die absolut wunderbare Anekdote, wie bei ihnen, die sie ständig am Rennen und im Dauereinsatz waren, einmal dieser Lieferservice mit Fertiggerichten erschienen war, der vor allem Pelmeni im Angebot hatte, und wie sie erst beim siebten oder achten Stück kapierten, dass es Pelmeni mit Krautfüllung waren, so hungrig waren sie alle und so durch den Wind von der Arbeit. Oder es gab die Geschichte, wie der Besitzer einer GAZelle, ein Tschetschene, über einen seiner Sammeltaxifahrer klagte, der immer mal wieder unberechenbar in den Quartalssuff abtauchte, dabei hatten sie schon alles versucht: Sie hatten ihn geschlagen und in den Wald gefahren, gedroht, er müsse bis dann und dann zahlen, ihn wieder geschlagen und in den Wald ge-fahren, seiner Mutter einen Beschwerdebesuch abgestattet – der Fahrer trank trotzdem unbeirrt weiter. Sie rieten dem Tschet-schenen, den liederlichen Fahrer zu feuern, doch er erbleichte nur und sagte, das sei unmenschlich, und dann brach er in Tränen der Ohnmacht aus. Petrow hatte den Verdacht, dass diese Geschich-ten nur komisch waren, während sie sich ereigneten, wogegen sie in seiner plumpen Wiedergabe unweigerlich einen Teil ihres Reizes einbüßten, aber das war immer noch besser, als Igors gehässige Forderungen einfach mit Schweigen zu übergehen und den Eindruck zu erwecken, dass sich in der Werkstattbox nichts Menschliches tat, dass dort nur seelenlose Gestalten an toten Muttern schraubten.

Gegenüber von Petrow saß im Metro-Wagen eine ganze Grundschulklasse mit einer Lehrerin oder Vorsitzenden des Elternbeirats, diese Lehrerin (oder Vorsitzende des Elternbeirats), die der Apothekerin ähnelte, so wenig von ihr zu unterscheiden war, dass man meinen konnte, es handle sich um ein und dieselbe Person, musterte Petrow mit demselben verurteilenden Blick, und Petrow wurde unwillkürlich von seinen Werkstattanekdoten abgelenkt, als er diesen Blick bemerkte, und er dachte, es sei doch seltsam, wie viel sich seit seiner eigenen Grundschulzeit im Land geändert hatte, während die Apotheken und Polikliniken und Lehrer noch immer haargenau dieselben waren. Die Mode hatte da keinerlei Effekt, weder auf die Kosmetik der Lehrerinnen noch auf ihre Methoden noch auf das Design der Apotheken, außer dass dort bunte Reklame für Erkältungspräparate erschienen war und Punkt. Selbst die Trennwand aus Plexiglas war dieselbe wie früher, verlief genauso wie früher einmal um die gesamte Apotheke und trennte die Kunden von den Medikamenten, wobei die beliebtesten Medikamente stets direkt hinter der Trennwand standen, wie in einem Schaufenster. Und stets war da dieses halbrunde Fensterchen, und der Apotheker trug einen weißen Kittel, dessen Sinn und Zweck verborgen blieb. Und über dem Fensterchen prangte stets die Aufschrift »Kasse«, obwohl – was konnte es denn schon anderes sein als die Kasse?

So wie es Petrow in der Metro immer erging, war es auch dieses Mal: Er schreckte hoch im Glauben, seine Haltestelle verpasst zu haben, als der Zug noch auf der langen Strecke zwischen »Maschinenbauer« und »Ural« fuhr, es gab dort diesen meditativen Abschnitt mit einer Kurve, wo man interessiert verfolgen konnte, welche Dinge durch die Perspektive ins Licht gerückt wurden, wenn man durchs Fenster des Wagens auf die folgenden Wagen blickte; es erinnerte an das dicke Zeichenlehrbuch, das einer von Petrows Klassenkameraden besessen hatte. Petrow hatte sich dieses Buch ein paarmal ausgeliehen, aber immer nur die Kapitel über Perspektive und Farbe durchgeblättert, aus dem Kapitel über die Farbe waren ihm nur die Stellen über warme und kalte Farben und über Sättigung im Gedächtnis geblieben, an mehr konnte er sich nicht erinnern. Ferner gab es im Buch Kapitel mit Gipskopien eines Apollokopfes, Gipskuben und -kugeln (genauer gesagt fing es mit den Kuben und Kugeln an, dann erst folgte der Apollokopf aus allen möglichen Blickwinkeln), bei diesen Kapiteln blieb Petrow also hängen und kam kein Stück voran, oder doch, ein bisschen schon. Es gab da noch einzelne Augen, Nasen, Ohren, ebenfalls aus Gips, bei ihnen hielt sich Petrow ebenfalls länger auf. Und dann folgten Porträts von Menschen, einschüchternd durch ihre fotografische Präzision und schier unerträgliche Meisterschaft, und Petrow konnte das Wunder nicht fassen, diesen Übergang von den Fingerübungen mit Gips zum lebendigen menschlichen Porträt, eingefangen mit wenigen Bleistiftstrichen. Alles, was er dabei lernte, war das Erfassen einer banalen Ähnlichkeit, als er begriff, dass dem Wesen nach jeder Kopf dieser Apollokopf war, nur mit Variationen, aber für Petrow war das schon der Gipfel seiner Kunst, und er war sich darüber im Klaren, wie sehr ihn die Klassenkameraden auch loben mochten.

Genau das war der Grund, warum Petrow die Frage zu den Schriftstellern und Künstlern so missfiel, die Igor an den Fahrer des Leichenwagens gerichtet hatte. Es war ein unbewusster oder, schlimmer noch, vielleicht sogar bewusster Seitenhieb gegen Petrow, der sich nun sein Leben lang nie mehr zu seiner Leidenschaft bekennen konnte. Es erstaunte Petrow, wenn Leute in aller Offenheit die unglaublichsten Dinge von sich preisgaben, bei manchen Schriftstellern standen ihm die Haare zu Berge. So wurde Petrow etwa bei der Beschreibung des Verhältnisses zwischen Stepan Trofimytsch und dem kleinen Stawrogin flau im

Magen, und Limonows »Fuck off, Amerika« konnte er gar nicht erst zu Ende lesen, so sehr suhlte sich Limonow in dieser schauerlichen Offenheit. Limonow kam Petrow während der Lektüre vor wie ein Serienmörder à la Tschikatilo, der direkt vor seiner Hinrichtung noch ein Interview gab. Nicht einmal unter Folter hätte Petrow sich entlocken lassen, dass er mit seinen fast dreißig Jahren Comics zeichnete und bei den Japanern abkupferte. Dabei war Petrow bewusst, dass sich die Jungs durchaus für sein Schaffen erwärmen könnten, wenn es sich um irgendwelche Pornos mit Monstern handelte, darüber könnte man reden, ohne sich zu genieren. Es waren aber Comics über die Zukunftspolizei, über Kampfroboter und böse Cyberverbrecher, Wolkenkratzer, Explosionen, Flugautos, Mutanten, explodierende Splitter – Petrow erschien das alles unerträglich kläglich, untalentiert, und dass es seinem Sohn gefiel, konnte nur eines bedeuten: Es war monströs schlecht.

Petrow schreckte wieder hoch, weil er glaubte, er hätte seine Haltestelle verpasst, aber sie waren erst bei der »Dynamo«. Die Lehrertante mahnte die Schüler zur Stille und wies sie an, sich bereitzuhalten, weil sie an der übernächsten Haltestelle aussteigen wollten, die besonders Wilden rief sie mit Namen an, aus Sorge, die besonders Wilden könnten eher aussteigen als geplant. Während der Fahrt hatten die übermütigen Kinder schon allerlei Faxen gemacht: Einem der Schüler war es gelungen, »Arschloch« zu sagen, dass man es im ganzen Wagen hörte, womit er, wie sehr die Lehrertante auch schimpfte, bei den anderen Kindern ein beifälliges Lächeln erntete; der nächste lud seine Klassenkameraden ein, zur senkrechten Haltestange zu gehen und sie als Striptease-Stange zu nutzen, worauf die Lehrertante bemerkte, der Schüler wiederhole sich mit seinen Scherzen, er wolle wohl erreichen, dass sich ihr dieser Scherz besonders einprägte, damit sie ihn beim Elternabend zum Besten geben könnte, vielleicht hätten ja auch seine Eltern Spaß am Humor ihres Sohnes; den Schülern war es außerdem gelungen, den auf seinem Handy spielenden Klassennerd zu piesacken, sich um einen Mann zu scharen, der ein E-Book las, über Petrows vergripptes Röcheln zu kichern und eine Klassenkameradin zu warnen, sie solle bloß keinen epileptischen Anfall mehr kriegen, und dann äfften sie den Anfall nach.

Eigentlich saß fast die ganze Klasse ruhig da und waren nur drei Leute außer Rand und Band, die Lehrerin nicht eingerechnet, aber Petrow reichte das schon, um erleichtert aus dem Wagen auf den Granit der Haltestelle »Platz des Jahres 1905« zu flüchten, nicht ohne einen mitfühlenden Blick auf die drinnen verbliebenen Fahrgäste. Er zweifelte nicht daran, dass sein Sohn sich wesentlich besser betrug – der Sohn gehörte schließlich selbst zu den Nerds mit Handy oder Buch oder verträumtem Blick. Er war ja derjenige, der wegen seiner Langsamkeit und Verträumtheit am häufigsten verkloppt und gehänselt wurde, und deshalb verspürte Petrow eine besondere Feindseligkeit sowohl gegen den auf dem Handy spielenden Jungen wie auch gegen seine wilden Klassenkameraden.

Auf dem Bahnsteig war es relativ leer, und die meisten Leute traten von einem Bein aufs andere oder saßen auf den Bänken, sie fuhren in die Richtung, aus der Petrow eben gekommen war – zum Bahnhof, Busbahnhof, Markt. Zwischen den glänzenden Metallsäulen schweifte die frohe Stimme der automatischen Ansage umher mit dem Appell, keine herrenlosen Taschen aufzuheben. Zwei Milizionäre standen mit dem Rücken zu Petrow, und während er an ihnen vorbeiging, beneidete er einen Moment lang die Frauen dafür, dass sie etwas Unerhörtes anstellen mussten, um zur Ausweiskontrolle angehalten zu werden. Petrow führte selbst keine Papiere bei sich, wenn er sich mit dem öffentlichen Nahverkehr durch die Stadt bewegte. Sie konnten ihn des Drogenkonsums verdächtigen, so viel sie wollten, er hatte ohnehin nie etwas dabei, und außerdem besaß er die Telefonnummer des Leiters der Miliz, und bei dessen »Deutschem« hatten sie mehr als einmal Ölwechsel gemacht und die Bremsklötze und Kupplungsscheibe ausgetauscht, wenn Petrow also zur Personenkontrolle festgehalten würde, dann jedenfalls nicht für lange.

Petrow begriff nicht, wie man als Streifenmilizionär arbeiten konnte, er konnte sich nicht vorstellen, wie es war, über den Bahnsteig oder durch die Straßen zu schlappen und auf Gesetzesübertreter zu lauern oder Leute zur Identitätskontrolle anzuhalten. Unerträglich langweilig musste das sein. Er erinnerte sich an die paar Tage, wo er in seiner Grube kein Sonnenlicht gesehen hatte: Wie er im Dunkeln gekommen war, so war er bei Anbruch der Nacht gegangen; es gab Zeiten, da steckte er mehrere Tage am Stück mit einer Reparatur in der Werkstatt fest, ohne nach Hause zu kommen, dabei schienen solche Tage – Polartag nebst Übernachtung in der Werkstatt – unbemerkt vorüberzuhuschen. Seiner Meinung nach war genau das der wahre Spaß, den er Igor mit Worten nicht vermitteln konnte, weil dieser sowieso nicht begriffen hätte, wie es sich anfühlte, nachts um halb zwei aus den verschiedenen Werkstätten ein Kollektiv zusammenzutrommeln und gemeinsam mit der ganzen Truppe und dem Autobesitzer unter die Kühlerhaube zu blicken, mit Augen, die schon nichts mehr erfassten, um zu ergründen, warum der Wagen nicht anspringen wollte. Man konnte nicht erklären, wie es sich anfühlte, den ganzen Tag lang unentgeltlich die Autos von Freunden, Bekannten, Verwandten zu flicken, die Autos von irgendwelchen Bekannten von Verkehrspolizisten oder denen vom Streifendienst und dann freudig zu lachen beim Witz: »Petrow, heute machen wir Subbotnik, genau wie die Prostituierten!«, vorgetragen mit der freudigen Stimme eines Enthusiasten beim Komsomol.

Als hätte Pascha seine Gedanken gelesen, rief er genau in dem Moment an, als Petrow wieder über der Erde war, wo im Gegensatz zu unten in der Metro der Handyempfang funktionierte. An Paschas Stimme hörte man, dass er ebenfalls krank war.

»Wie sieht's aus bei dir?«, fragte Pascha. »Wieso bist du denn gestern Scheiße noch mal zur Arbeit? Ich bin heute auch hin, aber wie ich so vor mich hingeschraubt hab, dacht ich mir, leck mich doch, eh ich noch verrecke, hab das Auto den Kollegen übergeben und bin nach Hause gekrochen.«

»Ich wäre mal besser in der Werkstatt geblieben«, sagte Petrow wütend, »war keine gute Idee, mich bei diesem Taxifahrer reinzusetzen. Er hat mich bloß bis zum ›Theater für den jungen Zuschauer‹ mitgenommen, und dann musste ich auf den Trolleybus warten. Ich erzähl dir später davon, du hast nicht genug Geld auf dem Handy.«

»Genau«, stimmte Pascha zu, »lass uns auf dem Festnetz telefonieren, falls ich überhaupt reden kann. Mir geht's wirklich arschmäßig schlecht. Sobald ich einschlafe, ist da so 'ne endlose Literaturstunde, ich steh an der Tafel und muss irgendwelchen Blödsinn hersagen, so 'n Poem, was ich gar nicht gelernt hab, ich versuch mir was auszudenken, halt mit eigenen Worten und gereimt. Voll Scheiße. Das Ding ist: Ich kann einschmeißen, was ich will, es kommt immer wieder derselbe Trip.«

»Wenigstens ist es keine Magen-Darm-Grippe«, bemerkte Petrow, »sonst könntest du dich erst mal gar nicht richtig hinlegen.«

»Genau«, stimmte Pascha zu. »Also bis dann.«

Ehe er auflegte, schien es, als ob Pascha mit einem Löffelchen in einem Teeglas klirrte und sich fest in etwas hineinwickelte wie in einen Kokon – jedenfalls hörte man auf seiner Seite eine behagliche, pelzartige Regung.

Je mehr sich Petrow seinem Zuhause näherte, umso schwerer fiel ihm der Weg. Es war wie ein alpiner Aufstieg, mit Sauerstoffmangel und entsetzlich lähmender Kälte auf der allerletzten Etappe. Das pelzartige Behagen am Ende von Paschas Anruf wurde noch unterstrichen durch das allgemeine Unbehagen auf der von einem kalten Luftzug durchzogenen Malyschew-Straße, an der verglasten Haltestelle, die zwar windgeschützt war, aber im Wind war es seltsamerweise weniger kalt, so als hätte das Innere der Haltestelle den ganzen Frost ringsum auf sich gezogen. An der einen Innenseite der Haltestelle klebte die Reklame eines Reiseunternehmens, wo Papa, Mama und Tochter in Badekleidung abhingen, und die Welle in ihrem Rücken wirkte wie ein Stück Eis und der Anblick ihrer nackten Körper ließ einen völlig erschauern. Zu allem Unglück kamen nur Siebzehner-Busse, einer hinter dem anderen, nach vier Siebzehnern kam eine Drei, aber man konnte nicht hinein, weil sie zu voll war. Die Türen der Drei öffneten sich nur, um die Rücken der Fahrgäste zu präsentieren, die aus dem Inneren hervorquollen wie eine Sofapolsterung, dann schlossen sich die Türen mühsam wieder, der Bus fuhr munter weiter, und es blieb rätselhaft, wieso er überhaupt gehalten hatte.

Nach etlichen Zigaretten, etlichen langen Hustenanfällen zwischen kleinerem Gehüstel, nach etlichen leeren, aber falschen, und richtigen, aber restlos überfüllten Trolleybussen, nachdem die Zeilen »Es fährt ein Trolleybus nach Magadan, doch mir kann Magadan gestohlen bleiben« entsprechend umgedichtet, etliche Male abgesungen und wieder vergessen waren, kam schließlich eine leere Drei. Sie folgte einer vollen Drei. Beide Dreier-Busse hielten gleichzeitig an der einen Haltestelle, aber seltsamerweise machten die Leute aus dem vorderen Bus trotz des Gedränges keine Anstalten, rasch in den leereren Bus umzusteigen, und Petrow beschlich der Verdacht, dass die leere Drei womöglich ins Depot fuhr. Dennoch ließ er es darauf ankommen und stürzte zum leeren Bus.

»Fahren Sie ins Depot?«, fragte er die Schaffnerin.

»Nein«, sagte sie.

»Warum steigen die Leute dann nicht zu Ihnen um?«

»Das frage ich mich auch schon seit ein paar Haltestellen«, sagte die Schaffnerin, »umgestiegen ist nur das kleine Mädchen da.«

Sie wies mit der Hand auf den Platz neben dem Schaffnersitz, und Petrow stockte das Herz, denn es war das Mädchen von gestern, wegen dem der Opa und der siebzehnjährige Bursche die Rauferei angezettelt hatten. Das Mädchen blickte Petrow an und grüßte, Petrow grüßte mechanisch zurück und wurde knallrot, als wäre er es gewesen, der gestern mit ihr seine ethnographischen Beobachtungen geteilt hatte.

In Anbetracht seiner gestrigen Fehler setzte sich Petrow so, dass er selbst von der Fahrbahn aus nicht zu erkennen und das Mädchen für ihn nicht zu sehen war, er setzte sich also direkt mit dem Rücken zu ihr auf den vordersten, für Fahrgäste mit Kindern und Behinderte reservierten Platz, und zwar nicht auf der Fahrerseite, sondern bei der Tür. Wirklich bequem war das nicht, weil die Plastikscheibe vor den zum Ausgang führenden Stufen ihm auf die Knie drückte, wobei er sich eher selbst mit den Knien gegen die Scheibe stützte, die sich gefährlich wölbte und endgültig zu bersten drohte. (Es gab dort bereits einen Riss, offenbar bewirkt von einem Fahrgast mit Kindern oder von Kindern oder einem Behinderten.)

Im Bus war es kalt, aber nach der Kälte draußen war das kaum zu spüren. Durch die Windschutzscheibe sah man die Gesichter der Passagiere im voranfahrenden Bus, und Petrow musste sich beherrschen, um ihnen keinen Vogel zu bohren und keine einladenden Gesten zu machen.

Von den unglückseligen Passagieren wurde Petrow durch den schmalen Fleck der Haltestelle neben dem Theater »Wolchonka« abgelenkt, wo für die Neujahrsvorstellungen geworben wurde, und Petrow dachte schadenfroh daran, dass er bereits eine Karte fürs »Theater für den jungen Zuschauer« erstanden hatte. An der Scheibe neben Petrow klebte die Nachricht, dass die Trolleybusse am einunddreißigsten Dezember um elf Uhr ins Depot fuhren, aus irgendeinem Grund lag in dieser Nachricht für Petrow mehr Neujahrsstimmung als in den ganzen über die Stadt verteilten Lichtgirlanden und der Neujahrswerbung im Fernsehen. Petrow erinnerte sich, wie er vor ein paar Jahren rasch zum Kiosk nebenan gelaufen war, um Sekt nachzukaufen, und als er um viertel vor zwölf zurückkam, hämmerte jemand mit trunkenem Trauergeheul gegen die Wände des steckengebliebenen Lifts, weil ihm dämmerte, dass ihn vor ein Uhr keiner befreien würde.

Während er Löcher in die Luft starrte, versäumte Petrow den Auftritt einer Verrückten. Es war praktisch unmöglich, auf der verzwickten Ausfahrt von Moskowskaja Gorka bis zum Zentralstadion nicht in Trübsinn zu verfallen, weil es dort jedes Mal wenn nicht zum Stau, so doch zu einer kleineren Stockung kam, aufgrund einer holperigen Anschlussstelle und einer engen Fahrbahn, die in eine andere enge Fahrbahn mündete. Gewöhnlich fuhren zum Zentralstadion irgendwelche Provinzmuttchen mit chinesischen Karotaschen, sie ächzten, fragten jede Minute nach der Haltestelle, blickten nervös aus dem Fenster, aus Angst, den Ausstieg zu verpassen. Sie waren keine Fans, gegenüber dem Stadion lag schlicht das Gefängnis, und dorthin, zu ihren Söhnchen, strebten all die Provinzmuttchen. Ihr Anblick war Petrow unerträglich, weil er seinerzeit selbst dort hätte landen können, aus schierer jugendlicher Dummheit. Er konnte sich lebhaft vorstellen, wie seine Mutter ebenso dem öffentlichen Nahverkehr nachgejagt wäre in der fremden Stadt, wo Petrow einsaß, wie sie ebenso aufgeregt nach der Haltestelle fragte, und deshalb bewirkte die Hektik der Muttchen in ihm eine angewiderte Abscheu. Er drehte sich jedes Mal weg oder drückte sich in die Ecke, wenn er ihre schiefsitzenden oder nach Art der Pioniertüchlein auf den Hals herabgerutschten Kopftücher sah, den unter den Mützen hervorrinnenden Schweiß, als hätten sich die Muttchen soeben noch auf der Straße eine Schneeballschlacht geliefert. Er konnte ihre schuldbewusste Miene nicht ertragen, weil er sich erinnerte, wie in der Werkstatt Frauen randaliert und mit ihren Banditenmännern gedroht hatten; inzwischen waren derlei Drohungen seltener geworden, aber damals, Ende der neunziger Jahre, als Petrow gerade erst mit dem Schraubendrehen begonnen hatte, waren sie an der Tagesordnung. Er konnte sich leicht vorstellen, dass sich unter diesen Muttchen eine finden ließe, die in der Vergangenheit genauso randaliert hatte. Es war wie mit König Lear: schwer zu lesen, als Film unmöglich, aber die Idee, dass im Trolleybus gleich mehrere solche Exemplare unterwegs sein könnten, war so, als ließe man im Kino hintereinanderweg ein paar Vorstellungen von »Weißer Bim, Schwarzohr« über sich ergehen.

Petrow hatte den Auftritt der Verrückten versäumt, sonst hätte er sich, sobald sie einstieg, irgendwie darauf einstellen können, dass sie wahnsinnig war, er hätte kein Wort mit ihr gewechselt, weil die Verrückten gerade auf Worte besonders erpicht waren.

Petrow spürte einen Stoß gegen die Schulter; als er sich vom Fenster wegdrehte, um zu sehen, wer ihn da anrempelte, erblickte er eine für dieses Wetter viel zu leicht bekleidete junge Frau: Sie trug einen dunkelblauen Herbstmantel aus Nylon und dünne, fingerlose Handschuhe. Die Frau war auffallend grell geschminkt. Da Petrow daran gewöhnt war, dass seine Frau überhaupt keine Kosmetik benutzte, fiel ihm das besonders ins Auge, umso mehr, als die Frau nach der Mode der Achtziger geschminkt war – allerlei greller Lidschatten mit Glitzereffekt, dunkles, die Wangenknochen betonendes Rouge, eine dicke Schicht Lippenstift. Das zu einer Dauerwelle aufgesträubte Haar war in lauter Naturtönen gefärbt, aber in ihrer Vielheit wirkten die Naturtöne irgendwie scheckig.

»Scheiße, nee, ein Clown«, fuhr es Petrow durch den Kopf, und er musste sogar innerlich schmunzeln über diesen derart schlechten Geschmack, doch das Schmunzeln verging ihm, als die Spaßkanone mit ihrer Nummer loslegte.

»Sie wissen aber schon, dass das der Platz für Fahrgäste mit Kindern ist?«, fragte die Frau, und ihr Ton ließ nichts Böses ahnen, obwohl es merkwürdig war, dass sie Petrow ankofferte, wo es doch im Bus jede Menge freie Plätze gab.

Petrow beschloss, dass es auf seinem Sitz schlicht wärmer war, weil die anderen Plätze vom beheizten Schaffnersitz weiter entfernt waren, und das Kind, das die Frau an der Hand hielt, brauchte zweifellos Wärme. Es war ein etwa vierjähriger Junge, er trug ebenfalls eine Herbstjacke, allerdings in Orange, eine Strickmütze und violette Gummistiefel. Es war nicht zu erkennen, ob der Junge fror oder vielleicht in krankhafter Weise keinen Frost vertrug, aber seine Lippen waren jedenfalls so violett wie die Stiefel. Petrow begann sich hastig zu entschuldigen, glitt hastig von seinem Platz und setzte sich um.

Die Frau ließ jedoch nicht von Petrow ab. Nachdem sie das Kind auf den eroberten Platz gepackt hatte, kam sie aufs Neue zu Petrow und rüttelte ihn aufs Neue an der Schulter.

»Ist Ihnen eigentlich überhaupt noch irgendwas peinlich?«, fragte die Frau. »Sie verstehen schon, dass mein Sohn (an dieser Stelle bohrte sie den Zeigefinger in Richtung ihres Sprösslings) die Zukunft der Menschheit darstellt? Die letzte Hoffnung der Erde?«

»Endstation«, dachte Petrow, obwohl er natürlich längst nicht an der Endstation angelangt war, sondern weiter im Trolleybus fuhr.

Im selben Augenblick brach wie auf Bestellung die Sonne hinter den Wolken hervor, wodurch das Innenambiente des Busses, mit dem dichten Raureif, dem Eis auf den Scheiben, dem nicht abtauen wollenden Schnee auf dem Boden, zunehmend an einen Gefrierschrank erinnerte, und im Sonnenlicht und den blauen Schatten der gelben Haltestangen gewann das Verhalten der nervösen Passagierin einen besonderen Grad an Kaltschnäuzigkeit.

Die Frau begann vom offenen Chakra ihres Sohnes zu reden, dass gewöhnliche Menschen eine weiße Aura besäßen, die seine jedoch sei blau. Sie sagte, er könne schon lesen, schreiben, bis tausend zählen und wieder zurück, kenne eine Vielzahl von englischen und deutschen Wörtern. Dann sagte sie noch, ihr Sohn habe einen Herzfehler und die Diagnose »Schwachsinn«, aber das sei alles Lüge. Eine Wunderheilerin aus einem Dorf bei Jekaterinburg habe längst alles in Ordnung gebracht, und beim Literaturwettbewerb für Kinder habe der Junge den ersten Platz ergattert, nur sei die Jury komplett gekauft und habe deshalb behauptet, die Gedichte hätte seine Mama geschrieben.

Petrow nickte bloß zur Antwort und rückte dichter ans Fenster, um möglichst weit entfernt zu sein von der Frau, die sich trotz der ganzen Leidenschaft ihrer Rede nicht dazu durchringen konnte, neben ihm Platz zu nehmen. Außerdem versuchte Petrow, keine überflüssige Bewegung zu machen, und schnitt eine schuldbewusste Grimasse wie ein Hund, den man wegen einer Pfütze rügt oder weil er etwas vom Tisch stibitzt hat. Er dachte daran, was die Eltern seines Freundes Sergei bei ihrem Sohn angerichtet hatten, im Grunde war es genau dasselbe, sie führten ihm einen Mount Everest vor Augen, dessen Gipfel er in einer raschen Erfolgswelle erklimmen sollte, sie legten die Messlatte unvorstellbar hoch, dabei schaffte Sergei in der Sportstunde nicht mal eine ganz reale Latte, aus Angst, sie zu reißen und sich zu blamieren – nicht dass er nicht gekonnt hätte, er versuchte es gar nicht erst, sagte gleich, sie sollten ihm eine Fünf geben, damit seien sie ihn los. Dem Jungen im Trolleybus drohte wohl kaum eine solche Enttäuschung im Leben, mit seinem Schwachsinn, den die mächtigste Zauberin natürlich nicht zu heilen vermochte. Ihm drohte der Tod durch Lungenentzündung nach einer Abhärtungsaktion à la Iwanow oder einer vegetarischen Diät, einer Urintherapie oder weiß der Himmel, worauf seine Mutter abrauschte, während sie ihn aufzog. Die Mutter konnte zu einer Sekte oder ins Kloster gehen, und dann würde der Junge zu einem jener Kinder, die im orthodoxen Fernsehkanal mit andachtsvoller Miene die Heiligen Gaben empfingen, und man konnte nicht ohne Entsetzen auf diese Wesen blicken, die wirkten, als wären sie mit Sedativa zugedröhnt (besonders entsetzlich waren zweifelsohne all die vierjährigen Mädchen in ihren Altfrauenkopftüchern). Petrow nickte, und die Frau schwallte weiter, ihr Sohn könne selber Menschen heilen und die Zukunft vorhersagen. Petrow wollte erwidern, auch er könne ihre Zukunft und die ihres Sohnes vorhersagen, aber er ließ es lieber bleiben, denn als er kurz zu der Frau hinüberschielte, traf er auf einen vollkommen wilden Blick, der für den Fall auch nur eines Wortes des Zweifels nichts Gutes ahnen ließ.

Der Trolleybus hielt an der Endstation, als die Wahnrede der

Frau in der Mitteilung kulminierte, dass sie selber während ihrer Schwangerschaft von Außerirdischen entführt worden sei (man nannte sie zu Unrecht kleine graue Männchen, in Wahrheit waren sie blau wie die Außenseite des Busses), auch den Jungen hätten die Aliens schon mehrfach entführt. Nach dem Ausstieg verfiel Petrow an der Haltestelle in hektische Bewegung, um die Frau abzuschütteln, aber sie heftete sich an seine Fersen und schleifte den Jungen hinter sich her, offenbar im Bestreben, das Gespräch an sein logisches Ende zu bringen, der Junge rutschte auf den Gummisohlen aus, doch die Frau hielt ihn fest umklammert, so dass er nach jedem Ausrutschen an ihrer Hand hing. Petrow blickte neiderfüllt dem sich entfernenden Mädchen nach, das heute keiner mit seinem Geschwätz belästigte.

Petrow kaufte dem Jungen einen Schokoriegel, doch die Frau riss dem Kind den Riegel aus der Hand und sagte, es sei laktoseintolerant. Der Junge schaute die ganze Zeit stumpf vor sich hin, während Petrow ihm die Schokolade in die Hand steckte und seine Mutter ihm die Schokolade wieder entriss. Petrow kaufte dem Jungen Mandarinen, doch die Mutter sagte, er leide an einer Diathese. Petrow kaufte dem Jungen Bananen, doch die Mutter entriss ihm auch die Bananen und verkündete, Bananen seien voller Kalium und in ihnen sammle sich Strahlung an. In dem Augenblick, als Petrow schon glaubte, die Frau würde nie mehr von ihm ablassen, ihn bis vor seine Wohnung verfolgen und dann womöglich auch noch in diese eindringen, wurde die Frau plötzlich von einer anderen Wahnsinnigen im Herbstmantel abgefangen, nur hatte diese nicht ein Kind dabei, sondern gleich zwei schon etwas größere Kinder. Die Frauen lachten freudig, küssten sich dreimal ab, wie die Führer der sozialistischen Staaten mit ihren osteuropäischen Kollegen. Die Kinder musterten einander finster oder vielmehr resigniert.

»Ljubuschka, Schwester in Christi«, vernahm Petrow gerade noch den Jubelruf der herbeigesegelten Irren, ehe er auf Flügelschuhen vom Ort der Begegnung entschwand.

Er erinnerte sich an seinen gestrigen Trolleybustraum von viel Sprudelwasser und Schlaf, und so ging er ein weiteres Mal zum Kiosk, demselben, wo er den Schokoladenriegel erstanden hatte.

»Sie sind ja flott«, kommentierte die Verkäuferin gutmütig sein erneutes Erscheinen. »Haben Sie was vergessen?«

Die Verkäuferin war Petrow schon deshalb sympathisch, weil sie keine Kinder bei sich hatte und genau wie er erkältet durch die Nase sprach, und genau wie er sah auch sie eindeutig erkältet aus, neben ihr stand auf der Theke eine weiße Tasse, auf deren Grund man ein Pulver sah, und daneben lag eine aufgerissene Packung »Antigrippin«, außer dem leisen »Radio-C« vernahm man das anschwellende Rauschen eines Teekessels. Um den Hals der Verkäuferin war ein Schal gewickelt.

»Wie schaffen Sie es, dass Ihnen die Beine nicht abfallen«, sagte Petrow und nahm die Zweiliterflasche Cola entgegen, als wäre sie ein Geschoss zur Bekämpfung seiner Erkrankung.

»Sind alle krank geworden und haben sich abgemeldet«, sagte die Frau, »bin halt als Letzte übriggeblieben. Ist, ehrlich gesagt, keine gute Idee, die Leute anzustecken. Sie haben doch vorgestern bei mir Zigaretten gekauft, vielleicht haben Sie sich ja auch bei mir angesteckt.«

Petrow war geschmeichelt, dass die Verkäuferin sich an ihn erinnerte, weshalb er beflissen mit den Füßen scharrte und sagte, aber nein, doch nicht bei ihr, er habe sich schon vorher krank gefühlt, schon bei der Arbeit.

Irgendwie tat das Gespräch beiden so gut, dass die Verkäuferin Petrow ein frohes Neues Jahr wünschte, und Petrow sagte, dafür sei es noch zu früh, er käme ja bestimmt noch öfter vorbei, und indem er sich bei jedem Schritt fast verneigte, als verabschiedete er sich vom chinesischen Kaiser, wich er rückwärts aus dem Kiosk. Die Verrückten waren mitsamt ihren Kindern verschwunden, Petrow suchte mit dem Blick nach ihren grellbunten Mänteln und Jacken, die im allgemeinen Weiß leicht zu erkennen gewesen wären, aber die Posadskaja-Straße war weit und nahezu menschenleer. Zwischen den Bänken und Büschen der Fußgängerzone, die die beiden Verkehrsstreifen trennte, führte nur ein Hundezüchter ein derart winziges Hündchen spazieren, dass man eher die Leine sah als das Hündchen selbst, und dass es sich bei dem Hundezüchter tatsächlich um einen solchen handelte, erkannte man daran, wie er sich auf charakteristische Weise von einem Busch zum nächsten die Straße entlangziehen ließ. Die übrigen Leute erinnerten an die schematischen Figuren auf der Architekturvisualisierung eines Zukunftsprojekts. Überhaupt bereinigte ja der Winter die Landschaft von allem Überflüssigen und Menschlichen, indem er sie wieder auf die dem Auge schmeichelnde Perspektive und das Ursprungskonzept des Architekten reduzierte: Kein Müll, keine Hundekacke neben dem Trottoir, kein Anzeichen davon, dass der Weg zur Gursuf-Straße bei Regen und Schneeschmelze so überflutet war, dass einem dort das Wasser bis zu den Knien stand, dagegen blieb es in Richtung der Straße des 8. März immer trocken, die mit diagonalen Latten vernagelte Veranda des zur Sportbar gehörenden Straßencafés war leer wie am ersten Schöpfungstag.

Petrow sog mit Mund und Nase zugleich die Luft ein, um den Schneegeruch zu spüren, wie er ihn in der Kindheit gespürt hatte, aber ohne Erfolg, er stieß nur eine dampflokartige Wolke aus und ging in Richtung seines neunstöckigen Hauses. Am Tag wirkten die verschiedenen Kioskbuden trister als in der Dunkelheit, man konnte sehen, dass sie mit Lichtgirlanden behängt waren, aber die Girlanden leuchteten nicht und schienen defekt zu sein. Mit all ihren leeren Lichtern und den durchhängenden, zu Tannenbäumchen und dem Schriftzug »Frohes Neujahr« geschlungenen Kabeln wirkten sie, als wäre Neujahr bereits vorbei und man hätte sie bloß noch nicht abgenommen. Petrow beschloss, direkt auf der Straße eine weitere Tablette des Fiebersenkers zu schlucken, damit sie bereits wirken würde, wenn er nach Hause kam, aber aus der Jackentasche war die Packung mit dem Paracetamol verschwunden: Sie musste ihm noch in der Metro oder im Bus herausgefallen sein, als er von einer Ecke des Wagens in die andere wechselte. Zu Hause gab es bestimmt noch ein paar Tabletten, und Petrow hatte keine gesteigerte Lust darauf, erneut die Straße zu überqueren, bis zum »Kirowski« zurückzugehen und eine weitere Straße in Richtung Apotheke zu überqueren – viel zu lange schon währte dieser Nachhauseweg, wenn man bedachte, dass Petrow ihn gestern eingeschlagen und immer noch nicht beendet hatte. Mit zunehmender Eile und schwindender Kraft, die Eile durchzuhalten, durchquerte Petrow die Innenhöfe bis zur Tür seines Hauseingangs.

Theoretisch schloss die Tür mit einem Magnetschloss, der Unternehmer hatte versprochen, das System zu modernisieren, Leitungen zu verlegen und sogar eine Videokamera zu installieren, aber tatsächlich war das Magnetschloss derart marode, dass die Jugendlichen, wenn sie zu faul waren, den Schlüssel hervorzukramen, die Tür mit einem Ruck an der Klinke zu sich aufrissen, außerdem waren ständig irgendwelche Rentner und Kinder krank, und häufig sah man, wie die Tür einfach mit einem Backstein offen gehalten wurde, und an der Tür hing ein gekritzelter Zettel: »Nicht schließen – Arztbesuch«. Und dann zog auch noch häufig jemand aus, weshalb man die Tür wiederum nicht verschlossen, sondern im Gegenteil mit einem Backstein offen gehalten sah und dazu den Zettel: »Nicht schließen – Maklerbesuch«. Und schließlich war im Haus öfter etwas defekt, und wieder wurde die Tür mit einem Backstein offen gehalten, und der Reißzettel trug die Aufschrift: »Nicht schließen – Handwerkerbesuch«. Kein Wunder, dass bei dieser Ausgangslage im Erdgeschoss des Hauses veritables Chaos herrschte: Die Glühbirne funktionierte nie, irgendwer schaffte es immer, in die Ecke neben dem Keller zu pinkeln, manchmal wurde in den Lift gepinkelt oder in die Ecke zwischen Wand und Müllschacht, welcher schon lange nicht mehr benutzt wurde, die Luken des Müllschachts blieben zugeschweißt bis zu jenen Tagen, da die Menschennatur geläutert würde, weshalb gewisse liederliche Bürger ihre Müllsäcke direkt neben den Hauseingang warfen. Die Ironie lag darin, dass neben diesem Eingang eine rostige quadratische Plakette hing, deren kräftig verwitterte Lettern das Haus, wo Petrow wohnte, zum Haus mit mustergültiger Wartung erklärten. Eine doppelte Ironie lag darin, dass die Plakette schon zu der Zeit, als Petrow noch sehr klein war, keinen Deut frischer gewirkt hatte als in ihrem heutigen Zustand. Solange er denken konnte, hatten manche der Stufen, die vom Lift zur Eingangstür führten, in der Mitte eine Scharte, als hätte jemand darauf ein bleischweres Rohr hinabgeschleift. In Petrows Erinnerung war der Hauseingang ein paarmal innen wie außen gestrichen worden. Mitte der achtziger Jahre wurden die Briefkästen auf dem Absatz zwischen Erdgeschoss und erstem Stock ausgetauscht, doch schon tags darauf hatte der Schläger aus dem ersten Stock gemeinsam mit seinen lustigen Freunden die Briefkästen mit Fußtritten bearbeitet, so dass sie bis zum heutigen Tag traurig ob der eigenen Zerbeultheit vor sich hinhingen. Siebenundneunzig wurde der Schläger direkt auf den schartigen Stufen abgemurkst, Petrow kam gerade von der Arbeit nach Hause und sah ihn hinter dem Polizeikordon liegen, als wäre der Schläger selber einer der von ihm zerdellten Briefkästen. Die Kumpel des Schlägers wollten die Plakette für die mustergültige Wartung durch eine Gedenktafel ersetzen lassen und behaupteten, in Nischni Tagil wäre sowas erlaubt. Zur Gedenktafel kam es dann doch nicht, weil die Kumpel des Schlägers reihenweise im Knast landeten oder selber abgemurkst wurden, dafür ließen sich die Spuren des Blutflecks lange nicht entfernen – stets blieben ein paar letzte Konturen bestehen. Doch pünktlich zum Millennium begann der Nachbar aus dem Erdgeschoss – der sich Petrow eingeprägt hatte, weil er früher einen Kater besaß, der sein Geschäft in die Kloschüssel verrichtete, und einen Käfig, wo ein Eichhörnchen im Rad seine Runden drehte – fürchterlich zu trinken, und in der Absicht, sich zu Silvester systematisch in ein unerhörtes Koma zu saufen, erstand er eine gigantische Menge an Wodka und Bier und zerscherbte Wodka und Bier auf besagten Stufen. Der frische Bierfleck gewann die Oberhand über den alten Blutfleck und erschlug vorübergehend alle weiteren Gerüche im Eingangsbereich, so dass nur ein leicht bitterer Hopfenduft blieb, vermischt mit Alkohol.

Als Petrow bei der mit einem Backstein offen gehaltenen Haustür anlangte, wo ein Zettel auf einen Arztbesuch verwies, war der Hopfenduft freilich längst verflogen, es gab nur den üblichen Klogeruch, vermischt mit feuchtem Kellerdunst. Bevor er zum Lift ging, weil er absolut nicht mehr die Kraft besaß, zu Fuß in den vierten Stock zu steigen, sah Petrow noch einmal nach, ob sein Auto, das auf dem Parkplatz versauerte, noch an Ort und Stelle war. Das Auto stand dort, wo er es vorgestern zurückgelassen hatte, von Raureif bedeckt wie mit Puderzucker.

Der Lift im Eingangsbereich war ebenfalls sehenswert: Hier gab es Namensgraffitis, die mit einem Nagel ins Furnier gekratzt waren und aus der Zeit stammten, als es noch keine Permanentmarker gab, dann gab es die Graffitis, die gemeinsam mit den Permanentmarkern erschienen waren, die lokale Jugend hatte eine besondere Vorliebe für möglichst dicke schwarze Permanentmarker, mit denen sie die von den Nägeln früherer Generationen hinterlassenen Kratzspuren überschrieben. Da gab es »HSH« und »Prodigy«, es gab ein paar verkappte Liebeserklärungen und dann das Spiel »Willst du keine Schwuchtel sein, zeichne hier ein Wägelein«, wobei darunter mehr Wägelein gemalt waren, als es Hausbewohner gab; jemand behauptete, Rap sei Kacke, Jegor Letow und seine Band GrOb wurden erwähnt, und Wiktor Zoi durfte auch nicht fehlen, der natürlich am Leben war, ungeachtet der für Petrow offenkundigen Tatsache seines tragischen Endes unter einem Ikarus-Bus. Ferner prangten an den Wänden mit besonders viel Liebe und Sorgfalt ausgeführte Namen nebst den negativen Eigenschaften ihrer Besitzer. Es gab die mit einem kleinen Rahmen versehene Botschaft, dass ein gewisses Mädchen aus der fünften Klasse eine Schlampe sei und sogar den Obdachlosen einen blies, auch eine Telefonnummer war angegeben, bei der die Obdachlosen anrufen sollten, um ihr Sexleben aufzupeppen.

Die Graffitis im Lift gingen nahtlos in die Graffitis auf den Wänden des Hauseingangs über, wo alles dasselbe war, nur großformatiger, weil der betreffende Künstler im Eingangsbereich durch keine Leinwandmaße eingeschränkt war. Während der Künstler im Lift das Faktum intimer Beziehungen zwischen zwei Leuten schlicht konstatierte, konnte er dieselben Beziehungen im Hauseingang ausführlich bebildern, entsprechend seinen jeweiligen anatomischen Kenntnissen und Fantasien.

Petrow nahm noch im Lift die Mütze ab und löste auch schon die Knöpfe an seiner Jacke, braune Knöpfe, glatt und fest wie Sahnebonbons. Als er neben seiner Holztür stand, die einer riesenhaften Schokoladentafel glich, begann Petrow, die Colaflasche unter den Arm geklemmt, in der Tasche seiner Jeans zu wühlen, um den Schlüssel zutage zu fördern. In derselben Tasche hing zwischen seinen Fingern das Papierchen mit der Aspirintablette, die Gabe Wiktor Michajlowitschs.

Das Fenster am Treppenabsatz zwischen viertem und fünftem Stock schien fest verschlossen, und dennoch wehte von dort ein frischer kalter Luftzug herein. Es musste wohl daran liegen, dass die Außenscheibe der Doppelverglasung einen Haarriss aufwies, durch diesen Riss hatte sich etwas Schnee angesammelt, gerade zu viel, um für Watte gehalten zu werden, wie sie Petrows Mutter seinerzeit verwendet hatte, um die Fenster im Wohnzimmer und seinem eigenen Zimmer abzudichten. Vor dem Fenster im Treppenhaus standen rechts auf der Fensterbank zwei leere Bierflaschen. Na ja, richtig leer war nur die rechte Flasche, dafür war die linke bis zur Hälfte mit Zigarettenkippen gefüllt.

Wer auf die Toilette musste, schaffte es wohl nie bis zum vierten Stock, oder vielleicht war es einfach üblich, sein Geschäft im Erdgeschoss zu verrichten, weshalb es oben auf dem Treppenabsatz deutlich nach Suppe roch. Es hatte übrigens auch eine Zeit gegeben, als das gesamte Treppenhaus von Marihuanageruch durchzogen war, davor lag eine Zeit, wo es oberhalb des Erdgeschosses nach Hefe roch. Dann folgte eine Zeit, wo man nicht durchs Treppenhaus gehen konnte, ohne dass eine Spritze unter dem Schuh knirschte, und davor gab es wiederum eine Zeit, wo von oben bis unten überall leere Flaschen herumstanden. Die Flaschen waren inzwischen zurückgekehrt – zu den Bierflaschen aus Glas gesellten sich nun die Plastikflaschen von Alkopops und Sprudel. Früher hatten die Leute auf dem Treppenabsatz Aschenbecher aus Kaffeedosen hinterlassen, die Kaffeedosen waren fast völlig verschwunden, dafür gab es Sprudeldosen und solche von Energydrinks. Es reichte den Leuten nicht, mit Guaranaextrakt das Herz zum Rasen zu bringen, sie mussten, kaum war die Dose geleert, auch noch eine rauchen, wie nach dem Sex.

Petrow stolperte traurig in die Wohnung. Der Suppengeruch kam aus seiner Küche. Im Korridor brannte Licht, die Bezirksärztin aus der Kinderpoliklinik saß auf dem kleinen Schuhbänkchen und zog den langen Reißverschluss an ihrem zweiten Stiefel zu. Petrows Frau stand daneben und hielt der Ärztin galant den grünlichen Mantel. Hinter Petrows Frau schaute gleichgültig sein Sohn hervor. Als er Petrow erblickte, verzog er keine Miene. In Petrows Kindheit war die Bezirksärztin, wenn er sich erkältet hatte, ebenfalls zu ihm nach Hause gekommen, damals trug die Ärztin den komplizierten Spitznamen: Aspirin-Dimedrol-Amidopyrin.

»Was ist los? Bist du krank?«, fragte Petrow den Sohn und versuchte seiner Stimme den Rest von Elan zu verleihen, den er sich noch abringen konnte, aber der Sohn krächzte nur etwas hervor, was offenbar eine positive Antwort sein sollte.

»Geh in dein Zimmer«, sagte Petrows Frau zu ihrem Sohn, »das fehlt jetzt grade noch, dass du Zug kriegst.«

Der Sohn schlurfte in sein Zimmer.

Tatsächlich hatte sich Petrows Sohn nach der Scheidung seiner Eltern gemütlich ausgebreitet: Er hatte jetzt in beiden

Wohnungen ein Zimmer ganz für sich allein. Die Petrows Senior wetteiferten nicht darum, wer großzügiger war, aber irgendwie ergab es sich von selbst, dass sich bei ihrem Sohn ein doppelter Satz an Spielzeug und Büchern einfand, ein doppelter Satz an Spielkonsolen und ein doppelter Satz an Kleidung.

»Sie wissen jetzt also Bescheid, ja?«, fragte die Ärztin, während sie in den Mantel schlüpfte und einen bedeutungsvollen Blick auf Petrows Frau richtete, die eilfertig nach der Arzttasche griff und sie ihr über den Arm hängte.

»Es ist ja nicht das erste Mal«, antwortete Petrows Frau.

Petrow setzte sich auf den von der Ärztin geräumten Platz und begann seine Winterstiefel aufzuschnüren. Genau das hatte er gestern in Wiktor Michajlowitschs Wohnung vermisst – sich auf ein Schuhbänkchen plumpsen zu lassen, anstatt in gekrümmter Haltung herumzukrebsen, ohne dabei umzufallen, und ächzend in der Hocke zu sitzen und zu spüren, wie einem das Blut und die Hitze ins Gesicht stiegen. Der lange Wollrock der Ärztin wippte mit dem Saum vor Petrows Augen, während er sich die Schuhe auszog, und die Ärztin erklärte seiner Frau ein weiteres Mal geduldig, welche Tabletten sie kaufen sollten, falls sie keine hätten, und wie viele man pro Tag einnehmen sollte.

»Heutzutage wissen ja alle über alles Bescheid«, sagte die Ärztin, »gehen einfach ins Internet, wenn sie Rat brauchen. Aber dann gibt's immer noch solche, die ihr Kind ganz altmodisch mit billigem Aspirin vollstopfen, obwohl doch jetzt so viele gute Mittel auf dem Markt sind, die von Kindern gern genommen werden. Im Nachbarbezirk hat eine Oma einem Einjährigen aus Vergesslichkeit gleich drei Aspirin verpasst. Eine andere hat ihres mit Schnaps eingerieben bis zur Alkoholvergiftung. Und wieder eine andere hat einem Kind Schöllkraut eingeträufelt – hat die Kräuter verwechselt. Hören Sie überhaupt möglichst wenig auf die Omas, wenn Sie welche haben.«

»Das hier ist die ganze Familie«, sagte Petrows Frau beschwichtigend, »keine Oma weit und breit.«

Petrow kannte die Bezirksärztin noch aus der Schule – sie war ein paar Klassen über ihm gewesen, Petrows Frau und sie hatten sogar über mehrere Ecken gemeinsame Bekannte, und deshalb konnte sich die Ärztin auch noch so sehr als neutrale Beobachterin gerieren, die Geschichte der Petrows und ihrer Scheidung war ihr bestens bekannt.

Manchmal betrachtete Petrow sein Familienleben von außen und musste selbst ein wenig staunen, wie sie trotz ihrer Scheidung sporadisch als Paar lebten, so als hätten sie ihre Beziehung ins Stadium der anfänglichen Rendezvous zurückbefördert. Nur war Petrowa in der ersten Runde dieses Stadiums gerade mal mit der Uni fertig und hatte keinen Sohn, wie auch Petrow keinen hatte. Es ging nicht um den Versuch, die Beziehung wieder aufleben zu lassen, sondern um etwas anderes, doch um was, wusste Petrow selbst nicht genau. Petrowa hatte die Scheidung aufgrund irgendwelcher Überlegungen eingereicht, die Petrow völlig schleierhaft waren. Am meisten beunruhigte ihn, seine Frau könnte ihn betrogen und aus einem Schuldgefühl heraus den ganzen Zirkus angezettelt haben, weil sie sich einfach nicht zu einem Geständnis durchringen konnte. Petrow erschien das als die schlimmste Variante, ihm wurde schlecht beim Gedanken, dass er eine Frau küsste, die unlängst ein anderer geküsst hatte. Es waren dumme und völlig triviale Gedanken, wie Zeilen aus den Schmalzliedern von »Ruki werch!«, aber Petrow kam nicht gegen diese Gedanken an.

Petrow zog die Schuhe aus und postierte sich neben seine Frau. Petrowa hatte die Hände unter die Achselhöhlen geschoben, als wäre ihr kalt. Die Ärztin musterte eine Weile die beiden Schulter an Schulter stehenden Geschiedenen in Erwartung einer Szene, sie wollte offenbar sehen, welche Worte nun zwischen ihnen gewechselt würden, aber die Petrows machten ihr nicht das Vergnügen und warteten einfach ab, bis das Schweigen peinlich wurde. Die Ärztin ging, ohne sich die Enttäuschung anmerken zu lassen.

»Puh, du riechst aber komisch«, sagte Petrowa, als Petrow seine

Jacke an die Garderobe hängte. »Hast du im Leichenhaus getrunken und gleich dort übernachtet?«

»Fast«, antwortete Petrow, innerlich entsetzt über den scharfen Geruchssinn seiner Frau. »Eine lange Geschichte. Mit Igor und so.«

»Gibt's den überhaupt, diesen Igor, oder ist das dein ausgedachter Freund?«

Petrow fragte sich das manchmal selbst, aber nicht ernsthaft, irgendwie vertraute er immer noch zu sehr in die Klarheit seines Verstandes, um sich und Igor für die Helden eines »Fight Clubs« zu halten. Dagegen erschienen ihm Frau und Sohn manchmal wie Phantome seiner Fantasie, so wohl fühlte er sich mit ihnen, so sehr waren ihnen mit der Zeit allerlei Details zugewachsen; für Petrow lag der Grund nicht darin, dass der Sohn heranwuchs und seine eigenen Vorlieben entwickelte wie die Angewohnheit, mit verschränkten Beinen auf dem Rücken zu schlafen oder so auf dem Rücken zu schlafen, dass sich Kopf und Rumpf unter der quergelegten Decke befanden, die Beine bis zum Knie aber nicht – nein, es kam auch nicht daher, dass ihm klargeworden war, wie steinzeitlich seine Frau in Erziehungsfragen dachte, so sehr nämlich, dass sie überall Reckstangen für den Sohn installierte und überall – in beiden Wohnungen – eine Boxbirne aufgehängt hatte, obwohl Petrow Junior nicht bloß unsportlich, sondern für Sport per se gänzlich untauglich war. Eher hätte die Boxbirne auf den Sohn eingedroschen als umgekehrt. Manchmal schien es Petrow, als würde er sich all die neuen Details an seinen Nächsten nur ausdenken.

Andererseits wusste Petrow zum Beispiel rein gar nichts über die Tataren, außer dass er hin und wieder beim tatarischen Fernsehkanal landete, der in seinem Kabel-Paket enthalten war, Petrow hätte sich also schlicht nicht ausdenken können, dass seine Frau Tatarin war und sogar die tatarische Sprache beherrschte, er hatte schlicht nicht genug Fantasie, um sich den Vornamen seiner Frau auszudenken und ihren ganz und gar fantastischen

Vatersnamen. Dabei waren sie schon einmal zu den Verwandten seiner Frau in dieses Tatarstan gefahren, zur Hochzeit ihres Cousins, und nie kam es vor, dass sich dort irgendwer von den Mitreisenden im öffentlichen Verkehr oder den Passanten auf Tatarisch an seine Frau wandte – so sehr war sie äußerlich vom gewöhnlichen slawischen Typus, während Petrow ständig auf Tatarisch angesprochen wurde, was ihn zum Erröten brachte, als wäre er ein Tatare, der seine Wurzeln verleugnete und sogar die eigene Sprache vergessen hatte. Und schon gar nicht hätte sich Petrow die Großmutter seiner Frau ausdenken können – eine ganz reale, rundliche Oma, die ständig die Sprache wechselte –, und auch nicht, wie sie buchstäblich an ihm kleben würde, um herauszufinden, woher Petrow mit seinem Familiennamen dieses authentisch tatarische Äußere hatte. »Meine Oma hat mit einem Taucher gesündigt«, wollte Petrow entgegnen, weil seine eigene Großmutter tatsächlich mit einem Taucher der Baltischen Flotte gesündigt hatte – mit Petrows Großvater. Dieser Großvater war Waise, und folglich trug nun Petrow den Namen, den sich ein Mitarbeiter des Waisenhauses während des Bürgerkrieges ausgedacht hatte. Mit der Fantasie dieses Mitarbeiters war es jedenfalls auch nicht weit her.

Die Reckstange, die Petrows Frau für den Sohn installiert hatte, hing an dem Wandstück zwischen Diele und Bad, auf dem Weg zur Küche. Petrowa hatte sich nach der durchschnittlichen Größe aller Familienmitglieder gerichtet, aber für Petrows trunkene Gäste wie zum Beispiel den langen Pascha war es unerquicklich, sich den Kopf an der Stange anzuhauen. »Ich zieh jetzt schon bei mir zu Hause den Kopf ein, sobald ich die Küchentür sehe«, sagte Pascha, nachdem er bei Petrow zum Kotzen aufs Klo gerannt und mit der Nasenwurzel voll auf die Stange gekracht war. Petrow reichte nicht mit dem Kopf bis zur Stange, aber er spürte, wie sie seine Frisur streifte, als wäre sie eine Art Schutzengel.

Nach der Bemerkung seiner Frau über seinen Geruch konnte

Petrow es nicht länger aufschieben, ins Bad zu gehen und im Spiegel über dem Waschbecken seine düstere, seit zwei Tagen unrasierte Visage zu inspizieren. Seine Frau hatte sich auch schon ordentlich ausgebreitet, auf der Ablage unter dem Spiegel lagen ihre Zahnbürste und allerlei Nachtcremes für Hände und Gesicht (während Petrow in ihrer Wohnung weder Rasierklingen noch Zahnbürste herumliegen ließ). Die Waschmaschine neben dem Waschbecken gab ein Dröhnen von sich, das entfernt an das Geräusch eines Kampfjet-Triebwerks erinnerte. Aus dem Ablaufschlauch, der von der Maschine in die Kloschüssel führte, quoll grellrosa Wasser, gemischt mit Seifenschaum.

»Du wäschst da aber keine weißen Sachen mit?«, fragte Petrow über die Schulter, während seine Frau, die Hände unter die Achselhöhlen geschoben, ebenfalls auf das grellrosa Wasser blickte. »Sonst haben wir wieder die gleiche Bescherung.«

Vor einem Jahr, als Petrow Junior gerade mal in die erste Klasse ging – Lichtjahre schien es her –, hatten sie die neue rosa Strumpfhose des Sohnes zusammen mit ihren eigenen Sachen gewaschen. Eigentlich hätten sie wissen müssen, dass diese Strumpfhose nichts Gutes verhieß und man sie vor allem nicht mit anderen Sachen in die Maschine stopfen durfte, weil sie schon vor der Wäsche auf die Beine von Petrow Junior abfärbte und ihnen über deren gesamte Länge ein gleichmäßiges Kolorit verlieh, dessen Farbton für die Petrows freilich nicht leicht zu bestimmen war, Petrow behauptete, es sei rosa, während Petrowa für violett plädierte. Nach der Wäsche war die Strumpfhose tatsächlich violett, dafür prangten auf Petrows weißem T-Shirt, Petrowas weißen Socken, den weißen und hellblauen Unterhemdchen von Petrow Junior deutliche giftrosa Flecken.

»Ich wasche meinen Mantel«, erklärte Petrows Frau.

Petrowas Mantel färbte ebenfalls jedes Mal aus. Der Mantel war schon an die drei Jahre alt, Petrow pflegte zu sagen, man solle das Höllending endlich wegwerfen, weil es nicht nur die ganze Zeit ausfärbte, sondern dann auch noch ewig lang trocknete. Petrowa sagte dann stets, der Mantel stehe ihr aber gut. Worauf Petrow sagte, der Mantel stehe Petrowa vielleicht gut, aber er tauge zu nichts – er war ja auch viel zu dünn, im Winter hielt er nicht wärmer als ein Pullover.

Petrow warf alles, was er am Leib hatte, in den Wäschekorb, nahm sich vor, die Taschen später zu leeren, und stieg in die Dusche. Petrowa stand mit vollkommen ungerührter Miene daneben. Überhaupt hatte die Beziehung der Petrows seit dem Erscheinen des Kindes jene gewisse Intimität von damals eingebüßt, als das Bad mit integriertem WC noch abgeschlossen wurde, wenn einer der Petrows sich wusch oder auf die Toilette musste. Nun konnte es geschehen, dass Petrow sich wusch und Petrow Junior auf dem Klo saß, in der Nase bohrte und die bis auf den Fußboden herabgerutschte Unterhose an einem Fuß baumeln hatte, während Petrowa, nur mal als Beispiel, Wäsche in die Maschine stopfte, oder dass, auch wieder nur als Beispiel, Petrowa auf dem Klo saß, während Petrow dabei war, Petrow Junior zu waschen, und sie ihn bat, ihr aus der Handtasche eine neue Binde zu holen; Petrow ging die Binde holen, und wenn er zurückkam, waren Sohn und Frau vollkommen zwanglos am Plaudern, als säßen sie alle bekleidet im Wohnzimmer.

»Essen willst du wahrscheinlich nichts«, sagte Petrowa, als sie sah, dass auch Petrow vom Schüttelfrost gepackt wurde, der sich unter der heißen Dusche überraschend verstärkte.

»Nein«, sagte Petrow durch die Nase, was umso erstaunlicher war, als die Nase völlig verstopft war. »Wenn ich mich heute überhaupt von irgendwas ernähre, dann nur von Tabletten.«

Seine Frau musste lachen.

»Wie in der Zukunft der sechziger Jahre«, sagte sie. »Ich habe gerade Gubarew wieder gelesen …«

Petrow blickte Petrowa verständnislos an.

»Na der, der das ›Königreich der schiefen Spiegel‹ geschrieben hat. Von dem gibt's noch ›Reise zum Morgenstern‹, da ernähren sich die Aliens natürlich nicht direkt von Tabletten, aber fast.«

Petrow mochte es, wenn seine Frau so ruhig war. Er kannte es auch anders. Es gab da nämlich bei Petrowa Phasen einer gewissen Gereiztheit, eine Art Brunft wie bei einer rolligen Katze, wo sie nicht ganz bei sich war, seltsam zerstreut, und jäh in die Luft gehen konnte, sie entdeckte dann bei Petrow allerlei Fehler, von denen er selbst nicht die leiseste Ahnung hatte. Einmal brüllte sie Petrow an, weil er beim Atmen schniefte und damit den Fernseher übertönte. Dann kam es zum Eklat, weil er die Teetasse zu dicht an den Tischrand stellte. An solchen Tagen surrte etwas in ihr wie ein Schweißgerät. Wenn Petrow an gewöhnlichen Tagen schnarchte, bat sie ihn einfach, sich andersrum hinzulegen, an Tagen der Gereiztheit zögerte sie nicht, in die Küche zu gehen, ein Glas mit Wasser zu füllen und es Petrow über den Kopf zu schütten, und das war noch nicht das Schlimmste, manchmal verpasste sie dem schnarchenden Petrow einfach eine Ohrfeige oder einen Nackenhieb und bat ihn, die Klappe zu halten. Der Sex mit ihr geriet an diesen frenetischen Tagen zu einer Extremerfahrung der besonderen Art. Sie konnte brüllen: »Finger weg, verdammte Hacke!«, sie konnte loslachen und sagen: »Du mit deiner Visage.« Sie konnte Petrow abschütteln, umdrehen, ihn besteigen und, während sie hasserfüllt sagte: »Na mach schon, schnell«, mit einer Hand an der Gurgel packen, dass ihm schwarz vor Augen wurde.

An ruhigen Tagen war sie durch nichts aus dem Gleichgewicht zu bringen. Allerdings ließen sich die beiden Phasen auf den ersten Blick nicht immer unterscheiden. Einmal war Petrow auf ihre friedliche Erscheinung hereingefallen, als sie eine Zwiebel häckselte und sich mit dem Handrücken die Tränen abwischte, er pirschte sich an sie heran, um sie von hinten in die Arme zu schließen, und nach einem gelangweilten Gähnen verpasste ihm seine Frau einen raschen und tiefen Schnitt über die ganze Länge des Unterarms. Damals hatte sich Petrow weniger über ihre Tat gewundert als darüber, was für scharfe Messer sie in der Wohnung hatten.

Es gab nur ein wirklich hundertprozentiges Indiz dafür, dass seine Frau gerade ihre ruhige Phase hatte. In der ruhigen Phase erzählte sie von der Bibliotheksarbeit oder von Büchern. Am meisten beeindruckte Petrow die Geschichte von diesem Typen um die fünfzig, der sich erst durchs Gesamtwerk von de Sade las, dann zu diverser Literatur über die Konzentrationslager wechselte, um sich schließlich auf die Bücher zur Gynäkologie, Chirurgie und Anatomie zu verlegen. Einmal war Petrowa außerhalb der Bibliothek auf diesen Typen gestoßen, als er in einer Buchhandlung eine mit Fotos illustrierte Ausgabe des Kamasutras durchblätterte. Petrowa sagte, falls im Uralmasch irgendwann Frauen verschwinden würden, bräuchte man jedenfalls nicht lange nach dem Verdächtigen zu suchen.

Petrow trank bereits seinen Tee, spülte damit die Tabletten von Fiebersenker, Schleimlöser und Hustenmittel hinunter und erzählte, wie er den gestrigen Tag verbracht hatte, als sein wegen der Krankheit übelgelaunter Sohn erschien, das kalte Wasser aufdrehte und direkt aus dem Hahn zu trinken begann, bis Petrows Frau ihn mit einem Kreischen unterbrach, das sich anhörte wie Möwengekreisch.

»Mir ist heiß«, erklärte der Sohn und zupfte an dem grauen Pflaster um seinen Ringfinger.

»Und? Als Nächstes isst du dann Schnee?«, fragte Petrows Frau. »Trink lieber Moosbeerensaft.«

Ihr Sohn gab nur ein ungehaltenes Brummen zurück und wollte in sein Zimmer gehen, aber da fiel Petrow die Colaflasche ein, die er im Flur bei den Schuhen zurückgelassen hatte. Petrow Junior teilte sich mit seinem Vater ein Glas Cola und schleppte die Flasche auf sein Zimmer. Petrow, der das grelle Sonnenlicht in der Küche und die sitzende Haltung nicht länger ertrug, ging ebenfalls in sein Schlafzimmer, zog die Vorhänge zu und fiel ins Bett. Als er endlich in Schlaf sank, kamen keine Träume. Anstelle eines Traums herrschte Schwärze, ein Comic aus lauter Bildern, zur Gänze überflutet von Tinte.

KAPITEL 3

Das Jolka-Fest

Petrow war vier Jahre alt. Er war vor den Eltern wach geworden, nicht weil heute das Jolka-Fest war, zu dem sie ihn bringen wollten, sondern weil er mit vier immer so früh erwachte. Es war noch dunkel, und es roch nach Katzen, weil ihnen die Großmutter für Petrows Kämmerchen einen kleinen gestreiften Läufer geschenkt hatte, der auf dem Linoleum rutschte, und die Großmutter besaß einen Kater, der fast nie zu Hause war. Petrow hatte Großmutters Kater erst einmal gesehen. Bis zu dieser Begegnung hatte er sich ausgemalt, wie er mit dem Kater spielen würde, aber dann war da ein Tier, fast so groß wie Petrow. Spielen wollte der Kater nicht, nur auf dem Bett liegen, das so hoch war, dass Petrow nicht von alleine hinaufkam. Den Läufer steckten sie in die Waschmaschine, doch davon begann er nur noch stärker nach Katze zu riechen.

Als Erstes ging Petrow durch den langen, dunklen Korridor zur Toilette. Die Tür lag am Ende des Korridors, und da war Licht von der Straßenlaterne, das durch das Glas der Küchentür schräg hereinfiel und, zu fahlen Regenbogenfedern zerstoben, auf Wand und Fußboden lag. Das Gefühl, das Petrow beschlich, wenn er durch diesen Korridor ging, konnte man gotisch nennen, so unvereinbar war Petrows eigene Größe mit der des Korridors, und dieses gotische Gefühl entsprang wiederum irgendwelchen Urgefühlen, als noch keine Architektur existierte, die Menschen aber von offenen, leeren Räumen ebenso angezogen wurden, wie sie vor ihnen erschraken. An die Toilettentür war das Plastikfigürchen eines fröhlichen Jungen gepinnt, der in hohem Bogen pinkelte. Petrow verstand nicht die Gründe für diese Fröhlichkeit, zumal das Figürchen den Toilettengängern sein Gesicht zuwandte und die Wangen des Jungen in wirklich ungesunder Weise aufgebläht waren. Wann immer Petrow das Figürchen sah, fasste er sich unbewusst mit zwei Fingern an den Hals, um die Lymphknoten zu überprüfen, denn einmal hatten sich seine Lymphknoten entzündet, und Petrows Spiegelbild wurde ebenfalls prall wie eine Trommel.

Das Licht in der Toilette löschten Petrows Eltern nie, weil sie wussten, dass Petrow sich im Dunkeln fürchtete, nicht in jedem Dunkeln – in seinem eigenen Zimmer konnte er ja mit der Dunkelheit leben –, sondern im Dunkeln von Toilette und Bad. Wahrscheinlich, weil es dort eigenartig nach Erwachsenen roch, als wäre es ihr Revier, von ihnen markiert, und das kleine Tier, das Petrow noch weitgehend war, spürte, dass es sich eben auf fremdem Revier befand. Das Toilettenzimmer war eng und erinnerte Petrow an einen Brunnenschacht mit Glühbirne am obersten Ende. In einer Ecke unter der Decke hauste stets eine Spinne, und Petrow war ruhiger zumute, wenn er die Spinne bei Licht sehen konnte, als beim Gedanken, dass sie sich bereits an ihrem Spinnenfaden zu ihm herabseilte, während er auf der hohen Kloschüssel hockte, die kalt war wie das Stethoskop des Hausarztes. Hinter sich spülen konnte Petrow noch nicht – die Schnur hing zu hoch, und außerdem brachte sie die schaurigen Klänge von tosendem Wasser hervor, die auf einen Schlag von überallher einsetzten, als sollte das Spülen gar nicht in der Kloschüssel stattfinden, als sollte nach jeder Benutzung das ganze Zimmer in die Abflussöffnung gesogen werden.

Petrow ging in sein Zimmer zurück, ohne einen Blick zu den Eltern hineinzuwerfen. Nur ganz selten verspürte das Tier in seinem Innern den Drang, sich der Herde anzuschließen und seinen Selbsterhaltungsinstinkt zu befriedigen, indem es zwischen zwei großen Menschen in Sicherheit lag. Petrow begriff ja seine Eltern noch nicht wirklich als Eltern, sondern sah in ihnen nur zwei abstrakte Gestalten, zwei Berge, die durch die Wohnung wandelten und ihn hin und wieder zu Spielen und Gesprächen aufforderten, hauptsächlich aber untereinander sprachen, wobei Petrow jedes Interesse an ihnen verlor, sobald sie eines ihrer Zwiegespräche begannen; rein mechanisch schied sein Gehör nur die Wörter, die er schon kannte (simple Alltagswörter, wie er sie selbst täglich benutzte), von denen, die er noch nicht verstand. Genauso war es auch mit den Radio- und Fernsehsendungen. Manchmal konnte er aus den bekannten Wörtern, die ein unbekanntes Wort umgaben, erschließen, was wohl gemeint war. Wenn er zum Beispiel »Kurland« hörte, und drumherum ging es um einen Prinzen, um Truppen, die auf kurländischen Boden vordrangen, dann vermutete Petrow, es müsse sich um kleines Land handeln. Petrow wusste, dass sein eigenes Land riesengroß war, denn davon war rundherum pausenlos die Rede. Wortverbindungen vom Typ »wie viel Zentner pro Hektar« waren ihm derart unverständlich, dass er sie schlicht überhörte.

Nach der Toilette wollte Petrow ins große Zimmer gehen, um den Fernseher einzuschalten, doch ihm dämmerte, dass es noch viel zu früh war und im Fernsehen nichts kommen würde außer dem Testbild und den Satellitensignalen von »Orbit-4 (Osten) für das Zentralfernsehen« und diesem langen, beängstigenden Tuten wie im Telefon. Seine Eltern hatten einen Tannenbaum aufgestellt, um Petrow eine Freude zu machen, aber für Petrow war das Ganze vorerst nur eine leicht befremdliche Installation mit ein paar bunten Kugeln, schmalen Stanniolstreifen an den Zweigen und einer Lichterkette, die man ohne Erlaubnis nicht anknipsen durfte. Die Eltern hatten am Baum mehr Freude als Petrow. Außerdem wollten sie Petrow zu diesem Jolka-Fest bringen, wo es ein echtes Väterchen Frost und eine echte Snegurotschka geben sollte, doch auch davon war Petrow vorerst nur mäßig beeindruckt.

Petrow hätte seinen jetzigen Zustand selbst noch nicht zu beschreiben gewusst. Da er sich permanent in diesem Zustand befand, erschien er ihm eigentlich normal, tatsächlich war er aber in diesen ersten Lebensjahren wie ein Mensch, der sein Gedächtnis verloren hatte. Immerzu schien er sich krampfhaft an etwas erinnern zu wollen, und da es nichts zu erinnern gab, musste sich seine Person irgendwo festhaken, und die Trugerinnerungen drängten sich ihm nur so in den Kopf.

Der Bücherschrank des Vaters stand in Petrows Zimmer. Petrow war jedes Mal bass erstaunt, wenn die Erwachsenen ein von schwarzen Zeichen zerpicktes Buch zur Hand nahmen und daraus vorlasen, und wenn Petrow mehreren Erwachsenen dasselbe Buch gab, und das Buch war auf derselben Seite geöffnet, lasen die Erwachsenen wie auf Verabredung dasselbe. Die wenigen Bilderbücher des Vaters standen in einer Höhe, die für Petrow gut zu erreichen war. Petrow zog sie alle heraus, legte sie auf sein Tischlein, knipste die Tischlampe an. (Der Knopf dieser Lampe, sein Klicken und das jäh erstrahlende Licht, das den metallenen Lampenschirm erwärmte, machten auf Petrow einen größeren Eindruck als beide Tannenbäume zusammen – der jetzige und der verheißene.) Da war das grüne Buch mit den Zaubertricks; es war merkwürdig, dass der Vater ein solches Buch besaß, denn noch nie hatte Petrow Zaubertricks gesehen. Gesehen hatte er einen Auftritt von Kio, und der Vater konnte Petrow noch so lange erklären, dass es eigentlich zwei Kisten waren, dass die Assistentin, kaum war sie in ihre Kiste gekrochen, die Beine anzog, und dann zersägte Kio einfach den Spalt zwischen den Kisten, Petrow wollte ihm schlichtweg nicht glauben; die Worte des Vaters waren das eine, doch mit eigenen Augen sah Petrow etwas ganz anderes. Als ihm sein Vater zum Beispiel die Spezialeffekte erklärte und dass im Zauberer aus der Flasche weder Schüler noch Dschinn wirklich fliegen konnten, hegte Petrow keinerlei Zweifel daran, dass der Vater die Wahrheit sprach, denn trotz der ganzen beweglichen Kulisse hinter dem fliegenden Teppich lag dieser Teppich offensichtlich fest an seinem Platz, in diesem Punkt ließ sich Petrow bestimmt nichts vormachen.

Petrow versuchte gar nicht erst, dem Buch mit den Zaubertricks irgendwelche Geheimnisse zu entlocken, im Grunde beeindruckte ihn nur ein einziger Trick, während die übrigen irgendwie an ihm vorbeigingen. Die Kniffe mit den verschwindenden Spielkarten waren im Augenblick der Betrachtung schon wieder vergessen, weil Petrow nicht die Karten sah, sondern nur das Gewirbel der Hände. Wenn der Zauberer ein Kaninchen aus dem Hut zog, gefiel Petrow nicht der Trick, sondern das weiße, an den eigenen Ohren herabbaumelnde Kaninchen. Im Buch mit den Zaubertricks gefielen Petrow die Menschen, die mit gewöhnlichen Strichen ganz einfach gezeichnet waren und dennoch Menschen ähnelten. Petrow konnte sich nicht vorstellen, wie ein lebendiger Mensch so wunderbar zeichnen konnte, er glaubte, dieses Ding, das die Bücher druckte, müsse auch die Illustrationen hervorbringen. Es war ihm schlicht unvorstellbar, wie man eine gewöhnliche Zeichnung in ein Buch bekam, es sei denn mit einer Art Zauberspruch. In seiner Vorstellung erschienen die Illustrationen dort, wo die Bücher gemacht wurden, von selbst auf dem Papier.

Der eigentliche Vorgang des Buchdrucks war Petrow bekannt, weil sein Vater ihm die Lettern der Schreibmaschine gezeigt und dann gesagt hatte, dass sie dort, wo die Bücher gedruckt wurden, genau solche Lettern hatten, nur eben viele davon, diese Lettern wurden in spezielle Kästen gesetzt, mit Farbe beschmiert und dann auf Papierbögen gepresst. Daran glaubte Petrow ohne Vorbehalt, weil es seinen Begriffen von Wahrscheinlichkeit entsprach, nur konnte Petrow nicht verstehen, wie sie dort, wo die Bücher gedruckt wurden, wussten, welche Lettern wohin gehörten. Der Vater erklärte ihm, jedes Buch habe einen Autor, einen lebendigen Menschen, er zeigte ihm, dass manche der Bücher aus seinem Regal sogar Fotos vom Autor enthielten, aber dass ein lebendiger Mensch wie der Vater oder die Mutter wirklich ein Buch schreiben könnte, mochte Petrow nicht recht glauben. Petrow war der Ansicht, es müsse eine ganz eigene Sorte von Menschen geben – anders als die gewöhnlichen –, die sich Bücher und Musik erdachten und Trickfilme zeichneten. »Wenn du groß bist, kannst du auch ein Buch schreiben«, sagte der Vater, nachdem er bei Petrow wiederholt auf Ungläubigkeit gestoßen war, aber diese Worte des Vaters enthielten gleich zwei Behauptungen, die in Petrows Augen zweifelhaft erschienen: Erstens, dass Petrow ein Buch schreiben könnte (Worüber? Wie ging das überhaupt?), zweitens, dass er selbst einmal groß sein würde. Natürlich hatte Petrow nichts dagegen, so riesenhaft zu werden wie die Leute um ihn herum, aber der Satz »In zwanzig Jahren bist du etwa so wie ich« besaß für ihn keinerlei Bedeutung oder höchstens diese: »Es wird Zeit vergehen, so viel, dass es dir als Ewigkeit erscheint, und das heißt, du wirst niemals groß.«

Das nächste Bilderbuch war eine Anleitung zur Reparatur des Autos »Moskwitsch«; hier gab es gar keine Menschen, nur Skizzen, die Petrow nicht verstand, doch er blätterte das Buch mit dem weichen Deckel trotzdem durch. Im Text suchte Petrow nach bekannten Buchstaben – dem ersten Buchstaben seines Namens und dem ersten des Alphabets. Es missfiel Petrow, dass der erste Buchstabe seines Namens so simpel aussah – wie ein gewöhnlicher Krakel, ein halber Hefekringel. Der erste Buchstabe des Alphabets wirkte da schon solider. Der Vater mühte sich, Petrow zu erklären, dass das Alphabet eigentlich zwei erste Buchstaben hatte, der eine glich einem Dachgiebel, der andere war ein geducktes, buckliges Buchstäbelchen, und diese beiden sollten also denselben Laut bezeichnen, doch solchen Finessen war Petrows Seele noch nicht gewachsen, denn der erste Buchstabe seines eigenen Namens war ja immer gleich, egal ob groß oder klein. Petrow hatte das Buch ein paarmal von Anfang bis Ende durchgeblättert, doch die meiste Zeit nahm die Betrachtung des kompletten, noch nicht in seine Einzelteile zerlegten Autos in Anspruch. Petrow bedauerte, dass es nicht das Auto war, das er einmal auf der Straße gesehen hatte, dieses Auto hatte vorne einen glänzenden Hirsch mit Geweih, den er nur zu gerne abreißen und einstecken wollte.

Das Interessanteste an dem Auto mit Hirsch war, dass Petrow

es in Wahrheit gar nicht auf der Straße, sondern im Fernsehen gesehen hatte, und dann erst träumte er, er sehe es auf der Straße, im Traum regnete es, und Petrow trug sein gelbes Regenmäntelchen, und ein Leben lang blieb ihm die Erinnerung, wie auf dem Hirsch in dem Moment, als er ihn auf der Kühlerhaube erblickte, ein paar verlorene runde Wassertröpfchen lagen, auf die Kapuze des Mantels prasselten Regentropfen nieder, und im geschlossenen Raum der hochgezogenen Kapuze war das Geräusch besonders intensiv.

Petrow erinnerte sich, wie er in jener Nacht träumte, er gleite mit irgendwelchen Freunden auf einem Floß über glattes Wasser, und das Floß bahnte sich seinen Weg durch eine Art Schilf, das war seltsam, weil Petrow noch gar keine Freunde hatte, mit denen er so dahingleiten konnte; sie blieben auch im Traum schweigsame, vage Gestalten.

Es gab noch einen weiteren, sich oft wiederholenden Traum, der offenbar von einem Kriegsfilm inspiriert war. Petrow träumte, er blicke durch ein Scherenfernrohr aus einem Schützengraben und sehe ein reines, weißes Feld mit spärlichen Sträuchern und fernen Ruinen, im Traum herrschte furchtbare Kälte, und erst als man Petrow beim Namen rief und ihm eine grüne Blechtasse mit Tee reichte, sickerte die Wärme der heißen Tasse durch die Handschuhe, die Petrows Hände umhüllten. Petrow erwachte jedes Mal in dem Moment mit dem Tee. Das Problem an diesem Traum war, dass der Mann, der ihm Tee gab, eine deutsche Uniform trug, und Petrow empfand für ihn dieselbe Sympathie, als wäre er einer der »Unsrigen«. Ein weiteres Problem bestand darin, dass Petrows Vater ihm noch so oft erklären konnte, wie böse die Deutschen seien und wie beide Opas und eine Oma gegen die Deutschen gekämpft hätten, Petrow hegte trotzdem positive Gefühle für die Leute in schwarzer oder grauer Uniform (umso mehr als auf dem Bildschirm die »Unsrigen« ebenfalls in grauen Uniformen steckten, während sich die Männer in Schwarz wenigstens ansatzweise von den anderen unterscheiden ließen). Im

Übrigen wollte Petrow einfach nicht glauben, dass seine Opas irgendwo gekämpft hätten – der eine Opa konnte ja nicht mal gescheit reden und bewegte sich mit einem Stock durchs Zimmer, wie sollte er da kämpfen, der andere passte schlicht nicht ins Bild des Soldaten, wie es sich Petrow in seiner Fantasie ausgemalt hatte, und dann bestritt dieser Opa ja selbst irgendwie, am Krieg teilgenommen zu haben. »Was gibt's da schon zu erzählen?«, erwiderte er, wenn der Vater ihn bat, er möge Petrow bestätigen, dass sein Opa ein echter Soldat sei. »Ich weiß nur noch, dass ich entweder halb erfroren oder völlig durchnässt war, oder es war heiß, und ständig musste man los, um irgendwas zu graben«, sagte der Opa und bestärkte Petrow in seinem Verdacht, der Opa sei gar kein Soldat und sein Vater habe sich das alles einfach nur ausgedacht.

Außer dem Traum mit Schneefeld und Scherenfernrohr gab es noch zwei weitere, sich wiederholende Träume. Der eine, auch er offenbar inspiriert von einem Kriegsfilm und den Sympathien für die Männer in schwarzer Uniform, bestand darin, dass Petrow unvermittelt einen Mann in den Kopf schoss. Es war weniger ein vollwertiger Traum als eine Art Einsprengsel in anderen Träumen, aus dem Einsprengsel erwachte Petrow nicht, und der eigentliche Traum nahm seinen Lauf. Der andere Traum, der Petrow aus dem Bett hochschießen ließ, bestand darin, dass er sich selbst im Kinderwagen liegen sah, eine Gestalt lief schreiend auf den Wagen zu und stürzte ihn mitsamt Petrow um. Und das war wirklich unangenehm.

Ein weiteres Buch, das Petrow aus dem Regal seines Vaters gezogen hatte, war ebenso unverständlich wie anziehend mit seiner Fülle an menschlichen Figuren und Bildern, wobei man die Bilder nicht wie in anderen Büchern im Text suchen musste, hier waren sie ausgelagert in ein gesondertes Heft aus anderem Papier, härter und weißer. In diesem Heft gab es absolut zauberische Bilder ohne jeden Bezug zur Realität, in der Petrow lebte, und deshalb auch so besonders anziehend.

Auf einem der Bilder stand ein Mann auf einem Berg und betrachtete durch ein Fernglas das weite Tal vor sich, über dem Kopf des Mannes leuchteten am Himmel zwei Sterne, so hell, wie es Petrow im Leben nie gesehen hatte, über den Rücken des Mannes hing ein enorm langes Gewehr und neben ihm hing in der Luft ein stromlinienförmiges, rundliches kleines Auto. Aus dieser Illustration wehte eine solche Leere und Ungewissheit, dass das Tier im Innern Petrows aufheulen wollte.

Ein weiteres Bild zeigte einen Riesensaal mit dicken, hohen Säulen, der bis zum Anschlag mit Truppen in Habachtstellung gefüllt war. Inmitten des Saals verlief ein Pfad bis zum Horizont, und auf diesem Pfad gingen einander mehrere Menschen entgegen.

Dann folgten in dem Buch zwei gezeichnete Illustrationen und zwei Fotos, die Petrow hellauf begeisterten. Dort kämpften mit Leuchtschwertern zwei Figuren, die eine im schwarzen Raumanzug und schwarzen Cape, die andere in einer Art Taucherausrüstung. Gegen rote Strahlen flog dort eine kleine Rakete mit vier großen Flügeln an.

Auf dem einen der Fotos war ein echtes grünes Männchen zu sehen mit Spitzohren und flaumiger Glatze, diese Glatze war von einer Art Krokodilhaut überzogen, dieselben Karos wie bei einem Krokodil, doch das Männchen selbst machte einen gutartigen Eindruck. Auf der zweiten Fotografie sah man wieder ein grünes Männchen, aber ganz anders als das erste, man konnte es eigentlich nicht mehr wirklich ein Männchen nennen – ein riesenhaftes Wesen, so dick, dass es schier überquoll, und ebenfalls von Krokodilhaut überzogen, daneben saß eine kleine Dame im Badeanzug mit Metallteilchen auf der Brust, und hinter dem Männchen erhob sich ein gelber Roboter mit orangen Augen und grauem Bauch. Wenn das Puppen waren, warum sahen sie dann wie lebendig aus? Petrow war daran gewöhnt, Puppentrickfilme zu sehen, aber nie kamen dort lebendige Menschen vor. Er hatte Ritter beim Schwertkampf gesehen, aber nie hatten die Schwerter geleuchtet. Selbst Petrow war klar, dass die Bilder irgendwie mit dem Kosmos zu tun hatten, aber im Kosmos bekämpften sich die Menschen im Raumanzug nie mit Schwertern. Petrow versuchte nicht, all das zu durchdringen, ihn verzauberte das in der Bewegung angehaltene Schauspiel, das dadurch, dass es statisch war, nicht aufhörte, Schauspiel zu sein.

Über dem Betrachten der Bilder bemerkte Petrow kaum, wie seine Eltern erwachten, das Läuten des Weckers hörte er nur mit halbem Ohr. Im Übrigen besaß dieser Klang für ihn noch keine Bedeutung, so wie Petrow auch der Zweck des Weckers nicht interessierte, ihm gefiel einfach nur die runde Form und das gewölbte Glas, ihm gefiel, dass der Wecker lauter tickte als die Armbanduhr des Vaters und erst recht das Ührchen der Mutter. Noch wurde Petrows Zeit von den Eltern geregelt, und Petrow folgte brav, wohin auch immer sie ihn mit Blick auf die Uhr dirigierten – in den Kindergarten, die Poliklinik, wenn sie ihn ins Bett brachten und ihm eine Gutenachtgeschichte vorlasen oder ihm die Schallplatte mit den Bremer Stadtmusikanten oder dem Panzerkreuzer Aurora auflegten.

Alles lag so sehr in der Macht der Eltern, dass Petrow selbst dann, wenn das Wasser im Bad zu rauschen begann, nicht mitbekam, dass er bald zum Waschen geholt würde, so sehr lag es in ihrem Ermessen, ob er sich wusch oder nicht. Sie waren es auch, die bestimmten, wie viel Zeit er im Bad verbrachte, ob er mit seinen Schwimmtieren aus Plastik herumplantschte oder nur kurz ins Wasser getaucht, mit dem Schwamm abgeschrubbt, herausgezogen und mit dem Handtuch abgerubbelt wurde.

Petrow hörte, wie sein Vater in der Küche, während er hustend wartete, bis er mit dem Waschen dran war, ein Streichholz anriss, das Gas und eine Zigarette anzündete. Tatsächlich entzückte Petrow an seinem Vater weniger die Fähigkeit, alles zu erklären, die Petrow ja des Öfteren in Zweifel zog, auch wenn er es dem Vater nicht direkt ins Gesicht sagte, auch nicht seine Kraft und Größe oder seine Fertigkeit im Lesen, sondern wie er samtige kleine Rauchringe blies. Außerdem mochte Petrow den Anblick der Bierkrüge und den Geruch des Bieres, das der Vater mit seinen Freunden in der Banja trank, einmal hatte sich Petrow mit viel Geschrei einen Schluck von diesem Bier erquengelt, doch der Geschmack war fürchterlich, und während er, als man ihm das Bier verweigerte, beleidigt geschrien hatte, brach er nun, kaum hatte er einen Schluck von der merkwürdig bitteren Brühe genommen, in Enttäuschungsgeheul aus. Die wöchentlichen Ausflüge in die Banja waren im Übrigen keine Marotte des Vaters, sondern eine Notwendigkeit, weil sie damals in einem ganz anderen Haus lebten und erst vor kurzem, nämlich vor einem Jahr, in die jetzige Wohnung mit Bad umgezogen waren, und bis dahin hatten sie weder ein Bad noch Gas, sondern einen Ofen, eine Waschküche im Keller und eine Toilette für mehrere Familien, aber daran erinnerte sich Petrow nicht mehr.

Die Mutter machte das Bad frei und schlappte, während sie sich die Haare im Gehen trockenrubbelte, in Hausschuhen direkt in Petrows Zimmer, um nachzuschauen, wie es ihm ging.

»Oh, du bist ja schon wach!«, sagte sie und überfiel ihn mit Küssen und allerlei zärtlichem Befühlen seines ganzen Körpers, als wollte sie überprüfen, ob er sich im Schlaf auch nichts gebrochen hatte.

Petrow missfiel es, wie ihre kalten, feuchten Haare ihm ins Gesicht krochen, und er stieß sie mit beiden Händen sanft von sich.

»Du hast ja schon wieder Papas Bücher geholt. Wird er da nicht schimpfen?«, fragte sie und betrachtete sich, ohne die Antwort abzuwarten, im Spiegel, der warum auch immer ebenfalls in Petrows Zimmer stand. Wenn Petrow die Seitenflügel des Spiegels gegeneinander klappte, entstand ein langer Korridor aus immer kleineren Spiegeln, einer nach dem anderen, mit zahllosen Petrows, die hinter einer Ecke hervorzulugen schienen.

Die Mutter war splitterfasernackt, aber Petrow war das egal, er bekam noch nicht wirklich mit, ob und wie jemand bekleidet war. Hätte man ihn bei warmem Wetter nackt auf die Straße geführt, er hätte vermutlich nur nach seinen Schuhen verlangt. In der Banja, zu der ihn sein Vater mitnahm, bemerkte er bloß, was für baumstarke Riesenbeine die Freunde des Vaters hatten, weil er Angst hatte, er könne ausrutschen und zertrampelt werden oder einer der Freunde des Vaters würde ausrutschen und direkt auf ihn fallen (außerdem fürchtete er sich vor den Leuten mit vollen Schüsseln, weil man ihn einmal ohne Vorwarnung mit kaltem Wasser übergossen hatte). Unbehaglich war Petrow nur von der schieren Größe der riesenhaften braunen Brustwarzen seiner Mutter, die dieselbe Farbe hatten wie die Flecken verkrusteten Bluts auf seinem Taschentuch, als er im Kindergarten Nasenbluten bekam.

Ohne Petrow zu waschen, brachten sie ihn direkt in die Küche. Petrow versuchte möglichst nahe am Fenster zu sitzen, doch die Mutter verscheuchte ihn von dort, weil sie von der Straße her irgendeine Zugluft spürte. Petrow spürte die Zugluft auch und verstand nicht, wie von dem leichten, kühlen Luftstrom, der ihm sacht an den Hals wehte, etwas passieren sollte. Es war noch dämmrig, deshalb machte die Mutter in der Küche Licht, wovon das eisbedeckte Fenster nicht länger vom Zwielicht draußen bläulich war, sondern im Widerschein der Glühbirne weiß wurde. Petrow fiel plötzlich wieder ein, dass die Glühbirne früher einfach am Kabel heruntergehangen hatte, aber nun war sie von einem Lampenschirm aus Plastik umhüllt, innen gelblich und außen zartgrün. Im Sommer kam durchs offene Fenster eine Wespe in die Küche geflogen und krabbelte dort mit bebendem Bäuchlein herum. Was dann mit der Wespe geschah, wusste Petrow nicht mehr.

Der kleine Küchentisch war so niedrig, dass Petrow auf seinem Hocker mühelos mit den Eltern zusammen essen konnte. Zuvor hatten sie einen anderen Tisch gehabt, dort hatte Petrow manchmal gegessen, indem er auf dem Hocker kniete, bis er mit dem Ellbogen vom Tisch abgerutscht war, weshalb er bis zum Kauf des jetzigen Tisches entweder in seinem Zimmer aß, unter der Tischlampe, oder auf dem Schoß seiner Eltern. Auf dem neuen Tisch lag ein neues, weißgepunktetes Wachstuch, und darauf stand ein elektrischer Samowar. Der Hahn des Samowars tropfte ein bisschen, so dass man vorsorglich eine Untertasse untergestellt hatte. Damit die Füßchen des Samowars das Wachstuch nicht zerkratzten, hatte man eine Zeitung untergelegt. Der Titel der Zeitung war kurz, vier Buchstaben (so weit konnte Petrow schon zählen), daneben waren Orden und Medaillen gezeichnet; Petrow fragte seinen Vater wieso, aber der Vater konnte es noch so oft erklären, Petrow verstand einfach nicht, wie es möglich war, einer Zeitung Orden zu verleihen, und wieso man diese Orden neben den Titel druckte. Sein Opa hatte einen Orden und mehrere Medaillen, doch selbst das konnte Petrow nicht davon überzeugen, dass der Opa gekämpft hatte, er war neidisch, weil der Opa diese tollen, bunt bemalten Metalldinger besaß, die mit Schräubchen und Nädelchen an der Kleidung festgemacht waren.

Die Mutter gab Petrow eine Scheibe Brot und etwas Gemüsesalat auf einen flachen Teller und schenkte ihm Tee in seinen kleinen bauchigen Becher; als der Vater hinzukam, gab sie ihm dasselbe, nur mehr, und den Tee bekam der Vater nicht im bauchigen kleinen Becher, sondern in einem Glas, das in einem Halter steckte. Vater und Mutter wechselten kurz ein paar Worte über die Arbeit, dann machte die Mutter das Radio an, und der Vater begann zu rauchen. Im Radio kam ein Hörspiel, wo sie ständig das Wort »Gawrosch« wiederholten. Petrow verstand, dass dieser Gawrosch ein Junge war, er verstand, dass er Gewehrkugeln sammelte, aber dann pfiff dieser Gawrosch auch noch Vorsichhin, und Petrow verstand nicht, was Vorsichhin-Pfeifen war, und er fragte seinen Vater.

»Na so halt«, sagte der Vater und pfiff eine Melodie.

Petrow hatte da seine Zweifel: Was der Vater machte, nannte man einfach »pfeifen«, im Hörspiel hieß es hingegen ganz klar, dass Gawrosch Vorsichhin pfiff, es musste also doch etwas anderes sein, eine eigene Art von Pfiff, wieso hätten sonst die feindlichen Soldaten auf Gawrosch schießen müssen?

Die Mutter sagte, im Haus dürfe man nicht pfeifen, sonst bliebe das Geld aus. Der Vater seufzte.

»Was für ein Blödsinn«, sagte der Vater, »pfeifen dürfen nur diejenigen nicht, die absolut kein musikalisches Gehör haben.«

»Eben«, sagte die Mutter. »Deshalb darfst du ja auch zu Hause nicht pfeifen.«

Nach dem Essen begannen sie den vom Tee aufgewärmten Petrow für draußen anzuziehen. Das war schon deshalb grässlich unangenehm, weil Petrow sowieso schon heiß war, und mit jedem Kleidungsstück, das man ihm überstreifte, wurde ihm noch heißer. Vom bloßen Anblick des roten, kratzigen Pullovers, den er als Nächstes angezogen bekam, wurde Petrow schlecht, er spürte jedes Mal eine Art Hitze und Übelkeit, wenn er diesen Pullover mit dem weißen Streifen überm Bauch sah, wegen der roten Farbe wirkte der Pullover gleich noch kratziger.

»Mein Gott, wo soll der denn bitteschön kratzen«, sagte die Mutter, als sie Petrows Unmut bemerkte, und hielt den Pullover an ihre Wange. »Kein bisschen kratzig ist der.«

Genauso redete sie immer über das Badewasser, sie sagte, es sei nicht heiß, und tunkte zur besseren Überzeugung ihren Ellbogen ins Wasser, dann tunkte sie Petrows angezogene Beine komplett hinein, und das Wasser erwies sich als siedend heiß. Überhaupt erwies sich alles, was die Mutter mit dieser spielerischen Stimme sagte, als grässliches Geflunker, wann immer etwas Unangenehmes drohte. Als man Petrow am Finger Blut abnehmen wollte, sagte sie, das tue nicht weh, obwohl der bloße Anblick der Kinder, die brüllend aus dem Arztzimmer kamen, und der Anblick der blitzenden Nadel in den spitzen Fingern des Doktors und die Gummihandschuhe und direkt daneben die Gläschen voller Blut das Gegenteil bekundeten. »Ist nicht schlimm«, sagte sie, und dann machten sie dem um sich tretenden Petrow einen Abstrich im Rachen. Wegen eben dieser Fröhlichkeit in der Stimme der Mutter bei jeder Erwähnung des Jolka-Fests, zu dem man ihn, Petrow, angemeldet hatte, argwöhnte Petrow, dass sich auch dieses Fest als lange Warteschlange erweisen würde, wo sie ewig herumsitzen mussten, bis man sie ins Arztzimmer ließ, oder eine Art Kindergarten mit einer neuen Horde unbekannter Kinder, wo man gezwungen wurde, mitten am Tag zu schlafen und die Haut eines gekochten Hühnchens aufzuessen.

»Genau wie ein Mädchen«, sagte die Mutter, als sich Petrow in dem roten Pullover zu winden begann. »In der Kälte merkst du doch gar nicht, dass er kratzt, er kommt dir jetzt nur zu Hause so kratzig vor.«

Dieses »wie ein Mädchen« war auch so etwas, das Petrow nicht verstand. Es klang, als könnte er auswählen, was er sein wollte. Aber das war nicht die Hauptsache: Erst vor kurzem hatte in der Garderobe des Kindergartens einem Mädchen, als es sich in seinem kratzigen Pullover ebenso gewunden hatte, ihre Mutter paar reingedonnert wie einem Jungen, weshalb Petrow keinen besonderen Unterschied erkennen konnte zwischen dem, wie sich Jungs und Mädchen jeweils zu benehmen hatten.

»Toller Pulli«, sagte der Vater, um Petrow aufzumuntern. »Bisschen wie das Trikot unserer Hockeymannschaft.«

Petrow musterte seinen Vater mürrisch, um zu verstehen, ob er Spaß machte oder nicht. Er mochte Hockey nicht besonders, und hätte man ihn gefragt, worin sich Fußball von Hockey unterschied und beides von rhythmischer Sportgymnastik oder Turmspringen, hätte Petrow keine Antwort gewusst. Es war daher zwecklos, ihn mit dem Beispiel irgendwelcher Sportler beflügeln zu wollen. Petrow verstand nicht wirklich die Aufgeregtheit seines Vaters in puncto Sport, für Petrow existierte der Fernseher nur, wenn dort Zeichentrickfilme liefen, die gesamte restliche Sendezeit wurde von Leuten im grauen Einheitsanzug bestritten, und zwar mit Dingen, die nur sie selbst interessierten, zum Beispiel redeten oder sangen sie etwas von einer Bühne herab, tanzten auf der Bühne, tanzten auf Schlittschuhen, jagten einem Ball hinterher. Petrow verstand nicht, warum man die ganzen langweiligen Sendungen nicht aus dem Programm nehmen und nur noch die Trickfilme übriglassen konnte, die ja auch sein Vater gerne sah – und alle wären zufrieden. Außerdem konnte der Vater gar nicht wissen, was für ein Trikot »unsere« Mannschaft trug, weil es ein Schwarz-Weiß-Fernseher war – rot und grün ließen sich dort nicht voneinander unterscheiden. Von der Kugel getroffen, fielen Rotgardist wie Weißgardist in graues Gras und verströmten graues Blut.

Die Eltern waren schon wach, und gegessen hatten sie auch, aber ihre Gesichter waren noch immer schläfrig und etwas fremd, und die Stimmen klangen heiser und irgendwie wütend. Die Mutter hörte mittendrin auf, Petrow anzuziehen, und ging sich selber anziehen; Mantel, Filzstiefel und Mütze blieben dem Vater überlassen, doch auch er zeigte keine besondere Eile, sich Petrow vorzuknöpfen, er ließ ihn im Korridor stehen und ging in die Küche, um dort zu Ende zu rauchen.

Petrow verging fast vor Hitze unter dem grellen Licht der Glühbirne im Korridor; wenn er die Augen zusammenkniff, erschienen um die Glühbirne Regenbogenstrahlen, und wenn er sie weit öffnete, konnte er den Glühdraht erkennen, der dem ersten Buchstaben seines Namens ähnelte. Als sich Petrow von der Glühbirne abwandte und auf die helle Tapete an der Wand gegenüber starrte, tanzten vor seinen Augen Tintenhäkchen, wie nach dem Elektroschweißen, wo man nicht hinsehen durfte, und doch sahen alle hin. Petrow mochte allerlei Spielchen, die mit Sehen zu tun hatten, er schüttelte zum Beispiel gern die Hand vor dem Fernsehbildschirm hin und her, bis es schien, als hätte er mehrere Hände, er suchte sich einen Punkt an der Wand, den er ununterbrochen fixierte, bis alles rings um den Punkt regelrecht zu schwimmen schien, genauso war es mit dem hellen Stern, der manchmal in sein Fenster leuchtete: Wenn Petrow ihn lange ansah, überzog sich der Fensterrahmen um den Stern mit einer Art

Nebel, während der Stern selbst immer deutlicher hervortrat. Aus demselben Grund beschäftigte Petrow der Nachbarshund mit den zottigen Brauen, er verstand nicht, wie dieser Hund durch das vielerlei Fell um Schnauze und Augen überhaupt etwas sehen konnte.

Der Vater hatte fertiggeraucht, war zurückgekommen und hatte Petrows Füße in die Filzstiefel gesteckt (am Anblick seiner Füße in diesen Fellsocken hatte Petrow jedes Mal Spaß – sie waren dann so lustig rund und dick, weshalb Petrow jedes Mal lächeln musste, wenn man ihm die Schuhe anzog), auch Petrows Mantel hatte der Vater bereits zugeknöpft, ihm die Fäustlinge über die Hände gestreift und das Ding in Form eines Fellhelms aufgesetzt, das Petrow im Herbst statt der Mütze trug, oben auf dem Helm hatte der Vater die Mütze befestigt, die aussah, als wäre sie aus dem Fell der Tscheburaschka gemacht, und die von einem unterm Kinn kreuzweise festgezurrten und dann über den Scheitel gespannten Gummiband am Kopf festgehalten wurde, sogar den Kragen von Petrows Mantel hatte der Vater schon hochgeklappt und unter dem Kragen den Schal doppelt verknotet – erst vorne, dann hinten, indem er Petrow mit dem Rücken zu sich herdrehte –, aber die Mutter blieb verschwunden.

»Seid ihr nicht schon bisschen spät dran?«, fragte der Vater in Richtung des Schlafzimmers, aber es kam keine Antwort.

Dem Vater wurde es langweilig, in der Diele herumzustehen, und er ließ das Gummiband an Petrows Mütze schnappen, weh tat das nicht, aber es nervte, zudem begann der Pullover die unter der Kleidung aufgeheizten Schultern Petrows auf besondere Weise zu kratzen, es war ein Gefühl, gemischt aus leichten Stichen und einem Jucken. Petrow kreischte auf und stieß den Vater von sich. Der Vater ließ das Band noch einmal schnappen und gab Ruhe.

Die Mutter kam nach einiger Zeit heraus, als Petrow schon glaubte, er werde jeden Moment vom Schuhbänkchen einfach direkt auf den Fußboden rutschen. Als die Mutter über die rachsüchtig ausgestreckten Beine von Petrow hinwegstieg, um ihren Mantel zu holen und an den Vater weiterzureichen (hier, halt mal kurz), spürte Petrow den Duft ihres Parfüms. Die Mutter setzte sich neben Petrow und begann die Reißverschlüsse an ihren Stiefeln zuzuziehen. Die Reißverschlüsse waren enorm lang, und wenig überraschend ging immer etwas schief; der erste Reißverschluss ließ sich normal schließen, doch der zweite blieb unterwegs stecken.

»Das fehlt jetzt grade, gleich platzt er bestimmt noch auf«, presste die Mutter zwischen den Zähnen hervor.

Petrow begann zu jammern, die Mutter schnipste ihm gegen die Lippen, Petrow wollte losheulen, aber als er die Wut in ihren fuchsteufelswilden Augen sah, die durch die Wimperntusche noch unterstrichen wurde, ließ er es bleiben. Der Vater verschwand mit dem Mantel der Mutter unter dem Arm hoheitsvoll in den Tiefen der Wohnung und kehrte ebenso hoheitsvoll wieder zurück. Der Mantel befand sich noch immer unter seinem Arm, aber in der anderen Hand hielt er eine Flachzange und eine kleine Kerze.

»Komm, ich mach ihn dir zu«, schlug der Vater vor, während er mit ansah, wie die Mutter behutsam am Schieber des Reißverschlusses ruckelte, ihn aber einfach nicht höher als bis zur Mitte des Fußknöchels brachte.

»Dann mach ihn halt zu«, fuhr ihn die Mutter an. »Nur massakriere mich nicht wie beim letzten Mal.«

»Wann wäre denn das gewesen?«, erwiderte der Vater, während er Flachzange und Kerze ablegte.

Der Mantel der Mutter war wieder an die Garderobe zurückgewandert.

Die Flachzange kam neben Petrow zu liegen, und unwillkürlich fiel ihm auf, dass sie aussah wie ein Krokodil. Petrow nahm die Zange in beide Hände und begann, sie mühsam zu öffnen und zu schließen. Während er mit einem Auge zusah, wie sich sein Vater in der Hocke mit dem Reißverschluss abplagte, drängte sich Petrow der Gedanke auf, dass die ganze unnötige Sorge um die Wärme ganz allein auf ihn konzentriert war, all die zahllosen Hosen, Socken existierten allein für ihn – Petrow. Die Mutter zog sich einfach eine Strumpfhose unter den Rock, und schwupp – war die Angst verschwunden, sie könnte sich erkälten und sterben. Der Vater stülpte Petrow gleich zwei Mützen übereinander, während er selbst ganz unbekümmert lediglich eine Pelzschapka trug, die nicht mal die Ohren bedeckte.

Den Augenblick, als der Stiefel schließlich doch noch zugezogen und die Zange Petrows Händen entwunden war, hatte Petrow verpasst, er erinnerte sich nur, wie sein Vater ihn bat, ihm ein paar von den Bonbons übrigzulassen und unterwegs nicht alle aufzuessen, und schon fand er sich im Hauseingang wieder. Der Hauseingang wirkte mit aller Macht neu und roch noch immer nach Zementstaub.

Auf der Straße zog die Mutter Petrow sofort den Schal übers Gesicht, obwohl es warm war. Große Schneeflocken rieselten schräg herab. Unter seinen zwei Mützen, die beide die Ohren bedeckten, kam es Petrow vor, als herrschte draußen völlige Stille, er hörte nur ein stetes Rauschen in seinen Ohren, er hörte den eigenen Atem, und sonst hörte er nichts.

Lange zog die Mutter Petrow auf irgendwelchen Pfaden hinter sich her, vorbei an unvorstellbar hohen Bäumen und unvorstellbar dunklen Häusern. Petrow mochte es, wie der Schnee vor dem Grund des Himmels und weiterem Schnee zunächst unsichtbar war, um dann auf dunklerem Grund wie aus völliger Leere aufzutauchen, vorüberzuhuschen und erneut ins allumfassende Weiß zu entschwinden, doch den Staubgeruch des Schals, durch den er atmen musste, mochte Petrow gar nicht leiden; er schob den Schal mit einer Hand unauffällig hinunter, um seine Nase zu befreien. In ihrer Eile merkte die Mutter nichts. Überhaupt ging Petrow gerne so, das Gehen mit der Mutter unterschied sich vom gewöhnlichen Gehen, weil man dabei fast nichts tun musste, es genügte, abwechselnd die Füße aus dem weichen Schnee zu heben, der auf den Weg gefallen war, und schon bewegte man sich wie von selbst.

Der völlig verschneite Pfad, der nur noch an einer Art Vertiefung in den Schneewehen zu erkennen war, führte dicht an ein dreistöckiges Haus heran, so dicht, dass man der Reihe nach durch die Kellerluken blicken konnte. In den Luken brannte überall Licht, mal sah man irgendwelche Rohre, mal eine Kiste mit Kartoffeln. Bei einem Fenster war die Scheibe zerschlagen, von dort wehte ein Geruch nach trockenem Sand und Dampf, und der Fensterrahmen war mit Raureif bedeckt.

»Wohnt da jemand?«, fragte Petrow, aber die Antwort der Mutter war nicht zu hören.

Petrow konnte nicht wirklich einschätzen, wie lange sie schon so gingen, erschöpft war er wegen der Unmenge an Kleidern bereits zu Hause gewesen, und die ganze Zeit danach war schon nicht mehr wichtig. Endlich kamen sie unter dem Dach einer Haltestelle zum Stehen. Direkt neben ihnen wartete dort ein Onkel im schwarzen Mantel mit einem ebenfalls schwarzen Tannenbaum, der über die gesamte Länge hinweg mit einem Seil umwunden war, ein paar Frauen warteten ebenfalls und ein schon recht großes Mädchen mit einer Art Krone in den Händen, die aus etwas zusammengebastelt war wie das in feine Streifen geschnittene Stanniolpapier, das den Tannenbaum in Petrows Wohnung schmückte. Neben dem Mädchen stand eine Frau mit einer interessanten flachen Handtasche – anstelle des Henkels hatte die Tasche einen Haken wie bei einem Kleiderbügel.

»Sag bloß, sie bringt den Bräutigam zum Ball?«, fragte die Frau Petrows Mama und nickte Petrow zu, sie redete sehr laut, und Petrow hörte sie sogar durch die zwei Mützen und das Geräusch des eigenen Atems hindurch.

Petrow machte sicherheitshalber ein böses Gesicht – er konnte es nicht leiden, wenn man sich über ihn lustig machte, ohne dass er es verstand.

»Ah, hallo Olja«, sagte Mama nach kurzem Stutzen. »Ja, ja, genau. Sag mal, habt ihr ein Kostüm dabei? Wir haben nämlich keines. Muss man eines mitbringen?«

»Gar nix muss man!«, sagte die Frau und machte mit der freien Hand, die nicht die Tasche hielt, eine abwinkende Bewegung, drehte ihren Körper in Richtung des Mädchens. »Die hat sich das in den Kopf gesetzt. Sei froh, dass deiner dir noch nicht mit sowas kommt. Die halbe Nacht hab ich gerackert, bis die ganzen Pailletten am Kleid festgenäht waren. Wir wissen noch nicht mal, wo wir uns umziehen können.«

Beim letzten Satz hob die Frau die Stimme, weil sie ihre Tochter offenbar kränken wollte, aber das Mädchen war einfach nur froh, dass es die Krone hatte. Aus dem Schneegestöber tauchte der Trolleybus auf, neigte sich leicht zur Seite und ließ ein paar wenige Fahrgäste aussteigen, dann neigte er sich wieder zur Seite und ließ die neuen Fahrgäste ein. Drinnen war es sehr hell, heller als zu Hause in der Küche, und sehr kalt, kälter als auf der Straße. Auf der Straße hatte Petrow den Dampf von seinem Atem nicht bemerkt, aber im Bus bemerkte er ihn und versuchte Ringe zu blasen, während er sich vorstellte, dass er rauchte, aber es wollte ihm nicht gelingen.

»Die reinste Ausnüchterungszelle«, sagte Mama zu ihrer Freundin.

Sie setzten Petrow auf den rutschigen Sitz am Fenster und wollten das Mädchen neben ihn setzen, doch das Mädchen rebellierte, weil es ebenfalls am Fenster sitzen wollte, was seltsam war, denn die Fenster waren mit Frost bedeckt, und man konnte sowieso nichts sehen. Das Eis an den Scheiben war so dick, dass Petrow es nicht einmal mit dem Fingernagel wegkratzen konnte. Er versuchte es mit der Hand aufzutauen, aber die Hand erstarrte zu schnell, so dass Petrow nur ein paar angetaute Abdrücke auf dem unteren Teil des Fensters zuwege brachte, die rasch gefroren und sich glatt anfühlten. Petrow folgte dem Beispiel des Mädchens und hauchte gegen die Scheibe, um sich im Eis ein Guckloch zu machen. Als das Mädchen bemerkte, dass Petrow es nachahmte, musterte es ihn mit überlegenem Blick.

Mama und ihre Freundin setzten sich auf die andere Seite des Durchgangs und begannen zu erörtern, wer für die Neujahrstage was gekauft hatte. Mama erzählte in aller Breite, unter welchen Mühen sie grüne Erbsen ergattert hatte, was für ein Glück es sei, dass sie die Gurken und das Kraut schon im Herbst eingelegt hatten. Den Kaviar hatte ein Onkel aus dem Fernen Osten mitgebracht, und sie hatten die Dose noch nicht geöffnet, sondern aufgespart, und nun konnten sie nur hoffen, dass sie zu Neujahr keine böse Überraschung erleben würden. Mamas Freundin erzählte von einer Konfitüre aus Zucchini und Rosenblüten. Dazu fiel Mama ein, dass sich schon einmal jemand mit Konfitüre aus Rosenblüten vergiftet hatte, und Mamas Freundin beteuerte, sie hätten sie bereits probiert, und vergiftet hätte sich niemand. Beide hakten sich am Thema Vergiftung fest und gingen zwangsläufig für sich selbst, nicht aber für Petrow, zum Thema Pilze über. Mama sammelte liebend gerne Pilze und Beeren, Petrow erinnerte sich, wie sie durch den Wald gestreift waren, in einer fürchterlich schwülen Hitze, ringsum gab es Scharen von Mücken, die Mutter rieb Petrow mit einer Art Eau de Cologne ein, doch es half nicht wirklich, dafür roch es so stark, dass Petrow schwindlig wurde und er nicht länger den Duft der Nadelbäume roch, sondern nur noch das Eau de Cologne. Mama schimpfte mit Petrow, weil er sich ständig kratzte, aber wie sollte er sich nicht kratzen, wenn ihn ständig wer stach. Die Mücken krochen ihm in Nase und Mund, summten in seinen Ohren. Petrow hatte Angst, eine Mücke könnte ihm ins Ohr krabbeln und nicht mehr herausfinden. Mamas Freundin sammelte nicht gerne Pilze. Sie begann von zahllosen Vorfällen zu erzählen, wo es welche geschafft hatten, sich gleich im Familienpack mit Pilzen zu vergiften.

»Wenn's bloß Pilze wären«, sagte Mamas Freundin. »Meiner ist manchmal der reinste Fliegenpilz. Hat sich für die Feiertage mit Wodka eingedeckt, als wären wir acht Leute zu Hause. Dabei weiß er doch, dass seine Gesundheit maximal für 'nen Kurzen reicht, dann knackt er weg und basta. Die reinste Geldverschwendung. Soll lieber mal was Gescheites kaufen.«

»Und ich hab Bananen besorgt, grüne, hab sie zum Reifwerden liegenlassen«, klagte Mama. »Drei Stück hat meiner schon heimlich aufgefressen. Und mit dem Wodka macht er sich auch Mordsstress, dabei muss er am Ersten zur Arbeit. Und von dort kommt er bestimmt wieder sternhagelvoll nach Hause. Oder er verdrückt sich gleich in die Werkstatt, und bei denen ist dann sowieso die Hölle los. Wenigstens hat er Sodapatronen gekauft. Wir mixen für Serjoschka einen Mors – da wird er sich freuen.«

Sie hatten zu Hause tatsächlich so ein Ding, ähnlich wie eine Thermoskanne, das alles Mögliche in Sprudel verwandeln konnte, mit dem Vater hatte Petrow sogar aus Tee Sprudel gemacht, aber der Teesprudel war nicht besonders, die Mutter schrie sie nur an, weil sie umsonst eine Patrone vergeudet hatten.

Die Freude des Vaters am Alkohol teilte Petrow ebenso wenig wie seine Mutter, aber er ehrte sie als etwas Sakrales, das ihm noch unverständlich war. Einmal hatte er versucht, des Geheimnisses teilhaftig zu werden, indem er unbemerkt von den Gästen ein Gläschen Wodka direkt vom Tisch weg hinunterkippte, dann war da eine Gedächtnislücke, aber keine von denen, wie sie Petrow normalerweise hatte, wenn er sich von allem Möglichen ablenken ließ und dann wieder alles vergaß, nein, es war eine besondere Gedächtnislücke, so als ob Petrow gar nicht existierte und auch nichts, was ihn ablenken könnte, und das Nächste, woran sich Petrow erinnerte, als sein Bewusstsein wieder einsetzte – war, wie er brav in die Kloschüssel kotzte und ihm speiübel war. Der Wodka schmeckte im Übrigen einfach wie fades Zuckerwasser, Petrow verstand nicht, warum die Erwachsenen beim Trinken laut aufächzten und sich hastig eine Salzgurke vom Teller schnappten. Petrow beschloss, das sei wohl auch eine Art Spiel, man musste es halt so machen und basta.

Die Frauen kamen von den Männern wieder aufs Essen, erläuterten, wo sie was gekauft hatten. Die Mutter sagte, sie werde den Salat »Winterfreude« nicht mit Mayonnaise zubereiten, sondern mit Sauerrahm, weil sie sich damit keine Kopfschmerzen machen wollte, und Mamas Freundin sagte, dass man ihnen aus dem Baltikum Räucherwurst mitgebracht habe, und jetzt hatte sie selbst ein paar Kopfschmerzen weniger, und von ihr aus konnte das Fettkombinat jetzt mitsamt seiner Mayonnaise verbrennen, die ausgerechnet in der Stadt, wo sie hergestellt wurde, nirgends zu kriegen war. Erhitzt von ihren Erlebnissen nahmen Mama und ihre Freundin die Fäustlinge ab, Mama bemerkte so einen interessanten Lack auf den Nägeln der Freundin, worauf die Freundin sagte, sie sei im Sommer im Süden gewesen – und dort habe sie ihn von den Zigeunern gekauft. Beide Frauen trugen die gleichen fuchsroten Pelzmützen, und ihre Mäntel waren dasselbe Modell, hätten sich Mama und ihre Freundin in einem unbemerkten Moment mit dem Rücken zu Petrow gesetzt, er hätte seine Mutter nicht auf Anhieb von der fremden Frau unterscheiden können.

»Schau mal, was ich mir für eine Frisur habe machen lassen, wie auf dem Kalenderfoto!«, sagte Mamas Freundin und nahm behutsam die Mütze ab. »Wie bei dieser Schauspielerin …«

Sie nannte einen Namen, der Petrow nichts sagte. Mama erkundigte sich, wo die Freundin so einen guten Haarschnitt bekommen hatte, und dann kamen sie aufs Kino zu sprechen. Mama sagte, sie habe da einen guten Film gesehen, »Dumas im Kaukasus«, und ihrer Freundin hatte »Marathon im Herbst« sehr gefallen (mit Leonow und einem echten Ausländer – ja, genau, im »Kinopanorama«). Völlig übergangslos begann Mama die Freundin nach ihrer Reise in den Süden zu befragen, die Freundin berichtete darauf von einem Berechtigungsschein fürs Sanatorium und guten lokalen Weinen, sogar Sekt für Silvester hatte sie von dort mitgebracht und bis zum Winter aufgespart, aber dann hatte ihr Mann einen Hammer auf den Sekt fallen lassen und auf einen Schlag alle drei Flaschen zerdeppert.

Petrow konnte noch nicht richtig zählen und war daran gewöhnt, dass der Prozess des Ein- und Aussteigens im öffentlichen Verkehr ganz ohne sein Zutun für ihn geregelt wurde, aber sie waren erst wenige Haltestellen gefahren, und die Frauen hatten schon sehr vieles erörtert, als sie plötzlich aufschossen, die Kinder an den Händen packten und nach draußen ins anhaltende Schneegeriesel zerrten.

Wieder schlängelte sich leicht gewunden zwischen Schneewehen ein verschneiter, aber schon von etlichen Leuten niedergetretener Pfad. Draußen war es bereits merklich heller. Auf dem Pfad gingen nicht nur Mama, ihre Freundin und deren Tochter, man konnte noch etliche Leute sehen, die vor ihnen hergingen, und dann auch noch welche hinter ihnen. Hauptsächlich waren es Erwachsene mit Kindern, aber es gab auch Kinder, die schon etwas älter waren und alleine gingen, für Petrow waren sie praktisch Erwachsene.

Die Frauen setzten ihr Gespräch auch auf dem Weg zum Klub fort, dabei konnten sie einander schlecht hören und mussten ständig nachfragen. Petrow wurde von dem offenen Pförtchen der Eislaufbahn abgelenkt, die zunächst nur wie ein einziger langer Zaun erschien, aber als sich in dem Zaun eine Lücke auftat, konnte Petrow sehen, wie ein paar Leute auf Schlittschuhen übers Eis glitten. Petrow hätte es vorgezogen, nicht in den Klub zu gehen, sondern auch so schwuppdiwupp zu gleiten, er brauchte ja nicht mal Schlittschuhe dazu, konnte mit den Schuhen schlittern oder auf dem Bauch. Die Straßenlaternen waren überall erloschen, nur die Laterne neben der Eisbahn brannte noch vor sich hin.

Hinter der Bahn ragte ein Schneehügel auf, zwei Kinder, kaum größer als Petrow, rutschten ihn schon hinunter. Petrow sträubte sich und stemmte beide Füße in den Boden, um die Mutter zum Hügel zu ziehen, aber nichts da. Die Mutter riss nur an ihm bei jedem Versuch, sie zu stoppen, und schleifte ihn weiter mit sich fort, schien sogar noch den Schritt zu beschleunigen.

»Lass ihn doch paarmal rutschen!«, setzte sich Mamas Freundin für Petrow ein, als sie seine Verrenkungen bemerkte.

»Wir kommen eh schon zu spät«, blaffte Mama unbeirrt zurück.

»Woher denn! Bis die erst mal alle beisammen sind, das sind doch Kinder. Die kommen doch erst noch aus dem ganzen Viertel angekleckert.«

Die Mutter schenkte weder Petrows stummem Flehen noch den Beteuerungen der Freundin Gehör und zerrte Petrow weiter mit sich fort, machte einen Bogen um ein großes Schneefeld, in dessen Mitte ein Denkmal direkt aus einer Schneewehe wuchs, noch kein sehr großes Denkmal, wie ein weißes Nachtschränkchen mit einem Kopf obendrauf. Petrow glaubte nicht daran, dass er selbst wuchs, und stellte sich auch nicht die Frage, woher er gekommen war, aber Denkmäler hatte er schon viele gesehen, von unterschiedlicher Größe, und in Anlehnung an die Geranie im Topf, die Erwachsenen und Kinder, den Nachbarshund, der im Handumdrehen zu solch unvorstellbarer Größe angeschwollen war, dass Petrow nicht glauben mochte, es handle sich noch um denselben Hund; in Anlehnung an all das hatte sich Petrow selbst zurechtgelegt, dass Denkmäler wuchsen, und daran glaubte er. Er hatte über die Stadt verstreut viele Denkmäler gesehen und dachte, so kämen sie auf die Welt, als Nachtschränkchen mit Köpfen, dann kamen Arme und Beine hinzu, und zuletzt wuchsen sie allesamt zur Größe des Lenindenkmals auf dem Platz heran. Für Petrow war diese Evolution der Denkmäler so offenkundig, dass er den Vater gar nicht erst fragte, ob es auch wirklich so war.

Schließlich näherten sie sich dem Klub, den sie zum Ziel hatten (genauer gesagt war es die Mutter, die ihn warum auch immer zum Ziel hatte), Petrow hatte schon erraten, dass es dieser Ort sein musste, weil noch etliche andere Leute mit Kindern dorthinströmten. Petrow mochte solche Gebäude nicht, die anstatt aus Wänden aus einem einzigen durchgehenden Fenster bestanden –

Petrow schien das nicht sehr sicher zu sein, das Dach könnte herunterfallen, sein einziger Trost war, dass auf der Straße ein ähnlicher Tannenbaum stand wie zu Hause im großen Zimmer, doch wirklich getröstet war er nicht, als ihn die Mutter ins Innere des Klubs zerrte.

Drinnen gab es einen Haufen Leute, im großen Foyer rannten Kinder umher und schlitterten über den Steinboden. Um Petrow herrschte ein unbegreifliches Kuddelmuddel, er wurde irgendwohin gezerrt, auf eine Bank gedrückt, die rutschig war wie die Sitze im Bus, und während er die abgeschalteten Spielautomaten in der Ecke betrachtete, den kleinen Springbrunnen inmitten der Halle und daneben das nächste weiße Nachtschränkchen aus Stein mit steinernem Frauenkopf, während er lauschte, wie in dem großen Raum das Echo zahlloser Stimmen vom Boden bis zur Decke widerhallte, wurde Petrow entkleidet und in Sandalen gesteckt und trug jetzt nichts als Shorts, Strumpfhosen und den kratzigen Pullover. Mamas Freundin und ihre Tochter waren irgendwohin verschwunden, zurück blieb nur seine auf wundersame Weise ebenfalls umgezogene Mutter im Kleid, die misslaunig die Scharen von Kindern musterte, Kinder mit Masken, bunten Hüten, Kinder mit Fuchs- und Hasenschwänzen am Steiß.

Die Mutter fragte, ob Petrow zur Toilette wolle. Petrow wollte nicht. Als Petrow so viele Leute auf einem Haufen wild durcheinanderlaufen sah, wollte er nur noch eines – mucksmäuschenstill in der Ecke sitzen. Die Mutter zerrte ihn in einen dunklen Korridor, der viel breiter war als der Korridor zu Hause, und begann der Reihe nach an sämtliche Türen zu klopfen – niemand öffnete ihr. Auch die Türen waren nicht wie zu Hause, sie waren doppelt so hoch und doppelt so breit, jedenfalls kam es Petrow so vor wegen des Schummerlichts und des Echos von Mamas pochenden Fingerknöcheln.

Fast am Ende des Korridors, wo schon die Treppe nach oben begann, hing zwischen zwei Türen ein roter Kasten mit Glasscheibe anstelle des Deckels, auf die Scheibe waren zwei große rote Buchstaben gemalt, die Petrow nicht kannte, im Innern des Kastens lag ein dicker Lappen aus einer Art Kartoffelsack und gewunden wie eine Boa oder Schlange (in Petrows Vorstellung ringelten sich so die Schlangen zusammen, wenn sie ruhen wollten).

Die Mutter hatte mit ihrem Geklopfe die eine Seite des Korridors abgeschritten und beschloss, in den großen Saal zurückzukehren, nicht ohne vorsorglich auch die Türen der anderen Seite abzuklopfen. Eine der Türen gab unter ihrem Geklopfe nach innen nach, und die Mutter zerrte Petrow in den sich öffnenden Spalt.

Die Türen waren groß, und die Räume dahinter mussten groß wie Turnhallen sein, doch das Zimmer, in das die Mutter Petrow zerrte, war winzig klein, kleiner noch als Petrows Zimmer zu Hause. Dafür war die Decke überraschend hoch, Petrow konnte sich nicht vorstellen, wie man in diesem Zimmer die Glühbirnen wechselte, in Gedanken türmte er einen Hocker auf den Tisch und seinen Vater auf den Hocker, und trotzdem schien es unmöglich, an die Lampen heranzulangen. Die Lampen waren übrigens nicht wie die zu Hause, sondern wie die Lampen im Kindergarten – nicht rund wie Birnen, sondern lange Stäbe, ähnlich den Leuchtschwertern im Buch seines Vaters. Die Lampen waren mit einem weißen Gitter verkleidet, und das weckte in Petrow weitere Fragen in puncto Glühbirnenwechsel. Von den Lampen ging ein gleichmäßiges Summen aus wie von einem Kühlschrank.

Das Zimmer war klein, aber noch viel enger wurde es durch die hohen braunen Schränke. Drei der Schränke hatten Glasscheiben, wie der Abschnitt der »Schrankwand« im großen Zimmer daheim bei Petrow, wo allerlei Schnapsgläschen aufbewahrt wurden und die rote Vase, die der Vater für die Stoßarbeit geschenkt bekam. Schnapsgläschen gab es hier keine, aber in den Fächern waren zahllose Pappmappen aufgestapelt. Mehrere Ehrenurkunden waren von innen an die Scheiben geklebt. Ein vierter, scheibenloser Schrank, bei dem eine Tür fehlte, stand in einer entfernten Ecke, drinnen sah man einen blauen Mantel hängen.

Erst richtig eng wurde es durch den Tisch, der mitten im Zimmer stand. Den Besuchern blieb nichts übrig, als sich zwischen Tisch und Schränken hindurchzuwinden. Auf dem Tisch lagen zu mehreren Stapeln gebündelt dieselben grauen Pappmappen, vielleicht stand dort auch sonst noch etwas herum, aber Petrow konnte es von seinem Platz aus nicht sehen. Im Wesentlichen betrachtete Petrow die Tischplatte von unten.

Mit dem Rücken zur Tür saß am Tisch eine Frau im schwarzen Pullover mit weißen Rauten und telefonierte – Petrow sah in ihrer Hand den glatten roten Hörer. Die Frau ging offenbar davon aus, dass jemand von ihren Bekannten gekommen war, und drehte sich gar nicht erst um.

»Ja?«, lachte die Frau. »Er hat sich gleich mal für sechs Rubel welche zugelegt? Na, dann reicht's ja jetzt fürs Leben.«

Mama wartete geduldig, dass die Frau ihr Gespräch beenden würde, schnaubte aber die ganze Zeit gereizt vor sich hin. Petrow genierte sich unwillkürlich für seine Mutter, er verstand nicht, warum sie böse war, er selbst stand ruhig da, die Frau war ja auch gar nicht grob zu ihnen.

Im Eifer des Gesprächs kippte die Frau leicht zur Seite und stützte sich auf den Ellbogen, im Hörer war irgendein Lärm zu hören, jemand sprach mit empörter Stimme, aber die Frau lachte nur vor sich hin. Weil sie sich so schwuppdiwupp zur Seite lehnte, rutschte ihr Jäckchen leicht nach oben, weshalb man an der kleinen Lücke zwischen Jäckchen und Wollrock sehen konnte, dass sie nichts drunter trug. Die Frau war nicht dick, doch ihr Stuhl quietschte jämmerlich, sobald sie sich ein wenig regte, genau wie der Stuhl unter Petrows Tante, als sie in Moskau bei ihr zu Besuch waren. Außer der Erinnerung an den quietschenden Stuhl hatte Petrow von dieser Reise ganz handfeste Souvenirs mitgebracht: einen roten, innen hohlen Plastikzwerg, der einmal Bonbons enthalten hatte – ein kräftiger Brocken von einem Zwerg, annähernd halb so groß wie Petrow –, und ein Modell der Zarenglocke, in das Petrow eine Zweikopekenmünze steckte, worauf die stumme Glocke klingend wurde.

»Na komm schon, Mama, was regst du dich so auf?«, sagte die Frau. »Bei mir ist eh alles in Ordnung, und wegen ihm mach dir keine Sorgen – irgendwie, irgendwo kommt er schon rein, klar tut er das. Und wenn nicht – dann geht er halt zur Armee, vielleicht biegen sie ihn ja dort so zurecht, dass er dir endlich gefällt. Bloß komisch, dass er sich bei Physik und Mathe bewirbt, er ist doch Lyriker, und bei den Philologen gibt's auch mehr Mädels – das müsste ihm doch gefallen.«

Das Gespräch setzte sich noch eine Weile fort, die Frau hatte sich inzwischen auf den anderen Ellbogen verlagert und versuchte weiter übers Telefon jemanden zu trösten, ein paarmal sagte sie »Also dann, tschüss«, und Petrows Mutter spannte den Körper an wie zum Sprung, aber das Gespräch setzte sich weiter fort, obwohl die Frau schon wiederholt auf ihre Armbanduhr blickte, und Mama blickte dann selbst jedes Mal auf die Uhr.

Die Frau hatte sich ausgeredet, legte den Hörer auf die Gabel und reckte sich, als hätte sie die Petrows nicht bemerkt, auf ihrem Stuhl, was in dessen hölzernen Knochen ein verzweifeltes Knacken und Krachen hervorrief, dann seufzte sie tief und drehte sich um. Als sie sah, dass im Zimmer ganz andere Leute waren als vermutet, zupfte die Frau hastig ihr Jäckchen zurecht und sprang sogar unvermittelt auf, während sie sich Mama zudrehte.

»Guten Tag«, sagte Mama, ohne die Gehässigkeit in ihrer Stimme zu verbergen, »können Sie mir vielleicht sagen, wo man hier Kostüme für die Kinder verleiht?«

»Weiß ich nicht«, sagte die Frau zerstreut, »also davon hab ich nichts gehört, dass man hier irgendwo Kinderkostüme verleiht. Ich bin ja auch gar nicht von hier.«

»Eine Frechheit ist das«, sagte Mama mit fester Stimme. »Bei wem kann man sich erkundigen wegen der Kostüme?«

»Also das weiß ich wirklich nicht«, sagte die Frau, und in ihrer Stimme klang neben Zerstreutheit noch etwas wie Hilflosigkeit. »Ich sag ja, ich arbeite gar nicht hier.«

»Solange Sie am Telefon dauerquasseln, arbeiten Sie hier, aber wenn Sie Ihren Vorgesetzten finden sollen, dann nicht? Also, was ist?«, fragte Mama, und die Frau wurde rot. »Wo kann ich Ihren Vorgesetzten finden?«

»Die Klubleiterin hat heute Urlaub«, blökte die Frau.

»Und wer hat keinen Urlaub?«, legte die Mutter nach. »Vielleicht Ihr Knilch vom Klub, der Sie hier reingeschleppt hat?«

Die Mutter presste Petrows Hand, als wäre sie drauf und dran, diesen Knilch vom Klub zu erwürgen.

»Vielleicht ist ja die Sekretärin da oder der Stellvertreter«, sagte die Frau, »aber die sind im ersten Stock.«

»Danke«, erwiderte Mama, doch ihre Stimme ließ erkennen, dass sie sich nicht bedankte, sondern diesen Dank als Beleidigung verstand, mit einem solchen »Danke« bedachte die Mutter Petrow, wenn er aus Versehen einen Becher oder Teller zerschlug oder in eine Pfütze plumpste.

Heftig schnaufend, als hätte man sie beleidigt, zerrte die Mutter Petrow in die erste Etage hinunter. Dort war wieder so ein Korridor mit zahllosen großen Türen, die Mutter klopfte fordernd an jeder einzelnen an. Hinter einer der Türen waren lauter kleine Mädchen ganz in Weiß, als sie Petrow an der Hand seiner Mutter erblickten, kreischten sie aus irgendeinem Grund auf und schlossen die Tür von innen, schienen sie sogar noch mit etwas zu verrammeln. Hinter einer weiteren Tür war ein Mann mit einem großen weißen Bart und geschminkten Wangen.

»Was denn für ein Direktor, sind Sie übergeschnappt?«, gab der Mann anstatt einer Antwort auf die Frage der Mutter zurück.

Irgendwo in den Tiefen des Klubs klangen wie aus einem unterirdischen Verlies Musik und Lieder herauf.

»Guten Tag, mein Junge, bist du denn in diesem Jahr auch schön brav gewesen?«, sagte der Mann, als er Petrow im Schlepptau seiner Mutter bemerkte, mit Petrow bekam der Mann eine völlig andere Stimme als mit der Mutter, dieser Wandel in seiner Stimme jagte Petrow einen solchen Schrecken ein, dass er jäh von der Tür zurückfuhr und die Mutter fast umgerannt hätte.

»Überzeugend«, lobte der Mann sich selbst und schlug die Tür zu.

Nachdem sie in der ersten Etage niemanden antraf, an einer Tür mit goldschimmerndem Schild einige Zeit vergeudete und sogar eine Weile an dieser Tür rüttelte, stieg die Mutter zur vierten Etage hinauf. Auf dem Treppenabsatz zwischen dritter und vierter Etage stand eine Art Schneemann, oder eher ein Schneemann mit Rumpf und Beinen eines Schneemanns, während Arme und Kopf des Schneemanns die eines Menschen waren, den Kopf des Schneemanns hatte sich der Schneemann unter die Achsel geklemmt. In der anderen Hand hielt der Schneemann eine Zigarette und rauchte. Neben dem Schneemann stand eine alte Frau mit Besen, in einem Rock aus schmutzigen Lumpen, und rauchte ebenfalls. Aber das war noch nicht alles. Neben dem Schneemann und der Alten gab es noch einen Pionier mit Nagellack an den Händen. Der Pionier sprach mit Frauenstimme und blies Rauchringe in die Luft wie Petrows Vater.

»Sementschuk ist ja schon ein seltener Arschficker, das muss man ihm lassen«, sagte der Pionier und ließ sich das Schimpfwort genussvoll auf der Zunge zergehen. »Wenn ihr mich fragt, hat er nicht deshalb 'ne Künstlergarderobe ganz für sich allein rausgeschlagen, weil er in die Rolle finden muss, sondern damit er aus seinem Väterchen-Frost-Sack für zu Hause Bonbons abzweigen kann.«

»Was hast du erwartet?«, erwiderte der Schneemann darauf. »Die Klubleiterin ist eine entfernte Cousine oder Tante von dem.«

»Autsch«, sagten alle drei Figuren im Chor, als sie die Mutter mit Petrow erblickten, und der Schneemann fügte aus irgendeinem Grund noch das Wort »Pardon« hinzu nach dem einvernehmlichen »Autsch«.

»Suchen Sie den Zuschauersaal?«, erkundigte sich beflissen die alte Frau mit dem Besen. »Der Eingang ist da drüben.«

Mama stellte wieder ihre Frage wegen der Kostüme; der Schneemann, der Pionier und die alte Frau wechselten unschlüssige Blicke und erklärten, davon hätten sie nichts gehört.

»Wozu brauchen Sie denn überhaupt ein Kostüm«, warf der Schneemann beschwichtigend ein, »der sieht doch eh schon aus wie ein Eishockeyspieler, fehlt bloß noch der Helm.«

»Einen Helm haben wir ja leider nicht«, klagte die Mutter.

»Was solls«, sagte der Schneemann, »man wird es ihm auch so abnehmen, jetzt gehen Sie schon in den Zuschauersaal, sonst verpassen Sie noch die Aufführung.«

Während er das sagte, versuchte er Petrow den Kopf des Schneemanns einfach so über den Kopf zu stülpen, Petrow ließ es brav über sich ergehen. Von außen sah dieser Kopf wie ein gewaltiger Schneeball aus mit der obligatorischen Möhre anstelle der Nase. Petrow gefiel es auf Anhieb, wie die Möhre angemalt war, genau wie eine echte. Wie sich herausstellte, konnte man durch den Kopf des Schneemanns wunderbar alles sehen, weil er aus einer Art Gaze bestand, die von innen her durchscheinend war; Petrow betastete sein neues Gesicht, das ein wenig von seiner echten Haut abstand – die Pelle des Schneemanns schien aus Pappe zu sein, sie war ganz leicht, Petrow hätte sie den ganzen Tag lang tragen können, ohne zu ermüden, nur müsste man den Kopf etwas enger machen, denn so, wie er war, schlackerte er um Petrows Hals.

Die Mutter hatte sich nach dem Gespräch mit dem Schneemann schlagartig beruhigt, sie führte Petrow in ein großes, dunkles Zimmer mit einer gewaltigen Anzahl an Sesseln, ließ sich auf einem davon in der Nähe des Durchgangs nieder, setzte Petrow auf ihren Schoß und sagte, er solle keinen Lärm machen.

Am Anfang verstand Petrow nicht recht, wohin man eigentlich schauen musste. Der Zuschauersaal war so beschaffen, dass Petrow nur lauter Köpfe von Erwachsenen und Kindern sah, die verstreut über den Sesseln aufragten, ein einziges Meer an schachbrettmusterförmig angeordneten Köpfen, kaum erhaschte er zwischen den Köpfen irgendwo eine Lücke, rückte jemand auf seinem Sitz umher und versperrte Petrow die Sicht. Und zu allem Überfluss war auch noch der Platz direkt vor dem Sessel, wo Petrow mit der Mutter saß, von einem Menschen mit großer Mütze besetzt, und neben ihm saß jemand mit einer großen Maske mit Ohren, die irgendein Tier darstellen sollte, aber da der Mensch mit der Maske sich kein einziges Mal umdrehte und der Saal dunkel war, verstand Petrow bis zum Schluss nicht, welches Tier es war. Im Prinzip gab es nur wenige Varianten – Fuchs oder Wolf. Ein Bär hätte runde Ohren, die an der Maske waren jedoch dreieckig. Die Mutter hatte gesagt, er solle keinen Lärm machen, aber im Saal wurde immerzu Lärm gemacht. Irgendwo weiter weg unterhielten sich ein paar Leute sehr lautstark, überlegten, wie man den gestohlenen Tannenbaum wiederfinden konnte, und niemand sagte diesen Leuten, dass sie still sein sollten. Der Saal brach manchmal in Gelächter aus, wenn die Leute, die sich ganz vorne unterhielten, Dummheiten von sich gaben, Petrow wollte, dem Herdeninstinkt folgend, ebenfalls loslachen, aber er beherrschte sich, weil ihm selbst kein bisschen zum Lachen war.

Dann verstand Petrow, dass die Leute vorne eine Art Zeichentrickfilm darstellten, aber eben nicht gezeichnet oder mit Puppen, wie er es gewohnt war, sondern mit lebendigen Menschen. Das interessierte Petrow. Leute im Tierkostüm und eine Pionierin suchten den Tannenbaum, andere, darunter der Petrow bereits bekannte Schneemann, der Pionier und die Baba Jaga, wie er jetzt erst verstand, hielten den Baum versteckt, um irgendein Fest zu verderben. Manchmal schnurrte an die Stelle, wo sie alle fortwährend auftauchten, ein Baumstumpf oder ein Häuschen heraus. Petrow hätte sich nicht dagegen gesträubt, zu Hause auch so ein Häuschen zu haben, er stellte sich vor, er könne darin schlafen wie in einem Zelt und aus dem Fenster schauen. Das grundlegende Problem des Stücks erschien Petrow leicht an den

Haaren herbeigezogen, denn nach dem gemalten Hintergrund zu schließen spielte das Ganze in einem Tannenwald, wo es von Tannenbäumen wie dem gestohlenen offenbar nur so wimmelte. Petrow juckte es, den doofen Leuten, die wegen eines Baumes so ein Theater machten, genau das zuzurufen, doch die Anwesenheit der Mutter ließ ihn unsicher werden, ob eine solche Tat zulässig sei. Überhaupt war Petrow, sportlich ausgedrückt, ein Fan des Schneemanns, den er ja schon kannte, und des Pioniers, der Rauchringe blasen konnte, er verstand nicht, wieso der Tannenbaum überhaupt der Pionierin und den Tieren gehören sollte (die Tiere waren von unten mit Scheinwerfern angestrahlt, und Petrow erkannte mühelos Hase, Wolf, Fuchs und Bär). Manchmal wurde der Raum, wo diese lärmenden Leute zugange waren, von großen himbeerroten Vorhängen verdeckt. Wenn dann vorne wieder etwas passierte, hingen die Vorhänge links und rechts, und die Tiere und die Pionierin brachten es fertig, sich zwischen diesen Vorhängen zu verirren. Die Baba Jaga sang ein lustiges Lied, das auf Pionierin und Tiere einen Schneesturm herabsenden sollte, doch statt des Schneesturms kamen zur Pionierin und den Tieren kleine Mädchen in weißen Kleidern herausgerannt und begannen zu tanzen, und dann schlugen sie vor, Pionierin und Tiere zum Tannenbaum zu begleiten. Petrow verschlug es die Sprache von einem solchen Verrat. Das heißt, reden durfte er ja ohnehin nicht, aber gewöhnlich wurde in seinem Kopf alles, was ringsum geschah, mit Worten unterlegt wie »Der Bär ist dorthin gegangen, die Pionierin sagt«, und nun waren selbst diese Worte verschwunden.

Das Finale der Vorführung versäumte Petrow über seinen düsteren Grübeleien, wobei die Helden, die jetzt alle versammelt waren, über etwas in Streit gerieten, dann gaben Schneemann, Baba Jaga und Pionier plötzlich zu, dass sie unartig gewesen seien, und sie beichteten es vor dem ganzen Saal und flehten, man möge ihnen vergeben. Petrow fühlte, dass er ein weiteres Mal verraten wurde, und als die Pionierin in den Saal hinein fragte, ob sie Vergebung verdienten, und dabei das »r« betonte, das Petrow noch nicht beherrschte, er selbst sprach eine Art »y« statt »r« (Ver-r-r-geben wir-r-r ihnen, Kinder-r-r?), und alle »Ja-a-a-a-a« schrien, da schrie Petrow also »Nei-i-in«, und die Mutter gab ihm einen Stoß in den Rücken, und er schrie ebenfalls »Ja-a-a-a-a«, aber ohne die Begeisterung der anderen.

»Und nun, liebe Kinder, gehen wir in den Saal zum geretteten Tannenbaum!«, schlug die Pionierin vor, und alle begannen sich gleichzeitig von ihren Plätzen zu erheben, im Saal wurde Licht gemacht, und es spielte die Melodie von »Im Wald ward ein Tännlein geboren«, die Vorhänge schlossen sich, doch konnte man sehen, dass sich dahinter jemand bewegte, weil sich der Vorhang wellte.

Die großen Kinder rannten über den Durchgang zwischen den Sesseln aus dem Saal, dann folgten gemächlich die Erwachsenen ohne Kinder, deren Kinder gerade weggerannt waren, und die Erwachsenen mit Kindern wie Petrow. Unter diesen Erwachsenen entdeckte die Mutter plötzlich ihre Freundin, die ihre Tochter an der Hand mit sich zerrte, obwohl diese eigentlich schon viel zu groß war, um noch so zu gehen, sie packte das Mädchen ebenfalls am Ärmel, und im Pulk mit den anderen drängten sie sich durch die Türen nach draußen. Die Tochter von Mamas Freundin war ungehalten, weil man sie nicht losließ, und blickte angewidert auf Petrow.

Sie kamen auf eine freie Fläche hinaus, dann gingen sie ein Stück in der verstreuten Menge und drängten sich erneut zwischen Türen hindurch, bis sie sich in einem großen Saal wiederfanden, in dessen Mitte ein enormer Tannenbaum stand, beinahe so groß wie der auf der Straße. Petrows Hand wurde in die der Tochter von Mamas Freundin gedrückt, und Mamas Freundin begann auf das Mädchen einzureden, dass es Petrow helfen solle. Das Mädchen zog Petrow brav zu der um den Baum versammelten Kinderschar. Petrow bekam Angst, er könne verlorengehen, und suchte mit den Blicken nach seiner Mutter in der an der Wand versammelten Erwachsenenschar, sie merkte, dass er besorgt war, und bedeutete ihm mit Gesten, dass alles in Ordnung sei, er solle nur gehen und keine Angst haben. Petrow wollte nicht zur Tanne, er hatte gesehen, dass die Wand, wo die Erwachsenen standen, mit einem Mosaik geschmückt war – einem riesigen Leninkopf, der auf die Straße blickte, hinter Lenin wehte ein rotes Banner, und hinter dem Banner ahnte man den Panzerkreuzer »Aurora«, Petrow wollte die Mosaiksteinchen in Augenschein nehmen und sie berühren, aber das Mädchen hielt seine Hand fest umklammert. Obwohl der große Saal anstelle der einen Wand ein Fenster hatte, das aus großen Scheiben bestand (und dann noch so ein Fenster, zwischen den Fenstern waren Steinchen aufgeschüttet wie in einem Aquarium, und dort standen Ficusbäume und eine Palme), herrschte drinnen Dämmerlicht.

Das Mädchen, das Petrow an der Hand hielt, wurde von anderen Mädchen umringt, die es offenbar kannte.

»Oh, ist das dein Brüderchen?«, fragte eine.

»Wie heißt er denn?«, fragte eine andere.

Petrow wurde die Strumpfhose zurechtgezupft, der Pullover glattgezogen, und er selbst wurde abgeküsst, während er auf den Fußboden blickte und sich wunderte, wie man in den himbeerroten Stein, mit dem der Boden belegt war, die weißen Steinchen hineinbekommen hatte, so dass der Boden nun aussah wie eine Räucherwurst.

»Hat der aber lange Wimpern«, sagte eines der Mädchen. »Bestimmt noch länger als meine.«

Die Mädchen gingen der Reihe nach neben Petrow in die Hocke, während die übrigen versuchten, nach Augenmaß abzuschätzen, ob Petrows Wimpern länger waren oder nicht.

Das Spiel der Mädchen wurde erneut von Musik unterbrochen, wieder erklang die Melodie von »Im Wald ward ein Tännlein geboren«. Die Musik setzte abrupt ein und nicht vom Anfang her, sondern so, als hätte man die ersten paar Takte verpasst und wollte nun den Verlust durch Lautstärke kompensieren, und ein dicker Mann mit großem weißem Bart und einem blauen, bis zum Boden reichenden, glitzernd bestickten Pelz versuchte die Aufmerksamkeit der Kinder zu erringen, indem er die Melodie überschrie. In einer Hand trug der Mann einen Stab, der derart gewunden war, dass er Petrow an das Apothekenzeichen erinnerte, in der anderen hielt er einen großen Sack aus Glitzerstoff mit weißer Pelzborte am oberen Rand. Die Musik spielte leiser, und der Mann begann von neuem. Er sprach in Versen, daher entging Petrow ein Teil von dem, was er sagte, und den anderen Teil verstand er so, dass der Mann alle begrüßte und fragte, ob sie auch brav gelernt und den Eltern gehorcht hatten; alle schrien »Ja«, doch Petrow ging ja noch gar nicht zur Schule und fühlte sich bei diesem Fest ein wenig fremd. Ihm wurde leicht heiß beim Gedanken, der Mann könne auf ihn zutreten und nach seinen Noten fragen. Petrow begann sich zu sorgen, dass man ihn fortjagen würde. Aber wie sich herausstellte, interessierte sich der Mann für die Noten nur indirekt, rein pro forma, so wie wenn zum Beispiel die Verwandten Petrow fragten, wie geht's, was macht die Gesundheit, um dann zu lachen, wenn er sich an die Antwort machte.

An den Händen trug der Mann Handschuhe von der Farbe seines Pelzes, er klemmte den Stab unter die Achsel, und indem er mit dem einen Handschuh in ihre Richtung wies, rief er die Kinder zu sich, deren Kostüme ihm am besten gefielen, und belohnte sie mit Bonbons aus seinem Sack. Petrow gefiel der Junge im silbernen Kosmonauten-Kostüm mit Silberhelm – auf dem Helm stand dreimal in Rot der Anfangsbuchstabe von Petrows Vornamen und ein weiterer Buchstabe, den Petrow nicht lesen konnte. Die Mädchen, die zur Tochter von Mamas Freundin gehörten, drängten sich auf einmal hinter Petrow zusammen und schubsten ihn nach vorne zum Mann. Dem Mann entging das Geschubse nicht, und er sagte mit furchterweckender Stimme:

»Was haben wir denn da für einen kleinen Eishockeyspieler? Wer wird denn so bescheiden sein? Na komm schon her!«

Bei diesen Worten hätten Petrows Beine fast unter ihm nachgegeben, die Mädchen schubsten ihn weiter in den Rücken, und schüchtern ging er zu dem Mann.

»Wo hast du denn deinen Helm und die Handschuhe?«, fragte der Mann streng.

»Ich weiß nicht«, stieß Petrow flüsternd hervor, weil er ja wirklich nicht wusste, wo sein Helm und die Handschuhe waren.

»Die hast du bestimmt bei der Klopperei mit den Kanadiern verloren!«, erklärte der Mann in den Saal hinein (die wenigen Onkel, die als Mauerblümchen an der Mosaikwand lehnten, brachen in zustimmendes Gelächter aus).

»Nein«, flüsterte Petrow, der wusste, dass es unartig war, sich zu kloppen.

Der Mann steckte die Hand in den Sack und wühlte mit versonnenem Blick darin, bis er nicht etwa ein einzelnes Bonbon, sondern eine ganze Schokoladentafel hervorzog. Das gefiel Petrow, aber dennoch kam es ihm vor, als betröge er diesen Mann, weil sein Trikot doch gar kein Kostüm war.

»Hier«, sagte der Mann, »für den Kleinsten das Größte.«

Der Saal erdröhnte von frohem Gelächter. Überhaupt waren ringsum alle merkwürdig fröhlich, allen machte das Beisammensein im Saal mit dem Tannenbaum irgendwie eine frohe Stimmung. Petrow kehrte zu den Mädchen zurück, aber er wusste nicht, was er mit der Schokolade anfangen sollte – sie war zu groß, um sie auf der Stelle aufzuessen, wie es die anderen Kinder mit ihren Bonbons taten. Petrow mochte keine Schokolade, ihm gefiel an Schokolade nur, wie die Folie unter dem Papieretikett knisterte, er mochte es, die Schokolade auszupacken und die Folie behutsam aufzureißen – sie machte dann so ein feines, metallisches Geräusch, das sich zum Beispiel wohltuend vom Geräusch reißenden Papiers unterschied. Petrows Hände umklammerten die Schokolade, bis seine Mutter herbeigeeilt kam und ihm zu seiner Erleichterung die Schokolade endlich abnahm.

Als die Prämierung der Kostüme abgeschlossen war, rief der

Mann die Kinder zu sich, die Gedichte oder ein Lied zu Neujahr kannten. Die größeren und selbstbewussteren Kinder stürzten in Scharen zu dem Mann, sie sangen nicht einzeln, sondern im Chor, eines sang »Liebes Tannenbäumchen«, ein anderes »Im Wald ward ein Tännlein«, und wieder ein anderes sang beide Lieder und bekam am Ende jedes Mal ein Bonbon dafür. Petrow sang nicht und trug auch keine Gedichte vor, weil er nichts kannte, das zu Neujahr passte.

Danach umringten alle den Tannenbaum, und der Mann fand sich im Innern des Kreises wieder, zwischen Baum und Kindern. Die Kinder sollten die Hände abwechselnd vorstrecken und wieder zurückziehen, damit der Mann ihnen keinen Klaps auf die Finger geben konnte, während er zu einer fröhlichen Melodie um die Tanne trabte. Petrow streckte die Hände lieber gar nicht erst aus, weil er sich mit der Koordination seiner Bewegungen unsicher war. Wer den Handschuhen des Mannes nicht rechtzeitig ausweichen konnte, musste vor dem Tannenbaum tanzen; Petrow war insgeheim froh, dass dieser Kelch an ihm vorüberging, umso mehr als ein kleines Mädchen sogar in Tränen ausbrach, als man sie zur Tanne führte. Petrow verstand nicht warum, doch er sagte sich, dass das Mädchen wohl kaum ohne Grund weinte.

Nach dem Tanz fragte der Mann, wer noch beim Tannenbaum fehlte. Nach Petrows Ansicht waren schon genug Leute beisammen, doch die Kinder begannen zu schreien, dass die Snegurotschka fehlte. Dann riefen sie die Snegurotschka herbei, die freilich nicht gleich reagierte, so dass sie mit jedem neuen Anlauf lauter schreien mussten. Petrow hegte den Verdacht, dass der Name dieser Snegurotschka damit zu tun haben könnte, woraus sie gemacht war, nämlich aus Schnee, und deshalb reagierte sie auch nicht, um zu verhindern, dass sie im warmen Gebäude zerschmolz. Als die Snegurotschka dann aber doch erschien, nachdem man sie ein drittes Mal gerufen hatte, und Petrow eine ganz gewöhnliche Tante im himmelblauen Mantel erblickte, beschloss er, dass sie wohl einfach auf dem Klo gesessen hatte, und außerdem vermutete er, dass sie am Ende einfach schwerhörig war wie sein Opa, dem man direkt ins Ohr brüllen musste, damit er überhaupt etwas hörte. Petrow beschloss, dass der Mann der Tante gleich ins Ohr brüllen würde, wie sehr alle auf sie gewartet hatten, aber der Mann redete weiter in seiner normalen, leicht furchterregenden Stimme.

Die Snegurotschka begann sich zu wundern, dass der Tannenbaum im Saal so gar nicht festlich, sondern ganz gewöhnlich war, der Mann versuchte es ihr auszureden, indem er sagte, die Tanne sei doch geschmückt und alles in bester Ordnung, aber der Snegurotschka war das nicht genug, sie wollte Neujahrsbeleuchtung und bat die Kinder, den Tannenbaum zu erweichen, dass er im Lichterglanz erstrahlte. »Also nee«, dachte Petrow, dem das Geschrei schon über war, als er die Snegurotschka herbeiskandierte, und als nun alle losschrien »Tannenbäumchen, mach die Lichter an«, schwieg er aus Trotz. Doch zu seinem Erstaunen wurde sein Trick entlarvt.

»Seht nur, wer nichts sagen will, seht nur, er schweigt lieber still«, verkündete die Snegurotschka hellsichtig, womit sie Petrow unwillkürlich Respekt einflößte, und als er gebeten wurde, noch einmal zu schreien, tat er es auch.

Aber wieder war es umsonst, die Snegurotschka wiederholte ihr Mantra von dem, der stillschwieg, und beim nächsten Schrei musterte Petrow argwöhnisch die Gesichter neben sich, um herauszufinden, wer es war, der da schwieg. In diesem Moment leuchtete auf dem Tannenbaum ein roter Stern auf, und über die Zweige liefen kleine Lichtlein. Petrow wusste, dass es eine Lichterkette war, die da brannte, aber er staunte, dass man sie auch auf diese Weise einschalten konnte, anstatt sie einfach in die Steckdose zu stecken.

Er blickte mit zurückgelegtem Kopf zum Tannenwipfel hinauf: Auf dem Tannenbaum zu Hause gab es ebenfalls einen Stern, aber einen gewöhnlichen aus Plastik und ohne Glühbirnen, doch da schlug die Snegurotschka auch schon vor, dass alle im Reigen um die Tanne herumgehen sollten. Bei diesem Reigen geriet Petrow unversehens an die Seite der Snegurotschka. Petrow wusste nun schon, dass der Pionier, der Schneemann, die Baba Jaga und der Mann mit Bart und Stab allesamt Schauspieler waren. Er vermutete, dass es sich auch bei der Tante im himmelblauen Mantel um eine Art Schauspielerin handelte, aber als sie sich plötzlich neben ihm befand, konnte Petrow sehen, dass ihr Gesicht und die Hände vollkommen weiß waren, wie es bei Menschen nicht vorkommt. Die Snegurotschka nahm Petrow an der Hand, ihre Hand war eisig kalt, voller Entsetzen und Entzücken blickte Petrow sie die ganze Zeit an, während sie um den Tannenbaum gingen, er wartete darauf, dass die Snegurotschka zu schmelzen begann und vor seinen Augen zergehen würde. Von dem ganzen ereignisreichen Morgen sollte er sich schließlich nur an diese Blässe erinnern und die Hand mit den Knöcheln, so zart, dass Petrow seine eigenen Finger ungleich dicker erschienen, obwohl dem natürlich gar nicht so war.

KAPITEL 4
Petrowa wird verrückt

Petrowa erinnerte sich nicht mehr, wie viele es gewesen waren. Hätte sie mit den Augen eines normalen Menschen auf ihr eigenes Leben zurückgeblickt, sie wäre entsetzt gewesen, dass selbst der Erste schon aus ihrem Gedächtnis entschwunden war oder sich so sehr mit den anderen vermengt hatte, dass sie sich an diesen Ersten nicht nur nicht mehr erinnerte, sondern nicht einmal mehr wusste, zu welcher Tages- und Jahreszeit die Sache mit ihm passiert war. Wann immer sie ringsum blickte, kam es ihr vor, als wären es in Wirklichkeit gar nicht ihre eigenen Augen, als säße sie bloß im Kopf eines Menschen und blickte durch dessen Augen hindurch wie durch ein Fenster, als wäre sie von Wesen umringt, die sie in ihrer Vergangenheit so nicht gekannt hatte. Ihrer Meinung nach mussten Menschen anders aussehen – wie genau, wusste sie selbst nicht mehr, aber jedenfalls anders. Unter diesen neuen Menschen und in diesem neuen Körper spielte sie notgedrungen einen Menschen vor, so wie sich eben diese Wesen, die sie umringten und sich selber Menschen nannten, einen Menschen vorstellten. Petrowa staunte, wie still der Ort war, wo sie nun lebte. In ihrer Vergangenheit gab es nur unentwegt fauchende, sie umzingelnde Feuerzungen, ein Feuer, das sie nicht versengte, das nicht einmal Licht zu geben schien, und doch war es zweifellos das Feuer eines bodenlosen Abgrunds. Früher, bevor sie an diesem stillen Ort gestrandet war, hatte in ihrer Erinnerung alles ringsum aus Feuer bestanden, selbst das Wesen, das sie selbst einmal war, und die Wesen, die sie umringten und die sie für Menschen hielt, waren Feuerwesen.

Die Stille – sie war das Einzige, was ihr an dieser Welt wahrhaft gefiel. Zum einen war es an jedem noch so lauten Ort dieser

Welt immer noch stiller als am stillsten Ort jener Welt, aus der sie gekommen war, zum anderen war Petrowa die Stille immer noch nicht genug, weshalb sie den stillsten Arbeitsplatz wählte, den man sich denken konnte. Und eben dort, in der Bibliothek oder zu Hause, wenn alles erledigt war, begann sie endlich die Menschen halbwegs zu verstehen und sogar zu lieben. Sie hörte allmählich auf, die Kollegen bei der Arbeit oder auch Sohn und Mann als eine Art wandelnde, sprechende Fleischklumpen anzusehen, sie brauchte ihnen ihre Liebe nicht länger vorzuspielen, begann wahrhaftig etwas wie Sympathie zu fühlen, wie Fürsorge, Mitleid mit ihnen, und sie wollte für sie sorgen, damit sie nicht mehr vor sich hin faulen mussten, ihr wurde bang um Sohn und Mann, ihnen könnte etwas zustoßen, sie könnte das Essen versalzen, und dann wäre ihnen nicht wohl. Besonders beunruhigt war sie um ihren Sohn, als dieser Junge aus seiner Parallelklasse verschwand, er zog mit den Schlittschuhen los – und seither fehlte von ihm jede Spur.

Petrowa hätte gerne gewusst, ob ihre Eigenschaften und ihr Blick auf die Menschen sich auf den Sohn übertragen hatten oder nicht. Manchmal verstand sie, dass sie wahnsinnig war, dass es wohl weder Feuerzungen noch Menschen aus Feuer gab, vielleicht war sie schlicht mit dem Kopf irgendwo dagegengerannt und hatte darüber einen Wahn entwickelt. Sich freiwillig den Psychiatern stellen wollte sie nicht, da sie der Meinung war, dass sie sich wunderbar unter Kontrolle behielt und sich noch nie verraten hatte.

Für wahrhaft verrückt hielt sie ihre Chefin, die pausenlos, wann immer man sie zu Gesicht bekam, irgendwelche Pullover und Mützchen strickte, nie hatte Petrowa auch nur ein einziges Familienfoto der Chefin gesehen (und die Chefin zeigte ihre Fotos großzügig bei den Kollegen herum), auf dem jemand einen der von ihr gestrickten Pullover angehabt hätte, die Chefin trug sie ja selber nicht, sondern dröselte sie einfach wieder auf, wenn gerade kein Garn greifbar war, und strickte von vorne drauflos.

Durch ihre Hände gingen sämtliche neuen Strickzeitschriften, die in der Bibliothek landeten.

Dann arbeitete bei ihnen noch Alina. Alina überbot an Wahnsinn sowohl Petrowa als auch die Chefin. Als sie die Schwelle zu ihrem Fünfunddreißigsten überschritten hatte, begann sie einen Briefwechsel mit einem Kriminellen im Knast, kaum war dieser dem Kerker entronnen, beherbergte sie ihn bei sich zu Hause, stellte ihn ihren Kindern aus erster Ehe vor, und alles schien in Ordnung zu sein, aber dann war Alina vor kurzem mit einer dunklen Sonnenbrille zur Arbeit gekommen. »Na toll«, dachte Petrowa.

In der Bibliothek erhob sich allgemeines Wehgeschrei, Alina sagte, sie sei irgendwo dagegengerannt, alle taten, als glaubten sie ihr, aber natürlich glaubte ihr niemand.

Überhaupt wurde über diesen Ex-Häftling und die Peripetien des gemeinsamen Lebens mit ihm so viel gesprochen, dass Petrowa keinen Grund sah, ihrerseits noch etwas herauszukitzeln. Sie war auf der Hochzeit der beiden gewesen, hatte sogar mit erhobenem Glas irgendwelche Glückwünsche auf sie losgelassen und auch »Küsst euch!« gesagt. Sie wusste, wo und bis wann er arbeitete, wie er aussah, so wie sie zum Beispiel alles über den Leser wusste, der auf erotische Romane und Anatomielehrbücher spezialisiert war (seines Zeichens Hausmeister in einer Schule). Die Rohheit von Alinas Mann weckte Petrowas Interesse, gerne hätte sie einen solchen rohen Typen einmal näher kennengelernt.

Noch am selben Tag, als Alina mit dem Veilchen bei der Arbeit erschien, machte Petrowa einen Abstecher zum Tor seiner Fabrik und stand ein Weilchen hinter seinem Rücken in der Schlange zum Kiosk, wo er verschiedene Alkoholika erstand, bevor er im Sammeltaxi nach Hause fuhr. Auch dort setzte sie sich hinter ihn, mit Blick auf seinen ausrasierten Nacken. Ihr gefiel es, wie breit seine Schultern waren, wie er nach diesem Standarddeo im blauen Flakon roch, das man den Ehemännern zum 23. Februar schenkt.

Petrowa ließ erst an der Haltestelle von ihm ab, gönnte sich aber noch das Vergnügen, zu verfolgen, wie er durch ein kleines Buschwäldchen zu seinem Haus ging. Sein Gang war der eines harmlosen Tölpels, einer von denen, die sich entschuldigen, wenn sie einem auf den Fuß treten, die den Frauen die Tür aufhalten und dergleichen mehr. Petrowa war sogar bereit zu glauben, dass Alina wirklich keiner verprügelt hatte, dass sie wirklich zu Hause irgendwo dagegengerannt war.

Generell glich Petrowas Besessenheit einer kalten Spirale, die sich in ihrem Inneren regte, im Bereich des Sonnengeflechts. Die Spirale erschien von selbst, ausgelöst von äußeren Eindrücken, dummen Nichtigkeiten, und wegen solcher Nichtigkeiten verzog sie sich auch wieder. Einmal, im Frühling, war die Spirale beim Anblick eines Kaktus, der auf einer Fensterbank in der Bibliothek rote Blüten trieb, mit einer solchen Wucht in Petrowa aufgelodert, dass die Spirale nicht mehr kalt, sondern im Gegenteil heiß erschien; damals hatte Petrowa in einem weit entfernten Treppenhaus Mist gebaut, wo sie zufällig hereinschneite und beim Absatz zum dritten Stock auf einen Kerl mit Bierflasche stieß. Die Sache war ihr ziemlich peinlich, unter all den anderen Geschichten war sie ihr deshalb im Gedächtnis geblieben, weil Petrowa ihre Handlungen gewöhnlich im Voraus plante und die fälligen Männer genaustens inspizierte, damit es hinterher nicht so beschämend war, sie hinterher nicht an die zerrüttete fremde Familie denken musste, die weinenden Kinderchen und den Hund, den nun keiner mehr Gassi führen würde; solche Momente aufwallender Scham waren Petrowa keineswegs fremd.

Jede Woche versammelte sich in ihrer Bibliothek ein kleiner Literaturzirkel. Petrowa hatte den Eindruck, als seien die Mitglieder allesamt Psychopathen wie sie selbst. Gegenüber den Bibliotheksangestellten verhielten sich die Besucher des Zirkels, als wären es Möbelstücke. Zwar grüßten sie das Bibliothekspersonal, doch es wirkte, als müssten sie, um in ihren kümmerlichen Saal zu gelangen, am Eingang eine niedrige Sperre überwinden, und Petrowa hatte das Gefühl, sie selbst sei diese Sperre, es kam ihr vor, als wäre es für die Mitglieder des Zirkels leichter, wenn sie gar nicht existierte. Petrowa war das unangenehm. Sie war selbst nicht besonders glücklich darüber, wegen dieser Zirkelleute länger bei der Arbeit bleiben zu müssen, aber einer davon war ein Verwandter der Chefin, und die Chefin hatte erklärt, die Extraarbeit mit der Bevölkerung würde sich im Rechenschaftsbericht gut machen.

Bei aller Feindseligkeit empfand Petrowa doch auch Mitleid mit diesen Leuten. Sie verströmten eine Energie von Nutz- und Bedeutungslosigkeit, gepaart mit Ambitionen. Im Zirkel herrschte eine Art Hierarchie, ebenso nutzlos und kläglich. Ein alter Herr gab den Anführer, redete stets als Erster, auch Jüngere waren dabei – ein paar Kerle und Frauen um die fünfzig. Das Alter war wohl auch der Grund, warum der Zirkel alle fünfzehn Minuten pausieren musste, um draußen auf der Vortreppe eine zu rauchen und auf die Toilette zu eilen.

Ohne etwas ausrichten zu können, sah Petrowa traurig zu, wie die Zirkelleute auf dem gelben Parkett des Veranstaltungssaals ihre Schmutzspuren hinterließen. Sie nutzten die Tribüne, die noch aus der Sowjetzeit stammte, und das Mikrophon, weshalb Petrowa, wenn sie etwas vorlasen, vom Büro aus ihr Gebrabbel hörte.

Der Aufenthaltsraum für die Bibliotheksangestellten mit dem Stapel von Strickzeitschriften auf dem Schränkchen, dem schäbigen kleinen Sofa an der Wand, einem Elektrokocher, der in der Ecke stand, obwohl er seit mindestens einem Jahrzehnt nicht mehr funktionierte, weil die Spirale durchgebrannt war, dem bauchigen alten Kühlschrank, der so stark schepperte, dass die Tassen der Bibliothekare auf dem Tisch gegeneinander klirrten, wirkte wie ein Zimmer in einer Kommunalwohnung. Überhaupt deutete nichts darauf hin, dass es sich um einen Arbeitsraum handelte, wo manchmal Besprechungen stattfanden und die Nachbereitung irgendwelcher stiller, unspektakulärer Bibliotheksspektakel.

Die Couch an der Wand hatte schon so viele Jahre auf dem Buckel, dass die Chefin, die nur äußerlich prüde wirkte, nach eigenem Bekenntnis mit ihrem Mann darauf die ersten zwei Kinder gezeugt hatte, und die Kinder der Chefin waren selbst schon in Petrowas Alter. Als Petrowa sich mit Petrow zu treffen begann, und auch noch nach der Hochzeit, folgten sie dem Beispiel der älteren Generation und hatten, wie um ihr Revier zu markieren, der Reihe nach in fast allen Bibliotheksräumen Sex, inklusive der Bühne im Veranstaltungssaal (im gemütlichen Winkel zwischen Klavier und Tribüne, unter dem Porträt Lew Tolstois, dessen Blick Petrowa seither gar nicht mehr grimmig vorkam, sondern bedauernd, weil er nicht mitmachen konnte).

Bei einer der Feiern zum achten März stellte sich allerdings zu Petrowas Enttäuschung heraus, dass sie und Petrow diesbezüglich nicht die einzigen Fantasten waren, dass praktisch alle Bibliothekare zum ein oder anderen Zeitpunkt ihrer Karriere dasselbe durchlaufen hatten, weil es schlicht Sünde oder Idiotie wäre, das große Gebäude mit seiner Fülle an allerlei dunklen Winkeln ungenutzt zu lassen.

Petrowa erinnerte sich nicht mehr, was sie in ihrer Kindheit gelesen hatte, das heißt, faktisch erinnerte sie sich schon, aber die konkrete Empfindung, dieses oder jenes Buch in den Händen gehalten, es abends durchgeblättert zu haben, fehlte komplett, und so holte sie sich während der Literaturtreffen jedes Mal ein Kinderbuch aus der Bibliothek und blätterte es voller Interesse durch, las sich bisweilen sogar begeistert fest. Als wollte sie etwas wiedergewinnen, ließ sie sozusagen die Atmosphäre der häuslichen Kindheitslektüre auferstehen: Gemächlich brühte sie sich im Elektrokocher einen Tee auf, löschte das Deckenlicht, knipste die Schreibtischlampe an, durchforstete den Kühlschrank nach Keksen und setzte sich unter dem Gemurmel aus dem Nebenraum, das entfernt an das abendliche Gezänke von Nachbarn erinnerte, an ihr Buch.

Petrowa hatte sich vorgenommen, den ganzen Krapiwin von

vorne bis hinten durchzulesen, doch er schrieb zu schnell und seine Bücher erschienen rasanter, als sie das jeweils aktuelle bewältigen konnte, und so machte sie sich an Autoren, deren Schaffensweg bereits vollendet und vermittels einer Grabplatte fest besiegelt war. Sie arbeitete sich durch Mayne Reid, Dumas, Conan Doyle, Walter Scott und Sadownikow, las noch einmal den ganzen Nosow und den ganzen Tschukowski, einschließlich solcher Werke wie »Bibigon«. Sie las (weil ihr die Illustrationen gefielen) alles, was sie in der Kindheit nicht lesen konnte, zum Beispiel die Serie über Dorothy, am meisten berührte sie daran die Geschichte der Prinzessin Ozma – etwas Ähnliches hatte sie einmal in einem sowjetischen Film gesehen, wo sich Schachfiguren und ein gewöhnlicher Sowjetschüler gegen Spielkarten behaupten mussten, und dann war da noch dieser polnische oder tschechische Film über Zwillinge beiderlei Geschlechts, die sich während der Ferien füreinander ausgaben.

Einmal gab es in der Bibliothek einen Themenabend zu Korjakow, von dem Petrowa nie gehört hatte, doch als sie seine Sachen sah, biss sie sich daran fest und las sie komplett durch. Während dem Lesen stellte sie sich vor, sie wäre ein gewöhnlicher Sowjetschüler, und dennoch packte sie ein verblüffender Hass auf einen der Helden in der Erzählung »Insel ohne Geheimnisse« – ein mustergültiger Pionier und souveräner Drecksкerl, der davon träumte, Kapitän auf einem Eisbrecher zu werden. Vermutlich rührte Petrowas Feindseligkeit daher, dass ihr Sohn eher dem negativen Helden der Erzählung ähnelte, einem verhuschten Pionierlein, und wie gering Petrowas Empathie für ihre Nächsten auch sein mochte, war sie manchmal doch vorhanden. Der positive Pionier war Kommandeur und kannte keinen Zweifel, diese Sorte Mensch mit ihrem bedingungslosen Glauben an das eigene Tun und Handeln konnte Petrowa überhaupt nicht leiden, etwas ganz und gar Ungutes loderte in ihr auf, als sie von seinem festen Blick und der souveränen Stimme las, die im Rausch der Selbstgerechtigkeit etwas anprangerte.

Korjakows Erzählung »Der Bursche vom Kosmodrom« las Petrowa mit regelrecht sadistischem Vergnügen, sie wusste ja, welche Schläge diese jugendlichen Träumer der Sechziger, die glaubten, sie könnten demnächst den Mond kolonisieren, noch einstecken würden, dass sie Sternchen sahen. Sie wusste, wie und unter welchen Bedingungen sie ihre restlichen Jahre verleben würden, und während sie ihre souveränen Worte las und ihre souveränen Taten verfolgte, lachte sie vor Freude fast auf. Sie empfand ein krankhaftes Bedauern, dass Korjakow schon tot war und keinen »Burschen vom Kosmodrom 2« schreiben konnte, über das Leben der Helden in den Neunzigern. Überhaupt war die Leichendichte für eine kurze Erzählung übermäßig hoch, das fiel Petrowa besonders ins Auge. Da gab es dieses Mädchen, das einem Burschen eine Ohrfeige haute, weil er Hemingway als »alten Hem« bezeichnet hatte, und das dann bei einem Brand den Heldentod starb. Oder den Testpiloten, der in der Erzählung direkt als Ehrentoter mit Orden und Orchester in Erscheinung trat.

Eine Menge Zeit verschwendete Petrowa auf die Lektüre der Almanache »Welt der Abenteuer«, aus unerfindlichen Gründen war sie davon restlos begeistert. Empathie war ihr weitgehend fremd, aber ein sowjetisches Kind zu verstehen und sich in seine Rolle einzufühlen, fiel ihr ganz leicht. Während der Lektüre spaltete sie sich förmlich in zwei Personen. Die eine Petrowa las sich begeistert durch die sowjetische Fantastik unterschiedlichster Autoren, die andere sah sich selbst von der Seite in dem Zimmer mit den altmodischen Tapeten. Diese zweite Petrowa bedauerte es fast, dass durch den Eisernen Vorhang die internationalen Fantastik-Zeitschriften und Bücher der sechziger und siebziger Jahre nicht in die Bibliothek gelangt waren, was einen Vergleich mit den sogenannten Bestrebungen der Massen drüben verhinderte. Klar, das ein oder andere hatte man übersetzt und publiziert, aber nur die wirklich interessanten Sachen, und Petrowa hätte lieber irgendwelchen Schund im schäbigen Papiereinband gelesen. Englisch konnte Petrowa nicht besonders gut, doch sie bezweifelte, dass ein amerikanischer oder englischer Schundautor über einen größeren Wortschatz verfügte als sie selbst. Sie konnte sich vorstellen, dass ihr Wortschatz, selbst wenn sie kaum Russisch beherrschte, für die meisten Erzählungen und Kurzgeschichten der russischen Fantastik ausreichen würde.

An diesem Abend las Petrowa »Königreich der schiefen Spiegel« und »Reise zum Morgenstern«. Als sich Petrowa durch die Bücher von Gubarew gewühlt hatte, war sie interessanterweise auf zwei über Pawlik Morozow gestoßen, ebenfalls aus seiner Feder, aber darauf hatte sie keine gesteigerte Lust. Bei der »Reise zum Morgenstern« war Petrowa alles klar, ein Märchen eben, die Art der Reise durch den Kosmos war völlig idiotisch, die Helden waren idiotisch, aber wenigstens machten sie Petrowa nicht wütend. Hätte man es verfilmt, wäre der Film jedenfalls auch lustig geworden, und die Leute würden ihn bis heute gerne sehen. Am »Königreich« irritierte Petrowa dagegen die Tatsache, dass Jalo als die Doppelgängerin der Heldin Olja ja selbst aus dem Reich der schiefen Spiegel stammte; es gab da eine gewisse Ungereimtheit, die Petrowa anhaltend irritierte und ihr bei der Lektüre des Märchens keine Ruhe ließ, aber vielleicht hatte sich in ihr einfach eine Unzufriedenheit angestaut, die ein aufmerksames Lesen verhinderte, ohne sich bereits als kompletter Wahnsinn zu äußern.

Der Tee schien jedenfalls beruhigend zu wirken, während der Hibiskustee, den sie zuvor mitgebracht und ein paar Tage lang getrunken hatte, sie mit seiner Farbe und dem Geschmack seltsam aufpeitschte. Der hier war ein gewöhnlicher Tee, irgend so eine »Prinzessin Nuri« vom Allerbilligsten. Die Kekse, die Petrowa bei der Lektüre verzehrte, waren ebenfalls gewöhnliche Kekse, aber in Pappe und Wachspapier verpackt; aus unerfindlichen Gründen weckten diese Art Kekse und Waffeln tief in Petrowa etwas Menschliches. Das lag nicht nur an der Packung, sondern auch an den Keksen selbst: Es waren nicht diese Sandteigdinger, die jetzt überall hergestellt wurden und die, kaum im Mund, zu winzigem Gekrümel zerfielen, sondern etwas Härteres, wie jene »Schachbrettkekse«, die das kleine Mädchen, in dessen Inneren sich Petrowa gerade befand, wohl einmal geliebt hatte.

Der Literaturklub hielt gewöhnlich genauso lange durch, wie Petrowa brauchte, um den Wasserkocher dreimal zu erhitzen und wieder abkühlen zu lassen, aber entweder hatte sie sich diesmal vom Kekseessen, Lesen und Teetrinken davontragen lassen oder die Poeten hatten überzogen, jedenfalls musste Petrowa ganze fünf Mal Tee aufbrühen. Sie wollte nicht auf die Uhr schauen, um nicht die Stimmung zu verderben, sie wusste, dass es schon ziemlich spät sein musste, sah es daran, wie vor dem großen Fenster die Dämmerung zerfloss, wie auf der Straße kaum noch wer unterwegs war, von der Arbeit kam, in den Laden ging oder im Lichtkegel der Straßenlampen den Hund Gassi führte (seltsamerweise gingen die Hunde genau im Lichtkegel in die Hocke, um ihr Geschäft zu verrichten, und auf Petrowa wirkte das immer wie die Solopartie einer Oper).

Für alle Fälle rief sie zu Hause an, um sich zu vergewissern, dass ihr Sohn aus der Schule zurückgekommen und nicht einem Psychopathen in die Hände gefallen oder unter ein Auto geraten war.

Ihr Sohn war zu Hause, ging aber nicht gleich ans Telefon, das Freizeichen spannte Petrowas Nerven ziemlich lang auf die Folter, und die Fantasie malte ihr ungute Bilder von ihrem Sohn auf dem OP-Tisch, obwohl sie haargenau wusste, dass man sie, wenn etwas vorgefallen wäre, sofort angerufen hätte.

»Bist du am Spielen?«, fragte sie, als ihr Sohn sich meldete.

Der Sohn gab keine Antwort, sondern fragte zurück, ob sie noch lange bei der Arbeit bleiben würde.

»Ich weiß nicht«, sagte Petrowa, »da ist wieder dieser Literaturzirkel.«

An einer Wand des Aufenthaltsraums hing ein kleiner quadratischer Spiegel. Petrowa besah sich darin und überlegte, wie es wäre, wenn Gubarew das »Königreich der schiefen Spiegel« über sie geschrieben hätte, wie bis heute ihr Vorname von allen mühsam rückwärts gesprochen würde; sie selbst brachte es auch nicht auf Anhieb zustande, und während ihr Sohn auf ihre Weisung hin unlustig von der Schule erzählte, stellte sie in Gedanken den eigenen Namen silbenweise auf den Kopf. »Asinylrun« – kam dabei heraus.

Ihr Sohn hatte eine Drei in Mathe bekommen, und Petrowa wurde darüber verblüffend trübselig, weil sie von solchen Dreien und ausgerechnet von Dreien in Mathe bei ihrem ewigen Herumgehocke während des Literaturzirkels so viel gelesen hatte, dass sie sich selbst schon vorkam wie eine Heldin aus der Literatur, eine zweitklassige abstrakte Mutter, die sich genötigt sah, ihrem Sohn wegen eines Dreiers die Hölle heiß zu machen, indem sie ihm mit dem Entzug irdischer Güter drohte, oder sich müde seufzend mit den Leistungen ihres Kindes abzufinden. Im Übrigen war bei Krapiwin das Bild der Mutter so ausgestaltet, mit all seinen obligatorischen Düften und warmen Händen, dass Petrowa entsetzt wäre, wenn Petrow Junior ihr gegenüber solch inzestuöse Inbrunst bekunden würde, es liefe ihr kalt den Rücken hinunter bei der Vorstellung, dass ihr Sohn womöglich an ihr schnuppern oder ihre Berührungen besonders intensiv erleben könnte.

Petrowa spielte weiter die Rolle der literarischen Mutter und sagte, ihr Sohn solle erst die Hausaufgaben machen und dann spielen oder fernsehen. Wie jede normale Mutter wollte sich auch Petrowa, wenn sie von der Arbeit nach Hause kam, noch anderen Dingen widmen, als dem Sohn die Regeln der Mathematik oder des Russischen zu erklären oder ihm bei der Hausaufgabe für den Werkunterricht zu helfen und aus Pappe irgendeinen Mist zum Thema Neujahr zusammenzukleistern. Die Literaten nötigten sie nie zur Teilnahme an ihrem munteren Treiben, aber von dem Gefasel in der Bibliothek ermüdete Petrowa mehr als an anderen Tagen. Nach diesen abendlichen Treffen wollte sie nur noch vor dem Fernseher abhängen, sich durch die Kanäle zappen, ohne dass ihr dabei jemand zu nahe kam.

Über der Lektüre, dem Gespräch mit dem Sohn, der Selbstbetrachtung im Spiegel hatte Petrowa nicht bemerkt, wie die Stimmen im Saal allmählich verstummten. An die Tür des Aufenthaltsraumes wurde gewissenhaft angeklopft. Es war das kokette, ein wenig verspielte Klopfen des Anführers im Literaturzirkel – ein alter Herr, grau, rundlich, gütige Äuglein, sanfte Stimme. Petrowa zweifelte nicht daran, dass er diese Stimme, den Blick und die Gabe, Verse zu schmieden, seinerzeit wunderbar zu Verführungszwecken eingesetzt hatte. (Petrowa selbst ließen Gedichte absolut kalt, aber sie sah ja, welchen Eindruck allerlei Glückwunschverse auf die übrigen Mitarbeiterinnen der Bibliothek machten.) Der Anführer des Literaturzirkels flirtete immer noch munter mit Petrowa, als wollte er prüfen, ob sein erotischer Charme dem Körper nicht restlos entwichen sei. Vielleicht hätte es jemand anderem imponiert, aber auf Petrowa wirkte es immer, als machte der Anführer Faxen wie der alte Affe hinter der Scheibe im Zoo. Petrowa hatte gelernt, die einzelnen Zirkelteilnehmer an ihrem Klopfen zu erkennen, zumal es nur drei Leute waren, die nach Veranstaltungsende bei ihr im Büro anklopften: besagter alter Herr, dann ein belangloser Erwachsener im weißen Pullover – unkokettes, festes Klopfen, grimmiges, mit Bart überwuchertes Gesicht (zweifellos würde Petrowa, falls sie jemals die Chance bekäme, ihn zu entkleiden, in seiner Hose auf etwas Ähnliches stoßen – etwas genauso Grimmiges, Ernstes, Einsames, vielleicht sogar im weißen Pullover und ebenfalls Verse skandierend) – und schließlich ein wendiger Jüngling, dünn, doch mit derart breiten, durch die sackartigen Jeans kaum kaschierten Hüften, dass er aussah, als könnte er Kinder gebären – dieser Jüngling klopfte ein raffiniertes Klopfen, in dem Petrowa nicht auf Anhieb den Rhythmus des Lieds »Alles läuft nach Plan« erkannte.

»Ja, ja«, antwortete Petrowa auf das aktuelle Klopfen.

Der alte Herr steckte seinen großen Kopf ins Büro und sagte, während er den Blick durch die Zimmerecken schweifen ließ, sie seien jetzt fertig. Ohne den Prozess des Hereinschauens zu unterbrechen, wickelte er sich einen karierten Wollschal um den Hals.

»Na dann geh ich auch mal«, sagte Petrowa, ohne ihre Erleichterung zu verbergen, setzte sich direkt vor dem alten Herrn aufs Sofa und wechselte aus den Bibliothekssneakern in die Winterschuhe – sie verstand nicht, wie Alina den ganzen Arbeitstag lang in ihren Stiefelchen herumstöckeln konnte.

Der Alte war fort, und ins Zimmer schaute die Rentnerin, die den Pförtnerdienst versah. Dass Petrowa oder sonst wer vom Bibliothekspersonal an den Tagen des Literaturzirkels länger bleiben musste, war im Übrigen nicht zuletzt die Schuld dieser Pförtnerin. Sie war in Panik geraten, als sie erfuhr, dass sich nach Bibliotheksschluss fremde Leute im Gebäude herumtreiben würden, sie machte einen Mordsskandal, verkündete, dass sie für nichts verantwortlich sei, und sollte einer der Zirkelleute einen Stuhl demolieren oder einen Lüster von der Decke hauen oder sonst irgendwas demolieren, stehlen oder in Brand setzen, habe sie damit nichts zu tun, auch fürchtete sie sich vor den fremden Leuten, sie sperrte die Toilette ab und verwehrte ihnen den Zutritt. Sie kam erst wieder zur Vernunft, als jedes Mal einer der Bibliothekare abgestellt wurde, sich anderthalb Stunden lang im Aufenthaltsraum zu langweilen und quasi nach dem Rechten zu sehen.

Petrowa konnte froh sein, dass die Pförtnerin nicht auch noch im selben Zimmer wie die Bibliothekare untergebracht war, sonst wäre sie verrückt geworden, manchmal brachte die Pförtnerin nämlich ihren Enkel mit, weil es in der Familie Probleme gab oder die Pförtnerin auch bloß der Meinung war, es gäbe diese Probleme und ohne ihre Fürsorge rund um die Uhr würde ihr Enkel zu einem Kriminellen oder Drogensüchtigen heranwachsen. Wenn Petrowa den verhuschten, stillen Dreijährigen sah, mit halbem Ohr hörte, dass der Junge in die Sonntagsschule und mit der Großmutter beten musste, hätte Petrowa der Pförtnerin am liebsten den Hals umgedreht und den Jungen zu sich genommen.

»Na, müde für heute?«, fragte die Pförtnerin mit schmeichelnder Stimme, als wäre Petrowa die Bezirksärztin oder eine Mitarbeiterin beim Sozialamt.

»Ach nee, nicht besonders«, entgegnete Petrowa. »Vielleicht nehmen Sie für den Enkel noch ein Buch mit? Als Gutenachtgeschichte.«

»Der schläft doch schon«, sagte die Pförtnerin, als wäre das selbstverständlich.

Petrowa zuckte verwundert mit den Brauen, es war noch nicht mal halb sieben.

»Der verkümmert bei Ihnen«, sagte Petrowa ehrlich.

»Wieso denn verkümmern?«, wunderte sich die Pförtnerin. »So ein warmes, ruhiges Plätzchen.«

Petrowa konnte nicht verstehen, wo all die gebeugten Frauen herkamen in ihren sackleinenartigen Kopftüchern, Röcken, Strickjacken, Strümpfen, es war nicht vorstellbar ohne irgendein Hexenwerk, die Pförtnerin konnte doch in ihrer Jugend nicht so herumgelaufen sein, sonst hätte sie unmöglich Kinder und Enkel gehabt – jeder noch so anspruchslose Mann wäre stiften gegangen, irgendwie musste sie ihren künftigen Gatten bezirzt und wenigstens eine Zeit lang an ihrer Seite gehalten haben. Zwar war es denkbar, dass die Großmutter sich erst im Alter auf die Religion stürzte und bis dahin ordentlich einen draufgemacht hatte, aber Petrowa glaubte nicht, dass man sich so von Grund auf ummodeln konnte; selbst ihr, die sie sich halbwegs erfolgreich als normale Frau maskierte, unterlief ja die ein oder andere Episode, die ihre wahre Natur offenbarte. Eine dieser Episoden hatte sich direkt hier vor aller Augen abgespielt: Der Mann der Leiterin der Kinderabteilung war betrunken in die Bibliothek gekommen, um seine Frau zu tyrannisieren, und Petrowa hatte ihn ein bisschen verwamst und mit einem zarten linken und rechten Haken leicht ins Wanken gebracht, um dann beim Anblick seines in dicken Tropfen aufs Parkett fallenden Bluts mühsam gespielten Ekel zu bekunden und Ärger über die wunden Knöchel an ihren Fäusten. Damals hatten alle gestaunt, sich erkundigt, ob Petrowa Boxstunden nahm, doch Petrowa zog sich aus der Affäre, indem sie sagte, sie habe sich das alles im Kino abgeschaut und es sei ihr nur zufällig gelungen.

Nachdem sie sich von der Pförtnerin, deren Namen sie gar nicht erst wissen wollte, verabschiedet und unnötigerweise gewartet hatte, bis diese mit zwei Umdrehungen ihres langen Schlüssels die hohe Eichentür absperrte, ging Petrowa die Außentreppe hinunter und machte sich auf den Weg zur Trolleybushaltestelle, um dann zur Metro hinunterzugleiten, am »Platz des Jahres 1905« auszusteigen, in die Trambahn Nummer 26 zu wechseln und endlich bis vor ihr Haus zu fahren.

Die Vorliebe ihres Mannes für Trolleybusse teilte Petrowa nicht, es missfiel ihr, dass die Drei oder die Sieben auf der Malyschew-Straße lange im Stau feststecken konnte, um dann auf der Gursuf-Straße wieder im Stau zu stecken, sie konnte es nicht leiden, wie der Bus beim Knackgeräusch seiner Stangen ruckte, wie langsam die Passagiere herauskrochen, wie es drinnen entweder unerträglich kalt oder unerträglich heiß war. Allerdings fuhr der Trolleybus fast bis vors Haus, und von der Straßenbahn hatte man weiter zu gehen. Auch musste man auf die Straßenbahn manchmal lange warten, aber mit den Bussen war es genauso ein Blödsinn, wenn nicht gar schlimmer: Beim Bus konnte es vorkommen, dass er im Verkehrsgetümmel bereits zu sehen war, wie er kurz vor der Ampel feststeckte, an der Kreuzung Malyschew-Straße und Straße des 8. Märzes, und einfach nicht vom Fleck kam, anders als die Straßenbahn – wenn die erst mal fuhr, dann fuhr sie auch.

Ungünstig gelegen war der von ihrem Haus aus nächste Laden. Auf dem Weg von der Arbeit kam man nicht direkt hin, man musste einen Umweg machen und dann von dort nach Hause zurück. Dafür mochte Petrowa die melancholischen Verkäufer und

Sicherheitsleute und die nicht minder melancholischen Kassierer. Nichts konnte sie aus der Fassung bringen, nie hatte Petrowa erlebt, dass sie irgendwelchen Aufruhr machten. Petrowa hegte den Verdacht, dass sie vor der Arbeit ein Sedativum einwarfen oder im ganzen Kollektiv Gras rauchten. Wenn Petrowa ihre entspannten Posen sah, wenn sie sah, wie sie gemächlich die Ware einräumten oder sich unterhielten, wunderte sie sich, dass im Laden nicht auch noch, durch die allgemeine Stimmung heraufbeschworen, automatisch Reggae-Rhythmen ertönten. Natürlich war es dort ein wenig schmuddelig, mit Dreckspuren auf dem Boden, und die Verkaufsständchen: Handyreparatur, CD-Stand, Blumenladen – verdeckten teilweise das Licht vom Fenster, doch das merkte man nur im Sommer oder Frühling, und im Winter ging Petrowa sowieso nur abends in den Laden, wenn das Neonlicht drinnen heller war als die Straßenlaternen draußen. Seit ein paar Jahren schon war über dem Kühlschrank mit den Tiefkühlhähnchen dieselbe Lampe am Flackern, aber niemand wechselte sie je aus. Das Tiefkühlfleisch wirkte immer so, als hätte man es zuerst ein bisschen aufgetaut und dann wieder eingefroren, und zwar gleich mehrere Male, weshalb die Fleischstücke aussahen, als hätte man sie einer leichten Schmelze unterzogen.

Petrowa war nicht besonders erpicht darauf, länger bei der Arbeit zu bleiben, aber es wurde dadurch aufgewogen, dass zu späterer Stunde im Laden weniger Leute unterwegs waren; es missfiel ihr, sich zwischen den Regalen durch die Gänge zu drängen, den mit Kindern bepackten Einkaufswagen auszuweichen, sich an den Ecken der Warenkörbe zu verhaken, es missfiel ihr, wenn die Schlange länger als zwei Leute war. Lästig fand sie nur, dass man zu dieser Stunde an der Gemüsewaage vergeblich auf den Verpacker wartete und deshalb das in Plastik vorverpackte Gemüse nehmen musste, das nicht immer frisch war. Das Gemüse, das man wiegen konnte, war auch nicht umwerfend frisch, aber wenigstens konnte man sich selbst die Sachen aussuchen, die noch ein wenig neuer waren.

Während sie durch die Regale schlenderte, ärgerte sich Petrowa schon im Voraus über ihren Sohn, die unerledigten Hausaufgaben, das ungespülte Geschirr und dass er sich am Vorabend ein Omelett mit Tomaten, Zwiebel und Bratwurst gewünscht hatte, was Petrowa selber nicht mochte, so dass sie nun also zwei Abendessen zugleich machen musste – eines für sich und eines für ihn.

Mit diesem Ärger im Bauch und im Voraus angesäuert kam Petrowa nach Hause. Als Petrow Junior hörte, wie wenig vergnügt sich der Schlüssel im Schloss drehte, kam er vorsichtshalber gar nicht erst aus seinem Zimmer, aber nachdem er sich offenbar ausgerechnet hatte, dass seine Mutter womöglich noch wütender würde, wenn sie ihn nicht antraf, ließ er sich dann doch blicken, als Petrowa bereits dabei war, ihren Mantel aufzuhängen.

Kaum zu Hause machte Petrowa überall Licht – sie mochte keine Dunkelheit, während ihr Ex-Mann und der Sohn Strom sparten. Für seine acht Jahre benahm sich Petrow Junior zu sehr wie ein Alter, das missfiel Petrowa.

»Du sitzt hier wie in einem Verlies«, knurrte sie nach dem Kuss (seine Schläfe roch nach Shampoo, er hatte sich also schon gewaschen, und auch darin lag etwas Erwachsenes, das Petrowa erschreckte), »bring die Einkaufstüte in die Küche.«

Petrow schlurfte mit der Tüte, die ein wenig zu schwer für ihn war, in Richtung Küche, wo er sie, ohne Licht zu machen, fast schon auf den Fußboden schmetterte.

»Vorsicht, da sind Eier drin«, warnte Petrowa zu spät. »Hast selber drum gebeten und schon wieder vergessen.«

Die Wohnung, wo sie mit ihrem Sohn lebte, war vom selben Zuschnitt wie die ihres Mannes, die er von dem Veteranen-Opa übernommen hatte, bei Petrowa entstand dadurch das Gefühl einer Spaltung, einer seltsam vibrierenden Realität, sogar die vom Muster her nicht völlig identischen Tapeten entsprachen einander zumindest im Farbton. Petrows Cousin hatte ihnen für beide Wohnungen billig Badezimmerkacheln und Sanitärtechnik beschafft, und Petrowa brachte in der Zerstreutheit manchmal durcheinander, in wessen Haus sie sich jeweils befand.

Selbst die Waschmaschine war hier wie dort die gleiche »Indesit«, in deren runde Öffnung Petrowa, ohne hinzusehen, nach jedem Arbeitstag ihre Sachen stopfte und im Schnellwaschgang wusch, nur den Pullover behielt sie für später zurück, weil er aus Wolle war.

Als sie im Bad keinen Bademantel fand, ging Petrowa ins Schlafzimmer hinüber, machte auch dort sofort Licht und schaltete den Fernseher ein (die Fernbedienung warf sie wieder mitten aufs Bett zurück): Den Sohn aus dem Bad herzurufen mit der Bitte, ihre Sachen mitzubringen, war Petrowa schon unangenehm, immerhin war ihr Sohn kein Sechsjähriger mehr, obwohl sie, seit sie erwachsen war und in der Ehe lebte, die Tür zum Bad nicht mehr abschloss – wie sie es früher, vor der Ehe, selbstverständlich getan hatte. Es konnte ja jeden Augenblick ein Familienmitglied dringend müssen, und während Petrow Senior noch irgendwie aushalten konnte, brachte Petrowa es nicht über sich, Petrow Junior vor der Tür leiden zu lassen.

Vor dem Bad hatte Petrowa das Gefühl, dem ganzen Kochen und Aufräumen nicht gewachsen zu sein, sie glaubte, sie müsse umfallen und käme nicht wieder hoch, sie konnte sich nur mit Mühe beherrschen, um sich beim Anblick des Bettes nicht einfach hinzuhauen und bis zum Morgen nicht wieder aufzustehen – zum Teil lag es an den unbequemen Schuhen, von denen die Füße unglaublich ermüdeten –, aber nachdem sie ein Weilchen im heißen Wasser gesessen hatte, berappelte sie sich wieder. Von der halbstündigen Wannensitzung nahm das Sichwaschen vielleicht fünf Minuten in Anspruch, den Rest der Zeit lag Petrowa im heißen, langsam abkühlenden Wasser und starrte auf den Plastikvorhang ohne auch nur einen Gedanken im Kopf.

Das Bad hatte sie so sehr entspannt, dass Petrowa keine Lust verspürte, den Sohn wegen des schmutzigen Tellers anzuschreien, den er mitsamt Gabel und Glas nicht einmal im Waschbecken, sondern daneben abgestellt hatte. Die leere Pepsiflasche war einfach so auf dem Esstisch stehen geblieben. Wäre Petrowa vor ihrem Bad in die Küche gekommen, hätte sie Petrow Junior zur Rechenschaft gezogen, ihn gezwungen, die Flasche in den Müll zu werfen (der im Übrigen auch nicht heruntergebracht war), sie hätte kontrolliert, wie ihr Sohn Teller, Gabel und Glas spülte, und ihn womöglich gezwungen, noch einmal nachzuspülen, wenn ihr etwas missfiel.

Als er das Wasser im Waschbecken rauschen hörte, was hieß, dass die Gefahr gebannt war, erschien Petrow Junior in der Küche und setzte sich an den Esstisch, die Nase im Handy über einem Spiel. Petrowa wollte nicht fragen, was er spielte, sie teilte nicht die Begeisterungsstürme ihres Sohnes über die Handys der anderen Kinder und die Spiele in diesen Handys. Wäre sie nach wie vor sauer, würde sie ihm raten, lieber ein Buch zu lesen. Vielleicht würde sie ihn auffordern, sich ein Buch aus dem häuslichen Bücherschrank zu holen, oder nachfragen, was er zu lesen aufhatte, und ihn zwingen, laut vorzulesen, was ihnen beiden die Laune verderben würde.

Natürlich war sich Petrowa bewusst, dass die Liebe zum Lesen kein Indiz für künftigen Erfolg im Leben war, was hatten zum Beispiel sie, die Bibliothekare, schon von ihrer Liebe zum Lesen? Oder ihr Mann, der seit seiner Kindheit gerne las, der selbst zeichnete, aber dabei nur ein gewöhnlicher Autoschlosser war. Und doch empfand Petrowa beim Anblick der Kinder, die in die Bibliothek gelaufen kamen, Neid auf deren Eltern. Wobei es manchmal zum Neid erkennbar wenig Anlass gab, manche der Kinder waren schlechter gekleidet als Petrow Junior, wirkten irgendwie unterernährt, und dennoch empfand Petrowa diesen Neid. Gemeinsam mit ihrem Mann hatte sie alle möglichen Methoden erprobt, um dem Sohn die Liebe zum Lesen einzuimpfen: Sie lasen ihm Gutenachtgeschichten vor, jubelten ihm ihre Lieblingsbücher unter (besonders legte sich dabei Petrow Senior ins Zeug, der noch genau wusste, was er in der Kindheit gerne gelesen hatte), waren selbst ständig am Lesen, um mit lebendigem Beispiel voranzugehen – nichts fruchtete. Mit Zähneknirschen kämpfte sich Petrow Junior durch einen »Harry Potter«, hätte vielleicht noch mehr davon bewältigt, aber die Bände erschienen nicht rasch genug. Vom Computer und Handy war Petrow Junior hingegen nicht loszueisen. Sie konnte es nachvollziehen, wenn eine der Kolleginnen deshalb über die eigenen Kinder klagte. Auch Petrowa machte es rasend, sich mit ihrem Sohn zu unterhalten, während er hinter seinem Bildschirm hervor abwesend antwortete, vorm Fernseher klebte oder am Handy daddelte. Das Interesse an den Spielen in der Konsole oder im Computer konnte man ja noch verstehen, da ging es schön bunt zu, da flog was in die Luft, da war was los, aber was an einem Schwarz-Weiß-Spiel im Handy interessant sein sollte, konnte und wollte Petrowa nicht verstehen.

Wenn Petrow Junior wenigstens überhaupt irgendwelche Emotionen gezeigt hätte, und sei es auch nur bei den Spielen am Computer – aber nein, selbst bei lustigen Kinderspielen wie »The Simpsons: Hit & Run« und »Silent Hill« (wo es Petrowa bei manchen Momenten und vor allem bei der Titelmelodie kalt über den Rücken lief), selbst hier also zeigte Petrow Junior sein ewig ungerührtes Frätzchen, als wäre alles und überall ein einziger Handybildschirm, nur eben größer, mit der immerselben »Schlange« oder »Tetris«; wobei ja manche Kinder auf die »Schlange« und »Tetris« noch lebhafter reagierten als Petrow Junior auf die Überraschungsmomente von »Silent Hill«. Manchmal dachte Petrowa, wenn sie eine Schildkröte auf die Tastatur losließe, würde selbst die sich fröhlicher gebärden. Nur eines tröstete Petrowa: In der Klasse von Petrow Junior gab es gleich mehrere solcher Exemplare, er war also nicht der Einzige und vielleicht doch nicht völlig verquer, es gab da also in letzter Zeit bei der kindlichen Entwicklung seit dem Erscheinen der ganzen Technik eine gewisse Tendenz.

Petrow Junior hatte sogar Freunde, genauer gesagt einen einzigen Freund, die beiden besuchten sich gegenseitig, um nebeneinander zu sitzen und schweigend etwas zu spielen. Petrowa hatte die Hoffnung, dass Petrow Junior und sein Freund wild herumtollten, wenn sie nicht dabei war, und sich bloß genierten, in Gegenwart der Eltern zu toben. Den Freund von Petrow Junior schien bei Petrowas Anblick eine Stimmbandlähmung zu befallen, so dass er nicht einmal mehr ein »Guten Tag« hervorbrachte, aber als beim Elternabend die Eltern des Jungen fragten, ob ihr Sohn sich denn auch benehme, erwiderte Petrowa mit aufrichtiger Miene, der Sohn sei ausgesprochen höflich und solle gern öfter kommen. Die Eltern des Jungen sagten, was denn, noch öfter, fehlt nur noch, dass die beiden auch noch zusammen übernachten.

Es war schwer vorstellbar, dass zwei so unterschiedliche Kinder dasselbe Temperament haben sollten. Petrow Junior war dunkelhaarig, wirkte selbst im Winter gebräunt, war irgendwie seltsam langgestreckt, mit großem Kopf auf langem Hals, während sein Freund, weißblond und winzig, bis heute manchmal für ein Vorschulkind gehalten wurde, rein von der Konstitution her hätte er quirliger sein müssen, aber nein – er gab sich genauso zugeknöpft und verdruckst wie Petrow Junior. Petrowa konnte sich nicht vorstellen, wie die beiden in der lärmenden Schule und der lärmenden Klasse überdauerten zwischen den anderen, den normalen Kindern, die ständig in Bewegung waren. Wenn Petrowa mit ihrem Sohn in die Poliklinik kam, jagten die übrigen Kinder über den Korridor oder zappelten ungeduldig neben den Eltern umher, passten genau auf und zählten nach, wie viele Leute vor ihnen drankamen. Dagegen saß Petrow Junior wie angenagelt an seinem Platz, und beim Warten in der Schlange war es mit ihm zwar ruhig, aber auch unerträglich langweilig.

In dieser Poliklinik hatte Petrowa zwei bemerkenswerte Erlebnisse, bei denen ihr die Kinder besonders gefielen. Einmal saß sie mit Petrow in der Schlange zur Physiotherapie, zu ziemlich später Stunde, als kaum noch jemand im Korridor war, und ein etwa zehnjähriger Junge baumelte vor Langeweile mit dem Fuß und trommelte dabei gegen das Bein seiner Sitzbank. Niemand störte sich an dem Getrommel außer einer Frau, die ihren etwa sechzehnjährigen Sohn begleitete, sie gab eine Reihe gereizter Seufzer von sich, und bei jedem neuen Seufzer ergoss sich in Petrowas Seele fast schon balsamische Schadenfreude, schließlich hielt es die Frau nicht länger aus, und sie brüllte den Lümmel an, er solle das Trommeln lassen, ihr Kind sei krank (dabei wies sie mit dem Finger auf den rot angelaufenen Teenager). Der Junge maß sie mit seinem Blick und trommelte noch lauter, die Frau wollte sich auf den Lümmel stürzen, doch Petrowa bremste ihren Eifer, indem sie hinter ihrem Buch hervor sagte, die Frau solle sich auf der Stelle hinsetzen, sonst werde sie ebenfalls krank wie ihr Sohn. Als der Junge die Unterstützung witterte, setzte er sich unvermittelt zu Petrowa, ließ aber das Trommeln sein.

Dann gab es noch ein Erlebnis, als Petrowa wieder einmal lesend in der Krankenhausschlange saß und vom anderen Ende des Korridors ein kleines Mädchen auf sie zukam, ihr das Buch zuklappte, auf den Umschlag blickte, um den Titel zu lesen, dann mit verstehendem »Aaaah« nickte und sagte: »Und ich hab das hier« – und es zeigte ihr sein eigenes Buch, irgendeinen dicken Fantasy-Wälzer mit einem Drachen auf dem Umschlag. Petrowa musste spontan lachen als Reaktion auf diese Frechheit und das Bestreben, sich über die Lektüre auszutauschen.

Petrowa hegte den Verdacht, dass im Innern von Petrow Junior genauso ein Tier hauste wie in ihr selbst, aber direkt nachfragen konnte sie nicht, um nicht in den Augen des eigenen Kindes als Verrückte dazustehen und ihm womöglich elementare Angst einzujagen. Petrowa wusste nicht, wie sie in der Kindheit gewesen war, sie konnte sich nicht erinnern, worüber sie damals nachgedacht und was für Dinge sie getan hatte, und so fehlte ihr die Möglichkeit zu vergleichen. Sie wusste ziemlich sicher, dass niemand sie vergewaltigt und ihr in der Gasse auf dem Schulweg seinen Pimmel vor die Nase gehalten hatte, sie wusste, dass man sie zu Hause nicht geschlagen hatte, dass von Mutter und Stiefvater nie moralischer Druck kam; warum sich also in ihrem Kopf dieses Puzzle des Wahnsinns gefügt hatte und warum sich im Kopf ihres Sohnes dasselbe Puzzle fügte, schon gefügt hatte oder noch fügen würde – Petrowa wusste es nicht, und irgendwie quälte sie das. Wobei sie ja an dem, was sie selbst trieb, kaum etwas Schlechtes sehen konnte, zumindest nicht in den Momenten, wo die kalte Spirale in ihrem Innern rotierte. Diesen ganzen Unsinn wollte sie ihrem Sohn ersparen.

Von ihrem eigenen Jungen sprangen ihre Gedanken plötzlich zu dem fremden Jungen über, der, als sie einmal die Kollegin von der Kinderabteilung vertrat, stockend den Vatersnamen auf ihrem Schildchen entzifferte und sie dann »Nurlynissa Hatifnattowna« nannte (richtig hieß Petrowa Fatchiachmetowna). Petrowa hegte den Verdacht, dass keine der Bibliothekskolleginnen sie korrekt mit Vor- und Vatersnamen ansprechen könnte; seit sich Petrowa ihrer selbst in diesem Körper bewusst war, wurde sie Njura genannt, und nach der Heirat rief man sie oft nur beim Familiennamen. Ein bösartiger Rentner, der sich an ihrem Namensschild festhakte, äußerte sich voller Bitterkeit allgemein zu dem hergelaufenen Pack, und bald würde es ja sowieso keine Russen mehr geben.

Auch wenn Petrowa die Menschen nicht wirklich liebte und ihr eigentlich nur die Bibliotheksstille gefiel, empfand sie doch Sympathie für ihre Kollegen. Bei besagter Bibliotheksleiterin konnte man einfach nicht gleichgültig bleiben, weil sie ein Unikum war, wie es sie nicht mehr gab, aus einer versunkenen Epoche, obwohl ja nun Freizügigkeit herrschte, sowohl innerhalb des Landes wie auch über seine Grenzen hinweg. Die Leiterin war auf dem Dorf geboren und gehörte zur ersten Generation von Landbewohnern, die problemlos einen Pass bekamen, sie hatte Neftejugansk erbaut, eine Ölpipeline errichtet und nebenbei studiert, sie hatte in Wladiwostok und Kaliningrad gelebt und eine Bibliothek geleitet, die fast schon in der Arktis lag. Über sie hatte

Petrowa, damals frisch von der Hochschule, auch ihren Mann kennengelernt.

Die Leiterin wohnte nicht weit von Petrowa, ebenfalls im Lenin-Bezirk, und sie hatte Petrowa (damals noch nicht Petrowa) angeboten, sie mit dem Auto ihres eigenen Mannes, der in der Nähe irgendwelche Dinge erledigte, bis vor ihr Haus zu fahren. Petrowa willigte ein, doch der Mann konnte die beiden nicht direkt nach Hause bringen, sondern musste noch bei einem Bekannten in der Autowerkstatt vorbei, um eine Schuld zu begleichen; wie üblich konnten die Männer sich nicht gleich trennen, mussten erst etwas bekakeln, die Leiterin mischte sich ins Gespräch, Petrowa wurde es langweilig, im Auto herumzuhocken, weil es zudem noch sehr heiß war (das Ganze spielte sich im August ab), und sie stieg ebenfalls aus. Die Leiterin bemerkte bei einem der Autos einen jungen Burschen, braun von der Sonne oder vom Öl, der unter der Kühlerhaube herumschraubte, und machte sich unverzüglich daran, ihn mit Petrowa zu verkuppeln, obwohl sie Petrowa selbst erst seit zwei Wochen kannte. Die Petrowa von damals fühlte sich durch den Verkuppelungsprozess daran erinnert, wie ihre Mutter die Katze zum Decken zum Nachbarskater brachte, und die Tiere fauchten und jaulten einander nur den ganzen Abend lang an, und danach begann die Katze unvermittelt, in ihrem Haus sämtliche Ecken zu markieren. Petrowas erster Blick auf ihren künftigen Mann war voller Verwirrung und Feindseligkeit. Petrow war drei Jahre jünger als seine spätere Gemahlin, und er schien Petrowa nicht im Geringsten für die Rolle des Mannes zu taugen, mit dem sie ihr ganzes Leben verbringen sollte. Ungeachtet ihrer sich damals schon abzeichnenden Misanthropie hatte Petrowa dennoch ein künftiges Ideal im Kopf, mit dem sie sich ein Kind zulegen und irgendwie koexistieren würde. Sie ging schlicht davon aus, dass der Mann, den sie dann wohl liebgewinnen, dem sie Liebe vorspielen würde, älter wäre als sie, aber keinesfalls jünger. Petrow kam ihr anfangs blutjung vor und kein bisschen ernsthaft, obwohl er nicht herumflachste, kein Geschwätz von sich gab und überhaupt eher verschlossen war.

Der ältere Kumpel von Petrow begann ihn ebenfalls zur Bekanntschaft zu drängen mit allerlei ermunternden Worten, wie schädlich es für die Gesundheit sei, von früh bis spät immer nur Autos zu vögeln, auch Handbetrieb sei kein Ausweg, er müsse sich langsam entscheiden und Ernst machen. Petrow starrte ihn mit völlig wilden Augen an, so dass Petrowa ihn für einen Idioten hielt, aber wie sich später herausstellte, hatte sich just in diesen Tagen ein Mädchen an Petrow geheftet mit der Behauptung, schwanger zu sein, und zwar just von ihm, und Petrow fühlte sich wie im Nebel und machte sich unablässig Vorwürfe, weil er vom rechten Weg der Onanie auf den Pfad des Zufallssex abgewichen war. Die Sache mit dem Mädchen wurde schließlich dadurch gelöst, dass die Schwangerschaft sich als dummer Trick erwies, und wer blieb, war Petrowa.

Bei den ersten Treffen dachte Petrowa, man habe ihr einen Autisten untergejubelt, Petrowa war selbst nicht übertrieben gesprächig, aber ihr neuer Schatz war es noch weniger, und bei den spärlichen Worten, die sie von sich gab, stellte er die Ohren auf Durchzug. Schweigend gingen sie im Park spazieren, schweigend, den Mund voll mit krachendem Popcorn, saßen sie im Kino, schweigend saßen sie in der Pizzeria, und damit erlosch auch schon Petrows Fantasie. »Mein Gott, was bist du erbärmlich«, wollte Petrowa manchmal sagen, aber nach einem Jahr stellte sie verblüfft fest, dass sie bereits mit diesem Menschen verheiratet war, dass er ihr zu den Feiertagen Blumen hinstreckte, dass sie zusammenlebten und es ihnen miteinander gar nicht langweilig wurde. Kein anderer Mann hätte ihrer Meinung nach so ruhig Petrowas Zornausbrüche ertragen, wenn sie außer sich war, und Ruhe war genau die Reaktion auf ihre Wildheit, die sie mehr als alles andere brauchte. Petrowa wurde angst um ihren Mann, nachdem sie einmal zufällig ausgerastet war und ihm am Arm eine Schnittwunde verpasst hatte, deshalb wollte sie sich scheiden lassen und immer dann getrennt leben, wenn es sie überkam, und gemeinsam leben, wenn es nachließ. Natürlich brachen diese Anfälle manchmal auch unabhängig von ihr aus, nicht immer ließen sie sich von Anfang bis Ende kontrollieren, aber rein statistisch hatte ihr Mann bessere Überlebenschancen, wenn Petrowa nicht an ihm haftete, sondern Abstand hielt.

Auch auf das Scheidungsbegehren reagierte er gemäß seinem Repertoire: Er stellte keine Fragen, was Petrowa unerträglich gewesen wäre, er begann nicht zu randalieren, ließ sich nicht anmerken, dass er litt, und vielleicht litt er ja auch gar nicht. Der Sohn schien es ebenfalls einfach hinzunehmen, er zeigte, anders als im Kino, keine Anstalten, sich Freunde auszudenken, von Leichen zu träumen, in Depressionen zu verfallen und zu glauben, er sei an allem schuld, seine Leistungen rutschten nicht ab, sondern blieben so durchschnittlich wie er selbst; Petrowa wurmte das ein wenig, sie wollte, dass ihr Sohn sich trotz allem um die Familie sorgte, irgendwie merken ließ, dass er etwas fühlte.

Nur selten loderte in ihrer Familie etwas auf, wie ein Zündholz in ägyptischer Finsternis. Einmal schauten sie im Fernsehen eine Neujahrssendung, mit John Travolta und irgendwelchen Hunden, sie schauten schweigend, nur ihr Sohn lachte hin und wieder auf, und plötzlich begann Petrow zu erzählen, wie er einmal zur Neujahrsfeier gegangen war, und dort nahm ihn die Snegurotschka bei der Hand, und ihre Hand war wirklich so kalt wie die der echten Snegurotschka. Der Sohn saß neben Petrow und kuschelte sich aus heiterem Himmel an ihn. Petrowa hatte plötzlich einen Kloß im Hals, sie ging still ins Bad, schloss sich ein (was bei ihnen höchst selten vorkam), drehte den Hahn auf und bedeckte den Mund mit der Hand, während sie versuchte, möglichst leise zu schluchzen, aber davon wurde es noch schlimmer, sie war sozusagen ihr eigenes Kind und versuchte sich zu beruhigen, aber die Beschwichtigungsversuche fachten das Schluchzen nur noch weiter an.

Petrowa konnte selbst nicht begreifen, was sie da so aufgewühlt hatte.

Während die Gedanken in Petrowa herumschwirrten, stand sie nicht einfach nur da, sondern bereitete das Essen vor. Sie hatte beschlossen, sich über das Abendbrot nicht den Kopf zu zerbrechen, einfach Bratkartoffeln zu machen und basta. Frische Bratkartoffeln liebte Petrowa, aufgewärmte hingegen gar nicht. Aber Petrowa konnte nie genau absehen, wie viele Kartoffeln sie brauchen würde, damit es zum einen reiche und zum anderen die Kartoffeln nicht später im Kühlschrank vertrockneten, wo sie für den Fall aufbewahrt wurden, dass ihr hungriger Ex-Mann auftauchte, der nämlich manchmal plötzlich hereinschneien und damit sein Leben riskieren konnte, der nach der Arbeit mitten in der Nacht bei ihnen aufkreuzte, weil ihn jäh die Sehnsucht nach ihr und dem Sohn packte. Manchmal landeten die Kartoffeln oder ein ebenfalls auf Vorrat gemachter Salat oder gekochter Reis im Müll. In solchen Momenten empfand Petrowa stets einen gewissen Vorwurf, der irgendwo in ihrem Inneren entsprang, sie musste unwillkürlich an ihre Großmutter denken, die bis heute die Brotkrümel in die hohle Hand wischte, und an das Interview in einer Zeitschrift mit einem italienischen Regisseur, der erzählte, wie er erst in den Sechzigern kapiert hatte, dass er seelenruhig alles kaufen konnte, was er für ein normales Mittagessen brauchte, während er bis dahin seit Kriegsbeginn nie wirklich satt gewesen war und manchmal auch richtig hungerte.

Ihr Sohn hatte nie gehungert, keinen Krieg und dessen Folgen überlebt, aber manchmal schien es, als hungerte er, als hätte er etwas erlebt, das ihn beim Anblick von Essen die Fassung verlieren ließ. Stets steckte er beim Kochen seine Finger überall hinein und knapste hier ein Stückchen vom Piroggenteig ab, dort ein Kohlblatt für den Salat oder etwas rohes Hackfleisch, besonders aber liebte er jede Art von rohem Gemüse: Möhren, Kartoffeln, Zwiebeln, Auberginen. Was hatte Petrowa nicht alles versucht: Sie gab ihm Vitamine, ließ ihn auf Wurmbefall untersuchen, brachte ihn zum Endokrinologen – aber Petrow Junior, der auf Petrowa mit seiner in ihren Augen schon an Dystrophie grenzenden Schlankheit ungesund wirkte, erwies sich als gesund. Seine Leidenschaft für rohe Möhren konnte Petrowa noch verstehen, rohe Möhren mögen praktisch alle Kinder, klar isst der ein oder andere auch mal einen rohen Kartoffelschnitz, selbst Kohl macht Kindern mal Appetit – alles richtig. Aber Petrow Junior aß auch rohe Zwiebeln wie Buratino. Und er aß rohe Fleischstückchen wie ein Kater; Petrowa verscheuchte ihn auch wie einen Kater, weil man sich beim Fleisch allerhand Parasiten und Salmonellen einfangen konnte, und Gott weiß, was da im Schlachthof sonst noch an unhygienischem Zeug lief, das dann hinterher mittels thermischer Behandlung bis zur Unschädlichkeit aufgepeppt wurde.

Solange sie die Kartoffeln schälte, blieb Petrow Junior sitzen und starrte auf den Handybildschirm, aber Petrowa bemerkte, wie er dabei die Ohren spitzte. Kaum begann Petrowa die Kartoffeln in Stifte zu schneiden, als ihr Sohn aufs Schneidebrett und in die Bratpfanne grapschte, wo das Fett schon am Dampfen war, von dort fischte er die noch rohen Kartoffelstücke heraus und stopfte sie sich in den Mund.

»Mein Gott«, wiederholte Petrowa mehrere Male, »ich hab dir doch Joghurt gekauft, verflixt noch mal.«

Das Kartoffelvertilgen endete erst, als Petrowa die Pfanne mit dem Aluminiumdeckel bedeckte – dieser Deckel wurde rasch heiß und ließ sich mit bloßen Händen nicht mehr ohne weiteres anheben.

Petrowa begann die Wurst fürs Omelett zu schneiden, der Sohn grapschte auch nach der Wurst, man sah, dass ihm dieser Unfug Spaß machte, ebenso wie der Anblick der in Würfel geschnittenen Wurst und die Weise, wie diese Würfel unter Petrowas Händen aus dem Wurstlaib hervorgingen. Er blickte weiterhin auf den Handybildschirm, drückte mit dem Daumen die Tasten und grapschte mit der anderen Hand aufs Schneidebrett. Die Wurst konnte man auch roh essen, deshalb griff Petrowa nicht ein, schlug nur ein paarmal vor, ihm kein Omelett zu machen, sondern einfach Wurst, Zwiebel und die aufgeschlagenen rohen Eier in die Schüssel zu werfen – sollte Petrow Junior es doch so essen.

Ihr Sohn lächelte und schüttelte verneinend den Kopf, ohne den Blick vom Handy zu nehmen.

Petrowa warf die Wurst ins Fett und begann die Zwiebel zu häckseln, während sie sich zugleich über die Sinnlosigkeit dieses Unterfangens wunderte. Petrow Junior war es egal, wie man die Zwiebel schnitt, fein oder grob, er schien es sogar vorzuziehen, wenn die Stücke gröber waren, aber Petrowa folgte beim Schneiden ihrem eigenen Geschmack.

Während sie die Zwiebel häckselte, erinnerte sie sich daran, wie sie Petrow kennengelernt hatte, und beobachtete dabei die Hand von Petrow Junior, die nach den Zwiebelschnipseln haschte. Petrowa dachte, dass Petrow Junior noch im vorigen Jahr ganz andere Hände gehabt hatte, Hände wie ein Vorschulkind, pummelig, mit Grübchen anstatt der Gelenke; wenn er die Finger ausstreckte, waren die Handflächen quadratisch. Jetzt hingegen glichen seine Hände denen von Petrow, dieselben langen Finger, irgendwie knochig, zu knochig sogar, das Handgelenk langgezogen, als hätte Petrow Junior das ganze Jahr hindurch nichts als Klavier geübt. Auch seine Füße waren kräftig geworden, seine Schuhgröße unterschied sich jetzt nur noch um wenige Nummern von ihrer eigenen. Wenn sie ihren Sohn nun durch die Wohnung gehen sah, kam es Petrowa vor, als ginge er auf Schwimmflossen. Selbst sein Geruch hatte sich verändert: Früher hatte er nach der Seife gerochen, mit der sie ihn wuschen, oder dem Schmutz, der nach einem Tag draußen oder im Kindergarten und später in der Schule an ihm haftete, jetzt war da dieser eigene, irgendwie besondere Geruch erschienen, der sein Zimmer durchdrang. Es war nicht so, dass die Metamorphosen ihres Sohnes Petrowa erschreckten, aber sie bereiteten ihr Unbehagen. Sie fühlte sich langsam wie ein normaler Mensch, wie eine der Frauen in der Bibliothek, bei denen jedes Gespräch über die Kinder dabei landete, wie gut diese doch gewesen seien, als sie noch klein waren. Mit dem Verstand begriff sie, dass nichts daran gut war; ständig musste man hinterher sein, dass dem Kind nichts zustieß, das Kind konnte nicht selbständig essen, nicht hinter sich aufräumen, sich das Essen nicht warm machen, ständig musste man in einem Anfall von Mutterinstinkt um es herumtanzen; doch mit dem Herzen spürte sie selbst diese dumme Sehnsucht nach der Zeit, als ihr Sohn von einem mickrigen Gläschen Joghurt satt wurde und sich über das allereinfachste Spielzeug, eine hochkant stehende Kopeke, freuen konnte, als er morgens ins Schlafzimmer kam und zum Kuscheln zu ihnen ins Bett kroch, als er nicht einschlafen konnte ohne Licht – nach alldem sehnte sich Petrowa, ob sie wollte oder nicht.

Ihr Sohn steckte die Hand unters Messer und wurde übermütig. Petrowas Herz stockte nachträglich, als sie das Knirschen hörte und sah, wie er schweigend die Hand vom Schneidebrett wegzog, dann war Petrowa ein wenig erleichtert, als sie begriff, dass sie ihrem Sohn nicht den Finger abgehackt hatte und dass das Knirschen bloß von einem Zwiebelstück kam, und sie sah, wie ihr Sohn sich endlich von seinem Handy losriss und auf den schrägen Schnitt blickte, aus dem ein großer Blutstropfen quoll und zum Stillstand kam, schimmernd wie eine Beere.

In Petrowas Sonnengeflecht regte sich Kälte. Es schien, als hätte sie plötzlich einen Röntgenblick bekommen und zugleich die Fähigkeit, mikroskopische Details zu erkennen. Sie empfand physisch, wie sich beim Anblick des Blutes ihre Pupillen leicht weiteten. Sie spürte physisch alle fünf Epidermis-Schichten des Sohnes – von der Hornschicht bis zur Basalschicht, wie und unter welchem Winkel das Messer sie durchtrennt hatte, sie spürte und sah die winzigen beschädigten Blutgefäße, sah und spürte, wie die Nervenzellen sich zusammenzogen und ein Signal ans Gehirn sandten, in rasender Rotation von chemischer Reaktion und elektrischem Impuls. Sie sah, wie das von den Nebennieren in den Organismus ausgeschüttete Adrenalin die Gefäße in seinem Bauch, seinen Armen, Beinen, auf seiner Haut verengte, während sich die Blutgefäße, die zum Gehirn führten, wiederum weiteten. Einen Augenblick lang sah Petrowa, dass ihr Sohn nicht irgendein Mensch war, sondern bloß eine Chimäre, gebildet aus einem Darm, der mit einer durch die Evolution zum Äußersten getriebenen Komplexität sein eigenes Leben führte, und aus Rückenmark, das seinerseits in irgendwelchen anderen, nicht menschlichen Begriffen existierte und nach einem vor Millionen Jahren geschaffenen Programm lebte. Sie sah das millionenfache Gewimmel von Bakterien auf der Haut ihres Sohnes, auf den Hornschüppchen, die unablässig von ihm herabrieselten wie Nadeln von einem verdorrenden Tannenbaum.

Ihr Sohn bemerkte nicht, dass Petrowa über ihm erstarrt war, er besah sich nur schweigend von links und rechts den Schnitt und gab acht, dass das Blut, das sich auf seinem Finger angesammelt hatte, nicht auf den Fußboden tropfte. Petrowa stellte fest, dass sie noch immer das Messer in der Hand hielt, und legte es vorsichtig ins Waschbecken.

»Na, warst du übermütig?«, fragte sie wütend, aber mit einer gewissen rechthaberischen Freude, weil sie ihn schon mehr als einmal gewarnt hatte, dass seine Hände auf dem Schneidebrett nichts zu suchen hatten, während sie Essen machte.

Ihr Sohn ging, immer noch schweigend, um Petrowa herum und streckte den verletzten Finger schräg von sich weg, um das austretende Blut zu balancieren, dabei wirkte er ernst und sogar ein wenig stolz, als trüge er keinen Schnitt, sondern ein kleines Ordenskissen. Er steckte die Hand unter den schmalen, kalten Wasserstrahl. Mit wachsender Kälte im Bauch sah Petrowa zu, wie das Blut, das sich nicht gleich mit dem Wasser vermischte, als eine Art Fraktion im Wasser fortbestand, wie Rostreste in einem frisch reparierten Wasserhahn, es erinnerte an die kleinen, roten Würmchen, mit denen ihr Stiefvater seine Zierfische fütterte, oder an Aquarellfarbe, die in einem Glas mit klarem Wasser aus dem Pinsel gewaschen wird. Das Blut bildete in der Wasserfläche am Boden des Waschbeckens hübsche Schlingen, ehe es im Abfluss versank, und am Saum zwischen Abfluss und Becken verschwamm es wie der Blick eines Impressionisten.

Um sich abzulenken, begann Petrowa mit Verve die Kartoffeln zu wenden und machte sich daran, den Rest der Zwiebel zu häckseln. Auf den fragenden Blick ihres Sohnes antwortete sie, dass sie ihm ein Pflaster aufkleben würde, sobald es nicht mehr blutete. Der Sohn sah zu, wie sie die Eier in die Schüssel schlug, Milch dazu goss und den Omelett-Teig mit dem Schneebesen verquirlte. Abwechselnd drehte er das Wasser über dem Finger ab, um zu prüfen, ob das Bluten aufgehört hatte, und drehte es wieder an und hielt, obwohl es schon nicht mehr blutete, den Finger unters Wasser, um das Brennen am Schnitt zu lindern. Bestimmt viermal tauchte er den Zeigefinger der anderen, heilen Hand in den Omelett-Teig, und jedes Mal warf Petrowa ein: »Schon wieder?« Und schielte selbst auf die Wunde des Sohnes, mit betonter Gleichgültigkeit, obwohl der Schnitt mit der klaffenden weißen Haut und der intimen Röte im Innern besonders rührend und zart wirkte.

Das Messer wurde nicht mehr gebraucht, Petrowa verstaute es für alle Fälle in der Tischschublade und horchte in sich hinein. Das Glänzen der Klinge, ehe die Schublade zuschlug, weckte eine kurze Fantasie, wie ihr Sohn mit durchtrennter Kehle über dem Waschbecken hing und das Wasser besonders stark aufgedreht war, weshalb Petrowa sich in der Küche umsah und für alle Fälle auch noch die Schere im Tisch verstaute. Petrowa begriff, dass es sie diesmal besonders heftig gepackt hatte, sie fühlte, dass die Grenze zwischen Fantasie und Realität zart war wie die Wand einer Seifenblase. Die mangelnde Möglichkeit, jemanden kaltzumachen, kompensierte sie, indem sie dem Sohn die Hand in den Nacken legte und sozusagen im Spaß mit zwei Fingern den Hals zudrückte – mit Daumen und Mittelfinger. Ihr Sohn lachte auf, schauderte kurz, versuchte aber nicht, sich loszureißen.

Petrowa hoffte, dass es zum Morgen nachlassen würde, wobei es nie zum Morgen nachließ, auch wenn sie es jedes Mal wieder glaubte, während sie schon gemächlich überlegte, wessen Wege sie kreuzen könnte. Zwei Kandidaten hatte sie bereits: den Hausmeister an einer Schule – jenen Liebhaber der Anatomie und de Sades – und den kriminellen Mann von Alina, der an falscher Stelle die Fäuste zum Einsatz brachte. Beide Varianten liefen darauf hinaus, dass der jeweils andere endgültig aus dem Spiel war, denn beide Figuren waren auf die ein oder andere Weise mit der Bibliothek verbunden.

Um sich von der Kälte in ihrem Bauch abzulenken, setzte sich Petrowa auf den Küchenhocker, schnappte sich die Fernbedienung neben der Zuckerdose und schaltete den Minifernseher auf dem kleinen Eckregal ein. Den Fernseher hatte Petrow dort installiert, weil er es mochte, wenn überall, wo er sich befand, etwas vor sich hindudelte. Der Sohn blickte Petrowa verblüfft an. Gewöhnlich, wenn Petrow nicht zu Hause war und ihr Sohn sich auf die »Glotze« in der Küche stürzte, machte Petrowa den Vorschlag, er solle sich doch ein Buch nehmen, und manchmal kam es auch nicht als Vorschlag, sondern gleich als Befehl.

Petrowa bemerkte, dass ihre Hände zitterten, und nicht nur die Hände, selbst der Atem vibrierte in ihrem Innern wie ein Transformatorenhäuschen von der Erkenntnis, was sie da eben um ein Haar angerichtet hätte. Noch nie war ihr der Mordgedanke im Hinblick auf einen ihrer Nächsten gekommen. Sie war sich der Möglichkeit bewusst, ihren Mann unwillentlich verkrüppeln zu können, weil er trotz allem ein Mann war, aber nie hatte sie in Betracht gezogen, dass auch ihr Sohn männlichen Geschlechts war, das heißt, ihr Organismus hatte diesen Gedanken bis heute gar nicht erst an sich herangelassen. Für sie war ihr Sohn ein völlig geschlechtsloses Wesen, so etwas wie ein Hamster, und erst jetzt kam ihr der Gedanke, dass er heranwachsen würde, tatsächlich wuchs er und wurde immer erwachsener, man musste also etwas unternehmen, von ihrem Sohn konnte sich Petrowa ja nicht auch noch scheiden lassen, sie konnte sich doch von den beiden nicht ohne Erklärung einfach so verabschieden.

»Geh, hol dir ein Pflaster, ich kleb's dir auf«, sagte Petrowa zum Sohn.

»Wo denn?«, fragte Petrow Junior.

»Na im Apothekenkästchen, wo sonst?«, sagte Petrowa.

»Und wo ist das Apothekenkästchen?«, fragte ihr Sohn zurück, weil er offenbar zu faul war.

Petrowa maß ihn mit einem derart schweren Blick, dass Petrow Junior ins Wohnzimmer latschte, wo im Schrank das Apothekenkästchen aus Plastik stand, altersgilb, mit einem roten Plastikkreuz auf dem Deckel.

Weder Petrowa noch Petrow war es je in den Sinn gekommen, dass man üblicherweise die Hausapotheke vor den Kindern versteckt hielt, damit sie sich nicht mit irgendeinem Schwachsinn vergifteten. Petrowa beschloss, diese Beobachtung mit Petrow zu teilen, wenn er das nächste Mal bei ihr auftauchte oder sie bei ihm.

Ihr Sohn brachte ein antibakterielles Pflaster und stand neben ihr, den Finger bereit, während Petrowa mit der aus dem Tisch hervorgekramten Schere hantierte, die sie erst leichtfertig mit der Spitze in Richtung Sohn hielt, bis sie bemerkte, wie dicht die Schere sich an seinem violetten Flanellhemd befand, am Hals, der aus dem Kragen ragte, an der von winzigen, mit bloßem Auge nicht erkennbaren Kapillaren übersäten Wange, worauf sie sich zum Tisch drehte und zusätzlich die Ellbogen ausbreitete, damit ihr Sohn nicht auch noch unter die Schere fasste. Der Sohn blieb beharrlich neben ihr stehen und sah auf nervende Weise zu. Dann sah er vorwurfsvoll zu, wie Petrowa ihm den Finger verpflasterte. Natürlich war es ihre Schuld, aber er hatte den Schnitt mitverschuldet, was Petrowa nicht mit Schweigen überging, sie machte ihm klar, dass sie von der Arbeit müde war, und malte ihm unter heftiger Zuhilfenahme des Konjunktivs aus, was gewesen wäre, wenn sie aus Versehen noch tiefer geschnitten hätte, wie sie dann wegen der Dummheit des Sohnes den Krankenwagen hätten rufen müssen. Ihr Sohn sah weiter beharrlich zu und empfand keinerlei Schuld.

Er zupfte sogar am Pflaster herum, während Petrowa ihm die Leviten las.

Dann aßen sie zu Abend. Petrowa schnappte sich aufs Geratewohl ein Buch, ohne darauf zu achten, was es war – sie las Zeile für Zeile und blätterte um, wenn die Buchstaben auf der Seite zu Ende waren. Petrow Junior, der bei seiner Mutter ein gewisses Schuldbewusstsein witterte, begriff, dass er eine Fernsehsitzung in der Küche herausgeschlagen hatte, er zappte sich bis zum Trickfilmkanal mit dem schwer zu behaltenden Namen durch und begann, während er einen Teil des Essens auf den Boden fallen ließ, »Tutenstein« zu schauen – eine Serie, die Petrowa an gewöhnlichen Tagen absolut rasend machte. Ihr Sohn brauchte »Tutenstein« bloß zu erwähnen, und schon geriet Petrowa in leise Wallung. Zur Liste der Zeichentrickfilme, die sie nicht ausstehen konnte, zählten noch »Jimmy Neutron« und »Ninja Turtles«. Wenn andere Kinder Trickfilme sahen, ließ es Petrowa kalt, aber dass ihr Sohn sie schaute und dabei vergnügt vor sich hin lachte, machte Petrowa rasend, ihr schien, der Konsum dieser Filme ließe Petrow Junior verblöden. In »Ninja Turtles« störte sie, dass hinter jedem Unglück der Schildkröten in irgendeiner Form der feindliche Ninja Shredder steckte, das ging so weit, dass die Schildkröten beim bloßen Anblick des düsteren Himmels über ihren Köpfen sagten: »Heute ist aber mal düster, da steckt doch bestimmt wieder Shredder dahinter.« Wenn sie als intelligenter Mensch so etwas zu hören bekam, wollte sie lauthals brüllen: »Du Dreckstück! Wie blöd kann man sein, vielleicht ist es einfach nur ein düsterer Himmel!« Aber dann war doch wieder Shredder schuld, und die Schildkröten mussten gegen ihn kämpfen, am Ende folgte die Schlacht der vier Schildkröten gegen den einen Shredder, logischerweise ergriff er die Flucht, schüttelte die Faust und drohte, er werde wiederkommen.

Selbst hinter ihrem Buch konnte sie ein gereiztes Seufzen nicht unterdrücken, als die charakteristische Titelmelodie von »Tutenstein« erklang – ein seltsames Ethnogedudel, ähnlich der Melodie, mit der in »Wolf und Hase« der Wolf die Kobra aus dem Korb lockt, als er den Fakir spielt. Petrow Junior zog es vor, das Schicksal nicht herauszufordern, er aß möglichst rasch auf und lief in sein Zimmer, wobei er den schmutzigen Teller auf dem Tisch stehen ließ (wieder seufzte Petrowa gereizt, aber ihr Sohn hörte es schon nicht mehr).

Während sie die Kälte in ihrem Bauch prüfte, sie durch Willenskraft zu lindern versuchte, spülte Petrowa zerstreut das Geschirr, ihr eigenes und das des Sohnes, wischte die winzigen Omelett-Bröckchen vom Fußboden auf und ging ins Schlafzimmer.

Das Verteilen der Nachtcreme auf Händen und Gesicht beruhigte sie ein wenig, und sie dachte nicht mehr primär an die Kältespirale, sondern daran, wie lange das alles noch so weitergehen konnte. Ewig würde sie garantiert nicht mehr ungeschoren davonkommen, sei es durch ihr eigenes Zutun oder durch das der Rechtsschutzorgane. Petrowa nahm sich vor, dieses Mal sollte bestimmt das letzte Mal sein. Sie war wütend, weil der Sohn mit seinen Händen dazwischengefunkt hatte, wer weiß, wann es sie ohne sein Blut überhaupt nochmal gepackt hätte. Womöglich hätte es sie irgendwie abgelenkt, wenn sie ihm tatsächlich den Finger abgehackt und in Windeseile den Krankenwagen gerufen hätte, womöglich hätte es sie so sehr entsetzt, dass die Spirale gar nicht daran gedacht hätte, aus ihrem Nest hervorzukriechen.

Petrowa ließ sich auf die Bettdecke fallen und begann gleichzeitig ins Buch zu schauen und den Nachrichtensender zu hören, wo ein ums andere Mal von einem Flugzeug berichtet wurde, das irgendwo vor Afrika in den Ozean gestürzt war, von einem bei Tel Aviv in die Luft gejagten Bus (hier wie dort wurden Rauchschwaden gezeigt, nahezu identisch, dick, nach links geneigt). Die ausgeklügelten Senderlogos, die außerhalb ihres Blickes aufflimmerten und den Darstellungen von Querschnitten in Geometrielehrbüchern ähnelten, lenkten Petrowa von ihrem Buch ab, und sie begann ohne Grund ihre nackten Beine zu betrachten, die unter dem Bademantel herausragten, dann widmete sie sich erneut ihrem Buch, las aber wieder nur die einzelnen Buchstaben und blätterte sich durch die Seiten. Außer dem kalten Schwachsinn, der in ihrem Inneren kreiste und sich nicht ohne weiteres loswerden ließ, war da noch ein unbehagliches Gefühl im ganzen Körper, als läge Petrowa nicht auf dem Bett, sondern in einem Käfig, wo man sich nicht aufrichten konnte. Petrowa erprobte beim Lesen allerlei Positionen, aber das körperliche Unbehagen wollte nicht weichen. »Wenn ich den ganzen Tag auf den Beinen gestanden hätte, wär's ja in Ordnung, aber so«, dachte Petrowa ungehalten über sich selbst. Dann begriff sie, dass es im Zimmer schlichtweg stickig war, und sie öffnete das Fenster einen Spalt breit. »Na also«, entschied Petrowa, als der erste kleine Luftzug sie erreichte, schlüpfte zufrieden unter die Decke und überlegte, ob sie nicht schon das Nachthemd anziehen sollte. Dann wurde es unter der Decke zu heiß, und als Petrowa die Decke zurückschlug, überlief sie ein jäher Schauer, aber nicht von der Art wie zuvor in der Küche, als sie auf das Blut ihres Sohnes im Waschbecken starrte, sondern ein Schüttelfrostschauer; Petrowa zog die Decke erneut bis zu den Augen hoch, zerrte sie ein Weilchen zurecht, um sich möglichst warm einzupacken und zu warten, bis der Schüttelfrost verging.

»Ach du kleine Grippehexe«, schoss es ihr begeistert durch den Kopf.

Sie sah bereits alles vor sich, wie sie morgen beim Park Alinas Mann auflauern würde, die bereiften Zweige, das Licht der Straßenlaternen, besonders grell, weil sie keinen Fiebersenker nimmt und Temperatur bekommt, auf der Straße ist ihr zugleich kalt und heiß vom Fieber, das die aufkeimende Grippe einzudämmen versucht. Schon folgt sie dem Mann, als er aus dem Sammeltaxi aussteigt, in den Schatten der Bäume, lässt ihn gut zehn

Schritte vorangehen, um dann immer näher zu rücken, während sie im Rachen eine wundervolle Hitze spürt, die mit der Kälte im Sonnengeflecht kontrastiert, dann zückt sie mit der Linken das Messer aus der Manteltasche und rammt es Alinas Mann zweimal in die Herzgegend und einmal in den Hals, stößt ihn mit der rechten Schulter ins Gebüsch neben dem Pfad, wo er im Schnee zuckend sein Leben aushaucht, und schon ist die Spirale verschwunden, als wäre sie nie gewesen, und Petrowa geht seelenruhig, ohne auch nur zurückzublicken, na gut, einmal blickt sie vielleicht kurz zurück, durch die Hinterhöfe zur nächsten Haltestelle, wobei sie eine solche Hitze verspürt, als wäre sie endlich in das Feuer zurückgekehrt, aus dem sie einst gekommen war.

KAPITEL 5

Petrowa beruhigt sich wieder

Am Morgen begriff Petrowa, dass ein Ausflug zu einer entfernten Haltestelle wie auch das Warten auf einen Mann an eben dieser Haltestelle nicht in Frage kam. Petrowa fühlte sich, als hätte sie in der Nacht kein Auge zugetan, sondern schwere Lasten geschleppt, sie hatte sogar geträumt, sie schleppe Eisenbarren, ähnlich wie die Brotlaibe im Laden, nur doppelt so lang. Dabei war Petrowa in dieser Nacht nicht einmal aufgestanden, um sich ein »Antigrippin« aufzubrühen oder wenigstens Paracetamol zu schlucken, weil sie sich schlicht nicht erheben konnte. Einmal träumte ihr, sie habe sich trotz allem aufraffen können, es bis ins Wohnzimmer geschafft und sogar das Apothekenkästchen geöffnet, aber dort kamen ihr fortwährend die falschen Tabletten unter, so dass die Suche nach dem richtigen Medikament zum fiebrigen Albtraum wurde, ein endloses Wühlen in den Tabletten, das dann später zum Schleppen jener Eisenbarren mutierte. Petrowa erinnerte sich, dass auf jedem langen Eisenklotz Buchstaben aufgeprägt waren, die nach der Logik ihres erhitzten Gehirns den Namen eines Medikaments darstellen sollten, und das taten sie auch, aber stets war es entweder Levomycetin oder irgendein unleserlicher Mumpitz. Petrow erzählte manchmal, wie sein Freund, wenn er plötzlich die Grippe bekam, träumte, dass er in der Geometriestunde Dreiecke zeichnete. Er selbst träumte, so Petrow, dass er auf seinem Zeigefinger etwas Klitzekleines hielt und mit dem Blick zu erfassen suchte, und zugleich sah er sich selbst auf einem gewaltigen Feld stehen, topfeben bis zum äußersten Horizont, und statt des Himmels war über ihm ein gewaltiges Gesicht, ja nicht einmal ein Gesicht, sondern ein einziges gewaltiges Riesenauge, und nicht einmal das, kein Auge, sondern Schwärze, in der man die schwarze Pupille des auf ihn niederblickenden Auges ahnte.

Fast die ganze Zeit, vom eigentlichen Erwachen bis zum Moment, wo sie den Sohn für die Schule wecken musste, stand Petrowa unter der Dusche und versuchte sich abwechselnd aufzuwärmen und abzukühlen.

Der Gedanke an den bevorstehenden Mord hatte sie im Übrigen nicht völlig verlassen. Noch hoffte Petrowa, mit einer kräftigen Dosis an Medikamenten die Kraft zu haben, die kalte Spirale in ihrem Bauch zu befrieden, die keineswegs verschwunden war. Deshalb sagte sie beim Frühstück zu ihrem Sohn, während Petrow Junior sein quasi mit Blut erworbenes Unglücksomelett zu Ende aß und Petrowa eine mit heißem Wasser verdünnte, nach Zitrone riechende Mixtur schlürfte, er solle bei seinem Vater übernachten, und erklärte es damit, dass sie krank sei und niemanden anstecken wolle. Dabei leistete sie sich einen Versprecher, statt »anstecken« sagte sie »abstechen«, was ihr Sohn mit anerkennendem Gelächter quittierte.

Petrowa fiel ein, dass sie im Zuge des gestrigen Abenteuers dem Sohn nicht nur erlaubt hatte, in der Küche fernzusehen, auch seine Hausaufgaben hatte sie nicht überprüft. Sogleich wurde der fertiggepackte Schulranzen ausgeweidet, und Petrowa stöhnte über die Schulhefte des Sohnes, seine große, naive Schrift und die naiven Fehler, deren Korrektur nun schon zwecklos war, sie warf einen Blick in sein Aufgabenheft, wo Dreien mit Zweien wechselten. Vorne auf dem Aufgabenheft klebten Sticker mit den »Transformers«, und auch sie wurden mit einem Stöhnen bedacht. Auf der Rückseite des Umschlags stand in fetten Lettern »Petrow ist eine Null«, und Petrowa empörte sich lautstark, warum ihr Sohn das Heft vorne beklebt hatte, anstatt hinten den Spruch zu verdecken. Sie dachte, es liege wohl daran, dass der Spruch auf der Rückseite des Umschlags nicht ganz ungerechtfertigt war, aber das behielt sie lieber für sich, weil es sie für den Sohn traurig machte.

Noch ehe ihr Sohn sich die Schuhe anziehen konnte, erschien sein blasser, so sanft wie kurz geratener Freund, nach dem kurzen Klingelton zu schließen, hatte er die Türklingel nur mit einem kleinen Hüpfer erreicht. Petrowa bot ihm höflich Tee und Kekse an, aber als Antwort errötete er nur und lehnte mit einem Kopfschütteln ab. Auf seinem Kopf saß eine bemerkenswerte Kappe mit Ohrenklappen – aus einem dunkelblauen, wasserabweisenden Material, mit weißem Kunstpelz an der Stirn und der Innenseite der Ohrenklappen; Petrowa fragte, wo sie diese bemerkenswerte Kappe gekauft hatten (Petrow Junior besaß bloß ein rotes Strickmützchen), aber der blasse Freund wusste es nicht – so viel entlockte Petrowa ihm mit zielführenden Fragen, die man mit schweigsamem Nicken oder Kopfschütteln beantworten konnte. Sie überwachte am Fenster, ob die Kinder auch hinausgingen und sich in Richtung Schule bewegten und ob sich kein Psychopath an ihre Fersen heftete. Petrow Junior wusste, dass seine Mutter sie durchs Fenster verfolgte, er blickte zu Petrowa hinauf und winkte ihr mit seinem kleinen roten Fäustling zu. Petrow Junior und sein Freund gingen eng beieinander, aber Petrowa bemerkte, wie ihr Sohn den Fäustling abnahm und dem Freund das Pflaster an seinem Finger zeigte. »So eine Ratte«, dachte Petrowa, die gerne gehört hätte, in welchen Worten ihr Sohn den Vorfall beschrieb.

Als sie allein war, maß Petrowa Fieber und trank ein weiteres Glas mit »Antigrippin«, weil sie das Gefühl hatte, dass das »Antigrippin« nicht wirkte. Tatsächlich half es nicht besonders – sie hatte achtunddreißig Komma fünf. In einem solchen Zustand in der Bibliothek zu sitzen, erschien ihr undenkbar. Klar konnte man ehrlich hingehen und alle anderen anstecken, während man dort herumsaß, aber wirklich verlockend war es nicht, wenn es nicht unbedingt sein musste. Petrowa rief ihre Chefin an.

»Hättest du damit nicht bis Neujahr warten können?«, fragte die Chefin mit aufgesetzter Bärbeißigkeit. »Klar kannst du dich krankmelden, ich hab nicht vor, wegen dir zum Klang der Neujahrsglocken im Bett zu liegen. Bist du sicher, dass es die Grippe ist und kein Enterovirus? Manche von den Lesern hier sind ja auch total verrotzt, mit Husten, und man denkt, verdammt noch mal, musst du so hier aufkreuzen? Bleib doch zu Hause. Ach ja. Dann rechne schon mal damit, dass du länger ausfällst. Wenn dein Sohn noch nicht krank ist, kriegt er es bestimmt auch bald, dann meldest du dich eh gleich nochmal ab wegen ihm.«

Erst als Petrowa beteuerte, ihr Sohn sei schon viel zu groß, als dass sie sich wegen ihm noch einmal krankmelden würde, ließ die Chefin Petrowa in Frieden.

Geplagt von Schnupfen und Husten machte sich Petrowa bereit, in die Poliklinik zu gehen, und suchte nach Papiertüchern, um sich die Nase zu wischen. Papiertücher gab es in der Wohnung keine, und frische Stofftaschentücher mochte Petrowa nicht besonders, weil sie unter der Nase eine fast schon kaninchenhafte Röte bewirkten und man immer eine saubere Stelle finden musste, die die feuchte Nase noch nicht berührt hatte. Sie versuchte den Schnupfen mit allerlei Pfefferminztropfen zu bekämpfen, die sie, wie auch die Taschentücher, nicht besonders mochte: Die Minze war so stark, dass sich die Frische in der Nase giftig anfühlte, und danach hatten Essen und Trinken den ganzen Tag einen Eukalyptusgeschmack. Sie schluckte ein Hustenmittel mit dem nun schon plausiblen Eukalyptusgeschmack und einem Nachgeschmack von wirklich billigem Weißwein, der einem später so widerlich fuselhaft aufstieß, dass er auch ohne Grippe, bei einem gewöhnlichen Husten, einer milden Atemwegserkrankung, nicht unbedingt munter und fröhlich stimmte, mit Grippe aber restlos die Laune verdarb. Das Schlimmste war, dass sich Petrow, als er vor ein paar Jahren krank war, auf der Straße von irgendwelchen Promotern beschwatzen ließ und gleich sechs Packungen von diesem Hustenmittel erwarb, und nun lag in beiden Wohnungen ein ganzer Vorrat davon, aber zum Wegwerfen war es auch zu schade, weil es trotz des scheußlichen Geschmacks half.

In der Poliklinik stand bereits eine ganze Schlange von solchen wie Petrowa. Selbst am Anmeldeschalter musste sie anstehen und warten, sie musste warten, bis man ihre Krankenakte fand, sich in den ersten Stock hinaufschleppen durch ein zugiges Treppenhaus, das mit Plakaten über einen gesunden Lebenswandel dekoriert war. Überall hingen diese Plakate mit Raucherlungen, Skizzen zur korrekten Mund-zu-Mund-Beatmung, zum Anlegen von Verbänden und zur Schienung von Brüchen. Petrowa fragte, wer der Letzte in der Schlange war, und ließ sich auf das Bänkchen neben dem Physiotherapiezimmer sinken; wenn Leute aus dem Zimmer kamen, drang in Petrowas verstopfte Nase ein Geruch von Ozon, gemischt mit Eukalyptus. Der Korridor war lang und düster und wurde nur von zweifelhaften Glühbirnen beleuchtet, wenn jemand an Petrowa vorbeiging, geriet der Boden unter dem Bänkchen sacht ins Schwanken. An den Enden des Korridors gab es je ein Fenster, in beiden Fenstern wurde es hell, aber ungleichmäßig: Das Fenster rechts von Petrowa leuchtete in rosigem Licht, das linke hingegen schimmerte nur in seltsam verhaltenem Blau, als läge dahinter ein Krankenzimmer, wo man unter ultravioletten Lampen eine Desinfektion vornahm.

Petrowa hieb sich mit der Krankenakte auf die Knie und betrachtete von ihrem Bänkchen aus ein anschauliches Infoplakat für Leute, die in betrunkenem Zustand Kinder zeugten, da gab es Fotos von allerhand Fehlbildungen; wenn sie umherschaute, fiel ihr Blick auf lauter Hustende und Verschnupfte, die nicht viel besser aussahen als die Fotos von den Mutanten an der Wand.

Anderthalb Stunden später, als es schon völlig hell war und zwei alte Frauen noch rasch an ihr vorbeischlüpften, um »nur schnell was zu fragen«, schleppte sich Petrowa endlich ins Zimmer der Ärztin. Die Ärztin saß da mit einer Mullbinde vor dem Gesicht, aus Angst, sie könnte sich von den Besuchern etwas einfangen. Ohne Petrowa groß zu löchern, wusste sie sofort, dass sie die Grippe hatte, und begann, die hellblauen Zettel auf ihrem Tisch auszufüllen. Der Stuhl, den sie Petrowa zugewiesen hatte, stand seitlich zur Ärztin, zeigte in Richtung der Wand, wo das nächste Plakat hing, auf dem ein gesunder Geburtsverlauf erläutert wurde und ein weniger gesunder, zum Beispiel mit den Füßen voraus.

Der Tisch der Ärztin war über die ganze Fläche mit einer Glasplatte bedeckt, unter dem Glas lagen ein paar Ansichtskarten, eine Urkunde und ein Schwarz-Weiß-Foto, bei dem nicht zu erkennen war, wen es darstellte (Frau, Mann, Kind) – das Sonnenlicht, das irgendwo seitlich hereinfiel, verwandelte die obere Hälfte des Fensters in ein einziges Gleißen, ähnlich dem Gleißen einer Atombombenexplosion, es schien, als wäre dort nicht die Straße, sondern ein weiteres Arztzimmer, mit Deckenstrahlern, die untere Fensterhälfte war von einer weißen Gardine bedeckt, die aus demselben Material gefertigt war wie der Arztkittel; die Sonne warf einen Lichtfleck über die Schulter der Ärztin, und deshalb war von dem Foto unter der Glasplatte nur die untere Hälfte zu sehen – ein Strickpullover, der wem auch immer gehören konnte.

Aus unerfindlichem Grund brannte direkt über Petrowas Kopf eine Leuchtstoffröhre, und im doppelt taghellen Licht von Fenster und Zimmerdecke glomm die Schreibtischlampe links von der Ärztin unbemerkt vor sich hin.

Zum Abschied drückte die Ärztin Petrowa ein paar Werbeprospekte in die Hand, in denen aus wissenschaftlicher Sicht die Rolle von Immunmodulatoren bei der Prophylaxe von Erkältungskrankheiten beleuchtet wurde, Petrowa warf sie geschlossen in den Mülleimer beim Ausgang.

Auf der Straße schnappte Petrowa lange nach Luft und hustete ab, weil sie sich drinnen nach Kräften beherrscht hatte. Petrowa hatte das Gefühl, als wäre sie nicht aus einem normalen, im Souterrain gelegenen Raum ins Freie getreten, sondern aus einer Art Keller, fast schon einem Luftschutzbunker, wo alles seit ewigen Zeiten konserviert war. Von außen sah die Poliklinik nicht besser aus als drinnen – auch hier wirkte sie wie etwas Uraltes, erst kürzlich aus der Asche Ausgegrabenes, und es schien, als bräuchte man nur von neuem einzutreten, um auf die erstarrten Gipsabdrücke von Menschen zu stoßen, so wie in Pompeji. Oder auf eine Statue von der Art der Laokoon-Gruppe, nur dass die Rolle der Würgeschlange von der Äskulapnatter übernommen wurde und die des Laokoon und seiner Söhne von den Patienten.

Nachdem sie offiziell von der Arbeit krankgeschrieben war, genauer gesagt von der Perspektive, sich quer durch die Stadt schleppen zu müssen, empfand Petrowa eine gewisse Besserung ihres Zustands, und sie dachte, dass sie es am Abend immer noch schaffen könne, dorthin zu fahren, wo Alina wohnte. Hauptsache, sie fiel nicht ins Bett und schlief nicht bis dahin, denn dann käme sie nicht wieder hoch.

Zu Hause machte sich Petrowa, um sich bis zum Abend irgendwie beschäftigt zu halten, an Großputz und Wäsche zugleich. Sie schaffte es gerade mal, in zwei Zimmern den Boden zu wischen, die im Zimmer ihres Sohnes wild verstreuten Sachen aufzulesen, in seinen Schrank zu packen und sich vorzunehmen, ihn dafür auszuschimpfen. Auf seinem Tisch und um den Computer machte sie ebenfalls Ordnung, stellte die CDs ins Regal zurück, nahm die Bonbonpapierchen vom Fensterbrett, machte das Bett, dann überlegte sie es sich anders, zog das Bett ab, wechselte die Bettwäsche und machte das Bett von neuem.

Dann stellte sie fest, dass sie in ihrem Zimmer lag, und überlegte, ob der zweistündige Waschgang nicht langsam zu Ende war, doch zum Hingehen und Nachsehen fehlte ihr schon die Kraft.

Zu Beginn der Putzaktion hatte sie sämtliche Fenster ein wenig geöffnet, und selbst die Balkontür öffnete sie einen Spalt, um die Wohnung durchzulüften, wie es die Plakate an den Klinikwänden geboten. Nun konnte Petrowa sich nicht mehr hochrappeln, um den ganzen Mist wieder zu schließen. Unter der Decke wurde ihr heiß, aber kaum traf die Zugluft einen unter der Decke hervorlugenden Fuß, packte Petrowa der Schüttelfrost.

In ihre Decke gewickelt und zitternd wie vor Angst, wobei sie ja tatsächlich nicht zuletzt aus Furcht vor der geringsten Kälte zitterte, schritt Petrowa schließlich doch ihre Besitzungen ab und schloss erneut alle Luken und die Balkontür. (Auf dem Balkongeländer saß eine Meise und hämmerte mit dem Schnabel auf irgendwelchen Abfall ein, den sie mit der Kralle festhielt, aber bei Petrowas Anblick schwirrte sie mit den Flügeln und stürzte wie gefällt in die Tiefe.)

Auf dem Weg ins Schlafzimmer stolperte Petrowa über das Kabel des Staubsaugers, den sie vergessen hatte wegzuräumen, sie zerlegte ihn in seine Einzelteile und packte alles: Schlauch, Plastikrohr, Bürste, Körper in den nach Staub riechenden Wandschrank, wo außer dem Staubsauger noch ein hoher Bücherstapel hauste, den man bei Licht betrachtet längst hätte rausschmeißen müssen, denn es waren keine beliebigen Bücher, sondern die Gesammelten Werke von Alexandre Dumas, die auf unbekannten Wegen in ihre Wohnung gelangt waren und nie gelesen wurden, eine Sammlung mit »Zeitgenössischen amerikanischen Krimis« womöglich noch aus den Siebzigern, und dann drei Einzelbände (fünf, sieben und dreizehn) von Wladimir Iljitsch Lenin, doch die Hand der Bibliothekarin konnte sich nicht gegen die Bücher erheben, und so wartete Petrowa, bis Petrow oder Petrow Junior sich bemüßigt fühlten, das Entsorgen der Bücher auf ihre Schultern zu nehmen. Außerdem stand im Schrank noch der Schlitten von Petrow Junior, mit dem sie ihn früher zum Kindergarten gebracht hatten, eigentlich sollte er auch jetzt damit fahren, aber der Schlitten staubte vor sich hin und war vom nutzlosen Herumstehen sogar leicht mit Rost überzogen.

Die ganze Zeit, während sie den Staubsauger zerlegte, nahm Petrowa die Decke nicht von den Schultern, einmal tauchte sie kurz im Wohnzimmerspiegel auf, wo sie wirkte wie eine Figur aus Alexei Germans Film über das Gemetzel von Arkanar, von dem sie in der Zeitschrift »Premiere« für das Jahr 1998 oder so gelesen hatte, auf den Fotos vom Filmset waren die Leute auch alle irgendwie krank, elend, und trugen ebenfalls Mäntel, die an

Matratzen erinnerten. Dabei hatte der Bettbezug ein fröhliches Design, das Blumen vor dem Hintergrund eines Wasserfalls darstellen sollte, von der häufigen Wäsche aber schon leicht verblichen war, so dass man nicht mehr erkennen konnte, wo außen und innen war. In diesem Aufzug hätte Petrowa sich glattweg zu Germans Filmset begeben können.

Nachdem sie den Staubsauger in seine Gruft gebettet hatte, beschloss Petrowa, nichts mehr zu tun. Die Anzahl der ausgetrunkenen Gläser mit Fiebersenker lag bereits bei fünf, und das Fieber wollte noch immer nicht sinken, weshalb der Fernseher im Schlafzimmer wie durch Watte klang, als hätte ihm Petrowa eine Decke übergeworfen. Für das Buch fehlte ihr schon die Kraft, sie wollte nur noch daliegen, auf den Bildschirm starren und bei zugezogenen Gardinen vor sich hindösen. »Lichtscheue, wie bei der Tollwut«, dachte Petrowa, was sich prompt zu einem regelrechten Anfall von Paranoia auswuchs: Sie versuchte sich zu entsinnen, ob ein Tier sie gebissen hatte, eine Katze bei Freunden oder ein Hund auf der Straße, denn tatsächlich war vor einer Woche ein Bologneserhündchen hinter Petrowa hergerannt und hatte nach ihren Schuhen geschnappt, während der Herr des Hündchens sich entschuldigte, ohne jedoch das Hündchen zurückzuzerren.

Auf dem Rücken lag es sich unbequem, Petrowa drehte sich so, dass sie, das Kissen umarmend, auf der Seite zu liegen kam und sich leicht in Richtung des Fernsehers krümmte, wo zunächst kranke Löwen aufgepäppelt und später Krokodile gefangen wurden, dann schaltete Petrowa zum Sender mit den sowjetischen Kinder- und Zeichentrickfilmen, und dort wurde kein Löwe gerettet, sondern der Löwe Bonifatius rettete umgekehrt afrikanische Kindlein, die mit ihrem Lächeln permanent dem Zuschauer zugekehrt schienen, vor der Langeweile, und das Krokodil wurde nicht gefangen, sondern versuchte seinerseits ein Elefantenjunges am Rüssel zu packen.

Während sie das Kissen umarmte, erinnerte sich Petrowa plötzlich an die Geschichte von der Bibliothekarin aus der Kinderabteilung, wie diese, als sie einmal die Grippe hatte, immer wieder in einen Fieberschlaf weggedriftet war und jedes Mal danach jemand Neuen an ihrer Seite fand: Hingelegt hatte sie sich mit ihrer Katze im Arm, doch erwacht war sie in der Umarmung mit dem Hund, sie schlief ein und umarmte den Hund noch fester, doch als sie wieder erwachte, lag an ihrer Seite schon das Kind, wärmte sich an ihr den Rücken und zappte sich gelangweilt durch die Fernsehkanäle. Alle waren damals gerührt von der Geschichte, alle außer Petrowa, aber Petrowa war nicht einmal jetzt gerührt, als es ihr selber schlecht ging, es war ihr einfach nur wieder eingefallen, weil sie sich in einer ähnlichen Lage befand.

Petrowa schlief zu den Klängen des Lieds »Brenne, brenne, mein Feuerlein« ein, mit dem der Film »Bronzevogel« einsetzte, aber aus irgendeinem Grund träumte sie anstelle des Vogels von einem Dolch – mit diesem Dolch wollte sie Alinas Mann erstechen; als sie sich jedoch in dunkler Allee an ihn heranpirschte, wurde ihr klar, dass er nicht abgestochen werden konnte, sondern gerettet werden musste, weil er nämlich Nägel verschluckt hatte. Im Traum versuchte Petrowa quälend lange, den Krankenwagen zu rufen. Der Krankenwagen hatte eine unerträglich lange Nummer, die aus einer frappierenden Anzahl von Ziffern bestand, und die Tasten auf dem Telefon tauschten ständig die Plätze, so dass es schien, als schriebe Petrowa, statt eine Nummer zu wählen, eine SMS, Petrowa wühlte sich durch das Menü, um wieder zur Wählfunktion zu gelangen, aber nun war ihr die Nummer entfallen, Alinas Mann mit den Nägeln im Leib diktierte sie ihr, sie wählte erneut, verwechselte jedoch die Tasten, und Alinas Mann verwechselte die Ziffern, während er sie nannte. Petrowa riss sich aus dem Traum mit einem Gefühl der Empörung über die eigene Dummheit und die Dummheit von Alinas Mann.

»Es ist doch die Null Drei, verdammt noch mal«, dachte sie, und war offenbar noch nicht wirklich wach, denn sie sank wieder in denselben Traum, um die zweistellige Nummer zu wählen.

Im Traum war Alinas Mann kerngesund, und die Nägel schien

er vergessen zu haben, statt die Ärzte zu rufen, begann er Petrowa den Jahresbericht über die in der Bibliothek geleistete Arbeit zu diktieren, über die Förderung der Lesefreude in der Bevölkerung, die Maßnahmen zur Gewinnung neuer Leser. Besonders ritt er auf dem Schnupperausflug für die Schule herum, bei dem Petrowa den kleinen Lesern erklärt hatte, wo und wie man das gewünschte Buch im Katalog finden konnte, während sie befürchtete, die Kinder könnten, wenn sie erst einmal über den Katalog herfielen, die Karten mitgehen lassen. Bei der Schilderung von Petrowas damaligem Zustand verfiel Alinas Mann in die blumige, mit Kirchenslawismen üppig gewürzte Diktion des achtzehnten Jahrhunderts. All das musste auf der Handytastatur im selben Tempo getippt werden, in dem Alinas Mann die Worte äußerte. Zu ihrer eigenen Verwunderung kam Petrowa damit zurande, als sie jedoch nachsah, was sie getippt hatte, erblickte sie einen völligen Zeichensalat, und in diesem Salat ließ sich nur ein einziges Wort entziffern. Das Wort lautete »sintemal«, aber sie erinnerte sich nicht daran, dass Alinas Mann dieses Wort jemals ausgesprochen hätte, wusste nicht einmal, was es bedeutete. Alinas Mann wollte um jeden Preis überprüfen, ob sie den Bericht korrekt aufgeschrieben hatte, Petrowa log ihn an und bejahte die Frage, rückte jedoch das Telefon nicht heraus, und sagte, sie würde es ihm später geben, und sie versuchte sich irgendwie herauszuwinden, aber Alinas Mann war erstaunlich hartnäckig. Dann kam der Krankenwagen in den Traum, und Petrowa fielen die Nägel wieder ein, die Alinas Mann verschluckt hatte.

Sie erwachte mit der erleichternden Erkenntnis, dass der Jahresbericht längst abgeschlossen war, aber ihr Herz schlug noch eine ganze Weile hart und schwer.

Sie kehrte wieder in ihren Traum zurück, in der Hoffnung zu erfahren, wie die Epopöe mit den verschluckten Nägeln ausging. Im Traum überlegte sie nach den Gesetzen der Traumlogik, dass sie Alinas Mann trotz allem kaltmachen musste, aber ihn umringte eine quälende Anzahl von Ärzten, sie brachten ihn ins Krankenhaus, und Petrowa konnte sich dank ihrem Status als Freundin der Ehefrau an seine Fersen heften. Die Fahrt ins Krankenhaus im Auto mit dem roten Kreuz fehlte im Übrigen völlig, die Realität vollführte einfach einen Schwenk wie im Kino, und Petrowa begann alle Zimmer nach dem Kranken abzusuchen, fand aber nur einen Geheimgang vom Krankenhaus direkt in die Bibliothek, wo sie arbeitete. Sie begriff, dass sie sich also nur für kurze Zeit von ihrem Arbeitsplatz entfernen musste. Zu Petrowas Pech kamen just in diesem Moment die Eltern des Freundes von Petrow Junior zu ihr, sie sagten, ihr Sohn würde von einem Jungen aus der Parallelklasse gemobbt. »Von dem, der verschwunden ist?«, fragte Petrowa. »Genau«, antworteten die Eltern. »Wir brauchen seine Lesekarte, damit wir auf ihn einwirken können.« Petrowa versicherte ihnen, dass sich der Leseausweis in der Kinderabteilung befand, falls dieser Rüpel überhaupt las, aber sie bestanden darauf, dass man den Ausweis unter Petrowas Lesern suchen müsse. Um der peinlichen Situation zu entrinnen, stahl sich Petrowa zurück ins Krankenhaus und machte sich auf die Suche nach Alinas Mann. Im Krankenhaus war es öde und leer, als wäre die Klinik komplett umgezogen. Es musste ein hastiger Umzug gewesen sein, denn auf dem Fußboden lagen allerlei Dokumente herum, die Betten in den Krankenzimmern waren ungemacht, aber es gab noch Matratzen und Bettwäsche, neben den Pritschen standen Infusionsstangen auf Rädchen.

»Ich habe verschlafen«, ahnte Petrowa, wachte erneut auf und reckte sich nach dem Telefon, um zu sehen, wie spät es war.

Petrowa war schweißgebadet und ging als Erstes in die Dusche, danach hatte sie das Gefühl, dass es ihr besser ging und sie irgendwie leichter atmete, das gab ihr die Entschlossenheit, sich rasch fertig zu machen und auf die Straße zu gehen, das Messer in der tiefen Manteltasche und die Handtasche über der Schulter. Hätte ihre Chefin sie in diesem Moment gesehen, hätte sie den Verdacht gehabt, dass Petrowa blaumachte.

Das Messer, das sie mitnahm, war im Übrigen das gewöhnliche Küchenmesser, mit dem die ganze Familie Kartoffeln schälte. Wie ihr Stiefvater zu Petrowa sagte: »Das ist Blödsinn mit den ganzen Spezialmessern, klar kannste mit denen Holz hacken und all sowas, aber zum Wen-Umlegen braucht es nix Besonderes. Wenn man nur mit einem Spezialmesser wen umbringen könnte, woher dann die ganzen Suffnachrichten über all die Leute, die Streit kriegen, und im Eifer des Gefechts sticht der eine dem andern 'ne Gabel rein – und tschüss.« Vielleicht war er sich seiner Sache selbst nicht ganz sicher, aber in der Praxis hatte sich die Sache für Petrowa jedenfalls bestätigt. »Überhaupt«, sagte der Stiefvater, »braucht es gar keine Messer, Pistolen oder sonst welchen Blödsinn; wenn du Angst hast, dass dich einer attackiert, wehrst du dich, und sitzen tust du dann wegen Notwehrexzess, am besten hast du also immer einen Schraubenzieher in der Tasche, Weiber werden ja eh nicht angehalten; du stichst ein paarmal in die Fresse, der Typ gibt Ruhe, und nach dir können sie lange suchen, Hauptsache, du stichst nicht zehnmal in den Bauch oder zehnmal ins Herz, dann fahnden sie gleich nach einem Weib oder einem Triebtäter, ein paarmal reicht völlig aus, und wenn das Schicksal nicht will, dass einer stirbt, dann kannst du ihn auch mit der Motorsäge in zwei Hälften zerlegen, und er bleibt trotzdem am Leben. In den Nachrichten haben sie doch die Besitzerin von so einem Blumenkiosk gezeigt, der hat ein Junkie zehnmal das Messer reingestochen, und sie hat ihn noch aufgehalten und dann noch bei Jermak-TV ein Interview gegeben.«

Petrowa verspürte keinerlei Aufregung darüber, was sie vorhatte, sie wollte nur die Kälte in ihrem Bauch loswerden, und dafür musste sie eine Reihe ganz gewöhnlicher Handlungen vollbringen, für die man kein besonderes Geschick brauchte, jedenfalls sah sie es so; seltsamerweise glaubte sie, es sei nichts Schwieriges daran, einen Menschen zu ermorden, bei ihr lief das immer ganz natürlich und unaufgeregt ab, selbst dann, wenn die Spirale im Bauch die Kälte unerträglich machte, selbst wenn es spontan passierte.

Es gab keine besondere Eile, das Fieber ließ vorerst nach, und Petrowa beschloss, ein paar Haltestellen zu Fuß zu gehen und dann weiter zu Fuß bis zum zentralen Städtischen Krankenhaus, und von dort wollte sie mit einem öffentlichen Verkehrsmittel zur Onufrijew-Straße fahren. An der Kreuzung zur Beloretschenskaja machte Petrowa einen Abstecher zum Straßenmarkt und schaute nach, ob es dort solche Mützen gab wie die von Petrows Freund. Der Verkäufer wollte ihr irgendwelche Strickmützen aufschwatzen, bis sie sich kaum noch erwehren konnte und ein Paar nutzlose Socken kaufte. Alinas Mann tat Petrowa nicht leid, aber gegenüber den Händlern hier auf diesem Markt, die den lieben langen Tag von morgens bis abends an ihren Buden standen, empfand sie aufrichtiges Mitgefühl, sie wusste, dass sie selbst nicht so im Schnee vor sich hinstauben könnte, im krachenden Frost, mit einem gelegentlichen Schluck aus der Thermosflasche und diesem hilflosen Dampf aus den Nüstern. Mit ihren übereinandergezogenen Felljacken, den zahllosen Hosen, diesem Dampf, dem Reif auf Brauen und Kapuzen erinnerten die Marktverkäufer Petrowa spontan an die in einer Schneewüste feststeckenden Dampflokomotiven aus irgendeinem Buch.

Nach dem Markt machte Petrowa einen Schlenker zum »Mac Pic« an der Ecke und aß dort ein halbes Sandwich, denn mehr als ein halbes brachte sie nicht herunter. Die Kassierer im Imbiss unterschieden sich auffallend von den Klamottenhändlern auf der Straße, obwohl im Grunde genommen beide Handelsarbeiter waren. Hier stand hinter den Kassen eine Jugend, die sich betont positiv gab, was die an die ruhigen Bibliotheksmienen der Studenten gewöhnte Petrowa leicht erschreckte.

Nicht weit von ihr saß eine Großmutter mit ihrem Enkel, dem Alter nach noch ein Vorschulkind. Der Enkel fauchte seine Oma auf erwachsene Weise an und beteuerte aus irgendeinem Grund, was für eine Idiotin sie sei. Petrowa konnte es kaum mit ansehen und anhören, als wäre sie selbst diese Oma. Die Großmutter antwortete dem Enkel ruhig und ergeben, was diesen erst recht zur Weißglut brachte, doch blieb er bei seinem Gefauche, und das war noch schlimmer, als wenn er hysterisch geschrien und getobt hätte. Neben dem Enkel stand ein Geigenkasten. Als Petrowa den Kasten bemerkte, stand ihr das komplette Bild eines verhätschelten Jungtalents mit höflich fauchenden Eltern vor Augen, und plötzlich erinnerte sie sich, wie ihr Stiefvater, wenn er von ihrer Mutter und der Schwiegermutter und schließlich auch noch von seiner eigenen Mutter zur Verzweiflung getrieben wurde, zum Rauchen auf den Balkon ging, und dann, wenn er wieder hereinkam und das Gemotze in die nächste Runde ging, seinerseits zurückbrüllte. Petrowa schien es trotz allem besser, auch mal zu brüllen und Teller zu zerdeppern, als hinterrücks vor sich hinzufauchen. Nach dem Krach kam der Stiefvater manchmal zu Petrowa ins Zimmer (es war zu der Zeit, als sie studierte und noch bei den Eltern lebte), ließ sich schnaufend aufs Bett oder in den Stuhl fallen und fragte Petrowa:

»Aber du bist doch wenigstens auf meiner Seite?«

»Ja, klar«, gab Petrowa knurrend zurück.

»Na Gott sei Dank«, pflegte der Stiefvater dann zu sagen, »wir sind hier die einzigen Kerle im Haus, wir müssen zusammenhalten.«

Das war eine Spitze gegen Petrowas jüngeren Bruder, damals Abschlussschüler, der Konditor werden wollte. Der Bruder hatte von frühester Kindheit an gelernt, beim Anblick des betrunkenen Stiefvaters dieselbe Grimasse zu ziehen wie Petrowas Mutter, und bei Familienstreitigkeiten stand er häufig auf Seiten der Mutter, aber damals äußerte er das noch nicht laut – leistete nur stumme Unterstützung, und der Stiefvater wollte ihm ein paar Worte entlocken, indem er ihn aufstachelte. Früher bekam der Stiefvater manchmal, wenn die Mutter im Streit kurz Luft holte, ein paar Gemeinheiten gegen den Sohn dazwischen, wobei er am Dasein des Abschlussschülers – »Was ziehst du für 'ne Scheißfresse, Küchenjunge« – mit Vorliebe dessen Berufswahl attackierte, die Mutter schrie: »Lass das Kind in Ruhe, du Dödel, werd erst mal wieder nüchtern!« – und der Streit entbrannte mit neuer Wucht. Petrowa war bereits von den Eltern weggezogen, als es zwischen Stiefvater und Bruder zu einem kurzen Faustkampf kam. Die Mutter rief Petrowa bei der Arbeit an und schilderte die Sache so, als wäre das Ganze schier in eine Messerstecherei ausgeartet, dabei hatte der Bruder dem Stiefvater nur eins auf den Kiefer gegeben, und der haute ihm in die Leber, womit die Schlägerei auch schon wieder beendet war. »Ist halt nicht sein Ding, mit den Fäusten rumzuwedeln«, sagte der Schwiegervater später. »Vielleicht ist es ja auch besser so.«

Man konnte sich zum Stiefvater so oder so verhalten, er war weder besonders klug noch besonders belesen, aber sie wusste: Sollte sie jemals den Drang verspüren zu erzählen, was sich in ihrem Kopf abspielte und womit sie ihre Freizeit zubrachte, wäre der Stiefvater der Einzige, dem sie sich anvertrauen konnte. Sie wusste ungefähr, was der Stiefvater sagen würde, all sein »Lecko mio« und »Mensch, Mädel«, aber sie wusste auch, dass das Bedürfnis, sich auszusprechen, sie trotz allem irgendwann heimsuchen würde, so wie die Monatsblutung sie seinerzeit heimgesucht hatte, von der die verschlossene Petrowa nichts ahnte, und der Stiefvater, der sich nach der Nachtschicht in der Fabrik zurechtschlief und von Petrowas Geheule geweckt wurde, sah sich genötigt, ihr mit all seinem »Lecko mio« und »Mensch, Mädel« zu erklären, dass Petrowa gewiss nicht unter schrecklichen Qualen zugrunde gehen würde.

Die Kälte im Bauch trieb Petrowa auf die Straße hinaus, ohne dass sie die Auflösung der Episode »Großmutter und Enkel« abwarten konnte. Und es gab ja auch nichts abzuwarten, die Großmutter war viel zu sanft, um zu explodieren und den kleinen Scheißer mit einem jähen Nackenhieb oder einem fürchterlichen Rüffel in die Schranken zu weisen.

Auf der Straße wurde es langsam dunkel. An der Kreuzung stand auf der anderen Straßenseite ein himbeerroter Leichenwagen, Petrowa hielt das aus irgendeinem Grund für ein gutes

Zeichen, sie ging am »Kirowski«-Laden vorbei und passierte ein langgestrecktes Haus mit himbeerrotem Dach. 1998 war hier am Straßenrand eine Renovierungsstätte oder Baustelle gewesen, mit einem soliden Holzzaun nebst überdachtem Brettergang. Es war Herbst, auf der Straße stand eine riesige Wasserpfütze, Petrowa ging gerade zwischen Zaun und Pfütze über die Bretter, als der Einundzwanziger-Bus gemächlich in die lange Pfütze fuhr – eine riesige, fast mannshohe Welle schwappte hübsch über die hilflosen Fußgänger hinweg, die nirgendshin ausweichen konnten, und bespritzte auch Petrowa. Damals mussten die aus der Pfütze Begossenen alle spontan lachen, auch Petrowa lachte über einen vom Wasser zugeklappten Schirm und die schmutzigen Visagen, und über sie selbst wurde ebenfalls gelacht. Jetzt waren alle ernster geworden, dabei waren seither nur wenige Jahre vergangen. Es war der Herbst direkt nach der Rubelkrise, aber die hatten sie noch ganz fröhlich aufgenommen, und jetzt gab es keine Krise, Neujahr stand vor der Tür, und doch liefen alle seltsam bedrückt herum. Zwar waren jetzt alle besser gekleidet und die Mienen satter als in den Neunzigern, aber etwas fehlte den Leuten. Vermutlich eine gewisse Hektik. Früher ähnelten die Stadtbewohner Kakerlaken, wie sie so zu ihren Billigjobs eilten, an irgendwelche Orte hasteten, wo man möglichst preiswert an Sachen und Lebensmittel kam, zum Bus hetzten, als wäre es für alle Zeit der letzte Bus auf dieser Strecke, wie sie nach Hause hasteten, um bloß nicht in einem dunklen Hauseingang auf einen durchgeknallten Junkie zu stoßen. Jetzt streiften alle durch die Stadt wie Kater durch die Wohnung.

Alles hatte sich derart verändert, dass Petrowa sogar vergeblich nach den Zigeunern an der Haltestelle neben dem Krankenhaus Ausschau hielt. Dabei waren die Zigeuner eigentlich immer vor Ort gewesen, waren über die trübseligen Provinzler und nicht nur über sie hergefallen mit ihrem ewigen »Ich sehe, du hast einen Kummer, lass mich dir wahrsagen«. Früher hatte es dort haufenweise Zigeuner gegeben, und die Milizionäre an der

Haltestelle schauten demonstrativ weg. Die Zigeuner hatten es nicht weit zur Arbeit, weil ihre Siedlung fast ans Krankenhaus grenzte. Auch die Bettler, die direkt im Schnee hockten, waren verschwunden, offenbar hatte man sie alle mit den Zigeunern zusammen verjagt. An dem großen Stand, wo früher Videokassetten verkauft wurden, bekam man jetzt Spiele und Filme auf DVD. Petrowa war lange nicht hier gewesen, deshalb fielen die Veränderungen ihr so sehr ins Auge.

An der Haltestelle gab es noch einen Kiosk mit Eis, und die Leute kauften Eis und aßen es direkt auf der Straße.

Die Busse hatten sich hingegen nicht im Geringsten verändert, waren nach wie vor zweigeteilt, mit der Gummiziehharmonika in der Mitte, stets war es in diesen Bussen im Winter nicht wirklich warm und im Sommer unerträglich staubig und heiß. Die Kopfteile an den Sitzen wirkten, als hätten die Passagiere sie angenagt. Tatsächlich gab es zweierlei Typen von Bussen: die uralten, gelben, bei denen der Gummibelag am Boden stellenweise durchgewetzt war, so dass durch die Löcher im Gummi das Metall der Karosserie sichtbar wurde (in den Nachrichten hatte Petrowa gehört, dass sogar eine Frau durch diesen abgewetzten Boden gebrochen war, aber gerade noch zwischen Bus und Fahrbahn steckenblieb), und dann die fast neuen Busse, unten dunkelblau, oben weiß – die waren schon besser. Einer dieser neueren Busse fuhr nun auf die Haltestelle zu, ihm entquoll ein Haufen Leute, weil die meisten Passagiere just zum Krankenhaus wollten, weshalb der Bus sich praktisch leerte.

Petrowa fuhr bis zur Onufrijew-Straße und betrachtete unterwegs die weiträumigen Flächen entlang der Bardin-Straße, von ihrem Platz aus sah man den Tschkalow-Park, und die Häuser auf dieser Seite waren alle ein gutes Stück von der Straße zurückgesetzt. Auf der anderen Straßenseite hatte man ein Backsteingebäude hochgezogen mit einem Fenster in Form eines großen Kreuzes, dann kamen nur noch leere Flächen und mit Garagen bebautes Gelände, abseits der Häuser befand sich ein

Kinderklub. Der winterliche Park sah aus wie ein offenes Feld mit spärlichen Bäumchen und spärlichen Leuten, man hatte den Park vom Schnee geräumt, und ohne die Schneewehen wirkte er noch öder. Der Wind wehte so stark, dass ein kleiner Ball, den ein Mann für seinen Hund warf (er führte den Hund im Park spazieren, unter den Augen aller Passagiere), unglaublich weit flog und dann, von Luftböen vorwärtsgetrieben, noch sehr lange weiterrollte; der Hund, dem das Fell vom Wind zu Berge stand, segelte förmlich zum Ball, zurück lief er hingegen mit Mühe, das vom Wind plattgedrückte Fell machte aus einem zottigen einen Glatthaarhund, eine Art Jagdhund (dabei war es nur ein blöder Golden Retriever). Die Szene rollte ab, während Petrowa sich mit dem Bus fortbewegte und hörte, wie die Luft von außen an der Verkleidung rüttelte, und der mitten in seiner Bewegung festhängende, durch die Relativität dieser Bewegung um die eigene Achse gedrehte Hund wirkte wie ein Spezialeffekt aus »Matrix«.

Dann gab es noch zwei Joggerpärchen, deren Geschlecht und Alter durch die Distanz und die bei Männern und Frauen nahezu einheitliche Sportmontur verborgen blieb. Die Jogger mit dem Wind im Rücken waren nach hinten geneigt und schienen auf der Stelle zu trippeln, wie um sich abzubremsen, damit es sie nicht ans äußerste Ende des Parks trug. Die Jogger, die sich gegen den Wind bewegten, lehnten sich hingegen nach vorne und liefen irgendwie, aber es wirkte nicht mehr wie Laufen, sondern eher wie ein hüpfendes Gehen mit hochgezogenen Knien, eine Art Pantomime, langsames Radfahren ohne Rad.

Auf der Onufrijew-Straße blieb Petrowa, nachdem sich die Leute zerstreut hatten, plötzlich alleine zurück. Sie hatte das Gefühl, zu sehr aufzufallen, und ging auf die andere Straßenseite, wo der Bus wendete und Fahrgäste einließ, die in Richtung des Stadtzentrums fuhren. Auf der Seite, die sie eben verlassen hatte, stand eine Tschebureki-Bude, und obwohl Petrowa wusste, dass man besser nicht fragte, womit die Tschebureki gebraten wurden, dass sie womöglich den ganzen Tag in ein und demselben Fett brieten, roch die ganze Straße höchst appetitlich nach der Imbissbude, die Tscheburekidämpfe verdrängten den Eukalyptusgeruch in ihrer Nase und den Fuselgeruch, der aus Petrowas Innerem aufstieg.

Ständig kamen Busse und die kleinen orangefarbenen Sammeltaxis, Menschen stiegen aus und zogen gemächlich ihrer Wege. Beim Aussteigen konnte sie die Leute nicht sehen, die Fahrzeuge verstellten ihr den Blick, sie erschienen erst, wenn die Busse und Taxis davonglitten, als wären es Kulissen. Dafür sah sie die Leute beim Einsteigen. In die Busse kletterten die Passagiere, indem sie sich am Türgriff festklammerten und sorgsam über das Eis des Randstreifens balancierten, um nicht zu stürzen, ins Dunkel der Sammeltaxis tauchten sie hingegen wie ins Nichts und waren im Nu entschwunden. Petrowa hatte Angst, sie könnte die Ankunft von Alinas Mann verpassen, obwohl er eigentlich zu groß war, um sich in der Menge zu verlieren.

Die Nacht brach herein, die Straßenlaternen leuchteten auf, es schneite, aber nicht stark, kaum merklich, wie Schneestaub, der in der Luft hing. Petrow hatte recht, ihr Mantel hielt kaum warm. Selbst die Leute, die wärmer gekleidet waren, zogen sich in ihren Daunenjacken und Pelzen zusammen und machten allerlei Ausweichmanöver, damit ihnen der Wind nicht ins Gesicht blies. Besonders kalt war ihr seltsamerweise an der Nase und der Vorderseite der Rippen. Egal, wie sich Petrowa platzierte, der Wind blies ihr unweigerlich frontal ins Gesicht.

Vom langen Frieren in der Kälte wurde der Schnupfen schlimmer, Petrowa steckte die Taschentücher nicht länger in den Mantel oder die Handtasche zurück, sondern behielt sie gleich in der Hand und bedauerte, dass sie es den ganzen Tag nicht geschafft hatte, Papiertücher zu kaufen. Sie hätte noch rasch zum nächsten Kiosk oder in die in der Nähe gelegene Drogerie gehen können, fürchtete aber, Alinas Mann könnte just in dem Moment eintreffen. Sie hatte Angst, dass sie ihn womöglich schon verpasst hatte, sich ein falsches Bild von ihm zurechtgelegt hatte, dass er gar nicht so groß und breit war und auch nicht den wiegenden Gang hatte, an den sich Petrowa noch von früher erinnerte. Am Ende hatte er sich den Tag freigenommen. Im Übrigen trog die Spirale in Petrowas Bauch nur selten und lenkte sie stets zur rechten Zeit und am rechten Ort zu den Leuten.

Petrowa begegnete an diesem Tag eine ungewöhnliche Häufung von Einsatzfahrzeugen. Als sie aus dem »Mac Pic« trat, hatte sie den Leichenwagen gesehen, während sie auf der Onufrijew-Straße wartete, kam zunächst inmitten der schmalen Fahrbahn, die Busse gleichsam beiseiteschiebend, gemächlich ein Feuerwehrauto vorbei, mit flackerndem Blinklicht von unbeschreiblich schönem Blau. Drinnen saßen Leute und musterten von oben herab die Leute am Straßenrand. Übrigens hatte Petrowa noch nie wie im Kino ein Feuerwehrauto die Straße entlangrasen sehen, stets fuhr es kaum schneller als der Bus und flößte mit Martinshorn, Hupe und Blaulicht Panik ein.

Nach dem Feuerwehrauto kam schweigend ein Geländewagen der Miliz vorbei, und die Mienen in seinem Inneren bekundeten Langeweile. Während das Feuerwehrauto in Richtung des Waldes am Stadtrand entschwand, wo vermutlich überhaupt nichts brannte, fuhr die Miliz in die Hinterhöfe, wobei sie die Leute an der Haltestelle nach links und rechts wegdrängte, auch Petrowa wurde beiseitegedrängt. Das Auto fuhr so dicht an ihr vorbei, dass Petrowa sogar einem der Milizionäre auf dem Beifahrersitz in die Augen sehen und hinter ihrem Taschentuch aufmunternd zulächeln konnte, aber er verzog keine Miene, richtete nur das Käppi auf seinem Kopf, oder eigentlich prüfte er bloß, ob der Schirm gerade saß. »Jetzt sind sie völlig durchgetickt«, sagte jemand.

Hinter dem Milizauto, direkt in seinem Schlepptau, kam ein Krankenwagen. Auch er fuhr weder mit Blinklicht noch Sirene. Der Krankenwagen schob die Leute ebenfalls auseinander und rollte in Richtung der Höfe.

Petrowa begann sich Sorgen zu machen, ob Alinas Mann am Ende etwas zugestoßen war. Beruhigend war nur, dass Miliz und Krankenwagen in eine ganz andere Richtung fuhren als die, wo Alina wohnte.

Nach dem Krankenwagen entspannte sich der Verkehr wieder, und auf der Straße kamen nur noch Personenwagen vorbei – Sammeltaxis und Busse blieben aus, weshalb sich an der Haltestelle allmählich eine Menschenmenge ballte. Auch in dieser Menge durfte die Großmutter nebst Enkel nicht fehlen, diesmal verbreitete der Enkel keine Grobheiten, sondern verschwand ständig zwischen den umherstehenden Leuten, und die Großmutter rief seinen Namen: »Ichor! Ichor!«, was so wenig nach einem Namen klang, dass der Enkel auch gar nicht reagierte, sondern sich im Gegenteil ein Stück von der Menge entfernte und Schneebälle formte, mit denen er zunächst die Kioskwand bewarf, in der Hoffnung, einen der großen Spiegel zu zerscherben, mit denen der Kiosk ringsum beklebt war, und dann schmiss er mit den Schneebällen nach den vorüberfahrenden Autos.

»Ichor! Ichor!«, schrie die Großmutter mit wachsender Verzweiflung, versuchte aber nicht, den Enkel einzufangen, zumal sich die Schneebälle in der Kälte nicht wirklich formen ließen und in der Luft zerstäubten, wo sie Pfeile aus Schneenebel hinterließen, die auf die Fahrbahn zielten.

Während die Großmutter lärmte und sich entrüstete, kam rasch ein Sammeltaxi angefahren, füllte sich rasch bis zum Anschlag mit Leuten und fuhr ebenso rasch wieder davon. Die Großmutter rief fortwährend nach ihrem Enkel, während die Leute ihre Plätze einnahmen, und als das Sammeltaxi fort war, raffte sie alle Kräfte zusammen, wobei ihr der Zorn zu Hilfe kam, schnappte sich den wendigen Enkel und begann auf ihn einzuschlagen wie ein Schamane auf sein Tambourin, während sie ihn warum auch immer an der Hand um Petrowa herumjagte. Die Großmutter erging sich in vielen Worten, aber Petrowa verstand nur das ihr schon bekannte »Ichor«.

Ansonsten wurde das Ganze nur noch von einem langen Menschen mit Aktenmappe beobachtet, der ebenfalls dort herumstand, und von dem Mann, der den Tschebureki-Imbiss für die Nacht abschloss.

»So hauen Sie dem noch die Nieren kaputt«, brüllte der Tschebureki-Verkäufer über die Straße hinweg.

»Ordentlich durchbimsen tu ich den jetzt«, bekannte die Großmutter, jagte den Enkel weiter um Petrowa herum und entlockte ihm mit ihren Hieben plüschartige Geräusche, über die der Enkel nur lachte, weil er viel zu viel dicke und warme Kleidung trug und die Großmutter zu gebrechlich war. Sie erreichte nur, dass die Stimme des Jungen wie beim Schluckauf hickste, während sie auf ihn eindrosch. Der Schluckauf vermochte das Gelächter nicht zu unterbrechen.

Immer noch lachend hob der Junge den Blick zu der vom Warten zermürbten Petrowa und sagte, immer noch lachend, dass sie blutete.

Die Großmutter sah Petrowa an und ächzte. Petrowa ging zum Kiosk und besah sich im Spiegel. Sie hatte nicht bemerkt, wie das Blut, das ihr aus der Nase übers Kinn lief, auf ihren Mantel tropfte, hatte nicht einmal den Blutgeschmack auf den Lippen gespürt. Während sie in der Kälte stand, hatte sie über dem routinierten Abtupfen der Nase völlig übersehen, dass das Taschentuch zur Hälfte schwarz vor Blut war (im Licht der Straßenlaterne wirkte das Blut tatsächlich schwarz, mit leichtem Purpurton).

Sie begann das Gesicht mit Schnee abzuwischen und packte sich ein wenig Schnee auf die Nasenwurzel, aber das Bluten wollte nicht aufhören.

»Ich dachte, Sie hätten einen Schal vor dem Gesicht«, sagte der Mensch mit der Aktenmappe entschuldigend, als Petrowa zufällig in seine Richtung sah.

Taschentücher, Fäustlinge, Petrowas Gesicht – alles war mit ihrem eigenen Blut besudelt, nur auf dem Mantel fiel das Blut nicht auf, und der Schnee um Petrowa war vollkommen rein, als hätte sich das Blut, als es aus ihrer Nase in die Schneewehe tropfte, bis zur Erde durch den Schnee gebrannt und die Schneedecke hinter sich geschlossen.

Sie sah sich selbst wie von der Seite, sah sozusagen vom Dach der Tschebureki-Bude aus zu, wie sie dastand, gekrümmt und kläglich, und mit der hohlen Hand Schnee aus der Schneewehe schaufelte und sich aufs Gesicht packte. Der Mann mit der Aktenmappe war unversehens auf sie zugetreten und stand nutzlos neben ihr, wobei er sich teilnahmsvoll über sie beugte. Petrowa schielte auf das glänzende Schloss seiner Aktenmappe, in dem eine Art von Bewegung vor sich ging – eine wunderlich verzerrte Projektion des Betriebs auf der Straße.

Petrowa nahm die blutverschmierten Handschuhe ab und prüfte, ob das Blut bis zu den Händen durchgesickert war, im gelben Schein der Straßenlaternen war jedoch nichts zu erkennen.

»Soll ich Ihnen vielleicht ein Taxi rufen?«, fragte der Mann besorgt.

Petrowa schüttelte den Kopf.

»Ich wohne nicht weit von hier«, sagte sie.

»Oder soll ich Sie begleiten?«, fragte der Mann.

»Nein, nein, es ist schon vorbei«, antwortete Petrowa und begriff plötzlich, dass sich dieses »vorbei« nicht allein auf das Blut bezog, sondern auch auf die Spirale in ihrem Bauch: Offenbar hatte sich die Spirale, nachdem der Anblick des Blutes sie zunächst wachgerufen und dann befriedigt hatte, wieder zusammengerollt.

Während sie in sich hineinlauschte und freudig durchatmete, kam Petrowa zur Ruhe und fürchtete, das Befreiungsgefühl, das sie jäh überkam, wieder zu verscheuchen.

»Sie haben da noch was am Ohr«, sagte der Mann zu ihr.

»Macht nichts«, winkte die zunehmend gutgelaunte Petrowa ab.

Wie sich herausstellte, standen außer dem Mann auch die

Großmutter und ihr Enkel bei Petrowa, aber auf ihrer anderen Seite, und da sie nur den Mann im Blick hatte, waren sie ihr zunächst entgangen. Der Enkel sog sich mit Vampirblick an Petrowas schwarzem Taschentuch fest.

»Möchten Sie ein Varlokordinchen?«, fragte die Großmutter und wühlte, ohne die Antwort abzuwarten, schon in ihrer Tragetasche, die sie über die Schulter geworfen trug. »Oder ein Klopelinchen?«

Die Alte war so klischeehaft mit ihren Versprechern, den Gebärden, dem Geächze, dass es Petrowa in ihrem Wahnsinn schien, als wäre die Alte nicht echt, als überspielte sie ihre Rolle, während sie aus der Tasche abwechselnd eine Plastiktüte mit ihren Dokumenten hervorzog, genau genommen nicht eine, sondern zwei Plastiktüten ineinander in einer weiteren Tüte, und dann noch eine verschnürte Tüte mit den Schlüsseln, ein großes Portemonnaie mit Rechnungen für die Wohnung, ein kleines mit Wechselgeld, ein mittleres mit Medikamenten, aus dem sie die Tabletten hervorzukramen begann, um mit bewegten Lippen die Aufschrift auf den Packungen zu studieren, dann fiel ihr urplötzlich auf, dass sie das Portemonnaie mit dem Geld nicht gefunden hatte, und sie kramte erneut drauflos. Petrowa lehnte die Medikamente unterdessen weiter ab.

Umringt von Großmutter, Enkel, Mann (der Mann und die Großmutter stützten sie von beiden Seiten unter den Ellbogen), wurde Petrowa in den Bus gepackt und fuhr wieder zurück. Der Mann fuhr bis zur Metro, die Großmutter mit dem Enkel zum Bahnhof, Petrowa musste als Erste aussteigen, und die Großmutter sorgte sich aus diesem Anlass lautstark um Petrowa, sie könne irgendwo das Bewusstsein verlieren, man würde sie für betrunken halten und niemand würde sich ihr nähern, um ihr zu helfen. Petrowa versicherte müde, sie werde schon nichts verlieren. Der Enkel, den man neben Petrowa platziert hatte, betastete mit dem Finger forschend ihre Manteltasche, wo die Handschuhe und das Messer steckten, das Messer war es auch, was sein Interesse erregte, aber er begriff nicht, um was es sich handelte, weil der Stoff des Mantels und die Handschuhe die Form des Messers verbargen, und die Hand, die der Enkel in die Manteltasche stecken wollte, um zu sehen, was wohl darin war, wurde von Petrowa sorgsam beiseitegeschoben.

»Haben Sie da ein Lineal?«, fragte der Enkel. »Und wozu?«

»Ich bin Mathelehrerin«, log Petrowa, »bei uns ist das so üblich, immer ein Lineal dabeizuhaben.«

Nachdem sie das eine Kind losgeworden war und dafür extra eine Haltestelle früher aussteigen musste, stürzte sich sogleich das nächste Kind auf sie, diesmal ihr eigenes.

Alle Jubeljahre konnte es geschehen, dass ihr Sohn das Handy nicht als Spielzeug, sondern für seinen eigentlichen Zweck nutzte. Petrowa war sowieso noch nicht daran gewöhnt, das Telefon immer dabeizuhaben, bezahlen musste man außerdem in den Telezentren, was mit langem Anstehen verbunden war, und deshalb versuchte sie, mit den Anrufen sparsam zu sein. Tatsächlich verstand Petrowa dieses Geschenk ihres Mannes nicht wirklich. Eine Handyverbindung gab es noch nicht überall, und sie riss zuverlässig an den Orten ab, wo man es am wenigsten erwartete. Zum Beispiel gab es im Zentrum, neben dem Plotinka-Wehr, seltsamerweise keine Verbindung, auch in der Metro nicht, und in der Bibliothek war es einfacher, übers Festnetz zu telefonieren, weil im Bezirk der Bibliothek alles, was unterhalb der zweiten Etage lag, vom Handynetz der Firma »Motiv« nicht abgedeckt war. Petrowa hegte den Verdacht, dass sich die Firmengründer von »Motiv« absichtlich so genannt hatten, um jede Verantwortung für das, was den bei ihnen unter Vertrag stehenden Telefonen widerfuhr, von sich zu weisen, im Sinne von: Ein Motiv, das ist etwas Ungreifbares, spielerisch in den Lüften Schwebendes. Man musste ständig aufpassen, dass das Handy geladen war, dass es nicht verlorenging, dass man es nicht liegenließ, dass es keiner klaute. Außerdem kamen gerade kabellose Headsets für Handys in Mode, und die Straßen waren überflutet von Gestalten mit einem Blick, glasig vor Konzentration, die mit sich selbst zu reden schienen, die plötzlich drauflosredeten, lachten oder sich Sorgen machten, und Petrowa wurde von alldem ungut aufgewühlt.

»Mama, kann ich morgen nicht zur Schule?«, fragte ihr Sohn, indem er, um Geld und Zeit zu sparen, direkt zur Sache kam.

»Mit welchem Grund?«, fragte Petrowa ebenfalls ohne Umschweife.

»Mir geht's schlecht«, sagte der Sohn, »wahrscheinlich hab ich Fieber. Ich bin krank.«

Seine Stimme klang wirklich krank. Nicht so leidend wie beim Simulieren, sondern so, dass die gesamte Hitze, die Petrow Junior anwallte, über den Handylautsprecher zu hören war, wenn er Vokale und Zischlaute von sich gab.

»Alles klar, ich bin gleich da. Bist du bei Papa?«, fragte Petrowa.

»Wo denn sonst?«, fragte Petrow Junior mit dem unausgesprochenen Vorwurf, dass Petrowa doch wohl noch wissen musste, wie sie ihn selbst zum Vater geschickt hatte.

»Na dann bitte Papa schon mal, dass er bei dir Fieber misst«, sagte Petrowa mit dem unausgesprochenen Vorwurf, dass Petrow Junior außer ihr noch einen anderen Elternteil besaß. »Ist er überhaupt zu Hause?«

»Nö«, sagte Petrow Junior.

»Ist überhaupt was zu Essen im Haus?«, wollte Petrowa wissen und dachte, sie hätte sich schon am Morgen mit dieser Frage befassen sollen, als sie dem Sohn nahelegte, woanders zu übernachten.

Ihr Sohn antwortete mit einem langen, trockenen Hustenanfall, Petrowa hustete ein feuchtes Echo zurück und spürte erneut ein Schniefen in der Nase und im Rachen den Geruch von frischem Blut. Mit zurückgelegtem Kopf hörte sich Petrowa an, dass Petrow zwar Essen im Haus hatte, aber nur Wurst und Pelmeni, dabei wollte Petrow Junior etwas trinken, Saft oder so, und essen wollte er sowas wie Joghurt oder Mandarinen. »Na prima, dann also nichts wie auf in den Laden«, dachte Petrowa fast schon begeistert bei der Vorstellung, wie sie blutbesudelt durch den Supermarkt schwirren würde.

Auf dem Rückweg vom Laden lauschte Petrowa darauf, wie sich die winzigen Gefäße in ihrer Nase verhielten, sie stellte sich vor, es wären feine Kristallröhrchen, vielleicht sogar mit einer winzigen Gravur an der Außenseite, die verschlungene Halme im Wechsel mit Blüten darstellte. Die Plastiktüte mit den Einkäufen schlug ihr gegen das Bein. Der Geruch von verdorbener Zwiebel im Laden war so penetrant, dass er den Eukalyptus- und Blutgeruch in ihrer Nase übertönte, auf dem ganzen Nachhauseweg hielt sie sich den Ärmel vors Gesicht und prüfte schnuppernd, ob sich der Geruch nicht in ihren Mantel gefressen hatte, dabei war es letztlich egal, weil sie den Mantel ohnehin waschen musste.

»Komisch, das Auto ist da«, dachte Petrowa, als sie den Wagen ihres Mannes auf dem Parkplatz erblickte. »Vielleicht ist er ja schon gekommen.«

In der Wohnung zog sie als Erstes die Schuhe aus, ging in die Küche und packte das Messer aus der Manteltasche in die Tischschublade, dann stopfte sie Taschentücher und Mantel in die Waschmaschine, stellte den Wollwaschgang ein und musste eigentlich nur noch Waschpulver einfüllen und den Knopf drücken, als sie plötzlich die Plastiktüte rascheln hörte und in die Küche ging, um nach ihrem Sohn zu sehen.

Der Sohn, eine Spur mürrischer als sonst, stocherte in den Einkäufen, inspizierte enttäuscht einen Becher mit Kirschjoghurt – Kirschgeschmack mochte Petrow Junior nicht – und wühlte weiter in der Tüte auf der Suche nach etwas, das ihm zusagte. Petrowa war sich bewusst, dass ihr Sohn keine Kirschen mochte, aber nur wenn er in der Nähe war; im Laden stieg in ihrem Gedächtnis die dumpfe Assoziation »Sohn – Kirsche« auf, eine Werbung für einen Saft der Marke »Obstgarten«, und das verwirrte sie, die Assoziation ließ sich in beide Richtungen deuten, und so kaufte sie jedes Mal Kirschjoghurt, der dann von Petrow gegessen wurde, sowie eine weitere Sorte, und die aß Petrow Junior.

Petrowa fühlte dem Sohn genüsslich die Stirn und spürte genüsslich seine Temperatur, die sich von ihrer eigenen vorerst nicht unterschied; sie mochte es, wenn ihr Sohn so heiß war, wäre es nicht lebensbedrohlich, hätte sie nichts dagegen gehabt, wenn er immer so wäre, mit der Temperatur eines sonnenwarmen Ziegels und fieberglänzenden Augen. Petrow Junior streifte sich ein paar warme Sachen über: Pullover, wattierte Hosen und Wollstrümpfe – und atmete erkältet durch Mund und Nase zugleich. Das Pflaster an seinem Finger war ganz grau geworden, aber Petrow Junior wollte es offenbar nicht abziehen.

Petrowa ging die Hausapotheke holen und maß erst sich selbst und dann dem Sohn ein weiteres Mal das Fieber. Beide hatten nahezu dieselbe Temperatur – neununddreißig, Petrowa war um ein Zehntel heißer, aber nach Aderlass und Spaziergang fühlte sie sich deutlich munterer als ihr Sohn, der gespielt oder womöglich auch ohne jedes Getue märtyrerhaft auf seinem Hocker herumrutschte, wo er sich niedergelassen hatte, um eine Banane zu verzehren und gierig Orangensaft zu trinken.

Sie wollte Petrow anrufen, herausfinden, wo zum Teufel er sich herumtrieb, aber am ehesten trieb er sich in seiner Grube herum, und Petrow mochte es nicht, wenn man ihn bei der Arbeit anrief. Wenn er unter einem Auto steckte, musste er die Schraubenschlüssel beiseitewerfen, herauskriechen, die Handschuhe abstreifen, behutsam in die Jackentasche greifen, ohne alles mit Litol oder Maschinenöl zu verschmieren, dann das Ganze in umgekehrter Reihenfolge, wobei es am Ende stets darum ging, den richtigen Schraubenschlüssel zu finden, der auf rätselhafte Weise in Petrows Jackentasche oder dem Werkzeugkoffer gelandet war, wenn er sich nicht unter den anderen Schlüsseln an der Werkzeugbank wiederfand, und deshalb war Petrow in Vorahnung all dieser Suchaktionen kein besonders guter Gesprächspartner, er wurde sogar etwas schroff, wenn man ihn wegen irgendwelcher

Nichtigkeiten anrief, die Frage, wo er sich herumtrieb, konnte ihn freilich in rasende Wut versetzen, wobei er diese Wut, anders als der Stiefvater, nicht mit gereiztem Geheul unmittelbar zum Ausdruck brachte, sondern stattdessen schwer zu seufzen begann, ohne es selbst zu merken, und wenn er so seufzte, wollte ihn Petrowa am liebsten erwürgen.

Petrow Junior waren die Schönheitsfehler im Äußeren seiner Mutter nicht entgangen, er fragte, warum an ihrem Hals Blut klebte und warum sie so gelbe Hände hatte. Im gelben Schein der Straßenlaterne hatte Petrowa das Gelb der an ihren Händen festgetrockneten Erythrozyten nicht bemerkt, und erst jetzt sah sie, dass das Ganze wirkte, als hätte sie vor ein paar Tagen die Hände in Kaliumpermanganat getaucht, die Handflächen fühlten sich vom Blut an wie lackiert. Petrowa nahm eine Dusche, wusch gründlich den Zwiebelgeruch aus dem Laden und die rostfarbenen Flecken ab, ausgiebig stocherte sie aus ihrer Nase die Blutkörnchen hervor, die sich spitz anfühlten und im Wasser auf der Stelle zergingen wie Salz, dabei schielte sie auf die stumme Waschmaschine und schärfte sich ein, nicht zu vergessen, sie noch anzuschalten. Dann aber warf sie sich, ohne die Wäsche in Gang zu setzen, in ihre Hausklamotten und schlurfte in Pantoffeln ins Schlafzimmer, wo sie eine frische Comicseite betrachtete, die sie nicht verstand, weil Petrowa nie auf den Plot achtete, sondern sich immer nur in die Bilder vertiefte, voller Staunen darüber, wie sehr Petrows Zeichnungen denen glichen, die in irgendeiner Druckerei landeten. Petrow zeichnete seine Comics in Schwarz-Weiß, aber Petrowa war stets aufs Neue verblüfft, wie er mit unterschiedlich großen, schachbrettartig angeordneten Punkten zum Beispiel das Laub der Bäume oder den Glanz auf Metall wiedergeben konnte. Im Schlafzimmer wurde es Petrowa langweilig, weil das Fieber nachließ, und im Fernsehen lief auch nichts Interessantes, also begann sie die Wohnung nach ihrem Sohn abzusuchen, um sich zu zerstreuen, indem sie ihn ein bisschen nervte.

Der Sohn saß im Wohnzimmer vor dem Fernseher und spielte

an der Konsole irgendein Autorennen. Petrowa wäre ein düsteres Gemetzel natürlich lieber gewesen, eines von diesen Ballerspielen, wo die Eingeweide an die Wände klatschten und so, aber sie setzte sich zum Sohn und fragte, ob es bei den Rennen eine Funktion für zwei Spieler gebe, der Sohn verneinte zuerst, dann schaltete er selbst besagte Funktion ein in der Hoffnung auf einen Sieg, aber er verlor gleich mehrmals, weil er aus der Bahn flog, und als Petrowa ihn direkt vor dem Finish abdrängte, wo er schon kurz vor dem Sieg stand, zog er einen finsteren Flunsch und antwortete nicht mehr auf ihre Fragen, ob es etwas gebe, wo er gewinnen könnte, oder wo man nicht gegeneinander antreten musste, sondern zu zweit irgendwelche elektronischen Monster oder auch Menschen schreddern konnte. Dann erklärte sie sich bereit, noch einmal mit den Autos zu fahren, und versprach, nachzugeben, damit ihr Sohn gewinnen konnte, Petrow Junior ließ sich zähneknirschend darauf ein. Und wieder hatte er Pech, weil er sein Auto irgendwo auf mittlerer Strecke zu Schrott fuhr. Petrowa konnte sich nicht beherrschen und lachte los, überließ aber dem Sohn ihren Controller, damit er die Sache mit ihrem Auto wettmachen konnte, der Sohn lehnte erst pro forma ab, nahm aber doch den Controller und zerlegte Petrowas Auto, indem er es ausführlich gegen Pfeiler und andere Autos krachen ließ, denn so rasch, wie er sein eigenes Auto zu Schrott gefahren hatte, wurde er mit ihrem nicht fertig.

Die krankheitsbedingte Schlaflosigkeit der letzten beiden Tage machte sich bemerkbar – mitten im Basketballmatch, zu dem der Sohn nach dem Autorennen gewechselt hatte, bekam Petrowa Aussetzer. Sie ertappte sich sogar dabei, wie ihr der Controller aus den Händen fiel, und im Traum jagte sie weiter Basketballspieler mit quietschenden Turnschuhsohlen übers Feld. Bei Petrowa hatte die Krankheit nachgelassen, aber bei ihrem Sohn kam die Grippe erst richtig in Fahrt, und unbemerkt von seiner Mutter und sich selbst kroch Petrow Junior unter die Sofadecke und spielte von dort aus weiter.

»So, mir reicht's«, sagte Petrowa, die das Gähnen nicht länger unterdrücken konnte.

Der Sohn brummelte enttäuscht vor sich hin. Petrowa raffte sich auf, mischte ihrem Sohn gleich zwei Becher mit Fiebersenker an und stellte sie auf das Zeitungstischchen neben dem Sofa, auf dem er schlafen wollte. Wäre der Sohn nicht krank gewesen, hätte ihn Petrowa in sein Zimmer gescheucht – aber so war ihr nicht wohl dabei wegen des Schnitts an seinem Finger und weil sie schon wieder auf dem Weg der Genesung war, während er erst richtig krank wurde, außerdem bezweifelte sie, dass er, solange er krank war, zum Jolka-Fest ins »Theater für den jungen Zuschauer« gehen konnte, für das die Eintrittskarte bereits gekauft war, und diese Nachricht musste man ihm erst noch beibringen und die künftige Enttäuschung mit jetzigen Zugeständnissen ausbügeln. Petrowa wusste, dass ihr Sohn vermutlich bis spät vor dem Fernseher kleben würde, sie wusste, dass das für einen Kranken nicht gerade die ideale Therapie war – den heißen Kopf mit Computerspielen und Zeichentrickfilmen aufzuwühlen –, aber sie sah auch keinen Sinn darin, an seinem Bett zu sitzen und dem Sohn beim Kranksein zuzuschauen. Natürlich hatte sie im Kino die Mütter gesehen, wie sie an der Seite ihres vom Fieber geschüttelten Kindes saßen und traurig seufzten, sie hatte in der Bibliothek die Geschichten von schlaflosen Nächten an der Seite der kranken Kinder gehört, sie selbst hätte jedoch ihrem Sohn in den Momenten, wo er sich im Schlaf wälzte und allerhand klägliche Töne von sich gab, am liebsten den Gnadenstoß verpasst, damit er nicht weiter leiden musste. Petrowa hatte es gemocht, wenn ihr Sohn in seiner frühen Kindheit krank war, als Zweijähriger oder so – mit fast vierzig Grad Fieber lag er nicht hilflos herum, war im Gegenteil spielfreudiger und munterer als sonst, wollte nicht schlafen, sondern sein Spielzeugauto durch die Wohnung rollen, wehrte sich wütend, wenn sie versuchten, ihn ins Bett zu stecken, zog sich selbst an und aus, je nachdem, ob er gerade von Schüttelfrost oder Hitze gepackt wurde.

Nachdem Petrowa ihrem Sohn die Medikamente bereitgestellt hatte, schleppte sie sich zum Bett und war bis zum Morgen derart ausgeknockt, dass sie erst erwachte, als es schon hell war, sie wollte sich bereits entsetzt zur Arbeit aufmachen, als ihr einfiel, dass sie krankgeschrieben war, dann fiel ihr ein, dass ihr Sohn ebenfalls krank war, und sie sah nach, wie es ihm dort auf seinem Sofa erging. Und als hätte er sich gar nicht erst erhoben, um den Fernseher auszumachen, saß er unter seiner Decke und spielte weiter Basketball. Petrowa maß ihm erneut das Fieber, das genau wie zuvor bei neununddreißig stehenblieb, ohne sich auch nur um ein Zehntel zu verschieben, ja ohne auch nur die leiseste Schwankung nach oben oder unten. Es war eine Temperatur von neununddreißig mit dem Prüfsiegel der Hauptkammer für Maße und Gewichte. Ihr Sohn kämpfte weiter mit trockenem Husten, und dieser Husten schien nicht richtig herauszukommen. Der Sohn bat sie, die Vorhänge zuzuziehen, als wäre er dazu selbst nicht imstande.

Petrowa rief in der Poliklinik an und ließ die Bezirkskinderärztin kommen. Während sie auf die Ärztin wartete, merkte sie, dass sie Hunger hatte, und ging daran, die Suppe zu kochen, für die sie die Zutaten schon gestern erstanden hatte (sie hatte sich überlegt, dem Sohn eine heiße Bouillon zu machen, wie es die Leute im Kino und in den Büchern immer für ihre Kranken taten), dann fiel ihr ein, dass sie ihre Sachen in die Waschmaschine geworfen und vergessen hatte, die Maschine einzuschalten. Überhaupt wurde sie von Tatendrang befallen, dabei lag in ihren Armen und Beinen eine Art schwebender Leichtigkeit, gepaart mit Schwäche. Sie putzte noch einmal die Böden durch und kratzte im Küchenspülbecken den gelben Fleck weg, der sich gebildet hatte, weil der leckende Hahn alle zwei Minuten einen einsamen, schweren Tropfen entließ. Petrowa hatte schon des Öfteren angedeutet, Petrow solle doch den Hahn flicken (das macht einen rasend, dieses Getropfe, die reinste Folter ist das).

In einer Wolke von »Domestos«-Chlorgeruch ging sie der

Ärztin öffnen, wischte sich die Hände am blau-weiß gestreiften Handtuch ab, das einer zerknüllten griechischen Fahne glich, und in ihrem Gedächtnis tauchte plötzlich das Gespräch zweier Studenten auf, beziehungsweise wie ein Student zum anderen sagte, der Westen habe die römische Kultur übernommen, Russland hingegen die griechische, mit all ihrer Faulheit und Schlamperei.

Die Kinderärztin war eine ehemalige Schülerin der Schule, die Petrow besucht hatte, er pflegte zu sagen, während der Schulzeit sei sie mit ihren E-Cup-Brüsten ganz klar der Star gewesen, später stellte sich im zufälligen Gespräch mit der Bibliotheksleiterin heraus, dass die Bezirksärztin deren Nichte zweiten Grades war, dass diese Nichte bis heute ledig war, auch früher nie geheiratet hatte und kinderlos war, über die Scheidung der Petrows war sie im Bild, und das machte sie in Petrowas Augen fast schon zu einer Verwandten, einer Familienfreundin.

Die Ärztin machte einen etwas abgehetzten und leicht zerzausten Eindruck: Petrow Junior war nicht der Einzige, der die Grippe hatte, und sie musste ordentlich im Bezirk umhertraben, weshalb sie aussah, als hätte sie ein paar Koffeintabletten mit einer Dose »Adrenaline« geschluckt.

»Na wo ist denn unser Patient?«, fragte die Ärztin, hängte den Mantel auf und zog die Schuhe aus.

Petrowa wies ihr die Richtung und lief selbst in die Küche, wo Zwiebel und Möhre am Anbrennen waren. Als fürchtete sie, es könne wieder etwas passieren, hatte Petrowa die Zwiebel nicht mit demselben Messer gehäckselt, mit dem sie ihrem Sohn in den Finger geschnitten hatte, sondern mit dem schweren Fleischmesser, das mit den kleinen Löchern in der Schneide, damit das Fleisch nicht anklebte. Zwiebel und Möhre machten keine Anstalten, golden zu werden, sondern siedeten im Öl vor sich hin, als würden sie gekocht. Eine kurze Ablenkung genügte, und schon konnten sie sich im Nu spielend leicht in Kohle verwandeln. Es war wie eine Art Magie. Petrowa drehte sowohl unter dem Topf mit der siedenden Bouillon als auch unter der Pfanne mit Zwiebel und Möhre die Hitze herunter und ging nachsehen, wie ihr Sohn mit der Rolle des Kranken zurechtkam.

Der Sohn schien sich munter zu fühlen und zu glauben, er habe keinen Anspruch mehr auf eine Krankschreibung, und er röchelte nach Kräften, als ihn die Ärztin während des Abtastens und Abhörens mit dem Stethoskop bat, abwechselnd zu atmen und die Luft anzuhalten.

»Mach keinen Zirkus«, sagte die Ärztin, »atme ganz normal, in die Schule werde ich dich eh nicht schicken.«

Während die Ärztin den Sohn von allen Seiten abhörte, schien er ihr ins Dekolleté zu schielen, und Petrowa war es peinlich, dass er so war.

Die Ärztin machte eine abwinkende Handbewegung in Richtung Petrow Junior oder vielleicht auch einfach nur so, als wäre sie von seinem Gesundheitszustand enttäuscht oder von ihrem Leben, sie schob die Gläser auf dem Zeitungstischchen an den Rand, breitete ihre Unterlagen aus und begann etwas zu schreiben. Petrowa schaute ohnehin nie darauf, was die Ärzte schrieben.

Irgendwie unbemerkt war die Sonne hinter den Wolken hervorgekommen, dabei hatte es, als Petrowa sich ans Suppekochen machte und die Waschmaschine einschaltete, noch nicht nach Sonne ausgesehen, und auch nicht, als sie die Ärztin einließ. Aber beim Durchmengen von Möhre und Zwiebel in der Bratpfanne hatte sie schon blinzeln müssen im grellen Licht, das die über der Pfanne aufsteigenden Öl- und Wasserstäubchen sichtbar werden ließ.

Petrowa sprang rasch in die Küche, um nach der Zwiebel zu sehen – sie war nun doch golden, aber in der heißen Pfanne durfte sie nicht länger bleiben, nicht einmal bei abgedrehtem Gas, sonst würde die Zwiebel schwarz, Petrowa kippte den Inhalt der Pfanne komplett in die kochende Suppe, und die Bouillon, die bis dahin nicht nach Bouillon ausgesehen hatte, sondern nur wie trübes Kochwasser mit Kartoffeln und grauem Fleisch, wirkte schlagartig appetitlicher. Noch besser hätte die Bouillon ausgesehen, wenn Petrowa vom Preis für die Tomaten nicht in Schockstarre verfallen wäre, sondern eine Tomate gekauft und mit angebraten hätte.

Die Ärztin ließ im Flur ein diskretes Hüsteln hören und deutete an, dass sie etwas wollte. Sie wollte sich die Hände waschen. Beim Anblick der laufenden Waschmaschine fragte die Ärztin, ob sie keinen Stromschlag bekommen würde, wenn sie die Hände unter den Wasserhahn hielt. Petrowa sagte, einen Stromschlag bekäme sie nur, wenn sie mit der einen Hand an die Waschmaschine fasste und mit der anderen an den Hahn. Sie kamen auf das Erden zu sprechen, Petrowa erzählte, wie ihr Bruder seine Maschine ordnungsgemäß geerdet hatte, aber schon nach einer Woche kamen die Nachbarn von unten mit Beschwerden angelaufen, ständig bekamen sie von den Wasserhähnen eine gewischt, die Alte im Erdgeschoss wurde von einem Stromschlag in die Wanne geschleudert, als sie ein feuchtes Handtuch über den Wäscheständer warf. Petrowas Sohn spähte aus irgendeinem Grund durch den Türspalt und hörte sich das Gespräch gleichgültig an.

Im Flur war es hell vom Sonnenlicht und der weißen Lampe. Petrowa schaltete die Lampe lieber nicht aus, um nicht wie eine dieser Hausfrauen mit Spartick zu wirken. Die Ärztin umschlang aus irgendeinem Grund Petrow Juniors Schulter und begann dieselben Tipps für die Grippekur zu erteilen, die Petrowa alljährlich während der üblichen Epidemie von den Ärzten zu hören bekam, und als wäre das nicht genug, wurden diese Tipps alljährlich auch noch im Fernsehen wiederholt, und Plakate mit denselben Tipps hingen in der Poliklinik gleich gegenüber der Tür zum Behandlungszimmer. Der umschlungene Petrow Junior blieb eine Weile brav neben der Ärztin stehen, aber man konnte sehen, wie sehr es ihn anspannte, dass die Ärztin ihm die Schulter tätschelte. (Petrowa konnte bei diesem Anblick selber fühlen, wie der Pullover unter der Hand der Ärztin über Petrow Juniors Haut glitt, und sie verspürte etwas wie Eifersucht und ein Gefühl von Besitz, den die Ärztin ungebeten berührte.) Nachdem er die Sache ein paar Minuten erduldet hatte, schlüpfte Petrow Junior unbemerkt unter der Hand der Ärztin hindurch, und sie erteilte weiter ihre Tipps, nun schon mit leeren Händen, dann wechselte sie unauffällig auf das kleine Schuhbänkchen hinüber und zog sich im Sitzen die Stiefel an. Petrowa nahm vorsorglich den Mantel der Ärztin in die Hand, um ihn ihr gleich reichen zu können, sobald sie sich erhob.

In dem Moment wurde ein Schlüssel ins Schloss der Wohnungstür gesteckt, und Petrow drang herein, nüchtern, aber noch nicht felsenfest nüchtern, er brachte Frostgeruch mit, der den von der Ärztin mitgebrachten Frostgeruch auffrischte, und auch Benzingeruch, den er sogar noch nach einem Bad verströmte, als wäre er völlig davon durchtränkt, als ob sie in der Werkstatt Benzin tranken und sich von Kopf bis Fuß damit einrieben und es als Shampoo verwendeten und, anstatt sich zu föhnen, den Kopf unter den Auspuff hielten. In den Händen hielt Petrow eine große Colaflasche. Petrow stieß eine Begrüßung hervor, besser gesagt, er fragte seinen Sohn: »Was denn? Bist du krank?« – mit einer gewissen heiteren Schadenfreude –, dünstete eine unbeschreibliche Alkoholfahne von der gestrigen Sause in die Luft, ließ sich neben der Ärztin auf das kleine Regal plumpsen, so dass die Ärztin sogar einen Hickser von sich gab und voller Mitleid auf Petrowa blickte. Mit angestrengtem Schnaufen löste Petrow die Schnürsenkel an seinen Stiefeln, und Petrowa blickte auf das Gesicht der Ärztin, das seltsam erstarrt war, als rechnete sie damit, dass Petrow gleich Zoff machen würde, und Petrowa hätte am liebsten laut aufgelacht.

Petrowa schickte ihren Sohn aus dem Flur, womit sie vermutlich den Verdacht der Ärztin über den heraufziehenden Zoff noch weiter schürte, aber die Ärztin machte keine Anstalten zu gehen und begann darauf zu drängen, dass sich die Petrows während der Grippe möglichst penibel an die Medikamente halten sollten. Petrow hatte sich endlich die Stiefel ausgezogen, nahm die Jacke ab und hörte der Ärztin zu, den Ellbogen auf Petrowa gestützt, schnaufend wie zuvor beim Lösen der Schnürsenkel und mit nur mäßig nüchternem Kopfschütteln. Außer dem Benzingeruch verströmte er noch etwas anderes, das an Formalin erinnerte, und ein weiteres seltsames Aroma. Als sie die Ärztin endlich losgeworden waren, fragte Petrowa, wo Petrow übernachtet hatte, aber er nuschelte nur etwas zurück und stieg in die Badewanne. Aus der Waschmaschine begann gerade das mit Petrowas Blut vermischte Wasser abzufließen. Einmal hatte Petrowa in einer Gasse einen Kerl abgestochen, offenbar einen Hypertoniker, da sich aus ihm buchstäblich eine Blutfontäne über sie ergoss. Petrowa lief nach Hause, aber Petrow hatte einen freien Tag und lungerte in der ganzen Wohnung herum, weil er nichts mit sich anzufangen wusste, das rosa Wasser aus der Waschmaschine konnte Fragen aufwerfen, und so stopfte Petrowa zur besudelten Jacke die rosa Strumpfhosen ihres Sohnes hinzu, die garantiert ausbluten würden. Zusammen mit der Jacke wurden ein paar weiße Sachen ruiniert, zwar nicht unrettbar ruiniert, aber tragen konnte man sie nur noch zu Hause.

Als Petrowa nach der Krankmeldung und den Neujahrsfeiertagen wieder zur Arbeit ging, erfuhr sie, dass Alinas Mann auch ohne sie sein Fett abbekommen hatte. Er wurde noch am selben Tag erstochen, an dem ihn Petrowa abstechen wollte. Wie üblich war er an seiner Haltestelle ausgestiegen, wollte sich am Kiosk einen Alkoholcocktail holen, dabei musste er einem anderen Kioskbesucher mit einem dummen Witz gekommen sein, oder er hatte ihn mit der Schulter angerempelt und beschimpft, jedenfalls holte der andere ihn im Park neben dem Haus ein und rammte ihm das Messer exakt einmal unter die Rippen. Zum Pech des kränkbaren Messerbesitzers führte zur selben Zeit im selben Park ein Hundezüchter seinen Schäferhund aus, und zwar kein einfacher Hundezüchter, sondern einer mit einem echten Tick fürs Diensthundewesen, sein Hund konnte also Spuren verfolgen, sprang über Hindernisse, bewachte die Tasche, ging ohne

Leine bei Fuß, wartete neben dem Laden auf ihn und horchte auf den Befehl »Fass«. Als der Hundezüchter sah, wie Alinas Mann zu Boden ging, wie in der Hand des Angreifers etwas aufblitzte, hetzte er lustvoll sein Tier auf den Angreifer und rief Miliz und Krankenwagen. Die Milizautos und der Krankenwagen kamen im Handumdrehen: Sie waren buchstäblich auf der anderen Straßenseite gewesen, weil man sie zwanzig Minuten zuvor wegen angeblicher Vergewaltigung und schwerer Körperverletzung gerufen hatte, in Wahrheit handelte es sich jedoch um einen gewöhnlichen, lärmenden Familienkrach, der in Versöhnung endete und im Verzicht auf eine Anzeige, sobald sich herausstellte, dass dem Mann für das, was ihm die Frau vorwarf, an die sechs Jahre drohen würden, und so lange konnte sie es nicht aushalten ohne den Zoff speziell mit ihm.

Die schnelle Ankunft des Krankenwagens konnte Alinas Mann im Übrigen nicht retten, und er starb auf dem Weg ins Krankenhaus. Alina trauerte sehr, und warf den Kollegen in der Bibliothek vor, sie seien ihm gegenüber voreingenommen gewesen, hätten schlecht von ihm gedacht, als sie Alina mit dem Veilchen sahen, dabei war sie doch wirklich gegen die Kante der offen stehenden Tür gerannt, als sie in die Küche eilte, wo das Wasser im Topf zu verdampfen drohte.

Als sie diese in ihrer ganzen Dramatik und Dummheit packende Geschichte hörte, dachte Petrowa gleichgültig: »Ups.«

KAPITEL 6

Petrow ist auch nicht ohne

Petrow kannte Sergei bereits aus der Grundschule, buchstäblich seit der ersten Klasse, seit dem zweiten September. Es war so, dass Petrows Eltern zum Ende des Sommers einen Wohnungstausch vorgenommen hatten. Petrow hatte vorerst nur mit ein paar Kindern im Hof Bekanntschaft schließen können, aber im Wesentlichen rannte er mit seiner Mama durch die Läden, sie kauften Kleidung für Herbst und Winter, standen sich in der ewig langen Schlange für die Schuluniform die Beine in den Bauch (später passte Mama dann alles an Petrows Größe an und nähte ohne Ende), sie rannten durch die Gegend, um Schreibwaren zu ergattern, und Petrow verstand nicht, warum er bei dem Gerenne mit Mama dabei sein musste, wo sie doch auch alleine damit fertigwurde.

Die Klasse setzte sich aus einer ehemaligen Kindergartengruppe zusammen, die Kinder dort kannten sich schon lange und begannen in der Pause ihren eigenen Kram zu bereden, und Petrow, der ohne Gesprächspartner zurückblieb, ging in den Flur hinaus. Dort kam noch ein weiterer Junge hinzu – ein winziges blondes Bürschchen, das wie ein Vorschulkind wirkte – und fragte Petrow, ob dieser den Zeichentrickfilm »Tscheburaschka geht in die Schule« gesehen hatte, der ja jetzt für sie beide aktuell war. Petrow hatte ihn gesehen, sie kamen ins Gespräch und schlossen Bekanntschaft. Auch Sergei hatte man aus einem anderen Bezirk hierher verpflanzt, weshalb auch er in der Klasse keinen kannte. Petrow begleitete den Jungen bis vor sein Haus, ging mit hinein und dehnte seinen Besuch bis zum Abend aus. Von da an besuchten sie einander regelmäßig und waren bis zum Ende der Schulzeit befreundet und darüber hinaus, als Petrow zum Autoservice ging, nachdem man ihn wegen seiner Plattfüße nicht zur Armee gelassen hatte, und Sergei an der philologischen Fakultät anfing.

Alles war gut an Sergei außer seiner Vorahnung der eigenen Größe. Er hatte warum auch immer beschlossen, ein großer Schriftsteller zu werden. Nicht einfach irgendein Schriftsteller, sondern ein großer. Auch das hätte man noch jugendlichem Unverstand zuschreiben können, der mit der Zeit vergehen würde, aber Sergei war ja nicht nur überzeugt von seiner dereinstigen Größe, sondern hatte warum auch immer beschlossen, dass ihn der Ruhm erst nach seinem Tod ereilen würde, dass die Manuskripte des Romans, an dem er schrieb, von seinen Verwandten an die Redaktion einer Zeitschrift geschickt werden würden, dort würden sie natürlich in den Manuskripten stöbern, und erst dann würden alle begreifen, wen sie verloren hatten. Es wäre besser gewesen, wenn Sergei diese Träume vor seinen Eltern geäußert hätte – sie hätten ihm auf der Stelle den Kopf zurechtgerückt oder ihn irgendwo hingeschickt, wo man ihn mit Hilfe spezieller Behandlungsmethoden umgestimmt hätte, aber nein, seine wunderbaren Träume teilte er nur mit wenigen Freunden, und diese bewiesen wiederum vor sich selbst, was für wunderbare Freunde sie waren, indem sie hübsch den Schnabel hielten oder das Ganze schlicht für leeres Geschwätz ansahen.

Die Eltern nährten auf vielfältige Weise Sergeis Interesse am Leben, indem sie bewiesen, dass das Ganze keinen Sinn hatte, wenn er nicht in allem der Beste war, als Schüler putzten sie ihn sogar für eine Zwei im Hausaufgabenheft herunter – Sergeis künftiger Erfolg schien von ganz bestimmten Noten abzuhängen, obwohl Millionen von Beispielen eher das Gegenteil bewiesen.

Der Roman, an dem Sergei schrieb, war im Grunde »Lolita«, übertragen auf die hiesigen Realien, und theoretisch sollte er den Leser dadurch schockieren, dass das im Roman geschilderte Mädchen nicht zwölf, sondern acht Jahre alt war. Damit endete auch schon der Schock, und es begannen die harmlosen Schürzenjägereien und seelischen Erschütterungen des Helden, die trotz aller Versuche, aus dem Nähkästchen der Masturbationstechniken zu plaudern, trotz aller Beschreibungen verschiedener Körperteile der Heldin nicht an das heranreichten, was sich auf den Straßen der Stadt und in der Region abspielte. Außerdem verlegte sich Sergei nach dem Grad seiner jeweiligen Vertrautheit mit dem universitären Lehrprogramm darauf, mal wie Turgenjew, mal wie Tolstoi, mal wie Dostojewski zu schreiben, dann kam eine Dosis Dowlatow hinzu, mit kleinen, lustig anmutenden Anekdötchen, und Petrow musste das alles lesen. Periodisch wurde der Roman auf einer verlassenen Baustelle feierlich dem Feuer überantwortet. Petrow erinnerte sich nicht, dass der Roman weiter als bis zum dritten Kapitel gediehen wäre und ob das dritte Kapitel überhaupt jemals fertiggeschrieben wurde. Es gab im Roman jede Menge untergründiger Sinnebenen und Allusionen, die Sergei dem unbedarften Petrow nur zu gerne erklärte, aber in jeder neuen Version waren die Sinnebenen und Allusionen wieder andere. In der jüngsten Variante des Anfangs, in den ersten beiden Kapiteln und dem Anfang des dritten, hatte sich der Held zunächst rasiert und wollte dann die Redaktion einer Zeitung aufsuchen, doch sein Vater, ein stierhafter Typ, butterte ihn nach Strich und Faden unter.

Aber letztlich hätte auch das alles harmlos sein können, wäre Petrow nur nicht so ein dummer Junge gewesen mit einem Fimmel für Freundschaft und Ehre und Gott weiß was noch alles, hätte es nur dieses Lied nicht gegeben, »Welle um Welle erhebt sich im Meer« (das Petrow gefiel), und Ähnliches mehr.

Petrow hatte auch noch einen ganz anderen Kumpel, mit welchselbigem er einen endlosen Comic über einen Bauern zeichnete, dem ein Kosmonaut auf den Kuhstall gestürzt war, und der Bauer schnappte sich den Kosmonauten und machte sich mit ihm auf, um Gerechtigkeit und materielle Entschädigung zu fordern, zunächst im Dorfsowjet, dann bei der Regionalverwaltung, aber man legte ihm nahe, zur Raumstation aufzusteigen und dort vor Ort zu prozessieren (es handelte sich übrigens um Fantasy: Bauer und Kosmonaut gehörten verschiedenen Rassen an – nämlich Kosmonauten und Bauern, doch es gab auch noch Proletarier, Militärs, Telemenschen und Mondmagier, die man nur mit Hilfe eines Mondlifts erreichen konnte). Mit diesem Freund gab es keine Probleme. Sie wussten beide nicht, warum sie zeichneten, hegten keinerlei Pläne, ihr Epos zu veröffentlichen, aber auf das Zeichnen verwendeten sie so viel Zeit und Kraft, als wäre es ihre zweite Arbeit.

Sergei hatte einige der »dicken« Literaturjournale abonniert und kaufte sich am Kiosk die »Literaturzeitung«, er sagte, alles sei sehr schlecht, niemand könne schreiben. Die Literaturpreise würden an die Falschen vergeben (nicht an ihn), aber selbst konnte er sich nicht aufraffen, irgendetwas von seinen Schriften einzureichen. Petrow regte an, doch wenigstens ein Kapitel aus seinem Roman an eine Zeitschrift zu schicken und es für eine Erzählung auszugeben, aber Sergei konnte auch an einem einzigen Kapitel bis in alle Ewigkeit herumbessern, irgendwelche für ihn allein sichtbaren Mängel ausmerzen, um eine gewisse, wie er sagte, »Musikalität« zu erreichen. Er war nämlich ein wunderbar lernfähiger Student und hatte es sich zu eigen gemacht, dass die großen Schriftsteller sehr sorgfältig arbeiteten, und zwar nicht nur an ihren Romanen, selbst am kleinsten Gedichtlein konnten sie sich komplett einen abrackern und einen Haufen Papier und Tinte verschwenden. Diese mythische Arbeit hatte sich in Sergeis Kopf seltsam festgehakt, er stellte sie sich auf seine Weise vor, so wie sie vermutlich niemals ausgesehen hatte. Er plante, vor der Veröffentlichung seines Romans zu sterben, bereitete sich jedoch schon auf künftige Interviews vor, auf allerlei Begegnungen mit den Lesern, wo er über die schwere Arbeit des Romanschriftstellers klagen und beweisen würde, dass einer solchen Tätigkeit nicht jeder gewachsen sei.

Außerdem führte Sergei ein Tagebuch, wo er all seine Mühen auf dem Boden der zu beackernden Literatur beschrieb. Er gab es Petrow zu lesen, so dass dieser nun auch noch über dem Tagebuch brüten musste. Seine ganze Offenherzigkeit hatte Sergei in den Roman ausgeschüttet, weshalb es im Tagebuch nichts anderes gab als manierierten Trübsinn ob der eigenen Talentlosigkeit und Schilderungen des geistigen Ringens mit dem Sujet und den sprachlichen Wendungen. Die Schilderung des literarischen Schaffensprozesses durch die Augen Sergeis war ebenso trübsinnig, kläglich und freudlos wie Goethe in Eckermanns Tagebüchern und wie Eckermann selbst in Eckermanns Augen und Eckermanns eigenes Schicksal (kurz bevor Sergei ihm das Tagebuch gab, hatte Petrow zufällig, um seinen Kopf zu beschäftigen, die »Gespräche mit Eckermann« gelesen, auf die er in der väterlichen Bibliothek gestoßen war). Petrow konnte nicht verstehen, warum Sergei überhaupt Zeit auf die Literatur verschwendete, in Sergeis Händen wirkte die Literatur wie eine milde, möglichst nicht verletzende Selbstgeißelung vor dem Spiegel, eine heimliche Kostümierung als Frau, ohne damit je vor die Welt zu treten.

Genau das sagte Petrow auch zu Sergei, nachdem er das Tagebuch gelesen hatte; im Eifer fügte er hinzu, wenn Sergei endlich bei seiner Cousine, die er im Roman so ausgiebig beschrieb, einfach vorbeifahren würde, wäre das weitaus sinnvoller, als das ganze literarische Geschmachte nach ihr über die Häupter seiner Freunde auszugießen. Sergei sagte, es sei mitnichten seine Cousine, sondern ein literarisches Bild, und zog mit zwei Kapiteln zur Zeitschrift »Ural«.

Die Geschichte seines Ganges dorthin, den er als einzige Schande und Erniedrigung empfand, erzählte Sergei mit maximaler Schonungslosigkeit gegenüber sich selbst, aber Petrow hörte interessiert zu, weil er noch nie in der Redaktion einer Zeitschrift oder Zeitung gewesen war und nicht wusste, wie es dort zuging. Für Petrow war es überhaupt erstaunlich, dass es hier in ihrer Stadt wahrhaftig eine Zeitschrift gab, wo Leute damit beschäftigt waren, Manuskripte auszuwählen, sie zu redigieren, und heraus kommt am Ende ein dickes Heft im Papiereinband, das dann an Bibliotheken und Zeitungskioske geschickt, von Briefträgern auf Briefkästen verteilt wird, und jemand wartet jeden Monat auf die Zeitschriften, liest sie von vorne bis hinten durch.

Sergei hätte seine Kapitel per Post schicken können, aber es kam ihm abstrus vor, innerhalb derselben Stadt Päckchen zu verschicken, umso mehr als die Fahrt zur Redaktion keine Mühe machte. Weitaus mühsamer war es, ins Innere des Gebäudes zu treten und zu fragen, wo man hinmusste, weil die Leute (so schien es Sergei) ihn sofort mit neugierigem Spott musterten (auch du willst also dein Glück als Schriftsteller versuchen?). Eine gute Stunde wandelte Sergei über die Malyschew-Straße, besah sich Kioske und Geschäfte, bis er sich schließlich einen Ruck gab. Sergei sagte, er habe sich am Ende geschämt, mit der dicken Ledermappe unterm Arm auf der Straße herumzustromern.

Auch das Manuskript war für Sergei Anlass zur Scham. Er hatte einen Haufen Zeit totgeschlagen, indem er es auf der Schreibmaschine immer wieder abtippte, auf Tippfehler überprüfte, aber dennoch fürchtete er, dass etwas nicht in Ordnung war, dass das Manuskript nicht ausreichend dick, formal nicht in Ordnung sein könnte und wegen der formalen Gestaltung auch nicht gedruckt würde; für das Manuskript hatte Sergei sogar zwei spezielle Büroklammern erstanden, damit die Blätter nicht auseinanderflogen und schön plan lagen, Kante an Kante.

Vor seinem Gang in die Redaktion ging Sergei zum Friseur, er zog einen Anzug an, rasierte sich, legte Parfüm auf und putzte sorgsam die Schuhe, obwohl diese Schuhe auch so schon relativ sauber waren, weil draußen Dezember war und man sie sich nirgends richtig schmutzig machen konnte, seinen karierten Mantel reinigte Sergei mit der Bürste.

Im Erdgeschoss gab es ein Reisebüro, dort schickte man Sergei in den dritten Stock. Bis zur zweiten Etage war es laut, auf den Treppenabsätzen rauchten Leute und schnippten Asche in Kübel mit Palmen und Ficusbäumen, aber über der dritten Etage waltete nur ein gusseiserner Jungbär und Stille. Sergei erprobte an mehreren Türen ein höfliches Klopfen, eine Antwort kam jedoch nur aus einem Zimmer – anscheinend war dort die gesamte Redaktion versammelt und zwar einzig zu dem Zweck, sich den komischen Literaturnovizen zu begaffen. Sergei wurde mitsamt seinem Manuskript an einen kleinen grauhaarigen Opa verwiesen, der den Papierstoß ohne Enthusiasmus entgegennahm und sagte, er solle in einer Woche wiederkommen oder anrufen.

Kaum fand sich Sergei auf der Straße wieder, wollte er auf der Stelle umdrehen, das Manuskript an sich nehmen und niemals wieder dorthin zurückkehren. Die Idee, den Leser mit einem kleinen Mädchen zu schockieren, erschien Sergei nicht mehr so unterhaltsam wie zuvor. Er riss sich zusammen und fuhr nach Hause. Die ganze Woche wurde er in wechselnden Attacken bald von brennender Scham befallen, weil er sein Werk in die Redaktion gegeben hatte, bald vom Glauben, gleich käme ein Anruf mit der Botschaft, er sei ein Genie. Manchmal schien ihm das Ganze derart schlecht zu sein, dass er glaubte, gleich käme ein Anruf mit der Botschaft, er solle das Schreiben bleibenlassen und künftig um die Redaktion einen Bogen machen.

Eine Woche später wiederholte er seinen Gang, wiederholte sogar sein zauderndes Wandeln auf der Malyschew-Straße, mit dem einen Unterschied, dass er diesmal keine Mappe unterm Arm trug und genau wusste, wohin er zu gehen hatte. Ohne bestimmten Grund war er bereits überzeugt, dass es keine Veröffentlichung geben würde, und sah keinen Sinn darin, sich die kritischen Bemerkungen des grauhaarigen Opas anzuhören.

Ein weiterer Schrecken erwartete Sergei, als er schließlich doch in den dritten Stock hinaufstieg und schüchtern durch die Redaktionstür schlüpfte, schwitzend im Vorgefühl seiner Zerschmetterung, nur um festzustellen, dass man ihn schon vergessen hatte, und Sergei musste sich wieder in Erinnerung bringen, wer er war, welches Manuskript er angeschleppt hatte, worum es darin ging, und der graue Opa musterte ihn wie einen Fremden und versicherte mit Engelsmiene, er sei für Prosa nicht zuständig, sondern nur für Lyrik. Dann erinnerten sich plötzlich alle wieder an Sergei, in den Augen des Alten erglomm ein tückisches Feuer (womöglich war es auch gar nicht tückisch, sondern kam Sergei nur so vor), rasch fand er das Manuskript und zog Sergei ins Nebenzimmer.

Dort begann er sich unter traurigem Seufzen, als hegte er Mitleid mit Sergei, weil dieser eine solche Niete war, darüber zu verbreiten, dass Sergeis Erzählungen zweitklassig seien. Buchstäblich Absatz für Absatz deckte der Alte findig auf, wo Sergei diesen oder jenen Schriftsteller imitiert hatte; Sergei verfolgte aufmerksam den Finger des Alten auf den Buchstaben, als ließe sich dadurch das Geschriebene noch irgendwie verbessern, und nickte zustimmend, weil er nun selbst die ganze Abstrusität seiner Prosa sah.

»Also es gibt da durchaus gute Stellen, davon gerne mehr«, sagte der Alte.

Er wies auf einen Abschnitt, wo die Heldin plaudernd neben einem Mitschüler einherging, wobei sie ihren Rock nach dem Sportunterricht in der letzten Schulstunde versehentlich in die Strumpfhose gesteckt hatte – so sehr mochte sie diesen Jungen und das Gespräch mit ihm, dass sie die Peinlichkeit erst bemerkte, als sie bereits vor ihrem Haus angelangt war. Ferner gefiel dem Alten ein Fragment, wo die Mutter des Helden nicht zuließ, dass der Vater des Helden den Müll herunterbrachte, aus Argwohn, er könne, sobald er auf die Straße ging, erst einmal verschwinden und betrunken wiederkommen.

Der Alte begann sich darüber zu verbreiten, dass es bei der Zeitschrift und an der Universität Literaturwerkstätten gebe. Über die Werkstätten an der Universität wusste Sergei auch ohne ihn Bescheid, aber dort befasste man sich im Wesentlichen mit Gedichten. Außerdem war Sergei der Meinung, solcherlei Übungen seien schlichtweg Zeitverschwendung. Es war ihm noch nicht zu Ohren gekommen, dass die Betätigung in einer Literaturwerkstatt große Schriftsteller hervorgebracht hätte. Er fand, die Literatur sei bis zu einer gewissen Etappe eine hoch intime Sache. (Was allerdings nicht ganz zu seinem Bedürfnis passte, nach jedem neuen Schreibanlauf die Romanmanuskripte an seine Freunde zu verteilen.) Sergei versprach dem Alten, unbedingt eine Werkstatt zu besuchen, nicht einfach zu verschwinden, unbedingt ein Manuskript in die Redaktion zu bringen, falls er wieder etwas in petto hätte.

Ein paar Wochen lang fühlte sich Sergei zermalmt und zertreten, d. h. er fühlte sich so wie die Heldin seines Romans, wenn sie vom Helden betatscht wurde. Das Schreiben wollte Sergei komplett aufgeben. Dann beschloss er, dass es ihm einfach an Lebenserfahrung mangelte, um einen Roman zu schaffen, und er beschloss, diese Erfahrung zu sammeln und in drei Jahren mit dem Schreiben zu beginnen, um dann zu sterben und der Welt seine Manuskripte zu hinterlassen.

Wie gut hatten es die Leute im neunzehnten Jahrhundert, sie brauchten sich nicht täglich mit anderen zu messen, außer mit Alexander dem Großen und Napoleon. Zu der Zeit, in der Sergei lebte und sogar schon kurz davor, prasselten von allen Seiten literarische Erfolgsgeschichten im Radio und Fernsehen auf einen ein, Beispiele eines ungeheuren Dusels, eines günstigen Zusammenfalls von Publikumsgeschmack, dem Scharfblick des Literaturagenten und Vorsehung. Buchstäblich in dem Moment, als Sergei sich gerade ein klein wenig beruhigt und einen Roman über einen malenden Klempner begonnen hatte, der sich in der voreingenommenen Welt der Kunst seinen Weg bahnte, kippte ihm der Fernseher einen Kurzfilm über den Kopf zur Verleihung eines Literaturpreises an Sergeis Altersgenossen oder Beinahe-Altersgenossen, genauer gesagt, an ein Bürschlein um die neunzehn. Das Bürschlein wurde zum neuen Burgess ernannt, man erwarb bereits die Rechte für die Verfilmung seiner Erzählungen und prophezeite ihm eine große Zukunft.

Hinzu kam, dass ihm einer seiner Dozenten im Studienbuch einen Dreier verpasste. Sergei beschloss, es sei nun an der Zeit, sich an der grausamen Welt zu rächen, weil sie ihn nicht wertschätzte, und er wollte Petrow überreden, daran mitzuwirken. Sergei war kein gläubiger Mensch, aber er hatte beschlossen, sich abzusichern für den Fall, dass Gott womöglich doch existierte und ihn für die Sünde des Selbstmordes zur Rechenschaft ziehen würde. Sergei hatte irgendwo eine Pistole aufgetan, mit deren Hilfe er sich aus der Welt zu schaffen gedachte. Petrow schmeichelte dieses Vertrauen in seine Person, immerhin vertraute Sergei gerade ihm und keinem anderen, daher fehlte Petrow die moralische Kraft, sich mit Sergeis Eltern über dessen Pläne auszutauschen. Seinen Freund umzubringen war allerdings auch nicht gerade toll, aber wieso eigentlich nicht, wenn er es doch selber so wollte? Petrow kam es gar nicht in den Sinn, dass er bei dieser Geschichte einen Fehler machen könnte. Wie es sich für einen wahren Freund geziemt, deutete er zunächst an, dass es sich vielleicht nicht lohne, wegen irgendwelcher Nichtigkeiten, der Kränkung durch eine Zeitschriftenredaktion oder durch einen Dozenten so etwas zu tun. Er brachte ein Beispiel aus seinem eigenen Leben. Von einer Publikation seiner Comics habe er selbst nicht mal zu träumen gewagt, weil er in Russland keinen einzigen Verlag kannte, der sie drucken würde. In Jekaterinburg (damals hatte ja die Stadt ihren Namen ganz frisch gegen den aus der vorrevolutionären Zeit eingetauscht, und »Jekaterinburg« zu sagen, war ein wenig ungewohnt, noch sagten alle »Swerdlowsk«) erschien nur die Zeitschrift »Veles«, aber dort konnten sie mit knapper Not gerade mal ihre eigenen Künstler in der jeweiligen Ausgabe unterbringen. Dann gab es noch die Disney-Zeitschriften mit Comics über die Enten und Mickey Maus – der Weg dorthin war Petrow und seinem Freund selbstverständlich versperrt. Zudem war er bei der Aufnahmeprüfung der Fakultät für Kunst und grafische Gestaltung am Pädagogischen Institut von Nischni Tagil durchgefallen, hatte geschworen, dort nie wieder in Erscheinung zu treten, und sich überhaupt aus dem Kopf geschlagen, jemals Künstler zu werden. »Das bist halt DU«, entgegnete Sergei angewidert, als sei Petrow ein Versager.

Sergei ließ nicht locker. Offenbar lag der Grund nicht allein in seiner paradoxen Frömmigkeit, er hatte sich offenbar im Kopf ein Sujet zurechtgelegt, das sich dadurch realisieren sollte, dass Petrow auf Sergei schoss. Sergei kam manchmal der Gedanke, ob es nicht darum ging, dass die meisten großen russischen Schriftsteller eines gewaltsamen Todes gestorben waren und dass er, Sergei, versuchte, mangelndes Talent durch sein jugendliches Alter und einen frühen Tod zu kompensieren. Mehrere Monate lang drängte er Petrow zu der Tat, dieses Drängen wirkte fast schon, als nötigte er ihn zum Geschlechtsakt – so aufdringlich war Sergei in seinem Begehren. Sobald sie miteinander allein waren, konnte er über nichts anderes reden als seine Ermordung, er rief Petrow an, um darüber zu quatschen, besuchte ihn ausschließlich wegen des Gesprächs über den Tod.

Petrow willigte schließlich ein, schlug jedoch vor, noch etwas abzuwarten, wenigstens bis zum Mai, denn er setzte darauf, dass Sergei nur mit Worten so resolut war, nach einer Weile würde er es sich anders überlegen, oder vielleicht würde man ihn schließlich doch noch irgendwo publizieren. (Sergei hatte nämlich Kapitel aus seinem Roman an die Literaturzeitschriften »Stern« und »Die neue Welt« geschickt, und so bestand noch eine geringe Chance, dass er die Stimmung der Redakteure treffen und einer von ihnen sagen würde: »He, lasst uns das Ding drucken, das wird ein Spaß!«, oder etwas in der Art, Petrow wusste nicht, wie man in den Redaktionen Gedichte und Prosa auswählte, aber nach dem, was ihm Sergei in seiner Empörung verraten hatte, schloss er, dass es in etwa so ablaufen musste.)

Man sollte meinen, dass Sergei sich danach etwas beruhigen und alles wieder ins alte Gleis zurückkehren würde, zu den Treffs auf verlassenen Baustellen, den Spazierrunden im Waldpark, den Diskussionen über Literatur und Filme bei Bier oder Wein. Aber die Sache wuchs sich dahingehend aus, dass Sergei tatsächlich begann, Literaturclubs aufzusuchen, an seinem Roman über den künstlerisch tätigen Klempner weiterschrieb und ihn zu seinen Spaziergängen und Besuchen überallhin mitschleppte. Außerdem machte er sich sorgsam an die Planung seines Selbstmords. Petrow wusste nicht, was quälender war: sich die unterschiedlichen Versionen der Abschiedsbriefe anhören zu müssen, in denen Sergei seinen Vater beschuldigte, er habe ihn in seiner Persönlichkeitsentwicklung behindert und auf vielerlei Weise unterdrückt, wo er den Lehrer, der ihm die Drei verpasst hatte, und die Redakteure wegen ihrer geistigen Trägheit beschuldigte und die zeitgenössische Kultur entlarvte, oder die verschiedenen Fassungen des Romans zu lesen, in dem Petrow selbst vorkam, der Unkenntlichkeit halber verwandelt in einen homosexuellen Blondschopf. Sich selbst hatte Sergei in einen erfolgreichen Dramatiker verwandelt, einen einstigen Klassenkameraden, der es zu etwas gebracht hatte, der auf internationalen Festivals herumsprang und nur als eine Art Vorbild figurierte, gegenüber dem der verwandelte Petrow Neid empfand. In der ersten Version des Romans stellte Petrow dem achtjährigen Nachbarjungen nach. »Du hast wohl den Arsch offen, verdammt!«, sagte Petrow erbost, als er das alles gelesen hatte. »Wie kommst du überhaupt drauf, dass es von dir handeln soll!«, sagte Sergei, aber den Jungen tilgte er. Stattdessen gab es nun einen zweiten Klempner wie der verwandelte Petrow und die Schilderung ihrer allmählichen Annäherung, bestehend aus allerlei Berührungen mit den Ärmeln während der gemeinsamen Arbeit der beiden in den Kellern und Wohnungen ihrer Mitbürger. Sergei erzählte, wie das alles ausgehen sollte. Am Ende des Romans würde der Klempner, in den der Klempner Petrow verliebt war, Petrow von irgendeinem Typen vor der Nase weggeschnappt, und Petrow stand mit leeren Händen da und begriff, dass er einsam und talentlos war.

Je näher der Frühling rückte und je weniger Zeit blieb, bis Sergeis Eltern auf die Datscha fuhren, umso aufdringlicher wurde

Sergei. Jeden einzelnen Tag telefonierte er entweder mit Petrow oder schaute bei ihm vorbei, um sich zu überzeugen, dass Petrow nicht etwa davon abgerückt war, ihn zu töten. Petrow empfand es als verletzend, sich das anhören zu müssen, er war der Meinung, sein einmal gegebenes Versprechen müsse vollauf genügen. Das Einzige, was Petrow noch behindern konnte, war die Tatsache, dass er etwas mit einem Mädchen angefangen hatte, das im gleichen Treppenaufgang wohnte, wobei er die Geschichte zunächst nicht wirklich ernst nahm, jedenfalls nicht so ernst wie das Mädchen, das ihn schon bei der Arbeit aufsuchte und zu ihm nach Hause kam und ihn im Hauseingang abpasste, wenn Petrow vorgab, nicht da zu sein. Die Treffen waren gar nicht mal so übel, mit dem Mädchen war es gar nicht mal so öde, tatsächlich erkannte Petrow durch diese Treffen erst die ganze Dummheit von Sergeis Plan, die ganze Absurdität seiner Vorwürfe gegen alles und jeden auf dieser Welt, gegen den Vater, den Dozenten, auf der anderen Seite musste er sich nun auf dem Weg zu Sergei an ihr vorbeistehlen, und daran hinderte ihn ihre übertriebene Zudringlichkeit, an den Wochenenden kam sie sogar in aller Herrgottsfrühe zu ihm, weckte ihn auf und verlangte, dass er sie unterhielt. Petrow fand das auch noch lustig.

Man hätte einen Tag vereinbaren können, an dem Petrow direkt von der Arbeit zu Sergei gefahren käme, aber das Problem lag darin, dass Petrow nicht wusste, wann dieser Arbeitstag enden würde, er blieb durchaus auch mal die ganze Nacht in der Werkstatt, der Winter war ja zum Glück vorbei, und man konnte bedenkenlos auf der Werkbank schlafen, die Wattejacke unterm Kopf. Sergei und Petrow beschlossen, die Sache auf die erste Woche nach der Abreise von Sergeis Eltern zu legen, egal an welchem Tag, solange Petrow nur möglichst früh von der Arbeit kommen konnte. Sergeis Eltern waren fanatische Gärtner – jedes Frühjahr fuhren sie für fast den ganzen Sommer weg und pendelten von der Datscha aus zur Arbeit.

In der ersten Woche war nichts zu machen: Die Eltern

schleppten Sergei fast schon gewaltsam mit auf die Datscha, und angetrieben vom Geschrei seiner Mutter kroch derselbe Sergei, der den Tod nicht zu fürchten schien, in den roten Schiguli seiner Eltern; angetrieben vom selben Geschrei halfen Petrow und seine Freundin Sergei, den Schiguli zu beladen mit Spaten und anderem Gartengerät, mit allerlei Kisten, Brettern, Konserven, Säcken, leer oder mit Kartoffeln. »Mensch, ich hab doch noch was vergessen«, sagte immer mal wieder Sergeis Mutter. Sergeis Vater nötigte Petrow, die Bremsklötze hinten am Wagen zu wechseln, er selbst stand daneben und ließ allerlei ironische Bemerkungen fallen, wie man Petrow andernorts auch noch Geld dafür bezahlte, dass er hübsch gemächlich vor sich hin bosselte.

Petrow schickte Sergeis Vater nur deshalb nicht zum Teufel, weil er sich erinnerte, wie dieser Vater früher, als sie Kinder waren, nett mit ihnen war, wie sie gemeinsam Flugzeugmodelle aus Plastik und ein Pappmodell der Raumstation »Mir« gebastelt hatten, wie der Vater nach den Skizzen aus der Beilage zum »Jungen Techniker« Schiffsmodelle baute, und das alles hatte er hinbekommen, während Petrows eigener Vater immer nur auf Arbeit war.

Sergei geriet von dieser Reise in derart schlechte Stimmung, dass er schon im Vorfeld zu schmollen begann. Offenbar verabscheute er die Datscha mehr als alles andere. Man konnte ihn verstehen: Jede Datscha, jede Gartenparzelle offenbarte sich im Frühling als echter antiker Hades – ein freudloser Ort mit Resten von altem Laub auf den im Verlauf des Winters abgesunkenen Beeten, mit feuchten Wegen, kahlem Gesträuch, einem windschiefen Gartenklohäuschen, all das erfreute nicht wirklich das Auge, ständig musste man etwas wegräumen, irgendwo hinschleppen, anbauen, ein löchriges Dach flicken. Sergeis Vater hatte unter anderem die unangenehme Angewohnheit, sämtliche Handlungen seines Sohnes mit einem Seufzer der Enttäuschung, einem »Ach je« zu kommentieren, was selbst Petrow auf die Nerven fiel, obwohl es ihn gar nicht betraf. Es war, als müsste Sergeis Vater sich vor seiner Frau beweisen, er konkurrierte sozusagen mit dem Sohn um die eigene Frau und demonstrierte Sergei seine volle Überlegenheit.

Tatsächlich waren Sergeis Eltern wundervolle Menschen und so freundlich, dass Petrows eigene Eltern ihn sogar ein paarmal mit auf deren Datscha ließen, um sich selbst von Petrow zu erholen (von den Pionierlagern hielten Petrows Eltern aus unerfindlichen Gründen nichts). Aus dieser Zeit erinnerte sich Petrow, wie man Sergei und ihm erlaubt hatte, sich auf dem Dach der Veranda zu sonnen (auf der Datscha von Petrows Großmutter war das verboten, weil die Dachpappe womöglich Dellen bekäme, Petrow herunterfallen könnte oder sonst irgendwas, sie fanden immer einen Grund), wie Sergeis Mutter Petrow in der Gartenbanja wusch und ihm die Nägel schnitt, wie er mit Sergei bei irgendeiner Oma fremde Himbeersträucher geplündert hatte, die Oma kam an und machte Stunk, Sergeis Vater nahm die beiden in Schutz, bot der Frau an, sie könne bei ihnen die Sträucher abernten, wenn sie unbedingt Himbeeren brauchte, aber die Oma sagte, sie habe eh keine Enkel, daher könnten sie gerne auch noch die Erdbeeren abessen, nur sollten sie vorher um Erlaubnis fragen, einfach so, ganz ohne Erlaubnis, war es nun mal nicht gut. Sergeis Vater verdonnerte sie dazu, der Oma das Gießwasserfass aufzufüllen, Petrow und Sergei füllten es auf, und das Fass wäre noch rascher voll geworden, wenn sie sich nicht auf dem Rückweg vom Brunnen mit der Hälfte des Wassers nassgespritzt hätten. Der Schwengel am Brunnen ging so schwer, dass das Gewicht von einem allein, Petrow oder Sergei, nicht ausreichte, um ihn herabzudrücken – sie mussten sich zu zweit an den Schwengel hängen oder sich zu zweit mit dem Bauch darüberlegen. Das Brunnenwasser schlug mit solcher Wucht auf den Boden des an den Hahn gehängten Kübels, dass es richtig schäumte und aussah wie der Sprudel ohne Sirup aus den Automaten, die in der Stadt an jeder Ecke herumstanden.

Auf der Datscha von Petrows Großmutter war es nicht so lustig. Erstens waren ringsum nur Rentner, und zwar kinderlose Rentner, so dass man mit niemandem spielen oder auch bloß plaudern konnte. Zweitens gab es auf Großmutters Datscha keinen Fernseher, ja nicht einmal ein Radio, außer bei den Nachbarn, aber die waren zu knickrig, um die ganze Gegend zu beschallen, wie es etwa die Nachbarn von Sergeis Eltern taten; das Einzige, was Petrow von diesem Radio zu hören bekam, war das Zeitzeichen um einundzwanzig Uhr, und auch das nur, weil sich abends auf das gesamte Gartenkollektiv drückende, vorgewittrige Stille senkte. Drittens ließ die Großmutter nicht zu, dass Petrow sich im Garten betätigte, und klagte dann darüber, dass er ihr nicht half, sondern nur im Weg war. Sie ließ ihn deshalb nichts tun, weil sich damals vor langer Zeit auf dem Dorf ihr kleiner Bruder etwas in den Finger gestochen hatte und an Tetanus gestorben war, und klagen musste sie, weil sie trotz allem Hilfe benötigte. Die Großmutter ließ ihn nicht zum Baden gehen, aus Angst, er könne ertrinken, sie erlaubte ihm nicht, aufs Dach zu klettern, aus Angst, er könne sich das Genick brechen, sogar lesen durfte Petrow nicht zu viel, er könne sich ja die Augen verderben. Das Einzige, was er auf der Datscha tun durfte, war auf der Veranda sitzen, Löcher in die Luft starren und sich das Gebrumme der Großmutter anhören, was für ein Faulpelz da heranwuchs. Jeden Sommer verbrachte er einen ganzen Monat bei der Großmutter auf der Datscha. Dass er nicht überschnappte, war überhaupt unfassbar.

Bei der Abfahrt hielt Sergei einen mit einer Bastmatte abgedeckten Eimer umschlungen und musterte Petrow mit einem Blick, als werde er sich nun eben dort auf der Gartenparzelle erhängen oder erschießen, im Innern des Skelettes ihres Gewächshauses, das einem Spielzeughäuschen glich. Mit viel Stunk hatte Sergei erreicht, dass er Papier und Schreibmaschine mitnehmen durfte, die Schreibmaschine wurde aufs Autodach gepackt und mit Seilen an Brettern und einer Blechwanne befestigt. Petrow kam es gar nicht übel vor, auf der Datscha zu schreiben, er sah Sergei direkt vor sich, wie er auf dem Dachboden, den er für sich erobert hatte, an dem alten kleinen Tisch mit den Spiralbeinchen und der schmalen Ausziehschublade saß, auf die Tasten einhieb und eine seiner üblichen Geschichten fabrizierte, in die er das Leben seiner Bekannten verwandelte. Zur Ehre von Sergeis Vater musste gesagt sein, dass er sich nie in das Schaffen seines Sohnes einmischte, er versuchte nicht einmal, einen Blick zu erhaschen auf das, was der Sohn gerade schrieb, gab keine blinden Ratschläge, wie und wovon man schreiben sollte, schob ihm keine Bücher zu mit der Empfehlung, so oder so ähnlich zu schreiben, pflanzte sich nicht hinter seinem Rücken auf, um den Arbeitsprozess zu verfolgen. Dagegen griff sich Petrows Vater, ehe sie zur anderen, an Alzheimer leidenden Großmutter fuhren, um ihr unter die Arme zu greifen, regelmäßig die Blätter mit Petrows Zeichnungen und inspizierte sie mit pingeligem Blick. Seit Petrow es nicht in die Kunstschule geschafft hatte, war er in den Augen des Vaters mitsamt seinen Fähigkeiten erledigt. Wäre es ihm gelungen, die Comics irgendwo zu verkaufen, hätte der Vater in den Zeichnungen vielleicht noch einen Wert gesehen, so aber schnaubte er bloß, wenn er Petrow und dessen Freund über das Storyboard für die nächsten Seiten gebeugt sah, und sagte mit höhnischem Lachen: »Jungs, ihr solltet mal besser was Nützliches tun.« Petrow begann sich selbst von der Seite zu sehen in seiner ganzen Erbärmlichkeit, er sah sich sogar mit seinem Freund in einer Art Schwarz-Weiß-Film, so etwas wie »Versuch's mit der Liebe«, über ein paar jugendliche Hallodris, die sich für Künstler hielten, abstrakte Bilder hinschmierten, zum Schwof mit Jazzmusik gingen, mehr tranken, als dass sie sich der Kunst widmeten – und dann kommt der Moment, wo man einen von ihnen wegen antisowjetischer Tätigkeit verhaftet, das Studio wird geschlossen, die Freunde müssen zum Arbeiten in die Fabrik, wo sie nichts gebacken kriegen, und die lächelnden, muskelbepackten Altersgenossen aus der Fabrik

machen sich nur über sie lustig, während die älteren muskelbepackten Arbeiter spitze Bemerkungen in ihre Richtung loslassen,
wegen ihnen droht die Brigade beim sozialistischen Wettbewerb
durchzufallen, und nur ein Mädchen glaubt daran, dass sie doch
zu etwas taugen, einer der Helden zeichnet im abstrakten Stil ihr
Porträt, und heraus kommt eine Art Karikatur, alle lachen über
das Porträt, da erinnert sich ein Veteran im zufälligen Gespräch
an seine Familie, die bei einem deutschen Bombenangriff ums
Leben kam, er zeigt ihr Foto herum, und der Held, den die Geschichte nicht mehr loslässt, porträtiert aus dem Gedächtnis Frau
und Kinder des Veteranen, sitzt bis spät in der Nacht an dem Bild,
verschläft seine Schicht, auf den Versammlungen von Komsomol
und Arbeiterschaft prangert man ihn an, das Mädchen, das der
Held im abstrakten Stil gezeichnet hat, erweist sich als die Sekretärin der Komsomol-Organisation, sie sucht ihn zu Hause auf, um
zu klären, was los ist, ach nichts, was zeichnest du denn gerade?
Ach nichts, halt wieder meinen üblichen Mist, doch, doch, genau
das, lass mal sehen, ein Ringen vor der verdeckten Leinwand, die
Leinwand kippt, das Mädchen erlebt seine Katharsis, schleppt
das Ganze in die Fabrik, der Veteran schluchzt und umarmt den
Helden – all das vollzog sich im Handumdrehen in Petrows Kopf,
während der Vater ihm nahelegte, was Rechtes zu machen. Weiter als bis zu den Umarmungen des Veteranen gedieh das Sujet
nicht. Überhaupt blieb unklar, wie der imaginierte Kinofilm an
sein obligatorisches Happy End gelangen sollte – Petrows Fertig-
keiten als Fräser konnten sich ja nicht bloß durch die allgemeine
Anerkennung seiner Zeichenkunst verbessern.

Petrows Freundin war von Petrows Stärken übrigens deutlich
mehr überzeugt als sein Vater; kaum fand sie heraus, dass Petrow
sich als Zeichner versuchte, gab sie unverzüglich ihr Porträt in
Auftrag. Das erste Porträt verwarf sie und sagte, es sei ihr überhaupt nicht ähnlich, aber nach Hause nahm sie es trotzdem mit.
Die Mutter des Mädchens sagte, als sie sich ein paar Tage später
begegneten, Petrow zeichne wirklich gut und die Tochter sei fast

wie lebendig. Sie sagte tatsächlich: »Wie lebendig«. Beim zweiten Porträt machte Petrow die Augen des Mädchens eine Spur
größer, den Mund eine Spur kleiner – und das Mädchen war
begeistert. »Und Aktzeichnungen machst du auch?«, fragte sie.
Wenn sie nicht schon zuvor miteinander geschlafen hätten, wäre
Petrow womöglich verlegen gewesen, aber sie waren gleich bei
der dritten Begegnung im Bett gelandet, als von Petrows Zeichnungen noch gar nicht die Rede war, sondern nur von all den
Filmen, die sie in ihrem Leben gesehen hatten und bei denen
sie verglichen, was ihnen gefiel und was nicht. Das Mädchen
war nicht übertrieben helle, und Bücher las sie schon aus Prinzip
nicht, außer irgendwelchen Heftchen mit Liebesromanen, und
auch die las sie nur, weil ihre Mutter sie kaufte (der Vater kaufte
russische Krimis), aber der Begriff »Aktzeichnung« ging ihr seltsam leicht von den Lippen, obwohl sie die Frage auch einfacher
und gröber formulieren könnte. Petrow gefiel es, dass sie ihre
Worte so und nicht anders wählte, aber sie nackt zu zeichnen
lehnte er ab – es ging ihr ja sowieso nicht um ihr Porträt, sondern
darum, dass ihr Kopf auf einen vollkommenen Körper gemalt
und das Ganze vor dem Hintergrund eines luxuriösen Interieurs
oder Autos arrangiert wurde, mit Händen und Füßen, an denen
Brillanten und ausgefallene Tattoos prangten. (Sie trug tatsächlich ein Tattoo – Flammenzungen um den Bauchnabel –, und
hätte ihre Mutter davon erfahren, hätte sie Stunk gemacht und
die Tochter womöglich sogar an den Haaren gezogen.)

Petrow kam nicht dazu, Sergei zu vermissen, weil man ihn ein
paar Tage später zu seiner eigenen Großmutter schickte, um ihr
zu helfen. Seit Petrow seinen Vater von der Größe her eingeholt
hatte (was übrigens kein Kunststück war – der Vater war weder
ein Riese noch ein Basketballspieler), hatte die Langeweile auf
der Datscha ein Ende, denn nun machte sich die Großmutter
Petrow als Hilfsarbeiter zunutze und scheuchte ihn von früh bis
spät herum wie einen Fremden (wie ein Stiefkind, wie Ripley
das Alien durch die »Nostromo« scheucht), aber im Wesentli-

chen brauchte sie Petrow, um die Beete umzugraben, und sein Vater taugte nicht für diese Rolle, weil er sich drückte: Alle fünf Minuten musste er eine rauchen, der Rücken tat ihm weh, er ging in der Datscha aufs Klo und blieb dort stundenlang hocken, betrank sich heimlich mit den Nachbarn, und man konnte den Vater verstehen – irgendwie war wenig davon zu bemerken, dass die auf den umgegrabenen Beeten gewässerten Gurken, Tomaten, Kartoffeln bei ihnen in der Küche gelandet wären, was immer sie anbaute, ließ die Großmutter irgendwo verschwinden, womöglich verkaufte sie es, um für ihr Begräbnis zu sparen. Nach Petrows Berechnungen musste es dann ein schickes Begräbnis werden: mit einem Sarg aus Bergkristall, einem Achtergespann von Rappen vor dem Leichenwagen, drei Besetzungen der lokalen Philharmonie als Orchester, und während die Großmutter den letzten Weg antritt, fliegt über den Leichenzug auch noch eine Kette von Kampfjets hinweg.

Dabei liebte es Petrow, in der Erde zu wühlen, er liebte es so sehr, dass er an sich eine Ähnlichkeit mit dem Helden aus Platonows Roman »Die Baugrube« bemerkte, die winzigen Beete mochte er allerdings nicht besonders, aber das Kartoffelfeld war ganz nach seinem Geschmack. Über Herbst und Winter war es mit Gras zugewuchert, und das Gras musste man jäten, die Erde von den Wurzeln abschütteln und das Gras in den Eimer packen, im Frühling war es nicht so heiß wie im Sommer, die Sonne brannte nicht auf den Kopf, sondern wärmte nur, selbst die winzigen Stechmücken, die direkt aus der frisch gelockerten Erde aufzufliegen schienen und sich einem ans Gesicht heften wollten – selbst die machten Freude, obwohl sie mitunter dicke Quaddeln hinterließen. Die Sträucher auf den umliegenden Gartenparzellen waren noch nicht mit Laub bedeckt, und so konnte man sehen, wie die Nachbarn in der Erde wühlten, und fühlte mit ihnen eine gewisse Verbundenheit. Zu der Zeit, als Petrow heranwuchs, kam gerade das Radio in Mode, plötzlich gab es eine Unmenge von Radiostationen, die Leute schleppten ihre alten Radiorekorder auf die Datscha und von allen Seiten dröhnte unterschiedliche Musik – ausländische und russische. Es roch nach dem Rauch von den Feuern mit Gartenabfällen und nach Schaschlik. Man konnte auch nur in Unterhose und Schlappen nach draußen gehen und sich an die Arbeit machen – niemand war darüber empört, auf der Parzelle direkt neben Petrow grub ein Mordskerl, stolzer Besitzer eines Autos, das vermutlich zwei Wohnungen wert war, unter dem Geschrei einer alten Frau (Mutter oder Schwiegermutter) in der Erde, mit blitzender Glatze – die Wattejacke auf dem nackten Leib, in roten Hosen bis zum Knie und giftgrünen Gummistiefeln.

Es war gut auf der Datscha, und es wurde noch besser, als die Großmutter wegen einer Erkältung oder so in die Stadt abdampfte und Petrow alleine zurückließ, nachdem sie ihm Instruktionen erteilt hatte. Petrow liebte seine Großmutter, aber er liebte es nicht, wenn sie mit einer Milchkanne voller Wasser ankam, ihn fragte, ob ihm die Sonne nicht auf den Kopf brannte, und nahelegte, er solle doch einen Strohhut aufsetzen oder ihren Sonnenhut aus weißem Plastikgeflecht mit dem ausgebleichten rosa Band am Kopfteil.

Am ersten Abend ging Petrow in den örtlichen Laden, eigentlich eher ein Kiosk, deckte sich mit Bier ein (die Großmutter wäre auf der Stelle vorzeitig in die Grube gefahren, wenn sie erfahren hätte, dass auch ihr Enkel mitunter trank) und begrüßte den Sonnenuntergang auf der Veranda von Großmutters schwarzem Häuschen, wobei er es genoss, dass keiner von ihnen auch nur in Schussweite war, weder die Großmutter noch Sergei mit seinen Ideen noch das Mädchen, das am liebsten endlos Unsinn schwatzte und nicht einfach nur dasitzen und schweigen konnte, mit nichts als dem Licht auf den Scheiben der Nachbarhäuschen, den Stimmen der Leute, gerade weit genug entfernt, dass man sich nicht davon aufregen ließ, den Stimmen aus den Fernsehern, die zu »California Clan« oder etwas in der Art von »California Clan« einluden, und den Stimmen aus den Radios.

Petrow liebte es, in der Erde zu wühlen, und er liebte es so sehr, dass er am Tag nach dem Gewühle nur noch die Wahl hatte, entweder weiterzuwühlen oder platt dazuliegen – im Zeitraum zwischen diesen beiden Zuständen meldete sich in seinem ganzen Rückgrat ein verblüffend schockierender Schmerz, den man nicht einmal mehr Schmerz nennen konnte – etwas Überwältigendes, das einen in vorsichtigen Posen erstarren ließ, aus Angst, dieses Gefühl im Rücken, in der Leistengegend zu wecken, das einen nicht mehr direkt vom Bett hochkommen ließ, sondern dazu zwang, sich erst einmal behutsam vom Rücken auf den Bauch zu wälzen, auf allen Vieren Stabilität zu gewinnen, dann die Beine unter sich anzuziehen, langsam aufzustehen, indem man sich zunächst am Hocker und dann an Tisch und Wänden festhielt, bis zur Toilette zu schlurfen, um sich schließlich wie eine Schildkröte anzuziehen und dabei auf die Knochen in der Wirbelsäule und das Rückenmark in ihrem Innern zu lauschen. Petrow fand sich mit seinem Geächze selber lächerlich, aber allein schon das Lachen über die eigene Lage erforderte höchste Behutsamkeit. Auf den Spaten gestützt wie auf einen Krückstock, schleppte Petrow sich aufs Feld hinaus und begann sacht in der Erde zu stochern. Sein Rücken wärmte sich allmählich auf, so als wäre zwischen den Wirbeln ein Schmiermittel erstarrt, das erst zu wirken begann, wenn sich das Rückgrat in verschiedene Richtungen bewegte. Nach einer Weile schwang Petrow schon munter den Spaten, doch er wusste, er brauchte nur innezuhalten, in die Hocke gehen zu wollen – und schon wäre die ganze Schwäche im Rücken wieder da und wieder würde er sich fortbewegen wie eine an den Wänden haftende Spinne.

Über den Winter war neben Großmutters Datscha ein komplettes Haus aus rotem Backstein entstanden, umgeben von einem hohen Backsteinzaun. Petrow erinnerte sich, dass es dort zunächst nur eine Brachfläche gegeben hatte, von der allerlei Unkrautsamen herüberwehten, dann war da eine gelbe Lehmgrube mit Wasser ganz unten am Grund, ein paar Jahre lang stand nur das nackte Fundament – und nun war im Handumdrehen das Haus nebst Zaun emporgewachsen. Petrow gefiel es, wie der Zaun konstruiert war, hübsch gerade, mit regelmäßigen Abständen zwischen den mit Lehm gemauerten Backsteinen, aber es missfiel ihm, wie sich die Leute hinter dem Zaun von allen abschotteten, so dass man nicht sehen konnte, was sie dort trieben. Zudem empfand Petrow seine eigene Unzulänglichkeit gegenüber den Besitzern dieses Hauses, obwohl er von diesen immer nur einen Mann auf dem kleinen Balkon sah (er ging zum Rauchen dorthin und drückte die Kippen im Aschenbecher aus, den Blick bald sinnend in die Ferne gerichtet – von seiner Höhe aus erschloss sich ihm die ganze Farbenpracht der umliegenden Dächer –, bald ebenso sinnend auf Petrow), Petrow schämte sich für seinen bunt zusammengewürfelten Aufzug: Trainingshosen, Turnschuhe von vor drei Jahren, die auseinanderfielen und deshalb für die Datscha eingepackt wurden, um in der Erde zu wühlen, eine staubige Strickjacke – mit kombiniertem Streifen- und Hirschmuster. Die Streifen wechselten sich ab, einmal liefen die Hirsche nach links und auf dem nächsten Streifen nach rechts und dann wieder nach links und so fort, insgesamt sieben Mal. Die Hintergründe für diesen Hirschtick in den Siebzigern und Anfang der achtziger Jahre, als die Jacke vermutlich gestrickt worden war, blieben Petrow verborgen, aber er nahm an, dass es sich um eine Art rituellen Aufruf der Automarke Wolga handeln musste, der Familie mit der einschlägigen Kühlerfigur beizutreten.

Der Nachbar trat mit solcher Regelmäßigkeit auf den kleinen Balkon und richtete seinen Blick auf Petrow, als ob das Grundstück der Großmutter eigentlich ihm, dem Nachbarn, gehörte und er nachsehen wollte, ob Petrow sich nicht etwa vor der Arbeit drückte, wobei sich Petrow tatsächlich wie eine Art Zwangsarbeiter zu fühlen begann. Vermutlich lag es daran, dass der Blick des Nachbarn so selbstsicher und ruhig war, als wäre der gesamte Grund und Boden und alles, was darunter lag, voll und ganz sein

Eigentum, er blickte umher und schien diesen Grund neu zu parzellieren für eine exklusive Wochenendsiedlung, umschlossen von einem ebensolchen Zaun wie sein eigenes Grundstück, mit Häusern, ebenfalls mit Backstein eingefasst. Aus irgendeinem Grund wähnte Petrow hinter dem Zaun des Nachbarn einen glatten englischen Rasen und einen runden Pool mit blauem Wasser, obwohl die Badesaison noch gar nicht begonnen hatte und man keinen Pool brauchte. Der Nachbar trug einen schwarzen Anzug mit schwarzem Hemd und ebenfalls schwarzer Krawatte, Petrow machte das ein wenig gereizt: Es war dumm, im Anzug auf die Datscha zu fahren, darin lag eine gewisse Eklektik, in seiner düsteren Kluft ähnelte der Nachbar Bruce Wayne, der sich gerade von seinen nächtlichen Taten erholte, und der Anblick von Batman, wie er zwischen den hiesigen Bruchbuden ausspannte, weckte in Petrow das Gefühl von etwas wie Verlegenheit, die in eine Art Scham für sich selbst und diejenigen mündete, die rings um Großmutters Parzelle wohnten. Überhaupt warfen sich ja damals viele in schwarze Klamotten, um intelligenter und solider zu wirken. Petrow hatte den Verdacht, dass der Nachbar zu denen gehörte, die intelligenter wirken wollten.

Der Nachbar wartete geduldig ab, bis Petrow mit dem Kartoffelbeet fertig war, und dann erst sprach er ihn an, als Petrow gekrümmt dastand, auf seinen Spaten gestützt wie ein alter, müder Magier mit seinem Stab.

»He, du da. Sprichst du überhaupt Russisch?«

Aus irgendeinem Grund hielt er Petrow für einen Gastarbeiter, offenbar lag es an Petrows dunklen Haaren und seinem zwar irgendwie slawischen Äußeren, das jedoch einen kaum merklichen Einschlag ins Asiatische aufwies, weshalb die Einheiten vom Streifen- und Postendienst sich auch so gerne an Petrow hefteten, um seine Papiere zu kontrollieren. Wie dieser Gastarbeiter auf die Beete einer gewöhnlichen Oma gelangt war, versuchte der Nachbar gar nicht erst zu ergründen.

Petrow nickte stumm, obwohl ihm auf der Zunge lag, dass auch der Nachbar keineswegs ein Arier und auch kein Finno-Ugrier war, sondern eher einem Menschen aus den nördlichen Vorgebirgen des Kaukasus oder einem Griechen glich.

»Ich muss hier ein Beet umgraben, für Blumen«, sagte der Nachbar, »ich kann dir auch was zahlen.«

Auf das Wort »zahlen« hin müsste Petrow nach Meinung des Nachbarn (jedenfalls stellte sich Petrow dessen Gedankengang so vor) erst einmal feilschen und dann freudig zu ihm herüberhumpeln, während er mit großen Augen auf das Haus, den Rasen, den Pool starrte. Petrow fühlte sich dadurch beleidigt, und so erwiderte er, indem er den Spaten am ausgestreckten Arm aufpflanzte, als wäre er ein hoch über dem Festungsturm wehendes Banner und er selbst der Bannerträger:

»Wie wär's, wenn du dich verpisst mit deinem Scheißgeld?«

Nach diesen Worten entschwand Petrow ins Häuschen der Großmutter und ging daran, sich einen Tee zu machen und auf der elektrischen Kochplatte die Suppe aufzuwärmen; unbewusst ächzend wie eine Greisin, ließ er aus dem Hahn Wasser in den immer schwerer werdenden Teekessel, den sein Rücken kaum noch stemmen konnte, der Topf brauchte gar nicht mehr schwerer zu werden – er war schon von Anfang an schwer. Petrow wollte sich hinsetzen, aber wenn er erst einmal saß, käme er nur mit enormer Mühe wieder hoch. Er stützte sich mit dem Rücken gegen die Wand, spürte im Nacken den Rahmen eines auf unerfindlichen Wegen in die Datscha gelangten Bilds (eine Landschaft mit Birken und schneeverwehtem Pfad, auf die sowohl die Großmutter als auch der Vater mit dem Zeigefinger wiesen und sagten: »So muss man malen, und nicht so einen Blödsinn wie du«). Petrow beschloss, einen Tag länger auf der Datscha zu bleiben, bis sich sein Rücken wieder beruhigt hätte. Gegen Abend würde er ein weiteres Mal zum Lädchen schlurfen, und er freute sich, dass ihm sein Vater nicht das Auto dagelassen hatte, wie hätte er es sonst zurückbringen sollen, solange er außerstande war, auch nur ein Pedal zu drücken oder den Gang umzulegen. Außerdem freute er sich auf die Aussicht, selig Bier zu tanken, das für ihn jetzt eine Art Schmerzmittel war – besser als jede Salbe, jedes Analgin.

Ganz ohne anzuklopfen, kam der Nachbar herein, Petrow stellte anerkennend fest, dass der Nachbar nicht den Eindruck machte, als hätte ihn Petrow zum Teufel geschickt, sondern im Gegenteil irgendwie beflügelt schien, ihm missfiel nur, dass der Nachbar in Großmutters Häuschen trat, als wäre er hier zu Hause. In einer Hand trug der Nachbar eine Cognacflasche. Im Innern des Holzhauses wirkte er sogar noch natürlicher als auf rotem Backsteingrund und schien mit seinem Anblick die Umgebung zu veredeln. Das Haus der Großmutter kam Petrow nun gar nicht mehr wie eine Bruchbude vor, sondern wie eine bewusste Anlehnung an den Landhausstil, ein originelles Design. Mit untrüglichem Griff holte der Nachbar aus dem Wandschränkchen zwei staubige Schnapsgläser hervor, pustete in eines von ihnen, um den verdorrten Miniaturleichnam einer Wespe herauszuschütteln, der am Grund des Glases ruhte.

»Voll tote Hose hier, echt«, erklärte der Nachbar. »Ich hab immer gedacht, bei mir auf der Arbeit wär's trist, aber nix gegen hier. Ich heiße übrigens Igor.«

Petrow stellte sich ebenfalls vor.

»So jung und schon so böse?«, fragte Igor, ließ sich am Tisch nieder und schenkte Cognac ein. »Setz dich doch, vom Rumstehen ist noch keiner besser geworden.«

Petrow erklärte, dass er sich erstmal nicht hinsetzen konnte, weil er dann nicht mehr hochkäme, und stützte sich weiter mit den Schulterblättern gegen die Wand.

»Scharf«, sagte Igor anerkennend, »ich halte dich doch nicht etwa von der Arbeit ab? Ihr habt ja noch keine Folie auf dem Gewächshaus.«

»Nein, gar nicht«, entgegnete Petrow.

»Trinkst du überhaupt?«, fragte Igor. »Ansonsten bist du ja dreist wie ein Boxer. Bist du vielleicht Sportler?«

Eine halbe Stunde später saß Petrow, der sich kaum auf den

Beinen halten konnte, bereits auf dem Hocker, wanderte sogar umher, um sich und Igor Suppe aufzutun, nach einer weiteren halben Stunde schaute ein weiterer Nachbar vorbei – wollte fragen, ob er für eine Weile den Spaten ausleihen könnte, da Petrow ja wohl mit dem Umgraben fertig sei.

»Na du hast mal scharfe Augen«, lobte Igor den Neuankömmling. »Magst du dir den Blick nicht ein bisschen vernebeln?«

Der Nachbar wollte sich offenkundig lieber den Blick vernebeln, als zu graben, Igor enteilte zu sich nach Hause, um eine neue Flasche zu holen. Die Frau des spatenlosen Nachbarn bekam zu spät Wind davon – als Igor und Petrow in Igors Auto stiegen, um im Lädchen Bier zu holen, war der Nachbar bereits platt vor Wärme und Sonnenlicht und vom Sonnenlichtkonzentrat, das durch seine Adern strömte, sie zerrte ihn am Kragen zu ihrer Parzelle zurück, bei der Veranda gelang es ihm, sich am Spaten festzukrallen, und so gingen sie mit Ziehen und Zerren ihrer Wege wie die Helden im Märchen vom »Rübchen«.

Den Rest des Abends betranken sich Petrow und Igor auf der Veranda mit Bier, wobei Igor nach jedem Schluck seltsam begeistert sagte: »Gott, was für ein Dreck, damit hätte man anfangen sollen«, in puncto Dreck war Petrow mit ihm einig – aus den Bierdosen roch es penetranter nach Sprit als aus den Gläschen mit Cognac.

Am nächsten Morgen wollte Igor in die Stadt, er schaute bei Petrow vorbei und bot an, ihn irgendwo abzusetzen, falls er wohin müsste, und tatsächlich musste Petrow wieder zur Arbeit, obwohl er sich ein paar Tage freigenommen hatte, doch sein Gewissen mahnte ihn schon, in die Werkstattgrube zurückzukehren, da alles andere bereits erledigt war. Petrow ahnte, dass die Nachbarin bestimmt bei der Großmutter petzen würde wegen der Gäste in ihrem Häuschen, und seine Mutter würde ihm mit Fragen kommen, ob es nicht zu früh sei, mit dem Trinken zu beginnen, ob er am Ende werden wolle wie sein Vater. Um den Grad der Vorwürfe etwas abzumildern, warf er die Bierdosen und Cognacflaschen in einen Kartoffelsack und ließ sich darauf ein, mit Igor mitzufahren. Den Sack mit den Flaschen und Dosen schmiss Petrow direkt aus dem Auto auf die Müllhalde, die sich unmittelbar vor dem Eingang zum Gartenkollektiv erstreckte – ein in alle Richtungen quellender Abfallhaufen, in dessen Mitte große Gegenstände lagerten wie Staubsauger, Kühlschränke, auch eine räderlose Gartenschubkarre, während der kleinere Müll an den Rändern lag – Plastikflaschen, zerscherbte Flaschen, altes Polyäthylen, zerscherbte Scheiben, zerscherbte Blumentöpfe, alte Zeitschriften, Bücher und Zeitungen. Essensabfälle wie zum Beispiel Kartoffelschalen gab es auf der Müllhalde nicht, weil alles, was verrotten konnte, in den Kompostgruben landete oder einfach im nächsten Beet verbuddelt wurde, aber auf einem der Hänge des Abfallhaufens lag in kleinen Hügeln vorjähriges Laub.

Petrow konnte sich immer noch nicht aus der Sitzposition erheben, als der schmerzstillende Effekt des Alkohols verklungen war, weshalb er sich gar nicht erst neben den Fahrer setzte, sondern hinten eine halb liegende Stellung einnahm wie ein antiker Grieche und bei jeder Unebenheit stöhnte, und Igor entschuldigte sich, obwohl er nichts dafürkonnte. Trotz Petrows Versicherungen, dass er es auch so zur Arbeit schaffen würde – man brauchte ihn nur am Stadtrand abzusetzen –, brachte Igor ihn direkt zur Werkstatt und hatte schon mit Pascha und Dimon Bekanntschaft geschlossen, als Petrow noch dabei war, sich aus dem Auto zu quälen. Pascha war ebenfalls wieder bei der Arbeit, obwohl er beteuerte, dass er von seiner Schwiegermutter voll eingespannt würde, Rückenschmerzen hatte Pascha nicht, dafür schmerzten die vom Spaten wunden Hände, und sein Kopf schmerzte von innen (weil er mit dem Schwiegervater getrunken hatte) wie von außen (weil er ihn sich ein paarmal an der niedrigen Eingangstür zur Datscha der Schwiegermutter angeschlagen hatte).

»Wer war denn der Knilch im Jeep? Ein Gangster?«, fragte

Pascha, als das Heck von Igors Auto in der Kurve verschwunden war.

»Kann sein«, sagte Petrow. »Genau weiß ich's auch nicht, das ist der Nachbar auf der Datscha bei meiner Oma.«

Igor hatte Petrow um elf Uhr morgens bei der Arbeit abgesetzt, an der Schwelle zur Werkstatt standen schon vier Autos, und drinnen vertrieben sich die vier Fahrer dieser Autos die Zeit mit Geplauder – sie waren gutgelaunt, weil bei ihnen nur allerlei Kleinkram anfiel wie Ölwechsel, Wechsel des Hauptbremszylinders, Einsetzen einer neuen Kardanwelle bei einer GAZelle. An einem trockenen, warmen, sonnigen Frühlingstag war das buchstäblich keine Arbeit, sondern eine Art Aktivurlaub, man konnte das Tor aufreißen und es offen stehen lassen. Die Arbeit wurde größtenteils im Stehen erledigt, nicht wie sonst im Liegen oder in der Hocke. Gegen fünf Uhr waren die Kunden wieder ihrer Wege gefahren, Dimon schlug vor, in den Laden zu gehen und fortzuführen, womit sich Petrow und Pascha auf der Datscha die Zeit vertrieben hatten. Ein paar Jungs aus den benachbarten Werkstätten folgten Dimons Ruf, der ein oder andere hatte schon eine angebrochene Flasche dabei, aber Pascha und Petrow wollten nach ihren Abenteuern auf der Datscha lieber nach Hause, um sich auszuschlafen und sich im Bad abzuschrubben. Doch dann brachte jemand einen 2109er Lada mit einem komischen Geräusch im Getriebe oder in der Kupplung. Eine langwierige Sache, weshalb Pascha erst einmal versuchte, den Lada an die anderen Autoschlosser durchzureichen, doch die weigerten sich – die einen nahmen gerade einen Motor auseinander und hatten auch so genug Spaß, die anderen sollten bei einer GAZelle das Fahrwerk ersetzen und versuchten schon seit gut fünf Stunden, den verkeilten Kupplungsbolzen lose zu hämmern, indem sie sich alle fünfzehn Minuten abwechselten – es waren dieselben, die in ihrer bösen und schmutzigen Ohnmacht die Truppe zur Sauftour anstacheln wollten. Pascha sagte den Kunden, sie würden das Auto annehmen, aber erst morgen damit anfangen, die

Kunden waren auch so einverstanden, fuhren das Auto über die Grube und verzogen sich wieder.

Sie lungerten noch ein wenig vor der Werkstatt herum (Pascha im Sitzen, Petrow im Stehen), konnten sich nicht aufraffen, weil es noch hell war und alle anderen noch arbeiteten, besonders lautstark war die Arbeit in der Werkstatt mit der GAZelle, von dort ertönten Schläge wie von einem Schmiedehammer und verzweifelte Rufe wie: »Aaah, du Biest! Jetzt komm schon raus, du Dreckstück!«

»Vielleicht fangen wir doch schon heute damit an?«, schlug Pascha vor. »Wir haben uns ja eh noch nicht umgezogen.«

Petrow warf einen Blick über die Schulter auf das friedlich dastehende Auto.

»Ach nee, ich mach nicht gerne an einem Frontantrieb rum.«

»Dafür haben wir morgen weniger Arbeit«, drang Pascha auf ihn ein.

Petrow stöhnte innerlich auf und kletterte in die Grube hinunter, griff sich auf dem Weg den Plastikeimer für das abzulassende Öl und einen Schraubenschlüssel.

Petrow kam erst wieder aus der Grube hervor, als draußen schon blaue Dämmerung herrschte und aus allen Werkstätten gelbes Licht auf den Straßenstaub fiel, Petrow wäre am liebsten selbst in diesen Staub gefallen und bis zum Morgen dort liegen geblieben. Er konnte sich nicht vorstellen, wie er es noch zu Sergei schaffen sollte, um nachzusehen, ob er zu Hause war, sich die Nummer mit dem Selbstmord aus dem Kopf geschlagen hatte oder nicht. Als Petrow zusammen mit Pascha das Getriebe herauszog, rann ihm ein wenig Maschinenöl auf den Kopf, man konnte das Öl noch so gründlich ablassen, etwas blieb immer zurück, auch in den Kragen war ihm das Öl geraten, den Körper rubbelte Petrow mit dem Waschpulver ab, das sie statt Seife benutzten, aber über den Kopf wollte er sich das Pulver dann doch nicht schütten und ging so, wie er war, direkt nach Hause.

Pascha nahm ihn im Auto mit bis zum Platz des Jahres 1905

(er selbst wohnte im Zentrum), und Petrow wartete lange auf den Trolleybus, während er Sprudelwasser trank, das er sich gleich hier gekauft hatte, in Gesellschaft zweier weiterer Gestalten, die ihm nicht im Gedächtnis haften blieben, weil sie waren wie er, ebenso finster unter dem Dach der Haltestelle, ebenso wortkarg, ebenso unglücklich über die späte Fahrt. Eine Einheit des Streifen- und Postendienstes wollte ihnen zu Leibe rücken, doch dann winkten sie ab, weil ihnen klar wurde, dass bei diesem Herumwanken an der Haltestelle weder Alkohol im Spiel war noch Drogen, nur Müdigkeit. Die Milizionäre wirkten selbst nicht übertrieben munter, sie waren genauso groß wie Petrow, und je weiter sie sich entfernten, umso mehr erinnerten sie an kleine graue Eselchen.

Dann kam der Trolleybus, von innen leuchtend mit seinem gelben elektrischen Zauberlicht, von weitem sah er nicht wie ein Trolleybus aus, sondern wie das Modell eines solchen, aus der Ferne wirkte sein leerer Innenraum von außen sauberer und intakter, als er es in Wirklichkeit war. Während er heranfuhr und anhielt, schien es Petrow, als wären die Gestalten des Fahrers und des Schaffners fest an ihren Plätzen verschraubte Plastikfiguren.

Wann immer Petrow im Trolleybus fuhr, piesackten ihn irgendwelche Wahnsinnigen, nur diesmal piesackte ihn keiner – entweder hatten die Irren sich samt und sonders nach Hause verzogen oder Petrow war selbst dieser Irre, der Petrow quälte und im Begriff war, Sergei zu töten, oder es war niemand da, weil Sergei der Irre war und bereits ein Treffen anberaumt hatte, und dieses Treffen sollte nicht im Trolleybus stattfinden. Petrow hoffte bis zuletzt, dass Sergei sich nicht melden würde, selbst als er das Licht in seinem Fenster erblickte, beschloss er, Sergei müsse wohl gemeinsam mit seinen Eltern zurückgekommen sein, und sie würden nicht zulassen, dass er sein Vorhaben in die Tat umsetzte, jedenfalls nicht heute.

Wie in ein fremdes Zuhause, voller Angst, dass ihn seine Freundin oder Sergei unterwegs abpassen könnten, stahl sich Petrow in seine Wohnung und registrierte, dass er sogar das Türschloss mit Vorsicht öffnete, als würde, sobald das Schloss für die Wahrung der Heimlichkeit eine Spur zu hörbar knirschte, sogleich eine Sirene aufheulen, eine rote Lampe aufblinken, und schon stürzt aus allen Ritzen eine Schar identischer Sergeis und identischer Freundinnen hervor und ruft: »Überraschung!«, »Auf dich haben wir gewartet!« Die Tür schloss er hinter sich zu und hielt dabei den Atem an wie früher als Teenager, wenn er von einer Party nach Hause kam, und die Eltern schliefen schon, und man durfte sie auf keinen Fall wecken. Einmal war Petrow vor Entsetzen fast gestorben, als er im Türschloss herumstocherte, dabei einen Bierrülpser zu unterdrücken versuchte, sich umdrehte – und da standen sie schon alle beide, Vater und Mutter, im Flur.

Als hätte es Petrows Kommen gespürt, klingelte plötzlich das Telefon auf dem Zeitschriftentischchen im Wohnzimmer, klingelte schaurig und lang in der leeren Wohnung. In den ersten Momenten dieses Klingelns schien sich in Petrows Innerem alles loszureißen und in die Tiefe zu stürzen wie ein Selbstmörder in den Aufzugschacht. Petrow beruhigte sein Adrenalin pumpendes Herz und schlich ins Badezimmer. Zunächst wollte er sich im Dunkeln waschen, aber das Dunkel war nicht vollkommen, etwas Licht gab es doch, es genügte, um das bewegte Spiegelbild über dem Waschbecken zu sehen. Das Telefon klingelte weiter. Vor seinem inneren Auge sah Petrow ein dunkles Wesen von der Decke hängen, in Gestalt eines riesigen Öltropfens, gesichtslos, augenlos, und doch blickt es ihn aus nächster Nähe an, berührt fast das ölverschmierte Haar, mit jedem neuen Klingeln läuft dem Wesen ein gallertartiges Zittern über den Leib. Petrow versuchte die Panikattacke zu überstehen, indem er sich einfach am festen, kalten Rand des Waschbeckens festkrallte, und dann fand er sich plötzlich in der Badewanne wieder, und das Licht war eingeschaltet, während sich Petrow mit Shampoo den Kopf einseifte und vor sich hin trällerte.

Unter dem unaufhörlichen Klingeln des Telefons aß Petrow

zu Abend und legte sich vor den Fernseher aufs Sofa, wobei er bedauerte, dass er auf dem Heimweg nichts Alkoholisches mitgenommen hatte. Das Klingeln hörte eine Zeit lang auf, um dann mit erneuter Kraft wieder einzusetzen, aber Petrow hatte sich schon so sehr an dieses Klingeln gewöhnt, dass er sogar dazu dösen konnte, sogar erwachte, als es erneut verstummte, das Geschwätz im Fernseher ließ ihn wieder einnicken, und erst dann weckte ihn ein rascher Wechsel von hartnäckigem Klingeln und forderndem Klopfen an der Tür. In der anhaltenden Hoffnung, es handle sich um seine Freundin, die ihm ihre Gesellschaft aufnötigen wollte, ließ sich Petrow, nachdem er sich behutsam umgewälzt hatte, vom niedrigen Sofa herab, erhob sich sacht von allen Vieren, wobei er vom Schmerz in seinem Rücken fast weinte, zog sich an und ging, hübsch an die Wand gestützt, die Tür öffnen.

Vor der Schwelle stand Sergei, zitternd in freudiger Erwartung seines baldigen Lebensendes. Von Kränkung darüber, dass Petrow an diesem Abend versucht hatte, sich zu drücken, zeigte er keine Spur. Unter dem Arm trug er ein paar Päckchen. Er schlüpfte in die Wohnung, zog Petrow in die Küche und begann ihm Instruktionen zu erteilen, wann die Manuskripte an die Zeitschriftenredaktionen verschickt werden mussten. (Petrow sollte sie vierzig Tage nach Sergeis Tod absenden.) »Was ist es denn?«, fragte Petrow, wohl wissend, dass Sergei ohnehin gleich vorlesen würde. Es war noch immer dieselbe Geschichte von dem homosexuellen Klempner, ein paar Genreszenen über eine Kunstausstellung, die der Klempner mit verdrossener Miene abschritt, weil er selbst keine einzige Ausstellung und auch sonst nichts in Aussicht hatte außer Besäufnissen mit anderen Klempnern, dann betrank sich der Klempner tatsächlich mit anderen Klempnern auf die Nachricht hin, dass der junge Dramatiker und einstige Klassenkamerad gleich mehrere Dramatikerpreise abgesahnt hatte und überdies für ein Wahnsinnsgeld bei einer englischen Auktion seine Bühnenbildentwürfe verkaufen konnte. Mit Klempnern hatte Petrow noch nie getrunken, nur mit Autoschlossern, aber für ihn machte das keinen nennenswerten Unterschied, und bestimmt waren die Klempner nicht jene wilden Tiere, wie sie Sergeis unschuldiges Auge zeichnete, in Sergeis Beschreibung wurden sie zu vollkommen niederen Kreaturen, allzeit bereit zu jeder Gemeinheit, zum Betrug an denselben Kunden, mit denen sie sich über allerlei Gemeinheiten ausgetauscht hatten, zum Verbreiten schweinischer Liebesgeschichten. Es gab noch einen überraschenden Handlungsstrang, in dem sich ein beklopptes Gör in den Klempner verliebte, ein Mädchen, genauso bekloppt wie der Klempner, ein junges Weibsstück, nichts als ein schmutziges Stück Fleisch mit ewig ungewaschenen Höschen und schmuddelig grauem BH, und der homosexuelle Klempner fing an mit ihr rumzumachen aus schierer Ausweglosigkeit und Angst, dass ihm die anderen Klempner auf die Schliche kommen könnten und ihn wegen seiner Orientierung zusammenschlagen würden.

Petrow begriff nicht, weshalb Sergei ihn so wenig leiden mochte, weshalb Petrow sich diese verschleierte Beleidigung seines, nun ja, gänzlich unerhabenen Daseins anhören sollte, wo es Raum gab für eine gewisse Rohheit, einen gewissen Primitivismus, Naivismus, eine Art von Kubismus, er begriff nicht das Vergnügen, das Sergei überkam, wenn er das klägliche Dasein des Klempners schilderte, dessen Armseligkeit gegenüber dem Leben des Klassenkameraden und Bühnenautors. Petrow hatte Sergei nie etwas Böses getan, und dennoch brachte Sergei es fertig, sich von ihm gekränkt zu fühlen, gekränkt durch die Weise, wie Petrow sein Leben lebte, in der Schule war er schlechter gewesen als Sergei, doch auch darum hatte Sergei ihn beneidet, als müsste Petrow nur um des Kontrastes mit Sergei willen in den äußersten Abgrund schlittern.

Petrow hielt es nicht länger aus, er unterbrach Sergei und fragte, warum das alles so war.

Sergei begann zu erklären, der Roman handle gar nicht von Petrow, das heißt, ein wenig natürlich schon, aber eigentlich ging es hier um die Armseligkeit der Leute, die ein Genie verkannten, es sei eine große Ehre, als Vorbild für den Protagonisten zu dienen, später würde man den realen Menschen mit dem Vorbild vergleichen, und dem Unterschied zwischen Realität und Fiktion entspränge dann ein ganz eigener künstlerischer Effekt. Petrow wandte ein, er könne nicht erkennen, wieso dieser Held ein von seinen Zeitgenossen verkanntes Genie sein sollte, er wurde doch von den Zeitgenossen im Gegenteil ganz normal anerkannt, bei den anderen Klempnern waren seine Zeichnungen sogar beliebt. Es war doch der Held, der niemanden anerkannte und die Leute allesamt für Schweine hielt, während er selber lustvoll in jeder Schweinerei schwelgte, die sich ihm im Lauf der Handlung bot. »Aber wenn's doch nun mal echt alles Schweine sind!«, schrie Sergei. »Man muss blind sein, um das nicht zu sehen! Von oben bis unten – das reinste Vieh! Du glaubst wohl, wenn du da in deiner Grube sitzt und nebenher Tuschzeichnungen machst, rechtfertigt dich das irgendwie, aber das stimmt nicht. Du siehst doch gar nicht, wie armselig du nach außen hin wirkst, genau wie unsere Musiker, diese ganzen studentischen Rockgruppen, die Untergrundkünstler mit ihren Hausmeisterjobs, du bist auch nur Teil von diesem Mist, und damit basta!« »Na super«, sagte Petrow. »Ich hab mit meinen Ansichten nie hinterm Berg gehalten, deshalb versteh ich auch nicht dein Erstaunen«, entgegnete Sergei. »Ich versuche ja gerade, mich dem Ganzen zu entziehen, weil es keinen Ausweg gibt, weil ich sonst in ein paar Jahren Frau und Kinder habe, und die Windeln hängen an der Leine quer über den Korridor, und es riecht nach Töpfchen, Pisse, Essen, du wirst auf die Datscha mitgeschleift, damit du die Verwandten der Frau kennenlernst, und die Hochzeit – der ganze Stumpfsinn mit Brautfreikauf und besoffenen Gästen, die ›Küsst euch!‹ brüllen, mit dem Abbeißen vom Hochzeitsbrot, wer hat das größere Stück ergattert, der Tante auf dem Standesamt, wie sie mit pathetischer Stimme auswendig gelernte Phrasen runterleiert, den Kindern mit Durchfall und Rotzfahnen. Meine Mutter hatte in ihrer Jugend zwei Bräutigame, der eine war Student, Mathe und Physik, der andere war mein Vater, und die dumme Nuss hat meinen Vater genommen, der sein Leben lang nichts anderes getan hat, als meiner Mutter das Leben zu ruinieren, gesoffen hat er wie ein Loch, wegen jeder Kleinigkeit mit ihr gestritten, nie hat er sie verstanden, und jetzt denke ich mir, was ist, wenn auch ich an eine Idiotin gerate, die nur Spott übrig hat für das, was ich schreibe, für den, der ich eigentlich bin, oder sie bringt womöglich einen Mongo oder Spastiker zur Welt, um den musst du dich dann ein Leben lang kümmern, ihm den Speichel abwischen, dich auf der Straße für ihn schämen, das alles will ich im Voraus verhindern, die bloße Wahrscheinlichkeit, dass es passieren könnte, macht mich schon ganz kirre. Schrecklich, wie all die Leute leben, nichts als fressen, saufen und schlafen, na gut, vielleicht ab und zu fernsehen, bisschen ficken vielleicht, und ich weiß doch genau, sobald sie mir Druck machen, schmeiße ich das Schreiben hin und werde genau wie mein Vater, genauso ein Rindvieh, das heimlich säuft, das verlangt, dass du jeden Tag frisches Brot besorgst, egal wie beschissen lange du dafür Schlange stehen musst. (Jetzt ist das ja nicht mehr aktuell, aber während der Perestroika hab ich mich wegen seiner Launen in dieser Schlange dumm und dämlich gestanden mit den ganzen alten Weibern und ihrem Gekeife, dass nur ja keiner mehr als zwei Brötchen auf einmal kriegen darf.)«

Petrow war von diesem Tag so müde, er wollte so sehr schlafen, dass ihm Sergei, wie er da in Petrows Wohnung saß und mit seinem Ödipuskomplex alles ringsum einem Scheinwerfer gleich beleuchtete, schon wie ein Traum erschien, weil die Realität in Petrows Augen bebte, im Stehen klinkte er sich aus, den Blick auf Sergei gerichtet, und hörte zwischendurch nicht länger dessen Anschuldigungen gegen die ganze Menschheit, sondern nur noch ein Blubbern wie von dem fernen Radiogerät auf der Nachbardatscha.

»Ich muss nämlich morgen zur Arbeit«, sagte Petrow. »Ich verstehe ja, dass das alles sehr wichtig ist – sich aussprechen –, aber Hand aufs Herz, willst du dich nun umbringen oder nicht?«

Petrow fragte in der Hoffnung, Sergei würde sich herauswinden und einknicken. Es würden sich schon noch irgendwelche Pläne finden, die seinen Selbstmord aufschoben, denn wegen eines solchen Unsinns zu sterben, wie ihn Sergei verzapfte, wäre einfach nur dumm.

»Klar doch«, erwiderte Sergei eifrig. »Ich bin nur hergekommen, um noch ein paar Formalitäten zu klären, ins Reine zu kommen. Du bist es doch, der sich drückt. Hast du Angst? Du hättest ja gleich zu mir kommen können und würdest schon ruhig schlafen, alles wäre schon vorbei, wenn du gleich zu mir gekommen wärst.«

»Klar hab ich Angst«, räumte Petrow ein. »Klar bin ich ein dummes Schwein wie alle anderen, deshalb erschrecken mich ja deine erhabenen Wünsche. Sie würden dich auch erschrecken, wenn ich dich bitten würde, dasselbe zu tun.«

»Aber nur, weil dein Tod überhaupt keinen Sinn hätte«, parierte Sergei geistesgegenwärtig und runzelte die Stirn, weil Petrow seinen eigenen Tod mit dem Tod Sergeis verglich, »du wirst sowieso ein sinnloses Leben leben und einen sinnlosen Tod sterben; dagegen ist mein Selbstmord der Beweis dafür, dass ich recht habe und mich nicht scheue, für meine Ideen zu sterben, dass es in unserer Zeit nutzlos ist, etwas schaffen zu wollen, am Ende läuft alles drauf raus, dass man entweder Geld hat oder verkannt wird – und man weiß nicht, was schlimmer ist. Selbst wenn ich am Ende meines Lebens einer von diesen Patriarchen würde, vor dem Alter kann mich das auch nicht bewahren, dann werde ich langsam senil, mümmle zahnlos vor mich hin, leide an Hämorrhoiden – einfach unerträglich. Man kann doch jetzt sogar schon im Fernsehen mit anschauen, wie irgend so eine Persönlichkeit, ein Schauspieler, Künstler, Schriftsteller, buchstäblich auseinanderfällt, früher ist er den Weibern nachgestiegen wie ein ganz normaler Typ, und jetzt quält er sich mit Verstopfung und

Blutdruck, und sein Lächeln ähnelt von Jahr zu Jahr mehr dem Lächeln eines Schwachsinnigen. Der Gedanke macht mich rasend, dass ich ebenfalls anfangen könnte, an einem Mädchen zu kleben wie ein Pavian und meine Fickgelüste als äffischen Flirt zu kaschieren, als Ausdruck meines Intellekts, meiner Güte und Großzügigkeit. Es macht mich rasend, dass ich etwas tun soll, damit man mich anhört, obwohl ich schon im Voraus weiß, dass man mich nicht anhören wird.«

Petrow wollte nicht länger streiten, Petrow wollte, dass Sergei von ihm abließ, deshalb versuchte er gar nicht erst, ihn zum Weiterleben zu überreden.

»Es macht mich rasend, dass die Schriftsteller, Künstler, Gelehrten ganz gewöhnliche Leute sind, genau solche Affen wie all die anderen, das ist es, was mich rasend macht, womit ich mich nicht abfinden will, diese Unvollkommenheit, die man nun mal nicht ausmerzen kann«, sagte Sergei.

»Ist ja gut, ich hab's kapiert«, antwortete Petrow.

Petrow konnte schlecht selber signalisieren, dass es Zeit war, endlich eine Entscheidung zu treffen, aufzustehen und zu gehen oder eben nicht zu gehen und bis zum Morgen weiterzureden und dann einfach auseinanderzugehen, aber Sergei hatte sich an seinem letzten Gedanken festgehakt und begann einen Abschnitt aus dem Roman vorzulesen, der diesen Gedanken beweisen sollte. »O Gott«, dachte Petrow.

Der Abschnitt handelte davon, wie der künstlerisch tätige Klempner sich einen Künstlerkumpel zulegte, auch er Amateur und ein Stümper, und gemeinsam begannen sie ein gigantisches Bild zu malen, wobei sie in Wahrheit weniger malten, als dass sie einfach nur Bier tranken und darüber sprachen, was doch alle ringsum für Rindviecher waren, weil sie die beiden nicht verstanden.

Letztlich war wohl Sergei schlichtweg eifersüchtig wie ein Dreijähriger, wollte in allem der Beste sein: Er wollte der beste Freund sein, und das bedeutete, dass man mit niemandem mehr so befreundet sein durfte wie mit ihm, die Literaturwerkstätten missfielen ihm, weil die Werkstatthäuptlinge ihm dieselbe Aufmerksamkeit schenkten wie den anderen auch, beim Vater war er eifersüchtig auf die Mutter, bei der Mutter auf den Vater, und bei Petrow auf alle beide.

Sergei hatte seinen Vorlesedrang befriedigt, ein weiteres Mal schärfte er Petrow ein, er solle die Manuskripte nicht früher als vierzig Tage nach seinem Tod losschicken, und indem er Petrow unterfasste, natürlich nur, um ihm bei der Fortbewegung zu helfen, aber tatsächlich wohl eher, damit Petrow es sich nicht plötzlich anders überlegte und in die Nacht entschwand, führte er ihn zu sich nach Hause.

Auf der Straße war es still wie vor einem Gewitter, und wie vor einem nahenden Gewitter rauschten die Bäume, dabei war der Himmel vollkommen klar; Petrow kam es vor wie die Fortsetzung seines Traumes, weil er bei klarem Verstand niemals eingewilligt hätte, irgendwo hinzugehen, um auf einen Menschen zu schießen. Sergei hielt Petrow weiter am Ellbogen untergefasst und warnte ihn zudem vor allerhand kleinen Gefahren zu seinen Füßen, sagte »Vorsicht, da ist ein Stein, Vorsicht, Bordsteinkante«, weshalb Petrow sich fühlte, als wäre er aus Glas, und ihm schien, er bräuchte nur einen Fehltritt zu tun, und schon wäre der ganze Traum geplatzt wie ein Luftballon, und er selbst würde mit zuckenden Beinen zu Hause in seiner Wohnung erwachen.

Petrow hoffte, dass ihnen unterwegs jemand begegnen würde und die Operation abgeblasen werden müsste, weil es dann immerhin Zeugen gab, damit konnte man sich herausreden und auf der Stelle den Rückzug antreten, nachdem der Mord auf den nächsten günstigen Zeitpunkt verschoben war, von dem vorerst niemand wusste, wann er eintreten würde, wenn er denn überhaupt jemals eintrat.

Weder auf der Straße noch in Sergeis Hauseingang war ein Mensch zu sehen, obwohl sonst, wenn Petrow zu seinem Freund kam, ewig jemand auf dem Treppenabsatz herumlungerte oder neben dem Hauseingang auf der Vortreppe aus Beton mit dem schrägen Riss über alle Stufen und die gesamte Fläche des Eingangsbereiches hinweg. Nie kam es vor, dass beim Eingang nicht die lokalen Jungs standen und Petrow eine rätselhafte, schadenfrohe Gelächtersalve hinterherschickten. Offenbar war es schon so spät, dass selbst diese Jungs zu müde waren, um zu rauchen und auf ihrer Gitarre zu spielen, auf deren Korpus das von der Zeit verblichene und grünstichige Bild einer hingelagerten nackten Schönen mit langem Haar klebte.

Sergei wohnte im zweiten Stock, wobei auf allen fünf Etagen keine Glühbirne brannte, und Petrow war das schon im Voraus klar: Als Sergei ihn zum Hauseingang zog, hatte er gleich die Dunkelheit in den Fenstern des Treppenhauses bemerkt, eine Glühbirne gab es erst im fünften Stock, ihr Licht reichte aus, um den vierten Stock teilweise mit zu beleuchten, das Fenster des dritten Stocks sah aus, als hätte man es von innen mit schwarzem Papier beklebt, im ersten Stock hatte das Fenster gar keine Scheibe, weshalb die Finsternis dort besonders tief erschien, und im Erdgeschoss gab es ohnehin keine Fenster, nur den dunklen Hauseingang und die Vortreppe. Die Tür zum Treppenhaus wurde nie geschlossen, nicht einmal im Winter. Petrow ahnte mehr, als dass er es sah, ja er ahnte es nicht einmal, sondern seine Muskeln erinnerten sich daran, wo in diesem Dunkel die niedrigen Stufen lagen, so abgetreten, dass sie in der Mitte eine flache Rinne bildeten.

Zu Hause parkte Sergei Petrow am Türpfosten und machte in seinem Zimmer Licht, aber nirgends sonst. Sergei zog Petrow zum Schreibtisch, und Petrow verfolgte, eine Hand auf die Tischplatte gestützt, was Sergei als Nächstes aushecken würde, denn er spürte, das Ende der Vorstellung war noch nicht erreicht, da würde noch etwas kommen, als Auftakt zu Petrows eigenem Erscheinen auf der Bühne.

Petrow hatte sich nicht geirrt. Sergei schrieb einen Abschiedsbrief an ein Mädchen, das er vor fünf Jahren kennengelernt hatte, als er mit seinen Verwandten in die Nachbarregion fuhr. Sogar wegen ihr war er auf Petrow eifersüchtig, obwohl Petrow das Mädchen nie gesehen hatte, er kannte nur ihre Briefe voll verhaltener Begeisterungsstürme über Sergeis Gedichte (die Gedichte hatte Sergei Petrow nicht gezeigt, aber offenbar waren sie speziell für das Mädchen verfasst) und allerlei Lob für seine Prosa. Den Brief sollte Petrow so bald wie möglich abschicken, idealerweise gleich am Morgen, auf dem Weg zur Arbeit. »Also nee, das nicht«, sagte Petrow darauf entschieden. Sergei forderte eine Erklärung. »Es ist eine Sache, wenn du deine Eltern und Freunde in die Pfanne hauen musst, die Redaktion und so weiter, aber das jetzt geht klar zu weit«, erwiderte Petrow, der selbst nicht wirklich verstand, was er Sergei erklären wollte. »Sie hat dir nichts Böses getan, ich verstehe ja, dein Vater, deine Mutter haben dich gekränkt, die Redakteure, die Schreibwerkstätten, aber was hat sie damit zu tun?«, fragte Petrow. Sergei fasste sich an den Kopf, weil er Petrows blödes Geschwätz nicht länger ertragen konnte. Sergei saß auf seinem Bett – einem alten Gestell mit durchgelegenem Panzernetz – und wirkte selbst irgendwie blöd, weil das Bett seltsam unpassend war; als sie sich kennenlernten, war Sergei ein zartes Kind, einen halben Kopf kleiner als Petrow, doch nun war er groß wie ein Basketballspieler, er machte keinen krummen Rücken, obwohl er viel Zeit am Schreibtisch verbrachte (krumm war Petrows Rücken), überhaupt war es rätselhaft, warum er bei den Mädels von der philologischen Fakultät keinen Erfolg hatte. Nur das Bett war dasselbe geblieben, auf dem er als Erstklässler schlief. »Dass du das nicht verstehst«, sagte Sergei, als spräche er durch einen Kopfschmerz hindurch, »ihr geht's doch nur darum, dass ich schreibe.« »Also wenn's ihr darum geht«, sagte Petrow, »warum zum Teufel laberst du dann mit deinem Geschreibsel aller Welt die Ohren voll, schreib doch einfach nur für sie. Leb mit ihr zusammen, lies ihr vor. Oder fürchtest du, der Alltag könnte dein lichtes Ideal zerstören, ist es das?« »Genau«, antwortete Sergei. »Mit den Mädchen ist es immer dasselbe, am Ende bleibt doch nur ein dumpfes Weibchen, da machst du nichts dran, mit jeden Monat Blut aus der Scheide, Blümchen hier, Blümchen dort, dem Traum von der schönen Hochzeit im Speiselokal mit den Verwandten, die aus allen Ecken der ehemaligen Sowjetunion angerauscht kommen, ist doch so.« Petrow fragte nicht nach, aber plötzlich kapierte er, dass der Dozent, der Sergei eine Drei verpasst hatte, eine Frau sein musste, es war ihm erst jetzt aufgegangen. Trotz der Situation, in der er sich befand, hätte Petrow bei dieser Entdeckung beinahe aufgelacht.

Sergei verfiel in düsteres Grübeln, dann verlangte er von Petrow, er solle aus den Abschiedsbriefen, von denen er mehrere verfasst hatte, die interessanteste Variante wählen, die den größten Eindruck hinterlassen würde bei Vater, Mutter, Freunden und Verwandten. »Also dafür braucht's keinen Abschiedsbrief«, warf Petrow ein, »die werden auch so beeindruckt sein, ohne Scheiß.«

Sergei begann mit dem einfachsten Brief, und obwohl er wusste, dass er diese Version seiner letzten Worte selbst verwerfen würde, las er sie Petrow dennoch vor. Es war der übliche Abschiedsbrief: »Bitte niemanden zu beschuldigen«. Der zweite Brief war eine erweiterte Fassung des ersten. Auch hier gab es das »niemanden zu beschuldigen«, es folgte eine kurze Erklärung, dass Sergei sein Leben für sinnlos erachtete und freiwillig aus ihm schied.

Mit jeder neuen Version wurde der Brief länger. Unmerklich verschwand der Gedanke, dass an Sergeis Tod niemand schuld war, während sich allmählich seine ganze Umgebung als schuldig erwies. Der letzte Brief umfasste fünf Heftseiten mit mehr oder minder detaillierten Sticheleien gegen die Redaktionen der »dicken Journale«, die Rezensenten, die Leiter der Schreibwerkstätten, den grauen Alten von der Zeitschrift »Ural«, der selbst nichts erreicht hatte, nicht im Leben und nicht in der Literatur, und dennoch andere belehrte, wie sie schreiben sollten, dennoch darüber entschied, wen man in der Zeitschrift druckte und wen nicht. Sticheleien gegen seine Mutter, weil sie ausgerechnet diesen Mann geheiratet hatte und sein Gepöbel ertrug. Gegen seinen Vater, der sein Leben lang kein einziges künstlerisch wertvolles Buch gelesen hatte. Im Brief wurde detailliert geschildert, woher Sergei die Pistole hatte (nämlich aus dem Versteck, wo sein Vater sie seit seiner Entlassung vom Wehrdienst bunkerte; der Vater hatte als Soldat Häftlinge eskortiert und bei der Demobilisierung die Pistole mitsamt Halfter geklaut). Nur auf Petrow ging Sergei nicht ein, vermutlich bloß deshalb nicht, weil dieser den Abzug drücken sollte. »Na danke wenigstens dafür«, dachte Petrow.

Es blieb unklar, wieso Sergei sämtliche Briefe durchgehen musste, wo er doch offenbar den letzten bereits zum Besten erkoren hatte, der sich an allen rächte. Ihn legte Sergei also, nachdem er die übrigen Blätter beiseitegeschoben hatte, mitten auf den Tisch, an die Stelle, auf die der Schirm der Schreibtischlampe blickte, und den Rest stopfte er in die oberste Schublade. Als hätte er die Schublade mit kariertem Papier dafür bezahlt, entnahm er ihr eine Pistole, legte den Kopf aufs Kissen und richtete die Pistole auf seinen Mund.

»Also ich versteh's nicht, was ist denn jetzt meine Rolle?«, fragte Petrow.

»Auf meinen Finger sollst du drücken«, erklärte Sergei, »wie üblich, ganz einfach.«

Petrow humpelte um den Tisch herum zum Krankenbett, ließ mit gerunzelter Stirn die Tischplatte los und umfasste Sergeis Hände. Natürlich fand Petrow die Abschiedsbriefe genauso lächerlich wie den Roman, doch Sergeis Entschlossenheit konnte er nicht anders als bewundern, er liebte an den Leuten das, was er selbst nie fertigbringen würde. »Hast du dich wirklich entschlossen?«, fragte er. »Tscheburaschka geht in die Schule«, antwortete Sergei. »Jetzt drück schon ab.«

Petrow schoss und gab Sergeis Hände frei, die jäh herabsackten, als hätte Petrow nicht geschossen, sondern ihn bloß betäubt. Aus Sergeis Mund strömte reichlich Blut. Petrow wandte sich von der Szene ab, die seinem Magen nicht behagte, ihm schien,

Sergei sei noch am Leben und noch zu retten, und beinahe hätte er den Notarzt und die Miliz gerufen.

Dann begriff er, dass Sergei und er schon genug angestellt hatten, und zum ersten Mal während ihres ganzen gemeinsamen Abenteuers tat er das einzig Vernünftige, indem er den Abschiedsbrief mit dem Stapel an Vorwürfen und der Bloßstellung des Vaters wegen illegalen Waffenbesitzes vom Tisch nahm und ihn durch den einfacheren Brief ersetzte, nicht den ganz einfachen, sondern den, dem Sergei den dritten Platz verliehen hatte, und die restlichen Briefentwürfe steckte er ein.

Als er das Zimmer verließ, knipste Petrow automatisch das Licht aus und blickte sich nicht einmal um. Die Tür zu Sergeis Wohnung hatte ein Sicherheitsschloss, Petrow schlug sie einfach hinter sich zu, und zum ersten Mal im Leben kaufte er am Kiosk Zigaretten, um sich mit dieser kinematographischen Geste irgendwie selbst zu beruhigen (im Kino hatte er einmal gesehen, wie einer der Helden, der das Rauchen längst aufgegeben hatte, nach heftigem Stress wieder damit anfing – und es sah aus, als würde es helfen).

Ein paar Tage später ging Petrow zur Beerdigung und dachte fast nie mehr daran, was geschehen war. Die Entwürfe der Abschiedsbriefe verbrannte er, die Manuskripte und den Brief an das Mädchen warf er einfach in den Müll.

KAPITEL 7

Petrow Junior hat Fieber

Petrow war nach der Grippe wieder auf dem Damm, Petrowa war wieder auf dem Damm, aber ihr Sohn wurde gerade erst richtig krank. Sein Anblick war mitleiderregend. Fast nichts interessierte ihn mehr, er lag auf dem Sofa im Wohnzimmer, den Kopf in die Decke gewickelt, lag mit dem Gesicht zur Wand, reagierte nur noch, wenn sie ihm seine Medikamente zu trinken gaben, die er mit ernster Leidensmiene einnahm, den Blick nicht auf Petrow gerichtet, sondern nur auf die Tablette in Petrows Hand oder das Wasser im Glas. Manchmal brach Petrow Junior unter seiner Decke in dumpfes Husten aus, als hätte er sich verschluckt, die Hustenattacken setzten abrupt ein mit verzweifelten, erstickten Eruptionen und endeten ebenso abrupt, worauf Petrow oder Petrowa mit schniefenden Nasen in sein Zimmer eilten und nachsahen, ob er nicht etwa bewusstlos oder tatsächlich erstickt war.

Und doch fühlte sich Petrow wie ein Schwein, weil er und seine Frau die Wohnzimmertür abschlossen, sozusagen aus Respekt vor Petrow Juniors Krankheit, sich ins Nebenzimmer trollten und ein paarmal im Verlauf dieses Tages mit Bedacht, um bloß nicht viel Lärm zu machen, Sex hatten und dabei ihre nach der Krankheit ganz leicht scheinenden Körper gegenseitig erkundeten. Der ganze Prozess war nicht frei von Komik, weil bei beiden Husten und Schnupfen nicht wirklich abgeklungen waren, wenn Petrowa hustete, hatte Petrow das Gefühl, sie wolle ihn aus sich herausstoßen, er selbst zog wie ein Schulkind den Rotz hoch, und das amüsierte Petrowa und führte dazu, dass sie, geschüttelt von unterdrücktem Gelächter, in den Zipfel des Kopfkissens biss.

Dieser Sex im Stealth-Modus war jedoch das einzige Zugeständnis, das sie sich erlaubten, während sie um den Sohn und sein Wehwehchen herumtanzten. Im Grunde verhielten sie sich, als wären sie zu Besuch bei entfernten Verwandten, als wäre ihr Sohn dieser entfernte Verwandte, dem man nicht mit irgendwelchem Kleinkram zur Last fallen wollte, und so bewegten sich die Petrows diskret durch die Wohnung, sahen behutsam fern, Petrow ertappte sich dabei, wie er sogar die Seiten seines Buches (»Glamorama« von Bret Easton Ellis, das Petrow nur erstanden hatte, weil ihm der Umschlag gefiel) behutsam umblätterte, als könnte das Rascheln den Allgemeinzustand von Petrow Junior irgendwie beeinträchtigen.

Solange Petrow richtig krank war und auch als Petrowa krank war, hatte niemand angerufen, solange Petrow krank durch die Stadt zur Arbeit und dann zu der Sauftour und von der Sauftour nach Hause wankte, hatte sich niemand um sie geschert. Doch kaum war Petrow Junior erkrankt, wurden sie von Petrows und Petrowas Eltern mit Anrufen nur so bombardiert. Überhaupt beschlich Petrow manchmal das Gefühl, seine Eltern hätten ihn nur aufgezogen, damit er ihnen einen Enkel zeugte, wäre es möglich gewesen, auf anderem Weg an einen Enkel zu gelangen, ohne die ganze Mühe mit Petrow – sie wären dem Rezept mit Freude gefolgt. Petrow teilte diesen Gedanken mit seiner Frau, und sie sagte, auch sie werde von demselben Gefühl beschlichen. Sie wehrten der Reihe nach Petrows Vater, Petrows Mutter, Petrowas Mutter und Petrowas Stiefvater ab, die auf der Stelle anrücken wollten, um den kranken Enkel zu pflegen. Jeder der Anrufer musste kurz mit Petrow Junior reden. Petrow steckte den Hörer unter die Decke, und von dort aus verkündete der Sohn einsilbig, mit kläglich rauer und heiserer Stimme, sie brauchten nicht zu kommen, er sei bei den Eltern gut versorgt, ja, sie geben ihm Medikamente, ja, Saft kriegt er auch, ja, sie lassen ihn fernsehen, wenn er will, aber Petrow Junior will erstmal nicht, nein, er will nicht, dass sie ihm was vorbeibringen, nein, er hat keine Lust auf Schokolade, nein, es gibt keine neuen Spiele, die Petrow Junior gerne haben möchte. Die Eltern von Petrow und Petrowa wetteiferten quasi um die Gunst von Petrow Junior. Als Petrow frisch verheiratet war, wetteiferten sie darum, wer seine Kinder besser erzogen hatte und sie besser unterstützen konnte und wer überhaupt im Leben mehr erreicht hatte. Petrows Vater war Ingenieur, im Unterschied zu den eher schlichten neuen Verwandten, und deshalb schaute er von oben auf Petrowas Eltern herab, dafür hatte Petrowa anders als Petrow einen Hochschulabschluss, für Petrowas Eltern war das ein Grund zum Stolz, sie fanden Petrow zu ungehobelt für ihr verzwicktes Töchterchen, sie war, wie man so sagt, für Besseres erzogen, tatsächlich ertönte dieser bemerkenswerte Gedanke nur aus dem Mund von Petrowas Mutter, der Stiefvater brachte hingegen eine gewisse besonnene Ruhe in die Beziehungen mit den neuen Verwandten, indem er, wenn der Streit nach einem unbedachten Wort eine besonders heftige Wendung nahm, einwarf: »Ich gehöre natürlich nicht zur Familie, aber ich sag jetzt mal ...«, worauf sie ihn jedes Mal unterbrachen und sagten: »Wieso gehörst du nicht zur Familie, spinnst du jetzt, oder was?«

Als Petrowa die Scheidung einreichte, bekundete Petrowas Mutter unverhohlene Schadenfreude, weil sie Petrow trotz allem für einen leicht zurückgebliebenen Typen hielt und fand, er sei ihres Goldkindes nicht würdig, das sich nun endlich einen würdigen Bräutigam zulegen konnte anstatt dieses Faulenzers, der nichts im Kopf hatte außer seinen Tuschzeichnungen. Petrow soff ein paar Tage lang durch, wie es sich für einen Autoschlosser gehört, freudig assistiert von Petrowas Stiefvater. Der Stiefvater war es auch, der Petrow ein wenig beruhigte, indem er ihm klarmachte, dass Petrowa sich wohl kaum wegen irgendwelcher Fehler auf Seiten Petrows in die Scheidung gestürzt hatte, wahrscheinlich hatte sie ihre eigenen Gründe, vielleicht waren ihr irgendwelche Hormone zu Kopf gestiegen, bei den Frauen kam ja alles Mögliche vor wegen dieser Hormone. »Die ist eisern, das Mädel«, sagte der Stiefvater, »wenn die mal wen liebt, dann ist es für immer. Gott sei Dank hat sie sich nicht in so ein Rindvieh verknallt, einen von diesen Brillenfuzzis, der bei jedem Wort von mir enttäuscht rumseufzt wie dein Herr Papa, nix für ungut, aber so macht er es halt. Schon irre, mein eigener Sohn liebt mich nicht so wie sie. Ich weiß noch, einmal hab ich einen getankt, was heißt hier getankt, halt bisschen was getrunken, meine Mutter, immer feste drauf, wäscht mir den Kopf, meine liebe Gemahlin steigt auch gleich mit ein, ich kann ihnen grade noch den Rest von der Flasche abluchsen, den sie ins Spülbecken kippen wollen, ich sitz also da und pichle vor mich hin, draußen ist Nacht, und da kommt das Töchterchen, um die acht wird sie gewesen sein, umarmt mich, steht bisschen rum und ist schon wieder weg. Du wirst es nicht glauben, mir sind fast die Tränen gekommen, ich sitz da und versteh nicht, dass ein Rindvieh wie ich so ein Glück haben kann, verdient hab ich das nicht, ich tu ja im Gegenteil immer nur alle andern vergraulen. Und so ist es immer gewesen, alle hacken wie blöd auf mir rum, nur sie ist auf meiner Seite. Dabei bin ich ein selten hemmungsloses Arschloch, aber du – du bist doch ein ganz normaler Kerl, ich glaub nicht, dass sie dich für immer verlässt.«

Mit seiner Hemmungslosigkeit hatte Petrowas Stiefvater nicht völlig übertrieben, mitunter leistete er sich gewisse Eskapaden, die er im Nachhinein nicht anders erklären konnte als mit einer Art Impulshandlung. Er trank nie, wenn er wusste, dass er sich mit dem Enkel abgeben würde, und wenn man ihm den Enkel vorbeibrachte und der Stiefvater doch betrunken war, legte er sich erst einmal hin und schlief seinen Rausch aus. Deshalb war es umso verblüffender, als der vollkommen nüchterne Stiefvater beim Zoobesuch mit dem Enkel den weißen Tiger hinter der Scheibe zu reizen begann, indem er das Kind unter den Achseln hochhob, und Petrow Junior, beflügelt vom großväterlichen Enthusiasmus, ruderte mit Armen und Beinen, um mit seiner Quirligkeit der großen Katze das Maul wässrig zu machen. Petrow Junior und der Stiefvater wurden des Zoos verwiesen und bekamen Besuchsverbot (in Begleitung von Petrow und Petrowa durfte der Sohn noch hinein, aber er verhielt sich vorsichtig, aus Angst, man könne ihn erkennen und erneut davonjagen).

Als Petrows Vater von der Scheidung erfuhr, sagte er nur: »Das war zu erwarten. Eine Mesalliance.«

Am Anfang waren Schlachten darüber entbrannt, wer in dieser Ehe profitierte und wer verlor, dann gab es eine kurze Pause mit kleineren Scharmützeln, bevor mit dem Erscheinen des Enkels der Wettkampf zwischen den Eltern in die nächste Runde ging. Durch die Scheidung der Petrows war das Ringen um die Aufmerksamkeit des Enkels nicht beendet, stattdessen wurde nun unter den Eltern auch noch eifrig verhandelt, ob Petrowas Verhalten gerechtfertigt war oder nicht. Außer Petrowas Stiefvater kamen alle einmütig zum Schluss, dass Petrow selber schuld war – er konnte seine Frau nicht befriedigen oder hatte sie mit seinen Comics vergrault, er war zu wenig zu Hause oder weigerte sich zu studieren. Als sich dann herausstellte, dass Petrowa trotz der Scheidung weiter mit Petrow zusammenlebte, waren sie wie vor den Kopf geschlagen. Petrow war ja selber wie vor den Kopf geschlagen. Und selbst Petrowa wirkte wie vor den Kopf geschlagen. Es war ein völlig fantastisches, durch nichts zu erklärendes Verhalten.

Petrow war sich dessen nicht bewusst, aber in seiner Gereiztheit wegen der Krankheit des Sohnes ähnelte er seiner Frau mehr, als er es jemals für möglich gehalten hätte. Auch Petrow war es lieber, wenn sein Sohn gesund war. Der Husten von Petrow Junior reagierte so empfindlich auf Tabakrauch, dass man nur staunen konnte, wie er sich regte, sobald Petrow sich in der Küche oder im Bad eine ansteckte, und erst wieder verebbte, wenn Petrow die Zigarette ausdrückte und das bisschen Rauch von der Kippe endgültig verflogen war. Es war wie eine Art Magie.

Nach drei Zigaretten und drei Hustenanfällen des Sohnes ging Petrow zum Rauchen auf den Balkon, in Hauspantoffeln und Jacke, aber ohne Mütze (im Treppenhaus rauchte Petrow nicht gerne, es war eine instinktive Abneigung, die er nicht bezwingen konnte). Die Tür zum Balkon befand sich im Wohnzimmer, und jedes Mal wenn Petrow in die Wohnung zurückkehrte, brachte er einen kalten Luftstrom mit herein, was natürlich nicht gut war, andererseits weigerte sich Petrow Junior ja auch, im eigenen Bett zu schlafen und schürte seine Grippe lieber auf dem Sofa, so dass er mit seinem Starrsinn quasi einen Teil der Verantwortung von Petrows Schultern nahm.

Das Thermometer vor dem Fenster zeigte fünfzehn Grad minus, aber ohne Wind. Petrow rauchte auf dem Balkon ordentlich auf Vorrat, während er zusah, wie die Leute im Hof herumgingen, wie sie im Hof den ganzen Tag bald diese, bald jene Hunde ausführten, kleine und große Hunde, wie die kleinen Hunde taten, als wollten sie die großen Hunde verschlingen, während die großen Hunde die kleinen Hunde tatsächlich verschlingen wollten, woran sie jedoch bald durch die Leine, bald durch einen Maulkorb gehindert wurden. Er sah zu, wie frischgebackene Mütter ihre Kinderwagen über die Fahrwege schoben und langsam beiseitetraten, um einem zum Hof gehörenden langsamen Auto auszuweichen. Überhaupt war alles im Hof durch den Schnee irgendwie langsam und geruhsam. Selbst die Kinder, die sich auf dem Spielplatz mit in der Luft zerstäubenden Schneebällen bewarfen, agierten ohne Hast, rannten nicht herum, sondern blieben einfach stehen und drehten sich von den anfliegenden Schneebällen weg oder von dem, was davon noch bei ihnen ankam, allerlei Kroppzeug grub mit Schäufelchen im Schnee, ebenfalls merkwürdig langsam, als wären sie kurz vor dem Gefrieren.

Petrow war überrascht, als ein kleines Mädchen, das im Hof umherspazierte und ebenfalls mit Schneebällen warf, ihn auf dem Balkon erblickte und fragte, ob sein Sohn zum Spielen herunterkommen könne, Petrow war der Meinung gewesen, sein Sohn habe keine Freunde, weder im Hof noch in der Schule, außer diesem weißblonden Knirps, der aussah wie ein Sechsjähriger. Auch überraschte ihn, dass das Mädchen den Sohn nicht beim Vornamen, sondern beim Nachnamen nannte: »Kann Petrow runterkommen?« (Während sie mit zurückgelegtem Kopf fragte, rutschte ihr die himmelblaue Kapuze mit Fellkragen und Schnürbändeln in den Nacken.) Petrow war deshalb so überrascht, weil ihn selbst fast nie jemand beim Vornamen nannte, seit seiner Kindheit sagten alle »Petrow«, »Frag Petrow«, »Hallo, Petrow«, sogar seine verschiedenen Onkel und Tanten riefen ihn schon im zartesten Alter beim Nachnamen. Petrow sagte, sein Sohn könne nicht runterkommen, weil er krank sei. Ein Junge, der das Mädchen mit der himmelblauen Kapuze umwuselte, fragte daraufhin, ob sie den Sohn zu Hause besuchen dürften. Petrow sagte, das ginge nicht, weil sie sich anstecken könnten.

»Ich steck mich gerne an«, sagte der Junge zufrieden.

»Bist du blöd, oder was?«, fragte das Mädchen. »Bald sind doch Ferien.«

Nach Petrows Absage verloren die Kinder jedes Interesse an ihm und vertieften sich wieder in ihre Spiele, und dann verschwanden sie ganz von der Straße, nachdem sie mit jemandem ausgemacht hatten, dass sie ihn zu Hause besuchen würden. Petrow beneidete schon jetzt nicht die Eltern des Kindes, das sechsfachen Besuch bekam.

Auf dem Spielplatz blieben nur die Mütter mit dem Kroppzeug in grellbunten Schneeanzügen zurück und ein grimmiger Opa, der eine ganze Reihe verschiedenartiger Läufer ausklopfte. Als Teppichstange nutzte er das Reck, das dort stand, seit man Petrow in dieses Haus verbracht hatte. Das Reck bestand aus drei Sektionen: Links war die niedrigste Stange – an sie konnte sich jeder hängen, rechts gab es eine etwas höhere Sektion, und am höchsten war die in der Mitte. Früher war das Reck einmal angestrichen gewesen, aber mit der Zeit hatte es seine blaue Farbe komplett eingebüßt und war einfach nur rostig, wobei die Querstangen in der Mitte so abgegriffen waren, dass sie glänzten. Dagegen hatte die kuppelförmige Konstruktion, die an einen Schildkrötenpanzer erinnerte, ihre Farbe nicht eingebüßt, sie war noch genauso gelb, wie sie es über all die Jahre gewesen war.

Der Sandkasten war mit Schnee verweht, und dann hatte der Schneepflug noch eine weitere Schneewehe daraufgeschoben, weshalb es ein Ding der Unmöglichkeit schien, den Sandkasten vor dem Frühjahr wieder ans Licht der Welt zu schaufeln. Auch Schaukeln gab es auf dem Spielplatz, aber als Schaukeln hatten sie nach ihrer Installation nicht lange überdauert – zuerst wurden den Schaukeln in einem Überschwang an Kraft die Sitze abgerissen und dann die Teile an den Scharnieren, die die Sitze mit der Querstange verbanden, so dass es nun keine Schaukeln mehr waren, sondern ein weiteres, wenn auch ungleich höheres Reck.

Der Alte, der den Staub aus den Läufern klopfte, hatte offenbar Großreinemachen, denn wann immer Petrow auf den Balkon ging, waren wieder neue Leute da, nur der Alte klopfte weiter vor sich hin mit seinem Teppichklopfer aus Plastik, der aussah wie das Emblem der Olympischen Spiele am Stiel, nur dass die Erde hier nicht fünf, sondern zwölf Kontinente hatte.

Als Petrow nach dem wohl sechsten Balkongang hastig durchs Wohnzimmer eilte, um aus seinen Kleidern nur ja keine Kälte zu verströmen, hielt ihn Petrow Junior an und bat ihn darum, ihm den Comic zu bringen, den Petrow »Tausend Abenteuer in einer Sekunde« nannte, während er bei Petrow Junior »der mit dem Jungen« hieß. Klar hätte der Sohn auch selbst ins Schlafzimmer gehen können, um den Comic aus der Tischschublade zu holen, zur Toilette schaffte er es ja auch, aber in seiner Stimme und Miene lag etwas derart Unglückliches, noch ins Maßlose gesteigert durch Schauspielerei und das Gefühl, im Recht zu sein, dass Petrow ohne Widerrede mit dem Comic angedackelt kam, obwohl er ihn nicht gerne weiterreichte, aus Angst, man könne die Seiten verschmieren oder zerknittern. Der Sohn durfte das aber, hatte es schon mehr als einmal praktiziert, mit seinem Freund schon mehr als einmal geknittert und geschmiert. Um dem Freund zu beweisen, dass der Comic tatsächlich nicht gedruckt, sondern gezeichnet war, hatte Petrow Junior einmal den Finger mit Spucke befeuchtet und an einer Seitenecke die Tusche verwischt. Petrow machte keine Katastrophe daraus, es war einfach nur misslich.

Petrow Junior war der Auffassung, dass die Geschichte »mit dem Jungen« von ihm selbst handelte. Tatsächlich ging es dort um die Abenteuer eines Altersgenossen von Petrow Junior, ein mittelmäßiger Schüler und stilles Wasser wie er selbst, der mit seinem Vater irgendwo hinfährt und genau eine Sekunde, bevor sie in einen von der Seite kommenden KAMAZ-Lastwagen krachen, wird der Junge von Außerirdischen gekidnappt, bei denen die Zeit nahezu perpendikular zur irdischen Zeit verläuft, die Außerirdischen haben ihre Technologien schon ein bisschen vergessen, weshalb sie den Jungen nicht mit einer über dem Auto schwebenden Fliegenden Untertasse rauben, sondern ihn eher zufällig herbeibeschwören wie einen Dämon. Der Junge hilft den Außerirdischen aus irgendeiner Patsche, sie löschen sein Gedächtnis aus und bringen ihn in derselben Sekunde wieder zurück, in der sie ihn sich geschnappt haben. Petrow glaubte selbst nicht daran, dass er es fertigbringen würde, diesen Helden durch einen Autounfall ins Grab zu befördern, aber sein Sohn machte sich Sorgen. Dem Sohn gefiel besonders, dass die Außerirdischen dem Jungen jedes Mal vorschlugen, bei ihnen zu bleiben, und dass er sich jedes Mal weigerte. Die Vorstellung, dass der Held umkommen könnte, versetzte den Sohn in ungute Erregung.

Angetan war Petrow Junior auch von der Tatsache, dass in der Welt, in die der Junge geraten war, die Arithmetik keine exakte, sondern eine ungefähre Wissenschaft war; so wurde beim Addieren die Summe mit einer gewissen Wahrscheinlichkeit einfach annulliert, oder sie wuchs sich aus zum Ergebnis einer Multiplikation, auf die es gleich mehrere richtige Antworten gab. Petrow Junior gefiel, wie es zu Beginn der Geschichte hieß, die Menschen seien aus dem anderen Universum vertrieben worden, weil sie eine schreckliche Gefahr darstellten, doch dann kam heraus, dass die Menschen dem anderen Universum freiwillig den Rücken gekehrt hatten, um sich in unserem Universum niederzulassen, wobei sie sich ein einziges Schlupfloch durch ein einziges Portal offenhielten für den Fall, dass die dortigen Wesen einmal Hilfe bräuchten.

Petrow steckte den Stapel mit vollgezeichnetem Papier zwischen die Rückenlehne des Sofas und den Sohn, die Sofadecke geriet in Bewegung, Petrow Junior erhob sich auf den Ellbogen, rückte ein Stück von der Wand weg und begann zu lesen. Gewöhnlich las er die Geschichte ganz von vorne und drang allmählich zu der Stelle vor, die Petrow in der Zwischenzeit fertigbekommen hatte, während der Sohn die Zeichnungen seines Vaters erst einmal vergaß, um sich dann wieder daran zu erinnern.

Petrow schaltete den Fernseher ein, stellte ihn leiser und wartete, bis der Sohn zu Ende gelesen hatte, damit er alles wieder an seinen Platz räumen konnte. Der Sohn bemühte sich, sein Gesicht mit der Decke zu verhüllen, wenn er nieste oder hustete, um die Seiten nicht zu besprize. Auf der Petrow zugewandten Wange lag eine so auffallende Röte, dass Petrow die Stelle küssen wollte, doch er wusste, sein Sohn würde ihn mit einem Ausruf des Ekels abwehren, nicht einmal Petrowa durfte ihn mehr als nötig berühren. Petrow Junior hatte seine eigenen Vorstellungen von Anstand, küssen durfte er sich mit den Eltern nur nach einer längeren Trennung, wenn sie zum Beispiel von der Arbeit wiederkamen, auch beim Abtrocknen nach dem Bad ließ sich Petrow Junior küssen oder wenn er getröstet werden musste. Diese Förmlichkeit war umso kränkender, als er sich von den Großeltern nach Lust und Laune abknutschen ließ und ihnen auch noch auf den Schoß kletterte. Petrowas Mutter brachte die Liebe zu ihrem Enkel am deutlichsten zum Ausdruck, und zwar so stürmisch, dass Petrowa es einmal nicht mehr aushielt und wütend herausplatzte: »Also Mama, dann blas ihm doch gleich noch einen!«, und ein anderes Mal, als die Großmutter wieder mit ihrem ganzen Eididei um den Enkel herumturtelte, sagte Petrowa: »Gebt Bescheid, wenn ihr dann gekommen seid« – und zog den Entschuldigungen stammelnden Petrow aus der Küche, wo Petrowas Mutter den Enkel an allen möglichen Stellen mit reichlich Speichel bedeckte. »Ihr liebt ihn nicht, deshalb akzeptiert er euch nicht«, erwiderte Petrowas Mutter darauf.

Vielleicht war das sogar die Wahrheit, Petrow hätte den Verlust seines Sohnes weniger schmerzhaft erlebt als den seiner Frau. Dass er einen Sohn hatte, nahm Petrow als eine Art Spiel wahr, der Sohn kam ihm vor wie ein Haustier, das keine Scham kannte. Besonders unterhaltsam war Petrow Junior im Alter zwischen vier und sechs, eine Art lebende Puppe, den Mund stets einen Spalt geöffnet über der Reihe regelmäßiger weißer Zähne, die ebenfalls wirkten wie Spielzeugzähne, als hätte man sie ihm in der Fabrik eingesetzt, mit diesen Zähnen konnte der Sohn jedenfalls kein Kochfleisch kauen. Zu jener Zeit nannte Petrow seinen Sohn in Gedanken Petrow-Zweierkombi, weil er zu Hause immer nur zwei Kleidungsstücke auf einmal trug und nie vollständig angezogen war, aber auch niemals nur ein, sondern eben exakt zwei Kleidungsstücke trug, zum Beispiel nur Socken und Unterhose, aber ohne T-Shirt, oder T-Shirt und Socken, aber ohne Unterhose, oder T-Shirt und Unterhose, aber ohne Socken.

Petrow Junior freute sich auch heute noch auf die Neujahrstage, aber es war nicht mehr dasselbe, nicht mehr so aufrichtig, er war nun schon überzeugt, dass Väterchen Frost nicht existierte, und wartete nur noch auf die Begegnungen mit ihm, um das Neujahrsritual zu vollziehen, wie es die anderen Kinder taten; hätten die anderen Kinder Neujahr plötzlich abgelehnt – Petrow Junior wäre dem Beispiel der anderen gefolgt. Doch damals, im Alter zwischen vier und sechs, war es einfach unbeschreiblich: Sie gingen gemeinsam Tannenschmuck kaufen, bauten gemeinsam den künstlichen Baum zusammen, entfalteten gemeinsam die Girlande – und das alles machte dem Sohn Freude, die Großeltern brachten in verstaubten Kartons die heil gebliebenen Reste ihrer eigenen Kollektionen von Tannenschmuck an, und diese alten, zum Teil bereits verblichenen Glaskugeln, Tierfigürchen, die beiden Plastiksterne für die Tannenspitze (einer mit Beleuchtung, der andere ganz gewöhnlich) versetzten Petrow Junior in einen Zustand ehrfürchtiger Begeisterung. Endlos saß er vor der Tanne und betrachtete in den Kugeln sein verzerrtes Spiegelbild. In diesem Jahr hatte er kein einziges Mal gefragt, wann sie den Baum aufstellen würden, während er sie früher gleich zu Beginn des Winters oder manchmal auch schon zum Herbstende hin gelöchert hatte; sobald auch nur der allererste Schnee erschien, äugte er eifersüchtig auf die anderen Kinder – hatten sie den Baum wohl schon aufgestellt oder nicht. Er trauerte, wenn sie die Tanne wieder wegpackten.

Und wie er Fragen stellte, über alles und jedes auf der Welt, und dann nicht recht zu glauben schien, was Petrow und Petrowa ihm sagten. Aus irgendeinem Grund interessierte ihn vor allem die Technik: Wie kommt die Sendung in den Fernseher, wo kommen die Computerspiele her, und wie werden sie gemacht, wieso kann man im Telefon die Stimme eines Menschen hören, der doch weit weg wohnt. Dafür hielt er es für völlig selbstverständlich, dass ein Auto fahren konnte. Als Petrow ihm hastig erklärte, dass es nicht so einfach sei, als er ihm erzählte, wie die Kolben im Motor von Mikroexplosionen der Benzingase angetrieben wurden, langweilte sich Petrow Junior. Dagegen grenzte die Tatsache, dass das Telefon auch bei Stromausfall funktionierte, für ihn schon an Magie. Ob man ihn dazu bringen konnte, etwas zu glauben, hing davon ab, inwieweit Petrow Junior selber die Sache für wahrscheinlich hielt. Er glaubte nicht, dass irgendwelche Maschinen in Fabriken Stofftiere nähen konnten, dafür schienen die Tiere zu warm, zu persönlich, als dass man sie tausendfach produzieren könnte. Er glaubte nicht, dass das Licht von den Sternen Jahre und Jahrtausende unterwegs war. In diesem Punkt konnte Petrow ihn verstehen, er war selbst kein großer Anhänger besagter Relativitätstheorie und konnte sie daher nicht als bedingungslose Wahrheit akzeptieren, wenn schon in seinen Comics ein Raumschiff schneller als mit Lichtgeschwindigkeit flog, entstand dadurch keinerlei Zeitparadoxon.

Der Sohn interessierte sich nicht dafür, wie ein gewöhnlicher Automotor funktionierte, aber er wollte die Portale im Weltraum erklärt bekommen, die in Petrows Comics abgebildet waren, den Motor des Flugautos, die Raumanzüge für die Kosmospolizei, und interessanterweise gab sich Petrow Junior völlig damit zufrieden, wenn Petrow solche Dinge mit irgendwelchem Blödsinn erklärte, mit einer speziellen Antigravitations-Materie, Stoffen von unglaublicher Dichte, die unter bestimmten Bedingungen auf den Raumstationen hergestellt wurden, obgleich diese Erklärungen weitaus weniger wahrscheinlich waren als die Umstände von Petrow Juniors Erscheinen auf dieser Welt, in die ihn seine Klassenkameraden einweihten, doch die Geschichten von der Empfängnis überhörte er einfach, weil sie sich nicht mit seinem inneren Gefühl deckten, er fragte sogar Petrow, ob es stimmte, was sie da erzählten (durch die Frage des Sohnes erfuhr Petrow überhaupt erst davon), und Petrow sah sich auch noch gezwungen zu sagen: Ja, im Prinzip schon, aber Petrow Juniors Miene war zu entnehmen, dass er dennoch kein Wort davon glaubte.

Unbemerkt war Petrowa ins Zimmer gekommen und hatte sich neben sie gesetzt, unbemerkt war ihnen der Sohn mitsamt Decke und Comics auf den Schoß gekrochen. Selbst durch die Decke und die Kleidung hindurch fühlte Petrow, welche Hitze von ihrem Sohn ausging. Petrowa fühlte es ebenfalls, sie maß dem Sohn das Fieber, runzelte die Stirn und gab ihm ein weiteres Paracetamol. Sie machten sich ans Warten, dass das Fieber sinken würde, obwohl sie schon seit den frühen Morgenstunden warteten, und nun wurde es bereits dunkel, aber das Fieber war noch immer kein Grad gesunken, hatte sich nicht einmal um ein Zehntel verringert. Die Füße von Petrow Junior, die in den Socken wie Plüschpfoten aussahen, ragten traurig unter der Decke hervor.

Gewöhnlich warf er frühmorgens im Schlaf die Decke von sich, und Petrow hatte sogar die Angewohnheit, jeden Morgen nachzusehen, wie es dem Sohn ging, an den Schlafenden heranzutreten und ihn am Fuß zu fassen – war der Fuß kalt, deckte Petrow den Sohn zu, war er warm, dachte er aus irgendeinem Grund: »Scheiß drauf«, und ließ alles, wie es war.

Aber nun wollte Petrow die Decke vom Sohn zurückschlagen und ihn mit Eis bedecken – so schrecklich und unnatürlich war diese trockene Hitze, eine Hitze wie von einem Heizkörper, wie auf dem Dach, wo sich Petrow mit Sergei gesonnt hatte, als sie Kinder waren.

Als hätte sie etwas gewittert, rief die Schwiegermutter an und riet, den Sohn mit Wodka einzureiben. Aber es gab keinen Wodka im Haus, ungeachtet der Vorstellung, die sich die Schwiegermutter von Petrow machte, und außerdem hatte die Ärztin von dieser Prozedur abgeraten, und in die Ärztin setzten Petrow und Petrowa trotz allem mehr Vertrauen.

Dann rief Pascha an, der gleich geahnt hatte, dass Petrow zu Hause war, und deshalb gar nicht erst aufs Handy anrief, sondern hellsichtig Petrows Festnetzgerät belästigte. Während er mit der Telefonschnur die drei Gläser aneinanderfesselte, die sich den Tag über auf dem Zeitschriftentischchen angesammelt hatten, begann Petrow den allgemeinen Gesundheitszustand von Paschas Familie mit dem seiner eigenen abzugleichen. Pascha erzählte, bei ihm wolle das Fieber schon seit Tagen nicht sinken und das sei langsam nervenaufreibend, des Weiteren versicherte Pascha, er sei schon bereit zu krepieren, wenn er nur endlich abkühlen würde, denn so sei es unerträglich, er sagte, in seiner Familie lägen alle flach, und keiner da, der ihn umsorgte, dabei sehnte er sich nach Fürsorge, er machte ja gar kein Geheimnis daraus, dass er sich, wenn es ihm schlecht ging, gern verhätscheln ließ, aber nun ging es allen schlecht, und so konnte man die Krankheit kein bisschen genießen. »Das ist fast schon wie bei der Schlacht auf dem Schnepfenfeld«, sagte Pascha. »Wenn sie wenigstens einfach rumliegen und den Rand halten würden«, erzählte er, »aber nein, kaum gehst du dir einen Tee eingießen, hagelt es von allen Seiten Bestellungen, sowas wie ›Bring mir auch einen mit, und mir noch paar Kekse, und mir Saft‹, als ob sie nur drauf warten, dass ich aufstehe. Am besten nimmst du dir gleich ein Tablett und machst bei allen die Runde wie eine Kellnerin. Fehlt nur noch, dass sie dir dabei untern Rock fassen. Und dann darfst du auch noch mit dem Hund raus. Manchmal hätte man gute Lust, ein paar Hundeleinen zusammenzubinden und ihn einfach vom Balkon runterzulassen und dann wieder hochzuziehen, wenn er geschissen hat. Ich hab nämlich einfach nicht mehr die Kraft, mich jedes Mal vierzig Minuten mit ihm über die Straße zu schleppen, und der Scheißköter spürt das genau und zerrt mich, wohin er will.«

Petrow ließ nun seinerseits Pascha an den Eindrücken seiner eigenen Leiden während der Krankheit teilhaben und erzählte auch gleich noch von seinen Abenteuern mit Igor. Petrowa musste sich Letztere schon zum zweiten Mal anhören, weil er ihr die Geschichte schon am Morgen während des Frühstücks in denselben Worten erzählt hatte.

Pascha wunderte sich, warum man den so gar nicht krawallfreudigen Petrow im Leichenwagen eingesperrt hatte. Petrow fand es irgendwie kränkend, dass er nicht krawallfreudig war, er deutete an, ein bisschen Krawall müsse er ja wohl gemacht haben, da sie ihn immerhin von außen eingesperrt hatten. Pascha erkundigte sich, ob Petrow irgendwelche Neoplasien auf der Haut hatte, Hämatome und Beulen, und als Petrow zugab, dass weder er noch seine Frau derlei entdeckt hatten, versicherte Pascha Petrow, von Krawall könne keine Rede sein, in den Leichenwagen habe man Petrow aus bislang noch ungeklärten Gründen gesperrt, sonst wäre er ja nicht so einfach entwischt.

Petrow fiel ein, dass er noch gar nicht vom Besitzer der Wohnung erzählt hatte, wo er mit Igor gesoffen hatte, von ihrem einstigen Kunden. Dass Petrow ihrem alten Klienten begegnet war – diesem Giftpilz, Streithammel, Nörgelsepp (so nannte Pascha Kunden mit schlechtem Charakter – Nörgelsepp) –, versetzte Pascha in einen derart freudigen Zustand, dass seine Stimme gleich merklich munterer klang, auch sprach er nicht mehr durch die Nase, und sein Husten wurde seltener. Pascha vermutete, dass Petrow wegen eben dieser Bekanntschaft mit dem Wohnungsbesitzer auf der Straße gelandet war und noch von Glück reden konnte, dass er nicht kopfüber in einer Schneewehe erwacht war. Petrow sagte, der einstige Kunde habe sie heute noch auf dem Kieker. »Wie auch nicht, bei dem Elefantenspeck«, sagte Pascha und spielte damit zugleich auf den ungesunden Körperumfang des einstigen Kunden an wie auch auf den Mythos, dass Elefanten ihre Feinde nie vergessen.

Pascha äußerte die Besorgnis, man könne Petrow zur Rechenschaft ziehen, weil er am Diebstahl eines Leichnams beteiligt war. (Petrows Frau hatte sich aus diesem Anlass am Morgen ähnlich beunruhigt gezeigt.) Es war nicht so, dass Petrow nicht auch besorgt gewesen wäre, aber bislang hatte keiner an seine Tür geklopft, um Klagen gegen ihn vorzubringen, weshalb Petrow den trübseligen Gedanken wieder verscheuchte.

»Mit diesem Igor gibt's ewig Probleme«, bemerkte Pascha. »Sobald ich den sehe, krieg ich voll die grauen Haare, ich will mich voll verstecken, und dann folge ich doch wieder seinem Ruf, ich weiß auch nicht wie … Das ist ein Hypnotiseur oder so. Was arbeitet der eigentlich?«

Pascha hatte ebenfalls sein ungutes Erlebnis mit Igor, und nicht nur er, an Petrows Arbeitsstelle geriet noch immer die komplette Belegschaft der Garagen ins Zittern beim bloßen Gedanken daran, wie Igor sie direkt von der Arbeit zu einem Fußballspiel unter Kindern geschleift hatte, wie sie sich schon auf dem Weg zum Fußball in sagenhafter Weise zugetankt hatten, um auf der Tribüne weiterzusaufen, wie Igor dann Bengalisches Feuer aufs Spielfeld zu schleudern begann und um ein Haar eine Klopperei mit den Stadionordnern vom Zaun gebrochen hätte. Nach diesem Vorfall schickten die Autoschlosser Igor zum Teufel, wann immer sie ihn erblickten, aber sie erlagen jedes Mal wieder seinem Charme und betranken sich aufs Neue.

Erst dann, nach all diesen Geschichten, erzählte Petrow Pascha von seinem Sohn, dass es ihm ernsthaft schlecht ging, dass sie richtig Angst um ihn hatten, weil das Fieber nicht sinken wollte. Doch Pascha versicherte Petrow, es sei genau richtig so, anders kriege man die Krankheit nicht in den Griff, bei ihm hatten alle Fieber, und trotzdem benutzte er nicht mal das Thermometer, um sich nicht die Nerven zu ruinieren. Petrow missbilligte dieses Verhalten. »Was soll ich denn sonst tun?«, fragte Pascha. »Die Tabletten nehmen wir nach Vorschrift, das Bettregime befolgen wir brav, bleibt nur noch abzuwarten, dass Manitou kommt und einen von uns in die ewigen Jagdgründe befördert.« Auf der anderen Seite des Telefons war zu hören, wie Pascha von einem Stoß in den Rücken nach Luft schnappte (vermutlich war es seine Frau, die den spezifischen Optimismus ihres Mannes nicht gutheißen konnte). »Was gluckt ihr bloß um den Sohn rum wie die Hennen?«, verfolgte Pascha unbeirrt weiter seinen fatalistischen Kurs. »Schickt den Kerl an die frische Luft, falls er sich auf den Beinen halten kann, ich weiß ja nicht, lasst ihn einfach in Ruhe, dem ist auch so schon schlecht genug, wenn er da auch noch ständig deine Fresse vor Augen hat, bleibt ihm doch gar keine Kraft, um die Krankheit zu bekämpfen.«

An diesem Punkt nahm Paschas Frau ihm den Hörer aus der Hand und bat Petrowa ans Telefon. Petrowa rollte mit den Augen, weil sie nicht gerne mit anderen Leuten sprach, aber den Hörer nahm sie entgegen, und die beiden tauschten ihre Eindrücke von der Krankheit ihrer Kinder. Paschas Frau empfahl ein Rezept für einen Heiltrank – einen Cocktail aus Zwiebelsaft, heißer Milch und Honig. Petrowa sagte, sie werde den Trank an ihrem Sohn erproben, gab aber mit ihrer Miene zu verstehen, dass sie nichts dergleichen anmischen würde, Paschas Frau empfahl unterdessen ein weiteres Rezept, wieder einen Cocktail, diesmal aus Aloe und Honig (nach Belieben ließ sich sowohl heiße Milch als auch Zwiebelsaft hinzufügen).

Wäre Petrow von der hundertprozentigen Wirksamkeit dieses Gebräus überzeugt gewesen, er hätte die Ingredienzien in

Windeseile zusammengerührt und sie Petrow Junior ohne jede Diskussion eingeflößt, wie sehr sich dieser auch sträuben mochte, aber Paschas Familie lag trotz dieser Cocktails über die Wohnung verstreut darnieder, die erwünschte Erleichterung blieb offenbar aus, stattdessen brachten die Cocktails nur zusätzliches Leiden.

»Kann ich nicht lieber Sprudelwasser haben?«, fragte Petrow Junior argwöhnisch. Der Sohn bezweifelte, dass er Petrow überreden könnte, noch einmal auf die Straße zu gehen, aber Petrow kalkulierte nüchtern, dass er ja schon ein paarmal draußen gewesen war, als er auf dem Balkon rauchte, dass ihm bald die Zigaretten ausgehen würden, und obwohl sie keinerlei Genuss, sondern allenfalls Husten bewirkten, war es an der Zeit, die Vorräte aufzustocken.

Petrow hatte sich zurechtgelegt, dass sich die Situation mit dem Sohn bis zu seiner Rückkehr normalisieren würde, das Fieber gesunken wäre. Deshalb ließ er sich auf dem Weg in den Laden bewusst viel Zeit, ließ in der Schlange ein paar Omas und einem Mann, der nur eine Dose Bier kaufen wollte, den Vortritt. Petrow erstand Zigaretten, eine große Sprudelflasche und dazu noch eine Dose mit Sprudel, worauf die Verkäuferin ihn nicht ohne Ironie musterte, als hätte er nicht Sprudel, sondern Alkohol gekauft, mit dem Plan, die Magnumflasche gleich am Abend niederzumachen und die Dose für den Morgen aufzusparen – um den Kater zu vertreiben.

Die Vorstellung, nach Hause zu kommen und seinen kranken Sprössling zu erblicken, überforderte Petrow, und so ging er bis zur Trolleybus-Haltestelle, saß dort ein Weilchen herum, während er die Sprudeldose leerte und seine Lungen mit Tabakrauch füllte. Das Herumsitzen steigerte nicht gerade Petrows Entschlossenheit, nach Hause zurückzukehren. Er wanderte noch ein wenig auf der Straße herum, die Flasche unterm Arm, rauchte noch ein paar Zigaretten, und erst dann marschierte er heimwärts. Petrow fühlte sich, als ob er blaumachte, es war ihm peinlich, dass er so feige war, aber am Hauseingang blieb er gleich wieder hängen, als würde er dort jemanden erwarten, er gönnte sich noch ein paar Zigaretten, stand noch weitere zehn Minuten herum, um den Moment abzupassen, wo im Sohn das Paracetamol endlich seine fiebersenkende und entzündungshemmende Kraft entfalten würde.

Petrowa fragte mit unverhohlenem Zorn, der durch ihre ruhige Stimme noch stärker zur Geltung kam, wo sich Petrow anderthalb Stunden herumgetrieben hatte. Petrow fiel keine Erklärung ein, der wahre Grund für sein Bummeln war ja völlig absurd, völlig infantil, tatsächlich fühlte sich Petrow wie ein Dreijähriger, der von dem, was da gerade passierte, überfordert war. Er war außerstande, auf die Krankheit des Sohnes Einfluss zu nehmen, konnte nur zusehen, danebensitzen, Petrow war vollkommen nutzlos. Es blieb nichts, als zu warten, wie sich die Lage von selbst entwickeln würde. Petrow gab seiner Frau keine Antwort, obwohl sie selbst schon erraten hatte, warum er so lange weggeblieben war, und sie machte ihm Vorwürfe, weil er sich wie ein Kind benahm, sie hatte genug am Hals mit dem einen kranken Kind und wollte sich nicht auch noch sorgen müssen, ob Petrow auf der Straße etwas zugestoßen sei oder ob er einfach herumbummelte, weil der Herr keine Lust hatte, in den eigenen vier Wänden zu sitzen. »Dafür gibt's ja das Handy«, erwiderte Petrow. »Das hast du zu Hause vergessen, du hirnloses Vieh«, sagte darauf Petrowa.

Sie packten sich beide aufs Sofa neben ihren Sohn, der sich wieder möglichst fest in die Decke gewickelt hatte und mit dem Gesicht zur Wand trübselig dalag und sich nur aufrichtete, um einen Schluck aus der Flasche zu nehmen. Immer wenn Petrow Junior trank, erinnerte er Petrow an ein Spieltier aus seiner Kindheit – einen Teddybären, der zwar weich wirkte, sich aber hart anfühlte, und der aus einer Flasche mit Schnuller kleine Schlucke zu nehmen schien und dazu brummte. Der Sohn brummte ebenfalls. Petrow Junior fiel plötzlich ein, oder vielleicht hatte er es auch die ganze Zeit im Sinn gehabt, aber jetzt erst beschlossen, es anzusprechen, dass er morgen zum Jolka-Fest ins Jugendtheater wollte, er argwöhnte bereits, dass er in seinem Zustand auf gar kein Fest gehen würde, und wurde quengelig. »Das Fest kannst du dir sonst wohin stecken!«, sagte Petrowa. »Willst du etwa so in deine Decke gewickelt hin?« Sie schien trotz allem erleichtert zu sein, dass ihr Sohn krank war und nicht zum Jolka-Fest konnte, weil sie dann sein Kostüm nicht fertigzunähen brauchte, Petrowa nähte nämlich höchst ungern, schon im Vorbereitungsstadium wurde sie fuchsteufelswild, sobald sie Nadel und Faden aus dem Schrank holte. (Ebenso ungern bezog Petrowa die Betten und zerging förmlich in stiller Raserei, wann immer sie es erledigen musste.)

Petrowa sagte, selbst wenn das Fieber sinken sollte, dürfe Petrow Junior gar nirgends hin, um Komplikationen zu vermeiden. Petrow Junior brach aufrichtig in Tränen aus. Petrow sagte, falls das Fieber sinke, würde er den Sohn zum Fest fahren. »Und näh auf jeden Fall, auch wenn das Fieber nicht fällt, jetzt gleich das Kostüm fertig, dann zieh ich es zum Jolka-Fest in der Schule an«, sagte Petrow Junior. »Das Schulfest ist ja nicht morgen«, erwiderte Petrowa. »Aha!«, sagte Petrow Junior durch Tränen und durch die Decke hindurch. »Erst nicht morgen, dann doch morgen, und dann hast du wieder keine Zeit.« Eigentlich kam es selten vor, dass Petrow Junior so launisch war, Petrowa schnaubte wütend und ging den Faden holen, die angefangene Hose und die angefangene blaue Jacke von Sonic, dem irren Igel. »Das hab ich mal wieder dir zu verdanken«, hielt sie ihrem Mann vor.

Zum Teil war tatsächlich Petrow schuld daran, dass der Sohn unbedingt zum Jolka-Fest wollte und dazu noch unbedingt im Kostüm. Schon Anfang Dezember war ihm aufgefallen, dass die Jungs, die zwei Garagen weiter Autositze und Airbrush-Design erneuerten, in der freien Zeit aus Pappmaché, Schaumstoff und Acrylglas ein paar Fantasiemonster gefertigt hatten, die nun in den Ecken standen, wo sie die neuen Kunden leicht erschreckten und die alten Kunden entzückten, und er hatte sie gebeten, für den Sohn zu Neujahr eine Maske zu machen. Zwei Tage später war die Maske fertig, nur war es eigentlich keine Maske, sondern der komplette Kopf eines blauen Igels, mit Schaumstoffstacheln und glänzenden Plastikaugen, in denen verwegene Schläue lag. Petrow fand den Kopf so gelungen, dass er am liebsten selbst zum Jolka-Fest gegangen wäre, wenn es ihm sein Alter erlaubt hätte.

Petrowa machte sich ans Nähen, und ihr Sohn, schon leicht getröstet, weil er seine Mutter gezwungen hatte, außer der Krankenpflege sonst noch etwas für ihn zu tun, beobachtete sie mit einem Blitzen in den müden Augen. Damit auch Petrow nicht untätig herumsaß, verlangte der Sohn nach der Fernbedienung, genauer gesagt, er verlangte, im Fernsehen aufs Trickfilmprogramm zu wechseln. Im Kinderkanal lief »Tutenstein«, und Petrowa brauste auf, das sei jetzt zu viel, zum Nähen sei sie ja noch bereit, aber nicht zu diesen Quietschestimmen und dieser Musik. »Und überhaupt, solange ich am Nähen bin, bestimme ich, was geschaut wird«, verkündete Petrowa und knöpfte Petrow die Fernbedienung ab. »Wie willst du denn fernsehen, wenn du doch nähst?«, fragte der Sohn. »Ich höre eben zu«, sagte Petrowa. Weil er nicht bekommen hatte, was er wollte, verlangte der Sohn, ihm den Kopf von Sonic zu bringen, damit er ihn anprobieren konnte. »Wieso kannst du nicht einfach mal stillliegen?«, wollte Petrow wissen, aber dann überlegte er, dass der Sohn wohl auf dem Weg der Besserung war, da er schon wieder garstig sein konnte, als er jedoch mit der Maske wiederkam und Petrow Junior an den Kopf fasste, stockte ihm das Herz. »Was, ist es besser?«, fragte der Sohn, als er bemerkte, wie sein Vater so tat, als habe er ihn nur zufällig berührt. »Gleich schauen wir nach«, sagte Petrow betont sorglos und griff nach dem Fieberthermometer. Unter der aufgeknöpften Schlafanzugjacke loderte Petrow die Hitze förmlich entgegen. Petrow schüttelte ausgiebig das Fieberthermometer herunter, als könnte das irgendwie helfen, verfolgte unter den Lampen der Deckenleuchte den Glanz der Quecksilbersäule. »Das ist aber kühl«, kommentierte Petrow Junior, während er das Thermometer mit der Hand umschloss. »Jetzt lieg mal still und halt den Mund«, wies ihn Petrow zurecht, nahm ihm die Maske weg und setzte sie mit Wucht auf dem Sofa ab. »Dann aber Trickfilme«, sagte Petrow Junior. Petrowa fauchte, ließ aber zu, dass sie auf den von Petrow Junior gewünschten Kanal umschalteten.

Der Trickfilm über eine Mumie brachte den Sohn offenbar auf Gedanken, denn er fragte: »Stimmt es, dass sich, wenn ein Mörder stirbt, an seinem Bett die Gespenster von allen versammeln, die er umgebracht hat?« »Wer hat dir denn so einen Blödsinn erzählt?«, fragte Petrow. »Das hat Oma gesagt«, antwortete der Sohn. »Ich weiß nicht«, sagte Petrow mit aufrichtiger Stimme, weil er selbst schon im Glauben war, keine Leiche auf dem Gewissen zu haben. »Ich hab keinen umgebracht und bin auch noch nie gestorben, deshalb hab ich's bis jetzt nicht überprüfen können.« »Das sind doch alles Märchen«, warf Petrowa ein. »Und selbst wenn sie sich da versammeln, na und? Bringen sie ihn dann vor den Kadi?« Petrow Junior musste lachen.

Das Fieber lag bei neununddreißigeinhalb.

Der Sohn fragte, ob es ihm besser ginge, Petrow sagte, ja, schon, setzte sich aber trotzdem hin, befangen von einem einzigen sorgenvollen Gedanken, einem Gedanken ohne Worte, bestehend aus einem einzigen Gefühl von Hilflosigkeit und Angst; als Petrowa ihn fragend anblickte, zog er nur eine betrübte Miene und winkte mürrisch ab. »Vielleicht sollten wir den Krankenwagen rufen?«, fragte Petrowa. »Andererseits, bei Pascha liegt die ganze Familie im Bett, und alles ist in Ordnung«, sagte Petrow. »Die haben vielleicht achtunddreißig Fieber, und unserer, wie viel hat der gleich nochmal? Und kein bisschen runter, den ganzen Tag?« »Sogar ein halbes Grad mehr«, gab Petrow halblaut zur Antwort. »Nee, lass uns mal lieber anrufen«, insistierte Petrowa und biss den Faden ab. »Die werden uns ja wegen einem Anruf nicht gleich erschießen, oder? Schimpfen höchstens bisschen rum, weil wir sie bei irgendwas unterbrochen haben. Und wenn es plötzlich was Ernstes ist?«

Aber Petrow wartete noch ein Weilchen mit dem Anruf, in

der Hoffnung, dass bald alles wieder im Normbereich sein würde, dann steckte er dem Sohn ein weiteres Mal das Fieberthermometer unter die Achsel und zögerte damit den Anruf noch weiter hinaus. Petrow fiel auf, dass die ganze Familie in einer Weise auf dem Sofa saß, als hätten sie alle miteinander und nicht nur Petrow Junior ein Fieberthermometer unter der Achsel stecken. Das aktuelle Fiebermessen zeigte an, dass Petrow Junior wieder um ein Zehntel heißer war, aber Petrow tat so, als sei alles unverändert. Im selben Moment hatte Petrowa das Kostüm fertiggenäht, und der Sohn machte sich ans Anprobieren, zog die blauseiden schimmernde Hose und Jacke über den verblichenen Schlafanzug. Als er unter seiner Decke hervorkroch, verströmte der Sohn einen Geruch von abgestorbenen Phagozyten, dem »Sternchen«-Balsam, mit dem ihn Petrowa schon am Morgen eingerieben hatte, und Eukalyptus.

Petrowa erkundigte sich, wann Petrow die Nummer des Notarztes zu wählen gedenke. Petrow sagte, er wolle nach der Kleideranprobe noch mal Fieber messen und dann gleich anrufen. Petrow Junior drehte ein paar Runden durchs Zimmer, geriet aber rasch ins Frösteln, zog sich wieder bis auf den Schlafanzug aus und kroch unter die Decke.

»Schon wieder Fiebermessen«, sagte Petrow Junior mit verdrossener Stimme. »Ich will schlafen.« Petrowa saß zu seinen Füßen, in schwarzer Wollstrumpfhose und schwarzem Rolli, und war zugleich schwarz und weiß, wie der Tod. »Aber als du plötzlich dein Kostüm haben musstest, da hast du nicht schlafen wollen?«, fragte sie Petrow Junior. »Soll ich jetzt selber anrufen, oder was?«, wandte sie sich an Petrow.

Das Thermometer zeigte an, dass das Fieber um ein weiteres halbes Zehntel gestiegen war, Petrow nahm seufzend den Hörer ab und drückte die beiden Tasten. »Das ist ein Fall für die Feuerwehr, nicht für den Krankenwagen«, dachte er unterdessen. Ohne zu wissen warum, erhob er sich, während er auf die langen Klingelzeichen horchte, als wollte er der Person, die er gleich stören würde, seinen Respekt bekunden. Petrow merkte selbst, wie sehr er den Kunden glich, die in der Werkstatt vorbeischauten, um eine Kleinigkeit auswechseln zu lassen, und dann ewig dort festhingen, weil sich herausstellte, dass ein ernster Schaden drohte. Unbewusst setzte er eine leidvolle und schuldbewusste Miene auf, als hätte er selbst den Sohn in diesen Zustand gebracht.

»Ich will nicht ins Krankenhaus«, sagte Petrow Junior hauptsächlich deshalb, weil die Chance, vom Krankenhaus aus doch noch aufs Jolka-Fest zu gelangen, deutlich geringer war, als wenn er zu Hause blieb, mit oder ohne Fieber. »Es bringt dich ja auch erstmal keiner hin«, entgegnete Petrowa mit mäßig überzeugender Stimme.

Am anderen Ende antwortete eine Frau derart müde, als schöbe in der Ambulanz ein von einer frischen Geschlechtsumwandlung erschöpfter Sisyphus Notdienst. »Verstehen Sie«, sagte Petrow, »das Kind hier hat hohes Fieber, könnten Sie nicht herkommen?« »Doch, schon«, erwiderte die Ärztin routiniert, »aber erst nach Dienstende. Einen Rettungswagen kann ich Ihnen schicken, falls es was Ernstes ist.« »Ernst ist es schon, das Kind hat über neununddreißig Fieber«, antwortete Petrow. »Wirklich gut geht's ihm nicht.« »Ich hab auch neununddreißig«, sagte die Ärztin. »Und gut geht's mir auch nicht wirklich«, fügte sie hinzu. »Woher kommt denn das Fieber? Von der Grippe?« »Woher sonst?«, wunderte sich Petrow. »Na da gibt's vielerlei Ursachen«, erklärte die Ärztin mit müder Stimme. »Blutvergiftung zum Beispiel. Hat er wirklich die Grippe?« »Scheints schon«, sagte Petrow. »Ist er bei Bewusstsein?«, fragte die Ärztin. »Ja, doch«, nickte Petrow. »Krämpfe hatte er keine?«, fragte sie weiter. »Durchfall, Erbrechen?« »Scheints nicht«, antwortete Petrow zunehmend unsicher. »Was haben Sie bloß mit Ihrem ständigen ›scheints‹«, erregte sich die Ärztin. »Schauen Sie denn nicht nach ihm, oder was? Wo sind Sie überhaupt, dass Sie nicht wissen, ob er Krämpfe hatte oder Erbrechen oder Durchfall?« Petrow war leicht verdattert von dieser Attacke und begann zu erklären, dass er aus reiner Gewohnheit »scheints« sagte, obwohl es ganz sicher weder Durchfall noch Erbrechen noch Krämpfe gegeben hatte. »Wenn welche einsetzen, dann rufen Sie an«, sagte die Ärztin. »Wie meinen Sie das jetzt?«, erregte sich Petrow. »Genauso wie ich's sage«, entgegnete die Ärztin nicht minder erregt. »Sie glauben wohl, Sie sind für heute der Erste mit diesem Fieber? Jetzt haben doch alle Fieber! Wir haben jetzt eine Epidemie, was wollen Sie noch mit dieser Grippe? Dass ich den Krankenwagen von einem Epileptiker wegrufe, der mitten im Anfall ist, oder einem Kind, das einen Topf mit kochendem Wasser über sich verschüttet hat? Und was sollen die Ärzte bitteschön mit Ihrem Sohn machen?« »Ich weiß auch nicht«, sagte Petrow, »es muss doch was geben, um dieses Fieber zu senken! Das ist doch nicht normal, es hält sich den ganzen Tag so hoch!« »Kranksein ist generell nicht normal«, bemerkte die Ärztin, »packen Sie ihn erstmal nicht zu fest ein, vielleicht heizt er ja auch deshalb so auf. Da wickeln die Leute das Kind in drei Decken und erwarten dann, dass es ihm besser geht. Rufen Sie an, wenn es wirklich was Ernstes ist, sobald Symptome auftauchen, die auch nur ein bisschen von Grippesymptomen ab-weichen. Legen Sie ihm einen Wickel auf die Stirn, man kann ja so einen Organismus nicht permanent mit Tabletten zuschießen. Geben Sie ihm denn überhaupt Tabletten oder sind Sie einer von denen, die auf die Heilkraft der Natur setzen?« »Doch, wir geben ihm schon Tabletten«, sagte Petrow. »Nur helfen sie irgendwie nicht.« »Sie haben mich jedenfalls verstanden«, bemerkte die Ärztin und legte auf.

Ganz ausgehöhlt von diesem Gespräch stand Petrow noch ein Weilchen gebeugt da, den Telefonhörer in der herabhängen-den Hand, die warum auch immer mit dem Hörer gegen seinen Schenkel hämmerte. »Und, was sagen sie?«, wollte Petrowa wis-sen. »Weigern sie sich zu kommen?« »Sie sagen, bei Grippe sei Fieber normal, sie sagen, geben Sie ihm Tabletten, machen Sie ihm einen Umschlag, und decken Sie ihn nicht mehr so warm zu.« Die Augen von Petrow Junior glühten in finsterem Triumph.

»Vielleicht sollten wir ihn wirklich leichter zudecken«, schlug Petrowa vor und zog Petrow Junior, ohne ihn um Erlaubnis zu fragen, die dicke Decke weg. »Na los, wickle dich in den Sofaüberwurf ein«, befahl sie dem Sohn. Petrow Junior gab die Decke ohne Widerrede preis und hüllte sich in den Überwurf, zunächst mit der Unterseite nach innen, aber da war nur raues Gewebe, ähnlich wie ein Sack, weshalb er sich an dem Überwurf zu schaffen machte, um ihn mit der Samtseite nach innen zu kehren, und dann zupfte er ihn lange zurecht, um zu prüfen, ob er wärmte oder nicht. Petrow brachte ein in Wasser getauchtes Küchenhandtuch und versuchte es Petrow Junior auf den Kopf zu legen, aber der Sohn sträubte sich und sagte, das Handtuch »stinke«. Daraufhin holte Petrowa aus der Küche eine ungeöffnete Packung Pelmeni. Petrow Junior musste lachen, als sie ihm die Packung auf die Stirn legte, und sagte, in einer halben Stunde würden die Pelmeni oben schwimmen.

»Schade, dass wir keine Wärmflasche haben«, sorgte sich Petrow, »man bräuchte nur das kalte Wasser wechseln und basta.« »Du hast da so viele Pelmeni, dass man einfach die Packungen wechseln kann«, sagte Petrowa.

Petrow betrachtete den Sohn mit der Pelmeni-Packung auf dem Kopf und fühlte außer Angst und Hilflosigkeit auch noch Gereiztheit in sich aufsteigen. Es war ein furchtbares Gefühl, aber teilweise hatte Petrow den Eindruck, dass sein Sohn ein bisschen sehr den Kranken markierte, wäre er tatsächlich krank und müsste leiden, läge er jetzt schlicht in einer Art Fieberschlaf, Petrow bedauerte sogar, dass der Sohn weder Erbrechen noch Durchfall hatte, weil man ihn dann in die Hände der Ärzte geben und die ganze Verantwortung für seine Gesundheit auf diejenigen abwälzen könnte, die etwas von Medizin verstanden. Die Pelmeni-Packung hatte dem Fieber des Sohnes einen komischen Anstrich verliehen, und für Petrow schien Petrow Junior eher herumzukaspern, als dass er wirklich krank war. Irgendein merkwürdiges Defizit hinderte Petrow daran, sich ganz in den Sohn einzufühlen, er konnte es nur so lange verstehen, wie er selbst am Leiden war, sich selbst mit Fieber durch die Gegend schleppte; das Leiden, das er selbst, Petrow, erfahren hatte, erschien Petrow echt, das seines Sohnes nicht. Petrow litt darunter, dass er sich in das Leiden des Sohnes nicht ganz einfühlen konnte, und dieses Leiden an der eigenen Fühllosigkeit fühlte er voll und ganz. Nur seine eigene Krankheit erschien Petrow echt, die von Petrow Junior war hingegen ein Spiel, bei dem der Sohn teilweise selbst mitspielte und sich derart in diesem Spiel verlor, dass er daran sterben konnte, doch ein Aussteigen war nicht mehr möglich.

Petrow sah sich selbst als Held in einem dummen Weihnachtsspiel oder einer dieser Geschichten auf der vorletzten Seite der »Russisch-Orthodoxen Zeitung«, die er während der Besuche bei der Schwiegermutter beiläufig durchblätterte. In diesen Geschichten saß freilich nie der Vater, sondern stets die Mutter am Bett ihres sterbenden Kindes: Das Kind lag im Sterben, die Mutter fragte: »Warum?«, worauf flugs ein Engel erschien und der Frau erklärte, ihr Kind würde ohnehin nur zu einem moralischen Krüppel heranwachsen und später in die Hölle kommen, so aber würde es von Gott gerettet; es gab auch Varianten, wo der Engel der Frau Bilder von der zu erwartenden Zukunft des Sohnes vor Augen führte, auf denen dieser in einer Wodkarunde soff, rauchte, fickte, also genau das tat, was die meisten Leute tun, aber Gott bewahrte das Kind vorm Absturz ins gewöhnliche Erwachsenenleben und verwandelte es in ein Engelein. Die Mutter war unerklärlicherweise von den Worten des Engels stets ganz ergriffen und verfiel in ein Dankgebet. Petrow sah sich selbst inmitten dieser Geschichte, ihm schien, als hielte er ganz allein das Sujet zusammen wie einen Pappkarton, als wäre nichts mehr übrig außer diesem Karton, dem Zimmer mit den drei Puppenfigürchen und den Spielzeugmöbeln, als gäbe es jenseits des Kartons nichts als Dunkelheit.

Um diese Empfindung abzuschütteln, das Ohnmachtsgefühl ebenso loszuwerden wie die Gereiztheit auf den Sohn, ging

Petrow ins Schlafzimmer, und während sich auf seine Seele schwärzeste Finsternis senkte, als wäre die Dunkelheit jenseits des Kartons nicht eingebildet, sondern echt, tauchte Petrow in dieses Dunkel, zappte sich durch die Fernsehkanäle. Zu allem Unglück zeigte einer der Sender im Retro-Fieber zum wiederholten Mal »Jane Eyre«, und Petrow stieß ausgerechnet in dem Moment hinzu, wo die junge Jane mit einer Tuberkulosekranken unter derselben Decke einschlief. Eigentlich mochte Petrow den Roman »Jane Eyre« wegen des Triumphs der Gerechtigkeit über die Stiefmutter und ihre bösen Kinder, aber gerade jetzt war Petrow die Episode mit dem Tod der blutspuckenden Freundin nicht unbedingt sympathisch.

Petrow versuchte sich zu erinnern, wie er selbst in der Kindheit krank gewesen war, ob man um ihn genauso einen Wirbel veranstaltet hatte wie um Petrow Junior, aber irgendwie konnte er sich nicht an die Krankheit selbst erinnern, sondern nur daran, wie gut es danach gewesen war, nach der eigentlichen Grippeattacke, als er noch krankgemeldet war, nicht in die Schule musste und sich zu Hause mit allerlei Unsinn befasste, wie er allein in der Wohnung blieb, während die Eltern zur Arbeit gingen, sich selbst das Essen aufwärmte, die Milch lieber kalt trank, anstatt sie auf dem Herd zu erhitzen, wie er dann dafür Zoff bekam, daraus lernte und seine Milch weiterhin kalt trank, aber als Tribut an die Logik der Mutter immer ein wenig Milch in den Topf goss und aufs Feuer stellte, damit sie leicht angebrannt war. Er erinnerte sich daran, wie er absichtlich krank werden wollte, um nicht mit den anderen auf den Ausflug nach Wisim zu müssen, in die Heimat von Mamin-Sibirjak, wie er sich in der Badewanne absichtlich in kaltes Wasser legte und dann auch noch nur in Unterhose auf dem Balkon saß, am nächsten Morgen aber fast noch gesünder erwachte, als er es vorher gewesen war, so dass er in aller Frühe in den Schulbus steigen und mit der Klasse zweihundert Kilometer weit schippern musste, um ein paar Dorfhütten anzusehen und etwas über das Leben eines Schriftstellers zu hören, der Petrow schnurzpiepegal war. Als wäre es nicht genug, dass die Fahrt nach Wisim sowieso eine halbe Ewigkeit dauerte, mussten sie auch noch alle zwanzig Minuten anhalten, weil wieder einem der Klassenkameraden schlecht war.

In seiner Kindheit schreckte Petrow weniger die Grippe als die Impfung gegen Enzephalitis. Das war es, was ihm echte Qualen bereitete, an die sich Petrow bis zum heutigen Tag erinnerte. Als nach der Impfung alle umherrannten und versuchten, einander möglichst kräftig auf die schmerzhafte Einstichstelle am Rücken zu hauen, war Petrow schon völlig am Taumeln. Ihm tat nicht nur die Stelle unter dem Schulterblatt weh – ein paar Tage lang verfolgten ihn grässliche Kopfschmerzen, schlimmer als jedes Fieber, schlimmer als Husten und Schnupfen. Es war ein Kopfschmerz bis hin zur Übelkeit, Petrow hatte Schmerzen beim Schlucken, Blinzeln und selbst beim Nicken, er glaubte zu fühlen, wie sein Gehirn in einer warmen Brühe im Innern des Schädels schwappte und die Innenwände der Schädeldecke berührte.

Petrowa hatte offenbar ebenfalls kapituliert wie zuvor schon Petrow. Auch sie kam ins Schlafzimmer, wechselte aus ihren düsteren Sachen ins Nachthemd und rieb sich Hände und Gesicht mit irgendwelchen Nachtcremes ein.

»Und, wie geht's ihm dort drüben?«, fragte Petrow. »Na wie schon. Liegt rum und basta«, antwortete Petrowa verstimmt. »Was kann man da noch tun?«

Sie begannen einen seltsamen Wettkampf, wer am längsten durchhielt, ohne nachzusehen, wie es dem Sohn drüben ging, sie zappten sich durch die Fernsehkanäle, stimmten jedes Mal miteinander ab, ob sie bei dem Sender bleiben oder weiterzappen sollten. Während sie sich so beschäftigt hielten, führten sie noch kleine Gespräche, als seien sie die Ruhe selbst, Petrow fragte seine Frau, wie sie sich denn jetzt fühlte. Petrowa fühlte sich ganz gut und fragte ihrerseits, wie Petrow sich fühlte. Bei Petrow war ebenfalls alles in Ordnung. Eine Weile gelang es ihnen, so zu tun, als wäre ihr Sohn nicht zu Hause, und sie spielten Gelassenheit, als würde das alles gar nicht geschehen. Während dieses Spiels wechselten sie in die Küche hinüber, wo Petrow das Zigarettenpäckchen in den Händen knetete und sich beherrschte, nicht auf den Balkon zu gehen, um sich den Anblick des kranken Sohns zu ersparen.

Als Erste kapitulierte Petrowa und schlug vor, es mit Aspirin zu probieren statt mit Paracetamol. Petrow sagte, bei Kindern sei Aspirin verboten, obwohl er selbst als Kind Aspirin nehmen durfte und nichts passiert sei. »Bist du sicher, dass es auch wirklich Aspirin war?«, fragte seine Frau ungläubig. »Es ist nicht gerade gut für die Magenschleimhaut und kann eine akute Hirnblutung hervorrufen.« »Ich bin mir mit gar nichts mehr sicher«, gab Petrow zu. »Ich bin mir nicht mal mehr sicher, dass das Paracetamol, das wir ihm schon den ganzen Tag lang auflösen, echt ist. Gut möglich, dass sie für denselben Preis irgendeine Scheiße zusammenpanschen«, setzte er nüchtern hinzu, »kann alles passieren heutzutage.«

Die Petrows begannen auf der Suche nach Aspirin die Hausapotheke zu durchforsten, in der Hoffnung, dass sich in dem Kästchen, das noch aus grauer Vergangenheit von Petrows Eltern stammte, irgendwelche Reste finden würden. In der Kiste gab es Senfpflaster, »Seljonka«-Desinfektionsmittel, Kaliumpermanganat, das dort lag, seit man Petrow Junior in der Babywanne mit Kaliumpermanganatlösung baden musste, es gab von den Eltern zurückgelassenes Jod, das von niemandem benutzt wurde, Levomycethin, das Petrow noch als Schüler gekauft hatte, als ihre Promenadenmischung erkrankt war (der Hund hatte die Tablette übrigens verweigert, er, der an jedem anderen Tag fröhlich und freundlich war, schielte sie nun böse an und fletschte die Zähne, als sie versuchten, ihm den Rachen zu öffnen), es gab eine Watterolle – außen aufgebauscht und innen steinhart. Ferner fanden sich dort drei Arten von Pflastern – antibakterielles Pflaster mit grün beschichteter Wundauflage, deren haftende Seite mit einem Plastikfilm bedeckt war, und zwei Pflasterrollen, die aussahen wie Isolierband, eine schmal, die andere breit. Dass man Pflaster nicht als Isolierband verwenden sollte, davon hatte sich Petrow schon in seiner frühen Kindheit überzeugen können, als er auf die Idee verfiel, einen Schraubenzieher, bei dem der Griff fehlte, mit Pflasterresten zu umwickeln, um damit das kaputte Bügeleisen zu zerlegen, während es eingesteckt war. Zwei Fieberthermometer gab es in der Hausapotheke, ein altes in vergilbter Hülle und ein neues. Das neue Thermometer hatten sie gekauft, als sie glaubten, sie hätten das alte verloren, dabei war es nur in die Ritze zwischen den Sofakissen gerutscht. Es gab ein Hustenmittel, das Petrow nur zweimal eingenommen hatte, aber gleich beim ersten Mal hatte ihm der Geschmack so sehr missfallen, dass Petrow lieber hustete, als es noch einmal zu nehmen, und das zweite Mal war vor ein paar Tagen gewesen, als er sich auf den Weg zur Arbeit machen wollte und nach der Einnahme des Mittels begriff, dass er besser nicht ans Steuer ging – von dem Medikament bekam er eine derartige Alkoholfahne, dass ihm der erste Verkehrspolizist eine Strafe aufgebrummt hätte, ohne ihn auch nur ins Röhrchen blasen zu lassen. Es gab Tropfen gegen Schnupfen, aber Petrow hatte auf der Packung gelesen, dass sie süchtig machen konnten, und das hatte ihn abgeschreckt. Außerdem enthielt die Apotheke einige Metalldöschen mit dem »Sternchen«-Balsam, die aussahen wie rote Tabletten, nur eines davon war noch fast voll, die anderen hingegen fast leer, aber man warf sie nicht weg, weil sie ja doch noch ein bisschen Salbe enthielten. Erst nach der Geburt des Kindes hatte sich Petrow das mild sadistische Vergnügen erschlossen, dem kranken Sohn »Sternchen«-Balsam unter die Nase zu reiben und zuzusehen, wie der Sohn die Augen nicht mehr öffnen konnte, weil sie von den Mentholdämpfen tränten. Bislang schien niemand in der Familie nennenswerte Probleme mit den Nerven und dem Herzen zu haben, aber dennoch fanden sich am Grund der Apotheke Corvalol und Valocordin und Baldriantropfen. Wasserstoffperoxid enthielt die Hausapotheke der Petrows in zwei Varianten – als Lösung und als Tabletten.

In der Apotheke fanden sich auch Kuriositäten wie Clonidin und Glucose-Ampullen, zwei Arten von Vitaminen für Petrow Junior – weiße Plastikfläschchen mit großen orangefarbenen und kleinen gelben Dragees. Nur Aspirin gab es nicht. Petrow schlug vor, in die Apotheke zu gehen. »Das kenne ich schon, dann darf ich wieder zwei Stunden auf dich warten«, erwiderte Petrowa und runzelte verdrossen die Stirn, während sie dem Sohn die Stirn fühlte. »Dann gehst halt du«, schlug Petrow vor. »Es ist doch schon Nacht«, sagte Petrowa fast schon vergnügt. »Hast du gar keine Angst, mich alleine gehen zu lassen?« »Dann gehen wir halt zusammen«, parierte Petrow. »Aber wenn dann was passiert?«, fragte Petrowa. »Und was schlägst du bitteschön vor?« – Petrow wechselte in den Flüsterton und deutete damit an, dass er im Begriff war, die Stimme zu erheben. »Tja, ich weiß auch nicht«, sagte seine Frau ebenfalls im Flüsterton. »Gestern hab ich deine Jeans gewaschen, da war eine Tablette in der Hosentasche. Das ist nicht zufällig Aspirin? Ich hab sie, glaube ich, in die Schublade vom Küchentisch gepackt.«

»Klar ist das Aspirin, aber es ist uralt, so alt wie ich, womöglich stammt es sogar noch aus den Siebzigern«, sagte Petrow. »Du hast es doch gestern auch geschluckt, und es war o.k.«, sagte seine Frau. Petrow war dagegen, dem Sohn das alte Aspirin zu geben, er war sogar bereit, in die Apotheke zu gehen, obwohl er keine Ahnung hatte, wo die nächste 24-Stunden-Apotheke war, aber während sie sprachen, wechselten sie schon beide, Petrow und Petrowa, unbewusst in die Küche hinüber. »Ich hab's nicht gestern geschluckt, sondern vorgestern«, sagte Petrow. »Und vorgestern habe ich ja sonst noch allerhand geschluckt – Tee, bisschen Wodka vielleicht, und dann das Aspirin, wahrscheinlich hat sich das alles irgendwie neutralisiert, wie es sich im Magen vermischt hat, und soweit ich mich erinnere, hat das Aspirin auch nicht wirklich geholfen.« »Wir geben es ihm erstmal und schauen, was passiert, und dann können wir immer noch überlegen, ob wir in die Apotheke gehen oder nicht«, sagte Petrowa. »Im Moment geht's ja eh nicht darum, ihm die Tablette zu geben, sondern sie erstmal zu finden, ich weiß nicht mehr genau, wo ich sie hingesteckt habe.«

Petrow machte sich als Erstes an den Geschirrschrank, er hatte beschlossen, man müsse dort mit der Suche beginnen, wo Petrowa die Tablette bestimmt nicht hingeräumt hatte, da sich verlegte Dinge normalerweise genau an solchen Orten wiederfinden. Sie inspizierten alle Oberflächen in der Küche, da verlegte Dinge oft an den sichtbarsten Stellen liegen, und dann erst durchforsteten sie die logischen Orte wie den Küchentisch, die Schublade mit den Küchenutensilien, die Besteckschublade, die Schublade mit den Töpfen und die mit den Pfannen, sie warfen einen Blick in die metallenen Gewürzdöschen, die eher als Dekoration dienten, im Döschen mit der Aufschrift »Kurkuma« entdeckten die Petrows das Sparschwein von Petrow Junior, wo er das gesamte vom Taschengeld übrige Kleingeld sammelte, und sie staunten über seine Gewitztheit. In der Besteckschublade stieß Petrow auf das zusätzliche Messer aus Petrowas Wohnung. »Ich war gerade beim Kochen, als er mich anrief und ich Hals über Kopf zu dir musste, da hab ich's eingesteckt«, erklärte Petrowa. »Wieso hast du ihn überhaupt mitten in der Woche zu mir gelassen?«, wunderte sich Petrow. »Wir wollten doch zum Jahresende in der Bibliothek ein kleines Fest machen, ich wäre sogar hingegangen, obwohl ich krankgeschrieben war, und dann haben sie alles abgeblasen, aber da hatte ich ihn schon zu dir geschickt und dachte, dass ich den Abend besser alleine zu Hause verbringe. Und das habe ich ja auch getan«, sagte Petrowa. »Wenn du schon mit wem schläfst, sag's lieber gleich«, bat Petrow, er wollte nicht davon überrascht werden, dass Petrowa plötzlich einen anderen heiratete, wünschte sich trotz allem in ihrer Beziehung ein gewisses Maß an Berechenbarkeit, um wenigstens eine Ahnung zu haben, worauf er gefasst sein musste. »Ach was«, winkte Petrowa ab.

Einen Moment lang glaubte Petrowa, sie hätte die Tablette in der Tasche ihres Bademantels entdeckt, aber es waren nur leere Reste der Packung vom Paracetamol, mit dem sie Petrow Junior den ganzen Tag gefüttert hatte, und obwohl sie sagte: »Na klar hab ich's da hingesteckt, wohin denn sonst«, fanden sich in der Tasche nur kleine quadratische, zart raschelnde Wickelpapierchen, die im grellen Licht der Küchenlampe sehr weiß wirkten.

Das Aspirin lag in einem Fach des Kühlschranks, neben Petrows Salben gegen Rückenschmerzen, die er freilich nicht benutzte, weil sie sowieso nicht halfen, sondern bloß rochen, und weil Petrow selbst von diesen Salben roch wie ein Greis. »Na klar«, sagte Petrowa wie erleuchtet. »Ich war in der Küche am Rotieren, unser Kurzer wollte doch Suppe haben, als du geschlafen hast.«

Sie beratschlagten sich am Bett des Kranken, wie viel sie ihm von besagter Tablette geben sollten – eine ganze oder eine halbe? Petrow kam die ganze Idee ohnehin idiotisch vor, die Tablette erschien ihm höchst zweifelhaft in ihrem grauen Papierchen mit den angeknabberten Rändern an der Seite, wo man die Tabletten aus der Packung riss. Er war schon fast auf dem Weg zur Apotheke, wollte sich schon die Schuhe anziehen, aber Petrowa hielt ihn am Ärmel zurück und beharrte darauf, es auszuprobieren, Aspirin sei schließlich Aspirin und keine Milch, die sauer werden konnte. Dann weckten sie Petrow Junior und verabreichten ihm die Tablette. Petrow schenkte dem Sohn Sprudelwasser ein, aber Petrowa sagte, es sei auch so schon belastend genug für die Magenschleimhaut, also gaben sie Petrow Junior statt dem Sprudel heißes Wasser zu trinken. Der Sohn sank ins Bett zurück, als wäre er gar nicht erst erwacht. Petrowa steckte ihm erneut das Fieberthermometer unter die Achsel und ging neben dem Sofa in die Hocke, um darüber zu wachen, dass es nicht herausfiel. Petrow stand daneben wie ein angepflocktes Pferd, das Maul zu Petrowa geneigt, die Miene ausdruckslos. »Wahnsinn, es will einfach nicht sinken«, sagte Petrowa. Sie ersetzten die Pelmeni-Packung auf dem Kopf des Sohnes durch eine frische Packung, und die angetaute und aufgewärmte Packung steckten sie wieder ins Gefrierfach. Während sie in der Küche waren, hatte der Sohn die Decke bis zu den Füßen heruntergestrampelt und lag zusammengekrümmt und fröstelnd da, ohne jedoch zu erwachen. Beim Atmen machte er ein Geräusch, als ob er von Zeit zu Zeit stöhnte. Es war ein Geräusch, so zart, dass es klang wie das Stöhnen einer Maus, wenn Mäuse an Grippe erkranken und lange leiden könnten. Die Petrows deckten den Sohn zu, aber er deckte sich sofort wieder auf, sie versuchten es noch ein paarmal, aber jedes Mal warf er die Decke wieder von sich.

Petrow hatte nicht länger die Kraft, sich das alles ganz ohne Hilfe von Nikotin mit anzusehen, er ging auf den Balkon und rauchte, blickte dabei auf den verwaisten nächtlichen Hof, wo inmitten des Spielplatzes, obwohl er nirgends beleuchtet war, ein blauer Lichtfleck lag. »Ich kann nicht mehr«, klagte Petrowa, »ich gehe schlafen. Basta. Wenn ich aufwache, ist hoffentlich wieder alles normal. Ich hau mich einfach hin und ziehe den Stecker raus.« Im Grunde machte sie es nun genau wie Petrow, als er auf der Straße herumspaziert war, aber Petrow hatte nicht einmal mehr die Kraft, sie wegen dieser Schwäche aufzuziehen. »Er hat übrigens leichter geatmet, als du auf den Balkon gegangen bist«, sagte Petrowa, »vielleicht sollten wir das Oberlicht weiter öffnen? Schlimmer kann es ja nicht mehr kommen. Das heißt, klar kann es immer noch schlimmer kommen, aber so wie es jetzt nun mal ist, was können wir da noch machen? Die Decke lassen wir ihm da, wenn ihm kalt wird, kann er sich zudecken.«

Petrow war ebenfalls am Ende seiner Kraft, aber wenn Petrowa nicht zugegeben hätte, dass sie müde war, hätte er sich nicht freiwillig schlafen gelegt. Auch das war natürlich eine Art Wettkampf, was zeigte, dass Petrow sich gar nicht so sehr von den Eltern und Schwiegereltern unterschied, wie er glauben mochte. (Hier übte Petrow eine gewisse Nachsicht gegenüber sich selbst, gestattete sich sozusagen, am Wettkampf teilzunehmen und Punkte einzuheimsen, denn der Sohn war ja trotz allem sein Sohn. Abgesehen davon sah Petrow zwischen sich und den Eltern keinerlei Gemeinsamkeit, die Generation seiner Eltern erschien ihm als eine Generation von Gescheiterten mit abstrusen Vorstellungen vom Leben, davon, wie früher alles ungleich besser, gerechter, sicherer war als heutzutage, und ja, damals war noch alles im Überfluss vorhanden; Petrows Vater machte kein Hehl aus seiner Verachtung für die Arbeit seines Sohnes, er sagte, Petrows Bestreben, einfach nur Geld zu verdienen ohne Ansehen der Person, mit der er es dabei jeweils zu tun bekam – dem unglückseligen Taxi-Schwarzfahrer, der außer seinem Auto und ein paar Kindern am Hals nichts zu bieten hatte, oder dem Geschäftsmann, der von diesen Autos gleich einen ganzen Park besaß –, brächte weder Petrow selbst noch das Land jemals auf einen grünen Zweig. Der Schwiegervater sagte nichts, aber vermutlich dachte er genauso.)

Petrow löschte das Licht im Wohnzimmer und legte sich schlafen, wobei er versuchte, seine Frau in den Arm zu nehmen, aber sie stieß ihn zunächst mit dem Ellbogen weg, weil er permanent herumhampelte und kurz davor war aufzustehen und nach Petrow Junior zu sehen; als er dann aber gerade am Einnicken war, legte Petrowa beide Beine auf ihn, und zwar just im Moment des Einschlafens, so dass Petrow von ihrer Berührung zusammenfuhr und jäh aus dem Schlaf gerissen wurde, bereit für einen weiteren unruhigen Tag, und er spürte sogar Zorn auf Petrowa wegen ihrer Rücksichtslosigkeit, hätte sie am liebsten selbst mit dem Ellbogen von sich gestoßen, aber ihr Körper war zu weit von seinem Ellbogen entfernt; Petrow kroch diskret unter ihren Beinen hervor, an Einschlafen war verdammt noch mal nicht mehr zu denken, er musste aufstehen, noch eine rauchen, und dann würde klar, ob er sich nochmal hinlegen konnte oder nicht. Petrow griff nach dem Telefon, um zu sehen, wie spät es war. Es war erst halb zwei, und durch die Wohnung zu wandern oder in der Küche zu hocken kam ihm seltsam und langweilig vor. Über diesem Gedanken schlief er ein, gereizt und leicht nervös, was ihn nicht daran hinderte, nach vierzig Minuten wieder zu erwachen und ins Wohnzimmer zu schleichen. Voller Enttäuschung kehrte Petrow ins Bett zurück, weil alles unverändert war, außer dass Petrow Junior den Sofaüberwurf über sich gezogen und die Beine unter die Bettdecke gesteckt hatte. Petrows Frau war während seiner Abwesenheit auf die andere Seite des Bettes hinübergerollt, hatte die Decke komplett vereinnahmt und Petrow nur eine kleine Ecke gelassen, unter die er präzise den halben Rumpf und ein Bein steckte, während er den Kopf so aufs Kissen bettete, dass er nicht in eine unbequeme Position rutschen konnte. Das Kissen wurde rasch warm, und Petrow drehte es um, wobei er fürchtete, seine Frau damit aufzuwecken, aber sie dachte gar nicht daran, wach zu werden.

Nach einer Weile (er hatte vergessen, auf die Uhr zu sehen, weil er wusste, dass er nirgends hineilen musste, solange er noch krank war) erhob sich Petrow mit Halsschmerzen und Durst auf Wasser, worauf Petrowa unwirsch anmerkte, sie habe allmählich genug von seinem Gehampel und Gewälze, und Petrow kam der Gedanke, dass er ja oft nachts etwas trinken ging und dass es in einer Fernsehsendung einmal geheißen hatte, es könne sich dabei um ein Symptom für Diabetes mellitus handeln. Petrow trank Wasser aus dem Hahn im Bad und überschlug, wie oft er nachts etwas trinken ging, wobei er zum Schluss kam, dass es nicht sehr häufig war, häufiger waren Anfälle von einer Art Schlafwandeln, wenn er etwa träumte, er sei noch auf der Arbeit und habe Lithol oder Öl an den Händen, und im Schlaf wischte er sie am Rand des Lakens ab, oder er schlich ins Bad und wusch sich die Hände unterm Wasserhahn, seifte sie sorgfältig ein, und dann erst wurde er wirklich wach – im Traum war es hell gewesen, doch mit dem Bewusstsein kam zugleich eine jähe, erschreckende Dunkelheit. Als Petrow Pascha einmal anvertraute, dass er schlafwandelte, verkündete dieser, er schlafwandle selbst, einmal sei seine Frau davon aufgewacht, dass er ihre Kosmetika durchwühlte, auf der Suche nach einem Neunerschlüssel. »Das kommt wahrscheinlich von den Benzindämpfen, die wirken so auf die Psyche«, erläuterte Pascha.

Als er genug getrunken hatte, ging Petrow ins Wohnzimmer, gähnte, streckte sich und lockerte den Hals, zwischen dessen Wirbeln ein Pflasterstein zu stecken schien. Der Sohn hatte Decke und Sofadecke von sich geworfen und lag seltsam langgezogen auf dem Rücken; im Liegen wirkte er größer und erwachsener, als wenn er auf den Beinen war, im Halbdunkel des Zimmers trat die ungesunde Blässe seines Gesichts deutlich hervor. Die Zugluft hatte das Oberlicht einen Spalt weit aufgedrückt, deshalb herrschte im Wohnzimmer furchtbare Kälte, fast wie draußen, zumindest kam es Petrow so vor, weil ihn ein innerer Frost erfasste, als er sah, wie blass der Sohn war und so langgestreckt, dass der Streifen zwischen der Schlafanzughose und den Gummibündchen der Socken, der sonst nicht mehr als einen Zentimeter maß, an die fünf Zentimeter breit war, als wäre die Schlafanzughose in nur einer Nacht zur Schlafanzugkniebundhose mutiert. Petrow fasste den Sohn am Fuß und spürte sogar durch die Socke hindurch, wie kalt dieser Fuß war, er berührte ihn an Stirn und Wange, doch auch sie waren absolut kalt. Das Entsetzen jagte Petrow einen Schauder über den Rücken. Er fuhr dem Sohn mit der Hand unters Hemd, aber auch Brust und Bauch von Petrow Junior waren kalt, und unter den Rippen ließ sich kein Herzschlag ertasten. »ACH DU SCHEISSE«, dachte Petrow, hielt Petrow Junior die Handfläche vors Gesicht, wollte den Atem fühlen, fühlte auch keinen Atem, und wieder dachte er: »ACH DU SCHEISSE.« Er wusste nicht, was in einem solchen Fall zu tun war. Das letzte Begräbnis war das seiner Großmutter gewesen, aber dort brauchte man nichts zu tun, außer am Sarg zu stehen und sich bei der Totenwache zu betrinken.

Petrow stand über seinem Sohn, versuchte wenigstens eine leise Regung zu erspähen, eine Bewegung des Musters auf dem Schlafanzughemd, die auf Atem hindeuten würde. Es gab nicht die leiseste Bewegung, nur bleierne Stille, rings um Petrow und in seinem Innern war alles völlig erstarrt, er selbst hatte sich wie verflüchtigt, begriff nicht, was weiter zu tun war, dabei war es höchste Zeit, den Krankenwagen zu rufen und zu erklären, dass der Sohn nun Symptome hatte, die schlimmer waren als Grippe.

Verzweifelt rüttelte er den Sohn zuerst an der eisigen Schulter, dann bohrte er ihm heftig einen Finger in die Seite, um ihn aufzuwecken.

Der Sohn schnarchte unwillig auf, schlagartig belebt, und suchte zusammengekrümmt mit der Hand nach etwas, womit er sich zudecken konnte. Petrow fiel nicht nur ein Stein vom Herzen, sondern gleich eine ganze Lawine. Er steckte dem Sohn einen Zipfel der Bettdecke unter die tastende Hand, und der Sohn zog sich die Decke ohne Umschweife über. Petrow saß da, völlig verdattert vom eben durchlebten Entsetzen, aber seine träge Fantasie war nun schon angekurbelt und spulte weiter ihr Programm ab, indem sie vor Petrows innerem Auge die Bilder der künftigen Beerdigung erstehen ließ.

Auf Wattebeinen kehrte er ins Schlafzimmer zurück, fiel ins Bett, dass die Matratze unter Petrowa federte, die ebenfalls wie gestorben schien und gar nicht daran dachte, aufzuwachen, und lange lag er so da, blickte an die Decke; er wollte seine Frau wachrütteln und ihr erzählen, was er gerade durchlebt hatte, weil es so unfassbar war, sich anfühlte wie auf einem Karussell mit Lichtern und Pferden in Glitzerzaumzeug. Er sah es als Lektion dafür, dass er den in seinem Comic gezeichneten Jungen, den der Sohn für sich selbst hielt, nicht ins Grab befördern durfte, dass er diese Geschichte möglichst rasch zum rettenden Happy End bringen musste und nie mehr etwas zeichnen durfte, wo eine der Figuren auch nur entfernte Ähnlichkeit mit einem Familienmitglied aufwies, dass er es nicht dem jungen Sergei gleichtun durfte, und deshalb war auch die Idee einer Superheldin, die tagsüber in einer Grundschule Kinder unterrichtet und nachts allerlei Abschaum ermordet, eine überaus schlechte Idee.

»Gott im Himmel«, brummelte Petrowa schläfrig, ohne sich

zu ihrem Mann umzudrehen, »wirst du heute noch schlafen oder nicht? Du musst ihn ja unbedingt heute zum Jolka-Fest bringen, Fieber hin oder her, du weißt es natürlich am besten.«

»Er hat übrigens kein Fieber mehr«, entgegnete Petrow, »plötzlich war es einfach weg.«

»Ah. Na dann ist ja gut«, bemerkte Petrowa.

KAPITEL 8
Theater für den erwachsenen Erwarter

Für Petrow kam es eigentlich nicht überraschend, dass der Morgen mit Streit zwischen Petrow Junior und Petrowa begann. Seit gestern, als Petrow Junior noch völlig in den Seilen hing, war alles darauf hinausgelaufen. Petrowa schimpfte im Flüsterton, um Petrow nicht zu wecken, weil er, wie Petrow sich erschloss, den Ausflug zum Jolka-Fest im »Theater für den jungen Zuschauer« verschlafen sollte. Petrow Junior versuchte seinerseits zu brüllen, damit Petrow im Gegenteil erwachte und bloß ja nichts verschlief. Petrow Junior war heiser, weshalb er ebenfalls nur ein Geflüster hervorbrachte, ähnlich wie das von Petrowa. Hätten sie geschrien, hätte Petrow ihre Stimmen im Schlaf mit den Geräuschen des laufenden Fernsehers verwechselt und der Streit hätte ihn nicht geweckt, so wie jetzt, als sein schlafendes Gehirn das Geflüster für eine Art Verschwörung hielt, die gegen Petrow ausgeheckt wurde und ihn aufstörte und die Ohren spitzen ließ.

»Du machst wohl Witze«, konstatierte Petrowa. »Gestern hast du dich kaum auf den Beinen halten können. Weißt du schon nicht mehr, wie schlecht es dir ging, oder was? Und es kann ja noch schlimmer kommen. Deinen Vater kannst du um den Finger wickeln, so viel du willst. Aber bei mir zieht die Nummer nicht. Eine Lungenentzündung mach ich nicht auch noch mit. Dann geht's sofort ins Krankenhaus. Und dort kannst du dann Neujahr feiern, du Miststück!« Petrow Junior gab eine freche Antwort, aber was genau, war nicht zu verstehen, weil seine Stimme tränenerstickt war. »Na klar«, flüsterte Petrowa lautstark, »er ist der Gute, und ich bin die Böse, das wäre ja dann geklärt. Ich lass dich keine Dummheiten machen – und schon bin ich die Böse, ich erlaube dir nicht alles – und wieder bin ich die Böse. Na toll. Bei mir gehst du jedenfalls nirgends hin und basta. Soll sich doch dein Herr Papa für dich in Stücke reißen.«

Petrowa und Petrow Junior verbrachten mehr Zeit miteinander als mit Petrow, weshalb sich bei ihnen bereits ein beträchtliches Arsenal an gegenseitigen Vorwürfen und gegenseitiger Reizbarkeit angesammelt hatte, mit Petrow waren Frau und Sohn weitaus nachsichtiger, weil sie ihn nicht so oft sahen, nicht jeden einzelnen Tag. Petrow gab kein Lebenszeichen von sich, in der Hoffnung, die beiden würden die Sache untereinander regeln. Im Schlaf hatte Petrow sein Kissen von sich gestoßen und lag nun mit dem Kopf direkt auf dem Laken. Auf dem Bauch liegend spürte Petrow den Geruch des Gewebes, aus dem das Laken gemacht war: ein seltsam vertrauter Geruch, anders als der, den die Wäsche bei ihnen zu Hause sonst verströmte, so hatte das Laken gerochen, wenn Petrow bei seiner Tante übernachtete. Aus nächster Nähe sah Petrow das Geflecht der Gewebefasern, weiter verlor sich die Struktur des Stoffes, die Bettkante bildete eine Art Horizont, Petrow machte sich einen Spaß daraus, den Blick bald auf die dem Auge nahen Fasern, bald auf die Bettkante, bald auf den Heizkörper zu fokussieren, bis das Laken sich in einen weißen Fleck verwandelte, mit einer weißen Aura am Rand. Petrow Junior und Petrowa fauchten einander weiter an. Den Worten nach war Petrowa dagegen, dass alle wach wurden, aufstanden und losfuhren, aber in der Wohnung roch es bereits nach Kaffee und Frühstück, und zwar mit derselben Mischung von Gerüchen wie in der Schulkantine – einer Mischung von Kohl und Fleisch. Petrow hätte sich gerne unbemerkt in die Dusche gestohlen, aber als sein Organismus spürte, dass er sich erheben wollte, verriet er ihn mit einem Hustenanfall, einer Mischung aus Erkältungs- und Raucherhusten, einen Husten allein hätte Petrow noch unterdrücken können, aber beide Husten zugleich entluden sich explosionsartig in langen, trockenen Stößen, und wie von ihnen herbeigerufen erschien auf der Schlafzimmerschwelle Petrowa, bereit zum Konflikt nun schon nicht mehr mit Petrow Junior, sondern mit Petrow selbst als Initiator des bevorstehenden Ausflugs ins Theater. »Du hast es dir also nicht anders überlegt?«, fragte sie den auf dem Bett sitzenden Petrow, und er schüttelte unter Husten den Kopf. Hinter Petrowas Rücken stand Petrow Junior und umarmte sie, indem er seine Hände auf ihrem Bauch verschränkte, als wäre nicht sie gegen den Ausflug, sondern Petrow, und Petrowa würde sich für ihren Sohn starkmachen, zudem blickte Petrow Junior mit traurigen, dunklen Augen hinter ihrer Hüfte hervor, und in diesen Augen lag eine Art Vorwurf für den Fall, dass Petrow einknicken würde.

Den Worten nach war Petrowa gegen den Ausflug, aber der Sohn war gewaschen, sein Haar stand nicht ab wie gestern, sondern fügte sich nach dem Schamponieren zu der Frisur, mit der sich die Frisörin viel Mühe gegeben hatte, nachdem sie Petrow Junior auf ein quer über die Armlehnen des roten Friseurstuhls gelegtes Brett platziert hatte. Sogar vom Bett aus roch Petrow die Karamellnote des Kinderduschgels. (Einmal hatte sich Petrowa mit diesem Gel gewaschen, und als sie zur Sache kommen wollten, war Petrow von dem Geruch jäh erschlafft, dabei erschien Petrow sein Sohn, wenn er nach Karamell oder Banane duftete, besonders liebenswert.) Petrowa war wieder ganz in Schwarz, und die frisch gewaschenen Arme und Beine des Sohnes mit ihrer Winter- und Grippeblässe stachen vor diesem Hintergrund besonders ins Auge. Als er diese elende Blässe sah, war Petrow tatsächlich kurz davor, den Ausflug abzublasen. Sie standen beide da und warteten auf seine Entscheidung, obwohl Petrow schon klargemacht hatte, dass er bereit war. »Bei ihm kann ich es ja verstehen, er ist noch ein Kind, aber du solltest es besser wissen«, fuhr Petrowa weiterhin lautstark flüsternd fort. »Wollt ihr mir jetzt beide den letzten Nerv rauben, oder was?« »Leute, hört mal zu«, sagte Petrow, »wir beruhigen uns jetzt mal, dann können wir immer noch streiten und losfahren.«

Petrowa und Petrow Junior ließen nicht einmal im Bad von ihm ab, obwohl er versuchte, sie hinauszujagen. »Nee, sag mal, hast du echt vor, hinzugehen?«, fragte seine Frau mit erhobener Stimme, während der Sohn hinter ihr hervorspähte, als fürchtete er, ohne seinen stummen Beistand könnte Petrow einen Rückzieher machen. Petrow rasierte sich und sah im Spiegel, wie seine Frau ihn vorwurfsvoll musterte. »Na und wenn schon?«, hielt es Petrow nicht länger. »Wir packen ihn einfach ins Auto und fahren, was ist daran so schlimm? Er muss ja nicht mal an der Haltestelle rumstehen, wann soll er da überhaupt kalte Luft einatmen.« »Dann steckt er eben die anderen an«, sagte seine Frau. »Das glaub ich jetzt eher nicht«, erwiderte Petrow. Petrowa ließ von ihm ab, aber dafür begann Petrow Junior zu quengeln, dass sie sich verspäten würden, aus irgendeinem Grund machte ihm die pure Möglichkeit einer Verspätung Angst. Mit einem traurigen Seufzer begleitete Petrow Junior seinen Vater, als dieser sich anzog und anstatt auf die Schnelle zu frühstücken und zum Jolka-Fest zu eilen, erst mal zum Rauchen auf den Balkon ging. »Rauchen ist eh schlecht für die Gesundheit«, sagte der Sohn. »Was redest du da?«, fragte Petrow nicht ohne Schadenfreude. Petrow machte es durchaus ein bisschen Spaß, seinen Sohn zu ärgern.

Während des Frühstücks beäugte Petrow Junior seinen Vater, und von der Weise, wie er dabei den Blick abwechselnd von Petrows Gesicht auf die Uhr des Handys wandern ließ, platzte Petrow schier vor Lachen. Petrow Junior erinnerte ihn an eine Kundin, die jedes Mal schwer seufzte, wenn die Autoschlosser fluchten (sie musste so oft seufzen, dass sie zu hyperventilieren drohte), sie hatte genauso auf ihre Armbanduhr geblickt und mit den Augen gerollt und alle zwei Minuten gefragt, ob nicht bald alles fertig sei.

Der Sohn zog seine warmen Hosen an und eine Jacke über das blaue Kostüm, aber seine Eltern ließen ihn nicht vor der Zeit auf die Straße hinunter – Petrow musste erst noch im Auto die zu Hause aufgewärmte Batterie einsetzen, dann das Auto aufheizen, um die Kälte zu vertreiben, die sich in den letzten Tagen angesammelt hatte, dann würde er bei Petrowa anklingeln und erst dann sollte sie den Sohn herauslassen, der quasi im Käfig schmorte.

Am liebsten wäre Petrow gar nirgends hingefahren. Er setzte die Batterie ein, ließ den Motor an und wischte den Schnee mit einer orangefarbenen Plastikbürste weg. Es war ein weißer 2105er Lada, den er von seinem Vater übernommen hatte. Aus irgendeinem Grund waren die meisten »Fünfer« weiß, die »Sechser« hingegen rot oder orange, und den »Neuner« konnte sich Petrow gar nicht anders vorstellen als weiß oder auberginenfarben, einmal hatte er einen »Neuner« in fröhlichem Himmelblau gesehen und war davon wie vor den Kopf gestoßen.

Petrow Junior blickte durchs Küchenfenster anklagend zu Petrow herunter, vielleicht auch nicht anklagend, sondern einfach nur so, aber auf Petrows Gewissen lastete dieser Blick als Vorwurf. Petrow warf ein giftiges Lächeln in Richtung Küche, setzte sich ins Auto und prüfte, ob es dort für den kränkelnden Sohn warm genug war (wirklich warm war es noch nicht, im Inneren des Wagens wechselten spürbar warme und kalte Luftschichten, und die Sitze waren eisig, Petrow machte sich sogar Sorgen, er könne sich die Nieren verkühlen, während er auf dem Fahrersitz saß, und der Sohn könne sich auf dem kalten Beifahrersitz erneut erkälten). Über der Windschutzscheibe hing ein Dufttännchen, von dem es im Wagen nach Eau de Cologne roch, aber wenn Petrow nach Hause kam, roch er dennoch mitsamt seinen Kleidern nach Autos. Außerdem baumelten über der Scheibe zwei Fellwürfel an Schnürchen, sie stellten Spielwürfel dar – das war als Symbol für Petrows Risikofreude gedacht, oder besser gesagt, für die Risikofreude seines Vaters, der die Würfel aufgehängt hatte, aber Petrow erinnerten sie an Klöten, und zwar an Katzenklöten, und das Fell, mit dem das Lenkrad bezogen war (ebenfalls dank der Bemühungen seines Vaters), kam ihm vor wie der Pelz des zu den Hoden gehörigen Katers. Jedes Mal, wenn er sich ins Auto setzte, wollte Petrow das ganze ungesunde Dekor abreißen und rausschmeißen, weil der Pelz am Lenkrad, die Würfel an der Windschutzscheibe und die kleine Rose aus Plexiglas am Schalthebel Pascha zum Lachen reizten, wann immer er sie erblickte, aber dann verschob er es doch jedes Mal wieder auf später.

Im grauen Mantel ging Sergeis Vater über den Hof in Richtung des Ladens. Er sah demonstrativ nicht zu Petrows Auto hinüber, offenbar war er gekränkt, dass Sergei sich umgebracht hatte und Petrow nicht. Auch Petrow fand es in gewisser Weise ungerecht, dass er weiterlebte, während Sergeis Überreste in ihrem Grab mit jedem Jahr weiter zu Staub zerfielen, aber sich selbst etwas antun konnte er nicht, er wollte sich weder erhängen noch erschießen, im Prinzip war er glücklich, und wenn auch viele seiner einstigen Klassenkameraden und Sergeis Eltern es schlicht für einen Ausdruck von Feigheit hielten, wenn sie auch der Meinung waren, Petrow sei verpflichtet, seinem Freund zu folgen, freiwillig, wie die Ehefrauen im alten Indien, oder unter Zuhilfenahme äußerer Umstände, eines Autounfalls oder einer Krankheit, konnte sich Petrow nicht damit anfreunden. Sein Vater hatte ihm so oft eingebläut, wie schäbig er sei, dass er sich mit dieser Schäbigkeit irgendwie abgefunden hatte und darüber nicht besonders in Wallung geriet.

Für Petrow war an Sergeis Tod vor allem die Tatsache interessant, dass Sergeis Eltern, zunächst gebeugt unter der Last der Trauer, schon nach einem Jährchen einen fitteren Eindruck machten als zu seinen Lebzeiten, er hatte offenbar doch deprimierend auf sie gewirkt. Nach der Trauerphase blühten sie regelrecht auf, dabei waren sie Petrow, als Sergei noch lebte, fast schon als Greise erschienen, wie Altersgenossen seiner Großmutter. Vielleicht war es der Gedanke, dass sie auf Sergeis Grab tanzen konnten, der ihnen solche Kräfte verlieh, aber vermutlich war es eher das kleine Mädchen, das sie von einer Verwandten bekamen, der man das Sorgerecht entzogen hatte. Petrows Mutter erzählte, dass Sergeis Eltern vorbeugend all ihre Kräfte für die Zeit aufsparten, wo dieses Mädchen ins Teenageralter kommen würde, denn die Kleine war gar nicht ohne und klaute schon mit zehn Jahren Geld, schwänzte die Schule, pöbelte herum und half nicht im Haushalt. »Ist halt Genetik«, sagte Petrows Mutter mit einer gewissen Genugtuung, dass sie ein so kluges Wort zur Bezeichnung jenes unvermeidlichen Prozesses verwendete, den Sergeis Eltern und alle ihre Bekannten verfolgten. Da war nichts mehr zu machen, alles besorgte die Natur, und man konnte sich nur noch im Sessel zurücklehnen und die Folgen einer unbedachten Empfängnis im trunkenen Zustand beobachten.

Das Auto war aufgewärmt, Petrow klingelte bei seiner Frau an, und für alle Fälle hupte er auch noch. Der Sohn schoss fast zeitgleich hervor, als hätte er sich ins Erdgeschoss gebeamt, und schlüpfte durch den offenen Spalt der Haustür (wieder wurde die Tür mit einem Backstein für jemanden offen gehalten, aber Petrow hatte nicht darauf geachtet, für wen – er sah nur das karierte Papier, das Gekritzel, die Aufschrift »Dringend: Bitte Tür auf keinen Fall schließen«, die Klebebandstreifen an allen vier Ecken des Zettels). Der Sohn kletterte auf den Vordersitz, heftig schnaufend, als wäre er gerannt, den Igelkopf nahm er auf den Schoß, und als er sich mit dem Anschnallen zu verrenken begann, machte Petrow den im Voraus präparierten Scherz: »Deinen Kopf hast du nicht zu Hause vergessen?« »Nein, hab ich nicht«, gab der Sohn zur Antwort und befühlte mit roten Fäustlingen die Stacheln des Igels.

Petrow war aufgekratzt, und während sie aus dem Hof rollten, scherzte er sogar herum, ärgerte erneut den Sohn, indem er sagte, dass sie gleich aus Versehen jemanden überfahren oder in der Kurve in ein Auto krachen würden – und dann wäre Schluss mit der Fahrt, aber Scherz beiseite, sie konnten sich tatsächlich verspäten, weil die Zeit knapp war, und egal, welche Richtung Petrow wählte, einen Stau konnte es überall geben, die Gursuf-Straße konnte ebenso verstopft sein wie die Straße des 8. März oder die Moskowskaja, falls sie über die Palmiro Togliatti dorthin durchwitschen könnten; in letzter Zeit waren so viele Autos unterwegs, dass man höchstens frühmorgens oder spätabends ins Stadtzentrum kam, ohne im Verkehr steckenzubleiben mit lauter nervösen Leuten und Autos, die ebenfalls nervös wirkten.

Petrow Junior warf unruhige Blicke auf die Uhr in seinem Handy, als sie tatsächlich mehrfach in einen leichten Stau gerieten, zuerst bei der Ausfahrt auf die Lenin-Straße, dann auf der Lenin-Straße selbst, vor dem Platz, um schließlich, nachdem sie ein kleines Stück gefahren waren, auf der Brücke über die Isset komplett festzustecken, wo ein besonders Eiliger auf die Idee verfallen war, er könne auf den Straßenbahnschienen schneller vorankommen, und es fertiggebracht hatte, die entgegenkommende Bahn leicht zu rammen. Auf der Straße entstand so etwas wie eine Bühne, wo der bekümmerte Fahrer, ein nachdenklicher Versicherungsagent und geschäftige Verkehrspolizisten mit gelbem Absperrband umherwanderten, die Bühne wurde von allen umfahren, damit die Schauspieler nicht unter die Räder gerieten, und deshalb musste man sich irgendwie im Fluss durch die jäh verengte Fahrbahn fädeln. Dem Sohn klebten angesichts der Verzögerung die unter der Mütze hervorlugenden Ponyfransen an der Stirn − so sehr geriet er vor lauter Sorge ins Schwitzen. »Jetzt sei nicht so nervös, wir schaffen das schon«, sagte Petrow. »Aha, wir schaffen es also«, erwiderte der Sohn bedrückt und mit zitternder Stimme. »Ich hab's ja gleich gesagt, dass wir früher losfahren sollten.«

Sie fuhren von der Brücke ab, nur um an der Abbiegung zur Liebknecht-Straße erneut steckenzubleiben.

Es war schon viertel vor zehn, um zehn Uhr sollte das Jolka-Fest beginnen, und noch immer warteten sie an der Ampel, wo sich ihnen der Anblick des Kolosseum-Kinos darbot, und die Miene des Sohnes war genauso bedrückt wie die von Alexander dem Großen auf dem Kinoplakat. Petrow bedauerte nun, dass er keine Karte für das Jolka-Fest im Musikkomödientheater gekauft hatte, weil sie sich direkt gegenüber vom Eingang befanden, außerdem gab es in dem Gebäude auch einen »Mac Pic«, wo man nach der Vorstellung kurz einkehren konnte, etwas weiter auf der Straße befand sich ein Buchladen, wo man nach dem »Mac Pic« auf einen Sprung vorbeischauen konnte, während es neben dem »Theater für den jungen Zuschauer« überhaupt nichts Interessantes gab außer vielleicht der Heilig-Blut-Kathedrale. (Wobei Petrow sich nicht für die Kathedrale interessierte, das einzig Interessante an ihr waren ein paar Fakten: Bei ihrer Errichtung waren ein paar Muslime zu Tode gekommen, das Patriarchat verlangte ständig Geld für Heizung und Instandhaltung, obwohl sie erst vor kurzem erbaut worden war, und dann hatte Petrow einmal geträumt, gegenüber der Heilig-Blut-Kathedrale würde eine Synagoge in Form eines riesigen weißen Würfels errichtet, und wann immer Petrow nun vorbeifuhr, glaubte er irgendwann diesen Würfel zu erblicken.)

»Ja, läuft nicht wirklich gut gerade«, bekannte Petrow. Der Sohn antwortete gar nicht erst, sondern drehte sich nur beleidigt weg, während er zusah, wie sich die Fußgänger am Zebrastreifen stauten. Doch plötzlich ging ein Ruck durch den Verkehr, es wurde schlagartig freier, die Luft ringsum schien wie von Zauberkraft in Bewegung zu geraten, die Autos vor Petrow verschwanden nicht völlig, aber es wurden weniger, und sie rollten forsch voran, Petrow wollte schon einen Trolleybus überholen, der an der »Architekturakademie« hielt, aber etwas sagte ihm, dass er dabei lieber nicht zu schnell fahren sollte, und tatsächlich – um ein Haar wäre ihm ein langer, rothaariger Student unter die Räder geraten, der die Distanz zur ersehnten Hochschule mit Antilopensprüngen über die Fahrbahn abkürzen wollte. »Das wäre jetzt echt der Knaller gewesen«, sagte Petrow in einem Versuch, bei seinem Sohn Mitleid zu erregen, weil er selbst leichtes Herzrasen bekam beim Gedanken, dass er beinahe einen lebenden Menschen auf die Kühlerhaube genommen hätte. Der Sohn warf Petrow einen kurzen Blick zu, aber nur, um sich erneut demonstrativ wegzudrehen. Petrow seufzte schuldbewusst. Vorsichtig, aber rasch jagte Petrow die leicht abschüssige, breite Straße zum

Theater entlang, Petrow Junior begann direkt bei der nächsten Ampel den Sicherheitsgurt zu lösen, als er begriff, dass sein Vater noch einen Parkplatz suchen musste, ehe sie endlich ihr eigentliches Ziel ansteuern würden.

Im Sommer wirkte das »Theater für den jungen Zuschauer« noch ganz nett, wenn es links und rechts im Grün versank, aber im Winter war vor dem Theater zu viel Leere und ringsum zu wenig Anheimelndes, als dass das Gebäude für Kinder bestimmt schien. Das Halbdunkel im Foyer verschmolz die Reihe der gläsernen Eingangstüren zu einem dichten schwarzen Streifen, die hohen schwarzen Fenster starrten ungastlich nach draußen, die Metallskulptur, die über dem Eingang hing, erinnerte aus der Ferne an ein dreifach gehörntes Monster. Selbst bei Dunkelheit bot das Theater noch einen fröhlicheren Anblick, wenn die Straßenlaternen es von unten beleuchteten und drinnen Lichter brannten, aber an einem Wintertag war es das Inbild einer einzigen fahlen Trübsal. Petrow war noch nie in diesem Theater gewesen, selbst in der Schule hatte er es jedes Mal geschafft, die Ausflüge zur »Möwe« oder Gott weiß welchen Aufführungen zu schwänzen, obwohl die Literaturlehrerin sagte, dass der Theaterbesuch einer normalen Schulstunde gleichwertig sei und das Fernbleiben vom Theater automatisch als geschwänzte Stunde gewertet würde. Den Erzählungen seiner Klassenkameraden entnahm Petrow, dass das Theater ein vollkommen trübseliger Ort war, selbst Sergei, dem die Dramaturgie näher war als den anderen, sprach mit mehr Wärme von der Pause und dem Büffet als von der eigentlichen Vorstellung. Vermutlich lag es auch daran, dass die Philologin mit der Klasse gleich zweimal in die »Möwe« ging, in zwei verschiedenen Theatern, um zu zeigen, wie reich man Tschechow auslegen konnte, fast hätte sie die Klasse auch noch ins Theater von Nischni Tagil geführt, wo es ebenfalls eine »Möwe« gab, aber die Klasse lehnte sich verzweifelt auf, der eine Besuch des Stückes hatte den Schülern schon gereicht, beim zweiten lachten sie bereits offen über die Affektiertheit der

Schauspieler (der Klassenclown wurde hinausexpediert, als er einfach sämtliche Repliken auf der Bühne nachzuäffen begann). Petrow selbst konnte nicht einmal dann, wenn er sich im Fernsehen ein Theaterstück anschaute, aufhören, die Bühne zu sehen, ihre ganze Bedingtheit mit der aufgemalten Hintergrunddekoration, den Möbeln, die wahllos in der Finsternis standen, von der die Schauspieler umgeben waren. Sogar wenn er einfach nur zu Hause vorm Fernseher saß, hatte Petrow das Gefühl, er bräuchte bloß etwas Falsches zu den Taten der Helden abzusondern, und schon würde in seinem Rücken Melpomene oder Thalia erscheinen, ihm eins zwischen die Schulterblätter hauen und ihn als Idioten beschimpfen.

Petrow parkte seitlich vom Theater, neben einem Zaun, hinter dem eine Baustelle lag. Sein Sohn preschte sofort nach draußen, gemächlich gefolgt von Petrow. An der Garderobe wurde Petrow Junior natürlich von irgendwelchen rabiaten Müttern ans Ende der Schlange gedrängt, wobei sie sich derart hemmungslos vor dem Sohn einreihten, dass es diesem die Sprache verschlug; Petrow wunderte sich, dass keine der Frauen das Bedürfnis empfand, dem fremden Kind zu helfen. »Scheiß auf die Garderobe«, sagte Petrow. »Zieh einfach gleich hier deine Sachen aus, und ich bleib hier sitzen, oder nee, ich warte im Auto auf dich. Das Handy hast du doch dabei? Sonst brauchst du nachher eine halbe Stunde, bis du wieder draußen bist, oder verlierst noch deine Nummer.«

Petrow Junior fand Gefallen an der Aussicht, weder beim Kommen noch beim Gehen in der Schlange warten zu müssen. Mit tückischem Lächeln in Richtung Schlange zog er sich bei der Sitzbank am Fenster aus. Petrow wollte sich schon Sorgen machen, ob der Sohn fürs Theater leichtere Schuhe eingepackt hatte, damit er nicht in Winterstiefeln um den Tannenbaum flitzen musste, als Petrow Junior aus den Tiefen seiner Winterjacke, die Petrow brav unter die Achselhöhle geklemmt hielt, ein Paar Turnschuhe zu Tage förderte. In der anderen Hand hielt Petrow die Stiefel des Sohnes, aus deren Innerem ihn die noch nicht verwehte Wärme seiner Füße anflog. Die Winterhose stopfte Petrow Junior in einen Jackenärmel, den Pullover in den anderen, Fäustlinge und Mütze steckte er ebenfalls in die Taschen, aus denen er die Turnschuhe geholt hatte. Zuletzt zog Petrow Junior aus dem Inneren der Jacke die Eintrittskarte und das Handy hervor. »Soll ich vielleicht doch mitkommen?«, fragte Petrow. »Wird man dich dort nicht beleidigen?« Der Sohn lachte seltsam über die Befürchtungen seines Vaters, während er noch einmal nachsah, ob das Handy wirklich in der blauen Hose war, und die Eintrittskarte vor den Augen wendete, um Datum und Uhrzeit der Vorstellung zu überprüfen. »Also soll ich jetzt hier warten oder im Auto? Was ist dir lieber?«, rief Petrow dem sich entfernenden Sohn hinterher, doch der gab keine Antwort und verlor sich auch schon in der Menge, die in den Zuschauersaal strömte.

Petrow hatte erwartet, dass sich im Theater alle still verhielten, aber an der Garderobe und überhaupt im ganzen Foyer, das von innen ganz anders als von außen licht und geräumig wirkte, herrschte ein Höllenlärm, die Kinder jagten herum wie zu Hause, die Eltern riefen nach ihnen und eilten ebenfalls irgendwohin. Gleich mehrere Eltern fragten ihre Kinder, ob sie auf die Toilette wollten, und Petrow fiel ein, dass er seinen Sohn nicht gefragt hatte – womöglich musste dieser nun die ganze Zeit ausharren und konnte das Fest kein bisschen genießen. Außerdem hatte sich Petrow vergeblich Sorgen gemacht, Petrow Junior könne jemanden anstecken, im allgemeinen Stimmengewirr war hie und da beharrliches Husten zu hören – von Kindern wie von Erwachsenen. Es gab kaum ein Kind, das nicht schniefte. Ein kleines Mädchen im Feenkostüm (dass es sich um ein solches handelte, zeigten die aus Draht und rosa Gaze gefertigten Flügelchen an ihrem Rücken sowie der Zauberstab aus durchsichtigem Plastik mit einem Stern auf der Spitze, an dem Leuchtdioden funkelten) hielt in der Hand das riesige karierte Taschentuch seines Vaters und wischte sich damit immer wieder die gerötete Nase. Wie es schien, wirbelten die Bazillen durch das Gebäude wie Schnee-flocken.

Besonders stach aus der Menge eine großgewachsene Erziehe-rin hervor, die ihre Schützlinge zählte – eine um sie versammelte Schar von Kindern, die mit ihren verwaschenen Neujahrskos-tümen wie Heimkinder wirkten. Im Vergleich zu den Kindern, die sie einzeln beim Familiennamen aufrief, war sie riesig, und ihr neues, rotes, mit irgendwelchem Flitter besetztes Kleid, das Make-up, das ihrem Gesicht einen leicht sonnengebräunten Teint verlieh, und der knallrote Lippenstift ließen sie und die Kinder wie eine Art Collage erscheinen, wobei die Kinder aus dem Umschlag der auf einem Speicher vor sich hin staubenden Zeitschrift »Die Arbeiterin« ausgeschnitten und ins Theater ein-geklebt waren, während das Foto der Erzieherin vermutlich der jüngsten Nummer der »Burda Moden« entstammte.

»Jeder sucht sich seinen Gehpartner!«, sagte die Frau mit einer Stimme, die ganz ruhig klang, und doch übertönte sie das allge-meine Getümmel, das Stimmengewirr und Gehuste. »Wie sie wohl schreit, wenn das schon ihre normale Stimme ist«, dachte Petrow, und außerstande, die Hektik noch länger zu ertragen, ging er nach draußen. Petrow hatte vor, neben dem Theater abzuhängen oder irgendeine Eckkneipe aufzutun und dort ein bisschen herumzusitzen, anstatt im Auto beim Radiohören zu versauern. Er wollte sich aber auch nicht zu weit entfernen, aus Angst, der Sohn könne seine Hilfe oder Anwesenheit benötigen.

Die Doppeltür schirmte Petrow vollständig vom Lärm im Theater ab. Er steckte sich eine Zigarette an und kam nach den ganzen Menschenmassen langsam wieder zu sich. Während er das Häuflein der Männer und Frauen, die neben dem Eingang rauchten, und den abschüssigen Weg zur Unterführung betrach-tete, fühlte sich Petrow, als hätte er eine halbe Stunde unter einer nicht verstummen wollenden Schulklingel gehockt oder neben einer völlig entfesselten Autoalarmanlage. Die seligen Mienen der Umstehenden ließen ahnen, dass es ihnen genauso ging.

Bisweilen wurde die Stille des gemeinsamen friedlichen Rauchens von einer aufdringlichen Hupe durchbrochen, die jemanden zu rufen schien. »Ein Irrenhaus«, sagte eine der Raucherinnen halblaut zur anderen. »Ich hab mal meine Mutter zu genauso einem Jolka-Fest ans andere Ende der Stadt geschleppt, weil sie was geschwatzt hat von wegen einer Feier für die Kinder der Mitarbeiter bei ihnen im Depot. Und dann musste man doch wieder in so einem lokalen Klub eine Eintrittskarte kaufen und basta. So kann man auf die Werbung reinfallen.« »Nein, aber hier sind die Geschenke besser und die Schauspieler professioneller«, antwortete die andere Raucherin. »Es wäre überhaupt besser, das Väterchen Frost nach Hause kommen zu lassen, aber dann langt unser Jegorlein wieder vor der Zeit zu und verdirbt das ganze Fest.« »Bei uns kriegen wir von der Arbeit ein Väterchen Frost vorbeigeschickt, der macht die Runde bei allen Familien mit Kindern. Mein Mann hat sich übrigens noch nie dazu hergegeben. Männer sind doch wie Kinder, tief im Herzen glauben die immer noch dran. Hab ja selber was übrig für den ganzen Zauber.«

Petrow tat so, als ob er nicht lauschte, drehte sich sogar ein wenig von den Frauen weg, aber sie sprachen so leise, dass sein den Frauen zugewandtes Ohr leicht ins Zittern geriet wie bei einem Hund, zu dem man »friss« oder »Gassi« sagt.

»Na Sie sind mal gut, meine Damen«, mischte sich einer der Raucher ins Gespräch, der heiseren Stimme nach ein Streithammel und Grobian, obwohl er ganz anständig aussah: Er trug einen offenen Mantel, darunter einen Dreiteiler wie Igor, wobei das Sakko ebenfalls offen stand, und zwischen den offenen Flügeln des Sakkos sah man die zugeknöpfte Weste, die sich nicht über dem Wanst spannte, wie sie es bei Petrow täte, wenn er einen Anzug trüge, sondern eng am Waschbrettbauch anlag, die Schuhe des Mannes waren so blank geputzt, dass sie wie neu wirkten. Die anderen Männer machten den Eindruck, als wollten sie sich ebenfalls ins Gespräch der Frauen einmischen, könnten sich aber nicht dazu aufraffen. »Hut ab, Mädels, vor eurer Einstellung zum starken Geschlecht«, sagte der Mann nicht ohne Sarkasmus.

»Och nee, das kann ich jetzt grade gar nicht gebrauchen«, sagte die Frau mit dem Irrenhaus gedehnt; sie war sehr klein und sah aus wie eine Studentin in ihrem knallgrünen Jäckchen und mit der roten, eigentlich schon knallroten Frisur, als hätte ihr diese Frisur ein betrunkener Friseur verpasst, ihr schwankend eine Art Pony hingeschnippelt, das Haar von den Schläfen und aus dem Nacken geschoren und sie aus dem Salon gejagt, tatsächlich war es seltsam, dass die Frau in dieser jugendlichen Rebellenkluft schon Mutter sein sollte und über ihr Kind klagte.

»Genau«, verkündete die zweite Frau, die den Professionalismus der Schauspieler am »Theater für den jungen Zuschauer« hervorgehoben hatte – eine kräftige Tante, zwei Köpfe größer als Petrow und doppelt so breit, in einem Pelz, der aussah, als wäre er aus dem Fell von Langhaar-Dalmatinern gefertigt, und einer ebensolchen Mütze, die aufgrund ihres schwarz-weißen Musters an einen Fußball erinnerte. »Als ob ihr euch nicht über Väterchen Frost freut wie die Kinder. Das glaub ich nie und nimmer«, sagte sie, während sie den Mann mit mildem Blick von oben herab betrachtete.

»Nein«, entgegnete der Mann höflich. »Ich hab's mehr mit den Snegurotschkas.« Die anderen Männer quittierten den absehbaren Witz mit anerkennendem Grinsen.

Petrow versuchte unbemerkt zu bleiben, aber alle musterten ihn mit schrägem Blick, weil er als Einziger einen Haufen Kindersachen in den Händen hielt, Petrow machte das beklommen, und als er einen Typen in violetter Polyäthylen-Jacke und staubiger Schiebermütze, der wie eine jüngere Version des schüchternen Opas im Trolleybus wirkte, bei einem seiner Blicke ertappte, erklärte er ihm (das heißt eigentlich allen, damit sie nicht weiter glotzten): »Wegen der Schlange an der Garderobe, um nicht anstehen zu müssen.« »Ja klar«, antwortete der Typ.

Voller Unruhe rief Petrowa an. Petrow, der sich eine weitere

Zigarette ansteckte, gleichzeitig hustete und aus seinem tiefsten Innern das Handy zutage förderte, stieg die Eingangstreppe des Theaters hinunter und trat ein wenig beiseite, damit niemand das Gespräch mit anhören konnte. »Ist alles in Ordnung bei euch?«, erkundigte sich seine Frau. »Ja, schon, was gibt's? Ist was passiert?«, fragte Petrow anstatt einer Antwort. »Er hat doch vergessen, die Turnschuhe mitzunehmen«, sagte Petrowa bestimmt, »ist er jetzt in Stiefeln zur Jolka oder was? Irgendwie hab ich nicht mitgekriegt, dass er die Turnschuhe mitgenommen hätte. Oder ist er in seinen Gymnastikschläppchen hin? In den Schläppchen ist es zu kalt.« Beim Wort »Schläppchen« fiel Petrow wieder ein, wie der Sohn während irgendeiner Aufführung im Kindergarten einmal fotografiert werden sollte, man wollte ihn in Gymnastikschläppchen, Kniestrümpfen, T-Shirt und irgendwelchen Tierohren auf dem Kopf verewigen, doch verlangte die Erzieherin, dass Petrow Junior das T-Shirt in die Shorts steckte, was Petrow Junior wiederum nicht mochte, weil er sich am Vorbild Petrows orientierte, der sein T-Shirt lose über der Jeans trug, zwischen der Erzieherin und Petrow Junior kam es zum Streit, sie stopfte ihm das Ende des T-Shirts in die Shorts, aber während des Tanzes zog Petrow Junior das T-Shirt in dem Moment, als er den Fotoapparat auf sich gerichtet sah, blitzschnell wieder heraus. »Sehen Sie nur, was er angestellt hat«, sagte die Erzieherin. »Das ganze Bild hat er verdorben.« Petrow sparte sich diese Geschichte vom Trotz seines Sohnes für die Zeit auf, wo dieser heranwachsen würde, um sie dann der Braut des Sohnes zu erzählen, so wie seine Eltern Petrowa erzählt hatten, dass ihr Sohn im Alter von sechs Jahren mit einer Rasierklinge die Augen aus sämtlichen Fotos herausgeschnitten hatte, auf denen er selber verewigt war (Petrow hatte damals gar nicht verstanden, weshalb er Schimpfe bekam, es waren doch SEINE Fotos, er verstand auch nicht, was ihn da überkommen hatte, als ihm das Päckchen mit den Rasierklingen des Vaters in die Hände fiel).

»Die Turnschuhe hat er dabei«, sagte Petrow aufmunternd. »Er hat sie in der Jackentasche mitgeschleppt.« »So eine Pestbeule«, rief seine Frau anerkennend oder weil sie die Pfiffigkeit des Sohnes verurteilte. »Und überhaupt, wie geht's ihm dort? Hast du ihm die Stirn gefühlt? Ist das Fieber nicht wieder gestiegen? Ich hab ihm für alle Fälle noch eine Tablette gegeben, als er sich auf den Weg gemacht hat.« Petrow sagte, es sei so weit alles in Ordnung, Fieberkrämpfe habe er beim Sohn keine feststellen können, und er gestand, dass er vergessen hatte, Petrow Juniors Stirn zu befühlen, weil er auf dem Weg ins Theater in der Eile fast einen Menschen überfahren hätte. »Er hat nämlich sein Handy abgestellt«, beklagte sich seine Frau. »Ich hab ihn gleich angerufen, den kleinen Scheißer, und da kam nur ›Der Teilnehmer ist vorübergehend nicht erreichbar‹, sag ihm, dass er das nicht mehr machen soll, sonst reiß ich ihm die Ohren ab.« »Die werden ihnen dort gesagt haben, dass sie alle die Handys ausmachen sollen, es ist immerhin ein Theater«, gab Petrow zu bedenken. »Na gut, ich will nicht noch mehr Geld verschwenden«, sagte Petrowa und legte auf. Man hörte ihrer Stimme an, dass sie ein wenig nervös geworden war, als sie den Sohn nicht erreicht hatte.

Auf der Treppe wurde der Gender-Streit fortgesetzt. Die Frau mit der roten Frisur sagte: »Mich täuschen Sie nicht mit Ihrem schicken Anzug. Mein Mann trägt auch immer Anzug. Auch so ein seriöser Mensch. Seriös ist der nur für seine Angestellten, aber in Wahrheit – der reinste Kindskopf, ich schwör's. Genauso ist es. Wissen Sie, wie er mich kennengelernt hat? Entführt hat er mich, Scheiße noch mal. Echt wahr.«

»Ach, Ihr Mann kommt aus dem Kaukasus?«, fragte der Mann im Anzug. »Nein, woher denn«, winkte die Frau gereizt ab. »Darum geht's doch jetzt gar nicht. Mir geht's darum, dass er angeblich so ein seriöser Mensch ist. Aber dann verschwindet er manchmal. Sag doch einfach, dass du bei deiner Geliebten warst – und basta. Ich verzeih dir, ich verstehe ja, fünfundvierzig – das ist kein Spaß. Fünfundvierzig ist er natürlich auch wieder nicht, bisschen jünger, aber egal. Und dann rückt er mit diesen völlig abgedrehten Ausreden an, ich komm manchmal gar nicht mehr aus dem Lachen heraus. Hauptsache, er verheimlicht nicht, dass er eine andere liebt, dass sie dort unten ist« (die Frau zeigte unter ihre Füße). »Heißt das, sie ist gestorben?«, fragte nicht der Mann im Anzug, sondern ein anderer, schon älterer Typ, offenbar der Großvater eines der Kinder beim Jolka-Fest, im karierten Mäntelchen, wie Petrow es als Schüler getragen hatte (damals trug fast die ganze Klasse solche Mäntel, und mitunter wurden die Mäntel verwechselt, Petrow war selbst einmal mit fremden Schlüsseln in der Tasche nach Hause gekommen). »Was soll es denn sonst heißen?«, brauste die Frau auf, mit dem Opa war sie nicht so nachgiebig wie mit dem Mann im Anzug. Alle nickten zustimmend, ja klar, was kann das schon anderes heißen. »Also«, fuhr sie fort, »anstatt die Wahrheit zu sagen, labert ihr lieber irgendwelche schrägen Geschichten zusammen.« Der Mann im Anzug lächelte ironisch. »Ja, ja, die Wahrheit, natürlich. Diese edle Phrase habe ich oft gehört, und zwar immer dann, wenn ich, nachdem ich die Wahrheit gesagt habe, eins hinter die Ohren bekam. Das hat mir schon meine Mutter eingetrimmt: Immer wenn sie dir sagen, du sollst die Wahrheit sagen und damit ist gut, kriegst du erst richtig paar reingedonnert. Ich würde ja selber gerne die Wahrheit sagen, aber ich krieg's nicht über die Lippen. Ist mir auf der Rückenmarksebene eingetrimmt.« »Na, das erklärt vielleicht alles«, stimmte die Frau eifrig zu. »Aber das Problem ist ja nicht, dass ihr Männer lügt, sondern dass ihr nicht wisst, wie man lügt, vor allem wenn man sich rasch was ausdenken muss.« »Nein, also ich kann mir schon ziemlich rasch was einfallen lassen«, sagte der Mann im Anzug. »Sie vielleicht, aber was mein Mann da manchmal zusammenfaselt, lässt mich doch sehr zweifeln«, entgegnete die Frau. »Ständig erzählt er von irgendwelchen unmöglichen Heldentaten. Mal hat er also welche vom Streifendienst abgefüllt und zwei Tage mit denen gesoffen, dann hat er sich am Tag der Luftlandetruppen fast mit paar Fallschirmjägern gekloppt, dann hat er wieder irgendwelche Autoschlosser zu einem Kinderfußballspiel mitgeschleppt, das von seiner Zeche gesponsert wurde, und dort hat er sich wieder fast gekloppt, weil sie alle sturzbetrunken waren. Und vor ein paar Tagen ist er angeblich mit einem Toten im Leichenwagen rumgefahren, hat seinen alten Freund getroffen, und sie haben quasi mit dem Leichenwagen irgendwen besucht und sind dort die ganze Nacht abgehangen, haben durchgesoffen, und den Toten hat keiner vermisst. Sein Kumpel, sagt er, hat sich ins Koma getrunken, und er und die Saufbrüder wollten ihn mit der Leiche vertauschen, damit er am Morgen im Sarg erwacht und die Krise kriegt, aber wie sie ihn zum Leichenwagen schleppen, haben sie sich's anders überlegt, und dann haben sie ihn vergessen und schließlich komplett verloren und beschlossen, dass er wohl nach Hause gefahren ist.« Petrow erstarrte förmlich mit dem Feuerzeug auf halbem Weg zur Zigarette. Er begriff, dass er sich verhört hatte, als die Frau sagte, ihr Mann hieße Jegorlein, sie hatte ihn ironisch Igorlein genannt, weil er sich in ihren Augen aufführte wie ein Kind. »Jetzt hat er auch noch einen ausgedachten Freund wie in den amerikanischen Filmen, das ist ja jetzt da das neue Ding nach all den Asthmatikern unter den Kinderhelden«, fuhr die Frau fort. »Wobei sich alle anderen jemanden ausdenken, der lustiger ist als sie selbst oder reicher, was weiß ich, aber er hat sich, Gott verzeih mir, eine richtige Null ausgedacht, so einen lausigen Autoschlosser. Ich zu ihm, zeig mir doch diesen Schlosser, sag ich, erst dann werde ich auch an ihn glauben, weil solche tristen Gestalten gibt's doch nicht auf der ganzen Welt. Aber da lächelt er nur. Ist doch klar, dass er lügt.«

Die Autohupe fuhr hartnäckig fort, jemanden herbeizurufen, Petrow blickte schließlich in die Richtung des aufdringlichen Wagens und erkannte Igors Jeep, am Steuer saß allerdings nicht Igor, sondern ein anderer Typ, Igor selbst winkte vom Beifahrersitz mit der Hand und nahm zugleich einen gelegentlichen Zug aus einem metallenen Flachmann. Petrow bedeutete ihm mit Händen und Kopf, dass er nicht kommen und mit Igor mitfahren konnte, das sei ganz unmöglich, weil er seinen Sohn dabeihatte (um zu erklären, dass der Sohn im Theater war, deutete Petrow ebenfalls mit Händen und Kopf in Richtung Eingangstür).

»Da sitzt er übrigens ganz zufrieden im Auto«, sagte die Frau. »Aber nicht mit mir, mein Lieber.« Sie warf ihre Kippe neben den Aschenbecher und ging hinein. Ein Teil der Leute neben dem Theater folgte ihr nach, der andere blieb auf der Straße zurück. Dem Mann im Anzug entfuhr bei Igors Anblick ein verdutzter Laut, und er sagte: »Dann sind Sie die Frau von Igor Dmitrijewitsch?« – er sagte es mit einer Art Panik in der Luft und war auch im selben Moment wie in Luft aufgelöst, noch ehe das Wölkchen Tabakrauch hinter ihm zerging.

»Tjaaa«, sagte der Typ im karierten Mäntelchen. »Ein gutes Mädel, nur irgendwie böse.« »Genau«, stimmte der Mann zu, der dem Opa im Trolleybus glich, wobei er durch seine nachgiebige Zustimmung die Ähnlichkeit mit dem Trolleybus-Verrückten verringerte und plötzlich an Petrows Vater erinnerte in den Momenten, wo der Vater nicht mit Petrow selbst, sondern mit irgendwelchen Bekannten plauderte. Petrows Gedächtnis spielte ihm beflissen eine Episode aus seinem Vorschulleben zu, als er mit seinem Vater an dem gelben Fass mit Kwass angestanden hatte, und der Vater hatte genauso ruhig mit den Nachbarn in der Schlange geplaudert, und dann hatte man Petrow einen großen Humpen gegeben, den er nicht selber halten konnte, so groß und schwer war er, und so durchsichtig, kalt und klar, dass Petrow sich am liebsten für zu Hause auch einen solchen Humpen mitgenommen hätte.

Igors Fahrer begann zu hupen, so dass sich in der Gesellschaft beim Theatereingang eine gewisse Verwunderung regte, warum das Auto weiter hupte, wo doch die Frau schon fort war. Petrow bedeutete mit seiner Miene Igors Fahrer und Igor selbst, dass er nicht die Absicht hatte, zu ihnen zu kommen, und ging zu seinem Auto, während er die Jacke des Sohnes ordnete, die ihm aus der Hand glitt, und die Stiefel wieder in den Griff bekam, die ihm aus der Hand rutschten.

Im Auto drehte er das Radio ordentlich auf und versuchte, die Kränkung durch Igor und dessen Scherz zu verdauen, der ja nur teilweise verwirklicht worden war, aber schon der Auftakt zu diesem Scherz genügte Petrow, um Igor sogar ein wenig zu hassen für seine Selbstsicherheit, den gönnerhaften Ton und die ungesunde Fröhlichkeit in seiner Haltung gegenüber seiner ganzen Umgebung. Petrow begriff, dass er an dieser Haltung, was ihn betraf, selber schuld war, denn wer war er denn schon? Weder Autoschlosser noch Künstler, weder Vater noch Ehemann, das heißt irgendwie alles zugleich und nichts davon wirklich. Er erinnerte sich sogar an eine Phrase aus dem Evangelium, die ihn jedes Mal wieder ins Mark traf, wenn jemand sie erwähnte, über die Leute, die weder kalt noch warm waren, sondern lau. Manchmal wartete Petrow darauf, dass die Phrase mit den Worten enden würde: »Weil ihr aber weder warm noch kalt, sondern einfach nur Dödel seid«. Er mochte die Phrase nicht, denn sie handelte von ihm. Aber was konnte er denn tun, wo er nun einmal so geboren war? Er konnte nicht auf Bestellung fröhlich sein wie die Radioredakteure, die flugs mit einem Thema nach dem nächsten von Zweig zu Zweig hüpften wie die Kinder, wie die Spatzen. Petrow dachte, dass er vor ein paar Tagen im Wortsinn zugleich kalt und warm gewesen war, und musste im Stillen lachen über sein Bonmot. Dann sah er, wie im selbstsicheren Flanierschritt Igor auf sein Auto zukam, und er wischte das Lächeln von seinem Gesicht, tat so, als wäre neben dem Auto eine Art Leere, die er sich konzentriert betrachtete.

Igor klopfte nicht erst an die Scheibe, wie Petrow erwartet hatte, sondern öffnete die Tür auf der Beifahrerseite, sah die Sachen des Sohnes auf dem Sitz liegen, räumte sie nicht etwa beiseite, sondern tat einen Schritt, öffnete die Hintertür und platzte jäh ins Auto, erfüllte es jäh mit einer Energie, vor der die ganze Fröhlichkeit der Radioredakteure verblasste, denn die Energie, die Igor verströmte, war die Energie des Unabwendbaren.

»Was denn? Bist du beleidigt oder was?«, fragte Igor. »Was

meinst du, wie beleidigt wir erst waren, als du dich verpisst hast. Das war nicht recht von dir, ohne Abschied zu verschwinden.« Petrow schwieg und versuchte, die Gedanken zu sammeln, die Igor in petto haben mochte, um Igor sofort in die Parade zu fahren mit seinen ganzen Einwänden und der ganzen aufgesetzten oder vielleicht in Igors Fall nicht einmal beabsichtigten, sondern naturgegebenen Scherzhaftigkeit, um ihn irgendwie auf ein normales Gespräch ganz ohne Scherze zu lenken, wie er es bei Igor niemals erreichen konnte.

»Und? Hat meine Holde von mir erzählt? Hast du sie kennengelernt?«, fragte Igor.

Igor hatte sich mitten auf dem Rücksitz breitgemacht, und Petrow beobachtete im Rückspiegel stumm sein ruhiges Gesicht. »Bisschen eng bei dir«, bemerkte Igor vorwurfsvoll. »Mir genügt's«, sagte Petrow mit vor Ernst heiserer Stimme. »Also was? Hast du meine Holde gesehen? Sie kennengelernt?«, fragte Igor. Petrow gab keine Antwort, weil klar war, dass er sie gesehen, ein bisschen kennengelernt hatte. »Die wütet rum, weil ich mich geweigert hab, über Neujahr ans Meer zu fahren«, erklärte Igor. »Ich bin ja eh kein Freund von dem Ganzen: Sonne, Sand, Meer. Ich hab's lieber im Schatten. Gut, ich hätte die beiden auch alleine in den Süden lassen können, Frau und Tochter, aber was ist das für ein Neujahr, so getrennt? Wer feiert denn schon so. Und dann hab ich hier auch ein paar Sachen zu tun.« »Das kenne ich, wie du zu tun hast«, platzte es aus Petrow heraus. »Du gibst dir die Kante und lungerst in der ganzen Stadt herum.«

Als er nun mit Igor im Auto saß, empfand er in aller Schärfe, wie sich sein Leben in einen Haufen Ruinen verwandelt hatte, wobei es eigentlich keine Ruinen gab, es gab die Familie, die Arbeit, alle waren relativ glücklich, aber Petrow sah nichts als Ruinen, in diesem Moment kam er sich vor wie Sergei, der noch gar nicht richtig gelebt hatte und doch schon vom Leben enttäuscht war, auch Petrow wollte etwas anderes, doch im Unterschied zu Sergei wusste er nicht, was das war. Er tauchte auf wie aus einem

Nebel, in dem er lange herumgeirrt war, und da saß er nun in seinem Auto, hatte Frau und Kind, irgendwelche Freunde, und alle waren ihm vollkommen fremd. Es war, als hätte man Petrows Leben in einzelne Etappen zerlegt, und nun befand er sich am Ende einer Etappe, doch für ihn war es das Ende, das letzte Ende, wie der Tod. Tatsächlich hatte sich Petrow für die Hauptfigur gehalten, und plötzlich stellte sich heraus, dass er nur der Held eines Seitenstrangs innerhalb einer groß angelegten Handlung war, einer Handlung, weitaus dramatischer und düsterer als Petrows gesamtes Leben. Sein gesamtes Leben hatte er zugebracht wie ein Ewok auf seinem Planeten, während sich ringsum das antike Drama von »Star Wars« vollzog. Oder wie ein trister Robin, der mit Catwoman verheiratet war, während neben ihm quasi parallel ein düsterer Batman lebte. Igor war freilich gar nicht so düster, düster wurden die Leute nach dem Kontakt mit ihm, aber das Gefühl von Zweitrangigkeit, das Petrow nach der Erzählung von Igors Frau beschlichen hatte, wollte partout nicht weichen.

Es war eine unangenehme Entdeckung, die Petrows nicht sehr ausgeprägten Stolz verletzte. Igor schien Petrows Stimmung zu spüren, denn er lachte spöttisch auf, während er einen Zug aus seinem Flachmann nahm. Ihre Augen begegneten sich im Spiegel, Igor hielt diesem Blick seltsamerweise nicht stand, lachte wieder auf und schaute beiseite, als fühlte er sich doch schuldig vor Petrow, aber nicht, weil er ihn im Schlaf in den Sarg sperren wollte, und auch nicht, weil er ihn mit seiner Erkältung im kalten Auto zurückgelassen hatte, sondern wegen etwas anderem.

»Jetzt spielt sie verrückt, aber wer kann denn mit der noch was anfangen außer mir«, sagte Igor offenbar in Bezug auf seine Frau. »Die Tochter ist nicht von mir, wer kann denn mit ihr noch was anfangen, einer sitzengelassenen Studentin. Na gut, klar würde sie noch einen finden, sie ist ja quasi noch ganz frisch, aber egal. Schon erstaunlich, das alles. Die eine hat mich geliebt und ist gegangen, um mir das Leben nicht zu ruinieren. Und die andere liebt mich nicht, lebt aber trotzdem mit mir. Schon seltsam eingerichtet bei euch Menschen.« »Und was bist du, ein Außerirdischer oder was?«, fragte Petrow gereizt. »Wenn man bedenkt, wie sehr sich die Leute in den gerade mal fünfzehn Jahren seit dem Zerfall der Sowjetunion verändert haben – ja, dann schon. Ein Gast aus dem Kosmos. Oder vielleicht sollte ich das ›k‹ weglassen und sagen: aus der Osmose, wenn man bedenkt, wie alle in mich eindringen.« Er lachte, während er zugleich mit einem ernsten Blick in den Spiegel prüfte, ob sein Scherz Petrow gefiel oder nicht. Petrow gefiel er nicht, er hatte ihn schlichtweg nicht verstanden, worauf Igor sich wieder abwandte.

»Der Leichenkutscher hat dann doch Angst vor den Konsequenzen bekommen, ist in irgendeinen Hinterhof gefahren und erst mal auf Tauchstation gegangen, aber dann hat er kapiert, dass das kein Ausweg war, und hat versucht, mich ans Telefon zu kriegen«, sagte Igor, »und da hab ich ihm gesagt, er soll zu uns fahren. Du warst schon total hinüber. Ich wollte dich aufs Sofa legen, hatte aber Angst, dass Witja seine Drohung wahrmachen würde. Der hatte einen Groll auf dich. Als du eingeschlafen bist, ist dieser Groll in ihm im Gegensatz zu dir erwacht. Witja wollte dich mit dem Kissen ersticken, sobald dann mal Ruhe wäre, und dich aus dem Haus werfen. Die Leidenschaften kochten hoch. Um zu paraphrasieren: Wenn zu Beginn eines Theaterstücks auf dem Sofa ein Kissen liegt, muss am Ende unbedingt jemand damit erstickt werden.«

»Hier geht's eher um was anderes«, warf Petrow dazwischen, der sich von der Erzählung ein wenig mitreißen ließ. »Wenn man zu Beginn des Stückes dem Helden eine Tablette gibt, wird sie ihm am Ende unbedingt helfen.« »Welche Tablette?«, fragte Igor, der nicht verstand oder vielleicht auch nur nicht verstehen wollte. Petrow erzählte ihm geduldig von der Nacht, als sein Sohn krank war, und wie die Tablette womöglich geholfen hatte. »Ihr seid doch verdammt noch mal krank, ihr zwei«, kommentierte Igor Petrows Geschichte zufrieden. »Von deinem Weibchen hätte ich sowas ja noch erwartet, aber von dir – Entschuldigung – nicht.

Sowas würde ich nicht mal bei meiner Stieftochter riskieren. Habt ihr zwei einen Dachschaden oder was – ein Kind mit einem abgelaufenen Medikament vollstopfen? Und wenn du noch einen Joint in der Tasche hättest, den würdest du dem Kind auch zu rauchen geben? Und gleich die ganze Tablette, statt ihm erstmal eine halbe zu geben. Auf das Fest habt ihr ihn auch noch geschleppt direkt nach der Krankheit? Ihr haut mich echt um, ihr zwei.« »Na weißt du«, empörte sich Petrow, »die Tablette habt ihr mir gegeben, mich fast in den Schnee rausgeworfen. Das hältst du für normal?« Petrow fiel wieder ein, wie er sich mit Pascha gestritten hatte, beweisen wollte, dass er betrunken Krawall gemacht hatte, dabei hatte man ihn offenbar herumgetragen wie eine Schaufensterpuppe, und er stockte, weil er nicht wusste, wie er seiner Empörung noch Ausdruck verleihen sollte.

»Das war eine schwierige Sache dort«, erklärte Igor geduldig. »Wir hatten das eigentlich gar nicht vor. Am Anfang wollten wir dich einfach ins Auto legen, um dich auszunüchtern, damit du dich zur Not gegen Witja wehren könntest. Dann kam die Idee auf, dich in den Sarg zu legen, damit du gleich richtig kregel bist, wenn du von der Kälte aufwachst, weil das Auto ja völlig ausgekühlt war. Dann haben wir überlegt, dass wir dich doch nicht in den Sarg legen, weil es zu viel Aufwand war, und haben dich einfach auf den Sitz daneben geworfen. Und dann haben wir uns im Haus noch bisschen die Kante gegeben und Angst gekriegt, dass du dir endgültig den Arsch abfrierst. (Da siehst du mal – wir haben an dich gedacht!) Wir also zu dritt zum Auto zurück, Witja ist schon so besoffen, dass ihm vor lauter Rührseligkeit der Rotz runtertrieft, er sagt, so schlecht wärt ihr gar nicht gewesen, er hätte sich ja selber wie ein Dödel benommen, dann will er dich auf den Armen nach Hause tragen, und zwar zu dir, nicht zu ihm. Wir nichts wie rein ins Auto – und du bist weg. Wir suchen nach Spuren im Schnee, aber auch da kein Hinweis, dass du weggegangen bist. Wir sehen im Sarg nach, sogar unter dem Toten, um sicherzugehen. Wo bist du denn eigentlich hin?«

»Aufgewacht bin ich vorne, und zwar angeschnallt«, erklärte Petrow.

Igor schlug sich auf die Stirn: »Scheiße noch mal, ja klar, du hast dich im Auto die ganze Zeit auf den Rücken legen wollen, da haben wir Angst gekriegt, dass du kotzen musst, während wir weg sind, und erstickst, wie es ja oft passiert, der Leichenkutscher hat dich eigenhändig vorne angeschnallt, hat noch gesagt, für einen guten Menschen ist ihm nichts zu schade, wenn er nur am Leben bleibt. Wie konnten wir das bloß vergessen? Wieso sind wir nicht draufgekommen, vorne nachzuschauen? Was mussten wir uns auch so zutanken!«

»Ihr seid Rindviecher«, konstatierte Petrow, »um ein Haar, und ich würde jetzt nicht hier sitzen, sondern mit Lungenentzündung auf der Pritsche liegen. Wie hat sich eigentlich der Chauffeur von diesem Leichenwagen da wieder raushauen können? Oder hat er sich gar nicht rausgehauen? Als ich aufgewacht bin, hab ich nämlich die Bullen gesehen und mich für alle Fälle verdrückt. Mir war irgendwie nicht nach weiteren Abenteuern.«

»Was heißt raushauen?«, wunderte sich Igor und runzelte die Stirn. »Wir haben alles drauf abgewälzt, dass der Typ sich in der Stadt nicht auskennt, sich bisschen verfahren hat, die Bullen haben wir geschmiert, den Verwandten hab ich bisschen was zugesteckt für den Leichenschmaus, den hätten sie sonst bei sich zu Hause veranstalten müssen, im Stehen, weil die ganze Verwandtschaft angerückt ist. Nix wie Ausgaben hatten die, und auf einmal haben sie an dem Toten sogar noch verdient. Und was die dem für ein peinliches Kreuz zusammengenietet haben, bei den Pennern sehen die Kreuze noch besser aus als das, was man ihnen da aus Blech hingeschludert hat, eine Schande, kurz gesagt. Der Fahrer wurde also nicht mal entlassen, mach dir um den keine Sorgen. Ich hab aber so einen Verdacht, dass er beim nächsten Mal, wenn er mich sieht, die Flucht ergreift.«

»Und bei dir ist immer alles so hübsch einfach?«, erkundigte sich Petrow.

Igor musste herzhaft lachen über den gekränkten Petrow und klopfte ihm auf die Schulter. »Und bei dir ist es nicht einfach?«, fuhr er mit unverhohlenem Lächeln fort. »Hast du eigentlich schon mal drüber nachgedacht, warum bei dir alles so ist?« »Ja, grade eben«, sagte Petrow. »Ich glaube, es kommt vom mangelnden Verstand. Und von der Unfähigkeit, mich mit den richtigen Leuten abzugeben. Und der Fähigkeit, mich mit Leuten abzugeben wie dir.« »Das heißt, du glaubst ganz ehrlich, dass du kein Glück hast im Leben? Das glaubst du wirklich? Das heißt, deine Umgebung, die Leute, mit denen du lebst, passen dir nicht?« Igor lächelte immer noch.

Petrow konnte es nicht in Worte fassen. Es war ein Gefühl, dass alles irgendwie anders ablaufen müsste, dass es außer seinem Leben noch ein anderes gab: ein gewaltiges Leben, erfüllt mit etwas anderem, Unbekanntem, jedenfalls nicht die Werkstattgrube, das Familienleben, sondern etwas anderes, weniger Alltägliches, und trotz der gewaltigen Dimensionen dieses anderen Lebens hatte Petrow in seinen fast dreißig Jahren es bis heute nicht greifen können, weil er nicht wusste wie. Manchmal schien es Petrow, als wäre sein Gehirn die meiste Zeit in einer Art Fiebertraum befangen mit Scharen von aufdringlichen Gedanken, die er gar nicht denken wollte, aber sie drängten sich ihm von alleine in den Kopf, hinderten ihn daran, etwas Wichtigeres zu erkennen, was er nur nicht auf den Punkt bringen konnte.

»Schau mal«, hob Petrow zu einer Erklärung an. »Ich bin Autoschlosser. Ich werde mein Leben lang ein Autoschlosser sein. Das habe ich schon kapiert. An gewöhnlichen Tagen denke ich nicht drüber nach, na gut, halt ein Autoschlosser, was soll daran schlecht sein? Und dann überkommt es mich manchmal, wenn ich begreife, dass ich mein ganzes Leben schon im Voraus kenne, sogar mein Ende kann ich mir halbwegs vorstellen. Die Frage ist nur, wen es als Ersten umhaut – mich oder Pascha, wer bei wessen Beerdigung säuft und Punkt. Und ich werde gar nichts hinterlassen außer meinem Sohn, da hat mich Pascha übertrumpft, der hat um Längen mehr Kinder. Und wenn ich kapiere, dass mein ganzes Leben im Voraus festgelegt ist, quasi mit dem Bleistift entworfen, und man nur noch die Konturen nachziehen muss – dann wird mir schwer zumute. Und dann fang ich an, alle anzupöbeln.«

»Oha, wieso denn gleich pöbeln«, lachte Igor erneut. »Du schmollst doch eher rum, statt dass du pöbelst. Du glaubst wohl, ich bin so ein Glückspilz? Dass ich mich von einem Chauffeur durch die Gegend fahren lasse. Immer im schicken Anzügchen und krieg noch jeden rum – und das soll mich glücklich machen?«

»Wenigstens lebst du so, wie du willst«, sagte Petrow.

»Ich bin steril«, sagte Igor und senkte leicht den Kopf, offenbar um zugleich aus mehreren Blickwinkeln (im Spiegel und seitlich von seinem Platz aus) zu sehen, welchen Eindruck diese Neuigkeit machen würde. »Das heißt, natürlich nicht komplett steril, sondern selektiv, die Chance, sich von mir ein Kind einzufangen, steht eins zu einer Million. Die Medizin ist da ohnmächtig. Ich war mal mit einer zusammen, die war so genervt von meiner Kinderlosigkeit, dass sie mich verlassen hat. Und wie's aussieht, ist es deswegen jetzt zur globalen Erderwärmung gekommen. Ich bin in den Ural umgezogen, weil mir das hier mehr zusagt, und hab mich gleich wieder verknallt. Und vor Urzeiten hat sich mal 'ne Frau von mir eins eingefangen, aber die ...«

»Das hat man mir schon mitgeteilt«, unterbrach ihn Petrow, »deine Frau hat gesagt, dass du eine andere liebst und das nicht wirklich verbirgst.« »Ach ja?«, fragte Igor nicht mal erstaunt. »So weit geht sie im Gespräch mit Unbekannten?« »Mit Unbekannten fällt es leichter«, erklärte Petrow. »Dich kenne ich ja auch kaum, und bei dir fällt es mir leichter, all diesen Quatsch zu erzählen.«

»Also«, sagte Igor, als hätte er Petrows spitze Bemerkung überhört, »jetzt stell dir mal vor, ich kann einem Menschen das Leben umgraben, wenn er mir einen Gefallen tut, wenn er der Frau hilft, die ich liebe, oder meinem Kind.« »Ja, das glaube ich sofort«, sagte Petrow. »Ach ja?«, warf Igor leicht gereizt ein. »Na wenn du es schon schaffst, einem zufälligen Passanten das Leben komplett umzukrempeln und die Begegnung mit dir unvergesslich zu machen, kann ich mir vorstellen, wozu du erst imstande bist, wenn du auch noch Dankbarkeit verspürst«, sagte Petrow und versuchte, möglichst viel Gift in seine Worte zu legen.

Igor seufzte. »Du bist langweilig«, konstatierte er. »Ich weiß nicht, wie es mit anderen ist, aber bei mir bist du irgendwie öde. Direkt kränkend ist das, Scheiße noch mal. Du weißt doch, wie bei unseren Schriftstellern, die die Liste der Todsünden immer noch ausweiten. Bulgakow fügt noch die Feigheit hinzu. Ein anderer die Undankbarkeit. Wäre ich Schriftsteller, ich würde die Angst, lächerlich zu wirken, auf die Liste setzen. Wobei das auch nur paraphrasiert, was schon im ›Baron Münchhausen‹ gesagt wird.« »Stimmt, dort gibt's sowas in der Art«, antwortete Petrow, »über die Dummheiten, die man mit ernster Miene begeht.« »Genau«, bestätigte Igor. »Ach, wer soll denn ernst sein, wenn nicht ich, der ich, dem Gotte Eros gleichend, über dem Swerdlowsker Gebiet und seiner Umgebung umherflattere und über dem Ausblick ringsum irgendwie nicht dem Trübsinn verfalle.« »Dabei wirkst du selber ja gar nicht lächerlich«, bemerkte Petrow. »Alle anderen bringst du in peinliche Situationen und bleibst selber immer obenauf.« »Tja, so ist es halt«, stimmte Igor zu. »Aber das kommt daher, dass alle um mich herum immer gute Miene zu bösem Spiel machen wollen, dabei ist das völlig zwecklos. Schau dir nur die antiken Götter mit ihren Clownereien an. Die haben sich auch mal schwupp in einen Schwan oder in Goldregen verwandelt, wenn es um 'ne Frau ging, da kannten die gar nix, und die Menschen waren dabei irgendwie einfacher, nicht so wie jetzt.«

»Früher haben die Menschen in Höhlen gelebt und Felle getragen. Die waren per se einfach, selbst wenn sie sich mit Tierkrallen behängt und die Fressen mit Lehm bemalt haben«, wandte Petrow ein.

»Also nee, in solche Tiefen begebe ich mich jetzt lieber nicht«, sagte Igor. »Aber wegen der Griechen wollte ich noch sagen, dass die gar nicht so blöd und einfach waren. Du würdest das verstehen, wenn jemand die griechischen Mythen auf Russisch richtig wiedergegeben hätte. Da wo Prometheus das Feuer stiehlt, kloppen die Götter nicht nur Prometheus an den Felsen, sie verfluchen auch gleich noch die Menschen, dass sie sich ewig abmühen müssen und trotzdem nicht immer kriegen, was sie wollen. Immer wird zum Ideal irgendwas fehlen. Da haben die Menschen also das Feuer – aber es bringt ihnen eben nicht nur Nutzen. Man kann sich dran verbrennen, oder es gibt eine Feuersbrunst. Sogar einen Hocker kann sich der Mensch ausdenken oder nach Skizzen zusammensägen, aber irgendwas wird ihm an diesem Hocker fehlen, irgendein Haken wird mit der Zeit ans Licht kommen. Keine einzige menschliche Erfindung wird jemals makellos sein. Etwas wahrhaft Gutes oder Böses kriegen die Menschen allenfalls unbewusst hin. Die alten Griechen waren sich darüber im Klaren und haben sich deswegen nicht im Voraus 'nen Kopp gemacht, aber die heutigen Menschen haben sich auf die Idee mit dem Erfolg versteift, auf den Gedanken, dass man etwas erreichen muss, und was – das wissen sie selber nicht. Sie denken sich Ziele aus, die man erreichen muss, und kein einziges davon ist erreichbar. So ein Sterblicher ist in jedem Fall immer in Erwartung von irgendwas anderem. Jetzt sind wir scheints wieder zu deinem Leiden an deinen seelischen Zuckungen zurückgekehrt, mit denen du nicht alleine bist.«

Sie schwiegen ein wenig. Petrow wollte einwenden, dass Sportler sich doch auch vornahmen, einen Weltrekord aufzustellen, und es dann schafften, er öffnete sogar schon den Mund, um den Gedanken zu äußern, doch dann wurde ihm klar, dass Igor sich sowieso herauswinden würde. Er würde sagen, ein Sportler arbeitet ja nicht nur auf den Rekord hin, vor einem Sportler stehen noch andere Aufgaben als der Rekord – die Gesundheit darf man sich nicht ruinieren, in der Familie muss alles in Ordnung sein, der Rekord soll möglichst lange nicht gebrochen werden, und damit beginnen auch schon die Probleme, denen man nicht entkommt. Alle streben nach dem idealen Leben und orientieren sich dabei an irgendwelchen Leuchttürmen, dabei braust das Leben rund um die Leuchttürme, ganz unvorhersehbar und unaufhaltsam.

»Was meinst du, wie ich mich fühle?«, fragte Igor unvermittelt. »Du kannst dir mein Glück gar nicht vorstellen, als ich herausgefunden habe, dass der Mensch, den ich liebe, gerettet war. Und mein Kind auch. Dabei wäre es nicht so gut ausgegangen, wenn du es absichtlich gerettet hättest. Aber da war zur rechten Zeit die zufällige Hand eines kleinen Menschen, der bereits an SARS erkrankt war und fieberte, ohne es zu ahnen. Sie wäre mit Sicherheit bei der Geburt gestorben, oder es wäre sonst was passiert. Sie hätte zum Beispiel abgetrieben. Und so ist sie jetzt zwar ziemlich weit weg, aber immerhin am Leben. Und mein Sohn auch. Und bei dir ist ebenfalls alles in Ordnung, auch wenn du weiter vor dich hin schmollst. Und es wird in Ordnung sein bis hin zu deinem Tod. Kurzum: Danke. Wedle mich nicht weg, Iwan-Zarensohn, du wirst mich noch brauchen.«

Petrow beschloss, nichts mehr zu erwidern, weil er begriff, dass Igor schon wieder zugetankt war wie neulich, im Haus von Wiktor Michajlowitsch.

»Na gut, dann geh ich mal, sonst finden die mich nicht«, krähte Igor, während er aus dem Wagen glitt, »wir sehen uns noch.«

Mit Blick auf Igors sich entfernende Gestalt, die sich bewegte, als hätte es kein Gespräch gegeben, als wäre Igor einfach am Auto vorbeigegangen wie ein völlig Fremder, erinnerte sich Petrow plötzlich an etwas aus jener trunkenen Nacht, diese Erinnerung wurde ausgelöst, weil Petrow im Schnee gesessen hatte und Igor sich genauso entfernte wie ein Unbekannter, und da war noch etwas im Zusammenhang mit dem Wort »Sterbliche«, das Igor im Auto verwendet hatte, irgendein mit diesem Wort verknüpftes Geschwätz an jenem Abend, die Erinnerung war so flüchtig und verschwommen, dass es Petrow schien, als hätte man in seinen Kopf ein Dia eingelegt und wieder herausgezogen. Petrow runzelte die Stirn beim Versuch sich zu erinnern, was dort neben dem Leichenwagen gewesen war, als er betrunken in der Schneewehe saß und Igor sich entfernte, wobei er sich am Zaun festhielt. Die Erinnerung entglitt ihm, weil im Radio Abba loslegte, er mochte die Gruppe eigentlich nicht, aber das Lied über Neujahr gefiel ihm, oder weniger das Lied als das Video, in dem es so eine Verwüstung nach der Silvesterparty gab, früher Morgen, der Fußboden voller Konfetti, ein Fenster über die ganze Wand und am Fenster steht eine Frau – Petrow traf das voll ins Mark.

Nach Abba sang Sting mit seiner Erkältungsstimme, wobei Petrow wegen dieses Lieds einen Groll auf Sting hegte. Es war »Fields of Gold«, aber als Petrow es zum ersten Mal im Radio hörte, hatte er das Wort »gold« für »cold« gehalten. Petrow konnte nicht besonders gut Englisch, genauer gesagt, sein Englisch war sehr schlecht, seine Kenntnisse reichten gerade aus, um Goldfelder mit Kältefeldern zu verwechseln, aber das Lied war ja auch derart weit und kalt, dass Petrow seinen Augen nicht traute, als er sich die Platte mit den Liedern von Sting kaufte, denn wenn er dieses Lied hörte, sah er unmittelbar Felder vor sich, wie es sie im Ural nie gegeben hatte – weit und breit bis zum Horizont kein Hügel, kein Baum (außer einem krummen Bäumchen, das in Petrows Vorstellung irgendwo in der linken Hälfte des inneren Sehfelds stand) – nichts als hohes, dürres Gras, auf dem Raureif lag. Als das Lied zu Ende war, wollte Petrows Kopf einfach nicht akzeptieren, dass Petrow sich geirrt hatte.

Die Schlussakkorde des Lieds wurden von Werbung unterbrochen, dann kam allerlei fröhlicher Musikschund über den Äther, den wiederum das traurige Gestöhne von Darren Hayes mittendrin unterbrach, und im Lied »Prost Neujahr« von Diskoteka Avaria rief Petrows Sohn an. Petrow machte das Radio aus, schälte sich aus dem Auto und ging zum Theater zurück, während er im Gehen überprüfte, ob er nichts vergessen hatte (am meisten fürchtete er, ihm könnte ein Stiefel aus der Hand fallen).

Der Sohn stand in seinem Kostüm direkt im Windfang des Theaters und nahm das Entzücken über das Kostüm entgegen, während er zugleich die Ratschläge der vorbeikommenden Erwachsenen ignorierte, er solle doch ins Warme gehen, sonst würde er noch krank. Petrow, der sich zwar kaum noch an die vorvorgestrige Nacht, sehr wohl aber an die gestrige erinnerte, scheuchte Petrow Junior unter einem verzweifelten Aufschrei ins Theater zurück. Bevor er sich ans Schuheanziehen machte, reichte der Sohn Petrow das abgerissene Plastikauge des Igels, das sogar getrennt vom Kopf seine Schläue bewahrt hatte. »Na prima«, sagte Petrow und meinte damit, dass das gar nicht gut war und dass Masken nicht dazu da waren, sie kaputt zu machen. »Das kann man ankleben«, antwortete der Sohn mit Überzeugung in der Stimme, weil man das Auge tatsächlich problemlos wieder ankleben konnte, eine Sache von fünf Minuten, wenn nicht sogar weniger, Hauptsache, der Sohn verlor das Auge nicht, sondern behielt es in der Faust, das alles hörte Petrow aus seiner knappen Antwort heraus.

Neben ihnen wuselte eine Frau mit einem sehr kleinen Kind herum, einem vielleicht vierjährigen Mädchen, das schon in seiner Winterkleidung steckte, und die Frau trug bereits ihren Mantel. Petrow hatte die Klassenlehrerin von Petrow Junior nicht oft gesehen und schon gar nicht in einer informellen Umgebung, weshalb er sie nicht gleich erkannte. Die Frau schien auf dieses Erkennen gewartet zu haben, denn sobald Petrow sie grüßte, grüßte sie zurück, wobei sie aus unerfindlichen Gründen ein kokettes Lächeln aufsetzte, als wäre sie keine Pädagogin, sondern eine gewöhnliche Frau. Petrow war erst zweimal beim Elternabend gewesen – das erste Mal bei der Einschulung, das zweite Mal, als der Junge aus der Parallelklasse verschwunden war. Beide Male war die Lehrerin streng und wirkte nicht wie eine Frau, ja nicht einmal wie ein Mensch – in der Schule hatte sie etwas Genormtes an sich, als würden die Lehrer in der Fabrik hergestellt und in Containern an die Schulen verschickt. »Entschuldigen Sie, ich habe Sie nicht gleich erkannt«, gestand Petrow. »Na Sie sind ja bei uns auch ein seltener Gast«, sagte die Lehrerin lächelnd und zugleich mit mildem Tadel, als wäre es um Klassen besser, wenn Petrow permanent vor und in der Schule herumhinge und bei jeder Unterrichtsstunde dabeisäße. Die Frau war ungefähr in Petrows Alter, aber weil sie mit einem ganzen Trupp von Kindern wie Petrow Junior fertigwurde, kam sie Petrow älter und solider vor als er selbst. Sie deutete an, dass sie nichts dagegen hätte, von Petrow nach Hause gefahren zu werden, weil die Fahrt mit dem Trolleybus nicht sehr bequem war. Im Grunde war es natürlich keine Bitte, sondern eine mild verpackte Forderung, schwer zu sagen, was Petrow Junior blühen würde, wenn Petrow sich weigerte, den Kopf könnte ihm die Lehrerin natürlich nicht abreißen, aber ihre Beziehung zu ihm würde doch leiden. In den Händen hielt sie eine Plastiktüte, offenbar mit Kleidung und Schuhen zum Wechseln und zwei Bonbongaben: die ihrer Tochter und die von Petrow Junior, Letztere hielt sie fest wie eine Geisel.

All das war halb so wild, aber Petrow hatte schon tüchtig Hunger, er wollte auf der Heimfahrt ein paar Süßigkeiten knabbern, den Sohn ein bisschen ärgern, indem er sich das Beste heraussuchte, obwohl bestimmt auch gewöhnliche Bonbons darunter waren, aber solange die Klassenlehrerin im Auto saß, fühlte Petrow sich dabei irgendwie befangen. Und sowieso konnte er die Sache damit vergessen.

Die Lehrerin machte es noch schlimmer, indem sie im Auto demonstrativ mit ihrer Tochter die Englisch-Lektion wiederholte und damit diskret zu verstehen gab, dass ihre Tochter weitaus entwickelter war als sein dämlicher Dreier-Schüler von einem Sohn. Hätte die Tochter der Lehrerin tatsächlich auf Englisch losgesprudelt, wäre Petrow nicht enttäuscht, sondern angenehm überrascht gewesen, aber sie wiederholten die Zahlen bis zehn. Das Mädchen verwechselte die Zahlen, die Lehrerin sagte ihr bei jeder nächsten Zahl den ersten Laut vor, und das Mädchen, das in der süßlichen Stimme seiner Mutter bereits eine gewisse Drohung spürte, antwortete eifrig und sogar mit einem gewissen Vergnügen, aber es schien, als enthielten die Wörter, die sie da auswendig lernte, für sie keinerlei Sinn, weil sie bei »five« und »four« die Reihenfolge vertauschte, offenbar konnte sie noch nicht mal auf Russisch bis zehn zählen, und das erzürnte ihre Mutter. Bei der Sieben passierte etwas ganz Unvorhergesehenes, die Lehrerin sagte ihr gedehntes: »Se-e-e-e-e ...« vor, und statt »seven« sagte das Mädchen »Semjon« und musste gemeinsam mit Petrow und Petrow Junior lachen. Die Lehrerin wurde scham- und zornesrot, zügelte aber ihre Wut und begann Petrow für die Maske und das Kostüm zu loben, das sie für den Sohn zusammengefriemelt hatten. »Und was hatten Sie für eins?«, fragte Petrow. »Ach, nur so ein gewöhnliches Hündchen aus dem Laden«, antwortete die Lehrerin und zog aus ihrer Plastiktüte eine Plüschmaske mit Ohren hervor, damit Petrow, wenn auch nur anhand des obersten Teils, eine Ahnung von dem Kostüm bekam. Petrow konnte es sich vorstellen, weil er im Laden ähnliche Kostüme gesehen hatte. »Da gehören noch so eine fuchsrote Weste und Hose dazu.« »Ja, genau«, sagte die Lehrerin, »Hund und Fuchs kann man ohne Kopf nicht unterscheiden. Es gab auch einen Bären und einen Wolf, mit brauner oder grauer Weste und brauner oder grauer Hose. Aber ein Mädchen als Bären oder Wolf verkleiden, ist doch irgendwie seltsam.« »Und warum nicht als Fee oder Schneeflöckchen?«, fragte Petrow. »Na ja, die Feen und Schneeflöckchen dort waren so, dass ich beim Anprobieren gleich wieder von dem Gedanken abgerückt bin, die hatten bloß noch diese frivolen Kostüme übrig, komplett durchsichtig, da hätten wir sie genauso gut in Unterwäsche aufs Fest schicken können«, antwortete die Lehrerin. »Und Hasen gab es keine?«, fragte Petrow weiter. »Ich bin selber in meiner ganzen Kindheit im Hasenkostüm rumgelaufen, praktisch immer im selben. Man kann sagen, ich bin gegen Hasen allergisch. Gegen dieses Schwänzchen an den Shorts, diese Ohren mit Draht. Ich hatte so eine Hasenmütze, die war schon ganz gelb vom vielen Waschen. Furchtbar war das«, sagte die Lehrerin. »Und dann dieses Schneeflöckchenkostüm – die reinste Profanisierung. Ein weißes Kleid, sonst nichts. Das ist doch völlig jenseits, ein weißes Kleid anziehen und behaupten, das sei ein Kostüm, einfach nur lächerlich. Schade, dass Sie nicht drinnen waren. Allein an menschlichen Spinnen gab's dort bestimmt fünfzehn Stück, und auch noch in verschiedenen Größen. Wie die Orgelpfeifen. Aus denen könnte man einen komplett eigenen Reigen bilden. Übrigens hat sich seit der Zeit unserer Jolka-Feste damals, als wir Kinder waren, wie es scheint, nichts geändert. Dieselben Wettbewerbe, dasselbe Väterchen Frost, das im Kreis rennt und alle zum Gefrieren bringen will.«

Petrow nahm mit seinen Fahrgästen den Weg über die Straße des 8. März, in der Hoffnung, es gebe dort weniger Verkehr. Tatsächlich gab es weniger Verkehr, aber an den Ampeln musste man dennoch warten. Plötzlich schwiegen alle, kamen zur Ruhe und sammelten ihre Gedanken.

Als Erste hatte die Lehrerin ihre Gedanken gesammelt, sie hatte offenbar eine innere Kollektion an fertigen Gesprächen mit den Eltern ihrer Schüler. Sie begann den früheren Zeiten nachzutrauern, als die Kinder noch Kosmonauten und Piloten werden wollten und nicht Geschäftsmänner und ausgehaltene Frauen. Derlei Gespräche hatte Petrow auch bei seiner Schwiegermutter und seinen Eltern gehört. Die Lehrerin kehrte wieder zur Fülle menschlicher Spinnen auf dem Jolka-Fest zurück und empörte sich, dass gar keine guten Kinderbücher mehr erschienen, die Kinder lasen allenfalls »Harry Potter«, und das war immer noch besser als diese Detektiv- und Gruselgeschichten für Kinder, wobei es ja noch gut wäre, wenn sie wenigstens diesen Blödsinn lesen würden, aber die meisten hatten ohnehin nichts als Spielsachen und Handys im Kopf.

Petrow begann »Harry Potter« zu verteidigen und merkte an, es gebe doch nach wie vor einen ganzen Haufen guter Kinderliteratur aus der Sowjetzeit. Die Lehrerin sagte, die Hälfte der sowjetischen Kinderliteratur sei den heutigen Kindern unverständlich, weil es in den Büchern, die noch aus der Zeit der Jungen Pioniere und des Komsomol stammten, von Pionieren und Komsomolzen wimmelte. Und etliche von den heutigen Schriftstellern waren im Herzen die Komsomolzen und Pioniere von einst geblieben und retteten in ihre Kinderbücher einen Humor hinüber, der den heutigen Kindern schlichtweg unverständlich war. »Nehmen wir mal diese Komsomolzen, von denen ihr Sohn gelesen hat«, sagte die Lehrerin. »Sie finden das lustig, ich finde das lustig, klar, die ältere Generation kann über sowas lachen, aber doch nicht ein Kind.« Petrow erstarrte innerlich und fragte: »Wo hat er denn sowas gelesen?« »Da sehen Sie mal«, sagte die Lehrerin erfreut über Petrows Ignoranz und glücklich darüber, dass sie Petrow Junior besser kannte als seine eigenen Eltern. »Von diesem Buch hat er in der Lektürestunde erzählt. Ich hab es so verstanden, dass die Komsomolzen eine Art Zaubervolk sind, das den Worten nach den Weltraum erobern will, aber zugleich begreift, dass die Eroberung des Weltraums ein Ding der Unmöglichkeit ist, und deshalb auf dem eigenen Planeten abhängt und dem Komfort im Hier und Jetzt den Vorzug gibt vor den unbekannten Risiken im interplanetaren Raum. Zuerst habe ich gedacht, Ihr Sohn hätte gar nichts gelesen, sondern sich einfach selbst etwas ausgedacht, aber als ich dann dieses Wort hörte, war mir klar, nein, sowas kann sich ein Kind nicht ausdenken.« Der Sohn saß da, krebsrot vor Scham, und schielte ängstlich auf Petrow, der ihm einen einäschernden Blick zuschoss. Anstatt ein Buch zu lesen, hatte der Sohn in der Stunde Petrows Comic nacherzählt.

»Na gut, das sind die Spiele, da passiert halt allerlei, klar geraten die Kinder von dem ganzen Blut außer Rand und Band, bei so einem Ballerspiel im Computer ist das ja noch verständlich. Aber wissen Sie eigentlich, was Ihr Sohn da überhaupt liest? Der nackte Horror ist das«, fuhr die Lehrerin fort. »Sie haben offenbar in der Werbung von dem Buch gehört und es blind gekauft.

Dabei muss man sowas erstmal selber lesen, Sie kennen doch Ihr Kind am besten, Sie wissen doch, wie das auf ihn wirken kann. Das ist ein Horror, was in diesem Buch passiert, ein Junge stirbt fast bei einem Autounfall und rettet dabei irgendwelche Außerirdischen. Sie verstehen aber schon, dass es einem Kind in den Kopf kommen kann, vom Dach runterzuspringen, weil es glaubt, dass die Außerirdischen es ebenfalls retten und auf Abenteuer schicken werden. Ein Alptraum von einem Buch. Ich habe im Laden danach gesucht, um zu schauen, ob dort alles gut ausgeht, habe aber nichts gefunden, wo haben Sie denn diesen Dreck gekauft?«

Petrow warf einen Blick auf seinen Sohn, der noch röter angelaufen war. »Ich weiß auch nicht mehr, wir haben es auf irgendeinem Markt gekauft«, sagte Petrow.

»Auf einem Markt, klar, das ist es ja«, erklärte sie belehrend. »Da kaufen die Leute ihrem Kind auf dem Markt ein lustiges Spielzeug, und kaum setzen sie die Batterie ein, fängt es an, Ganovenlieder zu spielen à la ›Zentralgefängnis Wladimir‹, und Sie haben ein Buch gekauft, wo es nicht ohne Verstümmelung abgeht; stellen Sie sich eigentlich vor, was da für Kinder heranwachsen mit solchen Büchern und solchem Spielzeug?«

»Na ich weiß nicht«, sagte Petrow und zuckte mit den Schultern. »Uns haben sie doch auch mit Büchern erzogen, wo junge Partisanen von den Faschisten gefoltert werden, aber davon hat keiner einen Dachschaden abbekommen. In den Büchern lassen die jungen Partisanen Züge entgleisen, aber bei uns in der Klasse hat keiner einen Zug entgleisen lassen.«

Petrow sprach so nachdrücklich von seiner Klasse, weil ein Typ aus seiner Schule, als er erwachsen war, nach Tschetschenien abgehauen war, um dort den islamischen Staat zu errichten, und es geschafft hatte, ein paar Bomben hochgehen zu lassen, ehe er selbst in einem Gebirgswäldchen umgenietet wurde. In den Worten der Lehrerin lag also, ob es Petrow gefiel oder nicht, durchaus ein wahrer Kern.

»Bei uns hat's sowas nicht gegeben da draußen«, sagte die Lehrerin. »Da hatte man doch gar nichts mehr zu tun, wenn einen das Bedürfnis ankam, einen Zug entgleisen zu lassen, die Züge waren ja alle unser Eigentum, Feinde gab's auch keine mehr außer den Deutschen, gegen die wir im Krieg gekämpft haben, diesen Krieg hat man ja auch gespielt, aber heutzutage gibt es so viele Beispiele von Feindseligkeit, da draußen kann doch fast alles als Ziel herhalten für Feindseligkeit, also wer jetzt seine Feindseligkeit ausleben will, hat genug zu tun. Die Kinder treffen sich ja schon ab der ersten Klasse zum Fratzenballern. Ist das normal?« Petrow musste zugeben, dass das nicht normal war, worauf sich die Lehrerin erneut daran festmachte, was für einen Bärendienst die Massenkultur bei der Erziehung leistete, und sich forsch das Kino und die Musik vorknöpfte, beides mit streng pädagogischem Blick in den Boden stampfte. »Haben Sie diesen Zeichentrickfilm ›South Park‹ gesehen? Und die ›Simpsons‹? Dort haben sie direkt im Film Sex. Und sowas läuft tagsüber. Was soll man davon Gutes lernen?« Petrow durchsuchte sein Gedächtnis nach Episoden der »Simpsons«, in denen es direkte Sexszenen gab, aber ihm wollte nichts einfallen.

Als sie am Ziel waren und die Lehrerin die Tür öffnete, schien es Petrow, als entwiche ein von der Lehrerin komprimierter Luftdruck mit einem Pfeifgeräusch nach draußen, Petrow wurde schlagartig leichter, er konnte sogar die Lehrerin anlächeln und so tun, als hätte die gemeinsame Fahrt einen angenehmen Eindruck hinterlassen.

Petrow Junior blieb den ganzen Heimweg über stumm, als sie auf vier Rädern durch die Höfe schlingerten, in der verschneiten Fahrspur weich einherglitten. Es war klar, dass er eine gewisse Schuld spürte, weil er den Comic für ein Buch ausgegeben hatte, und nun fürchtete, dass Petrow und Petrowa ihn zu Hause an normale Bücher setzen würden, und darauf hatte er nicht die geringste Lust: Seine Ferien stellte er sich irgendwie anders vor, ohne Bücher, sondern nur mit Fernseher und Freunden. Petrow hatte vor, ihm zu sagen, dass er sich für ihn einsetzen würde, falls die Mutter ihm Druck machen sollte, aber er wollte sich zumindest ein bisschen rächen für die Geschwätzigkeit seines Sohnes, und so fragte er ihn zunächst, ob die Lehrerin nicht mit ihm geschimpft hatte, weil er ins Theater ging, obwohl er krankgeschrieben war. »Die haben doch in der Schule jetzt eine Quarantäne verhängt«, knurrte Petrow Junior verdrossen, weniger wegen der Frage seines Vaters, sondern weil er so ein Pech hatte. Petrow musste aufrichtig lachen über den dummen Kummer des Sohnes. »Und dein Freund, der ist nicht krank geworden?«, erkundigte sich Petrow. Der Sohn schüttelte bekümmert den Kopf. »Den lässt seine Mama jetzt nicht zu uns, sie hat Angst, dass er sich die Grippe einfängt. Die ist ein richtiger Zerberus«, sagte er; so unerwartet kam aus seinem Mund dieses Wort aus der Mythologie, dass Petrow fast gebremst hätte, als wäre auf der Fahrbahn vor ihnen der Zerberus höchstpersönlich jäh aus dem Boden gewachsen.

Wieder war es, als hätte man in seinen Kopf ein Dia eingesetzt, und plötzlich erinnerte sich Petrow, wie er in der Schneewehe saß, den Rücken an den Zaun gelehnt, direkt vor ihm stand Igor, und neben Igors linkem Bein saß ein Hund, dessen Schatten im Schein der Straßenlaternen aussah, als hätte er drei Köpfe. »Na scheiß drauf«, sagte Petrow, um das Trugbild zu verscheuchen. Vermutlich erinnerte er sich gar nicht an jene Nacht, sondern an einen Traum, der einfach nur sehr real wirkte. Und das Wort »Sterblicher« war an jenem Abend unter all den Worten Igors gar nicht gefallen. Neulich, am Zaun, hatte Igor gesagt: »Jetzt steh schon auf, du Vollwichser, du erfrierst hier noch«, aber Petrow wollte nicht aufstehen, Igor ging Hilfe holen, und Petrow blickte ihm nach, während der Hund entschwand.

»Scheiß auf was?«, fragte der Sohn, der wusste, dass das kein derbes Schimpfwort war, weshalb er es riskierte, das Wort in seiner Frage zu verwenden. »Die Ratschläge von deiner Paukerin und dass die Mutter von deinem Freund ihn nicht zu dir lässt, und dein Quasselmaul«, antwortete Petrow immer noch zerstreut. Sein Gedächtnis versuchte noch woanders einzuhaken bei diesem Bild mit der Schneewehe, aber alles entglitt in eine Phantasmagorie, einen aberwitzigen Unfug, völligen Mumpitz, wo Igor dem Fahrer des Leichenwagens sagte, dass in seinem Sarg gar keine Leiche liege, wo der Zerberus die Seele des Verstorbenen zu dessen Körper brachte, der Körper wieder zum Leben erwachte und nach Hause ging, während Petrow im Schnee saß, außerstande, das vom Suff bewirkte Karussell anzuhalten, und, anstatt sich zu wundern, versuchte, den Brechreiz zu unterdrücken, obwohl dieser Brechreiz womöglich ein Ausdruck nackten Entsetzens war.

Wäre das Autoradio in diesem Moment an gewesen, hätte Petrow die wundersame Geschichte vernehmen können, wie am Silvestertag die Leiche eines Verstorbenen der trauernden Verwandtschaft zunächst abhandenkam und wie dieser Verstorbene dann bei bester Gesundheit nach Hause zurückkehrte. Sie brachten ein Interview mit dem Fahrer des Leichenwagens, der Zeuge des hübschen Vorfalls war, und den Milizionären, die das Ganze erst für einen Scherz hielten und dann dabei halfen, den wiederbelebten Verblichenen direkt zu sich nach Hause zu schaffen, weil er partout nicht wieder in das Auto mit dem Sarg steigen wollte.

KAPITEL 9
Snegurotschka

Marina studierte eigentlich Fremdsprachen im dritten Studienjahr und hätte nie gedacht, dass sie einmal die Snegurotschka sein müsste, es hatte sich so ergeben, dass sie das Wintersemester praktisch komplett ohne Prüfung bestand, sie wollte sogar nach Hause fahren, nach Newjansk, wo ihre Mutter und der kleine Bruder wohnten, aber ein Student von der Theaterhochschule, der wie eine Klette an ihr hing, bot ihr einen Job bei den Jolka-Feiern an, weil die vorige Anwärterin auf die Rolle der Snegurotschka krank geworden war, und mit den übrigen Kandidatinnen für die Snegurotschka hatte sich der Student überworfen, oder sie wurden von anderen Theatertruppen abgeworben.

Marina glaubte nicht an ihr Schauspieltalent, sie dachte, dass der Student (Sascha hieß er) sich nur deshalb so ungeniert an sie heranschmiss, weil er die Bekanntschaft über die Kenntnis ihrer beiderseitigen Vornamen hinaus auch noch durch finanzielle Bande festigen wollte. Marina hegte den Verdacht, dass die Snegurotschka gar nicht krank war, weil Studenten sich auch durch eine Krankheit nicht davon abhalten ließen, Geld zu verdienen. Marina beschloss, dass Sascha sich diese jähe Krankheit und die Absagen der Snegurotschkas schlichtweg ausgedacht hatte, um näher an sie heranzukommen. Marina hatte nicht das Gefühl, dass aus dem Ganzen etwas werden konnte: Als Snegurotschka war sie völlig fehl am Platz, und Sascha gefiel ihr nicht besonders, obwohl er auf den ersten Blick wie ein fröhlicher, netter, humorvoller junger Mann wirkte. Sie hatten sich schon ein paar Mal getroffen, wo nichts groß passiert war außer einer Rose, die Marina dann die ganze Zeit in der Hand halten musste, und Spaziergängen durch die abendlichen Straßen, wo Marina sich nach dem Klo im Wohnheim sehnte, weil sie lange unterwegs waren, draußen war es kalt, und Marina wollte nicht zugeben, dass sie mal musste, um ihr lichtes Bild in Saschas Augen nicht zu verderben. Marina verfluchte bereits den Tag, als sie zum Geburtstag einer Freundin gegangen war, die in Swerdlowsk wohnte – na ja, eine richtige Freundin war es nicht, eher eine Bekannte, Marina hatte einfach genug davon, im Hörsaal oder im Wohnheim zu sitzen, sie wollte Spaß haben – und den bekam sie dann auch.

Die Eltern der Freundin hatten ihre Wohnung der Jugend »zum Feiern« überlassen und waren selbst ausgeflogen. Außer den Bekannten vom Studium waren bei der Freundin auch noch ein paar ehemalige Klassenkameraden und Klassenkameradinnen, mit denen sie Kontakt hielt, weil sie überhaupt ein geselliges Mädchen und eine Aktivistin war, im Unterschied zur Sportlerin Marina (Marina war der Ansicht, dass man sie überhaupt nur bei den Fremdsprachen zugelassen hatte, weil sie eine gute Skiläuferin war, eigentlich wollte sie Sportlehrerin werden, doch dann hatte sie sich spontan beworben und wurde angenommen, was ihre Mutter ins Stöhnen und Heulen brachte, sie behauptete, Marina wolle sich nur davor drücken, die Familie zu unterstützen, sie würde sich eine gute Partie angeln und Mutter und Bruder ihrem Schicksal überlassen). Da Marina sich mühte, dem Institut als Läuferin und Skifahrerin Ehre zu machen und so, wurde sie von den Jungs halbwegs respektiert, aber sie hielten sie offenbar für nicht besonders klug. Bei den Jungs waren die Sportlerinnen und Sportler ohnehin nicht sehr beliebt, manche der Sportler waren tatsächlich vollkommen unterbelichtet, aber dennoch wurden sie permanent gefördert, als Verteidiger des Instituts mittels physischer Kraft und Kondition gegen die feindlichen Kräfte der anderen Institute. Unter den Studenten der Fakultät gab es einen Gewichtheber, dumm wie Bohnenstroh, und einen Schwimmer von schier unsäglicher Dummheit. Während sich der Gewichtheber noch irgendwie bemühte, etwas lernte und dann zur Prüfung ging, wo er vermutlich stärker ins Schwitzen kam als bei den Wettkämpfen und beim Training, war der Schwimmer von göttlicher Idiotie, Marina hatte ihn im Verdacht, dass er sich für die Unterrichtsstunden von seiner Mama anziehen ließ, denn der Schwimmer konnte nichts außer schwimmen, dass er überhaupt auf die Idee kam, zum anderen Beckenrand zu schwimmen, war an sich schon erstaunlich – stets kam er zu spät oder erschien erst gar nicht beim Unterricht, weil er manchmal den Hörsaal vergaß oder den Stundenplan durcheinanderbrachte. Der Schwimmer schrieb mit monströsen Fehlern, wie sie sich nicht einmal ein Drittklässler leisten würde, in seinen Augen war eine zugleich hilflose und alles verzehrende Leere, ähnlich der Leere des Ozeans. Der Schwimmer war Anwärter auf den Titel »Meister des Sports«, das war wohl das Höchste, was er auf sportlichem Gebiet erreichen konnte – und doch machte man um ihn und Marina und den Gewichtheber ein Aufheben, als wären sie bereits Olympiasieger. Marina mochte diese Einstellung ihr gegenüber nicht, die überhöhten Erwartungen erschreckten sie, ihr war schon im Voraus klar, dass sie diese Erwartungen nicht erfüllen würde, obwohl sie bei den Studentenwettkämpfen mitunter auf den zweiten oder dritten Platz kam und als Leistungssportlerin eingestuft war. Den Leistungssportlern im Schach oder Damespiel begegnete man mit einer anderen Einstellung als den gewöhnlichen Sportlern, ein Schachbrett besaß fast jeder, die Schach- und Damespieler konnten jeden, der sich mit ihnen messen wollte, zu jeder beliebigen Stunde bei Tag und bei Nacht bezwingen – und diese Kunst bewirkte bei den Leuten eine nahezu mystische Verehrung, fast schon wie von Priestern. Im Bann dieser Begeisterung traf sich Marina im ersten Studienjahr sogar öfters mit einem der Schachspieler von der philosophischen Fakultät, der sich allerdings als ziemlich langweiliges Bürschchen vom Land erwies und erklärte, Schach sei absolut kein Hexenwerk, manche hätten einfach nur Glück mit ihrem Gehirn, das tausende von Eröffnungsvarianten nebst den Folgen ihres Gewinnes behalten konnte, und manche hätten auch noch Glück mit ihren

Eltern, und ein solcher Glückspilz würde nach der Hochschule eben nicht in ein Provinzkaff geschickt, wo man Schach und die Vorzüge des dialektischen Materialismus vor den übrigen philosophischen Systemen nur mit den Bären und den Arbeitern vom geologischen Erkundungsdienst erörtern konnte.

Marinas Mutter war zu dem seltsamen Schluss gelangt, dass ihrer Tochter nun, da sie es zu den Fremdsprachen geschafft hatte, die große Welt offenstand, eine Welt reiner Diplomaten und präziser Übersetzer, es war klar, dass die Tochter ihre Verwandten unweigerlich vergessen würde und alle zehn Jahre einmal in ihr Heimatstädtchen gefahren käme, um alles mit angewidertem Blick zu betrachten. Marina hatte ja selbst keine Ahnung, was sie zu Hause in Newjansk mit ihrem Englisch und Deutsch anfangen sollte oder wohin man sie wohl nach dem Studium abkommandieren würde, um die lokalen Kinderchen zu unterrichten. Das wäre alles halb so wild, nur mochte Marina keine Kinder, sie erinnerte sich noch zu lebhaft daran, wie es im Englischunterricht zuging, als sie selbst Schülerin war. Die Kinder verstanden einfach nicht, wozu sie Englisch brauchten. Deutsch war noch irgendwie einzusehen, das konnte man bei Reisen nach Ostdeutschland gebrauchen, aber wo ein Schüler seine Englischkenntnisse anwenden sollte, war unklar. Es war die reine Abstraktion, eine Art höherer Mathematik, all die Ausnahmen, Zeiten, bestimmten und unbestimmten Artikel blieben im Russischen bloße Worte, durch nichts untermauert vom jenseitigen Ufer. Englisch brauchte man wie auch Mathematik nur, um sich vor seinem künftigen Kind einmal nicht zu blamieren, wenn es die Hausaufgaben machte. Punkt.

Jedenfalls behandelten die Kommilitonen von der Fakultät Marina ein wenig von oben herab, weil sie in etwa wussten, dass sie von der Hochschule vermutlich in die Schule gehen würde, dabei wäre sie mit ihrem Newjansk noch gut bedient, man konnte sie genauso gut in irgendein winziges Nest schicken, wo es nur eine Außentoilette gab, wo man eine Kuh und Hühner halten musste, um halbwegs über die Runden zu kommen. Marina selbst schreckte diese Perspektive nicht, ungefähr so hatte sie bis zur Hochschule gelebt, in einem Holzhäuschen am Rand ihres Städtchens, deshalb verstand sie auch nicht, weshalb sie sich so ins Zeug legte, anstatt einfach Sport zu machen, sich zur Sportlehrerin ausbilden zu lassen und dann in aller Ruhe in irgendein Dorf zu fahren und die lokale Skijugend zu trainieren. Die Kommilitonen von der Fakultät behandelten Marina also von oben herab, aber die zur Geburtstagsfeier geladenen einstigen Klassenkameraden des Geburtstagskindes, dessen Freunde und Freundinnen aus der Nachbarschaft, wussten nichts über Marina, in der gesamten Dreizimmerwohnung stand mannshoch der Tabakrauch wie eine sommerliche Frühnebelwand, die unter den Sonnenstrahlen zergeht. Im Wohnzimmer sang der Schallplattenspieler eifrig mit der Stimme von Joe Dassin, und dazu wiegten sich im Takt Pärchen von Mädchen mit Dauerwelle und Jungs mit Schnauzer und Backenbart. Die Jungs trugen bunte Synthetik-Hemden. Auf Marina wirkte diese Synthetik abscheulich, irgendwie absorbierte sie sofort den menschlichen Schweiß, und noch ehe die Jungs ihr Hemd richtig angezogen, sich richtig darin bewegt hatten, rochen sie schon seltsam säuerlich, oder sie stanken direkt nach Schweiß wie die Traktoristen; um den Geruch zu übertünchen, benutzten sie sämtlich Eau de Cologne, und zwar so intensiv, dass man staunte, wie die jungen Leute es wagten, sich eine Zigarette anzustecken und am offenen Feuer vorbeizugehen, wo sie doch riskierten, in der sie umhüllenden Wolke aus Alkoholdämpfen zu detonieren.

Auch in der Küche wiegten sich Leute in einer Art Gedränge, auch das ähnelte einem Tanz, wenngleich ohne Musik – in der Küche tranken die Leute, gestützt auf die Vorsprünge der Einbauküche, im Stehen und Sitzen Portwein und rauchten bei sperrangelweit geöffnetem Fenster Papirossy, wobei alle rauchten, die Jungen wie die Mädchen. (Auch Marina rauchte manchmal, obwohl sie Sportlerin war; zuerst hatte sie Angst um ihre

Sportkarriere, aber dann verwies man sie auf einen Champion im Sport, der aß wie ein Elefant, rauchte wie eine Dampflok und bei alledem rannte wie ein Pferd.) Marina schnappte sich unauffällig ein Glas Portwein und machte sich auf die Suche nach einem Zufluchtsort, wo sie den Rest des Abends zubringen konnte. Im Zimmer des Geburtstagskindes waren zwei Pärchen offen am Knutschen, und Marina sah wenig Sinn darin, dabeizusitzen und zuzusehen, sie warf einen Blick ins Schlafzimmer der Eltern und entdeckte dort einen Gitarristen mit Professorenbärtchen, der mitten auf dem Bett saß, während die anderen Gäste nachdenklich an der Wand aufgereiht standen, als wären sie die teuflischen Höllenscharen und der Gitarrist wäre Choma und hätte einen Kreidekreis um sich gezogen. Der Gitarrist trug einen Tourenpullover mit Rollkragen und sang etwas von Bergen, Lawinen, Lagerfeuern, wobei er sich nach Möglichkeit als hemdsärmeliger Kumpel gerierte. Das war besagter Sascha, Student an der Theaterhochschule. In diesem Milieu künftiger Ingenieure, Lehrer und Vertreter weiterer eindeutiger Berufe wirkte Sascha wie ein geheimnisvoller, kreativer Mensch aus einem anderen Universum, was Marina zunächst anziehend fand, doch verflog Marinas Interesse noch am selben Abend, als Sascha anfing, mit Witzen um sich zu werfen, über die nur er selbst lachte, als er erwartungsgemäß von Stanislawski zu reden begann und über die schwere Arbeit des Schauspielers, allenfalls noch vergleichbar mit der Bergmannsarbeit oder gar der von Goldgräbern, als er verschiedene Tiere nachahmte, Wanderlieder sang, kurzum, er versuchte, im Zentrum der Aufmerksamkeit zu stehen, während Marina zentrifugale Menschen bevorzugte und selbst ein zentrifugaler Mensch war. Das Interesse verflog, aber Sascha blieb, wie sie ihn wieder loswerden sollte, wusste Marina nicht, er entflammte für sie in gänzlich jungfräulicher Leidenschaft, Marina argwöhnte sogar, dass in seiner Hose völlige Leere herrschte wie bei einer Babypuppe.

Man nahm ihn beiseite und erzählte ihm von Marina, sie sei

nicht gerade die beste Partie, ein bisschen dumm, fast schon vom Dorf, worauf er jedoch in noch edlerem Feuer entbrannte, aber womöglich war auch das nichts als Schauspielerei, die ihn nun den edlen Jüngling geben ließ, ein weiterer Versuch, die Aufmerksamkeit der Zuschauer zu erringen.

Dieses Bestreben, stets gesehen zu werden, wirkte auf Marina deprimierend. Während ihrer Spaziergänge rezitierte er Jewtuschenko und Wosnessenski, Assadow und Achmadulina, so dass sich alle nach ihnen umdrehten und anerkennend lächelten. Er stach ins Auge, aber so wie das Plastik, das damals groß in Mode und allgegenwärtig war (sogar Möbel wurden daraus gemacht), an ihm war nichts Eigenes. Er schmiedete bereits Pläne für die Zukunft und schaffte es dabei nicht einmal, sich wenigstens ein bisschen an Marina heranzumachen; schon sie zu küssen, jagte ihm Angst ein. Manchmal verharrte Marina auffordernd beim Abschied auf der Vortreppe des Wohnheims oder unter der Straßenlaterne in einer entlegenen Gasse der Stadt, aber diese Initiative bewirkte keinen Kuss, sondern nur peinliches Schweigen in Saschas üblichem Monolog. Dabei stellte er Marina seinen Eltern vor, die Begegnung verlief in nahezu völligem Schweigen, die Eltern fanden heraus, dass Marina aus der Provinz stammte, und beschlossen kurzerhand, sie müsse wohl eine von diesen ungelernten Arbeiterinnen sein mit begrenzter Aufenthaltsgenehmigung für die Stadt, obwohl Marina es kein bisschen bedauert hätte, wenn das ganze Swerdlowsk in der Unterwelt versinken würde, damit das Swerdlowsker Gebiet kein Zentrum mehr hätte, sondern nur noch kleine Dörfchen. Sie wollte so sehr nach Hause, dass sie zu allem bereit war, um endlich diese Hochschule und die Kommilitonen loszuwerden, sie wollte für alle Fälle nach Nischni Tagil wechseln, wo ihr Onkel wohnte, dort in Tagil schien alles leichter zu sein, sie brauchte nur noch einen Vorwand, um zu verhindern, dass die Mutter sie wieder auf die Bahn der englischen Sprache führen würde, aber Marina wollte kein geeigneter Vorwand einfallen.

Dann versuchte sie die bestehende Lage in Richtung Provinz zu drehen, erkundigte sich behutsam, ob Sascha nicht nach dem Abschluss der Theaterhochschule mit ihr nach Newjansk wolle, er könne doch dort einen Theaterzirkel gründen, aber Sascha hatte bezüglich ihres gemeinsamen künftigen Familienlebens seine eigenen Pläne. »Bei dir zu Hause wohnen, oder was?«, fragte Marina direkt. »Dann frisst mich deine Mutter bei lebendigem Leib. Ganz anders, wenn du zu uns kommst, da wirst du bedient wie ein Pascha, weil du Schauspieler bist und weder trinkst noch rauchst.« »Du kennst meine Mama nur nicht richtig«, wandte Sascha ein, »sie ist ein wunderbarer, herzensguter Mensch. Ihr beide werdet bestimmt die besten Freundinnen.« Marina hatte in diesem Punkt starke Zweifel. Saschas Mutter war eine Kopie ihrer eigenen Mutter, das heißt, auch sie war der Ansicht, dass Marina von nichts im Leben eine Ahnung hatte und dass sie, die Mutter, alles besser wusste, aber während es bei der eigenen Mutter noch irgendwie verzeihlich war, hatte Marina nicht vor, diese Haltung bei völlig Fremden hinzunehmen. Sie wollte von null an eine Familie gründen, damit ihr niemand mit Ratschlägen käme, wie sie mit ihrem Mann umgehen sollte, wie man ein Kind wickelte, womit man es fütterte, wie man es erzog, dafür war sie zu allem bereit, auch wenn sie für die Verwandten und Freunde komplett von der Bildfläche verschwinden müsste, nur manchmal der Mutter Geld schicken würde, damit ihr Gewissen sie nicht zu sehr plagte. Marina hatte keine Ahnung, wie man das in der UdSSR anstellen sollte, woher den Bräutigam nehmen, der zugleich jung war und eine Wohnung oder wenigstens ein Zimmer im Wohnheim hatte, dessen Verwandte möglichst weit weg wohnten, während ihre eigenen Verwandten irgendwo abseits waren, so dass man von ihnen wusste – und basta. Sie liebte nur ihren kleinen Bruder, aber in ihrer Vorstellung entfernte er sich ja auch gar nicht; wenn sie in ihren Fantasien in die Nachbarrepublik flüchtete, wusste er von ihr und lebte in der Nähe, buchstäblich in der Nachbarstadt.

Da ihre Mutter als Putzfrau bei der kommunalen Wohnungs-verwaltung und dem Stadtsowjet arbeitete, konnte ihr Bruder die zehnte Klasse nicht abschließen und fing an der Berufsschule an. »Ich hab nicht das Geld, euch beide auf die Hochschule zu schicken«, sagte die Mutter kategorisch. Marinas Mutter war überhaupt eine erstaunliche Frau, bei den Nachbarn stellte sie sich buchstäblich als Opfer dar, weil Marina studierte, sie malte ihnen aus, wie sie nicht genug zu essen hatte, auf zwei Arbeits-stellen schuften musste, damit Marina fern von der Familie etwas zum Leben hatte, dabei lebte Marina eigentlich nur von ihrem Stipendium, und erst vor kurzem war ihr das Geld für die Rolle der Snegurotschka zugefallen, und dann gab sie noch einem lo-kalen Schüler – einem Altersgenossen ihres Bruders – Nachhilfe in Englisch.

Diese Nachhilfestunden waren quasi aus dem Nichts über Marina gekommen, wie oft sie sich auch bei Igor (so hieß der Schüler) erkundigte, wer ihm die Telefonnummer des Wohn-heims gegeben hatte mit dem Hinweis, er solle direkt nach Marina fragen – er schwieg wie ein Partisan und lächelte sein bemerkenswert tückisches Lächeln, das ihm seltsam gut stand. Ohne diese Nachhilfestunden hätte Marina sich ausschließlich von Makkaroni mit Pflanzenöl und Brot mit Tee ernährt, so aber konnte sie sich ein wenig Wurst leisten und sogar hin und wieder ein paar Rubel nach Hause schicken.

Einmal wöchentlich, beginnend irgendwann im Oktober, fuhr Marina an den Stadtrand, bis zur letzten Straßenbahnhaltestelle, wo Igor in einem grässlichen, altersschwarzen zweistöckigen Haus in einer der Wohnungen lebte. Marina hatte den Eindruck, dass Igor allein lebte, weil sie nie auf irgendwelche Eltern traf, bei denen sie den Sohn für sein Sitzfleisch und seinen Eifer loben könnte. Sie hätte sich im Übrigen gar nicht gewundert, wenn sich herausgestellt hätte, dass Igor wirklich allein lebte – er wirkte vollkommen autark, als brauchte er letztlich niemanden, um in der kleinen, lichten, nach Kleister riechenden Kammer zu existieren, deren quadratisches Fensterchen auf ein tristes, mit schiefen Steinen übersätes Feld blickte. Marina hatte den Eindruck, dass Igor überhaupt nicht hier lebte – er drängte sich nicht in der Gemeinschaftsküche, schlief nicht auf dem kleinen Ausziehsofa, das so alt war, dass es sich nicht mehr zusammenklappen ließ –, sondern existierte in dieser Kammer wie an einem Filmset, denn tatsächlich wirkte die Kammer wie die sorgsame Dekoration eines Fernsehstücks: Während des Unterrichts glaubte Marina zu sehen, wie die vierte Wand mit der Türöffnung verschwand, sie sah sie beide quasi von der Seite, aus dem Zuschauersaal oder auf dem Bildschirm (zu Hause hatte Marina keinen Fernseher – für so etwas gab es kein Geld, sie besaßen nur ein Radio, obwohl zu der Zeit bereits Farbfernseher erschienen, aber sie waren als häufige Brandquelle in Verruf geraten). Auch Igor hatte keinen Fernseher, nur ein Radio, und seltsamerweise spielte dieses Radio immer eine stille, traurige Musik, die sich weder mit den Nachrichten von Feldern und Kuhställen noch mit den Hörspielen nach den Klassikern der Literatur abwechselte.

Selbst beim Englischlernen schien Igor zu schauspielern und nur so zu tun, als könnte er kein Englisch, denn Marinas Erklärungen hörte er sich mit einem merkwürdigen Lächeln an, so als müsste er ein Lachen unterdrücken.

Am Anfang wollte Marina nicht glauben, dass Igor erst siebzehn war, er wirkte sehr erwachsen, fast schon wie ein Mann, sogar Bartstoppeln hatte er. Die Bartstoppeln erklärte Igor mit der Vererbung und der Tatsache, dass er dunkle Haare hatte. Marina schenkte dieser Erklärung Glauben, weil der Gewichtheber ebenfalls eine ziemlich erwachsene Visage hatte, der Gewichtheber behauptete, er habe sich schon mit fünfzehn rasieren müssen, sonst wäre er vom Bart überwuchert wie ein Basmatsche, außerdem wäre Marina ohne diese Erklärung, ohne ihren Glauben daran, selbst in Erklärungsnöte geraten, was sie da eigentlich einmal wöchentlich mit einem fremden Mann trieb, der sich für einen Jungen ausgab, warum sie überhaupt zu ihm fuhr. Eines Abends, als Igor dasaß und sein Gesicht nur von der Schreibtischlampe beleuchtet war, sah sich Marina in ihren Befürchtungen vollauf bestätigt, weil Igors Gesicht so sehr das ernste und erwachsene Gesicht eines vierzigjährigen Mannes war, dass sie sich nur mit Mühe beherrschte, um nicht aus dem Zimmer zu gehen und niemals wiederzukehren.

Nur mit dieser These, dass nämlich Igor womöglich gar kein Schüler war, sondern ein erwachsener Mann, der seine Spielchen trieb, konnte Marina vor sich selber erklären, warum sie einmal mit Igor geschlafen hatte – sie konnte doch beim besten Willen keinen Schüler ins Bett stoßen, so verrückt war sie dann doch nicht, dass sie mit einem Altersgenossen ihres Bruders schlief. (Das waren ihre Gedanken, während sie nach einer Rechtfertigung suchte für das hastige Sofageruckel mit Blick auf die Tür und die Kattunvorhänge am Fenster.) Dabei gaben sie sich offenbar beide die Schuld am Vorgefallenen, und nun ließ sich Marina ihrerseits auf allerlei Spielchen mit diesem Igor ein, der ein Leben im Holzhäuschen vorspielte, wo die Nachbarn lautstark über den Korridor polterten, wo man in der Küche das Wasser rauschen und das Geschirr klappern hörte; doch wenn Igor vorspielte, in diesem Haus zu leben, spielte Marina nun vor, dass nichts geschehen sei, sie war und blieb die Nachhilfelehrerin, weiter nichts.

Sie fragte nicht, was Igor einmal werden wollte, wozu er die englische Sprache brauchte, sie hätte gerne einen Mann wie Igor gehabt, wenn er tatsächlich etwas älter gewesen wäre, aber sie wollte ihm nicht durch die Ehe mit ihr das Leben ruinieren. Während sie Sascha trotz all seiner Ticks doch irgendwie als Bräutigam ansah, erfüllte sie der Gedanke, Igor könnte ihre Mutter kennenlernen, mit Entsetzen.

Und dann erschien ein handfester Anlass für die Ehe. Bei Marina blieb die Periode aus. Sie nahm diese Tatsache sogar mit einer gewissen Erleichterung auf, sie hasste das Gefummel mit den verkrusteten Lappen und der Watte in der Unterhose und beschloss, dass sie nun endlich ein Weilchen ruhig vor sich hinleben konnte, als wäre es gar keine Schwangerschaft, sondern eine Neujahrsgabe von Mutter Natur. Marina mochte keine Kinder und hätte seelenruhig eine Abtreibung vornehmen lassen, ohne jemanden davon in Kenntnis zu setzen, aber die Nachricht aus dem Krankenhaus konnte sich trotzdem wie ein Lauffeuer bis ins Institut verbreiten, vielleicht würde man ihr sogar eine Rüge erteilen, die Kommilitoninnen würden sie für eine Schlampe halten, die es mit jedem trieb, es gäbe eine Versammlung, wo man, ohne Namen zu nennen, die Mädchen ermahnen würde, mit den Jünglingen eine gewisse Zurückhaltung zu üben, nicht den Versuchungen der Großstadt zu erliegen. Für dieses Szenario hatte sie sogar den vagen Plan, in Gestalt der verlorenen Tochter nach Hause zurückzukehren. Es käme unweigerlich zum Skandal, die Mutter würde unweigerlich herausfinden, wer der Vater war, um diesem Hurenbock das Leben zu ruinieren, ein Familienrat würde einberufen aus allerlei Verwandten, die auf die Details scharf waren, weil sie im Leben sonst kein Vergnügen hatten, die Mutter der Cousine würde ihre eigene Tochter als leuchtendes Beispiel hochhalten, weil sie mit dem Alkohol Schluss gemacht hatte und Köchin geworden war – »und da ist ja auch nichts dabei, die Ziege muss grasen, wo sie angebunden ist, braucht ja nicht jeder ein Intelligenzler werden, da bringen sie dir eh nur bei, wie man über die eigenen Verwandten die Nase rümpft«. Allein um dieses Spektakel zu sehen, hätte Marina bereitwillig noch einmal mit Igor geschlafen, sollte sich die Schwangerschaft als falsch erweisen. (Und nicht nur deshalb; Marina zog Sascha bei jedem Treffen in Gedanken nackt aus, aber selbst in ihrer Fantasie wirkte er kläglich, auch die warme Winterhose konnte seine krummen Beine nicht verbergen, Marina stellte sich vor, wie diese krummen Beinchen wohl erst in der dunklen Satinunterhose bis zum Knie aussahen, – und ihr wurde schlecht, selbst der Gewichtheber schien plötzlich gar nicht mehr so übel zu sein.)

Das Gute an Sascha waren seine Freunde. Als Marina anfing, zu den Proben im Klub zu fahren, wo die Jolka-Feiern stattfinden sollten, fühlte sie sich wie ein anderer Mensch, plötzlich bedauerte sie es, dass sie sich nicht immer in dieser Gesellschaft bewegte. Ihre Rolle beschränkte sich darauf, aufzutreten und ein paar Sätze zu sagen, die die Kinder anspornen sollten, den Tannenbaum zu bitten, dass er die Lichter anmachte, aber Marina kam dennoch zu jeder Probe für die gesamte Aufführung und sah sie sich bis zum Ende an, wobei ihr die Sache mit jedem Mal besser gefiel. Sie hätte sich sogar gewünscht, dass es ohne die Kostüme ablief, mit denen sich die Schauspieler verkleiden sollten, dass man den Kindern gar nicht die Vorstellung zeigte, sondern eine der Proben, weil der Prozess des Probens weitaus interessanter war als das eigentliche kleine Neujahrsstück. Wunderbar war die Bedingtheit, in die sich die Schauspieler einfinden mussten. Der Darsteller des Schneemanns – Gera, genauer gesagt German (wie Titow) – konnte es kaum erwarten, bis er sein Kostüm bekam, noch riskierte man nicht, das Häuschen der Baba Jaga auf die Bühne zu schleifen, weil dort parallel zu den Proben für das Neujahrsstück noch weitere Proben von anderen Kollektiven liefen, weshalb Gera sagte: »Also ich bin jetzt quasi der Schneemann, hier steht dann quasi das Häuschen, dann der Baumstumpf, hier ist also der Wald.« Das Ganze war irgendwie komisch, Marina konnte das Lachen nicht unterdrücken, auf dieses Lachen hin gerieten die Schauspieler in einen Furor, bei dem jeder versuchte, sie als derzeit einzigen Zuschauer an sich zu ziehen. Sie brachten Marina in einen riesigen, kalten Raum, wo die Dekorationen aufbewahrt wurden, und zeigten ihr das Häuschen und den Baumstumpf, die zwischen Kandelabern, einem aus Sperrholz gefertigten Modell des Kremls, einem dreimal mannshohen Lenin-Porträt, einem Sternabzeichen der Oktoberkinder von übermenschlicher Größe und einem Haufen anderem Gerümpel herumstanden, das so lange Gerümpel war, bis es bei der Aufführung gebraucht wurde. Beim Verlassen des Raums mit den Dekorationen stolperte Marina über ein Lagerfeuer aus Sperrholz.

Sascha war nicht das Oberhaupt dieses Ensembles an Neujahrsfiguren, das Oberhaupt war Lida, der Schurke unter den Pionieren, sie führte auch die Regie, aber Sascha war auch nicht der Letzte in diesem Klub, weil sie nur dank seiner Verwandtschaft mit der Klubleiterin überhaupt auf diesen Jolka-Feiern spielen durften. Bei den Proben begriff Marina erst, dass Sascha vielleicht nicht besonders gut aussah, aber als Schauspieler doch große Klasse war. Im Kostüm des Väterchen Frost wirkte er wie verwandelt, Marina konnte einfach nicht glauben, dass dieses Väterchen Frost und Sascha ein und dieselbe Person waren. Im Kostüm des Väterchen Frost wurde Sascha tatsächlich zu einem soliden älteren Herrn, selbst seine Stimme veränderte sich bis zur Unkenntlichkeit – woher aus diesem Hühnerkehlchen solche tiefen Töne rührten, war einfach unbegreiflich. Marina war sogar eingeschüchtert, als sie diese Verwandlung zum ersten Mal mit ansah. Sie bedauerte, dass sie kein Schauspieltalent hatte, es zog sie speziell zu diesen ein wenig verrückten, auf harmlose Weise völlig egoistischen, selbstverliebten Leuten hin, sie wäre gerne immer mit ihnen zusammen gewesen und nicht nur während dieses zufälligen Nebenjobs.

Bei ihrem ersten Auftritt vor dem Tannenbaum geriet Marina stärker ins Zittern als bei den Aufnahmeprüfungen, sie hatte den Eindruck, ihre Snegurotschka sei dermaßen unwahrscheinlich, dass die Kinder sie sofort entlarven und die echte Snegurotschka herbeirufen würden, aber als das erste Jolka-Fest vorbei war, umarmten sie die Schauspieler und freuten sich, dass sie dabei war, sie sagten, sie hätten nicht erwartet, dass sie es hinkriegen würde. Vielleicht spielten sie die Freude auch nur, aber selbst von dieser gespielten Freude wurde Marina so wohl, als wäre sie echt.

Im Dezember überstürzten sich die Ereignisse, die sich in Marinas Erinnerung später völlig vermengten. Sie bestand alle Semesterprüfungen, redete sich bei den anstehenden Wettkämpfen auf Krankheit heraus, indem sie den lokalen Sportfunktionären versprach, ein Attest beizubringen, aber jedes Mal sagte, sie habe vergessen, zum Arzt zu gehen, für diese Weigerung Ski zu laufen und ihren Wunsch, mit den Jolka-Feiern etwas dazuzuverdienen, nahm man sie bei der Komsomolversammlung in die Mangel und führte ihr in einem eigenen Probendurchlauf ein weiteres Mal vor Augen, was ihr nach ihrer Rückkehr zu Hause bevorstehen würde, ihre Periode blieb aus – und das war gar nicht mal schlecht –, aber dafür kam es nun zu jähen Brechreizattacken – und das war weniger gut, der Zimmergenossin waren die häufigen Toilettengänge nur mit Mühe zu erklären (sie schien etwas zu ahnen, behielt aber ihren Verdacht einstweilen für sich, oder vielleicht war sie auch einfach nur naiv, weil sie eine Streberin war). Marina gefiel dieser Stillstand, sozusagen die Schürzung der Handlung für die nächste Etappe ihres Lebens, als stünde sie über dem Abgrund, während die anderen sie noch überredeten, nicht vom Felsen zu springen, das Leben sei doch gar nicht so schlecht.

Der Morgen der zweiten Aufführung fiel auf einen Sonntag und begann mit einer Brechreizattacke und durchfallartigem »number one«, so dass Marina gar nicht mehr wusste, wofür sie sich entscheiden sollte. Dann stand sie lange unter der Gemeinschaftsdusche des Wohnheims – dem einzigen Ort in Swerdlowsk, wo es ihr wirklich gefiel, weil sie zu Hause so etwas nicht hatten, dort gab es nur eine Banja – die städtische oder die eigene, die man aufheizen, warm halten musste, wo man beim Waschen nicht an die Wand kommen durfte (es war eine schwarze Banja ohne Kamin). In der Dusche verglich sie sich mit den anderen Studentinnen und gefiel sich: Manche der Mädchen waren buchstäblich behaart wie Kerle, die anderen wirkten wiederum irgendwie unterentwickelt, mangelernährt, unglückselig in ihrer dürren Nacktheit.

Auf das Frühstück verzichtete Marina, damit sie sich auf dem Weg zum Klub nicht übergeben musste, der Klub war zwar nur zwei Haltestellen entfernt, aber wissen konnte man nie – falls es sie im Trolleybus überkam, wäre das kein Spaß. Dabei hatte sie einen Mordshunger, ihr einziger Trost war, dass Sascha vermut-

lich aus seinem Väterchen-Frost-Sack Bonbons verteilen würde –
allein der Gedanke an Makkaroni mit Butter erfüllte Marina an
diesem Morgen mit Ekel, während der Gedanke an Bonbons, vor
allem an Schokoladenbonbons, ihr äußerst verlockend erschien.

Sascha hatte im Übrigen als Väterchen Frost eine gewisse
Berufserfahrung – er hatte es schon vor dem Studium gespielt,
als ihn seine Tante anstelle eines anderen, offiziellen Väterchen
Frost einspannte, das in den Suff abgetaucht war. Sascha sagte,
die Rolle des Väterchen Frost sei im Grunde nicht kompliziert,
Hauptsache, man sprach mit den Kindern in einer Stimme, als
wollte man sie gleich auffressen, und war in der Kinderschar
möglichst vorsichtig mit dem Stab, sonst konnte man jemandem
die Nase brechen oder einen Zahn ausschlagen.

Um den Hunger zu dämpfen, rauchte Marina auf dem Weg
zum Klub eine Zigarette und dann noch eine auf der Treppe zum
Diensteingang; während sie den Rauch in die Luft blies, kamen
der Schneemann und Lida hinzu und leisteten ihr Gesellschaft.
Seit Marina mit den Schauspielern zu tun hatte, fiel ihr das Rauchen viel leichter, weil die Studentinnen von der Fakultät das
Rauchen für ein Privileg der Männer hielten, und wann immer sie
ein rauchendes Mädchen sahen, ließen sie zuverlässig die Bemerkung fallen, dass man anstatt einer Raucherin gleich den Aschenbecher küssen konnte. (Es ging um den Aschenbecher auf dem
Treppenabsatz – eine leere Farbdose, die vermutlich zu der Zeit,
als das Wohnheim sich im Bau befand, zum Aschenbecher geworden war, wenn nicht gar früher.) Die Schauspieler begannen
in unhöflicher Weise Themen zu erörtern, die nur sie selbst be-
trafen, irgendwelche Kurse, Kurse bei einem Dozenten, die sich
positiv von denen bei einem anderen Dozenten unterschieden,
die Überzeugungskraft oder das Fehlen davon der Schauspieler
bei der letzten Aufführung, die sie zusammen besucht hatten, und
zwar ohne Marina. Lida wollte nach ihrem Hochschulabschluss
die »Möwe« inszenieren, wie sie noch nie zuvor inszeniert worden war, sie hatte einen verrückten Plan mit irgendwelchem Tüll,

der im Dunkel schweben und von kleinen Lämpchen beleuchtet sein sollte. Lida klagte bitter darüber, dass sie nicht alles selbst spielen konnte, allein, dann würde es nämlich eine wahrhaft fantastische Aufführung, weil sie wusste, was zu tun war. Falls der Schneemann von ihren Worten gekränkt war, ließ er es sich nicht anmerken. Er antwortete darauf, man würde sie sowieso nicht gleich inszenieren lassen, was sie wollte, am ehesten müsste sie sowas machen wie die »Stahlkocher«, und Lida stimmte ihm zu, versicherte aber, die »Stahlkocher« zu inszenieren, wäre das Ende. »Stell dir mal vor, du inszenierst ›Lolita‹ mit einer Fünftklässlerin in der Hauptrolle«, sagte Lida, »und dann musst du dieser Pionierin erklären, was sie da spielt.« Gera lachte unterdrückt, wies aber mit den Augen ängstlich auf Marina. Marina hätte an dieser Stelle Gera gelassen den Rauch ins Gesicht blasen und ihm sagen können, dass sie »Lolita« auf Englisch gelesen hatte, wobei ihr die auf Russisch geschriebene »Gabe« und »Luschins Verteidigung« besser gefielen, aber sie beherrschte sich. Im Institut kursierte überhaupt ein Haufen verschiedener Samisdat-Literatur, alle reichten sie untereinander mit viel Geheimnistuerei flüsternd weiter, aber davon, dass sie verboten war, wurde die Literatur nicht besser, Marina gewann den Eindruck, dass ohne dieses Verbot sich niemand dafür interessieren würde; von den Namen all der verbotenen Schriftsteller war Marina nur dieser Nabokow im Gedächtnis geblieben, der in seiner Art zu schreiben sehr einfallsreich war, und Dowlatow, dessen Bücher ihr uneingeschränkt gefielen, wegen Dowlatow war Marina sogar ein wenig gekränkt, sie begriff nicht, wen er mit seiner Art zu schreiben so beleidigen konnte, dass er unter das Verbot fiel.

Unbemerkt war Sascha erschienen, Marina war buchstäblich für eine Sekunde in vage Gedanken versunken, die sich als Watte auf ihre Ohren legten, so dass das Gespräch zwischen Gera und Lida in den Hintergrund rückte, hinter das stille Rauschen des gedanklichen Schneegeriesels in ihrem Kopf, und schon stand Sascha neben ihr und rauchte ebenfalls, während er froh in sich hineinlächelte. »Noch eine gute Stunde, und der Klub ist jetzt schon voller Kinder«, sagte er.

Sie gingen hinein, dann stiegen sie über das dunkle Treppenhaus in die dritte Etage hinauf und schlüpften in die Künstlergarderobe, wobei Sascha seine eigene Garderobe hatte: Seine Tante hatte ihm die materielle Verantwortung für den Bonbonsack übertragen, den Sack, den er während der Vorstellung bei sich hatte, Sascha musste diesen Sack vor den anderen Künstlern schützen, vor allem vor dem Tanzkollektiv, das den Schneesturm darstellte, genauer gesagt die Schneeflöckchen (fünf Stück) – diese fünf etwa zehnjährigen Mädchen aßen Bonbons wie gestört, in derselben Gruppe gab es auch noch eine jugendliche Schauspielerin, die in ihrer Rolle als Einserschülerin gegen den Schneemann, die Baba Jaga und den Fünferschüler Widerstand leistete – auch dieses kleine Mädchen verputzte Bonbons in rauen Mengen, als äße sie für ein paar Wochen im Voraus. Die Tiere und die Baba Jaga waren zum Glück schon erwachsen, sie brauchten die Bonbons nur als Beilage zum Portwein nach der Vorstellung.

Die Pionierin war die einzige Figur, die sich vor der Aufführung nicht extra umziehen musste – sie kam einfach in die Garderobe, nahm den Mantel ab und – schwupp – war sie schon in der Schuluniform, saß still in der Ecke, wo sie am Saum der weißen Schürze zupfte und die Schleifen auf ihrem Kopf zurechtrückte. Für Marina waren die Kostüme der Pionierin und des Schurken (auch der Schurke trug Schuluniform) immer leicht befremdlich, was zum Teufel taten die Kinder in ihrer Schuluniform mitten im Wald. Als Marina diesen Gedanken äußerte, sagte der Bär zu ihr, sie würde sich wohl auch noch darüber wundern, dass die Kinder mit den Tieren redeten. Überhaupt war dem kleinen Mädchen in Gesellschaft der Erwachsenen langweilig, und zu den Schneeflöckchen durfte sie nicht, weil man befürchtete, sie könne ohne Aufsicht verlorengehen. Das Mädchen wurde erst wieder lebhaft, als der Moment nahte, wo man ihr die Schminke auflegte, genauer gesagt zuerst Vaseline und dann die Schminke, damit man die Schminke später leicht mit dem Wattebausch abwischen konnte, das Mädchen sah vergnügt zu, wie sich ihr Gesicht verwandelte, obwohl sie ihr nur eine ungesunde Röte auf die Wangen malten und ein wenig die Lippen schminkten (das übernahm Lida, während sie eine qualmende »Prima« im Mundwinkel kleben hatte, man wollte diese Aufgabe auch auf Marina übertragen, aber sie mochte kategorisch keine Kinder, ekelte sich sogar vor der Berührung mit ihnen, ein Schauer der Abscheu durchlief sie, wenn die Kinder sie während des Reigens an der Hand fassten).

In der Garderobe stand der Tabakqualm zum Schneiden dick, nicht umsonst wurden dem kleinen Mädchen rote Wangen geschminkt, weil sie sonst vermutlich mit grünem Gesicht auf die Bühne getreten wäre. Deshalb war auch das Kostüm der Snegurotschka in einem Schrank im zweiten Stock eingeschlossen: Tiere, Pionierin, Schurke, Baba Jaga, Schneemann – sie alle konnten nach Tabakqualm stinkend über die Bühne wirbeln, ohne dass es den jungen Zuschauern auffiel, aber wenn die Snegurotschka und das Väterchen Frost mit diesem Geruch auf die Kinder zukämen, wäre das doch ein wenig peinlich, wobei man es Väterchen Frost noch irgendwie nachsehen würde, aber der Snegurotschka eher nicht. In derselben Kammer, wo das Kostüm der Snegurotschka weggeschlossen war, gab es auch ein Telefon, und Marina juckte es ein wenig in den Fingern, in Newjansk anzurufen, es war ihr nur unangenehm, auf fremde Kosten ein Ferngespräch zu führen, außerdem gab es bei Marina zu Hause kein Telefon, nur an den Orten, wo ihre Mutter die Fußböden scheuerte, und Marina wusste nicht, ob man die Mutter ans Telefon rufen würde und ob sie überhaupt am Wochenende dort war. Sie brauchte diesen Anruf eher, um ihr Gewissen zu beruhigen, es war für sie selbst wichtig zu wissen, dass sie kurz vor Silvester angerufen hatte, ob sie jemanden erreichte oder nicht, war schon völlig egal.

Marina klopfte an die Tür von Saschas Garderobe, in der Hoffnung, er würde ihr den Anruf verweigern, aber er machte nur Glubschaugen und redete ihr zu, dass sie natürlich ihre Mama anrufen sollte, wie denn nicht, und mit seiner Tante würde er das später irgendwie regeln.

Marina wanderte durch den Klub, weil bis zu ihrem Auftritt noch jede Menge Zeit blieb – bis erst einmal alle versammelt waren, das Stück zu Ende gespielt war –, sie entfernte sich so weit wie möglich vom Lärm im Foyer (es war so laut, dass der Lärm bis in die dritte Etage hinaufreichte), sie stand ein wenig auf dem Treppenabsatz zur vierten Etage herum, drehte eine Runde durch die vierte Etage und kam bei einer Art Halle heraus, dort gab es ein großes Fenster über die gesamte Wand, staubige Palmen wechselten mit roten Sesseln. Es war unklar, wozu diese mit Granit verkleidete Halle diente – ringsum gab es nichts als Türen mit Familiennamen und Initialen auf Täfelchen, hinter einer der Palmen hing ein Stundenplan für die verschiedenen Sektionen, wo Marina erfuhr, dass es im Klub sogar einen Zirkel für Modellflugzeugbau unter der Leitung von Meschkow A.D. gab sowie einen Wanderklub mit zwei Leitern – einem Mann und einer Frau.

Bevor Marina mit dem Skilaufen begonnen hatte, und das war nicht sofort gewesen – in der Grundschule war sie über eine Drei im Sport nicht hinausgekommen, und die Ski waren ihr eine besondere Qual –, hatte sie einen Makramee- und einen Zeichenzirkel besucht; beim Zeichnen war alles klar, sinnlos und einfach: Man schleppte die trockenen Farben zum Zirkel, die sich mit dem Pinsel partout nicht auflösen ließen, die Bleistifte, die im unpassendsten Moment abbrachen, und los geht's, zeichne, was sie dir aufgeben, ein Zweiglein von einem Baum, einen Apfel aus Wachs, eine Birne aus Wachs; dagegen war das Makramee eine lustige Beschäftigung, in einer Art Knüpferleuchtung hatte Marina zu Hause in kürzester Zeit alles, was ihr unter die Finger kam, mit Knüpfwerk überzogen: Blumentöpfe, Kissen, sie knüpfte ein paar Läufer aus bunten Fetzen, ein spinnwebartiges Tischtuch für das Zeitschriftentischchen, sie hatte bereits eine geknüpfte Blumenkomposition in Angriff genommen, als sie schlagartig für das Knüpfen und Zeichnen erkaltete, von da ab lungerte sie nur noch mit ihren Freundinnen auf der Straße herum oder saß zu Hause an ihren Büchern. Klar half sie immer auch der Mutter mit dem kleinen Bruder und bei der Arbeit. Marina blieb schleierhaft, was es mit diesem jähen Anfall von Kreativität in ihrer Kindheit auf sich hatte und warum er sie so jäh wieder verließ, während die Mutter noch lange darüber schimpfte, dass sie das Knüpfen und Zeichnen hingeschmissen hatte (»ganz der Herr Papa«). Es war, als hätte eine seltsame Kraft einfach all ihre Neigungen annulliert und in eine andere Bahn gelenkt, als besäße diese Kraft eine Vorahnung von Marinas Zukunft.

Was den kleinen Bruder anging, so hatte er im Alter von fünf Jahren von alleine lesen gelernt, und während die Mutter zunächst überall mit ihm prahlte wie mit einem gelehrigen Deutschen Schäferhund, der alle Befehle ausführte, sagte sie gereizt, als der Bruder älter wurde: »Dauernd hockst du hinter deinen Büchern.« Die Neigung des Bruders fürs Lesen, sinnlos und alles verzehrend, hatte tatsächlich etwas Ungesundes. Marina machte dieses viele Lesen ebenfalls gereizt, es verwandelte den Bruder in einen dieser lokalen Sonderlinge, die klüger erscheinen wollten, als sie in Wirklichkeit waren. Nichts konnte den Bruder vor Newjansk und der Masse an solchen Städten und Siedlungen retten. Wohin er auch gehen würde, er würde doch immer der Sonderling bleiben mit der Masse an unnützem Wissen im Kopf. Manchmal ertappte sie sich entsetzt beim Gedanken, dass der Bruder besser schon als Vorschulkind gestorben wäre, das gerade erst das Lesen erlernt hatte, weil seine Liebe zum Lesen jenseits des Vorschulalters die Leute nur abschrecken oder, schlimmer noch, amüsieren würde – die Klassenkameraden ebenso wie die Lehrer. An solchen Orten, wo selbst der Literaturlehrer sein eigenes Holz hackte und den lokalen Malochern Kontra geben musste, war das Lesen keine notwendige Fertigkeit, sondern eine Last.

Von der fünften Etage stieg Marina wieder zur Künstlergarderobe hinunter, holte den Schlüssel zu dem Zimmer mit dem Telefon aus ihrer Manteltasche (am Schlüssel hing ein Holzschildchen mit der Nummer des Büros), ging in den nächsten Stock hinab und öffnete die Tür zum Büro, während das Geräusch des sich im Schloss drehenden Schlüssels über den leeren Korridor hallte und sich mit dem Stimmengewirr aus dem Foyer vermischte.

Sie setzte sich auf ein quietschendes Stühlchen, rückte das Telefon zu sich heran und saß lange da, konnte sich nicht dazu durchringen, die Wählscheibe zu drehen und ein Ferngespräch zu bestellen. Was sollte sie der Mutter sagen? Die Mutter klagte immer. Immer war die Mutter arm und unglücklich, alle kränkten sie nur – Marina, die Verwandten, die Chefs, egal wie schlecht es Marina ging, der Mutter ging es immer um Klassen schlechter. Einmal musste Marina mit Blinddarmentzündung ins Krankenhaus, vielleicht in der fünften Klasse, die Mutter besuchte sie nur, um darüber zu klagen, wie man sie angeschrien hatte, weil sie leicht angetrunken bei der Arbeit erschienen war, und sie war ja so müde, hatte doch auch ein Recht auf Entspannung, ins Krankenhaus kam sie leicht angeheitert, sie gab Marina ein paar Äpfel, wurde los, was sie loswerden wollte, ohne auch nur zu fragen, wie Marina sich fühlte, und verzog sich wieder.

Nachdem sie sich mit dem Gedanken beruhigt hatte, dass die Mutter wahrscheinlich gar nicht beim Stadtsowjet war, wählte Marina die Nummer der Vermittlung – es antwortete eine Frau mit derart hastiger und gereizter Stimme, als säße sie bei der Arbeit auf Nadeln. Es war überhaupt seltsam: Ärzte, Verkäufer, Telefonisten, Putzfrauen – alle waren sie immer gereizt, und immer schien es Marina, als hätten sie eine Arbeit, von der Marina sie abhielt, als stünde in ihrer Kammer ein Klavier und sie müssten eine Sonate fertigschreiben, und das sei ihre eigentliche

Aufgabe, während es sich bei der Arbeit im Laden oder am Telefon um einen seltsam verschrobenen Auftrag des Komponistenverbands handelte. Die Telefonistin sagte, sie solle auf den Anruf warten, also wartete Marina und schaute aus dem Fenster, wo man nur ein Feld sah, umgeben von einem Zaun, der aus einer dicht aneinandergedrängten Anreihung des Buchstabens »H« zu bestehen schien, aus dem Schnee ragten Reste vom vorjährigen Gras, und man sah, wie es von dem starken Wind umgebogen wurde.

Die Mutter war doch im Stadtsowjet, überhaupt waren dort an diesem Sonntag eine Menge Leute unterwegs, weil sie schon ihre eigene Jolka-Feier vorbereiteten, weshalb man der Mutter nahegelegt hatte, am Sonntag herzukommen und sich dafür einen anderen Tag freizunehmen. Aus diesem Anlass geriet die Mutter sogleich ins Jammern, sie würden ihr ja doch keinen freien Tag geben, dann hieße es wieder, das sei ihre gesellschaftliche Pflicht – hinter allen herzuputzen, wenn sie mit den Vorbereitungen für die Jolka-Feier fertig waren. »Die haben nämlich lauter Knallfrösche und Luftschlangen angebracht«, klagte die Mutter, »und ich darf das dann überall eimerweise auskehren, und dann ist auch noch Winter – ich versteh einfach nicht, woher die den ganzen Dreck anschleppen.« »Na, da sammelt sich allerlei Ruß auf dem Schnee, und den schleppen sie dann eben herein«, sagte Marina. Seit Marina nicht mehr zu Hause lebte, hatte sich ihre Mutter mit einem Mann zusammengetan, Marina hätte sich innerlich darüber empört, aber sie hatte sich ja selbst, fern von Newjansk, mit einem Mann zusammengetan (falls man Sascha so nennen konnte), und nicht nur mit einem (falls man Igor als Mann bezeichnen wollte), weshalb ihr Unmut über den neuen Saufkumpan der Mutter nicht sehr ausgeprägt war, traurig war sie nur wegen des Bruders, der im Höllenrauch der tagtäglichen mütterlichen Besäufnisse leben musste.

Marina fragte, wie es dem Bruder ging, und die Mutter begann sogleich über den Bruder zu klagen, wie frech er mit ihr und ihrem Mann sei; wenn sie Kopfweh hatte und ihn bat, ihr Analgin zu besorgen, kaufte er stattdessen für sechs Rubel Aspirin, sie verstand nicht, wer einem Jugendlichen einen solchen Haufen Medikamente verkaufte, das musste man doch irgendwie kontrollieren, man weiß ja nie, am Ende will sich der Jugendliche vergiften oder sonst was, außerdem sind sechs Rubel eine Stange Geld, dafür hätte man auch was Nützliches kaufen können. Während die Mutter klagte, kam jemand ins Büro und blieb in Marinas Rücken stehen, Marina nahm an, dass Sascha prüfen wollte, ob sie nicht zu viel Zeit am Telefon verbrachte. Sie beschloss, sich nicht umzudrehen – falls nötig, würde Sascha ihr auch so zu verstehen geben, dass sie sich fortreißen ließ, indem er losseufzte wie in den Momenten, wo sie vorschlug, nach Newjansk zu ziehen und dort zu leben.

»Ach ja?«, lachte Marina im Versuch, die dumme Tat des Bruders ins Scherzhafte zu ziehen. »Er hat gleich mal für sechs Rubel welches gekauft? Na, dann reicht's ja jetzt fürs Leben.«

Die Mutter jammerte los, natürlich würde es reichen, mit solchen Kindern hätte sie eh nicht mehr lange, sie flennte los, dass sie es nicht mehr aushielt, wenn sie doch nur den Bruder bald zur Armee holen würden, er wurde jetzt immer öfter patzig und aß zu viel, und dann wollte er nach der Armee auch noch studieren, Mathematik oder Physik, dabei hatte er in der Schule in Mathe und Physik lauter Dreier und in der Berufsschule auch. »Und was bringt ihm das ganze Lesen? Gar nichts bringt es ihm, außer dass er den Kopf mit lauter Unsinn vollgestopft hat. Ingenieur will er werden, was wird denn aus dem für ein Ingenieur?« Marina fand zunehmend Gefallen daran, dem Gejammer der Mutter zu lauschen, es gefiel ihr zu wissen, dass ihr Bruder der Mutter nicht erlaubte, sich unbesorgt dem Suff hinzugeben, sondern ihr mit seinem Erwachsenwerden so eine Show lieferte. »Keine Sorge, von mir kriegt ihr auch bald eine Schocknummer«, dachte Marina schadenfroh, während sie die Mutter nach außen hin mit den Worten beruhigte, dass er ja vielleicht gar nicht auf Ingenieur studieren, sondern zur Literatur gehen würde, dort würde er auch ein Mädchen finden, die bei der Philologischen scharenweise herumliefen. »Und so eine Arbeit ist normal für einen Kerl?«, entrüstete sich die Mutter. Die Mutter hatte seltsame Ansichten über männliche Arbeit – Männer sollten Traktor fahren, mit dem Hammer auf Eisen klopfen, Lasten schleppen oder Chefs sein, die ihre Untergebenen anbrüllten, und wenn ein Mann Papierarbeit machte, kam ihr das seltsam vor, solche Männer hielt sie für behindert, weil sie sich nur mit einer Behinderung erklären konnte, dass jemand nicht Traktor fahren, auf Eisen hämmern und brüllen wollte, ein Mann, wie die Mutter sich ihn vorstellte, musste von Kopf bis Fuß verdreckt von der Arbeit heimkommen, sonst war es keine Arbeit, sondern nur leerer, nutzloser Zeitvertreib.

Die Mutter begann über die Nachbarn zu klagen, die sich einen Haufen Hunde zugelegt hatten, während die Menschen nichts zu fressen hatten (die hätten mal besser ein Kind aus dem Heim geholt), die Hunde ließen sie nicht schlafen, dabei musste sie früh zur Arbeit und ihr Mann auch, und der Sohn musste früh zur Schule, und dann bellten da diese Hunde hinter der Wand und hinter dem Zaun. Der Mann der Mutter hatte Familie, und die Mutter war sauer auf seine Frau, weil die sich, wo sie nur konnte, über die Mutter und den Mann beschwerte und die Mutter bei den Nachbarn anschwärzte, ein paar Mal hatte die Frau schon bei ihnen zu Hause Krach geschlagen, bis es der Mann einmal nicht mehr aushielt und sie mit Prügeln aus dem Haus jagte. »Der ist überhaupt ein harter Kerl, u-u-uch«, mit diesem »uch« bekundete die Mutter ihre ursprüngliche Begeisterung über einen Mann. Genau da lag auch das Problem bei der Mutter wie bei Marina – für sie musste ein Mann brutal sein, klar war so ein Brutalo nicht der ideale Familienvater, aber das war etwas Biologisches, eine Botschaft aus jener Zeit, als man noch bedenkenlos mit der Keule draufhauen musste. Den fortgesetzten Klagen der Mutter entnahm Marina, dass ihr neuer Kerl versucht hatte, dem Bruder mit Nackenhieben das Rumpöbeln auszutreiben, was ihm seitens des Bruders postwendend eine Flasche zwischen die Augen eingebracht hatte und das Versprechen, dass beim nächsten Versuch, die Fäuste zu schwingen, ein paar Typen von der Berufsschule zu Hause auf ihn warten würden. Der Kerl der Mutter randalierte noch ein bisschen, tönte herum von wegen: was konnten so ein paar Rotzlöffel schon gegen ihn ausrichten, aber dann bändigte er doch etwas sein Temperament.

Nach dem familiären Chaos erging sich die Mutter erneut in den Klagen über die Chefs, wie sie ihr vorwarfen, dass sie schlecht putzte, ihr mit Entlassung drohten, aber konnte man denn eine alleinerziehende Mutter einfach so entlassen, wie sie ihr dauernd damit kamen, dass sie nicht nur auf die Ordnung ringsum, sondern auch auf ihr Äußeres achten sollte (aber wie das auch noch schaffen, Töchterchen, neben der ganzen Arbeit?).

An diesem Punkt schaltete sich in das Geheul der Mutter die Telefonistin ein und fragte, ob sie das Gespräch fortsetzen wollten. Marina sagte, das sei nicht nötig, sie habe im Prinzip schon genug von dem Gespräch.

Sie legte müde den Hörer auf, der, wie sie erst jetzt bemerkte, nach fremdem Atem roch, dem Atem einer ganzen Schar von Angestellten des Klubs, die in diesen Hörer geschnauft hatten, der Gedanke, dass sie den Hörer mit Gesicht und Hand berührt hatte, war ihr zuwider. Die Erleichterung über das Ende des Gesprächs ließ Marina dieses Gefühl jedoch gleich wieder vergessen, und sie reckte sich genüsslich. Während sie sich reckte, begann der Stuhl unter ihr zu knarren, als wäre sie schwerer – als wöge sie gut einen Zentner mehr. Marina dachte, dass Sascha darüber einen Witz machen würde, ihre Gedanken reckten sich wie Marina selbst in verschiedene Richtungen, sie überlegte, wie sie auf Saschas Witz reagieren könnte, und dachte zugleich, dass sie bald wirklich schon um Klassen massiger sein würde. Mit einem halben Lächeln drehte sie sich zur Tür, sie wollte sich bei Sascha für die Erlaubnis zu telefonieren bedanken, doch das Erste, was sie erblickte – waren die strengen Augen eines kleinen Jungen, der sie vorwurfsvoll musterte.

Der Junge ähnelte Igor so sehr mit seiner ernsten Erscheinung, seiner ganzen düsteren Art, er hatte sogar dieselbe Frisur wie Igor – derselbe kurze, nach links gekämmte Pony, und auch sein Kinn stand leicht vor, so dass Marina beschloss, es müsse sich um Igors Mutter handeln, die sich endlich materialisierte, die Hand in Hand mit ihrem anderen Sohn gekommen war, um mit Marina abzurechnen. Marina sprang auf vor Überraschung, dass es nicht Sascha war, und weil hier womöglich ein Skandal heran- reifte. Verwunderlich war nur, dass die Frau kaum älter als Marina war und schlichtweg nicht Igors Mutter sein konnte, sofern man nicht davon ausging, dass sie ihn als Zehnjährige geboren hatte. Im Prinzip war es eine nette, etwas rundliche Frau im blauen Glitzerkleid und mit einer Pelzmütze auf dem Kopf (Pelzmützen wurden der Garderobe nicht gerne überlassen) und einer kleinen Geldbörse in der freien Hand, der Hand, die nicht den Sohn hielt. Im Prinzip hätte sie Igors ältere Schwester sein können, die angerückt war, um Marina zu sagen, sie solle Igor in Ruhe lassen, weil er noch zu jung war, um als Bräutigam herzuhalten für eine solche Schlampe wie diese Studentin aus Newjansk.

Marina bemerkte, dass es im Zimmer plötzlich nach Parfüm und Gemüsesalat roch, und während der Salatgeruch Marina an- genehm war, überkam sie von dem Parfüm eine jähe Anwandlung von Hitze und Übelkeit.

Der Junge war als Hockeyspieler verkleidet, er trug das ent- sprechende rote Trikot mit weißem Streifen am Saum, nur ein Helm war nirgends zu sehen. Marina beschloss, dass der Helm wohl beim Vater war, der auf dem Korridor herumlungerte, weil er wie die meisten Männer mit den weiblichen Streitereien nichts anfangen konnte. Das Kind war kostümiert, und umso verwunderlicher war es für Marina, dass die Frau mit einer Frage zu den Kostümen loslegte, anstatt von Igor zu reden. Marina war ganz verwirrt und beschloss, dass die Frau wohl noch ein anderes

Kind haben musste, das ohne Kostüm geblieben war, zugleich begriff sie zu ihrer Erleichterung, dass von Igor gar nicht die Rede sein würde, dass die Ähnlichkeit zwischen Igor und dem Jungen bloß zufällig war, aber der Nachdruck, mit dem die Frau Kostüme verlangte, brachte Marina in die Klemme, unter diesem Druck gab sie ein hilfloses Blöken von sich, ohne recht zu hören, wie die Frau sie beschimpfte. Mit Mühe gelang es Marina, die giftige Tante samt Sprössling loszuwerden, die Frau führte das Kind hinaus und knallte demonstrativ mit der Tür.

»Idiotin«, dachte Marina über sich selbst und über die Frau.

Sie blieb noch ein Weilchen sitzen, um nach dem kleinen Skandal wieder zu sich zu kommen, besah sich die Schränke mit den Papiermappen, die sie von allen Seiten umgaben, wechselte auf die Fensterbank und blieb dort ein Weilchen sitzen, in der Hoffnung, dass Sascha sie vor der Vorstellung besuchen käme, damit sie ihm erzählen könnte, wie giftig manche von diesen Klubbesuchern waren, er hätte ihr vielleicht ein paar Märchen aus seinem Leben als Väterchen Frost erzählt. Sie wartete jedoch vergeblich auf Sascha, weil er, wie er sagte, »in die Rolle finden« musste, aber eigentlich wusste niemand, was er dort in seiner Garderobe wirklich trieb.

Marina ging in die dritte Etage hinauf, um bei Lida eine Zigarette zu schnorren, aber in dem kleinen Zimmer mit den Spiegeln und Glühbirnen war niemand – weder Lida noch Gera noch die Pionierin –, dort lag nur das halbleere Zigarettenetui eines der Jungs. Marina nahm sich eine Papirossa und Streichhölzer, ging ohne Mantel auf die leere Treppe des Diensteingangs hinaus und unter Brechreizattacken bei der Erinnerung an das Parfüm der giftigen Frau rauchte sie die Papirossa und blieb noch lange dort stehen, während sie schon im Voraus die Abenteuer verdaute, die ihr nach den Neujahrstagen blühten. Auf der Treppe stand sie so lange herum, dass sie ihre Finger und Zehen nicht mehr spürte, bis Sascha sie schließlich ausfindig machte. »Wo bleibst du denn, mach schnell, das Stück ist zu Ende, gleich sind wir dran«, sagte er.

Die Wahrscheinlichkeit, dass der Junge der giftigen Frau beim Reigen ausgerechnet neben ihr zu stehen käme, war äußerst gering, aber die Mädchen in den weißen Kleidern stießen den Jungen wie absichtlich zu ihr hin. An ihre linke Hand klammerte sich ein Hase unbestimmten Geschlechts, seine Hand war kalt, als jedoch der Junge der giftigen Frau ihre andere Hand umfasste, schrie sie fast auf von der Hitze, die seine Hand verströmte, einen Moment lang glaubte sie, man habe ihr statt der Kinderhand einen heißen Pfannengriff untergeschoben. Erleichtert ließ sie die Hand des Jungen los, als alle das Neujahrslied sangen und ein paarmal um den Tannenbaum kreisten, aber der Junge folgte ihr während des ganzen Weges mit aufmerksamem Blick, als wollte er überprüfen, ob es ihr von seiner Hitze wehtat oder nicht. Im Übrigen hatte sich seine Hand auch noch klebrig angefühlt.

Nach der Vorstellung rannte Marina als Erstes aufs Klo, übergab sich lange und versuchte dann, die Klebrigkeit der Kinderhand von ihrer Handfläche abzuwaschen. »Abtreiben«, dachte sie. »Wozu der Scheiß, abtreiben und Schluss.« Ihr war, als würde ihre Hand noch immer nach diesem Kind riechen, aber je heftiger sie die Hand wusch, umso heftiger wurde dieser unerträglich traurige Kindergeruch.

Anmerkungen

S. 8 Rossel – Eduard Rossel, Jahrgang 1937, russischer Politiker, 1995-2009 Gouverneur der Oblast Swerdlowsk mit der Verwaltungshauptstadt Jekaterinburg.

S. 10 Rosgosstrach – Abkürzung für russ. »Rossijskaja gosudarstvennaja strachovaja kompanija«, die Russländische Staatliche Versicherungsgesellschaft.

S. 11 GAZelle – Kleintransporter des russischen Automobilherstellers Gor'kovskij Avtomobil'nyj Zavod (GAZ).

S. 15 Uralmasch – Abkürzung von russ. Ural'skij Mašinostroitel'nyj Zavod, dt. Maschinenbaufabrik des Ural in Jekaterinburg.

S. 15 »Die drei Recken« (»Bogatyri«, 1898), Gemälde des russischen Malers Wiktor Wasnezow (1848-1926), der vor allem historische und mythologische Sujets aufgriff.

S. 16 Aljoscha Popowitsch – deutsch auch Aljoscha Popensohn, neben Ilja Muromez und Dobrynja Nikititsch der dritte der drei Recken, mythologische Helden der russischen Sagenwelt.

S. 17 Jolka-Feier – von russ. ëlka, Weihnachtsbaum. Der traditionelle Weihnachtsbaum war in der Sowjetunion seit 1929 verboten, 1937 wurde erstmals das Neujahrsfest mit »Neujahrsbaum« (Jolka-Feier) begangen, bis heute einer der wichtigsten Feiertage im russischen Kalender.

S. 33 Kolobok – Märchenfigur des Pfannkuchenmanns, auch der Name einer sowjetischen Kinderzeitschrift, der Schallplatten mit lehrreichen Geschichten beigefügt waren.

S. 33 Olescha – Juri Olescha (1899-1960), russisch-sowjetischer Schriftsteller, und sein Kurzroman »Neid« (»Zavist'«, 1927) über die Auseinandersetzung zweier Protagonisten, von denen der eine die vorrevolutionäre, der andere die sowjetische Gesellschaftsordnung repräsentiert.

S. 40 Snegurotschka – deutsch »Schneejungfrau« oder »Schneeflöckchen« ist eine russische Märchengestalt und die Begleiterin von Väterchen Frost.

S. 48 Samjatin – Jewgeni Samjatin (1884-1937), russischer Schriftsteller; sein Roman »Wir« (»My«, 1920) beschreibt einen dystopischen Polizeistaat der Zukunft und konnte in der Sowjetunion erstmals 1988 erscheinen.

S. 58 Banja – russisches Dampfbad.

S. 61 Hämatogen – ein in Form von Schokoladentafeln gepresstes, süßes Produkt aus Stierblut, das in der Sowjetunion sehr beliebt war, um Anämie bei Kindern zu bekämpfen.

S. 63 Trofimytsch – Stepan Trofimytsch und der kleine Stawrogin sind Protagonisten aus Fjodor Dostojewskijs Roman »Die Dämonen« (»Besy«, 1873).

S. 64 Limonow – Eduard Limonow (1943-2020), russischer Schriftsteller und hochumstrittene politische Figur, gründete 1994 die Nationalbolschewistische Partei.

S. 64 Tschikatilo – Andrej Tschikatilo (1936-1994), sowjetischer Serienmörder. Ihm wurden mehr als fünfzig Morde zur Last gelegt, für die er im Jahr 1994 hingerichtet wurde.

S. 71 Weißer Bim, Schwarzohr – bekannte sowjetische Literaturverfilmung von Stanislaw Rostotzki (1977) nach einem Roman von Gawriil Trojepolski.

S. 79 Jegor Letow – 1964-2008, sibirischer Musiker und Frontmann der Punkrock-Band Graždanskaja Oborona (deutsch Zivilverteidigung).

S. 79 GrOb – Abkürzung von russ. Graždanskaja Oborona, einer Punkband. »Grob« ist zugleich das russische Wort für Sarg.

S. 79 Zoi – Wiktor Zoi (1962-1990), Kultfigur und Frontmann der Punkband Kino.

S. 106 Tscheburaschka – legendäres Fantasiegeschöpf mit großen Ohren und braunem Fell, erdacht von dem russischen Kinderbuchautor Eduard Uspenskij, in vier sowjetischen Zeichentrickfilmen illustriert von Leonid Schwarzmann.

S. 134 23. Februar – Tag des Vaterlandsverteidigers, gesetzlicher Feiertag in Russland.

S. 137 Krapiwin – Wladislaw Krapiwin (1938-2020), Kinder- und Jugendbuchautor.

S. 138 Sadownikow – Dmitri Sadownikow (1847-1883), Dichter und Ethnograf.

S. 138 Nosow – Nikolai Nosow (1908-1976), bekannter Kinderbuchautor in der Sowjetunion.

S. 138 Tschukowski – Kornei Tschukowski (1882-1969), Dichter, Übersetzer und Autor zahlreicher Kinderbuchklassiker.

S. 138   Korjakow – Oleg Korjakow (1920-1976), Kinderbuchautor und Verfasser fantastischer Werke, Publizist, Drehbuchautor.

S. 140   Gubarew – Witali Gubarew (1912-1981), Kinderbuchautor, Journalist, Publizist. Das »Königreich der schiefen Spiegel« (»Korolevstvo krivych zerkal«) erschien 1951.

S. 140   Pawlik Morozow – eigentlich Pawel Morozow (1918-1932), Bauernjunge aus der Region Swerdlowsk und quasi-mythologische Märtyrergestalt in der Sowjetunion. Morozow soll seinen »reaktionären« Vater denunziert haben und daraufhin von Verwandten erschlagen worden sein, eine Erzählung, die in mehreren Biografien, Liedern und Theaterstücken vielfach aufgegriffen wurde.

S. 339   Choma – Figur aus Nikolai Gogols Erzählung »Wij«.

S. 339   Stanislawski – Konstantin Stanislawski (eigentlich Konstantin Alexejew; 1863-1938), russisch-sowjetischer Schauspieler, Schauspiellehrer, Regisseur, Theaterreformer.

S. 340   Jewtuschenko, Wosnessenski, Assadow, Achmadulina – die Dichter Jewgeni Jewtuschenko (1932-2017), Andrej Wosnessenski (1933-2010), Eduard Assadow (1923-2004), Bella Achmadulina (1937-2010).

Inhalt

1 Artjuchin, Igor Dmitrijewitsch 7

2 Petrows Träume 47

3 Das Jolka-Fest 90

4 Petrowa wird verrückt 132

5 Petrowa beruhigt sich wieder 170

6 Petrow ist auch nicht ohne 209

7 Petrow Junior hat Fieber 253

8 Theater für den erwachsenen Erwarter 293

9 Snegurotschka 334

Anmerkungen 365